AS HEROÍNAS

O Arqueiro

GERALDO JORDÃO PEREIRA (1938-2008) começou sua carreira aos 17 anos, quando foi trabalhar com seu pai, o célebre editor José Olympio, publicando obras marcantes como *O menino do dedo verde*, de Maurice Druon, e *Minha vida*, de Charles Chaplin.

Em 1976, fundou a Editora Salamandra com o propósito de formar uma nova geração de leitores e acabou criando um dos catálogos infantis mais premiados do Brasil. Em 1992, fugindo de sua linha editorial, lançou *Muitas vidas, muitos mestres*, de Brian Weiss, livro que deu origem à Editora Sextante.

Fã de histórias de suspense, Geraldo descobriu *O Código Da Vinci* antes mesmo de ele ser lançado nos Estados Unidos. A aposta em ficção, que não era o foco da Sextante, foi certeira: o título se transformou em um dos maiores fenômenos editoriais de todos os tempos.

Mas não foi só aos livros que se dedicou. Com seu desejo de ajudar o próximo, Geraldo desenvolveu diversos projetos sociais que se tornaram sua grande paixão.

Com a missão de publicar histórias empolgantes, tornar os livros cada vez mais acessíveis e despertar o amor pela leitura, a Editora Arqueiro é uma homenagem a esta figura extraordinária, capaz de enxergar mais além, mirar nas coisas verdadeiramente importantes e não perder o idealismo e a esperança diante dos desafios e contratempos da vida.

KRISTIN HANNAH

AS HEROÍNAS

Título original: *The Women*

Copyright © 2024 por Visible Ink Corporation
Copyright da tradução © 2024 por Editora Arqueiro Ltda.

Todos os direitos reservados. Nenhuma parte deste livro pode ser utilizada ou reproduzida sob quaisquer meios existentes sem autorização por escrito dos editores.

coordenação editorial: Gabriel Machado
produção editorial: Ana Sarah Maciel
tradução: Natalia Sahlit
preparo de originais: Sara Orofino
revisão: Luíza Côrtes e Midori Hatai
diagramação: Valéria Texeira
capa: Michael Storrings
imagens de capa: Shutterstock – © fotobook (fundo vermelho);
© MockupSpot (textura); © Olga_Lots (dourado); © Kotse (helicóptero);
© Amovitania (textura); © Hamara (montanhas e palmeiras);
© Chinnapong (textura metálica); © janniwet (textura dourada)
adaptação de capa: Ana Paula Daudt Brandão
imagens de miolo: Keith Tarrier/ Shutterstock (página 7);
Bettman/ Getty Images (página 249)
impressão e acabamento: Lis Gráfica e Editora Ltda.

CIP-BRASIL. CATALOGAÇÃO NA PUBLICAÇÃO
SINDICATO NACIONAL DOS EDITORES DE LIVROS, RJ

H219h

Hannah, Kristin, 1960-
As heroínas / Kristin Hannah ; tradução Natalia Sahlit.
– 1. ed. – São Paulo : Arqueiro, 2024.
416 p. ; 23 cm.

Tradução de: The women
ISBN 978-65-5565-627-5

1. Vietnã, Guerra do, 1961-1975 – Ficção. 2. Ficção americana.
I. Sahlit, Natalia. II. Título.

24-87906   CDD: 813
                               CDU: 82-3(73)

Meri Gleice Rodrigues de Souza – Bibliotecária – CRB-7/6439

Todos os direitos reservados, no Brasil, por
Editora Arqueiro Ltda.
Rua Artur de Azevedo, 1.767 – Conj. 177 – Pinheiros
05404-014 – São Paulo – SP
Tel.: (11) 2894-4987
E-mail: atendimento@editoraarqueiro.com.br
www.editoraarqueiro.com.br

Este romance é dedicado às mulheres corajosas que serviram no Vietnã. A maioria dessas mulheres era enfermeira e cresceu ouvindo orgulhosas histórias de heroísmo da Segunda Guerra Mundial. Elas atenderam ao chamado às armas e foram para a guerra. Em muitos casos, ao voltar para casa, encontraram um país que não valorizava seu trabalho e um mundo que não queria saber de suas experiências. As dificuldades enfrentadas no pós-guerra e suas histórias foram, diversas vezes, esquecidas ou marginalizadas. Tenho muito orgulho de lançar luz sobre a força, a resiliência e a coragem delas.

Também dedico este livro a todos os veteranos, prisioneiros de guerra e desaparecidos em combate que tanto sacrificaram.

E, finalmente, às equipes médicas que lutaram contra a pandemia e deram o máximo de si para ajudar outras pessoas.

Obrigada.

Parte Um

Essa guerra ampliou tanto o fosso entre as gerações que ameaça desmembrar o país.

– FRANK CHURCH

UM

Coronado Island, Califórnia
Maio de 1966

A propriedade murada e gradeada dos McGraths era um mundo parti-cular, protegido e privado. Naquele crepúsculo, as janelas com mainéis da casa em estilo Tudor brilhavam como joias em meio ao exuberante paisagismo do terreno. Folhas de palmeiras balançavam lá no alto, velas flutuavam na superfície da piscina e lanternas douradas pendiam dos galhos de um imenso carvalho. Garçons de preto circulavam pela multidão bem-vestida, carregando bandejas de prata repletas de taças de champanhe, enquanto um trio de jazz tocava baixinho em um canto.

Aos 20 anos, Frances Grace McGrath sabia exatamente o que se esperava dela naquela noite. Deveria ser o retrato perfeito de uma jovem bem-educada, sorridente e serena. As emoções rebeldes precisavam ser contidas e escondidas, suportadas em silêncio. As lições que Frankie aprendera em casa, na igreja e na Escola para Moças St. Bernadette haviam incutido nela um rigoroso senso de decoro. A agitação que se espalhava pelo país naquela época, a raiva que explodia nas cidades e nos *campi* das universidades eram um mundo distante e estranho para ela, tão incompreensível quanto o conflito no remoto Vietnã.

Ela circulou entre os convidados, bebericando uma Coca-Cola gelada e tentando sorrir, parando vez ou outra para puxar papo com os amigos de seus pais e torcendo para não demonstrar preocupação. O tempo todo, seu olhar escrutinava a multidão atrás do irmão, atrasado para a própria festa.

Frankie idolatrava o irmão mais velho, Finley. Eles sempre foram inseparáveis, duas crianças de cabelos pretos e olhos azuis com menos de dois anos de diferença, que passavam os longos verões da Califórnia sem a supervisão de adultos, pedalando de um lado a outro da sossegada Coronado Island e quase sempre voltando para casa depois do anoitecer.

Porém, ela não poderia ir atrás dele agora.

O rugido do motor de um carro interrompeu a festa tranquila; sons altos de buzina irromperam em sucessão.

Frankie viu como a mãe estremeceu com o barulho. Bette McGrath detestava exibicionismos e vulgaridades, e com certeza não achava de bom-tom buzinar para anunciar a própria presença.

Pouco depois, Finley surgiu pelo portão dos fundos, o rosto bonito corado, um cacho dos cabelos pretos caído na testa. Rye Walsh, seu melhor amigo, o envolvia com um braço, mas nenhum dos dois parecia muito estável. Eles riam, bêbados, apoiando-se um no outro, seguidos por mais amigos, que cambaleavam ao entrar na festa.

Sua mãe, impecável em um tubinho preto, os cabelos presos em um coque banana, foi até o grupo sorridente de rapazes e moças. Ela usava as pérolas herdadas da avó de Frankie, um lembrete sutil de que Bette McGrath um dia havia sido Bette Alexander, dos Alexanders de Newport Beach.

– Meninos – chamou ela, a voz modulada pela escola de etiqueta. – Que bom que finalmente chegaram.

Aos tropeços, Finley se afastou de Rye e tentou endireitar a postura.

Seu pai fez um sinal para a banda e a música parou. De repente, os sons de Coronado Island naquela noite de fim de primavera – o ronronar gutural do mar, o sussurro das palmeiras sobre eles, um cachorro que latia na rua ou na praia – dominaram o ambiente. Com um terno preto feito sob medida, uma camisa branca imaculada e uma gravata preta, o pai avançou a passos largos, um cigarro entre os dedos de uma das mãos e um Manhattan na outra. Os cabelos pretos cortados bem rente e o queixo quadrado lhe davam a aparência de um ex-boxeador que chegara ao auge e aprendera a se vestir bem, o que não estava muito longe da verdade. Mesmo em meio àquela multidão bela e bem arrumada, ele e a mãe se destacavam, irradiando sucesso. Ela tinha berço e sempre estivera no topo da pirâmide social; ele havia galgado alguns degraus para se postar, confiante, ao lado dela.

– Amigos, familiares e recém-formados na Academia – disse o pai, com sua voz pujante.

Quando Frankie era criança, ele ainda conservava um leve sotaque irlandês, que se esforçara para eliminar. O pai vivia elogiando a própria mitologia imigrante, uma história sobre começar do zero e trabalhar duro. Quase nunca mencionava a sorte e as oportunidades trazidas pelo casamento com a filha do patrão, mas todos sabiam disso. Também sabiam que, depois que os pais de sua mãe morreram, seu pai havia mais do que triplicado a fortuna explorando o mercado imobiliário da Califórnia.

Ele abraçou a esposa esbelta e a puxou para o mais perto de si que ela se atreveria a permitir em público.

– Agradecemos a vocês por terem vindo desejar uma boa viagem ao nosso filho, Finley – disse ele, sorrindo. – Chega de tirá-lo da delegacia às duas da manhã depois de um daqueles rachas ridículos.

Algumas pessoas riram. Todo mundo na festa conhecia o tortuoso caminho que Finley havia percorrido até a idade adulta. Desde pequeno, fora um menino de ouro, uma criança selvagem capaz de amolecer os corações mais duros. As pessoas riam das piadas dele, as garotas o seguiam por todo lado. Todos amavam Finley, mas a maioria concordava que ele dava trabalho. Fora reprovado na quarta série, mais pelas traquinagens constantes do que por qualquer outro motivo. Costumava ser desrespeitoso na igreja e gostava do tipo de garota que usava minissaia e carregava cigarros na bolsa.

Quando as risadas cessaram, o pai continuou:

– Um brinde a Finley e à sua grande aventura! Estamos orgulhosos de você, filho!

Garçons surgiram com garrafas de Dom Pérignon e serviram mais champanhe, e o tilintar das taças preencheu o ar. Os convidados cercaram Finley. Os homens lhe davam tapinhas nas costas para parabenizá-lo. As moças avançavam, disputando sua atenção.

O pai gesticulou para a banda e a música recomeçou.

Sentindo-se deixada de lado, Frankie entrou em casa, passando pela ampla cozinha, onde os fornecedores se ocupavam em arrumar os canapés nas bandejas.

Ela entrou rapidamente no escritório do pai. Quando era criança, aquele era o seu lugar preferido. Havia grandes poltronas capitonês de couro, descansos para pés, duas paredes cobertas de livros e uma mesa enorme. Ela acendeu a luz. A sala tinha cheiro de couro antigo e charutos, com o toque de uma loção pós-barba cara. Em cima da mesa, havia pilhas bem organizadas de alvarás de construção e plantas arquitetônicas.

Uma parede inteira do escritório era dedicada à história da família. Fotografias emolduradas que a mãe havia herdado dos pais e até algumas que o pai trouxera da Irlanda. Havia uma foto do bisavô McGrath com o uniforme de soldado, batendo continência para a câmera. Ao lado dela, uma medalha de guerra emoldurada, que concederam ao avô Francis na Primeira Guerra Mundial. O retrato do casamento de seus pais estava posicionado entre a condecoração Coração Púrpura do avô Alexander e um recorte de jornal que estampava o navio onde ele servira, chegando ao porto no fim da guerra. Não havia retratos do pai de uniforme. Para sua grande vergonha, ele fora dispensado do serviço militar por falta de aptidão física. Era algo que ele lamentava em particular, só para a família, e só quando bebia. Depois da guerra, ele havia convencido o avô Alexander a construir moradias populares para os veteranos em San Diego. O pai dizia que era sua contribuição para o esforço de guerra, e o projeto foi um sucesso espetacular. Havia tanto "orgulho militar" no discurso dele que, com o tempo, todo mundo em Coronado pareceu esquecer que ele não tinha servido. Não havia fotos dos filhos ali, ainda não. O pai acreditava que era preciso merecer estar naquela parede.

Frankie ouviu a porta se abrir suavemente atrás de si e alguém disse:

– Ah. Desculpe. Eu não queria atrapalhar.

Ela se virou e viu Rye Walsh parado à porta. Ele tinha um coquetel em uma das mãos e um pacote de cigarros Old Gold na outra. Sem dúvida, estava procurando um lugar tranquilo para fumar.

– Estou me escondendo da festa – comentou ela. – Acho que não estou com muita vontade de comemorar.

Ele deixou a porta aberta.

– Pensamos a mesma coisa, então. Você não deve se lembrar de mim…

– Joseph Ryerson Walsh. Mais conhecido como Rye. Como o uísque – declarou Frankie, tentando sorrir.

Fora assim que ele se apresentara para ela no último verão.

– Por que está se escondendo? Você e Fin são unha e carne. E amam uma boa festa.

Quando ele se aproximou, o coração dela acelerou de um jeito estranho. Rye causara nela aquele mesmo efeito quando eles se conheceram, mas os dois nunca haviam conversado. Ela não sabia o que dizer a ele agora, quando se sentia um pouco desolada. Sozinha.

– Vou sentir falta dele – disse Rye, baixinho.

Ao sentir que lágrimas ardiam em seus olhos, ela se voltou depressa para a parede de lembranças; ele se postou ao lado dela. Os dois observaram as fotos e as recordações de família. Homens de uniforme, mulheres em vestidos de noiva, medalhas por bravura militar e ferimento, e uma bandeira americana emoldurada, dobrada em um formato triangular, dada à sua avó paterna.

– Por que não tem fotos de mulheres aqui, só as de casamento? – perguntou Rye.

– É uma parede de heróis. Para homenagear os sacrifícios que a nossa família fez servindo ao país.

Ele acendeu um cigarro.

– Mulheres também podem ser heroínas.

Frankie riu.

– Qual é a graça?

Ela se voltou para ele, enxugando as lágrimas.

– Eu... bom... você não quer dizer...

– Quero – afirmou ele, olhando para ela.

Até onde Frankie se lembrava, nenhum outro homem jamais olhara para ela tão intensamente. Ela precisou recuperar o fôlego.

– Estou falando sério, Frankie. É 1966. O mundo está mudando.

Horas depois, quando os convidados começaram a se retirar educadamente, Frankie ainda pensava em Rye e no que ele tinha dito.

Mulheres também podem ser heroínas.

Ninguém nunca lhe dissera nada parecido. Nem as professoras da escola, nem seus pais. Nem mesmo Finley. Por que nunca ocorrera a Frankie que uma garota, uma mulher, poderia ter um lugar na parede do escritório do pai por algum feito heroico ou importante, que uma mulher poderia inventar ou descobrir alguma coisa e até trabalhar como enfermeira no campo de batalha, salvando vidas?

Como um terremoto, a ideia chacoalhou sua visão superprotegida do mundo, de si mesma. Por anos, ela ouvira das freiras, das professoras e de sua mãe que ser enfermeira era uma excelente profissão para uma mulher.

Professora. Enfermeira. Secretária. Era esse o futuro aceitável para uma garota como ela. Ainda na semana anterior, ao ouvir Frankie falar sobre as dificuldades que enfrentava no curso de biologia avançada, sua mãe dissera gentilmente:

– Quem liga para sapos, Frances? Você só será enfermeira até se casar. E, a propósito, já está na hora de começar a pensar nisso. Pare de correr com as aulas, diminua o ritmo. Para que se formar tão cedo? Você precisa namorar mais.

Frankie aprendera que seu trabalho era ser uma boa dona de casa, educar bem os filhos e construir um lar adorável. No ensino médio católico, elas passavam dias aprendendo como passar casas de botão perfeitamente, dobrar guardanapos com precisão e arrumar uma mesa elegante. Na Faculdade para Moças de San Diego, suas amigas e colegas não costumavam se rebelar. As garotas riam ao dizer que estavam trabalhando duro pelo diploma de fachada. Até a própria escolha de Frankie pela enfermagem não exigia muita introspecção; tudo o que ela se concentrava em fazer era tirar boas notas e deixar os pais orgulhosos.

Enquanto os músicos guardavam os instrumentos e os garçons começavam a recolher os copos vazios, Frankie se livrou das sandálias, deixou o jardim e vagou pela deserta Ocean Boulevard, a rua larga e pavimentada que separava a casa dos pais e a praia.

A areia dourada da Coronado Beach se estendia à sua frente. À esquerda, ficava o famoso Hotel del Coronado e, à direita, a enorme Base Aeronaval de North Island, recentemente reconhecida como o berço da aviação naval.

A brisa fresca noturna balançava seu chanel bufante, mas não era páreo para a camada de spray que mantinha cada fio em seu lugar.

Ela se sentou na areia fria, abraçou as pernas dobradas e ficou observando as ondas. Acima dela, pairava uma lua cheia. Não muito longe, uma fogueira alaranjada brilhava e o cheiro da fumaça flutuava no ar da noite.

Como uma mulher fazia para ampliar o próprio mundo? Como alguém começava uma jornada sem nunca ter recebido um convite? Para Finley, era fácil: o caminho fora traçado para ele. O irmão deveria fazer o que todos os jovens McGrath e Alexander fizeram um dia: servir ao país com honra e depois assumir o negócio imobiliário da família. Para Frankie, ninguém nunca tinha sugerido um futuro além do casamento e da maternidade.

Ela ouviu risos atrás de si e passos correndo. À beira d'água, uma jovem loura tirou os sapatos e mergulhou na arrebentação. Rye a seguiu, rindo, sem se dar ao trabalho de ficar descalço. Alguém desafinava "Walk Like a Man".

Finley se jogou ao lado de Frankie, bêbado, caindo sobre ela.

– Onde você esteve a noite toda, boneca? Senti sua falta.

– Oi, Fin – disse ela baixinho.

Inclinando-se para ele, Frankie se lembrou da infância dos dois naquela praia. Quando eram crianças, construíam elaborados castelos de areia e compravam picolés do estridente caminhão de sorvetes que zanzava pela Ocean Boulevard no verão. Passavam longas horas em pranchas de surfe, os pés pendurados, conversando debaixo do sol quente enquanto esperavam pela onda certa, compartilhando os segredos mais profundos.

Sempre juntos. Melhores amigos.

Frankie sabia do que ele precisava naquele momento. Ela deveria dizer a Fin que estava orgulhosa e mandá-lo embora com um sorriso, mas não conseguia fazer isso. Eles nunca tinham mentido um para o outro. E não parecia ser uma boa hora para começar.

– Fin, você tem certeza que quer ir para o Vietnã?

– Não pergunte o que o seu país pode fazer por você, mas o que você pode fazer pelo seu país.

Frankie suspirou. Ela e Finley idolatravam o presidente Kennedy. As palavras dele tinham um peso, então como argumentar?

– Eu sei, mas...

– Não é perigoso, Frankie. Acredite em mim. Eu me formei na Academia Naval, sou um oficial com uma missão fácil em um navio. Vou voltar rapidinho. Nem vai dar ter tempo de sentir saudade.

Todo mundo dizia a mesma coisa: o comunismo era um mal que precisava ser detido. Eram os anos da Guerra Fria. Tempos perigosos. Se um homem importante como o presidente Kennedy podia ser baleado em plena luz do dia por um vermelho em Dallas, como qualquer outro cidadão americano estaria seguro? Todo mundo concordava que não se podia permitir que o comunismo prosperasse na Ásia e que o Vietnã era o lugar ideal para freá-lo.

No noticiário noturno, pelotões de soldados sorridentes marchavam pela selva vietnamita fazendo sinal de positivo aos jornalistas. Não havia derramamento de sangue.

Finley abraçou a irmã.

– Vou sentir sua falta, Amendoim – disse ele.

Ela ouviu a voz dele embargar e soube que ele estava com medo de ir.

Será que ele estivera escondendo aquilo dela o tempo todo? Ou era de si mesmo?

E ali estava: o medo e a preocupação que Frankie tinha tentado reprimir, ignorar, a noite inteira. De repente, eles eram grandes demais para suportar. Não havia mais como desviar o olhar.

Seu irmão estava indo para a guerra.

DOIS

Nos seis meses seguintes, Frankie escreveu para o irmão todos os domingos depois da igreja. Em troca, recebeu cartas engraçadas sobre a vida a bordo do navio e as palhaçadas dos colegas marinheiros. Ele enviava cartões-postais de selvas verdejantes, mares azul-piscina e praias com faixas de areia branca como sal. Contava a ela sobre as festas no Clube dos Oficiais, os bares com terraço em Saigon e as celebridades que apareciam para entreter as tropas.

Na ausência dele, Frankie aumentou a carga horária do curso e se formou mais cedo, com louvor. Como enfermeira recém-registrada, conseguiu o primeiro emprego no turno da noite de um pequeno hospital próximo a San Diego. Nos últimos tempos, começara a pensar em sair da casa dos pais e procurar um apartamento, um sonho que havia compartilhado por carta com Finley apenas uma semana antes. *Imagine só, Fin. A gente morando em um lugarzinho perto da praia. Talvez em Santa Mônica. Como ia ser divertido...*

Agora, naquela noite fria da última semana de novembro, os corredores do hospital estavam quietos. Com seu uniforme branco engomado e um quepe preso ao chanel bufante e cheio de laquê, Frankie caminhava atrás da enfermeira-chefe da noite, que a guiava até um quarto particular sem flores ou visitantes, onde uma jovem dormia. Frankie escutava – mais uma vez – como deveria fazer seu trabalho.

– Aluna do ensino médio, vinda da St. Anne – informou a enfermeira-chefe, depois balbuciou *bebê*, como se a palavra em si fosse um pecado.

Frankie sabia que St. Anne era o lar local para mães solteiras, mas ninguém tocava no assunto: garotas que saíam da escola de repente e voltavam meses depois, bem mais silenciosas e com uma aparência desolada.

– A via intravenosa dela está baixa. Eu posso...

– Pelo amor de Deus, McGrath, você sabe muito bem que não está pronta para isso. Está aqui há quanto tempo? Uma semana?

– Duas, senhora. E sou uma enfermeira registrada. Minhas notas...

– Não importa. Só estou interessada nas suas habilidades clínicas, que não são muitas. Você vai checar as comadres, encher as jarras d'água e ajudar os pacientes a irem ao banheiro. Quando estiver pronta para fazer mais do que isso, eu aviso.

Frankie suspirou baixinho. Não tinha passado todas aquelas longas e exaustivas horas a mesas de biblioteca e se formado mais cedo para trocar comadres e afofar travesseiros. Como desenvolveria as habilidades clínicas necessárias para conseguir um trabalho em um hospital de primeira linha?

– Então, por favor, registre e monitore todas as medicações intravenosas. Vou precisar dessas informações imediatamente. Pode ir.

Frankie assentiu e começou a ronda noturna, indo de quarto em quarto.

Eram quase três da manhã quando chegou ao quarto 107.

Ela abriu a porta devagar, já que odiava acordar o paciente se pudesse evitar.

– Veio ver o show de horrores?

Frankie parou, sem saber o que fazer.

– Posso voltar depois...

– Fica. Por favor.

Frankie fechou a porta atrás de si e foi até a cama. O paciente era um jovem com longos cabelos louros desgrenhados e um rosto pálido e estreito. Uma rala penugem loura-escura encimava seu lábio superior. Ele parecia um daqueles garotos que surfavam nos melhores picos de Trestles, exceto pela cadeira de rodas no canto.

Ela conseguia ver o contorno das pernas dele, aliás, de sua única perna, debaixo do cobertor branco.

– Pode olhar – disse ele. – É impossível não perceber. Quem consegue desviar os olhos de um acidente de carro?

– Eu estou te incomodando – concluiu ela, recuando e começando a se virar.

– Não vai embora. Eles vão me mandar para a ala psiquiátrica porque tentei me matar. Internação involuntária, ou alguma baboseira dessas. Como se eles soubessem no que eu estava pensando. Enfim, talvez a senhorita seja a última pessoa sã que eu verei por um bom tempo.

Frankie avançou cautelosamente, verificou o soro e fez uma anotação no prontuário.

– Eu devia ter usado a minha arma – disse ele.

Frankie não sabia como responder. Nunca conhecera ninguém que tivesse tentado cometer suicídio. Parecia indelicado perguntar o motivo, mas igualmente indelicado permanecer em silêncio.

– Fiquei 340 dias em campo. Pensei que o pior já tinha passado. Isso não é bom. Saber que seu tempo de serviço está acabando.

Diante da óbvia confusão de Frankie, ele explicou:

– Vietnã. – O rapaz suspirou. – Minha garota, Jilly, ficou comigo, me escreveu cartas de amor, até eu pisar naquela maldita mina e perder uma perna. – Ele olhou para baixo. – Ela disse que eu ia me adaptar, para dar tempo ao tempo. Estou tentando...

– Sua garota disse isso?

– Não. Foi uma enfermeira do Décimo Segundo Hospital de Evacuação. Ela me ajudou, cara. Me fez companhia enquanto eu perdia a cabeça.

Ele olhou para Frankie e estendeu a mão para ela.

– A senhorita ficaria aqui até eu dormir? Eu tenho esses pesadelos...

– Claro, soldado. Não vou a lugar nenhum.

Frankie ainda estava segurando a mão dele quando o rapaz adormeceu. Não conseguia parar de pensar em Finley e nas cartas que ele escrevia todas as semanas, cheias de histórias engraçadas e de referências às belezas do campo. *Você tinha que ver a seda e as joias preciosas daqui, boneca. A mãe ia comprar tudo. E, caramba, como os marinheiros são festeiros!* Ele não parava de repetir que a guerra estava chegando ao fim. Walter Cronkite dissera a mesma coisa no noticiário da noite.

Mas a guerra continuava.

Homens estavam morrendo. E perdendo as pernas, aparentemente.

Foi uma enfermeira do Décimo Segundo Hospital de Evacuação. Ela me ajudou, cara.

Frankie nunca tinha pensado nas enfermeiras no Vietnã. Os jornais jamais mencionavam as mulheres. Ninguém falava de nenhuma mulher na guerra.

Mulheres também podem ser heroínas.

Ao se lembrar da frase de Rye, Frankie sentiu uma espécie de despertar, o surgimento de uma nova e ousada ambição.

– Eu poderia servir ao meu país – murmurou ela ao homem cuja mão segurava.

Era um pensamento revolucionário, assustador e revigorante.

Mas poderia mesmo? De verdade?

Como uma pessoa sabia se tinha força e coragem suficientes para uma coisa assim? Principalmente uma mulher, criada para ser uma dama, cuja coragem nunca fora testada?

Ela deixou a ideia alçar voo e fechou os olhos. Imaginou-se contando aos pais que havia se alistado na Marinha e que iria para o Vietnã, escrevendo uma carta para Finley: *Que rufem os tambores, por favor, entrei para a Marinha e estou indo para o Vietnã! Eu te vejo em breve!*

Se fizesse isso agora, eles poderiam se encontrar lá. Em campo.

Ela poderia conquistar um lugar na parede dos heróis, não por fazer um bom casamento, mas por salvar vidas em tempos de guerra.

Seus pais ficariam muito orgulhosos, tanto quanto ficaram de Finley. Ela aprendera a vida inteira que o serviço militar era um dever de família.

Espera.

Pense bem, Frankie. Pode ser perigoso.

No entanto, achava improvável. Ela estaria em um navio-hospital, bem longe do combate.

Quando Frankie soltou a mão do soldado, já tinha tomado sua decisão.

Frankie passara a semana anterior obcecada com o planejamento de seu dia de folga, sem contar suas intenções para ninguém, sem pedir nenhum conselho. Dissera a si mesma várias vezes para desacelerar, pensar melhor – e havia tentado –, mas a verdade era que sabia o que queria e não desejava que ninguém a dissuadisse.

Depois de um banho rápido, ela voltou para o quarto, projetado anos antes para uma garotinha: a cama de dossel com babados, o tapete felpudo e o papel de parede listrado com estampa de rosas. Escolheu um dos vestidos conservadores que a mãe costumava comprar para ela. *Peças de qualidade, Frances. É assim que uma mulher se destaca à primeira vista.*

Como esperado, àquela hora do dia não havia ninguém em casa. A mãe estava jogando bridge no clube, e o pai estava no trabalho.

Às 13h25, Frankie dirigiu até o escritório de recrutamento da Marinha mais próximo, onde havia um pequeno grupo de manifestantes contra a guerra do lado de fora. Eles soltavam gritos de ordem e seguravam cartazes que diziam: A GUERRA NÃO É SAUDÁVEL PARA AS CRIANÇAS E OS DEMAIS SERES VIVOS e BOMBARDEAR EM BUSCA DA PAZ É COMO TRANSAR EM BUSCA DA VIRGINDADE.

Dois homens de cabelos compridos queimavam os cartões de recrutamento – o que era ilegal –, enquanto a multidão aplaudia. Frankie nunca compreendera aqueles protestos. Será que realmente acreditavam que meia dúzia de cartazes convenceria o presidente Lyndon B. Johnson a interromper a guerra? Será que não entendiam que, se o Vietnã sucumbisse ao comunismo, o mesmo aconteceria com todo o sudeste da Ásia? Será que não liam sobre a brutalidade daquele tipo de regime?

Ao descer do carro, Frankie se sentiu totalmente exposta. Ela apertou a bolsa azul-marinho cara, de pele de carneiro, junto ao corpo e se aproximou da multidão, que entoava "Hell, No, We Won't Go".

A multidão se voltou para ela, paralisada por um segundo.

– É uma maldita garota republicana! – gritou alguém.

Frankie se forçou a continuar andando.

– Cara... essa menina é louca! – exclamou outra pessoa.

– Não entra aí, cara!

Frankie abriu as portas do escritório de recrutamento. Lá dentro, viu uma mesa debaixo de uma placa, que dizia: SEJA PATRIOTA. ENTRE PARA A MARINHA. Um marinheiro de uniforme estava sentado ali.

Frankie fechou a porta e foi até ele.

Os manifestantes esmurravam a janela. Frankie tentou não estremecer nem demonstrar nervosismo ou medo.

– Eu sou enfermeira – disse ela, ignorando o barulho lá fora. – Gostaria de entrar para a Marinha e ser voluntária no Vietnã.

O marinheiro lançou um olhar nervoso para a multidão.

– Quantos anos a senhorita tem?

– Tenho 20, senhor. Completarei 21 na semana que vem.

– A Marinha exige dois anos de serviço antes de enviar alguém para o Vietnã. A senhorita vai precisar cumprir esses dois anos em um hospital dos Estados Unidos antes de embarcar.

Dois anos. Àquela altura, a guerra já teria terminado.

– Não estão precisando de enfermeiras no Vietnã?

– Ah, como precisamos...

– Meu irmão está no Vietnã. Eu... quero ajudar.

– Sinto muito, senhorita. Regras são regras. Acredite em mim, é para a sua própria segurança.

Decepcionada, mas sem se deixar abater, Frankie saiu do escritório de recrutamento – passou correndo pelos manifestantes, que gritaram obscenidades para ela – e foi até uma cabine telefônica, onde consultou as páginas amarelas de Los Angeles e encontrou o endereço do posto de recrutamento da Força Aérea mais próximo.

Uma vez lá, ouviu a mesmíssima resposta: precisava ter mais experiência no país antes de embarcar para o Vietnã.

No posto de recrutamento do Exército, ela finalmente ouviu o que queria:

– Claro, senhorita. O Corpo de Enfermagem do Exército precisa de voluntárias. Podemos enviá-la logo depois do treinamento básico.

Frankie assinou o nome na linha pontilhada e, assim, de repente, se tornou a segundo-tenente Frances McGrath.

TRÊS

Quando Frankie voltou para a ilha, os postes da rua já começavam a se acender. Com flâmulas e luzes, o centro de Coronado estava enfeitado para as festas de fim de ano. Em frente às lojas, Papais Noéis de barba branca e roupa vermelha tocavam sinetas. Flocos de neve iluminados pendiam de linhas amarradas sobre a rua.

Em casa, Frankie encontrou os pais na sala de estar, vestidos para o jantar. O pai estava de pé em frente ao bar, folheando o jornal, enquanto a mãe, sentada em sua poltrona preferida perto da lareira, fumava um cigarro e lia um romance de Graham Greene. A casa estava decorada para as festas, com uma extravagância de luzes e uma árvore de 3 metros.

Quando Frankie entrou, o pai fechou o jornal e sorriu para ela.

– Olá, Amendoim.

– Eu tenho uma notícia – anunciou Frankie, quase explodindo de entusiasmo.

– Você está namorando – deduziu a mãe, baixando o livro. – Finalmente.

Frankie parou de repente.

– Namorando? Não.

A mãe franziu a testa.

– Frances, a maioria das garotas da sua idade...

– Mãe – interrompeu Frankie, impaciente –, estou tentando contar uma coisa importante. – Ela respirou fundo e continuou:– Eu me alistei no Corpo de Enfermagem do Exército. Agora sou a segundo-tenente McGrath. E vou para o Vietnã. Vou estar com Finley em parte de seu tempo de serviço!

– Isso não tem graça, Frances – retrucou a mãe.

O pai encarou Frankie, sem sorrir.

– Eu acho que ela não está brincando, Bette.

– Você entrou para o Exército? – perguntou a mãe lentamente, como se tentasse pronunciar as palavras em outro idioma.

– Eu prestaria continência, mas ainda não sei fazer isso. O treinamento começa em três semanas. No Forte Sam Houston.

Frankie franziu o cenho. Por que eles não a parabenizaram?

– Os McGraths e os Alexanders sempre servem – acrescentou ela. – Vocês ficaram animados quando Finley se voluntariou.

– Os homens servem – corrigiu o pai, rispidamente. – Os *homens* – repetiu ele, e fez uma pausa. – Espere. Você disse Exército? Nós somos uma família da Marinha, sempre fomos. Coronado é uma ilha da Marinha.

– Eu sei, mas a Marinha só me deixaria ir para o Vietnã se antes trabalhasse dois anos em um hospital do país – argumentou ela. – A Aeronáutica também. Disseram que eu não tenho experiência o suficiente. Só o Exército permite que eu vá depois do treinamento básico.

– Meu Deus, Frankie! – exclamou o pai, correndo a mão pelos cabelos. – Essas regras existem por uma razão.

– Volte atrás, se *desvoluntarie* – ordenou a mãe.

Ela encarou o marido e se levantou devagar.

– Deus do céu, o que vamos dizer às pessoas?

– O que vocês vão...?

Frankie não conseguia entender. Eles estavam agindo como se tivessem vergonha dela. Mas... aquilo não fazia sentido.

– Quantas vezes você nos reuniu no seu escritório para falar sobre o histórico militar desta família, pai? Você sempre disse quanto queria ter lutado pelo seu país. Pensei...

– Ele é homem – declarou a mãe. – E era contra Hitler. Na Europa. Não em um país tão pequeno que ninguém nem consegue encontrar no mapa. Fazer coisas estúpidas não é nada patriótico, Frances! – esbravejou ela, com lágrimas nos olhos, que logo afastou, impaciente. – Bom, Connor, Frankie se tornou aquilo que você a ensinou a ser. Uma crédula. Uma *patriota*.

Diante da censura da mãe, o pai saiu da sala, deixando um rastro de fumaça atrás de si. Frankie foi até ela e tentou segurar sua mão, mas a mulher se esquivou.

– Mãe?

– Eu não devia ter deixado seu pai encher a sua cabeça com toda aquela história. Ele fez com que parecessem tão... épicos os relatos de guerra da família. Só que nenhum era do lado dele, não é? *Ele* não pôde servir, então isso virou... Ah, pelo amor de Deus, nada disso importa agora.

Ela desviou o olhar e depois prosseguiu:

– Eu lembro quando *meu* pai voltou da guerra. Todo quebrado. Completamente remendado. Ele tinha pesadelos. Tenho certeza que foi isso que o levou tão cedo – disse ela, a voz embargada. – E você acha que vai chegar lá, encontrar o seu irmão e viver uma aventura? Como pôde ser tão burra?

– Eu sou enfermeira, mãe, não um soldado. O recrutador disse que vou ficar em um hospital grande, longe do front. Ele jurou que vou encontrar Finley.

– E você acreditou nele?

A mãe deu uma longa tragada no cigarro. Frankie notou como a mão dela tremia.

– Não tem volta? – perguntou ela.

– Não. Tenho que comparecer ao treinamento básico em janeiro e embarco em março. Vou estar em casa no meu aniversário, na semana que vem, e no Natal. Eu me certifiquei de que fosse assim. Sei quanto é importante para vocês.

A mãe mordeu o lábio, assentindo devagar. Frankie notou que ela tentava controlar as emoções e parecer calma. De repente, ela estendeu o braço, puxou Frankie para si e a abraçou tão forte que a filha mal conseguiu respirar.

Frankie se agarrou à mãe, enfiando o rosto no cabelo dela, armado de laquê.

– Eu te amo, mãe.

A mãe recuou, enxugou as lágrimas e olhou bem para Frankie.

– Não tente bancar a heroína, Frances Grace. Não estou nem aí para o que você aprendeu ou para as histórias que homens como o seu pai contaram. Fique de cabeça baixa, longe do front e segura. Entendeu?

– Eu prometo. Vou ficar bem.

A campainha tocou.

Um som distante, quase inaudível sob a respiração e as palavras não ditas que redemoinhavam no silêncio entre as duas.

A mãe olhou de soslaio para o vestíbulo.

– Quem diabos pode ser?

– Eu atendo – ofereceu-se Frankie.

Ela deixou a mãe parada, sozinha, na sala de estar. No vestíbulo, Frankie contornou a reluzente mesa de jacarandá onde havia um vaso com uma enorme orquídea branca, e abriu a porta.

Dois oficiais da Marinha com uniformes de gala estavam do outro lado, em posição de sentido.

Tendo vivido em Coronado Island a vida inteira, Frankie já vira jatos e helicópteros bramindo no céu e marinheiros correndo na praia em fila indiana. Em todas as festas e reuniões, alguém contava alguma história da Segunda Guerra Mundial ou da Guerra da Coreia. O cemitério da cidade estava repleto de homens que Coronado perdera nos conflitos.

Ela sabia o que oficiais na porta da frente significavam.

– Por favor – murmurou, querendo recuar e bater a porta.

Ela ouviu passos atrás de si, sapatos de salto na madeira.

– Frances? – chamou a mãe, parando ao lado dela. – O que…?

A mãe viu os dois oficiais e soltou um suspiro silencioso.

– Eu sinto muito, senhora – disse um dos oficiais, tirando o quepe e enfiando-o debaixo do braço.

Frankie tentou pegar a mão da mãe, mas ela se afastou.

– Entrem – disse a mãe com a voz rouca. – É melhor os senhores falarem com o meu marido…

Lamentamos informar, senhora, que o oficial Finley McGrath morreu em combate. Atingido… em um helicóptero…

Não existem restos mortais… não houve sobreviventes.

Nenhuma resposta às perguntas deles, só uma frase dita baixinho: *É a guerra, senhor*, como se isso explicasse tudo. *É difícil encontrar respostas.*

Frankie sabia que suas lembranças daquela noite ficariam marcadas em imagens chocantes e traumáticas: o pai, de pé, com as mãos tremendo, sem demonstrar emoção alguma até que os oficiais chamaram o filho de herói, sua voz baixa enquanto ele pedia mais detalhes, como se isso importasse: onde, quando, como? A mãe, sempre tão elegante e fria, encolhendo-se na poltrona, seus cabelos cuidadosamente arrumados despencando devagar, dizendo uma e outra vez:

– Como pode ser, Connor? Você disse que mal era uma guerra.

Frankie achou que nem seu pai nem sua mãe perceberam quando ela escapuliu da casa e cruzou a Ocean Boulevard para se sentar na areia fresca.

Como ele podia ter sido atingido? O que um auxiliar de oficial estava fazendo em um helicóptero? E o que significava isso de não haver restos mortais? O que eles iriam enterrar?

Ela sentiu que as lágrimas voltavam e fechou os olhos, lembrando-se de Finley na praia, correndo até a arrebentação, segurando a mão dela, ensinando-a a boiar de costas e nadar, levando-a para ver *Psicose* quando a mãe havia terminantemente proibido, afanando uma garrafa de cerveja para ela no feriado de Quatro de Julho. Frankie deixou as recordações fluírem: lembrou-se dele e de sua vida juntos, das brigas e discussões. De sua primeira ida à Disney, das pedaladas no verão, da corrida até a árvore na manhã de Natal, quando ele a deixava ganhar. Seu irmão mais velho.

Morto.

Quantas vezes ela e Fin estiveram ali à noite, juntos, correndo pela praia, voltando para casa de bicicleta guiados pelos postes de luz, rindo, acotovelando-se, estendendo os braços e pensando que pedalar sem segurar no guidom era correr um risco?

Como eles se sentiam livres! Invencíveis.

Ela sentiu uma presença atrás de si e ouviu passos. A mãe se sentou ao lado dela, quase despencando ao se aproximar.

– Disseram que deveríamos enterrar as botas e o capacete de outro homem no caixão do meu filho – comentou ela, por fim.

Seu lábio inferior estava sangrando um pouco no lugar onde ela o havia mordido. Ela coçou uma marca vermelha no pescoço.

– Um enterro – disse Frankie, pensando naquilo pela primeira vez.

Pessoas de preto empoleiradas nos bancos, padre Michael rezando com sua voz monótona, contando histórias engraçadas sobre Finley e seus dias de coroinha rebelde, quando ele havia lavado os soldadinhos de brinquedo na pia batismal. Como eles suportariam?

Um caixão vazio. *Não existem restos mortais.*

– Não vá – pediu a mãe, baixinho.

– Eu estou bem aqui, mãe.

Ela se virou para Frankie.

– Eu quero dizer… para o Vietnã.

Vietnã. Agora, uma palavra traumática.

– Eu tenho que ir – respondeu Frankie.

Era só no que ela pensava desde que soubera da morte do irmão. Em como se livrar do compromisso assumido com o Exército, em como ficar ali com os pais, de luto, segura.

Mas era tarde demais. Ela havia assinado, assumira um compromisso.

– Não tenho escolha, mãe. Não tenho como desfazer isso – disse ela, depois se voltou para a mãe. – Me dê a sua bênção. Por favor. Eu preciso que você diga que está orgulhosa de mim.

Por uma fração de segundo, Frankie viu a dor de sua mãe, que lhe roubou a vida das bochechas e a cor da pele. A mãe ficou pálida, lívida. Ela encarou Frankie, os olhos azuis, opacos, sem vida.

– Orgulhosa de você?

– Você não precisa se preocupar comigo. Vou voltar para casa. Eu prometo.

– Essas foram as últimas palavras que seu irmão disse para mim – lembrou ela, a voz embargada.

Ela parou por um segundo, parecia que ia falar. Então, se levantou devagar, se afastou de Frankie e caminhou de volta pela areia.

– Desculpe – murmurou Frankie, baixo demais para a mãe escutar, mas será que isso importava?

Era tarde demais para palavras.

Tarde demais para retirar qualquer uma delas.

QUATRO

rankie se destacou no treinamento básico. Além de aprender a marchar em formação (trabalho em equipe) e a pôr tanto as botas quanto a máscara de gás rapidamente (não dava para saber quando acordariam você à meia-noite devido a uma emergência; era preciso se mover rápido em uma zona de guerra), ela também aprendeu a colocar uma tala, desbridar um ferimento, carregar uma maca e iniciar uma terapia intravenosa. Frankie enrolava ataduras mais rápido que qualquer outra recruta.

Em março, estava mais do que pronta para testar as novas habilidades. Havia empacotado e despachado sua imensa mochila militar, onde enfiara o colete à prova de balas, o capacete de aço, as botas de combate, o kit de primeiros socorros do Exército, o uniforme branco de enfermeira e o casaco de campo.

E finalmente ela estava a caminho. Horas depois de pousar em Honolulu, Frankie embarcou em um jato com destino ao Vietnã. Era a única mulher à frente de 257 soldados uniformizados.

Ao contrário dos homens, que usavam confortáveis fardas verde-oliva e botas pretas, Frankie era obrigada a viajar com seu uniforme completo: jaqueta verde, saia justa, meias de náilon, escarpins pretos engraxados e bivaque. E, por baixo disso tudo, uma cinta para manter as meias no lugar. Se a roupa já era desconfortável quando deixara o Texas e embarcara no avião para o Vietnã, naquele momento, 22 horas depois, era extremamente dolorosa. Parecia ridículo que, naquela época, ainda não pudesse usar meia-calça.

Ela enfiou a nova mala dobrável no compartimento superior e foi se sentar perto da janela. Quando curvou o corpo, uma das ligas da cinta arrebentou e estalou em sua coxa como um elástico. Foi difícil consertá-la sentada.

Soldados passavam por ela, rindo e conversando, empurrando uns aos outros. Muitos pareciam ter a idade dela ou até menos. A maioria com 18, 19 anos.

Um capitão de uniforme manchado e amarrotado parou no fim de sua fila.

– Posso me juntar à senhorita, tenente?

– Claro, capitão.

Ele ocupou o assento do corredor. Mesmo de farda, dava para ver como era magro. Sulcos profundos marcavam suas bochechas. As roupas tinham um vago e desagradável cheiro de mofo.

– Norm Bronson – disse ele com um sorriso cansado.

– Frankie. McGrath. Enfermeira.

– Deus te abençoe, Frankie. Precisamos de enfermeiras.

O avião avançou na pista, decolou e se ergueu por entre as nuvens.

– Como é lá? – perguntou ela. – Quer dizer, no Vietnã?

– Palavras não ajudam, senhorita. Posso ficar aqui falando o dia todo e, ainda assim, a senhorita não vai estar pronta. Mas vai aprender logo. É só manter a cabeça baixa.

Ele se recostou e fechou os olhos. Frankie nunca tinha visto alguém cair no sono tão rápido.

Ela enfiou a mão na bolsinha preta do regulamento, retirou o maço de informações e releu tudo pela milésima vez. A repetição e o conhecimento sempre a acalmavam, e ela estava determinada a ser tão exemplar como militar quanto fora como aluna. Era o único jeito de provar aos pais que, ao se alistar, tinha sido inteligente, corajosa, até. O sucesso era importante para eles.

Ela havia decorado todos os comandos militares e a localização dos hospitais, sublinhando-os em amarelo no mapa do Vietnã. Também levou a sério as diretrizes comportamentais. Regras de conduta pessoal, de segurança na base, de como se vestir e usar armas de fogo e de sempre se orgulhar de ser soldado.

No Exército, tudo fazia sentido para ela. As regras existiam por uma razão, e era preciso segui-las para manter a ordem e ajudar uns aos outros. O sistema fora projetado para tornar obedientes os soldados – homens e mulheres. Para formar equipes. Aparentemente, isso poderia salvar a sua vida. Pertencer, fazer parte de algo maior, conhecer o seu trabalho e realizá-lo sem questionar. Ela estava confortável com todas essas diretrizes.

Como garantira à mãe diversas vezes, estava indo para a guerra, mas não exatamente, não como os homens naquele avião. Não ficaria na linha de frente, não levaria um tiro. Estava indo para o Vietnã para salvar vidas, não para arriscar a sua própria. As enfermeiras militares trabalhavam em prédios amplos e bem iluminados, como o Terceiro Hospital de Campanha, em Saigon, protegido por cercas altas e longe do campo de batalha.

Frankie se recostou e fechou os olhos, deixando que o ronco do motor a embalasse e acalmasse. Ouviu o burburinho dos homens conversando, rindo, o estalo e o assovio das latas de refrigerante sendo abertas, o cheiro dos sanduíches distribuídos. Imaginou Finley naquele avião, segurando a mão dela. Por meio segundo, esqueceu que ele estava morto e sorriu. *Estou indo te encontrar*, pensou, antes de seu sorriso desaparecer.

Enquanto caía no sono, pensou ter ouvido o capitão Bronson murmurar:

– Enviando malditos bebês...

Quando Frankie acordou, a cabine do avião estava em silêncio, exceto pelo zumbido do motor. A maioria das persianas estava fechada. Algumas luzes do teto lançavam um brilho lúgubre sobre os homens amontoados no jato.

As provocações barulhentas, as risadas e as brincadeiras, que marcaram grande parte daquele voo de Honolulu para Saigon, haviam desaparecido. O ar parecia mais pesado, mais difícil de respirar. Os novos recrutas – reconhecíveis em suas fardas verdes ainda amassadas – estavam inquietos. Agitados. Frankie viu como eles se entreolhavam, com sorrisos nervosos. Os outros soldados, aqueles homens exaustos de uniforme gasto, como o capitão Bronson, quase não se mexiam.

Ao lado de Frankie, o capitão abriu os olhos. Foi a única mudança de seu estado adormecido para o despertar, apenas um abrir de olhos.

De repente, o avião deu uma guinada, ou um pinote, parecendo girar de lado. O jato mergulhou seu nariz no ar, e Frankie bateu a cabeça no encosto do assento da frente. Os compartimentos superiores se abriram e dezenas de malas caíram no corredor, inclusive a dela.

O capitão Bronson pôs a mão áspera e nodosa sobre a de Frankie enquanto ela se agarrava ao braço da poltrona.

– Vai ficar tudo bem, tenente.

O avião parou, se estabilizou e deu uma guinada para cima em uma subida íngreme. Frankie ouviu um estampido e depois um estouro ao seu lado.

– Estão *atirando*? – perguntou ela. – Ai, meu *Deus*!

O capitão Bronson deu uma risadinha.

– Sim. Eles adoram fazer isso. Não se preocupe. Vamos dar umas voltas durante um tempo e tentar de novo.

– Aqui? Não deveríamos pousar em outro lugar?

– Nesse pássaro grande? Não. Só nos resta a base de Tan Son Nhut, senhorita. Eles estão esperando os MNs que temos a bordo.

– MNs?

– Malditos novatos – explicou ele, sorrindo. – E uma bela e jovem enfermeira. Nossos garotos vão liberar o aeroporto em um segundo. Não se preocupe.

O avião ficou dando voltas até que os dedos de Frankie doessem de tanto apertar o braço da poltrona. Lá fora, ela viu explosões alaranjadas e vermelhas, além de listras rubras rasgando o céu escuro.

Enfim, o avião se nivelou, e o piloto surgiu no alto-falante, dizendo:

– Certo, fãs de esportes radicais, vamos tentar essa merda de novo. Apertem os cintos!

Como se Frankie os tivesse desafivelado...

O jato desceu. Os ouvidos de Frankie estalaram e, quando ela percebeu, já estavam batendo na pista, diminuindo a potência e taxiando até parar.

– Oficiais seniores e mulheres desembarcam primeiro – ordenou o alto-falante.

Os oficiais deixaram Frankie sair na frente. Preferia que não o tivessem feito. Não queria ser a primeira. Ainda assim, pegou a mala no corredor e a pendurou, junto com a bolsa, no ombro esquerdo, deixando a mão direita livre para prestar continência.

Quando saiu da aeronave, o calor a envolveu. E o *cheiro*. Meu Deus, o que era aquilo? Combustível de avião... fumaça... peixe... e, sinceramente, havia um fedor de algo que parecia bosta. Sua cabeça começou a latejar bem atrás dos olhos. Ela desceu as escadas; na base, um soldado solitário os aguardava no escuro, a silhueta recortada pela luz ambiente de um prédio distante. Ela mal conseguia enxergar o rosto dele.

À esquerda, bem longe, uma explosão provocava chamas alaranjadas.

– Tenente McGrath?

Ela só conseguiu assentir. O suor escorria por suas costas. Estavam *bombardeando* ali perto?

– Venha comigo – orientou o soldado.

Ele a conduziu pela pista acidentada e esburacada, passando pelo terminal e indo até um ônibus escolar todo pintado de preto, inclusive as janelas, que estavam cobertas com uma espécie de tela de arame.

– A senhorita foi a única enfermeira que chegou hoje. Sente-se e espere aqui. Não saia do ônibus.

O calor dentro do veículo parecia o de uma sauna, e aquele cheiro – de bosta e peixe – lhe dava ânsia de vômito. Ela se sentou na fileira do meio, perto de uma janela preta. Parecia que estava sendo sepultada.

Algum tempo depois, um soldado negro fardado, com um rifle M16, pulou no banco do motorista. As portas zuniram e os faróis se acenderam, esculpindo cones dourados na escuridão à frente deles.

– Não fique muito perto da janela, senhorita – advertiu ele, pisando firme. – Granadas.

Granadas?

Devagar, Frankie se moveu para o lado. Em meio àquela escuridão fétida, ela se empertigou totalmente e foi sacudida para cima e para baixo até pensar que iria vomitar.

Finalmente, o ônibus diminuiu a velocidade. Sob o brilho dos faróis, ela viu um portão ladeado por policiais militares. Um dos guardas falou com o motorista, depois se afastou. Os portões se abriram, e eles avançaram.

Não muito tempo depois, o veículo parou de novo.

– Pronto, senhorita.

Frankie estava suando tanto que precisou enxugar os olhos.

– Hã?

– A senhorita fica aqui.

– O quê? Ah.

De repente, ela percebeu que não havia uma esteira de bagagens, portanto não havia recuperado a mochila.

– Minha mochila…

– Ela será entregue, senhorita.

Frankie pegou a bolsa e a mala e foi até a porta.

Uma enfermeira estava parada na lama, de uniforme branco do quepe aos sapatos, esperando por ela. Como conseguiam manter o uniforme tão limpo? Atrás dela, estava a entrada de um hospital imenso.

– A senhorita precisa descer do ônibus – avisou o motorista.

– Ah, sim.

Frankie pisou na lama espessa e começou a prestar continência.

A enfermeira agarrou o pulso dela, interrompendo a saudação.

– Aqui, não. O inimigo adora matar oficiais – disse ela. Em seguida, apontou para um jipe parado. – Ele vai te levar até o seu alojamento temporário. Amanhã, às sete horas, se apresente na administração para se registrar.

Frankie tinha perguntas demais para escolher uma só, mas sua garganta doía. Agarrada à mala e à bolsa, foi até o jipe e pulou no banco de trás.

O motorista acelerou com tanta vontade que Frankie foi arremessada para trás, onde uma mola saliente de metal cutucou sua bunda. O tráfego noturno da base era intermitente. Em fragmentos de luz, ela viu muros de sacos de areia e arame farpado em volta de construções de madeira e guardas armados em torres. Soldados uniformizados caminhavam pelas ruas, segurando rifles. Um imenso caminhão-pipa parou ao lado deles, roncando, e então seguiu em frente. Buzinas ressoavam o tempo todo, e homens gritavam uns com os outros.

Surgiu outro posto de controle, que parecia improvisado com barris de metal, rolos de arame farpado e uma cerca alta de arame. O guarda fez sinal para que eles passassem.

Finalmente chegaram a outra cerca, com espirais de concertina no topo.

O jipe freou. O motorista se inclinou para o lado e abriu a porta.

– Sua parada, senhorita.

Frankie franziu o cenho. Ela demorou um pouco para descer do jipe com aquela saia justa.

– Naquele prédio, senhorita. Segundo andar, 8A.

Atrás das grades de ferro, ela viu o que parecia ser uma prisão abandonada. As janelas tinham sido cobertas por madeira compensada e faltavam pedaços imensos das paredes. Antes que Frankie pudesse perguntar aonde ir, o jipe já estava dando marcha a ré, buzinando para alguma coisa e acelerando.

Frankie foi até o portão, que rangeu alto ao ser aberto, e entrou em um quintal com mato alto, onde crianças esqueléticas brincavam com uma bola meio murcha. Uma senhora vietnamita estava agachada ao lado da grade, cozinhando algo em uma fogueira.

Frankie avançou por um caminho irregular até a porta da frente e entrou no prédio. Ali dentro, chamas de lampiões a gás bruxuleavam, lançando sombras nas paredes. Uma mulher de farda esperava por ela na entrada sombria.

– Tenente McGrath?

Graças a Deus.

– Sou eu.

– Vou lhe mostrar o seu quarto. Venha comigo.

A mulher a conduziu por um corredor cheio de camas dobráveis e subiu um lance de escada, cujos degraus vergavam com o peso delas, até um quarto no segundo andar – na verdade, um cubículo. O cômodo mal tinha espaço para acomodar os beliches que estavam ali, junto a uma única cômoda. Talvez aquele prédio já tivesse sido um convento ou uma escola.

– O registro é amanhã, às sete horas. Na administração.

– Mas...

A soldado se afastou, fechando a porta atrás de si.

Escuridão.

Frankie tateou a parede à procura de um interruptor, que encontrou e apertou. Nada.

Ela voltou a abrir a porta, grata pela pouca iluminação que vinha dos lampiões a gás do corredor. Saiu à procura de um banheiro e o encontrou, com uma pia e um vaso sanitário enferrujados. Abriu a torneira, que verteu um filete de água morna, lavou o rosto e tomou alguns goles.

Uma mulher de short e camiseta verde-oliva entrou, viu Frankie e franziu o cenho.

– Vai se arrepender disso, tenente. Nunca beba essa água.

– Ah. Eu sou nova… no país.

– É… – disse a mulher, passando os olhos pela saia do uniforme de Frankie. – Não me diga.

Frankie acordou no meio da noite com uma cólica horrível. Ela saiu pelo corredor até o banheiro e bateu a porta atrás de si. Nunca tivera uma diarreia como aquela. Era como se tudo o que havia comido no último mês quisesse deixar seu corpo naquele momento e, mesmo quando já não restava mais nada, a cólica continuou.

A aurora não trouxe nenhum alívio. Ela checou a hora, se enroscou em posição fetal e voltou a dormir. Às seis e meia, Frankie se levantou e se equilibrou nas pernas bambas, mal conseguindo abotoar o uniforme. Vestir a cinta foi uma tortura.

Do lado de fora, o quintal cheio de mato estava repleto de crianças vietnamitas de braços muito finos, que a observavam em silêncio. Dezenas de fardas verdes pendiam de um varal.

Ela empurrou o portão e atravessou a enorme e movimentada base, que era uma sequência aleatória de prédios, tendas, barracões e ruas, sem nenhuma árvore à vista. O lugar obviamente tinha sido construído com escavadeiras. Havia riquixás com famílias inteiras, velhas carroças puxadas por búfalos-asiáticos e dezenas de veículos do Exército, que competiam para chegar mais rápido ao seu destino. Um jipe passou por ela e respingou lama, o motorista buzinando para as crianças na beira da estrada e para o búfalo que vagava ali.

Ninguém olhou duas vezes para a mulher de uniforme completo que caminhava com cuidado, tentando não vomitar.

Frankie demorou quase uma hora para encontrar o prédio da administração, que ficava perto da Ala A do amplo Terceiro Hospital de Campanha, onde enfermeiras de uniformes brancos engomados se deslocavam em grupos, por vezes correndo, e avisos retumbavam nos alto-falantes pretos.

Ela bateu à porta fechada da administração.

– Entre – ordenou alguém.

Frankie obedeceu.

Dentro do escritório, prestou continência para uma coronel magra sentada à mesa à sua frente.

A mulher olhou para cima e ergueu o queixo com um movimento cortante, como o de um pássaro, desequilibrando os óculos de gatinho perfeitamente empoleirados no nariz. A forma como ela suspirou quando Frankie entrou não foi muito encorajadora.

– E você é?

– Segundo-tenente Frances McGrath, coronel.

A coronel examinou a papelada.

– Você foi designada para o Trigésimo Sexto Hospital de Evacuação. Venha comigo.

Ela se levantou rapidamente, passou por Frankie e foi até a porta. Frankie se esforçou para se levantar, torcendo para que a diarreia não voltasse.

A coronel abriu caminho pela multidão de funcionários e foi até um heliporto branco e redondo, com uma cruz vermelha pintada, onde um helicóptero aguardava. Ela fez um sinal de positivo para o piloto, que imediatamente ligou o motor. As imensas hélices giraram devagar até se tornarem um borrão que lançava ar quente sobre ela.

– Eu tenho… algumas perguntas, coronel – gaguejou Frankie.

– Não para mim, tenente. Vai logo. Ele não tem o dia todo.

A coronel forçou Frankie a se inclinar para a frente e a empurrou na direção do helicóptero que zumbia.

Na lateral aberta, um soldado a agarrou pela mão, girou-a para dentro e depois a empurrou para um assento de lona na parte de trás da aeronave.

– Segure-se, senhorita! – gritou ele.

O helicóptero imediatamente alçou voo, primeiro mergulhando o nariz no ar e depois o erguendo para a frente, sobrevoando a imensa base americana, e logo veio o caos de Saigon.

O estômago de Frankie se rebelou com o movimento.

Aquilo não parecia nada seguro. E onde estavam as armas? Como poderiam atirar no inimigo se fosse necessário? Em algum lugar, houve uma explosão, que chacoalhou o helicóptero. Ele virou de lado e Frankie cobriu a boca com a mão, rezando para não vomitar.

Outra explosão. Uma saraivada de tiros. O helicóptero balançou feio, e o barulho era de mil parafusos sendo sacudidos em uma caixa de metal.

Frankie sobreviveu àquele voo apavorante respirando fundo o tempo todo. Muitas vezes tinha que se controlar para não gritar. Mas então, milagrosamente, começaram a descer em direção a um heliporto.

Quando tocaram o solo, o copiloto olhou para trás.

– Senhorita?

– O quê? – gritou Frankie.

– A senhorita precisa sair.

– Ah. Está bem.

Ela não conseguia se mexer.

O soldado que a ajudara a embarcar – um paramédico – a puxou do assento e a arrastou em direção à porta aberta. Uma primeiro-tenente com o uniforme militar manchado estava por perto, segurando o chapéu de lona e olhando para cima.

O paramédico atirou a mala de Frankie para fora do helicóptero. Ela aterrissou aos pés da primeiro-tenente.

– Senhorita? – disse ele, impaciente.

Pule, Frankie.

De salto.

Frankie bateu no chão com tanta força que chegou a dobrar os joelhos. Ela deixou cair a bolsa e se abaixou rapidamente para pegá-la. Respirando fundo e ignorando a dor, endireitou-se devagar e começou a prestar continência.

– Tenente McGrath se apresentando para o trabalho.

– Aqui não – disse a primeiro-tenente. – Eu gosto de ficar viva. Meu nome é Patty Perkins. Enfermeira cirúrgica.

Ela segurou Frankie por um instante, ajudando-a a se firmar, depois a soltou de repente e começou a caminhar.

– Bem-vinda ao Trigésimo Sexto. Somos um hospital de evacuação na costa, com 400 leitos e a cerca de 100 quilômetros de Saigon. Você é uma das nove enfermeiras da equipe, que também conta com enfermeiros e paramédicos. Somos nós que mantemos esse lugar funcionando! – gritou a primeiro-tenente, olhando para trás. – Ele é considerado um dos nossos postos mais seguros. A zona desmilitarizada fica ao norte, então os combates aqui são mínimos. Cuidamos dos GFs, que são evacuados…

Frankie se esforçava para acompanhá-la.

– GFs?

– Gravemente feridos. Aqui você vai ver de tudo: lepra, amputações, mordidas de rato e o que sobra de um soldado depois que uma mina terrestre explode. A maioria dos ferimentos requer fechamentos primários atrasados, o que significa limpar e desbridar as feridas, mas não fechá-las. Esse vai ser o seu principal trabalho. Quase todos os pacientes ficam aqui por três dias ou menos. Daqui, os sortudos vão para o Terceiro Hospital de Campanha, em Saigon, para um tratamento mais especializado. Os azarados voltam para suas unidades, e os muito azarados vão para casa dentro de uma caixa. Preste atenção, tenente.

A mulher abriu caminho por entre uma série de barracões Quonset e prosseguiu:

– Aqui ficam o Pronto-Socorro, o Pré-Operatório, as duas salas de cirurgia, o Pós-Operatório, a UTI e a Neuro – explicou ela, sem interromper a caminhada. – Este é o refeitório. Oficiais do lado direito. Amanhã, você vai se apresentar à major Goldstein na administração, às oito horas. Ela é a enfermeira-chefe.

De repente, a mulher parou em frente a uma fileira de construções de madeira idênticas e protegidas até a metade por pilhas de sacos de areia.

– Este é o seu alojamento. Os chuveiros e as latrinas ficam ali. Tome banho rápido, os pilotos gostam de dar uns rasantes para assistir – contou Patty, sorrindo, e depois lhe ofereceu dois frascos de comprimidos. – Malária e diarreia. Tome religiosamente. Só beba água das nossas garrafas ou galões. Se você quiser, eu mostro...

Patty parou no meio da frase e inclinou a cabeça, tentando escutar alguma coisa. Um instante depois, Frankie ouviu o som dos helicópteros.

– Droga – disse ela. – Novas baixas. Você está por sua conta, McGrath. Vai se acomodando.

Com um sorriso encorajador, ela deu um tapinha no ombro de Frankie e saiu apressada. Frankie ouviu o baque de dezenas de botinas correndo pelas rampas de madeira do acampamento inteiro.

Sentiu-se abandonada.

– Animação, McGrath! – berrou ela, bem alto.

Ao alcançar a porta do alojamento, Frankie subiu o único degrau e entrou em um cômodo escuro, mofado e cheio de insetos, com 4,5 por 9 metros. Ele era dividido em três cubículos, cada um com sua própria cama dobrável de metal e lona verde, uma mesa de cabeceira improvisada e uma luminária. Nas paredes feias de madeira compensada, havia uma rede verde-oliva pendurada, formando barrigas entre um ponto de apoio e outro. Acima de uma das camas, fotos coloridas tinham sido pregadas na parede: um casal em frente a um estábulo vermelho, um homem de cabelos bem curtinhos encostado no capô de uma caminhonete e o mesmo homem parado entre uma garota ruiva e um imenso cavalo preto. Acima de outra cama, havia pôsteres de Malcolm X, Muhammad Ali e Martin Luther King Jr. A terceira cama – a dela, aparentemente – não tinha nenhum adorno, mas o compensado estava cheio de buracos de tachinhas e papéis de pôsteres rasgados, que foram pregados e depois arrancados. A mochila dela estava no chão.

Havia uma pequena geladeira em um canto, e alguém tinha construído uma estante com ripas velhas e enchido as prateleiras com livros de bolso gastos. Fazia um calor sufocante e não havia nenhum ventilador ou janela. Uma camada de terra vermelha cobria o chão.

Ela fechou a porta, se sentou na cama estreita e abriu a mala dobrável. Uma Polaroid novinha em folha estava em cima da pilha de fotos cuidadosamente embrulhadas que trouxera de casa. Ela pegou a primeira, desembrulhou-a e deixou-a sobre o colo. A foto tinha sido tirada na Disney. Frankie e Finley estavam de mãos dadas em frente ao Castelo da Bela Adormecida. Uma fração de segundo antes do clique, Finley pegara o talão de ingressos da mãe e arrancara os bilhetes, dizendo:

– Eu e Frankie vamos direto para o Foguete Lunar. E depois para o Submarino.

– Espero que eles sirvam bebidas em um desses quiosques, Connor – comentara a mãe baixinho.

Frankie sentiu os olhos arderem com as lágrimas. Não havia ninguém ali para ver ou se importar, então não se deu ao trabalho de detê-las. Olhando para a imagem do irmão, os dentes salientes, os cabelos brilhosos e o rosto sardento, ela pensou: *O que foi que eu fiz?*

Depois, desembrulhou uma foto dos pais, tirada em uma de suas famosas festas do Quatro de Julho, ambos sorrindo. Ao fundo, havia uma mesa decorada com bandeirolas patrióticas.

Eles estavam certos. Ela não deveria estar tão longe de casa – na guerra – sem Finley. Como duraria um ano inteiro ali?

De repente, seu estômago se revirou de novo.

Ela correu até as latrinas.

CINCO

*H*oras depois, Frankie ainda estava deitada na cama, tentando não chorar nem vomitar, desejando nunca ter se alistado, quando a porta do alojamento se abriu. Duas mulheres com as roupas sujas de sangue entraram: uma negra com cabelos curtinhos, de short, camiseta e botas de combate, e uma ruiva alta, magra como a Olívia Palito, a farda manchada. Frankie deduziu que ambas eram mais velhas que ela, mas não muito.

– Olhe só para isso, Babs. Sangue novo – disse a Olívia Palito, desabotoando a blusa verde-oliva e atirando-a para o lado.

Havia sangue no sutiã da mulher. Ela se aproximou, pisando firme com aquelas botas, sem ligar para a própria nudez.

– Sou Ethel Flint, da Virgínia. Enfermeira da emergência – disse ela, estendendo a mão para Frankie e apertando a dela agressivamente, como se engatilhasse um rifle. – Essa aqui é Barb Johnson, enfermeira cirúrgica. Veio de uma cidade minúscula da Geórgia. Ela é uma víbora. Vivia fazendo a última garota chorar.

– Isso não é verdade, Ethel, e você sabe muito bem – retrucou a mulher negra, tirando a camiseta. – Meu Deus, como está quente!

Frankie olhou para Barb. Sinceramente, não conhecia muitas pessoas negras. Algo na forma como Barb a encarou de volta, os olhos semicerrados e perscrutadores, fez com que Frankie se sentisse uma garotinha que errara de sala de aula.

– Sou Frankie McGrath – apresentou-se ela.

A voz dela falhou no meio da frase, e Frankie precisou recomeçar.

– Bom, Frankie, livre-se desse uniforme – disse Ethel, arrancando o sutiã e vestindo uma camiseta verde-oliva de gola V, que revelava a corrente prateada com plaquinhas de identificação em seu pescoço. – Vai ter uma festinha em sua homenagem…

Barb bufou.

– Não é bem assim, Ethel. Não dê uma falsa impressão para a garota.

– Bom, talvez seja um pouco de exagero, mas duas tartarugas chegaram hoje e um cara está indo para casa.

– O que é uma tartaruga? – perguntou Frankie.

– Você é uma, criança – respondeu Ethel, soando velha e exausta. – Agora, mexa esse traseiro. Estou com uma sede infernal. Foi um longo dia, e eu estou louca por uma Coca-Cola.

Frankie não estava acostumada a tirar a roupa na frente de estranhos. Mas, como não queria que as colegas de quarto achassem que era pudica, começou a se despir.

Foi só quando já estava com a roupa de baixo que se deu conta de que não havia nada em sua mala que pudesse vestir, exceto o uniforme verde novinho e cuidadosamente dobrado, que deveria usar no trabalho, o pijama, um vestido de verão azul-bebê que a mãe a convencera que seria perfeito para os dias de folga e o uniforme branco de enfermeira.

– Uma cinta! – exclamou Ethel com um suspiro.

Ela abriu uma gaveta e remexeu lá dentro, tirando um short jeans cortado e uma camiseta do Exército, que logo atirou para Frankie.

– Não se preocupe, não foi só você. Eles nunca avisam o tipo de roupa que a gente deve usar aqui.

– Na verdade, não contam nada – completou Barb.

Frankie tirou a cinta e desenrolou as meias marrons. Ficou parada por um segundo, sentindo o escrutínio das colegas, depois vestiu rapidamente as roupas emprestadas. A camiseta era imensa, batia abaixo do quadril, e quase cobriu o shortinho quando Frankie enrolou o cós para ajustá-lo.

Ela abriu a mochila e pegou o colete à prova de balas e o capacete de aço do Exército. Ao se enfiar no colete, imediatamente sentiu seu peso. O capacete caiu e cobriu os olhos dela.

– É uma festa – disse Barb –, não um filme do John Wayne. Tira essa merda.

– Mas…

Frankie se virou rápido demais, e o capacete bateu com força no ossinho de seu nariz, machucando-o.

– … o regulamento diz…

Barb saiu do alojamento, batendo a porta atrás de si.

Gentilmente, Ethel tirou o capacete da cabeça dela e o atirou na cama.

– Olha, eu sei que é muita informação para um dia só. A gente vai te ajudar a se adaptar, prometo. Mas não agora, está bem? Quanto ao colete, simplesmente não use, ok?

Frankie desafivelou o colete e o jogou de lado. Ele aterrissou sobre o capacete na cama dela. Ela se sentia exposta e ridícula em uma camiseta enorme que engolia o short e deixava de fora tanto as pernas quanto os coturnos novinhos, que engraxara obsessivamente. Por que não trouxera um tênis? Será que os homens que tinham escrito a seção "O que levar" do regulamento *estiveram* no Vietnã? Ela fizera um corte pixie inspirado na Twiggy para a viagem e agora, 38 horas depois e naquela umidade infernal, com certeza parecia estar usando uma touca de natação. Ou ter 12 anos.

Ethel falava enquanto andava depressa:

– Bem-vinda ao Trigésimo Sexto, Frank. Posso te chamar de Frank? Tecnicamente, isto é um hospital móvel, mas faz tempo que não vamos a lugar nenhum. Em vez disso, não paramos de crescer. Temos vários médicos e quatro cirurgiões, que você logo vai identificar: eles pensam que são deuses. Somos nove enfermeiras, dois enfermeiros e um monte de paramédicos. Na maioria das alas, os turnos são de sete da manhã às sete da noite, seis dias por semana, mas, como estamos com pouco pessoal agora, trabalhamos até atender o último paciente. Se está parecendo muito, é porque é mesmo, mas você se acostuma. Corre. Você está ficando para trás.

Na escuridão minguante, Frankie não conseguia enxergar muito do lugar: uma fileira de barracões – os alojamentos –, uma grande construção de madeira que abrigava o refeitório, as latrinas das enfermeiras, uma capela e uma fileira de barracões Quonset mal iluminados, o símbolo do hospital pintado nas paredes externas.

Ethel dobrou a esquina de um barracão e, de repente, elas estavam em um espaço aberto, um pedaço de terra vermelha cercado por estruturas sombrias. Tudo parecia construído às pressas, temporário. Não muito longe – perto o suficiente para que ouvissem o barulho das ondas – ficava o mar da China Meridional.

Uma luz pálida cobria a concertina que delimitava o perímetro do acampamento. À esquerda, havia um bunker cercado de sacos de areia, cuja entrada era um buraco quadrado e preto sob um arco de madeira. Na viga sobre a entrada, alguém havia pintado CLUBE DOS OFICIAIS com tinta spray. Uma cortina de contas multicoloridas protegia o interior de olhares curiosos.

Ethel empurrou a cortina. As contas chocalharam suavemente.

Por dentro, o lugar era maior do que parecia. No fundo, havia um bar de madeira compensada com banquinhos na frente. Atrás do balcão, um barman ocupado preparava bebidas. Uma vietnamita, que parecia usar calças de pijama debaixo da túnica comprida, passava com uma bandeja de mesa em mesa. Um som estéreo ostentava imensos alto-falantes. Ao lado dele, havia centenas de fitas Stereo 8. "Like a Rolling Stone" retumbava no ambiente, tão alto que as pessoas precisavam gritar para conversar. Três homens atiravam dardos em um alvo na parede.

A fumaça preenchia o ar, fazendo com que os olhos de Frankie ardessem.

Vários homens e algumas mulheres abarrotavam o lugar – sentados nas mesas ou de pé, espalhados ao longo das paredes. Um cara plantava bananeira, com as pernas de fora e cruzadas. A maioria fumava e bebia.

Quando a música acabou, fez-se silêncio. Frankie ouviu fragmentos de conversas, algumas risadas e alguém gritando:

– Eles não se curtiam, cara!

Ethel bateu palmas para chamar atenção.

– Ei, pessoal, essa aqui é Frankie McGrath! Ela é de… – começou ela, virando-se para Frankie. – De onde você é?

– Califórnia.

– Da ensolarada Califórnia!

Ethel empurrou Frankie para a frente, apresentando-a aos outros oficiais. Patty estava perto do bar, fumando um cigarro e jogando cartas com um capitão. Ela sorriu e acenou.

De repente, a música mudou. No alto-falante, os Beach Boys começaram a cantar *East Coast girls are hip…*

As pessoas batiam palmas e gritavam:

– Bem-vinda, Frankie!

Um homem a pegou nos braços e começou a dançar com ela.

Ele era alto, magro e bonito, e vestia uma camiseta branca e uma calça jeans gasta. Seus cabelos louros cor de areia eram curtos como determinava o regulamento, mas o sorriso em seu rosto – e o cigarro de maconha em sua boca – lhe dizia que era o tipo de cara de quem o pai a advertira para ficar longe. Bom, na verdade o pai dizia isso a respeito de todos os homens. (*Solteiros de guerra, Frankie. Homens casados que acham que o amor é um vale-tudo enquanto as bombas estiverem caindo. Não cruze essa barreira, não nos envergonhe.*)

Ele exalou rápido aquela fumaça doce e ofereceu o baseado a ela.

– Quer dar um tapa?

Frankie arregalou os olhos. Não era a primeira vez que lhe ofereciam maconha (tinha cursado a faculdade, embora em uma instituição católica), mas ali era o Vietnã. A guerra. Uma época sombria. Se não havia fumado maconha na Faculdade para Moças de San Diego, não seria ali que usaria drogas.

– Não, obrigada, mas eu aceito uma…

Antes que pudesse dizer *Coca-Cola*, uma explosão abalou o Clube dos Oficiais. As paredes chacoalharam, terra começou a cair do teto, um baú se espatifou no chão e alguém gritou:

– Agora não! Estou bebendo…

Outra explosão. Uma luz rubra brilhante atravessou a cortina de contas. Uma sirene de alerta vermelho ressoou pelo acampamento.

Do alto-falante, veio uma voz:

– *Atenção, equipe, procure abrigo! Alerta vermelho de segurança! Estamos sendo atacados por mísseis! Repetindo: alerta vermelho! Procure abrigo!*

Atacados por mísseis?

Outra explosão. Mais perto. As contas balançaram, retinindo.

Frankie se desvencilhou dos braços de quem quer que fosse aquele homem e correu em direção à porta.

Ele a agarrou, puxando-a de volta.

Ela entrou em pânico, gritou, tentou se livrar dele. Ele a colou contra seu corpo.

Alguém aumentou o volume da música enquanto chovia terra na cabeça deles.

– Você está segura, McGrath – sussurrou o homem no ouvido de Frankie, e ela sentiu o hálito dele no pescoço. – Pelo menos tão segura quanto em qualquer outro lugar desse maldito país. Só respire. Estou aqui com você.

Ela ouvia o disparo e a explosão dos mísseis, sentia o chão tremer.

A cada nova explosão, Frankie estremecia. *Ai, meu Deus. O que foi que eu fiz?* Ela pensou em Finley.

Lamentamos informar...

Não existem restos mortais...

– Estou aqui com você – repetiu o homem, apertando-a em seus braços quando a respiração dela acelerou. – Não se preocupe.

A sirene voltou a soar.

Ela sentiu que o homem afrouxava o aperto, que a tensão nos braços dele diminuía.

– É o aviso de que está tudo bem – explicou ele.

Quando outra explosão ressoou, ele riu e disse:

– Agora somos nós. Dando o troco.

Frankie ergueu os olhos, envergonhada do próprio medo. Que espécie de soldado era ela? Parada ali, tremendo feito vara verde e prestes a chorar logo no primeiro dia?

– Mas... os bunkers... não devia...?

– Que tipo de anfitrião eu seria se te expulsasse da própria festa por causa de um simples ataque de morteiro? Meu nome é Jamie Callahan. Cirurgião torácico. De Jackson Hole. Apenas olhe para mim, McGrath. Esqueça o resto.

Frankie tentou se concentrar em sua respiração, nos gentis e tristes olhos azuis dele, tentou fingir que não estava apavorada.

– Você é méd-dico? – conseguiu perguntar.

Jamie sorriu, mostrando a ela, afinal, que era jovem – ou, pelo menos, que não era velho. Devia ter uns 30 anos.

– Sou. Ala 5. Cirúrgica – respondeu ele, inclinando-se para ela. – Talvez você trabalhe comigo.

Ela ouviu aquele balbucio sexy, sentiu o cheiro de álcool e maconha no hálito dele, e aquele mundo estranho, cambiante e explosivo se equilibrou por um instante, tornando-se tão familiar quanto um médico dando em cima de uma enfermeira.

– Meu pai me alertou sobre caras como você.

As explosões cessaram.

– Pronto – disse Jamie com um sorriso, mas havia algo errado ali, como se, talvez, ele também estivesse com medo.

Alguém aumentou a música. *These boots are made for walkin'…*

A multidão começou a cantar junto, formar pares e dançar.

De repente, a festa estava a todo vapor de novo, as pessoas fumando, bebendo e rindo como se não tivessem acabado de encarar um bombardeio.

Jamie sorriu.

– Que tal um shot de uísque, garota da Califórnia?

Frankie tentou recuperar a fala.

– Não sei…

Tinha completado 21 anos alguns meses antes, mas nunca havia bebido destilados.

Ele se inclinou para ela.

– Vai te ajudar a parar de tremer.

Frankie duvidou.

– Vai mesmo?

Ele lançou a ela um olhar triste.

– Por esta noite.

SEIS

Na manhã seguinte, Frankie acordou desorientada, sem saber ao certo onde estava.

Então, foi atingida pelo cheiro: bosta, peixe e vegetação apodrecida. E pelo calor. Estava encharcada de suor. Os lençóis tinham um odor azedo.

Ela estava em seu alojamento-sauna, no Vietnã. Sua cabeça latejava.

Frankie se sentou e jogou as pernas para fora da cama.

Por um minuto terrível, pensou que vomitaria.

Na noite anterior, tinha bebido dois shots de uísque. *Dois.*

E não havia comido nada.

A última coisa que se lembrava era de ter dançado com Ethel ao som de "Monday, Monday". Será que, em certo momento, seu shortinho havia caído, amontoando-se sobre suas novas e brilhantes botas de combate? Ela achava que sim, pois se lembrava de ter ouvido alguém dizer:

– Belas pernas, Frank!

E depois viu Ethel rindo enquanto ela se esforçava para puxar o short para cima.

Ai, meu Deus. Que ótima maneira de causar uma boa primeira impressão.

Onde estavam Barb e Ethel?

Trêmula e desidratada, coçou os cabelos curtos e olhou em volta. Uma imensa ratazana cinzenta estava sentada no chão sujo de madeira, segurando uma barra de chocolate com as pontudas patas cor-de-rosa. Diante do olhar de Frankie, ela parou de roer o doce e a encarou de volta, os olhinhos pretos como gotas de óleo.

Na manhã seguinte, ela atiraria alguma coisa no bicho. Naquele momento, estava fraca demais para isso.

Ignorando o rato – que agora também a ignorava –, Frankie saiu da cama e vestiu o uniforme verde-oliva amassado, tomando cuidado para enfiar a calça dentro das novas botas engraxadas.

A ratazana correu pelo chão de madeira e desapareceu atrás da cômoda.

– Certo – disse Frankie, ficando de pé naquele espaço pequeno e entulhado.
– Você consegue.

Comeria alguma coisa, beberia bastante água e se apresentaria para o trabalho. Só beberia a água tratada e tomaria os remédios contra malária e diarreia na hora certa.

Do lado de fora, viu que o lugar era um amplo complexo de construções, todas situadas em um trecho quase sem árvores, com uma terra vermelho-vivo. Havia edifícios, barracões, cabanas e tendas. Os barracões Quonset, que abrigavam as alas, pareciam latas gigantes cortadas ao meio verticalmente e pressionadas contra a terra, as entradas protegidas por sacos de areia.

Ela seguiu pelo corredor central, cercado dos dois lados por uma longa área coberta e fileiras de construções. Passou pelo alojamento masculino, pela farmácia, por uma pequena capela e pelo posto da Cruz Vermelha. No meio do corredor, debaixo de uma alta torre d'água, havia um palco elevado. Agora vazio.

O refeitório corria perpendicularmente ao palco. Ela parou em frente à porta aberta da comprida construção de madeira. Por dentro, o espaço estava dividido ao meio: de um lado ficavam os oficiais e, do outro, os alistados.

Ela encontrou uma mesa posta, com pão, muffins, um pote de manteiga de amendoim e um tubo de manteiga. Frankie se serviu uma xícara de café e tomou um gole, torcendo para que ela amenizasse sua dor de cabeça latejante. Quando terminou a primeira xícara, passou manteiga de amendoim em uma torrada e a engoliu com um copo de leite.

Imediatamente, sentiu ânsia de vômito e correu para as latrinas, mas só conseguiu chegar até a metade do caminho e vomitou ao lado da Cruz Vermelha.

Quando já não havia mais nada no estômago, voltou com cuidado pelo corredor e foi até o escritório da major Wendy Goldstein. Lá dentro, viu a enfermeira-chefe sentada a uma mesa, atrás de uma pilha de papéis, vestida com uma farda desbotada e bem passada.

Frankie entrou no escritório e prestou continência.

– Segundo-tenente McGrath se apresentando conforme ordenado – disse ela, a voz nítida.

A major Goldstein ergueu os olhos. Tanto o rosto quanto os cabelos dela eram claros, o que poderia passar uma impressão de fragilidade, mas, de alguma forma, era exatamente o contrário.

– Que horas são, tenente McGrath?

Frankie olhou de relance para o relógio preto na parede, protegido por uma gaiola de arame da mesma cor.

– São 8h03, major Goldstein.

A major apertou os lábios.

– Ah, que bom. Achei que não soubesse ver as horas. Quando disserem para se apresentar às oito, eu espero vê-la pontualmente nesse horário. Estamos entendidas?

– Sim, major – respondeu Frankie. – Eu estava... doente.

– Não beba a água daqui ou vai passar o ano inteiro vomitando ou cagando. Ninguém te falou isso? Eu acho...

Ela parou no meio da frase e soltou um suspiro. Depois, inclinou a cabeça para o lado, apurando os ouvidos.

– Droga – soltou, por fim.

Frankie ouviu o distante *flop-flop-flop* dos helicópteros que chegavam.

– Estamos sendo atacados?

– Não do jeito que você pensa – respondeu ela, fechando uma pasta de papel pardo. – Vamos ver do que é capaz, McGrath. Vou te colocar no quadro a partir de amanhã. Esteja aqui às oito em ponto. Por ora, mãos à obra. Apresente-se à tenente Flint, no PS.

– No Pronto-Socorro? Eu não sou...

– Não estou te convidando para uma festa, McGrath. *Mexa-se.*

Frankie estava tão confusa que se esqueceu de prestar continência. Não conseguia nem se lembrar se *deveria* prestar continência. Ela se virou e saiu correndo da administração, seguindo o corredor coberto até o conjunto de barracões que formavam as alas. As botas novas começavam a machucar seus pés.

No heliporto, marcado no chão por uma cruz vermelha dentro de um círculo branco, ela viu três helicópteros com o símbolo da Cruz Vermelha, zumbindo. Nenhum deles contava com artilheiros nas portas. Então, aqueles eram os helicópteros para evacuar vítimas sobre os quais havia lido. Veículos desarmados que transportavam feridos do campo de batalha. Dois deles pairavam no ar, e o terceiro estava pousando.

Um paramédico e duas enfermeiras se materializaram quase instantaneamente e começaram a retirar macas com homens.

Algum tempo depois de aquele levantar voo, outro helicóptero baixou na plataforma. Mais paramédicos surgiram para desembarcar os feridos. Uma ambulância chegou ao Pré-Operatório.

Frankie encontrou o barracão Quonset da Emergência.

Paramédicos iam e vinham, carregando macas com soldados: um deles berrava, segurando a própria perna decepada junto ao peito; outro não tinha perna alguma. Suas fardas estavam ensanguentadas. Alguns rostos ainda fumegavam do fogo que os paramédicos ou os amigos apagaram. Havia feridas profundas no peito – Frankie viu um cara que tinha uma costela quebrada exposta. No meio daquele caos, Ethel era como uma deusa amazona, dirigindo o tráfego, posicionando as baixas e indicando o que fazer com elas. Não parecia afetada pela confusão. Mais homens obedeciam às ordens dela. Havia tantos feridos que muitos precisavam ficar do lado de fora, as macas apoiadas em cavaletes de serralheiro, aguardando um espaço no PS.

Frankie ficou chocada com aquele horror. Com os gritos, a fumaça, os berros.

Um paramédico viu Frankie parada ali e enfiou uma bota em seus braços.

Frankie olhou para ela e notou que ainda havia um pé dentro.

Ela largou a bota, saiu do caminho, cambaleando, e vomitou. Estava prestes a vomitar pela segunda vez quando ouviu:

– Frank. *Frank* McGrath.

Ethel a pegou pelo braço. Frankie queria sair correndo.

– Não fui treinada para isso.

– Precisamos da sua ajuda.

Frankie balançou a cabeça. Ethel ergueu o queixo dela, forçando-a a olhar para cima.

– Eu sei – disse ela, empurrando os cabelos para trás com uma das mãos ensanguentadas. – Eu sei.

– No treinamento básico, eles só ensinam a fazer bandagens e a barbear um homem para ser operado. Eu não devia estar aqui. Eu…

– Você pode segurar a cabeça de um homem. Você consegue fazer isso.

Frankie assentiu, entorpecida.

Ethel a pegou pela mão e a conduziu até a área intermediária do PS.

– Aqui é a triagem. É onde fazemos as avaliações. Ou seja, é onde decidimos quem vai ser atendido e quando. Primeiro, atendemos aqueles que podemos salvar. Está vendo aquela tela lá atrás? É lá onde colocamos os expectantes, ou seja, os homens que provavelmente não vão sobreviver. Eles são os últimos a serem atendidos. Conseguimos tratar cinco ferimentos de bala ou amputações no tempo que leva para lidar com uma lesão na cabeça. Entendeu? Os feridos que conseguem andar… aqueles homens ali – ela apontou para um grupo de soldados de pé ao lado da tela com os colegas, conversando, fumando e fazendo o que podiam para confortar os expectantes – serão atendidos se houver tempo.

Ethel levou Frankie até um soldado deitado em uma maca. Ele estava enso-pado de sangue e um dos braços simplesmente… desaparecera. Ela desviou o olhar depressa.

– Continue respirando, Frank – disse Ethel, a voz calma. – Segure a mão dele.

Frankie se posicionou ao lado do paciente e se forçou a olhar para baixo. No início, tudo o que conseguiu ver foi o horror, a quantidade devastadora de sangue, o braço decepado na altura do cotovelo, revelando o branco do osso, o rosa da cartilagem e o vermelho do sangue que pingava.

Foco, Frankie.

Ela fechou os olhos por um segundo, respirou fundo e os abriu.

Dessa vez, viu o soldado, um jovem negro com uma bandana verde suja, que mal parecia ter idade para se barbear. Com muito cuidado, pegou a mão dele.

– Oi – disse ele, a voz arrastada –, a senhorita viu o meu amigo Stevo? A gente estava junto...

Ethel cortou o uniforme do homem, revelando um ferimento abdominal imenso. Ela olhou para cima. Seus olhos estavam cansados.

– Expectante! – gritou.

Dois paramédicos apareceram, pegaram a maca e a carregaram para a área intermediária atrás da tela.

Frankie encarou Ethel.

– Ele vai morrer.

– Provavelmente.

Fora para isso que Frankie se alistara no Exército? Para assistir à morte daqueles jovens?

– Vamos salvar muitas vidas hoje, Frank. Mas não todas. Nunca todas.

– Ele não deveria morrer sozinho.

– Não – concordou Ethel, com um sorriso exausto. – Vá em frente, Frank. Seja a irmã, a mulher, a mãe dele.

– Mas...

– Apenas segure a mão dele. Às vezes, é só isso que a gente pode fazer. Depois... volte para cá.

Quando ele estiver morto, era isso que Ethel queria dizer. Ao contornar a tela, Frankie de repente sentiu um peso gigantesco nos ombros. O soldado – o garoto – estava sozinho. Ela viu que ele chorava.

Aproximou-se do rapaz com cuidado, olhou para baixo e viu o nome e a patente dele.

– Soldado Fournette – chamou.

De repente, tudo pareceu ficar quieto. Ela já não escutava os gritos, os helicópteros que iam e vinham ou as enfermeiras berrando umas para as outras. Tudo o que ouvia era a respiração difícil e borbulhante daquele homem.

Frankie manteve o olhar afastado da terrível ferida aberta que mostrava os intestinos reluzentes e o sangue pingando. Ela se aproximou, estendeu o braço e pegou a mão fria dele.

– Soldado Fournette – repetiu. – Sou Frankie McGrath.

O rapaz piscou devagar. Lágrimas escorreram pelo rosto dele, misturando-se à sujeira e ao sangue.

– A senhorita viu Stevo? Soldado Grand. Era minha responsabilidade manter ele a salvo. Ele chegou ao país há dois dias. A mãe dele e a minha trabalham no mesmo salão. Em Baton Rouge.

– Eu vi o seu amigo – respondeu Frankie, tentando fazer as palavras atravessarem o nó em sua garganta. – Ele está bem. Perguntou por você.

O soldado Fournette esboçou um sorriso.

– Meu… Tem alguma coisa doendo, senhorita. Acho que o efeito daquela injeção está passando. Cara, como eu queria uma cerveja gelada agora.

Ele começou a tremer. Sua mão ficou mole e mais fria.

– Senhorita…

– O quê?

Ele levou um bom tempo para falar, e o silêncio era angustiante.

– Eu queria ter dito… – começou ele, ofegando forte, o sangue borbulhando em sua boca – … que a amava.

– Você vai dizer, depois da cirurgia – afirmou Frankie. – Logo depois que eles cuidarem de você. Eu te ajudo a escrever uma carta.

– Eu…

Ele fez uma pausa, estremeceu e fechou os olhos.

A mão dele ficou frouxa. Em um minuto, ele estava ali, segurando a mão dela, murmurando um arrependimento. No instante seguinte, havia partido.

Baixas em massa. Foi assim que eles chamaram aquela noite, ou melhor, usavam a sigla BEM. Aparentemente, desde o recente influxo de tropas, aquilo acontecia com tanta frequência que eles não tinham tempo nem de pronunciar a expressão inteira.

Frankie estava no fundo do barracão que correspondia ao PS. Após nove horas de trabalho, já havia cruzado o limite da exaustão, e seus pés queimavam com bolhas. Mas não era a dor nos ossos, músculos e pés que a abalava. Era a vergonha.

Como é que havia pensado que pertencia àquele lugar? Que tinha algo a oferecer àqueles homens gravemente feridos?

Passara a noite segurando uma tesoura na mão trêmula e cortando camisetas, coletes à prova de balas e calças, revelando ferimentos com os quais nunca nem sonhara. Ainda podia ouvir os gritos dos pacientes em sua cabeça, muito embora a ala estivesse vazia havia tempo.

Baixas, corrigiu-se. No mundo lá fora, eles eram pacientes; ali, eram baixas. O Exército era cheio de termos como *no mundo lá fora*. Era assim que todos se referiam à vida que deixaram para trás.

Frankie suspirou profundamente. Ouviu passos e soube que era Ethel, que queria ver como ela estava.

– Bom, hoje foi dureza – comentou Ethel, acendendo um cigarro. – E não, nem todo dia é assim, graças a Deus.

Em sua cabeça, Frankie assentiu. Porém, tinha certeza de que apenas ficara ali parada, olhando para o nada.

Ethel passou um braço em volta dela.

– Como você está se sentindo, Frank?

– Inútil.

Foi tudo o que conseguiu dizer.

– Ninguém nunca está pronta para isso. E o pior é que você vai se acostumar. Vamos.

Ainda segurando Frankie, ela a conduziu pelo acampamento. Frankie sentia cada uma de suas bolhas novas no pé. Lá fora, o ar da noite tinha um cheiro pesado, como sangue em metal. Não havia o luar para iluminar o caminho.

No refeitório, Frankie viu alguns homens tomando café na seção dos alistados e, conforme elas se aproximavam do Clube dos Oficiais, sentiu o cheiro da fumaça que flutuava através da cortina de contas. A música seguia a fumaça, infundindo-a com as memórias de casa.

– *I wanna hold your ha-aa-aa-and.*

À distância, Frankie ouvia o chiado das ondas que rolavam para a frente e para trás. Como um canto de sereia, o som a chamava, reavivava sua juventude. As noites em que passeava de bicicleta com Finley, pedalando livremente, os braços abertos, as estrelas no céu.

Finley. Sentira o fantasma do irmão ao seu lado a noite inteira, vira os olhos dele no rosto de cada soldado cuja mão segurara.

Ela se afastou de Ethel e caminhou ao longo de uma espiral de concertina, uma barreira de pontas afiadas como navalhas.

À sua frente: o mar. Um brilho prateado, uma sensação de movimento e a reconfortante familiaridade daquilo, um gosto salgado no ar, que chamava por ela, que a fazia se lembrar de casa. Na praia, ela se sentou na areia e fechou os olhos.

Sentiu o sal, o provou. O mar...

Não. Não o mar.

Ela estava chorando.

– Você não pode ficar aqui sozinha, Frank. Nem todos os soldados são cavalheiros – disse Ethel ao lado dela.

– Vou incluir isso na minha lista de erros.

– É. Você precisa ter cuidado. Aqui, os homens mentem e morrem.

Frankie não tinha ideia do que responder.

– Então, qual dos dois? – perguntou Ethel, afinal.

Frankie enxugou os olhos e se virou para o lado.

– O quê?

– Você está aqui de luto pelos garotos que a gente perdeu ou por suas terríveis habilidades de enfermagem?

– As duas coisas.

– Isso significa que você é capaz, Frank. Todas nós passamos por esse momento. No mundo lá fora, profissionais de enfermagem são cidadãos de segunda classe. E, que surpresa!, quase todos são mulheres. Os homens nos colocam em caixinhas, nos fazem usar uniformes engomados de um branco virginal e dizem que os médicos são deuses. E a pior parte é que acreditamos nisso.

– Aqui os médicos não são deuses?

– É claro que são. Pergunte só para eles.

Ethel puxou um maço de cigarros do bolso, tirou um e ofereceu a ela.

Frankie o pegou. Ela não fumava – nunca havia experimentado –, mas, naquele momento, era algo para entreter as mãos trêmulas e camuflar o cheiro de sangue.

– Por que você entrou para o Exército? – perguntou Ethel.

– Isso já não importa mais. Foi uma ideia idiota, infantil – respondeu ela, e depois se voltou para Ethel. – E você?

– Acho que todas nós temos uma resposta longa e uma curta para essa pergunta. Resposta longa: depois que me formei em enfermagem, decidi que queria seguir os passos do meu pai e me tornar veterinária. Estava indo por esse caminho quando o homem que eu amava foi enviado para cá. Resposta curta: vim atrás dele – contou ela, depois abrandou a voz. – O nome dele era George. Ele tinha uma risada que consertava qualquer coisa.

– E ele…

– Morreu. E você?

– Meu irmão também morreu aqui. E… eu queria fazer a diferença.

Frankie se interrompeu, percebendo a ingenuidade de suas palavras.

– É. Foi por esse motivo que eu me realistei para uma segunda missão. Todas nós queremos isso, Frank.

No mundo lá fora, quando Frankie contara aos amigos que queria fazer a diferença trabalhando ali, que queria deixar a família orgulhosa, eles tinham revirado os olhos e demonstrado impaciência diante daquele patriotismo. Porém, ali, ao lado daquela mulher que ela mal conhecia, Frankie se lembrou do orgulho que sentira ao entrar para o Exército.

– Sinto muito pelo seu namorado – disse Frankie. – George.

– Ele era muito lindo, o meu Georgie – comentou Ethel, com um suspiro. – E, por um tempo, eu odiei tê-lo seguido até aqui e o perdido mesmo assim. Mas aguentei firme e agora estou feliz por ter ficado. Foi isso que eu aprendi, Frank. Hoje sou uma pessoa melhor e mais forte do que jamais pensei que seria e, quando voltar para a fazenda do meu pai na Virgínia e para a faculdade de veterinária, sei que nada vai me parar. Eu quero tudo, Frank. Um marido, um filho e uma carreira. Uma vida longa e completa, que só acabe quando eu já não conseguir me levantar da minha cadeira de balanço, com crianças, bichos e amigos ao redor. Aqui, você também vai descobrir o que quer. Eu juro.

– Obrigada, Ethel.

– Agora, chega de chororô à beira-mar. Você bebe, Frank?

Frankie não sabia como responder. Tinha tomado algumas cervejas em festas da faculdade e bebido dois shots de uísque em sua primeira noite no Vietnã, mas, na verdade, era uma garota certinha, que seguia as regras. Completara 21 anos em dezembro – a idade em que beber se tornava legal na Califórnia –, porém, com a morte de Finley e aquele fim de ano terrível, não tinha comemorado seu aniversário.

– Já bebi.

– Bebida é o que não falta por aqui – disse Ethel. – Mas presta atenção: se cuida. Esse é o meu conselho. Eu não bebo, mas também não julgo quem bebe. Aqui, a regra é viver e deixar viver. O que quer que te ajude a enfrentar a noite.

Ela se levantou e estendeu a mão para Frankie.

– De pé, tenente, recomponha-se e vamos nos limpar, encher a barriga e depois ir para o clube aliviar o estresse. Você acabou de sobreviver ao seu primeiro BEM no Vietnã.

Frankie nunca tinha visto um ser humano comer tão rápido quanto Ethel. Era como assistir a uma hiena engolir uma presa enquanto os predadores se aproximavam.

Finalmente, Ethel empurrou o prato vazio para o lado.

– Estou com vontade de dançar. E você? – perguntou.

Frankie olhou para seu bife Salisbury coberto de molho, comido pela metade, e para a vagem cozida demais. Por que tinha pegado tanto purê de batatas?

– Dançar?

Como poderia dançar? Seu estômago ainda estava se revirando. Não conseguia se livrar do horror que presenciara naquela noite nem aceitar a própria inaptidão. Estava enjoada e envergonhada. Ela empurrou a cadeira para trás e se levantou.

O refeitório estava repleto de soldados com uniformes ensanguentados. Ela ficou surpresa em ver como falavam alto e riam. Frankie se perguntou como alguém que passara por um BEM conseguia superá-lo com tanta facilidade.

Frankie seguiu Ethel para fora do refeitório. Enquanto caminhavam, Ethel contava a ela a história de um show de Natal em Cu Chi, quando Bob Hope tinha ido lá para entreter as tropas.

– Mandei uma foto minha com Bob Hope para o meu pai. Ele disse que pendurou no quadro de avisos do estábulo e falou para todo mundo que sua filha estava salvando vidas…

Frankie não estava ouvindo. Nunca sentira tão pouca vontade de estar perto dos outros. Ela deu uma guinada para a esquerda, na esperança de escapar para o alojamento.

Ethel pegou o braço de Frankie, como se tivesse lido os pensamentos dela.

– Aguente firme, Frank.

Chegando ao clube, Ethel empurrou a cortina para o lado. O chacoalhar das contas preencheu o silêncio entre as músicas.

Ali dentro quase não havia espaço nem para se sentar, nem para ficar de pé. Em grupinhos, os homens conversavam, fumavam e bebiam. Uma edição do jornal militar *Stars and Stripes* jazia no chão, com a manchete LINHA MCNAMARA FORTIFICADA EM ZONA DESMILITARIZADA. A fumaça deixava o ar cinzento.

Como eles conseguiam ficar ali, como se nada tivesse acontecido, alguns ainda com sangue nos cabelos, bebendo e fumando?

– Eita, Frank! Você está arfando como um cavalo de corrida. Você não está a fim de dançar, eu já entendi. Espere um segundo.

Ethel pegou duas Cocas geladas e abriu caminho pela multidão, indo em direção à porta.

– Ei, brotos, não nos abandonem! – gritou alguém.

– Foi alguma coisa que a gente disse?

– Vou colocar a minha calça de novo! Voltem!

As duas mulheres passaram por latrinas e cabines de chuveiros vazias e chegaram à fileira de alojamentos.

Na passarela de ripas de madeira, Ethel abriu a porta e praticamente empurrou Frankie para o degrau que levava ao alojamento úmido, escuro e fedido.

Depois, acendeu a luz e a pegou pelos ombros, forçando-a a se sentar na cama.

– Estou cheirando a sangue – disse Frankie.

– E está parecendo o capeta. É uma combinação bacana.

– Eu deveria tomar um banho.

Ethel entregou o refrigerante a ela, e as duas ficaram sentadas na cama de Frankie, lado a lado, ombro a ombro.

Frankie olhou para cima, para as fotos do cavalo e do estábulo pregadas sobre a cama de Ethel, e sentiu uma pontada de tristeza.

– Eu e o meu irmão cavalgamos algumas vezes. Eu adorei.

– Ganhei meu primeiro cavalo quando tinha 4 anos. Chester, o castanho – contou Ethel. – Minha mãe costumava selar o Chester, me colocar no lombo dele e cuidar do jardim. Às vezes ainda sonho com isso.

– Ela...

– Morreu. Câncer de mama. Por favor, não diga que sente muito. Eu sei que é verdade. Quantos anos você tem, Frank?

– Vinte e um.

Ethel balançou a cabeça, soltando uma espécie de assobio.

– Caramba, 21, mal me lembro dessa idade. Eu tenho 25.

– Uau – reagiu Frankie.

– Você pensou que eu era mais velha, não é? A gente envelhece que nem cachorro aqui, Frank. E é o meu segundo ano. Espere só, quando eu voltar, já vou ter pelos no queixo e precisar de lentes bifocais.

Ethel acendeu um cigarro. A fumaça cinzenta as envolveu, e Frankie de repente sentiu falta da mãe. Ela se viu amolecendo um pouquinho.

– Cadê Barb?

– Um garoto da cidade dela foi trazido hoje à noite. Um churrasquinho. A situação não é nada boa. Aposto que ela está com ele.

– Churrasquinho?

– Vítima de queimadura. Eu sei, eu sei, não deveríamos chamá-los assim. Você vai aprender rápido, Frank. Temos que rir para não chorar.

Frankie mal conseguia assimilar aquilo.

– Acho que Barb não gosta de mim – disse ela. – Mas eu a entendo.

– Não é nada com você, Frank. Barb teve uma vida difícil.

– Por quê?

Ethel olhou para ela.

– Presumo que você já tenha notado a cor da pele dela, não?

Frankie sentiu as bochechas queimarem. Não havia garotas negras no colégio dela nem famílias negras na Igreja de St. Michael ou morando na Ocean Boulevard. Tampouco na irmandade ou no programa de enfermagem dela. Por quê?

– É claro. Mas…

– Mas nada, Frank. Digamos apenas que Barb está de saco cheio e vamos ficar por aqui. Ela também é uma das melhores enfermeiras cirúrgicas que você vai conhecer – disse Ethel, passando o braço em volta de Frankie. – Olha, Frank, eu sei como você está se sentindo agora. Todas nós sabemos. Também passamos por isso. Você está pensando que cometeu um grande erro quando se alistou para vir ao Vietnã, que não pertence a este lugar. Mas deixa eu lhe dizer uma coisa, criança: não importa de onde você vem, como foi criada ou em qual Deus acredita, se está aqui, está entre amigos. Nós estamos com você.

~⌐

Deitada na cama, os cabelos ainda úmidos do banho morno, Frankie encarava o teto. Já estava assim havia horas. Não conseguia dormir.

Os pés latejavam com a dor das bolhas novas. O ronco de Barb preenchia o pequeno alojamento, como ondas que iam e vinham. Ao longe, tiros pipocavam. Ethel se remexia loucamente na cama, que rangia a cada movimento.

Imagens do BEM daquela noite não paravam de passar pela cabeça de Frankie, em um caleidoscópio de horror. Membros dilacerados, olhares vazios, sangue jorrando, ferimentos de peito tão profundos que o ar os atravessava. Um jovem gritando pela mãe.

Ela precisava usar o banheiro. Será que deveria acordar uma das colegas para ir com ela?

Não. Não depois da noite que tiveram.

Frankie arrancou as cobertas, saiu da cama e ficou ali, no escuro. Ouviu algo correndo pelo chão, mas já não se importava. O que era um rato comparado àquela noite?

Vestiu o uniforme e enfiou os pés com meias nas botas, sentindo na mesma hora as bolhas que haviam se formado.

Lá fora, o complexo estava relativamente calmo. Um tiroteio distante, um motor roncando – um gerador, talvez –, uma batida de música à distância. Alguém, em algum lugar, ouvia um rádio portátil.

Ela não deveria sair. Sabia disso. Poderia ser perigoso. *Nem todos os soldados são cavalheiros*, dissera Ethel, lembrando a Frankie que o Exército em guerra não era tão diferente do restante do mundo.

Ainda assim, não conseguia respirar ali dentro, não conseguia dormir, e sua bexiga doía, implorando para ser esvaziada. As coisas terríveis que tinha visto não a deixavam em paz, e o calor já estava lhe dando dor de cabeça.

Ela pegou o caminho de terra batida e foi até as latrinas. À esquerda, uma figura sombria jogava coisas no fogo que queimava em um barril. Uma fumaça fedorenta flutuou até ela.

Sobre uma vala, havia uma estreita passarela com espirais de arame farpado dos dois lados. Ela atravessou com cuidado a ponte improvisada e se enfiou rapidamente na construção que abrigava as latrinas das mulheres.

Quando saiu, sentiu um cheiro de cigarro e parou.

Uma luz solitária, meio alaranjada, meio dourada, brilhava em um poste, revelando um homem parado não muito longe, fumando.

Ela se afastou rapidamente, mas pisou em alguma coisa, fazendo barulho.

Ele se virou.

O cirurgião torácico. Jamie.

Naquela luz macabra, seu lindo rosto parecia exausto, mesmo quando ele tentou abrir um sorriso.

– Desculpe. Você quer ficar sozinho. Eu vou…

– Não – disse ele. – Por favor.

Frankie mordeu o lábio, lembrando-se do alerta de Ethel sobre os homens. Ali era um lugar solitário, escondido. Ela olhou de soslaio para a segurança relativa de seu alojamento.

– Você está segura comigo, McGrath – garantiu ele, estendendo a mão que, Frankie notou, tremia. – Que maravilha, não é? Um cirurgião com mãos trêmulas.

Frankie se aproximou um pouco, mas se manteve fora de alcance.

– Você me pegou em uma noite ruim – comentou Jamie.

Frankie não sabia como responder.

– Um amigo meu do ensino médio chegou hoje. A gente jogava futebol americano juntos. Ele disse: *Me salve, JC* – contou ele, a voz embargada. – Fazia tempo que ninguém me chamava de JC. E eu não consegui salvá-lo.

Frankie poderia ter dito o tipo de coisa que ouvira no enterro de Finley, as palavras polidas e vazias de estranhos.

– Você estava com seu amigo quando ele morreu – disse ela, em vez disso.

– Pode dizer para a família que ele não morreu sozinho. Vai significar muito para eles. Eu sei disso, acredite em mim. Meu irmão morreu aqui, e tudo o que recebemos de volta foram as botas de outro homem.

Jamie encarou Frankie por um longo tempo, como se as palavras dela o tivessem surpreendido. Depois, jogou o cigarro no chão e o apagou com o pé.

– Vamos embora, McGrath. Está tarde. Eu te acompanho até o seu alojamento.

Ele foi ao encontro dela. Frankie acompanhou o passo dele. Na ponte improvisada, ele a deixou passar primeiro e, diante da porta fechada do alojamento dela, parou.

– Obrigado – disse ele.

– Pelo quê?

– Só por estar aqui, eu acho. Às vezes, não é preciso muito para salvar um homem no Vietnã.

Ele ofereceu a ela um sorriso falso e fugaz, depois foi embora.

SETE

Na manhã seguinte, quando Frankie acordou, estava sozinha no alojamento. Ela se vestiu rapidamente e se apresentou na administração às oito em ponto.

– Tenente McGrath, major – disse ela, prestando continência.

– Eu ouvi falar que você foi tão útil no PS quanto uma tiara – provocou a major, abrindo uma pasta de papel pardo. – Um diploma de enfermagem emitido por uma pequena faculdade católica para mulheres e quase nenhuma experiência clínica. E você é jovem.

Ela observou Frankie através dos óculos de armação preta de tartaruga.

– O que diabos te trouxe aqui, tenente?

– Meu irmão...

– Não importa. Não me interessa. Mas espero, sinceramente, que você não esteja aqui para dizer oi para um irmão – retrucou a major Goldstein ajeitando os óculos no nariz. – A Marinha e a Força Aérea nem admitiriam uma garota como você no Vietnã. Eles exigem *treinamento*.

Ela fechou a pasta e suspirou.

– Bom... Você está aqui. Crua, despreparada, mas aqui. Vou designá-la para a Neuro. Turno da noite. Quanto estrago você pode fazer por lá?

– Vou dar o melhor de mim.

– Aham. Bem-vinda ao Trigésimo Sexto Hospital de Evacuação, McGrath. Seja a sua melhor versão.

Instalada em um barracão perto da Sala de Cirurgia, a Neuro era um espaço abobadado e bem iluminado, repleto de camas com armação giratória. Frankie nunca tinha visto aquelas camas especializadas, mas aprendera sobre elas na faculdade e no treinamento básico: eram estruturas para paraplégicos, pacientes com fraturas pélvicas, vítimas de queimaduras e outros que não podiam ser muito manipulados. Duas fileiras de leitos estavam separadas por um amplo corredor. Tubos de metal estavam dispostos em toda a extensão das paredes, com frascos de soros intravenosos pendurados. A quantidade de equipamento em cada leito era impressionante: ventiladores, cobertores térmicos, soros intravenosos. Frankie nem reconhecia a maioria das máquinas. As luzes do teto eram extremamente brilhantes. Ela ouvia o barulho dos ventiladores e o zumbido dos monitores ECG.

Na frente da sala, à esquerda e sentado atrás de uma mesa, um homem mais velho de farda desbotada escrevia. O único outro soldado que ela viu (de pé) foi um paramédico do outro lado da ala, que estava checando um paciente.

Frankie endireitou a postura e foi até o homem à mesa, tentando parecer mais confiante do que se sentia de verdade.

– Segundo-tenente McGrath, se apresentando como ordenado, senhor.

O homem ergueu os olhos. Ele tinha os olhos mais cansados que ela já vira e cicatrizes de acne no rosto. Bochechas bastante caídas lhe apagavam o desenho da mandíbula.

– Frances, certo?

– Frankie, capitão.

– Capitão Ted Smith. Médico. Quanta experiência de enfermagem você tem, Frankie?

– Meu registro de enfermeira, senhor. E… algum tempo no turno da noite do hospital da minha cidade.

– Aham – murmurou ele e se levantou. – Venha comigo.

Ele foi na frente, caminhando a passos largos. Na primeira cama, o médico parou. Ao lado dele, estava um jovem vietnamita com a cabeça envolta em bandagens, pelas quais o sangue vazava em uma explosão vermelho-amarronzada.

– Ele é vietnamita – disse Frankie, surpresa.

– Tratamos os aldeões que são trazidos para cá – explicou o capitão Smith. – Bom, Frankie, todos os pacientes aqui têm danos cerebrais. A maioria não tem reflexo pupilar. Você sabe o que isso significa?

Antes que ela pudesse responder, ele pegou uma lanterna fina no bolso da camisa e a apontou para os olhos do paciente.

– Está vendo? Nenhuma reação. Fixa e dilatada. Você teria que anotar isso no prontuário dele, junto com a hora e a data.

Ele mostrou a Frankie onde e como fazer a anotação, entregou a lanterna para ela e seguiu em frente, passando por um jovem soldado americano após o outro, todos nus debaixo dos lençóis brancos, olhando para o nada. A maioria estava na ventilação. Havia vários pacientes vietnamitas.

– Este aqui bateu em um rotor – contou ele, ao lado da cama de um homem com metade da cabeça enfaixada e sem um dos braços.

O último leito estava ocupado por um homem negro coberto de bandagens. Ele se contorceu, balbuciando algo ininteligível. Depois, gritou como se estivesse morrendo de dor.

– Ele não está nem em coma, nem totalmente consciente. Porém, tem chance de se recuperar de alguma forma. Para ser sincero, a maioria não tem. Nós desenvolvemos as habilidades para salvar o corpo, mas não a vida deles – admitiu o capitão Smith.

Frankie observou todas aquelas camas, um mar partido ao meio de lençóis brancos e metal, de homens e máquinas. Cada um deles era filho, irmão ou marido de alguém.

– Nós monitoramos os pacientes, trocamos os curativos e mantemos todos respirando até que possam ver um neurologista no Terceiro Hospital de Campanha. Você vai aprender a identificar mudanças sutis no estado deles. Mas isso é um hospital de evacuação. Eles não ficam muito tempo aqui.

– Eles podem me ouvir?

– É uma boa pergunta. Sim, Frankie. Acho que podem. Pelo menos, eu espero. Você sabe iniciar uma intravenosa?

– Em teoria, senhor.

Ela sentiu a própria incompetência como uma letra escarlate no uniforme.

– Não se preocupe, Frankie. Você tem bom coração, eu sinto isso. A parte técnica eu posso ensinar.

14 de abril de 1967

Queridos pai e mãe,

Saudações do Trigésimo Sexto Hospital de Evacuação! Desculpem ter demorado tanto a escrever. É difícil explicar a velocidade da vida por aqui. Na maior parte do tempo, estou apavorada ou exausta. Quando encosto a cabeça no travesseiro, eu apago. Ao que tudo indica, se você estiver cansada o suficiente, aprende a dormir com qualquer tipo de barulho. Tenho focado em melhorar as minhas habilidades de enfermagem, que eram, para dizer o mínimo, abaixo da média. Trabalho longas horas na Neuro, para onde fui designada.

Estou aprendendo tanto! Passo meu turno iluminando os olhos dos meus pacientes com luzes brilhantes, tomando nota de dilatações pupilares ou da falta delas, trocando curativos cirúrgicos, aspirando feridas, monitorando ventiladores, trocando soros intravenosos, virando pacientes paralisados a cada poucas horas e beliscando e cutucando partes de seus corpos para ver se sentem dor. É tão glamouroso quanto parece e, mãe, você com certeza teria muito a dizer sobre a minha aparência hoje em dia. Porém, minhas habilidades estão melhorando. Aos poucos.

Eu fiz duas amigas aqui. Ethel Flint, uma enfermeira do PS, da Virgínia, e Barb Johnson, uma enfermeira cirúrgica, da Geórgia. Elas me mantêm sã. Meu superior, capitão Smith, também é muito legal. Ele vem de uma cidadezinha perto do Kansas. Você iria adorar o capitão, pai. Ele coleciona relógios e gosta de gamão.

Estou com saudades. Enviem notícias do mundo real. Aqui, só lemos o Stars and Stripes *e escutamos o* Armed Forces Radio. *Basta dizer que não recebemos notícias sobre a última briga entre o Richard Burton e a Elizabeth Taylor. Por favor, me respondam logo!*

Amo vocês,
Frankie

A relativa tranquilidade da Neuro era o lugar perfeito para Frankie aprimorar suas habilidades de enfermagem. Ali, ela conseguia respirar, se concentrar, fazer perguntas ao capitão Smith e, com a prática, veio um princípio de confiança. Havia poucas emergências naquela ala. Os ferimentos dos pacientes já tinham sido tratados na Sala de Cirurgia. Eles estavam em coma, mas muitos tinham outros ferimentos que também exigiam cuidados. Aquela calma dera a ela tempo para pensar, processar informações e ler as anotações detalhadas sobre os cuidados que escrevia após verificar cada paciente. O trabalho no Trigésimo Sexto era deixá-los estáveis o suficiente para serem transferidos a um hospital de campanha, onde seriam tratados. O gerenciamento da dor era a tarefa que Frankie levava mais a sério. Como os pacientes não podiam falar, ela tomava um cuidado extra com cada um ao avaliar – e presumir – seu nível de dor.

À distância, a ala parecia estar cheia de jovens presos no limiar entre a vida e a morte. A maioria tinha pouca ou nenhuma reação a qualquer estímulo. Porém, à medida que Frankie desenvolvia as habilidades necessárias para cuidar deles, começava a vê-los não apenas como corpos sofrendo, mas como homens que queriam mais. Cada soldado a fazia pensar em Finley. Ela conversava com eles em voz baixa, tocava suas mãos. Imaginava que cada paciente deitado ali, trancado no vazio escuro do coma, sonhava com a própria casa.

Naquele momento, ela estava ao lado da cama do soldado Jorge Ruiz, de 19 anos, um operador de rádio que salvara grande parte de seu pelotão. O capitão Smith o havia posicionado nos fundos da ala, o que significava que o rapaz provavelmente não viveria tempo o suficiente para ser transferido.

– Oi, soldado – disse Frankie, inclinando-se para ele e sussurrando diretamente em seu ouvido. – Meu nome é Frankie McGrath. Sou uma das suas enfermeiras.

Ela puxou um carrinho de aço inoxidável para perto, com gazes esterilizadas, água oxigenada e fita adesiva. Frankie precisava reabastecer tudo para a troca de turno. As luzes do teto brilhavam sobre ela, fazendo seus olhos doerem.

Frankie estendeu a mão para a perna dele, perguntando-se se ele estava sentindo alguma coisa enquanto ela retirava a gaze manchada de sangue.

– Pode ser que você sinta dor – avisou ela gentilmente, começando a mexer na gaze seca e endurecida, retirando-a do ferimento irregular e rosado.

Ela gostaria de poder umedecer a gaze para soltá-la com mais facilidade, mas daquele jeito o ferimento sangrava, e sangrar era bom.

Embaixo da gaze, ela procurou pedaços de tecido enegrecido e bolsas verdes de pus. Depois, debruçou-se para cheirar o ferimento.

Tudo normal. Sem infecções.

– Parece bom, soldado Ruiz. Muitos garotos nesta ala teriam inveja de uma evolução como essa – avaliou ela enquanto refazia o curativo.

Ao seu lado, o ventilador subia e descia depressa, causando um baque, inflando e desinflando o peito afundado dele.

Uma comoção nas portas interrompeu o silêncio. Dois soldados ensanguentados, com uniformes sujos e rasgados, entraram na ala, lado a lado.

– Senhorita? – chamou um deles, aproximando-se do soldado Ruiz. – Como ele está?

– Ele está em coma.

– Ele vai acordar?

– Não sei.

O outro soldado se postou ao lado do amigo.

– Ele salvou a nossa vida.

– Ele queria ir para casa e virar bombeiro. É de uma cidadezinha fronteiriça de merda no oeste do Texas. Eu falei que ele nunca ia passar no teste – disse o soldado e depois olhou para Frankie. – Preciso dizer a ele que eu só estava tirando sarro.

– Ele está aguentado firme – assegurou ela.

Era a única esperança que Frankie tinha para oferecer. E era verdade. Onde havia vida, tinha que haver esperança.

– Obrigado, senhorita, por cuidar dele. A gente pode tirar uma foto sua com o Ruiz? Para a mãe dele?

– Claro – respondeu ela, baixinho, pensando em quanto uma foto de Finley significaria para a família dela.

Ela se aproximou do rapaz e segurou a mão flácida dele. O soldado tirou a foto.

– Ele tem sorte de contar com amigos como vocês – elogiou Frankie. – Diga para a mãe dele que ele não estava sozinho.

Os soldados assentiram solenemente. Um deles tirou um broche do bolso – um tipo de insígnia – e o entregou a Frankie.

– Obrigada, senhorita.

Ele encarou Ruiz por um instante, depois foi embora.

Frankie guardou o broche no bolso e olhou para o paciente.

– Você tem bons amigos – disse ela, reabastecendo o soro.

No final de seu longo turno noturno, ela mal se aguentava em pé. Quase sem olhar para Debbie John, a enfermeira que a substituiria, Frankie cambaleou para fora da ala. Mesmo de manhã cedinho, o sol já fustigava. Ela contornou o refeitório – sem fome – e o clube – com zero vontade de dançar – e foi para o alojamento. Pelo som distante de helicópteros e armas de baixo calibre, já sabia que logo, logo chegariam mais pacientes. Seria melhor dormir enquanto podia. Graças a Deus, o alojamento estava vazio. Barb e Ethel geralmente trabalhavam de dia. Fazia semanas que não via as colegas de quarto.

Grata pelo relativo silêncio, Frankie desamarrou as botas, guardou-as no próprio armário e se deitou. Adormeceu em poucos minutos.

– Bom dia, flor do dia!

– Vai embora, Ethel. Estou dormindo – reclamou Frankie, rolando para o outro lado.

– Não. Eu e Barb tivemos uma conversa e decidimos colocar você debaixo da nossa asa. Das nossas asas? – perguntou ela, olhando para Barb, que deu de ombros.

Frankie grunhiu e cobriu a cabeça com o travesseiro.

– Legal. A partir de amanhã.

– A partir de hoje, Frank. Faz seis semanas que você está se escondendo com os vegetais da Neuro. A gente não te vê no clube há séculos. Quem vem para o Vietnã e não brinca com ninguém?

– Eu estou aprendendo a ser uma enfermeira competente.

– Pois é disso que o dia de hoje se trata. Agora, levanta, antes que eu jogue um balde de água fria na sua cara. Bota o uniforme. A gente vai fazer uma viagem. Traz a câmera.

Ethel arrancou o cobertor de Frankie, revelando suas pernas nuas.

Resmungando, Frankie cambaleou para fora da cama e vestiu uma camiseta e uma calça do uniforme que ainda pareciam novas, sem manchas de sangue. Não havia muitas emergências sangrentas na Neuro.

Ethel e Barb esperaram por ela do lado de fora do refeitório.

– Nós estamos indo atrás do arco-íris. Dizem que não tem nenhum ferido chegando – contou Barb, sorrindo e entregando a ela um chapéu de lona verde-oliva. – Você vai precisar disso.

Do lado de fora, o acampamento estava incrivelmente silencioso, sem helicópteros transportando feridos nem morteiros explodindo à distância. Alguns homens chutavam uma bola de futebol de um lado para outro, enquanto um caminhão-pipa passava.

Ethel e Barbara a levaram até um caminhão de 2,5 toneladas, que estava estacionado perto dos portões do hospital. Elas subiram na parte de trás, junto com o capitão Smith. Vários homens de uma unidade de infantaria estavam entre eles, carregando rifles.

– Suba – disse Barb a Frankie. – Eles não vão esperar para sempre.

Frankie subiu na carroceria do caminhão e se sentou no chão de metal, ao lado de um artilheiro. O imenso veículo ganhou vida, se balançou e começou a avançar.

– Aonde estamos indo? – perguntou Frankie.

– MEDCAP – respondeu Ethel, enquanto o caminhão atravessava, roncando, os portões vigiados e seguia para o interior.

Será que era seguro lá fora?

– É o programa de ação cívica médica. A gente oferece atendimento médico aos moradores. Tenho certeza que você já viu vários deles nas alas. O capitão Smith organiza essas saídas sempre que pode, diz que elas fazem ele se lembrar de seu trabalho em casa.

Eles atravessaram uma aldeia não muito longe do complexo hospitalar e viram uniformes e camisetas verde-oliva penduradas em varais. Logo estavam no interior, a selva à esquerda e o rio sujo e marrom à direita. Um bando de crianças flutuava rio abaixo em pneus, rindo e empurrando umas às outras.

Com a polaroide, Frankie tirou uma foto de um garotinho pastoreando um búfalo preto ao largo do rio e outra de uma senhora com roupas tradicionais – uma longa túnica com fendas laterais por cima de calças justas, que ela aprendeu serem chamadas de *ao dai* –, carregando uma cesta trançada cheia de frutas.

Os soldados se aprumaram na carroceria do caminhão, apontando as armas para a selva exuberante à distância.

– Fiquem atentos – avisou um deles, acrescentando: – Franco-atiradores.

Frankie olhou para a selva e baixou a câmera para o colo. Uma equipe de atiradores inimigos poderia estar escondida ali. Ela imaginou homens agachados atrás de plantações de capim-elefante, as armas apontadas para o caminhão. Frankie se encolheu, segurou o chapéu na cabeça e começou a suar.

O caminhão desceu uma estrada lamacenta e esburacada, e atravessou o interior verdejante. As evidências da guerra estavam por toda parte: marcas de queimadas no terreno, sacos de areia, espirais de arame de concertina, explosões ressoando à distância, helicópteros sobrevoando o ambiente. Em um imenso trecho de selva, as folhas estavam morrendo, alaranjadas. Frankie sabia que aquilo significava que os Estados Unidos haviam pulverizado a área com um herbicida, o Agente Laranja, para matar a vegetação e impedir que o inimigo se escondesse.

Ela viu mulheres vietnamitas se movendo pelos arrozais ou caminhando por entre a grama alta, vestidas com seus esvoaçantes *ao dais* e chapéus de palha cônicos, carregando bebês e crianças pequenas enquanto trabalhavam debaixo do sol escaldante.

Eles subiram uma montanha e finalmente chegaram a uma aldeia escondida numa pequena planície cortada na encosta verdejante. Jardins bem cuidados foram cercados com esmero e havia casas de bambu sobre palafitas. Naquela aldeia remota, as pessoas viviam como seus ancestrais: caçavam com bestas e cultivavam arroz.

A aldeia parecia ter sido erguida em volta de uma construção de pedra bonita, porém decadente, uma relíquia do controverso passado da ocupação francesa. Os aldeões – em sua maioria, homens e mulheres pequenos e curvados, com pescoços finos, pulsos estreitos e dentes enegrecidos pelo constante mascar de sementes de bétel – saíram das cabanas e formaram uma linha paralela ao grande caminhão, as mãos unidas e as cabeças baixas em sinal de respeito.

Ethel começou a se levantar.

– Tenham cuidado – advertiu um dos soldados armados da infantaria. – Os vietcongues estão por toda parte. Eles plantam bombas em mulheres e crianças. Podem estar na mata.

Frankie olhou em volta. Bombas... em crianças? E como saberiam? Como poderiam diferenciar aquelas pessoas dos vietcongues, cujas bombas escondidas explodiram tantos soldados? Como saberiam quem eram os inimigos e quem eram os aliados?

Ela olhou atentamente para a fileira de aldeões em frágeis vestes pretas e percebeu que não havia jovens – nem homens, nem mulheres; só velhos e crianças pequenas. Será que tinham espadas escondidas nas mangas? Armas presas na cintura?

– Vamos lá, pessoal – disse Barb. – Não adianta se preocupar.

– Ao trabalho! – bradou o capitão Smith.

A equipe médica pulou do caminhão.

Frankie foi a última a descer na terra vermelha. Como alguém poderia se proteger de inimigos invisíveis?

O capitão Smith se aproximou e deu um tapinha no braço dela.

– Você é uma boa enfermeira, Frankie. Vai lá mostrar para eles.

Ela assentiu enquanto ele caminhava até um homem idoso, mais baixo que um garoto americano de 10 anos, com pele escura e dentes pretos. Ele sorriu para a equipe médica. Linhas profundas marcavam seu rosto enrugado. Com um dedo torto, o homem gesticulou para que se aproximassem dele, depois se virou e os conduziu até um casarão francês em ruínas. As paredes de pedra estavam crivadas de balas. Vários cômodos tinham desmoronado. No chão, havia esteiras de grama entrelaçada. Em uma enorme lareira, o fogo brilhava. Nele, uma panela preta crepitava e borbulhava, perfumando o ambiente frio e úmido com um aroma intenso de especiarias.

O velho pegou um grande jarro de barro e o mostrou ao capitão Smith. Com uma voz fraca, disse algo como:

– *Bac-si, Ca mon.*

Depois, tomou um bom gole e entregou o jarro ao médico.

Ele não beberia, certo? O que era aquilo?

– Acho que significa *obrigado, doutores* – disse Barb.

Ela foi a segunda a pegar o jarro depois do médico e bebeu bastante do líquido. Depois, entregou o jarro a Frankie, que o pegou devagar.

Ela olhou para a borda da louça e lentamente a levou à boca. Tomou um pequeno gole, surpresa ao descobrir que o líquido tinha um sabor doce e picante, uma espécie de vinho.

O velho sorriu para ela, aquiescendo, e disse alguma coisa na língua dele.

Frankie sorriu de volta, hesitante, e tomou outro gole.

Depois do ritual de boas-vindas, a equipe montou postos para ajudar os aldeões. Tudo era comunicado por gestos. Nenhum deles falava uma única palavra em inglês. A equipe médica criou uma clínica improvisada, com uma mesa de exames portátil em uma cabana vazia, de teto de palha. Outra mesa foi colocada do lado de fora, com uma banheira cheia de água e sabão, para tirar piolhos das crianças e lavar feridas na pele. Moscas pousavam em tudo: nos cabelos, nos lábios, nas mãos. O motorista do caminhão distribuiu doces para as crianças, que se aglomeraram em volta dele, pedindo mais.

Nas horas seguintes, Frankie atendeu os moradores na área habitada do antigo casarão. Os aldeões, jovens e velhos com diversas doenças, aguardavam pacientemente a própria consulta. Frankie distribuiu vermífugos, antiácidos, aspirinas, laxantes e remédio para malária. Verificou dentes, observou canais auditivos e auscultou batimentos cardíacos. Estava quase no fim de sua fila de pacientes, quando um garotinho que não tinha mais de 5 anos entrou sorrateiramente e se postou ao lado dela. Ele vestia um short e uma camiseta de manga curta. Tinha os pés sujos e os cabelos pretos cortados tortos, que havia afastado do rosto com lama vermelha. Ele não disse nada nem puxou a manga dela, tampouco saiu do lado de Frankie.

– O que posso fazer por você, pequenino? – perguntou ela, após atender o último paciente da fila.

Ele sorriu de um jeito que amoleceu o coração dela.

Frankie o pegou no colo. Ele a agarrou com os braços e as pernas, lançou a ela um olhar interrogativo e disse algo em sua língua.

– Eu não…

O garoto escorregou dos braços de Frankie e pegou a mão dela, puxando-a.

Ele queria que ela o seguisse. Frankie olhou de relance para trás. Ninguém a observava. Lá fora, Ethel dava injeções e Barb limpava um ferimento de facão em uma mulher idosa.

Frankie hesitou, pois fora avisada para tomar cuidado. Os vietcongues poderiam estar escondidos em qualquer lugar.

O garoto a puxou com mais força. Ele parecia tão inocente, tão novinho. Não era alguém a quem temer.

– Está bem – concordou ela.

Ele a conduziu por um corredor de pedras rachadas, por entre as quais se infiltravam trepadeiras que espalhavam seus tentáculos até o chão enegrecido pelo mofo. Diante de uma porta de madeira fechada, que pendia de metade das dobradiças, ele parou, olhou para ela e fez uma pergunta em sua língua.

Ela assentiu.

Ele abriu a porta.

Frankie sentiu um cheiro de algo podre e fétido...

Ali dentro, a chama de uma vela iluminava uma criança deitada em uma esteira de grama, coberta por lençóis sujos, com um penico não muito longe. Frankie tapou a boca e o nariz com um lenço e se aproximou.

A garota era adolescente, devia ter uns 13 anos, os cabelos pretos emaranhados e a pele amarelada. Sua mão esquerda estava enfaixada com uma bandagem suja e ensanguentada.

Frankie se ajoelhou ao lado dela, que a olhou, desconfiada.

– Não vou te machucar – disse ela, erguendo a mão da menina e a desenfaixando devagar.

O cheiro pútrido a atingiu em cheio. A mão estava completamente esmagada. Pus verde escorria das feridas abertas. Em um dos dedos, um osso se projetava através da carne preta e rasgada.

Carne preta. Gangrena. Frankie lera sobre isso, mas nunca vira.

O garoto disse algo em sua língua. A garota balançou a cabeça violentamente.

– Fique aqui – pediu Frankie ao garoto, soltando com cuidado a mão arruinada da menina.

Ela atravessou a porta e o corredor e saiu, encontrando o ar fresco e doce do lado de fora.

– Capitão Smith! Aqui! Traga a sua maleta!

Ela conduziu o médico de volta ao cômodo escuro e fétido. Ele atravessou o corredor de pedras em silêncio, seus passos acompanhando as batidas aceleradas do coração de Frankie.

Então, ele se ajoelhou ao lado da garota, examinou os ferimentos e depois soltou um suspiro profundo.

– Ela deve trabalhar em uma das usinas de cana. É uma lesão causada pelo rolo que esmaga a planta.

– O que podemos fazer?

– Podemos mandá-la para o Terceiro Hospital de Campanha. Eles têm uma ala vietnamita, mas essas pessoas são um povo independente. Não vão deixar a garota ir, e não temos como garantir a ela que vamos voltar. Amputação e antibióticos são a melhor chance de ela sobreviver. Se não fizermos nada, a gangrena vai se espalhar, e ela vai morrer por causa da infecção.

Eles se entreolharam, mas nenhum dos dois tinha dúvida. Precisavam tentar salvar a vida daquela garota.

– Eu vou chamar Ethel...

– Não. Eu quero você, Frankie. Peça para o garoto sair.

Frankie sentiu uma onda de pânico, mas o capitão Smith já estava se ajoelhando e abrindo a maleta. Ele pegou uma seringa e administrou um sedativo na menina. Quando ela fechou os olhos e ficou mole, ele pediu:

– Segure ela, Frankie.

Então, pegou uma serra.

O garoto vietnamita correu.

O Dr. Smith administrou morfina.

– Segure ela pelo antebraço – ordenou o capitão Smith. – Com força.

Frankie segurou o braço da garota e fez o melhor que pôde para ajudar. A amputação foi tão brutal que ela precisou desviar o olhar várias vezes, mas, quando a cirurgia acabou e a garota estava imóvel, Frankie tratou o coto com cuidado e o envolveu com uma gaze branca e limpa. Ao terminar, se virou e viu uma senhora vietnamita magra encostada na parede, com lágrimas nos olhos.

– Talvez seja a avó dela – disse Frankie, baixinho.

– Dê os antibióticos para ela e tente explicar – pediu o capitão Smith. – Mostre como fazer a bandagem.

Frankie aquiesceu. Ela foi até a mulher silenciosa no fundo do quarto e fez o melhor que pôde para explicar quais eram os cuidados necessários.

A mulher a encarou, atenta, assentiu em compreensão e depois se curvou profundamente.

Frankie lhe entregou os antibióticos e a gaze, depois seguiu o capitão Smith para fora da construção. Enquanto se aproximava da carroceria do caminhão, sentiu um puxão na manga.

O garotinho estendeu a mão pequenina e abriu os dedos. Em sua palma, havia uma pedra lisa e cinzenta. Ele disse algo em sua língua e empurrou a pedra para Frankie. Ela teve a sensação de que era um bem precioso.

– Ela é sua irmã? – perguntou.

Ele sorriu e empurrou a mãozinha para ela de novo. Frankie pegou a pedra com cuidado, sem querer ofender. Depois, levou a mão ao pescoço e tirou a medalha de São Cristóvão que usava desde a crisma, aos 13 anos. Ela entregou o colar ao garoto, cujos olhos se arregalaram de alegria.

Ela guardou a pedra lisa no bolso da blusa e subiu na traseira da caminhonete. Enquanto se afastavam daquela fileira silenciosa de vietnamitas muito jovens e muito velhos, Frankie tirou a pedra do bolso.

Uma pedrinha de nada, algo que normalmente teria ignorado.

Em sua palma, tornou-se um talismã. Um lembrete de que, se tudo desse certo, uma garota chegaria à idade adulta graças ao seu trabalho naquele dia.

Sim, a garota faria parte de uma geração de amputados que sobreviveram à guerra, mas poderia correr, brincar e, um dia, se casar e segurar uma criança nos braços.

– Você se saiu muito bem hoje, Frankie – disse Barb. – Pelo visto, não é um caso totalmente perdido.

Ethel pegou um maço de cigarros.

– Esse foi o primeiro passo para tirar a nossa garota da Neuro.

Frankie pegou um cigarro e o acendeu.

– E qual é o segundo?

Barb sorriu.

– Bom, querida, ainda estamos pensando nisso.

OITO

21 de abril de 1967

Querida Frances Grace,
Eu mal consigo acreditar que você já está aí há mais de um mês.
Na sua ausência, o país enlouqueceu.
Ocupações. Protestos. Punhos erguidos. Acredite, muitas dessas garotas que
pregam o amor livre vão acabar em apuros e, nessa hora, sabe onde estarão
seus amantes de pés sujos? Na prisão ou desaparecidos, eu diria. O mundo
muda para os homens, Frances. Para as mulheres, continua basicamente a
mesma coisa.
O presidente diz que os protestos estão prolongando a guerra.
Seu pai e eu assistimos ao noticiário todas as noites, torcendo para ver você,
por mais bobo que isso seja. Os soldados parecem estar de bom humor.
Com amor,
Sua mãe

P.S: Eu vi uma antiga amiga sua, não consigo lembrar o nome dela, a garota
de cabelos crespos da St. Bernadette que jogava vôlei muito mal. Enfim, vi essa
menina na TV, em um piquete em São Francisco. Os peitos dela se moviam tão
rápido que pareciam as luvas de boxe do Sonny Liston lutando uma contra a
outra debaixo de uma camiseta suja. Será que alguém pode me explicar como
peitos saltitantes promovem a causa da liberdade?

Quando seu turno se aproximava do fim e a noite começava a cair, Frankie estava sentada em uma cadeira ao lado de um dos pacientes, um jovem de Oklahoma. Tinha sido promovida ao turno diurno duas semanas antes.

Frankie fechou o livro que lia em voz alta: *Sometimes a Great Notion*.

– Bom, Trevor, estou exausta. Vou tomar um banho, ir até o refeitório e depois, cama. Hoje fez tanto calor que é capaz de a água estar morna – disse ela ao paciente, tocando a mão dele. – Você vai ser transferido para o Terceiro amanhã. Vou sentir sua falta.

Ela apertou a mão dele e depois foi de cama em cama, dando boa-noite para cada paciente com um toque gentil e um sussurro:

– Você está seguro agora. Vamos levar você para casa.

Era a única coisa que conseguia dizer para homens tão arrasados. Depois, pegou uma lata morna de refrigerante e se dirigiu ao alojamento.

Era um dia quente e seco de maio. O sol escaldante havia endurecido a terra e ressecado sua pele e seus cabelos. Ela não parava de suar e se coçar.

No alojamento, encontrou Ethel e Barb com roupas civis – Ethel com um vestido de verão que tinha mandado fazer com uma vietnamita em Saigon e Barb com um *ao dai* de seda preta feito sob medida.

Frankie viu seu vestido novo estendido em cima da cama, aquele que comprara na loja de departamentos Bullock's: um belo tubinho azul, com gola Peter Pan e um cinto combinando. Uma peça antiquada. A mãe insistira que ela o levasse para a guerra, "para as festas".

Frankie empurrou o vestido para o lado e se jogou na cama.

– Estou exausta.

Ethel olhou para Barb.

– Você está cansada?

– Morta.

– E vai dormir ou vai para a festa de despedida do capitão Smith?

– É hoje à noite? – perguntou Frankie, deixando cair os ombros. – Droga.

– Mexa-se, Frank – ordenou Ethel.

Faltar à festa estava fora de questão. O capitão Smith fora um professor e oficial superior incrível. Com gentileza e paciência, ele lhe ensinara as habilidades necessárias para cuidar dos garotos da Neuro. Frankie tinha passado inúmeras horas com ele naquele ala e até compartilhara uma Coca com o médico algumas vezes no clube. Ela vira as fotos dos filhos dele no mundo lá fora e se derretera com cada uma delas. Não perderia a chance de dizer adeus àquele homem de jeito nenhum.

~

– É esta a nossa carona? – perguntou Frankie, franzindo o cenho enquanto elas se aproximavam do heliporto.

Os helicópteros podiam até ser grandes e fáceis de manobrar, mas também eram alvos. O inimigo adorava abatê-los no céu. Principalmente aqueles: helicópteros desarmados e projetados para carregar feridos. E quando um helicóptero explodia no ar, dificilmente havia restos mortais. Ela sabia muito bem disso.

As hélices sopravam o ar quente, levantando poeira e irritando os olhos dela.

Ethel empurrou Frankie, e um soldado a colocou no helicóptero. Frankie engatinhou para o fundo, se sentou e se apertou contra a parede.

Barb e Ethel se sentaram uma em cada porta aberta, seus pés balançando para fora. As duas riam enquanto o helicóptero alçava voo, mergulhando o nariz no ar e empinando a cauda.

O barulho ali dentro era ensurdecedor.

Quando o helicóptero se inclinou para a esquerda, Frankie viu o Vietnã pela porta aberta: a faixa plana e verde da selva e uma fita marrom de água pontilhada por barcos. Praias de areia branca margeavam as águas turquesa do mar da China Meridional. À distância, montanhas verdejantes alcançavam o céu azul repleto de nuvens.

Mas também havia destruição. Espirais de concertina capturavam a luz, devolvendo mil reflexos coloridos. Buracos vermelhos gigantescos na terra, árvores caídas ou cortadas. Pilhas de sucata espalhadas pelas estradas. Helicópteros se precipitavam na paisagem, atirando contra o chão e sendo alvejados. O zumbido constante das hélices, o estampido dos ataques de morteiros. Tanques rolavam por estradas de terra, levantando nuvens de poeira vermelha. Naquela época, os Estados Unidos bombardeavam constantemente a trilha Ho Chi Minh. Havia combates nas montanhas, perto de uma aldeia chamada Pleiku.

– Aquilo ali é Long Binh! – gritou um dos artilheiros.

Frankie sabia que Long Binh era uma das maiores bases dos Estados Unidos no país. Dezenas de milhares de pessoas moravam e trabalhavam ali. Ela ouvira falar que a loja da base era maior do que qualquer loja de departamentos americana. Vista de cima, era uma extensa cidade entalhada na selva, construída em um retângulo plano e vermelho de terra. Escavadeiras mordiam as bordas, sempre abrindo mais espaço. Não havia sinal de grama nem árvores à vista, nada verde, nenhum pedacinho remanescente daquela selva que tinham derrubado para erguer a cidade temporária.

Eles pousaram no heliporto bem na hora em que o pôr do sol tingia o céu de um vermelho intenso e ardente.

Frankie se inclinou para a frente com cuidado, saltou do helicóptero e seguiu Ethel e Barb, que sabiam exatamente aonde ir em meio à confusão suja e fedida de estradas, pessoas, tanques e escavadeiras. O lugar parecia um formigueiro.

Um hospital imenso estava sendo construído para abrigar o crescente número de feridos.

O Clube dos Oficiais de Long Binh era lendário. Frankie ouvira histórias de festas épicas, orgias alcoólicas e até PMs sendo chamados de vez em quando. O capitão Smith – que passara grande parte de seu primeiro ano em Long Binh – falara muitas vezes do clube e dissera que não queria uma festa de despedida em nenhum outro lugar.

Barb chegou ao clube primeiro e abriu a porta. Frankie parou ao lado dela. Ela se sentia exposta naquele vestido azul ridiculamente conservador, com as unhas roídas até o sabugo e o corte pixie tão desgrenhado que parecia um dos beatles. O lenço que havia amarrado na cabeça não ajudara muito. Pelo menos agora tinha um par de tênis, em vez de apenas botas.

O clube não era o que ela esperava. Mas o que esperava, exatamente? Toalhas de linho branco e garçons de preto, como no country club de Coronado Island?

Na verdade, não passava de um bar escuro e desmazelado. O ar quente e sufocante cheirava a cigarro, bebidas derramadas e suor.

Um bar de madeira percorria toda a extensão do lugar, e uma fileira de homens estava recostada nele. Outros se aglomeravam em volta de mesas de madeira com cadeiras descombinadas. Não havia muitas mulheres ali, e as poucas presentes estavam na pista de dança. Ela avistou Kathy Mohr, uma das enfermeiras cirúrgicas do Trigésimo Sexto, dançando com o capitão Smith. Acima do bar, uma faixa pendurada dizia: BOA VIAGEM, CAPITÃO SMITH.

De repente, Frankie se lembrou da festa com bufê que os pais tinham promovido para comemorar a ida de Finley para a guerra.

Aquilo parecia pertencer a outro mundo, outra era.

Terrivelmente ingênua.

Barb arrastou Frankie por entre aquele mar de homens, abrindo caminho a cotoveladas. No bar, pediu um gim-tônica e dois refrigerantes, gritando para ser ouvida em meio à barulheira de vozes e música. Um soldado parou ao lado dela com um sorriso predatório, animado ao ver duas mulheres americanas. Frankie viu o emblema da Primeira Divisão de Infantaria dos Estados Unidos em sua manga.

Barb ignorou o homem e carregou as três bebidas até uma mesa vazia. A música mudou e ficou mais sexy. Uma canção que Frankie nunca tinha ouvido: "Come on, baby, light my fire".

Frankie estava prestes a ir até a mesa quando alguém tocou seu braço.

Ali estava o Dr. Jamie Callahan, sorrindo. Ela se lembrou de como ele a ajudara a encarar seu primeiro alerta vermelho, como sua voz fora firme e ele, gentil, e também da noite em que conversaram perto das latrinas. Ela o vira uma ou duas vezes no refeitório e no clube desde que fora promovida ao turno do dia, mas eles não haviam conversado muito.

Naquela noite, de camiseta branca, uniforme militar e botas de combate, ele estava bonito como Robert Redford em *Esta mulher é proibida*. E ele sabia disso. Cabelos louro-escuros, mais compridos que o permitido pelo regulamento, olhos azuis, queixo quadrado. Qualquer um o descreveria como o típico garoto americano. E, no entanto, havia tristeza em seus olhos, uma leve curvatura em seus ombros. Ela pressentia certo desespero nele, maldisfarçado. Luto. Talvez ele visse a mesma coisa nela.

– Agora, sim, é uma festa, com as enfermeiras aqui – disse ele com um sorriso cansado.

Ela encontrou os olhos dele. As semanas que passara estudando pacientes em coma tinham aguçado suas habilidades de observação.

– Você está bem?

A música mudou. A melancólica "When a Man Loves a Woman", de Percy Sledge, invadiu o salão.

– Dance comigo, McGrath – convidou ele.

Não foi um pedido arrogante, do tipo *eu sou muito descolado e você será arrebatada*, não foi o que ela esperava. Frankie teria rido de algo assim.

Aquele era o apelo de um homem, impregnado de desespero e solidão.

Ela conhecia muito bem aquele sentimento. Frankie o sentira em cada turno enquanto caminhava entre os pacientes em coma, torcendo por um milagre.

Ela pegou a mão dele. Ele a conduziu até a pista de dança. Frankie se encaixou no corpo dele, sentindo sua força sólida e, de repente, com uma intensidade cortante, percebeu o quanto também estava solitária. E não só ali, no Vietnã, mas desde a morte de Finley.

Frankie encostou a bochecha no peito dele. Os dois se moviam em um ritmo fácil e familiar, trocando os passos só quando a música pedia.

Finalmente, ela olhou para cima e viu que ele também a observava. Ela estendeu a mão devagar e afastou os cabelos dele dos olhos.

– Você parece cansado.

– Tive um dia difícil.

Ele tentou sorrir, e o esforço a comoveu. Ela sabia como aquele tipo de camuflagem podia ser difícil.

– Eles são tão jovens – comentou ele.

– Me conte uma coisa boa – pediu ela.

Ele pensou por um minuto, depois sorriu.

– Minha sobrinha, Kaylee, de 7 anos, perdeu um dentinho. A fada do dente deixou 50 centavos para ela, e ela comprou um peixinho dourado. Seu irmão, Braden, entrou para o time de futebol.

Frankie sorriu diante daquela doçura. Estava prestes a perguntar algo sobre a vida dele no mundo lá fora, quando a porta do clube se abriu, deixando entrar o som de um ataque distante de morteiro. Três homens surgiram.

Na verdade, avançaram a passos largos. Falando alto, rindo, chamando a atenção. Não pareciam militares, muito menos oficiais. Todos os três tinham cabelos longos demais para o regulamento. Dois usavam bigodes. Um estava com um chapéu de caubói e uma camiseta da gangue de motociclistas Warlocks. Outro vestia o uniforme azul da Marinha. Apoiando-se nos ombros uns dos outros, eles cantavam o que parecia ser uma canção de combate.

Os homens forçaram passagem por entre a multidão e se sentaram em uma mesa com uma placa de RESERVADO. Um deles levantou a mão, e uma garçonete vietnamita de *ao dai* correu até o trio com uma garrafa de Jack Daniel's e três copinhos para shots em uma bandeja. Um cara menor, com cabelos ruivos e um bigode ralo, jogou a cabeça para trás e uivou como um lobo.

– Quem são aqueles? – perguntou Frankie.

Eles estavam mais para alunos da Berkeley, ou caubóis, do que para oficiais da Marinha.

– Esquadrão novo. Lobos do Mar. Apoio ao combate com helicópteros navais. A Marinha precisava de pilotos de helicóptero, então, no ano passado, escolheu alguns pilotos de caça, requisitou voluntários e treinou os caras. Eles podem parecer arrogantes e descontrolados com esses cabelos, as roupas e tal, mas são uma mão na roda. Já fizeram muitas evacuações médicas para a gente fora do horário de trabalho. Se você chamar os Lobos do Mar e eles não estiverem lutando contra os vietcongues, os caras vão aparecer.

Ele ficou em silêncio por um instante e, depois, disse:

– Tenho pensado em você, McGrath.

Agora, ele se parecia com qualquer outro cirurgião em ascensão. Desse homem ela poderia rir.

– Sério?

– Você já se escondeu o suficiente.

– Me escondi?

– Na Neuro. Sua gangue, Ethel e Barb, me informou que você está pronta para subir de nível.

– Ah.

– O capitão Smith disse que você fez um trabalho excepcional. Falou que nunca viu alguém aprender tão rápido.

Frankie não sabia o que responder. O capitão Smith nunca dissera aquilo para ela.

– Ele também disse que você é compassiva, o que eu já sabia.

– Bom...

– A questão é: você veio para esse inferno para fazer curativos ou para salvar vidas?

– Bom. Eu acho que isso não é muito justo, senhor.

– Jamie – corrigiu ele. – Pelo amor de Deus, McGrath. *Jamie*.

– Então. Jamie. Acho que isso não é muito justo. Uma infecção oportunista pode...

– Venha trabalhar na Cirurgia comigo. Patty Perkins está quase indo embora. Eu preciso de uma boa substituta para ela.

– Não sou boa o suficiente – argumentou ela. – Puxe a Sara da Unidade de Queimaduras.

– Eu quero você, McGrath.

Ela ouviu mais do que a frase dizia, calorosa o bastante para disparar um sinal de alerta.

– Se isso for só um jeito de dormir comigo...

Ele abriu um sorriso fácil.

– Ah, eu adoraria dormir com você, McGrath, mas não é disso que se trata.

– Eu não sou boa o suficiente. Sério.

– Mas será quando eu terminar com você. Palavra de escoteiro.

– Você já foi escoteiro?

– Deus me livre. Ainda nem sei o que vim fazer aqui. Muitas dívidas e histórias de guerra, eu acho. Meu pai falou que eu era um idiota. Mas aqui estou eu, e aqui ficarei pelos próximos sete meses. Preciso de uma enfermeira das boas ao meu lado.

Frankie morria de medo de tudo aquilo – baixas em massa, falhar no trabalho, se envolver com Jamie –, mas já estava ali havia quase dois meses e, por pior que fosse, o tempo parecia voar. Ela já tinha aprendido o que podia na Neuro. Se realmente amava a enfermagem e queria se tornar ainda melhor, estava na hora de dar o próximo passo.

– Está bem, capitão Callahan. Vou pedir transferência para a Cirurgia.

– Ótimo.

Ele parecia bastante satisfeito consigo mesmo. Havia um brilho em seus olhos que Frankie presumiu ter seduzido muitas mulheres. Ela não pretendia morder a isca. Mas a verdade era que ele a tentava. E Frankie tinha certeza de que ele sabia disso.

No dia de seu primeiro turno na Cirurgia, Frankie parou diante de uma pilha de sacos de areia ao lado da porta, respirou fundo e entrou no barracão.

Caos.

Luzes brilhantes, música altíssima, médicos e enfermeiros gritando instruções, vítimas berrando. Ela viu Jamie ir até ela, com uma máscara no rosto e uma bata cirúrgica ensanguentada. Havia sangue por toda parte, nas paredes, no chão, nos rostos – pingando, jorrando, formando poças.

– Você está no meio do caminho, McGrath! – gritou Patty Perkins, a farda ensanguentada, e depois a empurrou para o lado.

Ela tropeçou e bateu na parede, enquanto dois paramédicos passavam fazendo uma maca. Nela, um soldado – um garoto – tentava se levantar.

– Cadê as minhas pernas? – berrava ele.

– Só respire, McGrath – disse Jamie, tocando de leve no ombro dela com o cotovelo embrulhado.

Ela olhou para cima e viu seus olhos cansados sobre a máscara.

Uma maca de rodinhas passou zunindo por eles, com um jovem com as tripas de fora. Barb corria ao lado dela.

– Chegando do Pré-Operatório!

Frankie olhou para o rastro de sangue atrás da maca e sentiu a náusea subir pela garganta.

– Ok, McGrath. Você sabe o que é um fechamento primário atrasado, certo? – perguntou Jamie.

Ela não se lembrava.

– *McGrath*. Foco.

Ela sabia, claro que sabia. Vinha cuidando deles havia semanas.

– Fechamento primário atrasado. Ferimentos sujos que precisam ser limpos. Fechamos a ferida mais tarde para prevenir infecções.

– Isso. Venha comigo.

Frankie atravessou a Cirurgia, percebendo no meio do caminho que Jamie a acompanhava de perto. Ele a conduziu até um jovem deitado em uma maca de rodinhas.

– Aqui temos um D e I. Desbridar e irrigar. É uma ferida com fragmentos. É preciso interromper o sangramento, remover os fragmentos de metal e retirar a pele morta. Depois, irrigar com soro fisiológico. Temos que fazer pequenos buracos dentro dos grandes. Você me ajuda?

Ela balançou a cabeça.

Jamie a encarou.

– Olhe para mim – pediu baixinho.

Ela exalou o ar profundamente e olhou para ele.

– Sem medo, McGrath. Você consegue.

Sem medo.

– Ok. Eu consigo – mentiu ela. – É claro que consigo.

Durante as seis horas seguintes, as portas da Ala 6 se abriram repetidamente com um estrondo, deixando passar a equipe médica com os feridos do Pré--Operatório. Frankie aprendeu que isso se chamava *onda*.

Agora, ela estava diante de uma mesa de operação, de frente para Jamie, ambos de touca, luvas e batas cirúrgicas. Entre eles, um jovem sargento atingido no peito por um tiro à queima-roupa. Ao lado de Frankie, estava a bandeja com instrumentos e suprimentos cirúrgicos.

– Pinça hemostática – pediu Jamie.

Ele deu a Frankie um instante para que ela examinasse a bandeja.

– Está ao lado do afastador – falou, por fim. – Está vendo?

Frankie assentiu, pegou o fórceps e o entregou a ele. Ela observou, hipno-tizada, Jamie cuidar do ferimento e suturar uma veia lá no fundo do peito do homem.

– Pinça Allis.

Ele pegou a pinça que ela lhe entregou e voltou ao trabalho.

Às dez da noite, Frankie estava acabada e coberta de sangue.

– Pronto – concluiu Jamie finalmente, recuando.

– Último paciente! – disse Barb, sintonizando o rádio em uma música de Van Morrison.

Cantando junto com ele, ela atravessou a Sala de Cirurgia e se aproximou de Frankie e Jamie.

– Como a minha garota se saiu? – perguntou ela a Jamie.

Jamie olhou para Frankie.

– Ela foi ótima.

– Eu falei que você dava conta – disse Barb a Frankie, cutucando-a com o quadril.

Patty deslizou até parar ao lado de Barb.

– Bom trabalho, Frankie. Logo, logo, você vai estar craque – elogiou ela, passando um braço pela cintura de Barb. – Clube?

Barb baixou a máscara.

– Com certeza. Te vejo lá. Você vem, Frankie?

Frankie estava tão cansada que mal conseguia assentir.

Barb e Patty passaram o braço pelos ombros uma da outra, apoiando-se enquanto se dirigiam à porta.

Jamie tirou a touca e chamou um paramédico para levar o paciente ao Pós-Operatório. Quando a maca foi retirada, Jamie e Frankie ficaram sozinhos na Sala de Cirurgia, um de frente para o outro.

– Então? – perguntou ele, olhando fixamente para ela.

De alguma forma, ela sabia que sua opinião sobre aquela noite importava para ele.

– Eu tenho um longo caminho a percorrer – respondeu Frankie, e depois sorriu para ele. – Mas... sim.

– Vários homens estão indo para casa encontrar a família por nossa causa. Isso é o máximo que a gente pode esperar – disse ele, aproximando-se dela. – Vem, eu te pago uma bebida.

– Não sou muito de beber.

– Então você me paga uma.

Após descartar a touca, a bata e as luvas cirúrgicas, ele pegou a mão dela e a conduziu para fora da Sala de Cirurgia.

Ela se viu recostando-se em Jamie enquanto caminhavam. Frankie nunca tivera um namorado sério, nunca fizera amor. No mundo lá fora, parecia importante ser uma boa garota, deixar os pais orgulhosos, mas, sinceramente, o horror que ela via ali todos os dias tornava as normas da sociedade irrelevantes.

Como não era de surpreender, o clube estava lotado, e todo mundo parecia exausto e destroçado após a onda daquela noite. Porém, o expediente chegara ao fim, e as pessoas precisavam relaxar. Ethel estava sentada a uma mesa, sozinha, fumando um cigarro. Na pista de dança improvisada, Barb mal se movia nos braços de um homem. Os dois mais pareciam se apoiar um no outro do que dançar. Em um canto, um cara dedilhava um ukulele.

Jamie conduziu Frankie à mesa de Ethel e puxou uma cadeira para ela. Frankie praticamente se jogou no assento. Depois, ele foi até o bar atrás de bebidas.

– Bom? – perguntou Ethel, oferecendo um cigarro a Frankie.

Frankie o pegou e o acendeu no cigarro de Ethel.

– Não matei ninguém.

– Maravilha, Frankie, então foi um ótimo primeiro dia na Sala de Cirurgia – disse ela, depois suspirou. – A triagem foi brutal. Os vietcongues realmente arrebentaram aqueles garotos. Todos os expectantes morreram.

Ethel segurou a mão de Frankie por um instante, e as duas se reconfortaram. Depois, ela se levantou.

– Eu não estou aguentando isso aqui esta noite. Vou ficar quietinha no alojamento, talvez escrever uma carta para o meu pai. E você?

Frankie olhou de relance para Jamie, que estava voltando do bar.

– Jamie...

– É casado.

Frankie ergueu os olhos para encarar Ethel.

– Casado? O quê? Ele nunca disse...

Ethel tocou o ombro dela.

– Tome cuidado, Frank. Nem tudo o que o mundo ensina para as mulheres é mentira. Você não vai querer ficar malfalada por aqui. Sei que sou uma boa garota batista e, portanto, estou longe de ser descolada, mas algumas coisas continuam sendo verdade, não importa quanto o mundo mude. Pense bem com quem você vai compartilhar sua cama de armar.

Frankie observou Ethel sair do clube.

Instantes depois, Jamie se sentou ao lado de Frankie, colou o corpo no dela e lhe ofereceu um refrigerante Fresca.

– Peguei isso para você, mas recomendo seriamente o uísque.

– Ah, é? – perguntou ela, tomando um gole do refrigerante morno.

– Tem um hotel em Saigon... – comentou ele. – The Caravelle. Tem um bar ótimo no terraço. Você ia adorar. Camas macias. Lençóis limpos.

Frankie se voltou para ele.

– Você deveria usar aliança, sabia?

O sorriso dele desapareceu.

– McGrath...

– Quando ia me contar?

– Achei que você soubesse. Todo mundo sabe...

– Qual é o nome da sua esposa?

Ele suspirou.

– Sarah.

– Você tem filhos?

– Um – respondeu ele, após uma pausa. – Davy.

Frankie fechou os olhos por um instante, depois os reabriu.

– Você tem uma foto deles?

Ele pegou a carteira e puxou a foto de uma mulher alta e esbelta com um penteado bufante, segurando um garotinho louro com bochechas rechonchudas e braços e pernas que pareciam marshmallows.

Ele guardou a fotografia. Havia um silêncio entre eles, uma quietude impregnada pela decepção de Frankie.

– Isso… não precisa ter nada a ver com… nós dois. Esse lugar.

– Você me decepcionou.

– Eu…

– Não minta para mim, Jamie. Me respeite, *por favor*. Eu acredito em coisas antiquadas. Como amor e honestidade. E votos.

Ela engoliu o refrigerante tão rápido que ele queimou sua garganta. Depois, Frankie se levantou.

– Boa noite.

– Não fuja de mim, McGrath. Eu vou me comportar como um cavalheiro. Palavra de escoteiro.

– Acho que você já deixou bem claro que nunca foi escoteiro.

– É. Só que eu estou precisando de uma amiga hoje.

Ela conhecia aquele sentimento. E se perguntou se o que lhe roubara o sorriso e o deixara triste tinham sido as fotos do filho. Devagar, Frankie se sentou ao lado dele. A verdade era que ela gostava dele. Demais, talvez, e precisava de um amigo tanto quanto Jamie.

– Há quanto tempo você é casado?

– Quatro anos – respondeu ele, olhando para o uísque. – Mas…

– Mas o quê? – perguntou Frankie, sabendo que era uma pergunta perigosa.

Eles estavam muito longe de casa, em um mundo que parecia incrivelmente frágil. Solitário.

– Sarah engravidou na primeira vez em que dormimos juntos. Em uma festa no alojamento da faculdade, no último ano dela. Eu estava estudando medicina. Nenhum dos dois considerou a possibilidade de não se casar.

– E…

– Eu sou um cara legal, McGrath.

Frankie olhou para ele, sentindo-se estranhamente desolada. Como se tivesse perdido uma chance antes mesmo de saber que ela existia.

– E eu sou uma boa garota.

– Eu sei disso.

Entre eles, fez-se silêncio. Então, Frankie forçou um sorriso.

– Sarah deve ser uma santa para te aturar.

– Isso ela é, McGrath – disse ele, olhando para ela com tristeza. – Isso ela é.

16 de maio de 1967

Queridos pai e mãe,
Estou treinando para ser enfermeira cirúrgica.
Nunca antes eu quis ser tão boa em alguma coisa.
Dá uma satisfação enorme amar o que a gente faz.
O interior do país é lindo. Tem um tipo de verde que eu nunca tinha visto, e a água é de um azul-turquesa deslumbrante. Estamos na estação das monções, mas até agora foram só pancadas de chuva forte que vêm e vão, escondendo o sol. Não me admira que tudo esteja tão verde.
Estou tirando várias fotos e mal posso esperar para compartilhar tudo isso com vocês. Assim, vocês vão entender.
Como está a vida no mundo aí fora?
Amo vocês,
F

P.S: Por favor, me enviem hidratante de mãos, condicionador e perfume. E uma nova medalhinha de São Cristóvão.

31 de maio de 1967

Querida Frances Grace,
Penso em você o tempo todo. Todos os domingos, acendo uma vela para você e sei que seu pai às vezes se senta no Fusca, as mãos no volante, olhando para a parede da garagem. O que ele pensa nessas horas, eu só posso imaginar.
É um mundo estranho este onde vivemos. Volátil e incerto. Parece que nós – americanos, quero dizer – não conseguimos mais conversar uns com os outros. Nossas divergências parecem intransponíveis.
Imagino que seja maravilhoso ser boa em algo que faz diferença. É uma coisa que muitas mulheres da minha geração nem consideraram.
Com amor,
Sua mãe

NOVE

Frankie tinha parado de sentir medo toda vez que entrava na Sala de Cirurgia. Ainda ficava insegura, mas, como a tartaruga que tinham dito que ela era em sua primeira noite, desenvolvera uma carapaça dura para proteger o coração do que via, além da confiança para superar o próprio medo e ajudar os homens – mulheres e crianças – que iam parar naquele barracão. Era a única forma de sobreviver ali.

Em suas últimas semanas no Trigésimo Sexto, Patty tomou como missão ensinar a Frankie todas as habilidades que havia aprendido lá. E é claro que Barb também estava sempre pronta a lhe estender a mão na Sala de Cirurgia, não importava quanto tivesse dormido na noite anterior. Por fim, Ethel dava a ela apoio psicológico.

Em um dia quente e chuvoso de junho, enquanto Frankie assistia Jamie nas cirurgias, ela ouvia o zumbido dos helicópteros lá em cima. Mais de um. O crescente número de feridos na Sala de Cirurgia e o progressivo aumento de ondas já nem a surpreendiam mais. Os Estados Unidos e o Exército da República do Vietnã tinham avançado na Zona Desmilitarizada que separava o norte comunista do sul aliado, e os combates eram brutais. Frankie queria que Patty ainda estivesse ali, mas ela voltara para casa uma semana antes. Com uma baita despedida.

– Merda – disse Jamie através da máscara.

Ele tinha os braços enfiados até o cotovelo no abdômen do garoto.

– O baço dele rompeu.

Frankie pegou uma pinça e entregou a ele.

Instantes depois, as portas da Sala de Cirurgia se abriram com um estrondo. Barb, de máscara e bata cirúrgicas, deslizou uma maca com outra baixa vinda do Pré-Operatório.

– Doutor, ferimento profundo no peito. A coisa está bem feia.

Jamie praguejou em voz baixa.

– Já estou indo… Precisamos remover esse baço…

Ele estendeu a mão, pegou os instrumentos com Frankie e logo os devolveu, trabalhando rápido. Gotículas de suor brotaram na testa dele, e algumas rolaram até a máscara. Finalmente, ele se afastou da mesa.

– É isso. Você está por sua conta agora, McGrath.

– Eu?

Jamie tirou as luvas e pegou um novo par.

– Você consegue fechar, McGrath – explicou, enquanto começava a tratar do ferimento no peito. – Você já me viu fazer isso várias vezes. Só pegue uns bons pedaços largos de fáscia, coloque todos os pontos, repare-os e amarre as suturas com cinco nós verdadeiros. Conte os nós. Cinco.

Ela balançou a cabeça.

– Não consigo.

– Cacete, McGrath. A gente não tem tempo para medo. Você é boa o suficiente. Faça o que eu digo.

Frankie aquiesceu, engoliu em seco e se aproximou do paciente com o abdômen aberto, coberto pelo campo cirúrgico.

– É como costurar, McGrath. Vocês, boas garotas de irmandades, não sabem costurar? Então, você é capaz de suturar.

Frankie inspirou profundamente e soltou o ar. *Você consegue.*

Ela levou mais um instante para se concentrar, para se desligar do barulho e da confusão, do som da chuva que fustigava o telhado. Quando se acalmou, começou a fechar a fáscia do garoto aos poucos, um ponto de cada vez. Ela contou cada nó, sem descuidar de nenhum.

– Ótimo – elogiou Jamie, olhando para ela. – Eu sabia que você ia conseguir.

Frankie nunca havia se concentrado tanto em alguma coisa na vida. O barulho da Sala de Cirurgia desapareceu. Ela sentiu os batimentos do próprio coração, sua pulsação acelerada, o ar se movendo em seus pulmões. O mundo inteiro se encolheu até se tornar a barriga ensanguentada daquele garoto. Quando terminou de fechar a fáscia, Frankie estava suando em bicas, mas continuou trabalhando. Finalmente, soltou um suspiro profundo, fechou o ferimento e admirou o próprio trabalho: as suturas estavam perfeitas. Frankie nunca sentira tanto orgulho.

Isso, pensou ela. *Isso é o que eu vim até aqui para ser.*

– Terminei – disse Jamie para Frankie.

– Eu também.

Ambos ergueram os olhos ao mesmo tempo. Mesmo de máscara, dava para ver que ele estava sorrindo.

– Não falei, McGrath?

Ela só conseguia assentir.

– Agora se mexa – disse ele. – Acabei de ouvir outro helicóptero pousar.

No fim de junho, as monções atingiram o Vietnã com força total. Aquele clima era diferente de tudo o que Frankie já tinha vivenciado.

Ventos uivantes destelhavam casas e arrancavam placas de sinalização. A chuva caía em torrentes, que o vento tornava horizontais. A terra vermelha se transformou em uma lama viscosa e grudenta, que invadia a Sala de Cirurgia, misturando-se ao sangue derramado no chão de concreto. Limpar aquilo era um trabalho infinito. Frankie, as outras enfermeiras, os paramédicos e qualquer pessoa que eles conseguissem convencer a pegar uma pá a fim de ajudar passavam um bom tempo tentando empurrar aquela lama para fora.

E estava *frio*.

Frankie olhou para o paciente à sua frente, com as tripas para fora e o peito coberto por ferimentos de estilhaços. Naquela noite, a tempestade castigava o barracão como uma criança martelando sem parar um celeiro de brinquedo.

– Perdemos ele – disse Jamie, depois praguejou, quase sussurrando.

Ela olhou para o relógio a fim de registrar o óbito e o reportou em voz baixa.

Fazia doze horas que estava de pé. As monções tornavam a vida mais difícil. Ou talvez não fosse o clima que estivesse tão ruim, e sim o aumento do número de feridos que atravessavam aquelas portas. A semana anterior tinha sido bem tranquila, com bastante tempo ocioso para as enfermeiras. Aquela semana não. Lyndon B. Johnson não parava de enviar mais tropas para combate, na esperança de que um efetivo maior virasse a maré a seu favor. Enquanto isso, o *Stars and Stripes* publicava artigos do tipo *Hip-hip-hurra! Os Estados Unidos estão vencendo a guerra* toda semana.

Ela se tremeu toda, sua já manchada e desbotada farda agora úmida sob a bata cirúrgica. Seus bolsos estavam cheios de cigarros e isqueiros (ela os mantinha à mão para dar aos garotos. Era assim que pensava nas baixas agora: seus garotos). No bolso do peito, carregava uma pequena lanterna e uma tesoura para fazer curativos. Um pedaço do garrote pendia frouxamente de uma dragona, para o caso de ela precisar tirar sangue. Uma pinça Kelly vivia pendurada em uma das alças de prender o cinto. Uma touca cirúrgica azul cobria seus cabelos desgrenhados, e uma máscara, o nariz e a boca. Tudo o que os outros conseguiam ver eram seus olhos cansados.

Jamie olhou para ela por cima do corpo do garoto, que provavelmente jogava futebol americano em um time de ensino médio seis meses antes.

– Você está bem, McGrath?

– Estou. E você?

Ele aquiesceu, mas ela viu a verdade em seus olhos. Ele estava tão exausto e desalentado quanto ela.

Agora, os dois se conheciam muito bem. No último mês, tinham passado mais horas juntos em um único ano do que muitos casais. Todas aquelas dificuldades – a chuva, a umidade, o frio, a lama, os ferimentos, as horas tentando salvar vidas – os uniram, os transformaram em mais que amigos. Às vezes, ali, a única forma de lidar com a dor emocional era rir – ou chorar. Frankie quase já não chorava, mas, quando o fazia, geralmente era nos braços de Jamie. Ele sempre estava lá por ela, e ela, por ele. Ele era capaz de fazê-la rir nos momentos mais difíceis.

Ela e Jamie passavam horas juntos, trabalhando lado a lado.

Frankie conhecia cada nuance de emoção no rosto dele: o jeito que ele cerrava os dentes de raiva quando via uma criança com queimaduras severas de napalm ou um soldado preocupado com os amigos mesmo sangrando. Ela sabia que ele sentia saudades de seu amado rancho em Wyoming, com as noites frescas e os dias quentes, os cavalos no estábulo e um campo cheio de flores diante da varanda. Ele sentia falta de pescar com mosca, dos passeios a cavalo e de flutuar em uma boia no rio Snake com um engradado de cerveja. Frankie sabia que Sarah era professora do jardim de infância, que mandava para ele bolinhos e biscoitos todas as semanas, que se preocupava porque ele demorava a escrever de volta e perguntava sem parar se Jamie estava bem, e que ele não conseguia responder outra coisa além de *sim*.

Ela lutava contra seus sentimentos por ele, mas, à noite, sozinha na cama, pensava em Jamie, se perguntava *e se*. Aquela conexão entre os dois podia até ser uma fantasia, provocada pela proximidade e pelo horror que viam todos os dias, mas parecia real.

Jamie sempre arranjava um jeito de tocá-la, da maneira mais casual possível e com um sorriso forçado. Às vezes, eles se viam sentados lado a lado, apenas se encarando em silêncio, ambos sentindo coisas demais e sabendo que palavra nenhuma aliviaria aquele desejo.

Ela tirou as luvas e baixou a máscara. Os dois tinham lama vermelha nos cantos dos olhos, escorrendo como lágrimas, e nos dentes.

– Que dia.

– Preciso de uma bebida. Talvez de dez. Você vem comigo?

Naquela noite, seu desejo por ele era forte demais para que ela conseguisse esconder. Precisava ficar longe de Jamie.

– Estou muito cansada para o clube – respondeu ela.

– E isso é possível?

Frankie esboçou um sorriso.

– Hoje é.

Eles tiraram as batas e as toucas cirúrgicas, vestiram os ponchos verdes do Exército e saíram da Sala de Cirurgia, indo ao encontro da tempestade furiosa.

– E quando a gente acha que não podia ficar pior... – comentou Jamie.

A chuva açoitava o telhado da passarela e caía em torrentes dos dois lados, segurando a grossa lama vermelha.

Eles passaram pelo refeitório, e Frankie se deu conta, chocada, que estava na hora do almoço. O tempo perdia todo sentido durante um BEM e, quando havia falta de pessoal, como naquele momento, os turnos pareciam não acabar nunca. Ela não comia desde... quando? O jantar da noite anterior? Seu estômago roncou. Ela não sinalizou sua intenção, só cambaleou para o lado, esbarrando em Jamie, empurrando-o sem querer. Ignorando a cafeteira quente (só conseguia pensar em *banho*), pegou duas rosquinhas, saiu do refeitório e foi até o médico, que esperava por ela.

– Com cobertura – disse ela, entregando uma rosquinha a ele.

– Minha preferida.

– Eu sei.

Eles atravessaram o espaço atrás do palco, onde uma placa – PRÓXIMA SEMANA: MARTHA RAYE – tinha sido derrubada pelo vento e jazia retorcida e arruinada na lama. Frankie enfiou sua rosquinha no poncho para protegê-la.

Jamie parou em frente à entrada do clube, cheia de sacos de areia. O vento empurrava as contas para o lado, fazendo-as bater na parede. Ela sentiu cheiro de cigarro. A música sobressaía em meio à barulheira. "Happy Together", do The Turtles.

Imagine me and you, I do...

– Eu imagino, sabe?

– Imagina o quê?

– Imagino você e eu. Eu sonho com você, McGrath.

Frankie prendeu a respiração. Naquela hora, exausta como estava, não tinha força suficiente para fingir que só gostava dele como amigo. Ela não conseguia sorrir. Só conseguia pensar que o amava. Que Deus a ajudasse.

– Jamie, não...

– Se eu tivesse conhecido você primeiro...

– Você não teria olhado para mim duas vezes. Grande astro do futebol americano universitário e futuro cirurgião.

Ele fez um carinho rápido na bochecha de Frankie. A pele dela pareceu esfriar sem o toque dele.

– Você não faz ideia de como é linda, McGrath.

Frankie teve medo de que, se ficasse mais um segundo ali olhando para ele naquele mundo secreto onde a chuva caía ao redor dos dois, eles – ela – perderiam a batalha. Se um deles se inclinasse para a frente, o outro talvez fizesse o mesmo. Ela nunca sentira tanta vontade de beijar um homem. O amor que nutria por ele causava uma dor física em seu peito. Frankie precisou se forçar a recuar. Queria dizer algo inteligente, mas nada lhe veio à cabeça. Levantando o capuz, ela inclinou o corpo para a frente, a fim de evitar que a chuva escorresse por suas costas, e correu para os chuveiros das enfermeiras.

Eles estavam vazios, provavelmente por causa da tempestade. A chuva batia no que chamavam de búfalo-asiático, uma carreta elevada com um tanque de 1.500 litros que alimentava os chuveiros. Frankie tirou a roupa e pendurou o uniforme e o poncho. Naquele ar frio, a água do chuveiro parecia morna. Ela não precisou olhar para baixo para ver que o líquido que escorria era vermelho – sangue vermelho, lama vermelha, suor vermelho. Lagartixas escalavam as paredes de madeira do chuveiro e se escondiam atrás das vigas.

Ela lavou os cabelos e o corpo. Sem se dar ao trabalho de se secar, voltou a vestir as roupas úmidas e sujas, calçou as botas, jogou o poncho molhado e escorregadio sobre o corpo e saiu na chuva outra vez. Na ponte de tábuas que atravessava um rio profuso de água e lama, ela parou, reduziu a velocidade para recobrar o equilíbrio e não cair em cima dos rolos de concertina dos dois lados e, depois, voltou para a passarela coberta.

O alojamento estava tomado pelo barulho da chuva. A água escorria pelas laterais de madeira, criando uma poça vermelha ao lado da porta que chegava até os tornozelos. Ela a abriu devagar e entrou, levando consigo a lama e a água. Era inevitável. Naquela estação de vento e chuva, o alojamento sempre cheirava a mofo e bolor, e o chão estava sempre enlameado.

Na pequena cômoda perto da cama, Frankie viu uma caixa embrulhada em papel pardo e cheia de carimbos, embaixo de uma carta azul enviada pelo correio aéreo. Correspondência!

Ela pendurou o poncho molhado, preparou uma xícara de café, tirou o uniforme úmido e guardou as botas em seu baú. Botas secas faziam uma diferença enorme naquele lugar. Frankie vestiu o pijama que a mãe lhe enviara na semana anterior, passou um pouco de perfume no pescoço e subiu na cama.

Ao abrir a caixa, viu um saco de biscoitos caseiros, chocolates e alguns bolinhos Twinkies, e sorriu. Quando rasgou o envelope, um recorte de jornal caiu. Nele, uma multidão de manifestantes queimava a bandeira americana.

5 de julho de 1967

Querida Frances Grace,
Queria poder trazer só boas notícias, mas o mundo enlouqueceu. Os hippies já não são mais tão pacíficos, posso te garantir.

Milhares de manifestantes contra a guerra. Garotos queimando os cartões de recrutamento, mulheres incendiando os sutiãs. Protestos raciais. Meu Deus. Nossa festa anual acabou sendo um evento pequeno. As pessoas só falam da guerra. Você se lembra de Donna Van Dorn, da catequese? Semana passada, no clube de bridge, ouvi falar que ela começou a tomar ácido, abandonou a faculdade e se juntou a uma banda folk. Parece que está morando em uma comunidade alternativa e fazendo velas. Pelo amor de Deus, ela é membro das Filhas da Revolução Americana e uma garota de irmandade!

As pessoas do clube estão começando a se perguntar se a guerra no Vietnã é um erro. Parece que um tribunal internacional de crimes de guerra considerou os Estados Unidos culpados de bombardear alvos civis, inclusive escolas – ESCOLAS, Frankie! –, igrejas e até uma colônia de leprosos. Quem poderia imaginar que ainda restavam leprosos no mundo?

Cuide-se, Frances, e escreva logo. Estou com saudades.
Com amor,
Sua mãe

Frankie encontrou uma folha quase seca do papel timbrado fino e azul do correio aéreo, para poder responder. Naquela umidade, a tinta vazava para o outro lado.

18 de julho de 1967

Querida mãe,
Muito obrigada pelos presentes. Não consigo nem explicar como eles levantam o ânimo de todo mundo nesta terrível estação das monções.

O clima é difícil de descrever e mais difícil ainda de suportar. A única coisa pior que a chuva é que a DERE da minha amiga Ethel chegou. Esse é o acrônimo do Exército para Data Elegível de Retorno do Exterior. Em outras palavras, o dia em que ela vai voltar para casa (você se lembra da Ethel, a que toca violino e quer ser veterinária de animais de grande porte?). Enfim, em setembro, ela vai embora do Vietnã. Para casa.

Nem consigo imaginar como vou lidar com isso aqui sem ela.
Mas eu vou, imagino.
Por aqui...

Frankie ouviu o som de helicópteros se aproximando e largou a caneta.

Com um suspiro, ela guardou a carta inacabada e a maioria das guloseimas na mesinha de cabeceira improvisada, vestiu o uniforme ainda úmido e calçou as botas.

Seu turno tinha acabado, mas que diferença fazia, diante da falta de pessoal? Havia feridos chegando, e enfermeiras seriam necessárias. Ela jogou o poncho ainda molhado sobre as roupas, foi até a Sala de Cirurgia e viu que duas ambulâncias chegavam à porta do Pré-Operatório, vindo do heliporto.

Jamie já estava ali, de bata e touca cirúrgicas.

– Para os ímpios não há paz, certo, McGrath?

Ela deu um bolinho para ele.

– Não mesmo.

No fim de julho, em um dia no qual não eram esperadas baixas, Barb organizou um MEDCAP, e as três enfermeiras, junto com Jamie, se dirigiram ao heliporto, onde um helicóptero Huey esperava por eles. Eles pegariam uma carona até o Orfanato St. Elizabeth, que ficava em uma antiga igreja de pedra não muito longe dali.

Segurando o chapéu de lona verde-oliva na cabeça, Frankie se inclinou para a frente, correu até o helicóptero e pulou lá dentro. Pela primeira vez, não foi para o fundo. Não queria mais ter medo, não queria pensar em Finley todas as vezes que subia em um helicóptero.

Em vez disso, Frankie se sentou com cuidado no chão, perto de um dos artilheiros, cuja metralhadora apontava para o terreno abaixo deles. Com cautela, ela colocou uma perna para fora, depois a outra. Barb se sentou na outra porta aberta. Ethel e Jamie foram para o fundo. Quando o helicóptero alçou voo, Frankie ficou sem fôlego.

E logo eles estavam no ar, sobrevoando o interior do Vietnã.

Frankie nunca se sentira tão livre, tão destemida. O vento açoitava seu rosto. A paisagem verde logo abaixo era belíssima. Ela viu a faixa de areia ao longo das águas turquesa do Mar da China Meridional.

O helicóptero se inclinou com força, deu uma guinada em direção ao interior e sobrevoou alguns arrozais. Frankie viu uma estrada de terra vermelha que cortava uma densa faixa de capim-elefante. Ali, o helicóptero parou e pairou no ar, as hélices girando ruidosamente, o capim sendo achatado pela pressão do vento. Devagar, a aeronave baixou até o chão e pousou, mas só por tempo suficiente para que a equipe saísse. Depois, voou para longe, em direção ao norte.

Enquanto a equipe médica se aproximava do orfanato, as portas se abriram com um estrondo, e crianças com roupas esfarrapadas avançaram até eles, acenando e empurrando umas às outras, animadas. Elas sabiam que os americanos levavam doces e os distribuíam. Atrás delas, freiras vietnamitas, com hábitos pretos e chapéus de palha cônicos, as observavam, cansadas.

As enfermeiras foram cercadas por um grupo de meninas pequenas, todas estendendo as mãozinhas para tocá-las. Ao lado de Frankie, Barb se ajoelhou, deixando as crianças tocarem seus cabelos enquanto distribuía pirulitos. Depois, organizou os pequeninos em fila para vaciná-los.

Nas horas seguintes, as enfermeiras administraram vacinas, distribuíram vitaminas, cuidaram de mordidas de ratos e trataram casos de malária. Jamie costurou feridas e até arrancou alguns dentes podres.

Eles estavam arrumando as coisas para ir embora, quando uma freira vietnamita, tipo mignon, jovem e bonita se aproximou. Ela foi até Frankie, parecendo hesitante.

– Ah... *madame?* – chamou ela, em um inglês com sotaque francês.

– Sim? – disse Frankie, enxugando o suor da testa e colocando a bolsa com suprimentos médicos no ombro.

– A senhora poderia vir comigo, por favor?

Frankie seguiu a freira até o interior frio do orfanato. Cada cômodo tinha sido transformado em um quarto, com esteiras de palha no chão para as crianças dormirem. Um deles tinha uma dúzia ou mais de berços, onde bebês dormiam e choravam. Aquilo partiu o coração de Frankie, pensar em quantos órfãos aquela guerra estava deixando. Quem iria cuidar daqueles bebês e crianças quando tudo terminasse?

Por fim, elas viraram uma esquina e entraram em um cômodo comprido. Velas queimadas estavam espalhadas pelo parapeito das janelas e pelo chão – logo, não havia eletricidade.

Em uma esteira, ela só viu uma única menininha, com os joelhos dobrados junto ao peito e os braços em volta das pernas. Ela parecia querer se diminuir ao máximo. Frankie lançou um olhar interrogativo à freira.

– Um calor na testa dela – adiantou a freira, tocando a própria testa para tentar se comunicar melhor.

Frankie se ajoelhou no chão duro de pedra ao lado da esteira. De perto, dava para ver que a garota era um pouco mais velha do que pensara, mas tinha o corpo debilitado pela desnutrição.

– Ela não quer comer – explicou a freira.

– Oi, pequenina – cumprimentou Frankie, acariciando os cabelos pretos desgrenhados da menina.

A garota não se moveu nem respondeu, apenas olhou para Frankie com seus olhos castanhos tristes. Os cabelos emaranhados escondiam uma queimadura feia, que enrugava a pele ao longo do maxilar.

– Qual é o seu nome? – perguntou Frankie, tocando a testa da menina e analisando a queimadura, que não parecia estar infeccionada.

Tinha febre, mas não muito alta.

– Não sabemos o nome dela – disse a freira em voz baixa, ajoelhando-se para acariciar as costas da garotinha. – A aldeia dela foi bombardeada. Ela foi encontrada por um dos seus paramédicos, escondida em uma vala. – A mulher fez uma pausa. – Nos braços da mãe morta.

Frankie sentiu um peso no coração, uma tristeza que sabia que a acompanharia. Não havia defesa contra uma coisa daquelas. Não importava quanto fosse dura a carapaça que tinha criado para se proteger, algumas dores eram impossíveis de serem esquecidas. Aquela menina seria uma delas, um dos rostos que veria em seus sonhos. Ou nas noites em que não conseguisse dormir.

– Nós a chamamos de Mai. Não sabemos se ela entende. Algumas... delas... estão machucadas demais...

Frankie queria pegar a criança nos braços e dizer que ficaria tudo bem, mas como aquilo poderia ser verdade para aquela garotinha?

Frankie procurou aspirinas infantis e antibióticos na bolsa.

– Isso aqui vai controlar a febre. E eu vou lhe dar uma pomada para a queimadura dela. Vai ajudar na cicatrização.

Então, ela voltou a remexer na bolsa médica e pegou um pirulito de cereja, que ofereceu à garota.

A menina apenas voltou os olhos para o doce.

Frankie o desembrulhou, o lambeu e sorriu, depois o ofereceu de novo.

A garota estendeu a mão devagar e pegou o fino palito branco. Olhando para Frankie, levou o pirulito à boca e o lambeu.

E o lambeu de novo.

E de novo.

Frankie esperou por um sorriso que nunca apareceu. Queria ter ficado surpresa, mas entendia muito bem o trauma daquela criança. Cada vez mais aldeias eram queimadas e bombardeadas. Cada vez mais vietnamitas morriam, deixando os filhos sozinhos no mundo. Era uma tragédia estarrecedora.

Ela começou a se levantar.

A garota estendeu a mão e tocou seu tornozelo.

Frankie voltou a se sentar.

Lágrimas brilhavam nos olhos da menininha.

Frankie a pegou nos braços e a embalou suavemente, cantarolando "Puff, the Magic Dragon" até que ela adormecesse. Frankie olhou para a criança ferida em seus braços, para aquela menina franzina demais para a própria idade, com uma cicatriz que carregaria para o resto da vida e que, provavelmente, estava sozinha no mundo, e seu coração doeu por Mai e por todas as crianças como ela, devastadas pela guerra. Ela acariciou a testa quente da menina e continuou cantarolando, contendo as lágrimas, respirando fundo.

– McGrath? O helicóptero está voltando. Precisamos ir.

Frankie se virou e viu Jamie parado à porta.

Ela colocou a criança adormecida na esteira e se curvou para beijar sua bochecha queimada.

– Durma bem, Mai – disse ela, a voz embargada.

Ao se levantar, quase se desequilibrou. Seus pés formigavam.

Imediatamente, Jamie surgiu ao seu lado e a segurou. Ela procurou a mão dele e a agarrou, mas não ousou encará-lo.

– Frankie...

Ela não conseguiu evitar. Frankie se voltou para Jamie, e ele a abraçou. Ela sentiu as lágrimas se acumularem em seus olhos, arderem e rolarem, perdendo-se no tecido de algodão da camiseta dele.

Jamie não falou nada, apenas a segurou até que ela tivesse força suficiente para se afastar.

– Obrigada – disse ela, afinal, sem olhar para ele, enxugando as lágrimas.

– Ela vai se lembrar do seu carinho. Aquela garotinha. Provavelmente, pelo resto da vida. E ela vai correr, brincar e crescer.

Aquelas palavras significaram tanto para Frankie que ela só conseguiu aquiescer. Como Jamie sabia exatamente o que ela precisava ouvir?

Eles caminharam em direção ao sol. No quintal dilapidado, as crianças brincavam com uma bola que a equipe levara para elas, chutando-a para a frente e para trás, enquanto riam. Não muito longe dali, o helicóptero aterrissou na estrada de terra, as hélices achatando o capim-elefante e levantando uma poeira vermelha.

A equipe médica correu até a aeronave e pulou a bordo. Frankie se sentou na porta aberta, as pernas penduradas na lateral. De vez em quando, ela pegava a polaroide na bolsa, tirava uma foto e puxava a impressão fantasmagórica da câmera, sacudindo-a para secar até que a imagem aparecesse. Mas, na verdade, seu coração não estava ali.

À distância, outro helicóptero sobrevoava a selva, pulverizando herbicida.

Eles pousaram sem problemas no Trigésimo Sexto, que estava em silêncio.

Surpreendentemente, não havia ninguém correndo do PS para o Pré-Operatório ou dele para a Sala de Cirurgia. Nenhum paciente na triagem, nenhuma ambulância entrando no complexo com seu barulho monótono, nada de chuva torrencial ou de lagos de lama para atravessar. Frankie, Ethel, Barb e Jamie foram até o refeitório, onde as mulheres pegaram alguns sanduíches e refrigerantes, e Jamie, uma cerveja.

Na praia, uma dúzia de homens sem camisa jogava vôlei. Um conjunto de alto-falantes tocava música aos berros e batidas de martelo ressoavam – mais construções sendo erguidas. Nas colinas distantes, o ruído dos morteiros lembrava o de pipoca estourando na panela. Jamie arrancou a camisa, chutou os sapatos para o lado e se juntou aos homens na rede de vôlei.

As mulheres arrastaram três cadeiras de praia até a areia e ficaram ali sentadas, comendo os sanduíches, fitando a areia branca e a água azul. Além dos homens de peito nu. Naquela noite, uma tela de cinema seria montada ali. Corria o boato de que alguém havia conseguido a fita de *Fugindo do inferno*.

Atrás deles, alguém aumentou a música até o volume máximo. "Leaving on a Jet Plane" fez as pessoas cantarem juntas. Duas voluntárias da Cruz Vermelha – as chamadas *Donut Dollies* –, em seus uniformes de saia e blusa, empurraram um carrinho repleto de bebidas e biscoitos até a praia. O apelido delas podia até parecer delicado, mas aquelas garotas eram bem duronas. Elas viajavam por todo o Vietnã, no meio de transporte que fosse, para levantar o moral das tropas.

– O que é que você tem? – perguntou Barb a Frankie.

A pergunta não surpreendeu Frankie. Barb, Ethel e ela eram mais do que melhores amigas. A radical, a fazendeira e a certinha. No mundo lá fora, talvez nunca tivessem se conhecido, muito menos se tornado amigas, mas aquela guerra as havia transformado em irmãs.

– Foi uma garotinha no orfanato – explicou Frankie. – Ela sofreu uma queimadura. Nossa equipe a encontrou na beira de uma estrada... nos braços da mãe morta.

Ethel soltou um suspiro cansado.

Frankie não conseguia parar de pensar em Mai, deitada em uma vala, queimada, ainda nos braços da mãe morta.

– A aldeia dela foi bombardeada.

A guerra era uma coisa; bombardear aldeias cheias de mulheres e crianças era outra totalmente diferente. Deus era testemunha de que o *Stars and Stripes* não reportava histórias assim. Por que eles não contavam a verdade?

Fez-se um silêncio entre elas. Nele, estava a verdade terrível que nenhuma delas queria encarar. A aldeia ficava no Vietnã do Sul.

E só os americanos tinham bombas.

DEZ

Agosto se resumiu a uma série de dias quentes e molhados. Às vezes, o ar ficava tão úmido que era difícil respirar. Tudo o que Frankie vestia e despia naquela estação das monções cheirava a mofo e estava salpicado de lama. Não havia jeito de lavar ou secar completamente as roupas. Como todo mundo no acampamento, Frankie aprendeu a não se importar.

Em setembro, a chuva finalmente parou e um calor insuportável assumiu seu lugar. No final de cada turno, quando Frankie tirava a máscara e a bata cirúrgicas, elas estavam ensopadas de suor. Os barracões Quonset e os alojamentos se transformaram em fornos. Após relaxar um pouco no clube, ver um filme na praia sob as estrelas ou quem sabe jogar uma partida de buraco com Ethel e Barb, ela desmaiava na cama de armar, rezando para conseguir dormir.

– Acorda, Frank.

– Não – disse Frankie, rolando na cama agarrada ao lençol úmido.

Sentiu um soco forte em seu ombro logo em seguida.

– Acorda. É uma da tarde.

Frankie grunhiu e rolou na cama. Depois, abriu os olhos devagar, em um movimento doloroso. O ataque de morteiro da noite anterior havia durado horas. As explosões sacudiram os alojamentos com tanta força que gotas de lama vermelha pingaram do teto, formando manchas nas bochechas de Frankie.

Frankie cobriu os olhos com o braço.

– Vai embora, Ethel. Fomos dormir há uma hora.

– Na verdade, duas – corrigiu Barb. – Pense, por um instante, em que dia é hoje.

Frankie fez um esforço e se apoiou nos cotovelos. Depois, olhou para o calendário pregado acima da cama de Ethel, com todos os dias marcados com um xis.

– A DERE da Ethel.

– Isso mesmo, fã de esportes – confirmou Ethel, tirando os bobs cor-de-rosa dos cabelos. – O Vietnã vai perder a melhor enfermeira que já serviu nesse Exército. Eu estou voltando para o mundo. E não vou sair desse buraco quente depois de dois anos de trabalho com uma pizza no clube. Vista o seu biquíni, Bela Adormecida. Tem um helicóptero nos esperando.

– Biquíni?

Frankie mal podia acreditar. No dia anterior, elas tinham trabalhado quatorze horas seguidas, o tempo todo de pé. Ela passara a maior parte na Cirurgia. Suas costas e seus joelhos doíam. E agora... Frankie consultou o relógio de pulso. Elas iriam nadar em algum clube de oficiais... à uma da tarde, no único dia de folga que tiveram em duas semanas?

Ethel arrancou as cobertas dela, deixando Frankie só de camiseta e calcinha. Ela também usava meias para dormir, mesmo naquele calor, para proteger os pés de insetos e outros bichos nojentos. Verdade seja dita, também era por isso que usava calcinha.

Frankie pulou da cama (o que demandou algum esforço; suas pernas pareciam gelatina, e era como se cães selvagens tivessem mastigado seus pés enquanto ela dormia). Ela vestiu o biquíni vermelho com cintinho, calçou os tênis e foi até as latrinas.

No meio do caminho, o cheiro a atingiu. Bosta humana e fumaça. Algum pobre MN se ocupava com uma função de merda. Literalmente. O trabalho dele era esvaziar as latrinas e queimar os resíduos em barris de metal de 200 litros.

Ela avançou pela passarela de tábuas até os chuveiros. Àquela hora do dia, a água estava quase morna, aquecida pelo sol. Ainda assim, ela tomou um banho rápido e se secou com uma toalha. Não que precisasse naquele calor.

– Finalmente! – exclamou Ethel, quando Frankie entrou no alojamento. – Uma maldita debutante ficaria pronta mais rápido.

– O que você sabe sobre debutantes? – perguntou Frankie, abotoando o short e se curvando para amarrar o tênis.

Depois, ela pegou uma tesoura e cortou os cabelos ao redor do rosto. Não havia espelho no alojamento, o que Frankie achava até melhor.

Barb cobriu o black power curtinho com uma bandana, que amarrou na nuca, e depois tomou a tesoura da mão de Frankie. Sem dizer nada, assumiu o controle do corte. Frankie permitiu, com total confiança. Era essa a natureza das amizades que fizera ali. Não seria exagero dizer que ela confiaria a própria vida a Barb e Ethel.

– Vamos, debutante do country club – chamou Barb, jogando a tesoura em cima da cômoda. – Os garotos estão esperando.

– Garotos? – indagou Frankie, enfiando algumas roupas na mochila, antes de o trio sair do alojamento.

O Trigésimo Sexto estava surpreendentemente calmo naquele dia. Ah, ouvia-se um ataque de morteiros – explosões na selva para além da concertina –, mas nenhum alerta vermelho ainda. Ela ouviu homens gritando. Eles jogavam futebol no espaço aberto em frente ao palco vazio.

No heliporto, um helicóptero armado aguardava – um da equipe dos Lobos do Mar. As enfermeiras se inclinaram para a frente e correram na direção dele. O artilheiro estendeu a mão e as ajudou a embarcar. No último instante antes da decolagem, Jamie apareceu, com um short esportivo e uma camiseta desbotada dos Warlocks, e pulou para dentro do helicóptero.

O piloto fez sinal de positivo, e eles subiram, as hélices ganhando velocidade. Aos poucos, o barulho se tornou um som contínuo. O helicóptero mergulhou bruscamente o nariz no ar, empinou a cauda, e eles aceleraram para a frente, voando baixo. Os artilheiros assumiram suas posições junto às metralhadoras fixas nas portas abertas.

Frankie ocupou um assento de lona no fundo do helicóptero, ao lado de Jamie.

Pelas portas abertas, ela viu o mundo passar rapidamente: praias brancas, águas azul-turquesa, estradas de terra vermelha que cortavam a paisagem como veias à medida que eles aceleravam para o sul, em direção a Saigon. Quando se aproximaram da capital, Frankie se deparou com um cenário verdejante, salpicado de fios prateados. O delta do rio Mekong surgiu como uma cobertura de renda. Ao longe, clarões alaranjados irrompiam na selva – explosões no meio do mato.

Poucos minutos depois, o helicóptero pousou em um campo plano e sem árvores.

O piloto desligou o motor, tirou o capacete de voo e se virou.

– Outro pouso perfeito dos Lobos do Mar. Senhoras, por favor, anotem isso no seu diário.

Ethel riu.

– Frankie, este é o Magro. Sorria, mas não acredite em uma palavra do que ele diz. Ele acha que é o James Bond. É isso que acontece quando um cara aprende a pilotar jatos e helicópteros. Ele acha que é um deus.

Magro era alto e esbelto, com ombros largos. Um espesso bigode e uma barba irregular realçavam, de alguma forma, aquele rosto de galã, dando a ele um ar meio safado. Imediatamente, ele colocou um chapéu surrado de caubói, que combinava com a camiseta camuflada e o calção de banho.

– James Bond *adoraria* ser eu – retrucou Magro, tocando seu bigode fora do regulamento.

Ele era um homem bonito. Mais que bonito, na verdade, e sabia disso.

– Como vai, senhorita? – perguntou ele a Frankie, que não pôde deixar de sorrir diante daquele charmoso sotaque sulista.

– E o Magro *adoraria* ser eu – brincou o copiloto, um cara delgado e musculoso de cabelos ruivos e bigode desgrenhado.

Ele abriu um sorriso largo para Frankie e as outras mulheres, exibindo um conjunto de dentes tortos.

– Podem me chamar de Coiote – disse ele, soltando um uivo de lobo para complementar a apresentação.

Ele ajudou as mulheres a descerem do helicóptero e segurou a mão de Frankie por mais tempo que o necessário. Ela sentiu que ele a encarava enquanto dizia, com um sotaque texano arrastado:

– Bem-vindas ao acampamento de verão dos Lobos do Mar, senhoritas.

Aquilo era tão ridículo, tão *mundo lá fora*, que Frankie não pôde deixar de rir.

À frente deles, um largo rio castanho fazia um arco preguiçoso, batendo em uma costa pantanosa e cheia de junco. Na margem oposta, o céu de Saigon se erguia à distância. Uma lancha destruída se agarrava à borda, vazia, exceto por um homem com uma metralhadora no banco de trás, que observava cada movimento na terra, na água e no ar.

O terreno entre o helicóptero e o rio tinha sido transformado em uma festinha na praia. Uma faixa com a frase VAMOS SENTIR SAUDADES, ETHEL pendia entre duas varas de bambu. Embaixo dela, um homem parrudo com uma camiseta dos Rolling Stones grelhava hambúrgueres em uma churrasqueira. Um gerador portátil alimentava um aparelho de som, e a música "Purple Haze" saía dos alto-falantes em um volume alto o suficiente para abafar o gemido distante da guerra.

Havia pelo menos trinta pessoas ali – enfermeiras do Trigésimo Sexto, de Long Binh e de Vung Tau, médicos e paramédicos. Frankie reconheceu vários pilotos de helicóptero e Lobos do Mar, além de diversas *Donut Dollies* do Trigésimo Sexto. Quando Ethel chegou, todos pararam o que estavam fazendo, se voltaram para a enfermeira e começaram a bater palmas e gritar.

– Discurso! Discurso! – berrou alguém.

Ethel abriu um sorriso largo.

– Enfermeiras não fazem discursos! – exclamou ela. – A gente faz festa!

A multidão soltou gritos de aprovação. A música mudou para "Good Lovin'", e várias pessoas começaram a dançar.

Ethel olhou para Magro.

– Foi um bom voo, caubói.

Ele pôs um braço em volta dela e a puxou para perto. Frankie sabia que Magro e Ethel tinham criado uma amizade sólida ali. Eles estavam unidos pelo amor ao churrasco sulista, ao country e aos cavalos.

– Meus garotos vão sentir a sua falta – comentou Magro.

– Eu sou uma de muitas, Magro. Barb e Frankie me deixam no chinelo.

Ele beijou a bochecha dela.

– Estou feliz por você estar indo embora desse lugar de merda, mas triste por estar deixando a gente.

– Rá. Como se vocês, Lobos do Mar, não se estapeassem para se juntar à unidade. Você prefere mil vezes estar aqui a ficar naquela fazenda onde cresceu.

– Tem dias que sim – concordou ele.

– É – continuou Ethel. – Não é essa a verdade de Deus? O melhor dos tempos, o pior dos tempos?

– Se vocês dois ficarem um pouquinho mais filosóficos ou piegas, eu vou vomitar bem nas suas botas – ameaçou Barb. – A gente não se arrastou até aqui para ver os *sentimentos* de vocês. Estamos aqui para desejar boa viagem para a melhor enfermeira do Trigésimo Sexto. Então, cadê a birita?

Coiote foi até uma pirâmide de caixas térmicas e abriu a de cima, pegando quatro cervejas geladas e voltando com elas.

Frankie arrebentou o lacre da latinha com um estalo e tomou um gole hesitante. Mal tivera a chance de engolir, quando Ethel agarrou sua mão.

– Vem, garota da Califórnia! – chamou ela, arrastando Frankie pela festa até a lancha destruída atracada na margem do rio.

Onde diabos tinham arrumado aquela lancha?

Um homem alto, com um bigode desgrenhado e uma camiseta da cerveja Rainier, estava ao volante. Ele inclinou o surrado chapéu de palha de caubói para ela.

– Como vai, senhorita? – cumprimentou, com um sotaque sulista.

Coiote pulou a bordo, uivou de novo e pôs o braço em volta de Frankie.

– O que me diz, Frankie McGrath? Topa um desafio?

– Pode crer.

Ela tomou um gole da cerveja gelada. Naquele dia quente, o gosto era surpreendentemente bom. Quanto tempo não se sentia livre e jovem daquele jeito?

– Temos uma voluntária! – disse Coiote, desatando o cabo de amarração. – Leve a gente, Renegado.

O cara dos controles abriu um sorriso largo e pisou fundo. Frankie se desequilibrou e caiu em cima de Ethel, que ergueu a sobrancelha.

– Qual é a regra mais importante no Vietnã, Frank?

– Não beber a água daqui?

– Essa é a número um. Número dois: nunca se ofereça.

A lancha acelerou em um passeio excitante, eletrizante.

De repente, eles diminuíram a velocidade. O veículo parou no meio de uma parte larga do rio e deslizou de um lado para outro.

Coiote ergueu a mão para proteger os olhos do sol e escrutinou ambas as margens.

– Não estou vendo nada preocupante.

– O quê, a gente se preocupar? – indagou Renegado.

Ele se inclinou para o lado e pegou um velho e gasto par de esquis aquáticos de madeira.

Frankie riu.

Depois, ele mostrou um cinto de flutuação roto, no qual alguém havia escrito: CONTINUEM ASSIM, GAROTOS! Ele o jogou para Frankie.

Ela parou de rir.

– Quando eu disse que topava um desafio…

– Eu sabia que você era meu tipo de garota – disse Coiote, acendendo um cigarro e lançando a ela um sorriso malicioso.

– Eu… eu nunca esquiei.

– Você vai gostar, acredite em mim. Coloque o cinto.

Frankie olhou de soslaio para o rio. Ouvira falar que havia corpos flutuando naquela água marrom, inchados pela morte e equipados com explosivos. Além disso, ela estava nos trópicos. Será que ali havia cobras venenosas e crocodilos? E os vietcongues? Será que o inimigo estava dentro d'água, usando uma planta na cabeça para se camuflar, esperando que alguma americana fosse burra o suficiente para esquiar no rio de Saigon?

Frankie inspirou fundo e se lembrou das palavras de Jamie.

Sem medo, McGrath.

Ela exalou o ar, tirou a roupa, ficando de biquíni, e prendeu o cinto na cintura.

– Então – disse Ethel, tocando no ombro dela –, eu comecei a praticar esqui aquático quando era criança, no acampamento católico. Uma história divertida para outro momento. Enfim, se segure, se incline para trás e mantenha os esquis perpendiculares à lancha. Deixe a gente puxar você para fora d'água, como se estivesse se levantando de uma cadeira. A corda vai entre os esquis. Se, ou melhor, quando você cair, solte a corda imediatamente.

– Já me despeço agora, caso eu morra.

Ethel riu.

– Tchau, Frank. Foi maravilhoso te conhecer.

Frankie escorregou pela lateral da lancha, caindo na água marrom e turva do rio. Segurando os esquis com uma das mãos, ela nadou até a parte de trás da lancha e gastou mais de cinco minutos tentando colocar os pés descalços nas amarras de borracha. Pelo menos três vezes ela conseguiu calçar os esquis, mas, imediatamente, sem querer se desequilibrou e teve que lutar para se endireitar, enquanto mantinha a boca fechada. A ideia de beber aquela água a assustava mais do que a de ser picada por uma cobra.

Finalmente, conseguiu se posicionar. Ela se inclinou para trás, colocou a corda entre os esquis, segurou a barra e assentiu.

A lancha deu a partida, arrastando-a. Ela lutou para manter os esquis firmes. Eles pisaram no acelerador, avançaram.

Frankie tombou no meio do caminho, de cara na água.

A lancha se virou bruscamente e voltou.

Ethel jogou a corda para ela.

– Deixe a gente puxar você. Vamos acelerar quando você parecer estável.

Frankie aquiesceu, de boca fechada, tentando não pensar na água que atingia seus olhos e ouvidos.

Foram necessárias mais quatro tentativas e, àquela altura, Frankie estava cansada demais para lutar contra a corda e a velocidade da lancha. Só se reclinou, se segurou e pensou: *Quantas vezes mais eu tenho que tentar?* E então, em um segundo, lá estava ela de pé, esquiando atrás da lancha, esforçando-se para manter os esquis firmes, seu peso distribuído igualmente.

Frankie viu as pessoas na lancha aplaudirem. Ela se manteve nas águas calmas do rastro branco que a lancha deixava para trás, os esquis quicando de leve na superfície. O vento levantava seus cabelos, o sol quente brilhava sobre ela e, por um instante lindo e emocionante, Frankie era só uma garota em uma festa na praia com os amigos. Ela pensou em Finley, ensinando-a a surfar. *Estou pegando uma onda, Fin. Olhe só para mim.*

Frankie foi tomada por uma alegria tão forte, doce e pura que só havia uma coisa a fazer.

Ela uivou como um lobo.

Naquela noite, o pôr do sol deixou o mundo vermelho e roxo. À distância, do outro lado da faixa do rio, as luzes do centro de Saigon brilhavam.

A energia do grupo ia embora à medida que a luz caía. Meio bêbados, entupidos de cheeseburgers, batatinhas fritas e cerveja, agora eles estavam sentados ao redor de uma fogueira crepitante.

Alegrinha após três cervejas, Frankie se recostou em Ethel. Dar as mãos parecia a coisa mais natural do mundo.

– Conta de novo – murmurou ela.

– A grama é tão verde que chega a machucar os olhos – disse Ethel. – Meu avô encontrou a terra e economizou cada dólar que ganhava na ferraria para comprá-la. Não existe nada que eu ame mais do que andar a pleno galope pelas estradas no outono. Você vai conhecer a fazenda um dia, você e Barb. A gente vai comer churrasco, cavalgar e esquecer tudo o que viu aqui.

Frankie adorava as histórias que Ethel contava da Virgínia: as feiras municipais, as competições da organização juvenil 4-H, os eventos da igreja... Aquilo parecia ser parte de um mundo que já não existia mais.

– Não vou deixar você ir sem mim – disse Frankie.

Antes que Ethel pudesse responder, Jamie cambaleou até elas e parou na frente de Frankie.

Ela teve medo de olhar para ele. Havia mantido distância o dia todo, porque sentia sua guarda baixa devido à cerveja, à camaradagem do momento e à estranha sensação de que aqueles eram dias bons, talvez – de um jeito bizarro – os melhores da vida deles.

Agora, Jamie estava oficialmente de partida. Sua DERE havia saído, e ele tinha menos de três meses no Vietnã. Como acontecia com todos, à medida que a data do regresso se aproximava, ele começava a pensar que nada daria certo em sua vida, que o Vietnã, de alguma forma, o arruinara e que talvez não saísse vivo dali. E, todos os dias, Frankie enfrentava o fato de que ele estava cada vez mais perto de ir embora.

– Dance comigo – pediu ele, estendendo a mão.

Ele não teria feito aquilo sóbrio, não ali, na frente de todo mundo, em uma noite na qual o desejo em seus olhos era óbvio, e ela tampouco teria aceitado em qualquer outra noite. Mas, naquele momento, com três cervejas no organismo e Ethel indo embora, Frankie não tinha forças para recusar. Ela deixou que ele a puxasse, levantando-a.

Jamie a levou embora e a tomou nos braços.

A mão dele escorregou pelas costas dela, passando pela curva da cintura. Ela sentiu os dedos dele deslizarem pelo cós do short largo.

Frankie alcançou a mão dele e a moveu para suas costas.

– Seja um bom escoteiro.

– Você me quer, McGrath. E só Deus sabe como eu te quero.

Ela olhou para ele.

– O que a gente quer não importa.

– Tire uma folga comigo em Maui amanhã.

– Sarah não ia gostar muito disso – retrucou Frankie, pois sabia que Jamie encontraria a esposa lá. – Assim que você a vir, vai se esquecer de mim.

Jamie se inclinou tão devagar que ficou claro que esperava ser detido, mas ela não conseguiu fazê-lo. Ele beijou a lateral do pescoço dela.

Frankie permitiu que aquilo durasse mais tempo que o razoável, depois o empurrou, imediatamente sentindo falta do calor de seu corpo.

– Não. Por favor.

– Por que não?

– Você sabe por quê – respondeu ela, baixinho.

– Você teria me amado? – perguntou ele no mesmo tom.

Ela queria tanto dizer *Eu já te amo* que precisou usar cada fragmento de sua força de vontade para abrir um sorriso. Frankie tocou o rosto de Jamie, deixando a mão se demorar na pele dele por um instante, permitindo que o gesto transmitisse o que ela não se atrevia a dizer. Então, afastou-se dele enquanto ainda era capaz e voltou a se sentar ao lado de Ethel.

– Aquele homem te ama – concluiu Ethel em voz baixa.

Seus sentimentos por Jamie não eram algo sobre o qual Frankie conseguia falar, nem mesmo com Ethel. Ela se recostou na amiga.

– Como vou fazer isso sem você?

– Eu também te amo, Frank. E você vai ficar bem sem mim.

Sem mim.

Talvez fossem as três cervejas que havia bebido ou aquela escuridão misteriosa e crescente, marcada pelos sons de uma guerra distante, mas Frankie foi tomada por uma onda de nostalgia, que a fez pensar em Finley. *Não existem restos mortais.* Ela estava cansada de perder pessoas queridas.

– Eu devo ser doida – comentou Ethel. – Mentalmente debilitada. Porque não quero ir embora.

– Eu também sou maluca, porque não quero ver você partindo.

O fogo crepitava e estalava. Magro assava um marshmallow em uma das chamas vermelhas. Alguém havia abaixado a música.

De repente, a noite irrompeu em ruídos e cores. Explosões vermelhas, munições traçantes rasgando o céu escuro. Não longe dali, os tiros de uma metralhadora.

O artilheiro do helicóptero correu até eles.

– Desculpe, turma. Motim chamou a gente. Estão precisando dos Lobos do Mar em Rocket City. A festa acabou.

Frankie olhou para Ethel.

– Rocket City?

– Pleiku. Fica nas Terras Altas do Centro. É um lugar perigoso.

A festa se dispersou. As pessoas correram para o helicóptero, a lancha e os três jipes escondidos no mato. Frankie e os amigos embarcaram no helicóptero, que levantou voo rapidamente.

Na terra lá embaixo, explosões pipocavam. No alto, em volta do helicóptero, bombas, mísseis e tiros rebentavam, como estrelas alaranjadas e brilhantes em meio à escuridão. O cheiro era de fumaça.

O helicóptero deu uma guinada, subiu rápido.

– Estão atirando na gente! – gritou Magro, no fone de ouvido. – Que grosseria fazer isso em um dia de praia!

O helicóptero se virou tão de repente que Frankie gritou. Jamie a envolveu com um braço e a segurou.

– Está tudo bem, McGrath – sussurrou ele no ouvido dela. – Eu estou aqui com você.

Frankie permitiu, só por um momento, depois se afastou.

O artilheiro revidou. *Pá-pá-pá.*

Outra curva acentuada, uma evasão. Um caça a jato passou, deixando um rastro de fumaça. Lá embaixo, uma parte da selva explodiu em chamas vermelhas. Frankie sentiu o calor no rosto.

Pá-pá-pá.

A metralhadora da porta retiniu em resposta, e os cartuchos usados caíram no chão.

Só bastava um único e bom golpe para que o helicóptero pegasse fogo. Ela não teve como não pensar em Finley. Será que foi assim que aconteceu?

Tudo acabou tão rápido quanto começou. O helicóptero voou de lado, baixou sobre a selva fumegante e pousou no heliporto do Trigésimo Sexto.

Às três da manhã, uma sirene de alerta vermelho ressoou pelo acampamento. Então, veio o barulho dos helicópteros se aproximando. Um enxame. Um após outro, eles aterrissaram debaixo de uma chuva torrencial, repletos de feridos. Frankie, Barb e Ethel saíram da cama, cambaleando, e correram em direção ao heliporto, para ajudar a descarregá-los. Frankie passou as oito horas seguintes ao lado de Jamie, passando de uma cirurgia a outra, até ficar tão cansada que mal conseguia ficar de pé.

Às onze, quando o último paciente deixou a Sala de Cirurgia, Frankie, entorpecida, pegou um esfregão e começou a limpar o chão, até que Jamie a deteve.

– Chega. Outra pessoa pode limpar o sangue. Vamos.

Ela assentiu, vestiu o poncho verde, colocou o capuz e seguiu Jamie para fora da Cirurgia. A passarela de madeira estava submersa. A chuva açoitava o telhado. Ele passou o braço em volta dela e a estabilizou enquanto atravessavam o complexo.

Quando chegaram ao alojamento de Jamie, Frankie parou. De repente, debaixo daquela cobertura, mal se protegendo da chuva, ela percebeu que estava perto demais dele, tocando seu corpo com o dela. Um esguicho fino do sangue de alguém escorria pelo pescoço dele, deixando um rastro. Ela estendeu a mão para limpá-lo.

Jamie quase sorriu, mas não exatamente.

– Você quer me dar um beijo de despedida – falou ele. – Eu sabia.

– Aproveite Maui – disse ela, envergonhada pelo ciúme que sentia diante da ideia de que ele estaria com a esposa. – Vê se me traz uma lembrancinha.

Havia mais amor nos olhos dele do que deveria e, provavelmente, nos dela também.

– Eu te amo, McGrath. Sei que não deveria…

Ela queria muito dizer a mesma coisa, mas como? Palavras eram capazes de criar universos. Era necessário ter cuidado. Jamie estava indo encontrar a esposa, ver fotos do filho.

– Vou sentir saudades – retrucou ela, em vez disso.

Ele deu um passo atrás.

– Te vejo em uma semana.

Enquanto o observava partir, ela repassava aquele momento em sua mente: *Eu te amo, McGrath.*

Talvez ela devesse ter dito a mesma coisa. Mas que bem poderia resultar de seu amor por ele? Jamie não era dela. Quando já não conseguia suportar o próprio arrependimento, Frankie recolocou o capuz e foi para o alojamento.

Ao abrir a porta, ela imediatamente se lembrou do que havia se esquecido durante a onda.

Barb estava sentada na cama vazia de Ethel.

– Ela já foi.

Frankie se sentou ao lado de Barb, sem se preocupar em tirar o poncho molhado.

– A gente não conseguiu se despedir.

– Ela não queria. Provavelmente escapuliu quando a gente não estava olhando. Vaca.

O Vietnã era assim: as pessoas vinham, cumpriam sua missão de trabalho e iam embora. Os sortudos, como Ethel, voltavam para casa inteiros. Alguns davam festas de despedida, outros preferiam sair à francesa. Ainda havia aqueles

107

que faziam as duas coisas. De qualquer forma, um dia você acordava, e sua amiga tinha sumido.

A guerra era cheia de despedidas, e a maioria delas nem acontecia de verdade: ou você chegava cedo ou tarde demais.

Como acontecera com Finley.

Ela dissera adeus ao irmão quando as palavras já não significariam mais nada para ele. Essa era uma das coisas que a guerra lhe ensinara: você nunca tinha tempo o suficiente com as pessoas que importavam.

~

Na semana seguinte, choveu sem parar. Não era uma chuva torrencial de monção, apenas um pinga-pinga constante que desanimava todo mundo. Até as reuniões no clube tinham praticamente desaparecido. Ninguém sentia vontade de festejar com aquele tempo.

Naquele momento, perto da meia-noite, Frankie estava na Sala de Cirurgia, de máscara, touca e bata cirúrgicas, fechando uma incisão. Não muito longe, o novo médico, Rob Aldean, do Kentucky, tentava salvar a perna de uma jovem vietnamita. Enquanto Jamie estava de folga em Maui com a esposa, eles ficaram reduzidos a dois cirurgiões, o que não era suficiente para atender a todas as baixas. Para piorar a situação, Ethel ainda não tinha sido substituída, então também faltavam enfermeiros. Quatro pacientes aguardavam a vez na cirurgia, deitados sobre mesas, somando-se aos que ainda estavam na triagem e no Pré-Operatório.

Uma luz forte iluminava a pele negra do soldado anestesiado diante de Frankie.

Depois do último ponto, ela colocou os instrumentos ensanguentados na bandeja e tirou as luvas.

– Vou pedir ao Sammy para levar você até o Pós-Operatório, soldado Morrison – disse ela em voz alta, embora o paciente não pudesse escutá-la.

Ela ouviu o som distante de um helicóptero chegando. O Dr. Rob ergueu os olhos e depois os baixou para Frankie, com uma expressão preocupada. Eles estavam no limite.

Porém, era apenas um helicóptero.

– Graças a Deus – disse Frankie.

Rob voltou ao trabalho.

As portas da Sala de Cirurgia se escancararam, e Barb, de touca, máscara e bata cirúrgicas entrou com dois paramédicos, que carregavam um paciente ensanguentado em uma maca.

– Precisamos de um cirurgião. E de você, Frankie. Agora.

Pelos olhos de Barb, ela viu que o caso era grave.

Frankie lavou as mãos, pegou um novo par de luvas e as calçou.

O soldado na maca estava com uma camiseta ensopada de sangue e o uniforme cortado na coxa. Tinha perdido a perna esquerda na altura do joelho, e um paramédico havia enfaixado o coto ensanguentado. Mas aquele ferimento não era nada comparado ao de seu peito.

Uma espessa camada de sangue vermelho-escuro cobria seu rosto. Ela pegou as plaquinhas de identificação dele.

– Oi, capitão C...

Callahan.

Jamie.

Ela encarou Barb e viu a tristeza nos olhos da amiga. *Sinto muito*, articulou Barb, sem emitir nenhum som.

– O helicóptero dele foi atingido, senhorita – informou um dos paramédicos.

Frankie limpou o sangue do rosto de Jamie e viu o grave ferimento em seu crânio.

– Rob! – gritou ela. – Venha aqui! Agora!

O médico foi até lá, olhou para Jamie e depois para Frankie.

– Ele não vai sobreviver, Frankie, você sabe disso, e nós temos...

– Salve ele, doutor. Pelo menos, tente! – implorou ela, segurando a mão fria e flácida de Jamie. – Por favor. *Por favor.*

ONZE

Jamie estava deitado em uma cama de armação giratória da Neuro, nu debaixo de um lençol, o rosto tão enfaixado que apenas um dos olhos podia ser visto. Um tubo serpenteava até suas narinas. Era possível ouvir o barulho do ventilador que o mantinha respirando. Outra máquina monitorava seus batimentos cardíacos. Rob, o cirurgião, tinha feito tudo o que podia e depois recuado, balançando a cabeça.

– Sinto muito, Frankie – dissera ele. – Vou escrever para a esposa dele amanhã. Você deveria se despedir.

Agora, Frankie estava sentada ao lado da cama de Jamie, segurando sua mão. O calor da pele dele indicava que uma infecção já se instalara.

– Vamos transferir você para o Terceiro, Jamie. Aguente firme. Está me ouvindo?

Em sua cabeça, Frankie passava e repassava a última coisa que Jamie havia lhe dito: *Eu te amo, McGrath.*

E ela não respondera nada.

Meu Deus, como queria ter falado a verdade, como queria que tivessem se beijado, só uma vez, para que pudesse guardar aquela lembrança.

– Eu devia…

O quê? O que devia ter feito? O que podia ter feito? O amor era importante naquele mundo em ruínas, mas a honra também. O que seria de um sem o outro? Jamie era casado, e Frankie sabia que ele amava a esposa.

– Você é forte – encorajou ela, a voz tensa.

A enfermeira dentro dela sabia que ninguém era forte o suficiente para sobreviver a certos ferimentos; já a mulher queria acreditar em uma recuperação impossível.

– Tenente? Tenente?

A voz parecia vir de muito longe. Arranhando, irritando, uma coisa da qual se livrar.

Ela percebeu que dois paramédicos estavam de pé ao seu lado. E notou, tarde demais, que um deles havia colocado a mão em seu ombro.

Frankie olhou para ele. Havia quanto tempo que ela estava ali? Suas costas doíam e uma dor latejava atrás de seus olhos. Parecia que tinham se passado horas, mas não fazia tanto tempo assim.

– O helicóptero chegou. Ele vai ser transferido para o Terceiro. Uma equipe da Neuro está de prontidão.

Frankie aquiesceu, empurrou a cadeira para trás e ficou de pé. Por um segundo, sentiu as pernas bambas.

O paramédico a amparou.

Ela viu a mochila aos pés dele.

– Essas são as coisas de Jamie… do capitão Callahan?

– Sim, senhorita.

Frankie enfiou a mão no bolso e tirou uma caneta hidrográfica e a pedrinha cinzenta que o garoto vietnamita lhe dera. Parecia que séculos tinham se passado desde que ele a pressionara contra a palma da mão dela. A pedrinha tinha se tornado um talismã. Ela escreveu *Lute* de um lado e *McGrath* do outro. Depois, enfiou o amuleto na mochila de Jamie.

Então, se inclinou e beijou a bochecha enfaixada dele, sentindo o calor da febre.

– Eu te amo, Jamie – sussurrou.

Devagar, ela se afastou e se endireitou. Precisou usar toda a força de que dispunha para recuar enquanto a equipe o preparava e o levava às pressas da Sala de Cirurgia em direção ao heliporto.

A meio do caminho do heliporto, ela ouviu o paramédico gritar *Código azul!* e iniciar as compressões torácicas.

O coração de Jamie havia parado.

– Salvem ele! – gritou Frankie.

Eles colocaram Jamie no helicóptero. O paramédico pulou a bordo e continuou as compressões, enquanto o veículo subia lentamente.

Frankie ficou ali, observando a aeronave.

Ela viu o paramédico afastar as mãos do peito de Jamie e balançar a cabeça.

– Não pare! Ele tem um coração forte! – gritou ela, mas sua voz foi abafada pelo zumbido das hélices. – Não pare!

O helicóptero voou para longe, fundindo-se à escuridão da noite, e se tornou um ruído distante. Depois, até isso desapareceu.

Desapareceu.

Como o coração dele poderia parar? Aquele coração tão lindo…

Ela fechou os olhos e sentiu as lágrimas escorrerem pelas bochechas.

– Jamie – murmurou ela com a voz embargada.

Tudo o que queria era só mais um minuto, apenas mais um olhar, um segundo, para dizer a Jamie que ele não estivera sozinho em seu sentimento, que, em um mundo diferente, em uma época diferente, eles poderiam ter ficado juntos.

O baque surdo dos novos morteiros e mísseis foi tudo o que restou, constante como as batidas do coração dela. Quando Frankie se virou, Barb estava ali, esperando. Ela abriu bem os braços.

Frankie foi até a amiga e se deixou ser abraçada pelo tempo que se atrevia.

Enlaçadas, as duas caminharam até o clube. Como sempre, a fumaça flutuava até o lado de fora. Lá dentro, a música "We Gotta Get Out of This Place" tocava. O novo hino delas.

Barb empurrou a cortina de contas para o lado.

Ali dentro, devia haver uma dúzia de pessoas reunidas em grupinhos. Ninguém ria, cantava ou dançava, não naquela noite, não depois do que acontecera com Jamie. Algumas coisas podiam ser temporariamente esquecidas com festas, bebidas e drogas. Aquilo não.

Barb pegou uma garrafa de gim do bar, foi até um sofá roto e se sentou.

– Imagino que agora você esteja pronta para uma bebida de verdade.

Frankie se acomodou ao lado da amiga e se recostou nela.

Barb tomou um grande gole de gim e passou a garrafa a Frankie.

Frankie olhou para ela por um instante, quase disse *Não, obrigada*, mas depois pensou: *Que se dane*. Pegou a garrafa, tomou um gole grande e ardido e quase se engasgou. Tinha gosto de álcool isopropílico. Era ainda pior que o uísque que havia provado – com Jamie – em sua primeira noite ali.

Você está segura, McGrath... Estou aqui com você.

Barb tomou um gole.

– Ao Jamie – brindou ela, baixinho. – Ele é durão, Frankie. Talvez ele resista.

Ao Jamie, pensou Frankie, forçando-se a tomar outro gole. Precisava anestesiar aquela dor. Ela fechou os olhos, mas tudo o que viu na escuridão de sua mente foi o paramédico interrompendo as compressões torácicas.

Frankie desejou, só por um instante, não ser enfermeira, não estar servindo em uma guerra, não ter trabalhado na Neuro, e não saber o que os ferimentos de Jamie e a interrupção das compressões significavam.

– Tem outra coisa – disse Barb. – Eu odeio ter que te contar isso agora...

– O quê? – perguntou Frankie, exausta.

– Minha DERE saiu hoje. Eu vou embora no dia 26 de dezembro.

Frankie sabia que aquilo aconteceria logo, mas, ainda assim, doía.

– Que bom para você.

– Não posso servir outro ano.

– Eu sei.

Finley. Ethel. Jamie. Barb.

– Estou tão cansada de despedidas – disse Frankie, baixinho, apertando os olhos com força para não chorar.

De que serviam as lágrimas? Quem tinha ido embora não iria voltar. Chorar não mudava nada.

– Ao Jamie – repetiu ela, mais para si mesma do que para Barb, e pegou a garrafa de gim.

30 de setembro de 1967

Querida Ethel,

Não sei como escrever esta carta, mas se eu não disser estas palavras para alguém, vou continuar mentindo para mim mesma. Jamie se foi.

Parece que eu não consigo nem respirar quando penso em perdê-lo. Quero acreditar que ele irá sobreviver, voltar para casa e para a família dele, mas como posso fazer isso diante do que vi? Os ferimentos dele eram... bom, você sabe. E eu trabalhei aquele período na Neuro. Enfim, estou farta de perder as pessoas que amo.

Já se passaram três dias desde que ele se feriu, e eu mal consigo sair da cama. Não estou chorando, não estou enjoada... Só estou... anestesiada, eu acho. A dor me despedaça quando me levanto.

Eles precisam de mim na Sala de Cirurgia. Eu sei que é isso que você vai dizer. É o que Barb diz. Estou fazendo um esforço imenso para me importar. Mas como posso entrar na Sala de Cirurgia sabendo que ele não estará lá? Que irei atrás dele, que chamarei o nome dele, mas outra pessoa irá responder?

Eu achava que, depois de perder o meu irmão, me tornaria mais resistente.

Ele não era nem meu. Eu não paro de pensar na esposa e no filho dele. Queria entrar em contato com eles, perguntar se ele sobreviveu, mas isso não seria certo. Não é o meu papel. E ele vai entrar em contato comigo se puder, não vai? Talvez não... Como eu disse, ele nunca foi meu.

Eu sinto a sua falta, garota. A sua firmeza não me faria nada mal agora, ou quem sabe uma daquelas histórias de galopes em meio às folhas do outono... ou até um dos seus sermões sobre o jeito certo de fazer churrasco.

Espero que esteja tudo bem no mundo aí fora.
Com amor,
F

~

9 de outubro de 1967

Querida Frank,
Meu coração está partido. Pelo Jamie, pelo filho e pela esposa dele, por você e por todos os homens que ele teria salvado.
Maldita guerra. Eu lembro como me senti quando perdi Georgie. Acho que não existe uma palavra para esse tipo de dor. Mas você já sabe o que eu vou dizer. É o Vietnã.
Você conhece as pessoas, cria esses laços que se estreitam, e alguns daqueles que você ama morrem. De uma forma ou de outra, todos vão embora. Não dá para levar essas pessoas com você aí no Vietnã, não tem como. Não dá tempo, e as lembranças são pesadas demais. Você sempre vai ter a parte dele que foi sua e o tempo que passaram juntos. E você pode rezar por ele. De uma forma ou de outra, Frank, ele se foi para você, e você sabe disso. Como você mesma disse, ele nunca foi o seu companheiro, não importa quanto o amasse.
Por ora, só continue seguindo em frente, Frank.
Estou te enviando paz e amor, amiga.
E

~

13 de outubro de 1967

Querida Ethel,
Hoje está tão quente que dá para assar carne no chão do alojamento, juro por Deus. Estou suando tanto que preciso até enxugar os olhos.
Obrigada pela sua carta sobre Jamie.
Você está certa. Eu sei que está certa.
Preciso parar de pensar nele. De ficar desejando, relembrando e repassando

na minha cabeça as escolhas que nós dois fizemos. Felizmente para mim, o
Trigésimo Sexto esteve calmo na semana passada. Mas talvez isso não seja
bom. Muito tempo para pensar.

Acho que eu deveria me sentir sortuda por ter conhecido Jamie e aprendido
com ele. São muitas as lições que a gente aprende aqui, porém a mais certeira
é: a vida é curta. Acho que, antes daqui, eu não acreditava nisso de verdade.

Agora acredito.

Obrigada por estar ao meu lado, mesmo a meio mundo de distância. Eu
adoraria outra foto de casa. Saudades.

Te amo,

F

Frankie largou a caneta, tomou um gole de refrigerante morno e dobrou a fina folha de papel azul timbrado. Inclinando-se para o lado, colocou a carta na cômoda próxima à cama, ao lado da pilha de correspondência que vinha relendo.

Também precisava escrever para os pais. Não fazia isso desde a morte de Jamie, incapaz de encontrar as palavras para maquiar sua vida ali.

Achava que talvez pudesse escrever para dizer que estava segura. Era o que eles gostariam de ouvir. Muito embora, na verdade, isso fosse o que sua mãe queria ouvir. Já não fazia ideia do que o pai queria dela. Ele não escrevera uma única carta.

Segundo as frequentes correspondências da mãe, no mundo lá fora, todos só falavam de música, hippies e do chamado Verão do Amor. O Verão do Amor. (Não houvera uma única menção a ele no *Stars and Stripes*.) Era até vagamente obsceno. Como se os garotos não estivessem morrendo aos montes por ali.

Ela se recostou na parede e fechou os olhos, torcendo para dormir. Queria sonhar com Jamie – de um jeito meio doentio, lembrar-se dele obsessivamente se tornara reconfortante. Mas naquele momento, em vez disso, pensava na DERE de Barb, que viria em dezembro.

Como sobreviveria ali sem sua melhor amiga?

Uma batida à porta a acordou.

– Entra.

A porta se abriu. Um jovem soldado apareceu, um tanto nervoso, o saliente pomo de adão se movendo para cima e para baixo.

– Tenente McGrath?

– Sim?

– A major Goldstein quer ver a senhorita.

– Quando?

– Agora.

Frankie aquiesceu e se levantou devagar. Pegou os sapatos e os calçou.

Na administração, bateu à porta da enfermeira-chefe.

– Entre – resmungou a major.

Frankie abriu a porta.

A major ergueu os olhos. Frankie viu a exaustão na curva dos ombros da mulher e nas olheiras lilases.

– A senhora está bem, major? – perguntou Frankie.

– Dias difíceis.

Frankie sabia que ela não daria mais detalhes. A major Goldstein era da velha guarda. A hierarquia não existia por acaso. Socializar estava fora de questão. Em um mundo onde, para começo de conversa, havia pouquíssimas mulheres, e onde a maioria delas era de patente mais baixa e tinha menos experiência, ela devia ser bastante solitária. Com certeza, os homens da patente dela se consideravam superiores.

– Você será transferida para o Septuagésimo Primeiro Hospital de Evacuação.

Frankie sentiu o estômago se revirar.

– Pleiku?

– Isso. Fica perto da fronteira com o Camboja. Terras Altas. Mata fechada – explicou ela, depois fez uma pausa. – O combate é pesado.

– Eu sei.

A major Goldstein soltou um suspiro profundo.

– Perder você será uma merda para mim. Com certeza eu vou receber uma novata para te substituir, mas ordens são ordens. Você é uma excelente enfermeira de combate – declarou ela, e suspirou mais uma vez. – Então, logicamente, vou perder você. É o que o Exército sempre faz. Atualize o seu testamento. E escreva uma carta bem legal para os seus pais antes de ir.

Frankie estava tão perturbada – tão apavorada – que não conseguiu dizer nada, exceto:

– Obrigada, major.

– Acredite em mim, tenente McGrath, você não vai me agradecer por isso.

Frankie saiu da administração totalmente atordoada.

Pleiku.

Rocket City.

Ela passou por um grupo de homens jogando futebol na areia e por dois funcionários uniformizados da Cruz Vermelha, que assistiam ao jogo em cadeiras de praia. Também sentados, outros homens sem camisa tomavam um pouco de sol. Alguém montava a tela e o projetor para o filme da noite.

Ela encontrou Barb em uma cadeira de praia, lendo uma carta de casa.
Frankie se sentou ao lado dela.

– Fui transferida para o Septuagésimo Primeiro.

Barb tomou uma golada do gim-tônica.

– Cara. Ninguém fode uma mulher tão bem quanto esse Exército de homens.

– Pois é.

– Então, quando a gente vai?

Frankie pensou ter ouvido errado.

– A gente?

– Querida, você sabe que eu amo viajar. Posso ser transferida com você. Não vai ser difícil. Deus sabe que precisam de nós duas lá.

– Mas, Barb…

– Sem conversa, Frankie. Enquanto eu estiver nesse lugar esquecido por Deus, vou estar com você.

A porta do alojamento se abriu com um estrondo. Ninguém havia batido. Uma amostra do sol quente e amarelo irrompeu no interior escuro.

Ali estava Barb, ainda com o short e a camiseta cáqui e as botas de combate que usara no PS de manhã. Seu black power estava maior agora. Nas últimas semanas, ela deixara o cabelo crescer e o chamara de sua "rebelião particular".

Ao lado dela, uma jovem de uniforme completo carregava uma bolsa fornecida pelo Exército e uma mala dobrável. A sombra azul-néon chamava a atenção para seus olhos arregalados e assustados. Frankie percebeu como a pobre garota tremia.

– Eu sou Wilma Cottington, de Boise, Idaho – apresentou-se ela, tentando disfarçar a gagueira.

– Terra das batatas – comentou Barb.

– Meu marido está em Da Nang – contou Wilma. – Eu vim atrás dele.

– Um marido no país. Que sorte.

Frankie fez um breve contato visual com Barb. Ambas sabiam que ter um marido no país significava muita sorte. Ou um baita azar.

– Meu nome é Frankie – disse ela, ficando de pé. – Por que você não desfaz as malas? Vamos mostrar o acampamento quando você terminar.

Wilma olhou ao redor.

Frankie sabia exatamente o que ela estava pensando e sentindo.

Todas elas tinham sido tartarugas um dia, e o Trigésimo Sexto era um carrossel de pessoas indo e vindo. Wilma daria conta – de se tornar uma enfermeira mais que competente – ou não. Era mais provável que sim, mesmo sem Frankie ou Barb por perto para treiná-la. A major Goldstein a colocaria na Neuro, para começar.

O ciclo da vida no Trigésimo Sexto.

Uma ratazana passou correndo. Wilma gritou.

Frankie mal notou o roedor.

– Isso não é o pior que você vai ver, criança.

Criança.

Elas provavelmente tinham a mesma idade, mas Frankie se sentia uma anciã perto de Wilma.

– Só beba a água das nossas garrafas, Wilma – advertiu Frankie. – Esse já seria um bom começo.

~

20 de outubro de 1967

Queridos pai e mãe,

Saudações do quente e úmido Vietnã.

Acabou que nunca contei para vocês sobre a festa na praia. Eu me aventurei no esqui aquático pela primeira vez. Depois, fizemos uma minifesta na praia. Os Lobos do Mar – pilotos de helicópteros navais – também estavam lá, e eles sabem se divertir bastante.

Minha amiga Ethel foi embora, e Barb e eu sentimos muitas saudades dela. Nunca imaginei que amizades feitas em tempos de guerra fossem tão intensas assim.

Faz seis meses que estou no Trigésimo Sexto Hospital de Evacuação e parece que a chefia quer que eu vá para o norte, para o Septuagésimo Primeiro, nas Terras Altas. Eu mando o meu endereço novo assim que souber qual é. Barb também vai.

Até lá, vocês poderiam me enviar hidratante de mãos, absorventes (eles esgotam rápido na loja do Exército porque os soldados usam para limpar os rifles), xampu e condicionador? E eu com certeza adoraria receber mais chocolates. Também estou quase sem perfume. Os garotos adoram quando sentem o cheiro das garotas do mundo aí fora.

Vou escrever de novo assim que estiver instalada. Estou nervosa com a transferência, mas animada também. Isso vai realmente aprimorar as minhas habilidades de enfermagem.

Desculpem ter ficado um tempo sem escrever. Eu perdi um grande amigo recentemente e estava um pouco deprimida. Mas já estou melhorando. Aqui não existe tempo para a tristeza, embora motivos para isso não faltem. A vida nem sempre é fácil, como vocês devem imaginar. As pessoas vêm e vão. Mas eu amo o meu trabalho de enfermeira. É importante que vocês saibam disso, e que estou feliz por ter vindo. Mesmo nos dias ruins, mesmo nos piores dias, eu acredito que é isso que quero fazer e que estou onde deveria estar. Uma vez, Finley me disse que tinha se encontrado aqui, que se importava com os homens dele, e eu entendo como ele se sentia.

Amo vocês dois,

F

A primeira imagem que Frankie teve de Pleiku foi do alto, em um helicóptero de suprimentos, observando a densa selva verde lá embaixo. Barb estava do outro lado da aeronave e também olhava para baixo.

Uma área plana tinha sido escavada na encosta verdejante de uma montanha – um imenso quadrado de terra vermelha que abrigava um instável conjunto de tendas, barracões Quonset e construções temporárias. Ao olhar para ela, Frankie lembrou – ou finalmente entendeu – que o Septuagésimo Primeiro era um hospital cirúrgico móvel do Exército. De repente, ela compreendeu o que aquilo significava. Móvel. Temporário. Na selva, perto da fronteira com o Camboja, onde os vietcongues conheciam cada trilha e clareira, onde plantavam bombas para explodir os inimigos americanos. Espirais de arame de concertina protegiam o complexo da selva que o invadia por todos os lados.

O helicóptero aterrissou no heliporto. Barb e Frankie pularam do veículo, enquanto vários soldados se aproximavam para descarregar os suprimentos, inclusive os baús e mochilas das enfermeiras. Tudo o que se fazia dentro, ao redor ou perto dos helicópteros precisava ser rápido. Os vietcongues não tinham alvo melhor que um helicóptero em solo.

– Tenentes McGrath e Johnson? – perguntou um homem baixo e corpulento de uniforme desbotado. – Sou o sargento Alvarez. Venham comigo.

Frankie afundou o chapéu de lona na cabeça e se inclinou, passando por debaixo das hélices estridentes. Uma poeira vermelha voou, rodopiou e penetrou em seus olhos, no nariz e na boca.

Ele apontou para o barracão perto do heliporto.

– Pronto-socorro! Aquele ali é o Pré-Operatório! – gritou.

O sargento continuou andando e falando ao se aproximar de outro barracão, cuja porta estava cheia de sacos de areia.

– Sala de Cirurgia. Tem uma grande base aérea aqui perto – continuou ele –, assim como a aldeia de Pleiku. Não vão para nenhum dos dois sem escolta.

Ele as conduziu pelo acampamento, onde a equipe se movia depressa. Não havia muita coisa ali: alguns barracões e uma fileira de tendas e cabanas de madeira dilapidadas. Tudo estava manchado de vermelho, cercado de arame farpado e protegido por soldados armados em guaritas.

– O necrotério – disse ele, apontando para a esquerda.

Frankie viu um paramédico exausto atravessar as portas duplas, empurrando uma maca de rodinhas com o corpo de um soldado embrulhado. Lá dentro, ela viu sacos de corpos empilhados nas mesas, nas macas e até mesmo no chão.

– Eu sei que isso aqui parece uma merda perto do Trigésimo Sexto – disse o sargento, sem interromper a caminhada. – E a estação das chuvas dura até nove meses aqui em cima, mas temos as nossas vantagens.

Orgulhoso, ele mostrou uma área que chamou de "parque", um conjunto de bananeiras marrons apodrecidas, com as gigantescas folhas curvas e deterioradas, e uma legítima piscina elevada com uma água marrom e cheia de folhas. Ao lado, um bar no estilo tiki, com tochas e uma placa dizia: AQUI SE DANÇA O HULA-HULA. Ao lado dela, um bunker cercado por sacos de areia e uma dúzia de cadeiras dobráveis aguardavam, desamparados, os festeiros.

– Os oficiais dão festas incríveis aqui no parque, senhoritas. Se estiverem tristes ou com raiva, quase sempre vão encontrar alguém nesse lugar. Aqui em Rocket City, essas emoções não cedem muito espaço para as outras.

Ele apontou para os trailers dos comandantes e passou por uma fileira de cabanas de madeira inexpressivas. Mais à frente, ficavam as latrinas e os chuveiros.

– Por volta das três da tarde, a água já está quase morna – comentou ele.

O sargento parou na última cabana de madeira, construída sobre blocos e coberta por sacos de areia.

– Lar, doce lar. Acomodem-se, tenentes – disse ele. – Esse silêncio? Não vai durar. Essa semana, os combates em Dak To têm sido brutais. As mochilas de vocês serão entregues assim que possível. Os turnos vão das sete da manhã às sete da noite, seis dias por semana, mas, se tivermos falta de pessoal… e, bom, nós sempre temos… trabalhamos até terminar.

Ele abriu a porta. Frankie quase vomitou com o cheiro. Mofo. Bolor.

Insetos e partículas de poeira tornavam o ar denso. Dentro do espaço pequeno e fétido, havia duas camas de armar vazias, com cobertores de lã dobrados e travesseiros que ela já sabia que nenhuma delas usaria, além de duas cômodas bambas. Uma poeira vermelha cobria tudo, até o teto. Pela primeira vez, ela pensou com carinho – e até nostalgia – no alojamento do Trigésimo Sexto.

Frankie se virou para agradecer ao sargento, mas ele já tinha ido embora.

Ela seguiu Barb para dentro do alojamento.

As duas ficaram paradas ali, lado a lado.

– Minha mãe iria desmaiar – comentou Frankie, afinal.

– Sua branquinha mimada – disse Barb.

Frankie jogou a bolsa e a mala dobrável na cama vazia mais próxima. Elas aterrissaram com um rangido metálico, o que não inspirava muita confiança em uma boa noite de descanso. Frankie sentiu que os insetos devoravam seus braços e pernas nus. Enquanto estapeava a própria coxa, desempacotou alguns pertences e, com cuidado, arrumou as fotos de família na cômoda bamba. Depois, pregou uma foto de Jamie. Na imagem, ele aparecia recostado em um poste, segurando uma cerveja e sorrindo para ela daquele jeito que melhorava o humor de todo mundo. Ela encarou a foto por mais tempo do que deveria, então, sentiu que lágrimas se acumulavam e se virou.

Barb desempacotou os pôsteres. Desenrolou e pregou seus três ídolos na parede: Martin Luther King Jr., Malcolm X e Muhammad Ali recusando-se a servir, com as palavras NÃO TENHO NADA CONTRA OS VIETCONGUES estampada no corpo.

Frankie abriu a gaveta rangente da cômoda improvisada e viu que ela estava cheia de cocô de rato.

– Merda – disse ela. – Quero dizer, literalmente. Merda.

Ela começou a rir, até que ouviu um helicóptero se aproximar.

Frankie esbofeteou a coxa de novo. Sua mão voltou ensanguentada.

– E eu que estava pensando que teríamos tempo para um joguinho de buraco – disse Barb.

– Ou para fazer as unhas – retrucou Frankie, tirando o short.

Ela vestiu o uniforme e reuniu os instrumentos: um isqueiro, um rolo de bandagens, uma tesoura, uma lanterna, chiclete e uma caneta hidrográfica. Pendurou um dreno de Penrose em um dos passadores da calça, para o caso de precisar iniciar uma intravenosa, e prendeu uma pinça Kelly no cós folgado da farda. Nunca se sabia quando faltariam suprimentos, e estar preparada poderia salvar uma vida.

Lá fora, o barulho dos helicópteros era ensurdecedor.

Frankie e Barb passaram correndo pelo heliporto, onde os feridos eram retirados de um helicóptero e levados de ambulância. Homens cobertos de lama e sangue trabalhavam juntos, gritando uns para os outros sob o barulho das hélices. Uma fila de helicópteros pairava no ar, aguardando sua vez de pousar.

No PS, um paramédico negro e grisalho fazia a triagem para determinar quem seria atendido e quando. Cavaletes de serralheiro eram montados rapidamente, para apoiar as macas dos homens. No fundo, uma tela protegia os expectantes.

– Tenentes Johnson e McGrath – disse Barb. – Do Trigésimo Sexto. Enfermeiras cirúrgicas.

Ele olhou para os uniformes desbotados e ensanguentados das duas. Aquilo significava que elas estiveram no inferno.

– Graças a Deus – disse ele, alto o suficiente para ser ouvido em meio à barulheira de homens gritando e helicópteros pousando e decolando.

O paramédico apontou para o barracão Quonset.

– Sala de Cirurgia 1. Apresentem-se ao Hap. Se ele ainda não precisar de vocês, tentem o Pré-Operatório.

Frankie e Barb estavam no meio do caminho, quando uma sirene de alerta vermelho soou. Segundos depois, uma bomba explodiu, não muito longe dali. Um som parecido com uma chuva de cascalho atingiu o barracão. O ar fedia a fumaça e a algo estranhamente acre.

Alguma coisa passou assobiando por cima da cabeça de Frankie e caiu com um baque atrás dela. Ela abriu a porta da Sala de Cirurgia 1.

Ali dentro: luzes brilhantes. Homens esperando cirurgias, deitados em mesas.

Ela e Barb lavaram as mãos, depois pegaram toucas, máscaras, luvas e batas cirúrgicas e encontraram Harry "Hap" Dickerson, um tenente-coronel, operando, sem assistência, um ferimento profundo na barriga de um soldado.

– Tenentes McGrath e Johnson, senhor, se apresentando para o trabalho.

– Graças a Deus. O carrinho está ali – disse Hap a Frankie. – Johnson, aquele ali é o capitão Winstead. Ele vai precisar de você.

– Sim, senhor – respondeu Barb, depois correu até o médico.

Outra explosão de míssil, perto o suficiente para sacudir o barracão. As luzes ficaram fracas e se apagaram.

– Merda! Geradores! – berrou Hap.

Frankie pegou a lanterninha e direcionou o estreito feixe de luz amarela para o ferimento.

Segundos depois, as luzes voltaram, acompanhadas pelo zumbido dos geradores de emergência.

Os projéteis continuavam caindo, causando uma chuva de fogo no acampamento. *Tum. Vum.* As explosões estavam tão próximas que faziam Frankie bater os dentes.

O barulho era insuportável e amplificava a sensação de Frankie de que alguém abrira as portas do inferno. Helicópteros indo e vindo, o ataque de morteiros que não acabava nunca, o ruído das máquinas de sucção, o zumbido do gerador, o estalar das luzes que voltaram a se acender, o sibilar dos respiradores.

– Hap! É o Reddick! Ele precisa de ajuda! – gritou alguém em meio àquele caos.

– Você pode fechar? – perguntou Hap a Frankie, afastando-se do paciente.

– Posso – respondeu Frankie, mas suas mãos tremiam.

Costurar uma incisão era uma coisa; fazer isso com poucos médicos e enfermeiras, a eletricidade duvidosa e *bombas* caindo ali ao lado era outra totalmente diferente.

Ela fechou os olhos, se lembrou de Jamie e depois de Ethel. Sentiu os dois ao seu lado.

Sem medo, McGrath.

Ela ouviu a voz de Jamie em sua cabeça. *É como costurar, McGrath. Vocês, boas garotas de irmandades, não sabem costurar?*

Frankie ignorou o caos e o ataque. Quando se acalmou, fechou o ferimento na barriga, entregou o paciente a um paramédico, lavou as mãos, calçou luvas novas e seguiu Hap até outra mesa.

– Oi, princesa – disse o paciente a ela, com a voz arrastada e as pálpebras pesadas.

Ele era fuzileiro naval e estava sendo submetido a uma anestesia.

– Você veio me ver jogar?

Ela olhou para a plaquinha de identificação dele.

– Oi, soldado Waite.

Frankie manteve os olhos no rosto do soldado, evitando baixá-los para as pernas dele, decepadas no meio das coxas. Grossos tubos amarelos drenavam o sangue do ferimento no peito e o bombeavam para uma máquina de sucção próxima às botas ensanguentadas de Hap.

Outro míssil caiu. Bem perto deles.

– Estamos sendo alvejados! – gritou alguém. – Blecaute obrigatório em três… dois… um.

As luzes se apagaram.

– Para baixo!

– Abaixe a mesa – disse Hap.

– Deixa eu jogar, treinador – murmurou o soldado Waite. – Vou fazer um gol.

Frankie e Hap abaixaram a mesa de cirurgia o máximo que puderam. A enfermeira anestesista estava deitada no chão, monitorando os medidores com uma lanterna.

Frankie se ajoelhou no sangue, acendeu a lanterna e a segurou com a boca.

Durante as dez horas seguintes, ela seguiu Hap de cirurgia em cirurgia, na escuridão total. Eles se entreolhavam através dos feixes das lanternas.

Os feridos não paravam de chegar, ondas e ondas de homens arruinados, destruídos após a batalha de Dak To.

Também havia sul-vietnamitas entre eles: soldados e civis. Crianças. Enchendo as alas, os corredores, o necrotério, transbordando até o lado de fora.

Finalmente, Frankie notou que o barulho diminuía.

Já não havia helicópteros pousando ou pairando no ar, esperando para pousar. Nem ambulâncias ressoando a caminho da Sala de Cirurgia.

As luzes voltaram a se acender com um brilho forte.

Hap tirou a touca cirúrgica e baixou a máscara. Ele era mais velho do que ela pensara, corpulento, com grandes poros na pele e uma barba que provavelmente havia brotado durante a onda.

– Ei, McGrath, bom trabalho. Primeiro dia em Pleiku e já encarou um ataque de morteiro.

– É sempre assim por aqui?

Hap deu de ombros. Tinha sido uma pergunta idiota: Frankie sabia que nada era *sempre assim* no Vietnã. Tudo se movia, mudava, morria. Pessoas e construções iam e vinham da noite para o dia, estradas eram construídas e abandonadas. Hap jogou a bata cirúrgica em uma lata de lixo lotada e saiu da Sala de Cirurgia.

Frankie ficou ali, incapaz de se mover por um instante, sentindo as pessoas ao seu redor – enfermeiros e paramédicos, que limpavam, moviam coisas para lá e para cá e empurravam macas de rodinhas.

Mexa-se, Frankie.

Foi preciso um esforço enorme para simplesmente levantar o pé e dar um passo. Ela estava atordoada, esgotada.

Frankie saiu do barracão. Pelo barulho das meias – como era possível? –, havia sangue dentro de seus tênis. Os pés latejavam após tanto tempo de pé, e os joelhos doíam de tanto se agachar.

Do lado de fora do Pós-Operatório, havia corpos em macas, que iam do PS até a passarela. Ela nunca vira tantos feridos em um BEM.

O necrotério estava ainda pior. Sacos pretos com cadáveres empilhados como lenha.

Mísseis distantes pipocavam em meio à escuridão. Aqui e ali, para além do brilho prateado da concertina, Frankie via manchas de luzes amarelas se movendo na selva. O inimigo estava logo do outro lado da cerca, quase fora do alcance das metralhadoras, observando-os, plantando bombas e fios de disparo.

Ao virar a esquina do barracão, ela viu Barb sentada no chão de terra, com as pernas dobradas, as costas apoiadas na parede de metal e o chapéu de lona verde afundado na cabeça.

Frankie escorregou pela parede do barracão e se sentou ao lado dela.

Por um longo momento, nenhuma das duas disse nada. O distante barulho da guerra que assolava a montanha enfatizava a respiração delas.

– Não foram essas as férias que nos prometeram – disse Frankie, finalmente, a voz irregular. – Quero o meu dinheiro de volta.

As mãos de Barb tremiam quando ela tirou um baseado do bolso e o acendeu.

– Eles nos prometeram champanhe.

– A gente saiu da frigideira e foi direto para o fogo. Estou me sentindo como o Frodo em Mordor – disse Frankie.

– Não faço a menor ideia do que isso significa.

– Significa: passe esse baseado para cá.

Barb olhou para ela.

– Tem certeza, garota certinha?

Frankie pegou o baseado da amiga, deu uma boa tragada e imediatamente começou a tossir. Ela riu por um segundo.

– Olha, mãe, estou usando drogas!

Depois, desatou a chorar.

– Meu Deus, que noite – comentou Barb.

Frankie notou o tremor na voz de Barb e soube que a amiga precisava dela naquela noite, precisava que ela fosse forte. Então, enxugou as lágrimas, se inclinou para o lado e passou um braço em volta de Barb.

– Estou aqui com você, amiga.

– Graças a Deus – disse Barb, baixinho.

Então, ainda mais baixo, quase em um sussurro, ela perguntou:

– Como você vai fazer isso sozinha?

Frankie fingiu não ter ouvido.

DOZE

Já havia mais de 450 mil soldados americanos no Vietnã, e só Deus sabia quantos mortos e feridos. A resposta certamente não estava no *Stars and Stripes*. Muitas das novas tropas que chegavam ao país mal tinham completado seis semanas de treinamento. Ao contrário do que ocorreu na Segunda Guerra Mundial, quando os soldados treinavam juntos em pelotões e iam para a guerra ao lado dos colegas, aqueles novos recrutas chegavam sozinhos e eram colocados onde quer que fossem necessários, sem o apoio de um pelotão, sem homens em quem pudessem confiar. O Treinamento Básico do Exército fora reduzido para que os homens fossem direto para o combate. Frankie se perguntou quem diabos havia decidido que treinar menos era uma boa ideia em uma guerra, mas ninguém perguntara a opinião dela.

Havia dias bons, porém, quando poucos feridos chegavam e o ruído dos helicópteros se mantinha distante. Dias em que as enfermeiras jogavam baralho, liam romances, escreviam cartas para casa e organizavam viagens MEDCAP às aldeias locais, para oferecer serviços médicos. Nos dias ruins, Frankie ouvia o ronco característico do helicóptero bimotor Chinook, aquele monstrengo utilíssimo que acomodava mais de duas dúzias de feridos, e sabia que o caos estava a caminho. Às vezes, as ondas eram tão intensas, o número de homens e os ferimentos tão ruins, que Frankie, Barb, Hap e o restante da equipe médica passavam dezoito horas seguidas atendendo soldados e civis, praticamente sem intervalo para comer ou beber.

Frankie aprendeu a pensar rápido e a se mover mais rápido ainda. Conseguia fazer mais do que um dia imaginara: era capaz de começar uma cirurgia, fechar um ferimento e colocar um dreno torácico. Hap confiava nela para administrar morfina e explicava a ela tudo o que fazia durante as cirurgias, ensinando cada etapa do processo. Parte disso acontecia sob o ataque direto de mísseis e em condições de blecaute obrigatório, embaixo de uma chuva torrencial.

Naquele momento, já passavam das três da manhã, e o último paciente cirúrgico tinha sido levado ao Pós-Operatório.

Não havia som de helicópteros chegando. Nem sinal de ataques de morteiro. Nenhuma sirene de alerta vermelho.

Silêncio. Nem mesmo uma garoa.

Ela pegou um esfregão e começou a limpar o sangue do chão de cimento. Não era trabalho dela, mas Frankie o fez mesmo assim. Estava acabada, mas também cheia de adrenalina.

Ela empurrou o esfregão para a frente, mergulhando-o na poça de sangue, e o afastou. A poça voltou para o mesmo lugar.

Hap entrou na Sala de Cirurgia e assentiu para o paramédico que estava à mesa, cuidando da papelada. Devagar, ele se aproximou de Frankie e tocou o ombro dela.

– Você não precisa limpar, McGrath.

Ele lançou a ela aquele olhar – que Frankie já conhecia – de tristeza envolta em compaixão, em compreensão. Era como todos eles se entreolhavam depois de um BEM, quando tudo o que conseguiam contar eram os homens que tinham perdido.

Nos últimos dez dias, a maioria deles chuvosos, Frankie passara mais de cem horas na mesa de cirurgia em frente àquele homem. Ela sabia que ele nunca suava, não importava o calor que fizesse ou qual era a dificuldade da cirurgia. Sabia que, nos momentos tranquilos, ele cantarolava baixinho "Ain't That a Shame" e, nos mais complicados, trincava a mandíbula com raiva. Sabia que ele usava aliança, amava a esposa e se preocupava com o filho mais velho. Também sabia que ele fazia o sinal da cruz todas as vezes que terminava uma cirurgia e que, como ela, usava uma medalhinha de São Cristóvão junto com as plaquinhas de identificação.

Ele abriu um sorriso cansado.

– Caia fora daqui, Frankie. Acho que ouvi gente dançando no parque. Alivie um pouco desse estresse, senão você vai acabar explodindo.

Frankie sabia que ele estava certo. Ela tirou a bata cirúrgica e saiu da Sala de Cirurgia. No alojamento, pegou roupas limpas e uma toalha.

Ela tomou um banho no escuro, lavou o cabelo e vestiu uma camiseta e um short. No alojamento, trocou os tênis manchados de lama e sangue por sandálias rasteiras e foi até o parque, onde foi recepcionada pela música dos Beatles.

Ela viu três homens de pé perto do bar tiki improvisado, bebendo e fumando. As bananeiras arruinadas farfalhavam ao lado deles. Tochas tiki exibiam um brilho amarelado e lançavam um fio de fumaça preta no céu noturno.

Barb estava sentada em uma das cadeiras de praia, próxima ao aparelho de som, fumando um cigarro e cantarolando "Hey Jude".

Frankie puxou uma cadeira e se sentou ao lado dela. Uma caixa de papelão manchada e de cabeça para baixo fazia as vezes de mesa, sustentando uma garrafa de gim pela metade e um cinzeiro lotado.

– Você tomou banho – disse Barb. – Eu odeio essa sua mania.

– Tinha sangue nos meus sovacos. Como isso é possível? E a água estava fria. Eles deveriam colocar isso naquele folheto *Então você quer ir para Pleiku*.

– Sejamos sinceras, só um maluco iria querer vir para cá.

Frankie pegou o maço de cigarros e acendeu um.

– A correspondência chegou hoje. Will, meu irmão, me enviou isto aqui – disse Barb, entregando a Frankie uma foto polaroide com milhares de pessoas de pé e sentadas no chão, com a Casa Branca ao fundo.

Uma delas segurava uma placa com a frase: FORA LBJ. Outra placa dizia: MEU FILHO FOI MORTO NO VIETNÃ. POR QUÊ?

– De fato, por quê? – indagou Frankie, recostando-se e mexendo o pescoço para se livrar de um torcicolo.

– Minha mãe me enviou um artigo de jornal sobre uma marcha em Washington. Cem mil manifestantes se reuniram no Lincoln Memorial.

Frankie não sabia o que dizer, nem mesmo o que pensar sobre aquilo. O mundo dos hippies e manifestantes parecia muito, muito distante. Não tinha nada a ver com o dos caras que morriam ali. Só que, ao mesmo tempo, tinha. Os protestos faziam com que sentissem que aquele sacrifício não valia nada ou, pior, que estavam fazendo algo errado.

– O mundo está de cabeça para baixo.

– É, não me diga. Ouvi falar que o Canadá está exigindo que os Estados Unidos parem de bombardear o Vietnã do Norte. *O Canadá*. Você sabe que está fazendo algo errado quando irrita os canadenses – comentou Barb, exalando a fumaça.

– É.

A manchete do último *Stars and Stripes* dizia: ESTÁ QUASE ACABANDO. EUA GANHANDO A GUERRA.

Mas era o que eles falavam desde que Finley morreu. E, desde aquela época, olhe só quantas baixas.

Não havia vitória na guerra. Pelo menos, não naquela guerra. Só havia dor, mortes e destruição. Homens bons voltavam para casa destruídos demais ou dentro de sacos, bombas caíam sobre civis e uma geração de crianças estava órfã.

Como toda aquela tragédia poderia ser a solução para frear o comunismo? Como os Estados Unidos poderiam estar fazendo a coisa certa ao lançar todas aquelas bombas – muitas em aldeias cheias de idosos e crianças – e usar napalm para queimar o que quer que tivesse restado?

07 de novembro de 1967

Queridos pai e mãe,

Está sendo uma noite muito ruim para mim. Nem tenho certeza do porquê. Hoje foi só mais um dia no Septuagésimo Primeiro. Não aconteceu nada particularmente terrível.

Meu Deus. Não acredito que escrevi essas palavras.

Se eu descrevesse aqui o que são baixas em massa, vocês ficariam horrorizados. Eu estou horrorizada, ainda mais porque consigo aguentar essa situação. Queria saber como é possível presenciar essas coisas e ao mesmo tempo conseguir respirar, comer, beber, rir e dançar? Parece obsceno ter uma vida e, no entanto, levando em conta o que esses soldados sacrificam pelo nosso país, por nós, também parece obsceno não ter. Os combates perto de Dak To têm sido devastadores.

E não são só os soldados americanos que estão sendo mortos. O povo vietnamita também está sofrendo e morrendo. Homens. Mulheres. Crianças. Na semana passada, uma aldeia inteira foi bombardeada e incendiada. Por quê? Porque ninguém sabe de fato quem é o inimigo por aqui, e os nossos garotos, que perdem a vida para franco-atiradores na selva, estão muito nervosos. É perigoso viver com medo.

Que desperdício de vidas e potenciais é essa guerra. A única coisa que eu sei é que os soldados... eu costumava pensar neles como "meus garotos"... são muito jovens. Mas eles são homens, lutando pelo próprio país. Eu quero ajudá-los. Estou tentando não pensar em mais nada. Para alguns, sou a última garota americana que eles verão, e isso é importante. Vocês não iam acreditar em quantos deles querem tirar uma foto comigo antes de partir.

Vocês não param de escrever sobre protestos contra a guerra e bandeiras sendo queimadas. Nada disso aparece no Stars and Stripes. *E a mãe de Barb disse que Martin Luther King falou que essa guerra é injusta. Estou começando a concordar. Mas será que eles não podem apoiar os guerreiros e odiar a guerra? Todos os dias nossos homens morrem servindo ao país. Será que isso não importa mais?*

Com muito amor,

F

P.S: Mandem hidratante de mãos, perfume, condicionador, filme para a polaroide e velas. A droga da eletricidade está sempre caindo.

Na metade de novembro, uma onda de calor atingiu as Terras Altas do Centro. A lama constante secou, transformando-se em uma poeira vermelha fininha que cobria tudo, preenchia cada respiração e coloria as lágrimas de todos. Não importava quantas vezes Frankie se limpasse com um pano úmido, não havia como se livrar da terra que manchava as novas rugas em sua testa, se acumulava nas linhas que saíam de seus olhos e cobria os dentes. Gotas gordas de suor vermelho deslizavam pelas laterais do rosto dela e ao longo das costas. À sua maneira, o calor era tão desalentador quanto a lama e a chuva. Dormir era impossível, o que significava que, após o trabalho, o parque ficava lotado de gente ouvindo música, tentando fazer qualquer coisa que suavizasse as arestas afiadas da guerra.

– Pode ir, Frankie – disse Hap, pegando-a pelos ombros e virando-a na direção das portas da Sala de Cirurgia. – Barb já foi embora há uma hora.

Frankie aquiesceu. Será que havia dormido em pé só por um segundo? Cansada demais para argumentar, ela descartou a máscara, a touca, as luvas e a bata cirúrgicas.

Lá fora, o sol.

Ela piscou, confusa por um instante. Que horas eram? Que dia?

Mexa-se, Frankie.

Ela saiu da Sala de Cirurgia e caminhou até a passarela. Grupos de pessoas cansadas zanzavam ali perto, entrando e saindo do refeitório, sem conversar muito.

Em frente ao necrotério, ela viu uma única maca posicionada entre dois cavaletes de serralheiro. Ao lado dela, uma pilha de sacos com cadáveres.

Ela caminhou devagar até a maca, atraída pela solidão do homem que jazia ali, torcendo para que ele não tivesse morrido sozinho. Ele era jovem – tão jovem – e negro. Só tinha um membro restante – o braço direito –, que pendia frouxamente para o lado, as pontas dos dedos a poucos centímetros do chão ensanguentado.

A juventude dele a desnorteou. Frankie tinha 21 anos e se sentia uma anciã. Todos aqueles homens que foram até ali, a maioria por escolha própria, atingidos, dilacerados, destruídos. Muitos eram negros, hispânicos ou pobres, e recém-saídos do ensino médio. Não tinham pais que pudessem mexer os pauzinhos para liberá-los de servir ou colocá-los na Guarda Nacional nem aulas na faculdade para mantê-los seguros ou garotas com quem se casar. Alguns se ofereciam apenas para escolher o que iriam fazer em vez de serem enviados para qualquer serviço quando seu número surgisse.

Uma geração inteira aniquilada. A geração *dela*.

Terra e sangue manchavam o rosto do rapaz. Ela viu pedaços de pele suada onde antes estivera o capacete. Não conseguia evitar se perguntar quem ele era, no que aquele jovem acreditava. Todos aqueles rapazes tinham histórias, as quais pensaram que durariam anos, atravessariam casamentos, empregos, filhos e netos.

Ela viu um capacete por perto e se abaixou para pegá-lo. Uma foto polaroide salpicada de lama saía de dentro dele.

O jovem estava de smoking branco e calça preta, óculos de aro de tartaruga e o braço dobrado em um ângulo de noventa graus. Ao lado dele, havia uma garota negra de vestido longo e luvas brancas até o cotovelo, uma das mãos enfiada na curva do braço do rapaz.

Baile de Formatura, 1966 estava rabiscado na borda branca da impressão. No verso, *Volte para casa, Beez. Nós te amamos.*

Gentilmente, Frankie limpou a foto e a guardou no bolso dele.

– Pelo menos você vai voltar para casa – disse ela, baixinho, tocando a bochecha dele. – Isso será importante para a sua família.

Ao longe, ela ouviu um morteiro bater no chão e explodir. Depois, mais nada.

Estava tão cansada de ver jovens morrerem. Em vez de se virar na direção do alojamento, ela foi até o parque, onde as pessoas assistiam a um filme sentadas em cadeiras. O *rá-tá-tá-tá* do projetor barulhento suprimia o diálogo.

Frankie sabia que filme nenhum seria capaz de aliviar sua solidão ou amainar aquela sensação nova e aguda de morte iminente que havia se apoderado dela, mas era pior ficar sozinha do que estar no meio dos outros. Ela se sentou em uma cadeira ao lado de Barb, que lhe entregou uma bebida.

– O que está passando?

– *Fugindo do inferno.*

– De novo?

Um drinque, pensou Frankie. *Só um.*

No primeiro dia de folga em semanas, Frankie e Barb se sentaram nas cadeiras do parque com uma caixa térmica ao lado, bebendo refrigerante morno. Barb estava lendo uma carta de casa em voz alta.

17 de novembro de 1967

Querida Barbara Sue,

Meu Deus, não sei com quem eu me preocupo mais no momento: se com você, nesse perigo, ou com o seu irmão, na Califórnia. As cartas de Will são bem alarmantes, isso é certo. Estou te enviando os recortes de jornal sobre o motim em Detroit nesse verão, lembra? Quando a Guarda foi chamada? Eles fizeram outros protestos também. Em Buffalo, Flint, Nova York e Houston. Em várias cidades. Policiais deram cacetadas em nós, negros. Suques. Acabei de descobrir que Will estava em Detroit nesse dia, no motim. Trinta e três negros morreram.

Estou com medo. Desde que o seu irmão voltou do Vietnã, ele está com tanta raiva que vai acabar morrendo aqui mesmo. Esses universitários brancos podem até se safar se forem violentos nos protestos, mas Will e seus amigos dos Panteras Negras, não. Eu sei que você está ocupada, mas será que poderia ligar para ele? Talvez ele escute a irmã mais velha. Deus sabe que ele não vai escutar a mãe. Ele acha que eu devia estar louca de raiva, mas que bem isso faria? Se eu quebrar uma janela ou atravessar uma ponte marchando, não vai mudar nada. Ele esquece que eu vi seu tio Joey ser linchado por olhar de forma errada para uma mulher branca. Isso não faz muito tempo.

Enfim, estamos morrendo de saudades de você por aqui. Estou contando os dias para a sua volta.

Com amor, mamãe.

– Tenente Johnson?

Barb ergueu os olhos.

Transmissor, o operador de rádio do acampamento, estava ao lado delas. Era um garoto magrelo de Nebraska, com bochechas que pareciam maçãs e um pescoço comprido e fino.

– Tenentes Johnson e McGrath, tenho uma mensagem para as duas, do tenente Melvin Turner.

– Quem? – perguntou Barb.

– Coiote, senhorita, do Lobos do Mar.

– Seu parceiro de esqui aquático – comentou Barb com Frankie.

– Ele pediu para avisar que vai ter uma festa de despedida boa pra cacete, palavras dele, senhoritas, em um clube de Saigon hoje à noite, e que com certeza seria uma pena se as enfermeiras mais bonitas do Vietnã a perdessem. Tem um C-7 no aeródromo neste momento.

– Isso está parecendo uma ordem, Transmissor. Eu geralmente prefiro um convite impresso – disse Frankie.

– Com letras gravadas – acrescentou Barb.

Transmissor pareceu nervoso.

– Quando o Coiote falou, não parecia uma pergunta, senhoritas. Acho que ele imaginou que as duas adorariam sair do complexo por algumas horas. Aquele avião não vai ficar aqui por muito tempo. Está levando suprimentos.

Barb dobrou a carta.

– Obrigada, Transmissor.

– Eu detesto quando me dizem o que fazer – comentou Frankie.

– E quando dão como certo que vou obedecer – completou Barb.

Então, as duas sorriram e disseram, ao mesmo tempo:

– Vamos logo!

As mulheres correram para o alojamento e arrumaram uma malinha para a noite.

Menos de quinze minutos depois, de malas prontas, vestidas à paisana e com o dinheiro militar convertido em moeda vietnamita, Frankie e Barb embarcaram e se sentaram no avião cargueiro de asa fixa.

Em Tan Son Nhut, um policial militar escoltou as enfermeiras até um jipe. Elas pularam no banco de trás.

Parecia inacreditável, mas aquela era a primeira vez que Frankie via Saigon de perto à luz do dia. A cidade era um caos: ruas repletas de tanques do Exército, militares armados e PMs. Bicicletas e pedestres lutavam para contorná-los. Famílias inteiras amontoadas em scooters que cortavam o trânsito, zunindo. Elas passaram por uma vietnamita magra que, agachada em um canto, cortava legumes em uma tábua de madeira.

Veículos militares disputavam espaço com motos e bicicletas. Buzinas ressoavam. Sininhos de bicicletas tilintavam. Pessoas gritavam umas com as outras. Veículos de três rodas passavam agressivamente por entre as motos, expelindo grandes nuvens de fumaça preta. A polícia de Saigon – chamada de Ratos Brancos pelos americanos devido aos uniformes dessa cor – organizava o trânsito onde os semáforos não funcionavam ou não eram respeitados.

Arame farpado, barris de petróleo vazios e sacos de areia protegiam os prédios do governo. Em uma esquina, havia um memorial de flores em homenagem a um dos monges budistas que tinham se autoimolado para protestar contra o tratamento dispensado a eles pelo governo sul-vietnamita. Sem dúvida, a polícia levaria tudo embora, e as flores reapareceriam no dia seguinte.

O jipe parou em frente ao hotel The Caravelle, que ocupava uma esquina inteira.

Frankie pulou do carro, pendurou a mala gasta e desbotada no ombro e agradeceu ao motorista.

Barb surgiu ao lado dela.

– Caramba, que sede esses voos me dão.

Sorrindo, elas se dirigiram às portas duplas de vidro da entrada do hotel.

Elas passaram o dia no antigo bairro francês de Saigon, com suas belas construções ornamentadas e ruas arborizadas. Era como ver um lindo canto de Paris através de uma janela suja. Dava para sentir o que aquela cidade tinha sido um dia, imaginar os ocupantes franceses jantando *foie gras* e bebendo um bom vinho, enquanto cozinheiros e garçons vietnamitas lutavam para alimentar as próprias famílias com salários irrisórios.

Ao meio-dia, elas foram a um pequeno bistrô francês, com toalhas de mesa brancas, garçons uniformizados e flores frescas. Frankie ficou chocada com a incongruência daquele lugar em meio a uma terra devastada pela guerra. Era como se elas tivessem atravessado uma espécie de portal mágico que as fizera voltar no tempo.

– Não se questione muito, não – aconselhou Barb, tocando o braço dela. – Logo, logo, a gente vai estar na merda de novo.

Barb parecia saber exatamente o que ela estava sentindo. Frankie passou o braço pelo da amiga, e as duas seguiram o host até uma mesa perto da janela, onde se sentaram e pediram o almoço.

Ali dentro, os ruídos e a algazarra da cidade diminuíram, e o doce perfume de peixe e caldo substituíram os odores externos de fumaça de escapamento e óleo diesel. Depois do almoço, elas foram de loja em loja, comprando roupas e tênis novos, velas e hidratantes perfumados. Frankie comprou uma camiseta que dizia esqui – vietnã. Cada uma delas mandou fazer um *ao dai* com uma seda macia e diáfana, e Frankie comprou um rolo de seda xantungue prateada para sua mãe, além de um cortador de charutos, de latão ornamentado, para seu pai.

Às 16h15, elas voltaram para o hotel e se arrumaram para a festa no clube.

Que luxo. Água quente, quente de verdade, e litros dela. Sabonetes e hidratantes perfumados.

Frankie pôs um vestido roxo novo, um cinto de plástico branco e um par de sandálias. Quando se olhou no espelho, se viu pela primeira vez em oito meses. Olhos de um ainda azul vibrante, pele branca com sardas de sol, lábios tão rachados que passar batom seria impossível, cabelos desgrenhados e com camadas irregulares.

Seu rosto estava fino. Ela havia perdido tanto peso que os braços pareciam dois lápis.

Barb se aproximou e passou um braço em volta dela. As duas encararam o próprio reflexo. Barb vestia uma calça boca de sino de malha azul-marinho, uma camisa branca e uma ousada gravata de seda com padrão geométrico. Uma faixa de cabelo acentuava quanto seu black power crescera.

– Eu não sabia que tinha perdido tanto peso – comentou Frankie. – E por que comprei esse vestido ridículo hoje? Quem eu estava tentando ser, a Grace Kelly na guerra?

– Ele te fez pensar na sua casa. Em biscoitos saindo do forno. No martíni do seu pai. Ou, no seu caso, da sua mãe.

Frankie sorriu. Barb estava certa. *Tinha* comprado aquele vestido porque ele o lembrava de casa, da mãe, da vida que garotas como ela aprenderam a desejar nos anos 1950, quando a obediência era muito importante. Mas isso acabou.

Frankie podia até ser virgem ainda, mas não queria mais ser "certinha". A vida era curta demais para não ser vivida por causa das regras de uma geração anterior.

Ela vestiu a calça de algodão azul e branca que havia comprado e uma túnica branca justa com mangas boca de sino. No último minuto, acrescentou o cinto de plástico branco.

– Vem. Vamos.

Elas foram até o bar da cobertura e desfrutaram de um jantar delicioso, com vista para o caos da cidade logo abaixo. Às 20h15, saíram do hotel e encontraram um policial militar esperando por elas. O carro atravessou as ruas movimentadas e febris da cidade e parou em frente a um clube decadente, com uma placa pregada na porta que dizia, em negrito: BOA VIAGEM, FALCÃO! Dentro do interior turvo, havia um bar de ponta a ponta. Na frente dele, oficiais de farda e camiseta e calça jeans se aglomeravam um ao lado do outro, batendo palmas para desafiar ou parabenizar os colegas e bebendo coquetéis com cubos de gelo de verdade. Garçonetes vietnamitas se moviam por entre a multidão, servindo comida e drinques. Vários casais dançavam no meio do salão. Um trio tocava uma música irreconhecível. Dois ventiladores de teto giravam silenciosamente lá no alto, empurrando o ar quente em vez de resfriar o lugar.

Do bar, Coiote viu Frankie e acenou. Depois, se aproximou dela com uma hesitação um tanto amável, que a lembrou de sua vida no mundo lá fora, de seus primeiros encontros e bailes escolares. De forma alguma, aquela atitude era a presunção habitual do piloto.

– Você está linda, Frankie. Me concederia essa dança?

– Claro.

A frase dele soou tão ridiculamente antiquada e surreal que ela teve que rir.

Ele a puxou para seus braços e a conduziu até a pista de dança. Ela sentiu a mão dele pousar em seu quadril.

Ela a posicionou na cintura. Aparentemente, a garota certinha estava mais presente em Frankie do que ela havia pensado.

– Acho que você me confundiu com outro tipo de garota.

– De forma alguma, Frankie. Você é o tipo de garota que um cara leva para conhecer a mãe. Eu soube disso no instante em que te vi na festa da praia.

– Com certeza eu era essa garota – disse ela. – A propósito, obrigada pelo convite de hoje à noite.

– Eu não paro de pensar em você desde que a gente se conheceu – revelou Coiote.

A música seguinte era mais animada, e ele girou Frankie até ela ficar tonta e sem fôlego. Por um lindo instante, ela era só uma garota nos braços de um garoto que a achava especial.

Já fazia tempo que passara do "ápice" a respeito do qual a mãe sempre a alertara. Naquele calor, ela suava em bicas, e adorava isso.

– Frankie, aquele ali é Motim. Quero que você conheça o meu novo oficial comandante – disse Coiote, puxando-a pela mão.

Frankie cambaleou, rindo da mudança repentina de Coiote. Em um segundo, ele tentava passar a mão na bunda dela e, no segundo seguinte, a arrastava para fora da pista de dança.

Coiote parou tão de repente que Frankie deu um encontrão nele. A mão dele deslizou por seu braço nu; os dedos se entrelaçaram aos dela.

– Motim? – chamou Coiote. – Queria lhe apresentar a minha garota.

– Sua garota? Eu não sou… – começou a dizer Frankie, rindo.

Ela olhou para o oficial comandante de Coiote, de uniforme militar e óculos de aviador. Ele parecia um agente da CIA. Ou um astro do rock. A postura e a atitude dele gritavam "regulamento".

– Ora, ora – disse o homem, baixando os óculos devagar. – Frankie McGrath. Rye Walsh.

Por um segundo, Frankie voltou no tempo, até a festa do Quatro de Julho, quando Finley levara o novo melhor amigo para casa.

– Rye, como o uísque – comentou ela, sentindo um nó na garganta.

Ele a fazia pensar em Finley, em sua casa e em paixonites inocentes de colegial.

Rye puxou Frankie para os próprios braços e a abraçou com tanta força que a tirou do chão.

– Espere aí. Vocês se conhecem? – perguntou Coiote, franzindo a testa e olhando de um para outro.

– Ele frequentou a Academia Naval com meu irmão mais velho – contou Frankie, dando um passo para trás. – Foi ele que me disse que mulheres podiam ser heroínas.

Coiote pôs o braço em volta de Frankie e a trouxe para perto. Ela se desvencilhou.

Rye recolocou os óculos.

– Bem, não quero atrapalhar a diversão de vocês, crianças. Podem continuar. Bom te ver de novo, Frankie.

Ele se virou bruscamente e, com um movimento elegante e preciso, voltou para o bar.

TREZE

— O que você sabe sobre o seu oficial comandante? – perguntou Frankie.

– Ele é durão. Não fala muito de si mesmo. Ouvi dizer que está noivo da filha de algum almirante. Você deve conhecê-lo melhor do que nós.

– Não – disse Frankie. – Eu não o conhecia muito bem. Filha de almirante, é? Noivo. Não é uma grande surpresa.

– Por quê?

Frankie quase disse *olha para ele*, mas segurou a língua.

Mesmo enlaçada pelos braços de Coiote, dançando uma música lenta, Frankie se pegou espiando Rye várias vezes. Observou o jeito como ele ria com seus homens e o modo como às vezes se distanciava deles. Dava para ver quanto o respeitavam. E, cada vez que o observava, Frankie era transportada de volta para a festa de despedida de Finley, quando tampouco conseguira desviar o olhar, e para o momento que compartilharam no escritório de seu pai.

Mulheres também podem ser heroínas.

Aquelas palavras – as palavras dele – ditas a uma impressionável jovem de 21 anos a levaram inevitavelmente àquele salão, àquela guerra. Parecia destino o encontro deles dois ali.

– Eu tenho o meu próprio quarto, Frankie – falou Coiote, fungando no cangote dela enquanto dançavam. – Poderíamos ficar sozinhos...

– Coiote – disse ela baixinho.

Ele recuou e olhou para ela.

– Você está certa. Tenho que te convidar para um encontro de verdade. Quero fazer tudo certo com você, Frankie.

Outra música tocou. Ouviu-se um colidir de móveis e uma onda de risadas.

Na beirada da pista de dança, Barb errou a cadeira e caiu de bunda no chão. Frankie se livrou dos braços de Coiote e foi até a amiga.

Rye chegou primeiro e ajudou Barb a se levantar. Barb enlaçou o pescoço de Rye e ali ficou.

– Meus ossos derreteram – disse ela.

A cabeça dela pendeu para trás, e ela abriu um sorriso bêbado para Frankie.

– Olha esse aqui, Frankie...

Frankie se voltou para Rye. O jeito como ele olhou para ela foi desconcertante. Intenso demais. Fez com que se sentisse estranha, inquieta.

– Acho melhor levá-la de volta para o The Caravelle.

– Vou arrumar um PM para acompanhar vocês.

Rye ajudou Frankie a tirar Barb do clube e a colocá-la no jipe do policial militar. Frankie subiu no carro e se sentou ao lado dela.

Coiote saiu do clube.

– Frankie, eu vou ver...

– Tchau, Coiote! – exclamou Frankie, acenando enquanto o jipe arrancava.

De volta ao hotel, ela ajudou Barb a subir as escadas e entrar no quarto.

Enquanto fazia xixi, Barb ergueu a cabeça, os olhos embaçados.

– Não me deixe cair da privada – pediu. – Meu equilíbrio está uma bosta.

– É o uísque – disse Frankie, e as duas riram.

Frankie ajudou Barb a tirar as roupas e a se deitar na cama.

– Você viu o cara de óculos escuros? – perguntou Barb, atirando-se sobre os lençóis brancos e limpos. – Que homem bonito.

– Eu vi – confirmou Frankie, puxando as cobertas até o queixo de Barb.

Com as luzes apagadas e ao som do ronco da amiga, Frankie tentou dormir. Deveria ser uma tarefa fácil. Tinha bebido bastante e não havia receio de que um ataque de morteiro ou BEM a acordasse no meio da noite. Estava deitada em lençóis limpos e frescos. Ainda assim, não conseguia pregar os olhos. Ela se sentia inquieta, ansiosa.

O telefone tocou. Ela atendeu antes que Barb acordasse.

– Alô?

– Srta. McGrath – disse um homem vietnamita em um inglês com sotaque francês. – Tem um jovem aqui embaixo querendo vê-la. Ele está pedindo que vá até o bar do último andar.

Coiote.

Frankie não queria vê-lo àquela hora, mas lhe devia a verdade. Ele não era homem para ela. E, de qualquer forma, ela não estava conseguindo dormir.

Então, afastou as cobertas, vestiu uma calça jeans e uma camiseta e foi até o elevador, que estava quebrado. Suspirando, subiu quatro lances de escada e chegou ao bar do terraço, à meia-luz.

Uma banda com três integrantes desperdiçava sua música em uma pista de dança vazia. Ela viu um grupinho de homens e mulheres amontoados em um canto, todos fumando e conversando alto, discutindo. Ouviu o estalido das teclas de máquinas de escrever.

Jornalistas. Tinha ouvido falar que aquele bar era um dos pontos de encontro deles, assim como o bar do Hotel Rex. Ela se perguntou o que discutiam e se as perspectivas que tinham da guerra eram tão conflitantes quanto as dela. Se estavam tão divididos quanto os Estados Unidos pareciam estar.

Frankie foi até uma mesa tranquila perto da janela e se sentou. Sob o luar, o Hotel Continental, do outro lado da rua, estava escuro exceto por algumas janelas brilhantes. Ela não pôde deixar de pensar em Jamie, que havia muito tempo lhe falara daquele romântico bar no terraço. A tristeza manchou aquela lembrança, deixando em Frankie uma dorzinha aguda como uma ferroada, que depois se abrandou, transformando-se em arrependimento. Então, ela tentou imaginar Jamie em casa, com a família, mas não conseguiu sustentar aquele otimismo.

Uma vietnamita esbelta surgiu discretamente para anotar o pedido de Frankie. Instantes depois, ela voltou com uma taça de Sancerre.

Frankie tomou um gole do vinho enquanto observava as luzes noturnas de Saigon. Mesmo com a música, a guerra estava sempre presente: o zumbido de um helicóptero sobrevoando a cidade, o estouro dos tiros. Aqui e ali, faixas vermelhas formavam arcos no céu noturno, como fogos de artifício, e fogueiras alaranjadas brotavam. Dali, a guerra era quase bonita. Talvez aquela fosse uma verdade fundamental: vista de uma distância segura, a guerra era uma coisa; de perto, era outra totalmente diferente.

– Frankie.

Rye.

Ela ergueu os olhos, surpresa.

A garçonete vietnamita surgiu suavemente ao lado de Rye.

– Uísque. Puro – pediu ele.

Quando a garçonete saiu, Rye se sentou de frente para Frankie, mas não disse nada até que o drinque chegasse e a garçonete tivesse ido embora.

– Encontrar você… foi como voltar no tempo.

– É.

– Finley foi o melhor amigo que eu tive.

– Para mim também.

Ele se recostou, analisando-a.

– Então. Enfermeira de combate. Achei que, a essa altura, você já estaria casada com o filho de algum milionário.

– Um cara que eu encontrei em uma festa me disse que mulheres também poderiam ser heroínas. Ninguém nunca tinha me falado algo assim.

– Acho que você não precisava ter ouvido isso de mim – retrucou ele, sustentando o olhar dela.

Frankie não pôde deixar de se perguntar o que ele via quando olhava para ela. A irmã mais nova de Finley? Ou quem ela havia se tornado?

– Precisava, sim – devolveu ela, baixinho.

A música mudou para algo irreconhecível.

– Dance comigo – pediu ele.

Quando ainda era menina, ela havia sonhado com aquele momento. Mas, já uma mulher, sabia como os sonhos eram frágeis, e aquela guerra a ensinara a dançar enquanto podia. Frankie se levantou.

Ele a conduziu até a pista de dança. Ela se recostou nele e sentiu seus braços a enlaçarem. Os dois se moviam no ritmo da música, mas não dançavam de verdade. Frankie podia jurar que sentia o coração dele batendo contra o dela.

Ele baixou os olhos, e ela viu desejo ali. Nenhum homem jamais a olhara daquele jeito, como se quisesse devorá-la até os ossos.

Quando a música terminou, ela se desvencilhou dele.

– A gente não devia estar dançando – disse ela, trêmula. – Você está noivo, pelo que eu ouvi dizer.

– Ela está bem longe.

Frankie conseguiu sorrir, mas muito pouco. Não eram aquelas as palavras que queria ouvir.

– Meu coração já foi partido por aqui – revelou ela, baixinho, dando outro passo para trás. – E eu espero que um oficial seja um cavalheiro, Rye.

Ele pôs as mãos atrás das costas. Postura de soldado. Distância respeitosa.

– Desculpe ter vindo aqui essa noite – disse ele, o tom áspero. – Eu não tinha o direito.

Ela aquiesceu e, de novo, tentou sorrir.

– Vê se fica vivo, Rye. Estou vendo pilotos de helicópteros demais na minha Sala de Cirurgia.

– Tchau, Frankie.

– Tchau.

Frankie se revirou na cama a noite inteira, o sono atormentado por desejos intensos e desconhecidos. Quando acordou, a manhã já ia alta e a luz do sol atravessava as janelas de vidro limpas.

Seu primeiro pensamento foi Rye.

Aquela dança. E o jeito como ele olhara para ela.

Ela saiu da cama e viu que Barb tinha deixado um bilhete: *Te vejo no café da manhã*.

Lá embaixo, Frankie a encontrou já sentada no restaurante do hotel, tomando um Bloody Mary.

– Para curar a ressaca – explicou ela. – O que aconteceu ontem à noite? Como eu voltei para o hotel?

– Eu usei a minha força sobre-humana e te carreguei nos braços.

– Ui. Isso é ótimo para a reputação.

– Você estava vestida o tempo todo, se isso ajuda. E não vomitou em público. Talvez tenha usado o banheiro masculino.

A garçonete voltou com um segundo Bloody Mary, que entregou a Frankie.

– Sei que eu estava bêbada pra cacete ontem à noite, mas você estava agindo de forma estranha – comentou Barb.

– Estava?

Algo naquela resposta casual deixou Barb com a pulga atrás da orelha.

– Bom, agora eu sei que tem uma história. Desembucha, garota.

Frankie suspirou.

– Fin costumava levar os amigos da Academia Naval lá para casa durante o verão. Para mim, eles pareciam deuses.

Ela abriu um sorrisinho e pensou que aquilo talvez fosse triste demais para ser verdade.

– Rye Walsh era o melhor amigo dele. Sabe o oficial comandante de óculos escuros de ontem à noite? Eu era caidinha por ele.

– O cara que parece o Paul Newman? Uau. Então, pega ele pela mão e mostra…

– Ele está noivo.

– Droga. De novo, não – disse Barb, tomando um gole. – E você é certinha demais.

– Quando eu dancei com Jamie, me senti segura. Amada, eu acho. Era como estar em casa, mas com Rye… quando eu estava nos braços dele, senti… Quero dizer, ele me olhou com uma cara de… fome. Foi quase assustador.

– Chama-se tesão, Frankie, e isso é capaz de sacudir esse seu mundo de garota certinha.

De volta ao Septuagésimo Primeiro, a única coisa que havia mudado era o clima. Em dezembro, os dias eram tão quentes quanto secos. Agora, com a temperatura passando dos 40 graus na Sala de Cirurgia, Frankie não só sofria com o calor, como contava com uma dor de cabeça constante. Não dormia bem desde Saigon.

As portas da Sala de Cirurgia se abriram, e um par de paramédicos trouxe um soldado do Pré-Operatório. Ele estava de bruços na maca, com o traseiro nu e ensanguentado virado para cima. Um dos paramédicos estava rindo de alguma coisa – era um bom sinal.

– Tiro na bunda! – gritou ele para Frankie, que mostrou uma mesa vazia a eles e calçou um novo par de luvas.

O garoto da maca esticou o pescoço e olhou para Frankie.

– Eu tenho uma bela bunda preta, não tenho? – perguntou o jovem, com um sorriso de olhos vidrados que indicava que recebera um pouco de morfina para a dor.

Frankie achava que ele devia ter acabado de fazer 18 anos.

– Meu nome é Albert Brown. Soldado de primeira classe.

– Oi, soldado Brown. Sim, eu diria que você tem uma bela bunda. Pena que terei que remover uns estilhaços dela.

Ela acenou para o enfermeiro anestesista – cujo apelido era Entregador de Gás –, que injetou um anestésico local. Quando o paciente perdeu a sensibilidade no traseiro, Frankie se debruçou sobre ele e começou a trabalhar, removendo pedaços pontiagudos de estilhaços com uma pinça. Aquilo teria doído horrores se ele pudesse sentir. O que cedo ou tarde aconteceria, quando o efeito das drogas passasse.

– De onde você é, Albert?

– Do Kentucky, senhorita. Terra do Bourbon e dos homens bonitos.

– Com belas bundas – acrescentou Frankie.

Ele riu.

– Fico feliz de dar o exemplo, senhorita.

Após terminar, limpar a pele do soldado e fazer um curativo no traseiro dele, ela chamou um paramédico para conduzi-lo ao Pós-Operatório.

– Espere, senhorita – pediu ele. – Pode tirar uma foto comigo, para a minha mãe? Ela vai adorar.

Frankie esboçou um sorriso cansado. Era um pedido comum.

– Claro, Albert. Mas tanto a sua bunda quanto o meu cabelo parecem ter sido mastigados por lobos.

Albert abriu um sorriso largo.

– De forma alguma. A senhorita é a garota mais bonita que já tocou no meu traseiro.

Frankie não teve como não rir. Ela se inclinou e deixou o amigo do garoto tirar uma foto polaroide deles. Com um aceno, ela o enviou para a recuperação, jogou as luvas fora e pegou um novo par. Estava pensando em sair para tomar um refrigerante quando ouviu helicópteros.

Vários deles.

Frankie olhou ao redor da Sala de Cirurgia e encontrou os olhos de Barb, que parecia tão exausta quanto ela.

As duas enfermeiras correram até o heliporto, seus pés desaparecendo em uma nuvem de terra vermelha. Elas ajudaram a desembarcar os feridos e os guiaram de volta à triagem. Ali, moveram-se rapidamente por entre as baixas, gritando ordens e priorizando tratamentos.

Tinham quase terminado, quando Frankie ouviu:

– Onde eu coloco esse aqui, senhorita?

Dois paramédicos surgiram, um de cada lado de uma maca. Bastou uma única olhada para o ferimento da baixa.

– Cirurgia, atendimento imediato – ordenou ela, correndo ao lado dos paramédicos.

Na Sala de Cirurgia, Frankie apontou para uma mesa vazia e chamou Sharlene, a nova enfermeira do Septuagésimo Primeiro. A pobre moça tinha acabado de sair do avião, vindo do Kansas. Aquele era o primeiro turno dela.

– Sharlene – chamou Frankie, entregando a ela uma tesoura. – Corte as roupas dele.

A jovem loura encarou o sangue que escorria do peito do soldado e caía em suas botas de combate reluzentes.

Frankie notou o medo da mulher e pensou: *Respire fundo, Frankie*. Depois, se esforçou para suavizar a voz.

– Olhe para mim… Sharlene.

Os olhos de Sharlene estavam cheios de lágrimas.

– Sim… senhorita.

– É assustador, eu sei. Mas você pode cortar a roupa e tirar as botas dele. Você é uma enfermeira registrada.

Com as mãos trêmulas, Sharlene pegou a tesoura e foi até a ponta da mesa. Olhando para o que restava da perna esquerda do soldado, começou a cortar a calça encharcada de sangue e lama.

De repente, o paciente se sentou e viu a perna mutilada.

– Cadê o meu pé? Cadê o meu pé?

– Um médico! Aqui! – gritou Frankie, administrando uma dose de morfina. – Isso vai ajudar. Você vai ficar bem, cabo.

– Eu sou peão de *bulldogging*, senhorita – contou ele, começando a enrolar a língua à medida que a morfina fazia efeito. – Em Oklahoma. A senhorita tem um cheiro muito bom, parece com o da minha garota.

– É o meu perfume, Jean Naté. O que é *bulldogging*, fuzileiro? – perguntou Frankie, procurando um cirurgião.

– Uma modalidade de rodeio. Eu realmente preciso daquele pé...

– Tem algum médico aqui ou eu mesma vou ter que operar esse garoto? – gritou Frankie.

No dia de seu aniversário, após um longo turno na Sala de Cirurgia, Frankie foi até o parque, onde uma festa corria solta. Barb e Magro estavam perto da piscina imunda e cheia de folhas. Uma faixa tinha sido pendurada entre duas bananeiras moribundas: FELIZ ANIVERSÁRIO, FRANKIE! Um grupo pequeno e exausto de enfermeiras e médicos gritou e bateu palmas quando ela chegou.

Coiote viu Frankie. Ele se inclinou sobre o bar tiki, serviu uma bebida e levou para ela.

Desde que Frankie o vira no clube de Saigon, ele havia raspado o bigode. Parecia mais novo.

– Feliz aniversário, Frankie. Estou contente que conseguiu aparecer. Dança comigo?

Ela já ia recusar, mas, quando olhou nos olhos dele e viu quanto ele se esforçava para sorrir, percebeu que eles eram iguais: só estavam tentando esconder a dor daquele dia a dia, cansados da solidão.

– Me dá uma chance, Frankie. Sou um bom homem.

Coiote parecia tão sincero, e ela sabia que ele estava falando sério, sabia que fazia sentido conceder o que ele pedia, então se deixou levar. Não dormiria com ele, não deixaria nem que ele a beijasse – seria errado iludi-lo assim –, mas, naquele instante, ela se sentia solitária e cansada. Era a música errada, o homem errado e a mão errada segurando a sua, porém, sinceramente, era bom não estar sozinha. E, afinal de contas, era só uma dança.

– Me diga que você vai ser a minha garota.

– Desculpe, Coiote – murmurou ela e, por um instante, quase torceu para que ele não tivesse ouvido.

– É – sussurrou ele de volta, seu hálito quente no ouvido dela. – Eu sei. Você é muita areia para o meu caminhãozinho, Frankie McGrath.

Ela apertou a mão dele.

– Não, Coiote. Você é tudo o que uma garota poderia querer.

Ele deu um passo atrás.

– Essa garota só não é você.

Meu Deus, como ela odiava aquilo.

– Só não sou eu.

Ele a trouxe para perto de novo, retomando a dança.

– Eu adoro desafios, Frankie. Você já devia saber disso. Mas eu vou para casa em breve. Então, não perca a sua chance.

Ele jogou a cabeça para trás e uivou, mas, pela primeira vez, Frankie sentiu a solidão, a tristeza e o desgosto naquele som. Ela se perguntou se eles estiveram ali o tempo todo.

QUATORZE

~~~

Dezembro fora um mês e tanto nas Terras Altas. O Exército Norte--Vietnamita matara milhares de civis sul-vietnamitas em Dak To. A Sala de Cirurgia e as outras alas estavam cheias de crianças que perderam os pais, homens idosos que perderam as filhas e mães que perderam os filhos.

No dia 24 de dezembro, após horas de pé na Sala de Cirurgia, Frankie estava exausta. Eles finalmente tinham terminado de atender a última baixa. Com sorte, o restante da noite seria calmo.

– Pode ir – disse Hap. – Esse aqui é o último. Vai tomar uma gemada.

– Tem certeza?

– Tanta certeza quanto gonorreia coça. Vai.

Frankie tirou as luvas e as descartou no barril perto da porta, junto com a touca e a bata cirúrgicas.

– Feliz Natal – desejou ela ao paramédico à mesa perto da porta.

– Não é uma noite adorável? – perguntou ele. – Para a senhorita também.

Ela saiu da Sala de Cirurgia e emergiu sob um sol inesperado. Encontrou Barb na triagem, ao lado da maca de um homem negro morto. Uma explosão de morteiro havia arruinado grande parte de seu uniforme. Um dos lados do rosto dele estava rasgado e carbonizado. Ao que parecia, os dois braços e as duas pernas tinham sido destroçados.

– A explosão arrancou a identificação dele. Não tem nome – contou Barb. – Na véspera de Natal.

– Alguém vai reconhecê-lo. O pelotão dele está no Pós-Operatório.

– É – concordou Barb, colocando, com cuidado, a mão do soldado sobre o peito dele e mantendo a sua sobre ela.

Frankie sabia que Barb estava pensando no irmão, Will, que voltara do Vietnã dois anos antes totalmente diferente. Raivoso. Radical. Pronto para a briga.

Frankie encontrou um lençol branco e cobriu o soldado morto.

– Deus o abençoe e o guarde, soldado – murmurou.

Barb não ergueu os olhos.

– O *Stars and Stripes* não reportou nenhuma baixa ontem. Sete homens morreram só na Sala de Cirurgia 1.

Frankie assentiu.

Qualquer dúvida – ou esperança – que ela pudesse ter tido desaparecera: o governo americano estava mentindo a respeito da guerra. Não dava mais para evitar aquela simples verdade. O presidente LBJ e seus generais estavam mentindo para o povo americano, para os jornalistas, para todo mundo. Talvez até uns para os outros.

A traição era tão chocante quanto fora o assassinato do presidente Kennedy, uma reviravolta nos conceitos de certo e errado. Os Estados Unidos em que Frankie acreditava, a brilhante Camelot de sua juventude, já não existia ou havia se perdido. Ou, talvez, sempre tivesse sido uma mentira. Tudo o que ela sabia era que soldados, marinheiros, aviadores, fuzileiros navais e voluntários estavam ali, naquele país distante, arriscando a própria vida, e não podiam mais confiar que o governo diria a verdade quanto ao porquê.

Os homens ainda chegavam ao Vietnã aos milhares e, ao contrário do que sugeriam os hippies e os manifestantes, muitos eram voluntários que acreditavam no país. Como o governo – e, pior, o povo – podia não ligar para isso?

Frankie e Barb passaram pelo necrotério, onde dois paramédicos ensacavam os corpos da noite anterior.

Frankie foi a primeira a ouvir o helicóptero. Ela ergueu os olhos, protegendo-os do sol com a mão.

– Droga.

O som das hélices aumentou.

– Só um.

Elas correram para o heliporto a fim de ajudar a desembarcar os feridos e viram um helicóptero Huey de ataque pousar.

Coiote estava sentado no banco esquerdo. Ele se inclinou para Frankie com um sorriso largo.

– Exatamente as enfermeiras que a gente esperava ver no Natal – disse ele. – Estão a fim de se divertir?

– Não precisa perguntar duas vezes – respondeu Barb, pulando para dentro da aeronave, seguida por Frankie.

Uma vez lá dentro, Frankie viu que Rye estava no banco direito, com um capacete de comunicação em que estava escrito MOTIM na frente. Óculos de aviador espelhados escondiam seus olhos. Ele sorriu para ela. Frankie respondeu com um sinal de positivo.

Coiote entregou fones de ouvido para as duas.

Frankie colocou o seu e se sentou no chão, próxima ao artilheiro posicionado na porta aberta e atrás de Rye. Ela deixou as pernas balançarem na lateral enquanto decolavam.

Eles sobrevoaram a faixa vermelha, plana e sem árvores do hospital de evacuação e a selva deserta, onde folhas alaranjadas jaziam mortas no chão, ao lado de árvores moribundas.

Subiram cada vez mais alto. Até o topo das montanhas, onde o mundo era incrivelmente verde.

– Ali! – gritou Rye no microfone, alguns minutos depois.

O helicóptero fez uma descida brusca, chegando a cerca de 2 metros do chão. Depois, pairou no ar.

– Dois minutos, Coiote. Não quero virar um alvo.

Coiote pegou um rifle e um machado e pulou no chão. De arma em punho, correu até um grupo de árvores.

Frankie examinou a área aberta. O inimigo poderia estar em qualquer lugar, escondido na mata exuberante... poderia ter plantado minas terrestres ou estacas punji – gravetos afiados, cravados bem fundo no chão e cobertos com fezes humanas, para garantir tanto um ferimento profundo quanto uma infecção.

– Isso é uma maluquice – criticou Frankie. – O que ele está fazendo?

Instantes depois (que pareceram uma eternidade), Coiote voltou, carregando uma árvore desgrenhada. Ele a jogou na parte de trás do helicóptero e subiu no banco esquerdo.

– Tudo isso por uma árvore? – gritou Frankie no microfone. – Vocês dois são loucos!

– Uma árvore de Natal – explicou Coiote, rindo, enquanto o helicóptero girava e desenhava um arco em direção às nuvens.

Vinte minutos depois, eles pousaram no Septuagésimo Primeiro.

Coiote se virou, tirou o capacete e sorriu.

– Motim e eu achamos que as garotas precisavam de uma árvore de Natal.

Barb riu. Frankie achou que aquela talvez fosse a risada mais verdadeira que já ouvira da amiga.

– Vocês, Lobos do Mar, com certeza fazem jus à reputação de malucos, eu vou te contar – comentou Barb. – Só espero que tenham um peru para acompanhar a árvore, ou a minha mãe vai dar uma surra em vocês por brincarem com o coraçãozinho vulnerável de uma garota.

Coiote abriu um sorriso largo.

– E uma torta de nozes, que veio lá da cozinha da minha mãe em San Antonio.

Elas instalaram a árvore no alojamento e decoraram os galhos esqueléticos com tudo o que conseguiram arranjar. Clipes, tiras de papel-alumínio, latas vazias de ração militar, pedaços de garrote e pinças Kelly. A árvore ficou no cantinho, em toda a sua modesta glória. Barb fez uma estrela de papel-alumínio para o topo. Rye e Coiote ficaram sentados na cama de Frankie, observando as decorações se acumularem. "White Christmas" tocava no rádio portátil de Barb.

Frankie estava de joelhos em frente à árvore, amarrando um barbante com clipes que ia de um galho ao outro.

– A gente precisa de uma bebida – comentou Coiote.

– Caramba, piloto, você está certo! – exclamou Barb, e os dois saíram do alojamento.

Frankie ouviu a estrutura metálica de sua cama ranger quando Rye se levantou. Ouviu-o se aproximar e o sentiu ao seu lado. Cada célula de seu corpo parecia sintonizada com a presença dele. Devagar, ela ficou de pé, mas não se virou.

– Obrigada por isso. Foi uma coisa maluca, estúpida, perigosa... e adorável.

– Eu queria não pensar em você – revelou ele.

Por fim, ela se virou para Rye.

Os olhos deles se encontraram, sustentando um ao outro.

Ela sentiu sua respiração curta. *Tesão*, dissera Barb. Será que era tão simples assim?

Não havia razão para fingir que não estava sentindo aquilo. Se Frankie havia aprendido alguma coisa durante aquele ano fora isto: diga o que você sente enquanto pode.

– Você está noivo. E eu sei que é antiquado, mas não posso ser a outra. Eu não conseguiria me olhar no espelho.

– Você sabe que a gente está numa guerra, não é? – indagou ele.

– Por favor, diga que você não vai tentar comigo a abordagem a-gente-pode--morrer-amanhã.

Ele recuou.

– Você está certa. Eu estou errado. Feliz Natal, Frankie. Não vou te incomodar de novo.

– Você não precisa ir embora.

– Preciso, sim. Você... mexe comigo.

Muito depois de Rye e Coiote terem partido, enquanto Barb e Frankie tomavam gemada, ouviam canções de Natal e abriam os presentes que receberam de casa, o eco daquelas palavras ainda se fazia presente.

Você mexe comigo.

O cessar-fogo de Natal foi mantido, dando a todos do Septuagésimo Primeiro tempo para desfrutar de uma verdadeira ceia festiva no refeitório. Peru, purê de batatas, molho, vagem, recheio de linguiça e caçarola de batata-doce. Tortas de abóbora e nozes. Depois, um grupo caminhou até o parque, onde Frankie havia pendurado uma faixa: BOA VIAGEM, TENENTE JOHNSON! VAMOS SENTIR SAUDADES.

Era a festa de despedida de Barb.

Frankie e a amiga estavam sentadas em cadeiras de praia próximas às bananeiras. Uma festa corria solta ao lado delas, a música retumbava. Uma árvore de Natal lamentável, decorada com laços vermelhos, se apoiava, desanimada, no bar tiki.

– Acho melhor a gente conversar agora, Frankie – disse Barb, entregando um isqueiro à amiga.

Frankie acendeu o cigarro.

– Sobre a sua partida? Prefiro não falar.

– Você é a única coisa que eu não quero deixar para trás.

Frankie se voltou para a amiga. Naquela luz, o black power de Barb parecia uma auréola escura. Quem não olhasse nos olhos dela poderia pensar que Barb era uma garota comum de 25 anos. Frankie era incapaz de calcular tudo o que a amizade dela lhe proporcionara. Barb havia mostrado a Frankie vislumbres de um mundo ao qual não fora exposta e ao qual ninguém lhe ensinara muito. Antes, Frankie achava que a aprovação da Lei dos Direitos Civis fora a grande vitória. Barb lhe mostrara que aquilo fora apenas um frágil começo. Ela sabia que Barb temia por seu irmão, Will, e sua filiação aos Panteras Negras, mas também tinha orgulho disso. Barb sabia batalhar pelas coisas. Embora tivesse mestrado em enfermagem, precisara lutar para ser enviada ao Vietnã e, depois, lutar de novo para ser designada a um hospital de evacuação. Oficiais negros eram raros por ali, mas Barb estava determinada a fazer com que soldados negros vissem uma enfermeira negra no hospital.

Barb se recostou e suspirou. Então, deu uma tragada e exalou a fumaça devagar.

– Não posso ficar mais um ano – disse ela, finalmente.

– Sei disso. Eu só...

– Também vou sentir sua falta, Frankie.

Na manhã seguinte, quando Frankie acordou, a primeira coisa que viu foi a cama vazia de Barb. Os pôsteres acima dela – de Malcolm X, Muhammad Ali e Martin Luther King Jr. – tinham sido removidos. Tudo o que restava eram tufos de papel presos em tachinhas enfiadas nas paredes de madeira. Coisas arrancadas, pedaços deixados para trás. Uma metáfora da vida no Vietnã.

Frankie viu um bilhete dobrado na cômoda perto de sua cama. Ela o desdobrou devagar.

26 de dezembro de 1967

Querida Frankie,

Pode me chamar de covarde. Eu devia ter te acordado quando o meu helicóptero chegou, mas você estava dormindo pesado, e nós duas sabemos como isso é raro por aqui. Não queria que você me visse chorar.

Eu te amo.

Você sabe disso, e eu sei que você também me ama e, quando é assim, é desnecessário se despedir.

Então, só vou dizer "até mais".

Venha me visitar na Geórgia. Você vai aprender sobre papas de milho e couves-galegas, e pode conhecer a minha mãe. É um mundo totalmente diferente da sua pequena ilha, acredite.

Até lá, irmã, mantenha a cabeça baixa.

E por fim... Eu sei que perder Jamie doeu muito, mas você ainda é jovem. Não deixe que essa maldita guerra tire sua juventude também.

Eu vi o jeito como o Sr. Charmoso olha para você. Meu Deus, eu seria capaz de matar para que um homem me olhasse assim.

Aqui, a vida é curta, e os arrependimentos duram para sempre.

Quem sabe ser feliz agora, ser feliz por um momento, seja tudo o que a gente possa ter. Ser feliz para sempre parece muito para pedir em um mundo em chamas.

Fique bem.

B

Ao lado de Frankie, na cômoda, havia uma foto polaroide de Barb, Ethel e Frankie, as três de short, camiseta e botas de combate, abraçadas, com sorrisos tão largos e ousados que parecia impossível que aqueles fossem tempos de guerra. A cortina de contas do clube estava atrás delas. Frankie quase podia ouvir as contas multicoloridas retinindo umas nas outras, empurradas pela chuva ou pelo vento. Apesar de tudo, elas viveram bons momentos.

Frankie torcia para que se lembrassem disso.

QUINZE

5 de janeiro de 1968

Querida Frankie,
Prometi que ia escrever quando voltasse ao bom e velho Estados Unidos. Estou em casa com a minha mãe (por enquanto), sentada na varanda, tomando um pouco de chá doce. Na rua em frente, crianças brincam de pique-esconde. A risada delas é deliciosa.

Sinto sua falta. Sinto falta da gente. Sinto falta até do Septuagésimo Primeiro. Falando nisso, você não vai acreditar quem estava no meu Voo da Liberdade. Coiote. Meu Deus, aquele garoto está caidinho por você. Ele me mostrou uma foto de vocês dois no clube de Saigon. Mas não se preocupe, ele vai encontrar uma jovem vaqueira adorável no Texas.

A vida aqui não é o que eu esperava. Arrumei um emprego no hospital local e, para ser sincera, estou completamente entediada.

Preciso encontrar um novo caminho. Estou farta de ser tratada como uma voluntária. Aqui, ninguém valoriza a gente, os veteranos.

Não sei o que vou fazer agora. É difícil passar de sirenes de alerta vermelho e salvar vidas para meias-calças e salto alto. O mundo pode até estar mudando, mas as mulheres ainda são cidadãs de segunda classe. As mulheres negras, então... Bom, não preciso nem dizer.

A vida não está calma por aqui. Protestos raciais. Manifestações contra a guerra. O Dr. Benjamin Spock foi preso por incitar os homens a resistirem ao alistamento. A Guarda Nacional está sendo chamada. Mas não é uma guerra.

Estou meio perdida. A recomendação da minha mãe é comer e namorar mais. Na semana passada, ela comprou uma máquina de costura usada para mim.

Parece que ela acha que aperfeiçoar uma bainha invisível vai me animar. Acho que eu preciso de uma mudança. Talvez essa cidadezinha tenha ficado pequena demais para mim. Mas para onde eu iria?

Enfim, cuide-se e mantenha seu colete à prova de balas por perto.
Salve algumas vidas por mim.
B

Em um dia tranquilo em meados de janeiro de 1968, a DERE de Frankie saiu. Ela pregou o papel em cima de sua cama, na parede de madeira compensada, fez um grande círculo vermelho em volta de 15 de março e um xis naquele dia.

Era oficial: estava de partida.

Às quatro da manhã do dia 31 de janeiro, um míssil atingiu o Septuagésimo Primeiro.

Explosões rasgaram a noite.

A sirene de alerta vermelho ressoou pelo acampamento.

Frankie pulou da cama, pegou o colete à prova de balas e o capacete de aço embaixo dela e se vestiu depressa.

Outro míssil caiu. O alojamento tremeu. Um rato atravessou o chão correndo, em busca de abrigo.

A nova companheira de alojamento de Frankie, Margie Sloan, se sentou na cama.

– O que está acontecendo? – berrou ela. – Ai, meu Deus…

A sirene ressoou de novo e se tornou contínua.

– *Atenção, equipe, procure abrigo!* – comunicou o alto-falante. – *Alerta de segurança vermelho! Estamos sendo atacados por mísseis! Repetindo: alerta vermelho! Procure abrigo!*

– Precisamos chegar ao hospital! – gritou Frankie, enquanto corria até a porta e a escancarava.

Lá fora, o acampamento tinha sido tomado pelo fogo e pela fumaça: construções em chamas, nuvens pretas ondulando até o céu, um cheiro acre. Um barril de petróleo explodiu atrás das latrinas. Uma das carretas com tanque d'água posicionada acima dos chuveiros estourou, a água jorrando sem parar.

– Margie! Agora!

Margie parou ao lado dela.

– A gente não pode ir lá fora!

Frankie agarrou a mão de Margie e desejou que houvesse mais tempo para ajudar a jovem enfermeira a encarar uma noite daquelas.

– Eu sei que é apavorante, Margie, e queria que você não fosse tão crua. Mas uma coisa de cada vez, certo? Coloque o seu colete à prova de balas e o seu capacete de aço...

– Meu o quê?

– Seu capacete. Coloque ele e vá para o PS. Ajude na triagem.

– Não consigo.

– Consegue, *sim*.

Era todo o tempo de que Frankie dispunha. Enquanto corria para a Sala de Cirurgia, algo imenso explodiu atrás dela. O prédio da Cruz Vermelha, talvez.

Do lado de fora da Cirurgia, médicos, paramédicos e enfermeiros com coletes à prova de balas e capacetes, alguns ainda de pijama ou short e botas de combate, corriam para as diversas alas, preparando-se para receber os feridos e carregando cavaletes de serralheiro até o local da triagem. O alerta vermelho continuava ressoando.

Na Sala de Cirurgia, Frankie acendeu as luzes, preparou as mesas e deixou os suprimentos à mão: carrinhos de curativos, bandejas para toracostomia, tanques de oxigênio e uma máquina de sucção portátil. Queria muito que Hap ainda estivesse ali, mas ele partira dois meses antes. O médico mais novo da equipe chegara havia apenas uma semana. Aquela seria uma noite difícil para ele.

Às quatro e meia, ela ouviu o primeiro helicóptero.

A primeira onda de baixas atingiu o Pré-Operatório e a Sala de Cirurgia minutos depois. Soldados demais para as mesas de cirurgia, para as enfermeiras e os médicos de que eles dispunham. Depois de preparados, os feridos aguardavam em macas sobre cavaletes. Ela viu civis, ouviu uma criança gritar pela mãe. Será que os Estados Unidos tinham bombardeado outra aldeia sul-vietnamita?

Enquanto vestia a bata e a máscara cirúrgicas, Frankie ouvia o gemido e o baque constantes dos projéteis que destroçavam o acampamento. O barracão tremia e soros intravenosos chacoalhavam nos suportes. O capacete dela não parava de bater no ossinho do nariz.

Outro golpe. *Perto.*

Na Sala de Cirurgia, os feridos que conseguiam rolaram das camas e macas e caíram no chão, os soros intravenosos arrancados de suas veias. Frankie pegou travesseiros, lençóis e tudo o que conseguiu encontrar para colocar sobre os pacientes que estavam machucados demais para se mover. Aquilo não os salvaria de um ataque direto, mas era tudo o que podia fazer.

As luzes se apagaram. O breu era total. Então, os geradores zumbiram e trouxeram a eletricidade de volta.

Frankie foi até a mesa de cirurgia mais próxima e olhou para o soldado deitado nela. O homem mal estava consciente e gemia por socorro. Seu uniforme tinha sido cortado na triagem, expondo o peito devastado. Ele sangrava por todos os lados e tinha pedaços de estilhaços cravados no pescoço.

– Eu estou aqui com você – disse ela, aplicando uma forte pressão no ferimento.

O paciente ofegou, tentou respirar, entrou em pânico. Ficou agitado.

– Calma, soldado – pediu Frankie, procurando um médico. – Preciso de uma traqueostomia aqui! Agora!

Tudo o que ela viu foi um mar de feridos, além de médicos correndo para lá e para cá.

Ela puxou um carrinho cirúrgico para perto. O conjunto de instrumentos de prata estava pronto. Frankie nunca realizara uma traqueostomia, mas havia observado e auxiliado dezenas delas. Hap mostrara a ela o passo a passo.

Ela olhou em volta e voltou a chamar um médico.

Em meio àquele caos, não houve resposta.

Ela passou um algodão com antisséptico na parte da frente da garganta do homem, pegou um bisturi e fez a incisão, abrindo uma via aérea direta na traqueia dele. O sangue dele borbulhou. Ela o enxugou e inseriu um tubo traqueal.

O homem inspirou fundo e soltou o ar, acalmando-se.

Frankie prendeu o tubo no lugar, pegou um pouco de gaze e voltou ao ferimento no peito.

– Cadê a droga do médico? – berrou ela.

O barulho na Sala de Cirurgia era ensurdecedor. Soros intravenosos, frascos, instrumentos e carrinhos se estatelavam no chão de cimento. Luzes piscavam. Ondas de feridos vindos da triagem invadiam o lugar.

Ao entrar na Sala de Cirurgia, o médico novo derrapou no chão ensanguentado, e quase levou um tombo. Ele estava de colete à prova de balas e capacete.

– Capitão Morse. *Mark*. Preciso de você.

Ele a encarou, parecendo não compreender.

– *Agora!* – gritou Frankie.

Ele olhou para o ferimento profundo no peito do paciente.

– Puta merda.

Frankie sabia como o médico estava se sentindo, mas infelizmente não havia tempo para acalmá-lo. Aquele soldado ferido precisava das melhores habilidades do cirurgião, e *naquele instante*.

– Olhe para o rosto dele, doutor. *Enxergue-o*. Enxergue o cabo Glenn Short.

O olhar do jovem médico subiu devagar até o rosto de Frankie. Os olhos dele estavam arregalados de medo. Ela assentiu, compreendendo-o.

– Enxergue-o – repetiu ela. Depois gritou: – Anestesia!

Ela acenou para a enfermeira anestesista.

– Vá em frente, doutor – ordenou ela, enquanto o paciente era anestesiado. – Vá se lavar e colocar as luvas. Você consegue. Temos que fazer pequenos buracos dentro dos grandes, não é? Vamos lá...

O ataque durou tanto tempo que Frankie acabou tirando o incômodo colete à prova de balas e o capacete enorme, e até parou de estremecer a cada som de explosão ou bombardeio.

Por horas, o hospital de evacuação ficou lotado de baixas. O Pré-Operatório, o Pronto-Socorro, a UTI e a Ala Vietnamita tinham leitos de parede a parede, e ainda havia excedente. Porém, finalmente estavam chegando ao fim da onda. Todos os pacientes foram operados. Agora, Frankie estava parada no meio da Sala de Cirurgia, enxugando o suor da testa e observando o Dr. Morse terminar o último paciente. Ela sabia que logo, logo o médico iria desmoronar e começar a tremer sem parar, mas ele ainda trabalhava. Isso significava que tinha as qualidades certas.

– McGrath! – gritou um paramédico da porta. – Tem alguém te chamando aqui. Com urgência.

Frankie correu para fora da Sala de Cirurgia e viu Rye ali, coberto de sangue e lama.

– Você está ferido?

– O sangue não é meu.

Ele a puxou para os braços dele e a segurou com força.

– Você está bem – disse ele, trêmulo, e depois, com mais firmeza: – Você está bem.

Ele recuou e a encarou.

– Ouvi falar que o acampamento tinha sofrido um ataque direto e eu só conseguia pensar em você. Eu achei... Queria ter certeza de que você estava bem.

Ele a soltou, mas ela não recuou. Tinha sido tão bom estar nos braços dele, ser confortada, ainda que por um instante.

– É só mais um dia de merda no Septuagésimo Primeiro – disse ela, tentando sorrir.

– Venha, Frankie. Vou te tirar daqui.

– Não tem como sair daqui – retrucou ela, exausta.

Ele pegou a mão dela e a conduziu para longe da Sala de Cirurgia.

O complexo era um caos abrasador e fedorento. Perto do parque, algo ardia em chamas, iluminando um céu que logo voltaria a escurecer.

– Eu nunca vi uma noite assim – comentou Rye.

Frankie começou a dizer alguma coisa – não fazia ideia do quê –, quando ouviu um soldado gemer de dor.

– Paramédico! – gritou ela, correndo até a área lotada do necrotério, com fileiras de corpos cobertos por lonas.

Dois paramédicos exaustos estavam cuidando de tudo: reunindo os nomes dos mortos, checando as plaquinhas de identificação e fechando os cadáveres em sacos.

À esquerda, havia uma única maca apoiada em um par de cavaletes de serralheiro. Ela viu o sangue escorrer das laterais e do fim da lona; ouviu o paciente gemer de novo.

– Westley, esse soldado recebeu morfina? – perguntou ela a um dos paramédicos.

– Sim, senhorita. O Dr. Morse o examinou. Disse que não tinha mais nada que pudesse fazer.

Frankie aquiesceu e foi até o homem na maca. Ela sentiu Rye parar ao seu lado.

Não sobrara quase nada daquele homem, inteiro minutos antes. Seus curativos de campo estavam encharcados de sangue nos três membros perdidos. Sangue e lama cobriam o que restava do rosto dele.

Ela pegou as plaquinhas de identificação a fim de confortá-lo ao dizer seu nome.

– Oi, solda… – começou, mas sua voz embargou.

Soldado Albert Brown.

– Oi, Albert – cumprimentou ela, baixinho. – Você veio me mostrar a sua bela bunda de novo?

Frankie se inclinou sobre o homem moribundo, pouco mais que um garoto, e pôs a mão em seu peito arruinado.

A cabeça dele pendeu na direção dela. Um dos olhos a viu. Ela soube que ele a reconheceu quando o olho do rapaz se encheu de lágrimas.

– Estou aqui, Albert. Você não está sozinho – disse ela, segurando a mão dele.

Era a única coisa que podia fazer por ele naquele momento, ser a garota que o rapaz nunca tivera lá fora.

– Aposto que você está pensando na sua família, Albert. No Kentucky, não é? Terra do bourbon e dos homens bonitos. Vou escrever para a sua mãe…

Frankie não conseguia se lembrar do nome da mãe dele. Sabia qual era, mas não conseguia se lembrar. Parecia mais uma perda, aquele esquecimento. Albert tentou falar. O que quer que estivesse tentando falar, fora demais. Ele fechou o único olho e sua respiração ficou ruidosa como um motor velho. Frankie sentiu o último arquejo do soldado inflar e esvaziar seus próprios pulmões.

E então ele se foi.

Ela expirou profundamente e se voltou para Rye.

– Meu Deus, como estou cansada disso.

Rye a pegou em seus braços e a carregou pelo acampamento em chamas, passando por grupos de pessoas de luto pelo que fora perdido. O refeitório fora parcialmente destruído, assim como os escritórios da Cruz Vermelha. Buracos gigantescos e fumegantes cuspiam fogo na noite que caía.

A porta do alojamento de Frankie jazia no chão de terra, em pedaços.

Rye a levou para dentro e a colocou em sua estreita cama de armar.

Ela se curvou para a frente.

– Tem MNs demais aqui. A gente precisava da Barb, da Ethel, do Hap e do Jamie essa noite...

Rye se sentou na beirada da cama e acariciou as costas dela.

– Vá dormir, Frankie.

Ela se recostou nele.

– O nome da mãe dele era Shirley – murmurou ela, lembrando-se tarde demais. – Shirley. Eu vou escrever para ela...

Pela maneira como se sentia exausta e solitária, teria sido fácil se virar para Rye, cair em seus braços e deixar que ele a abraçasse e a confortasse. O desejo veio com o pensamento. Ela se deitou, fechou os olhos e quase sussurrou: *Fique aqui até eu dormir.* Mas qual seria o sentido?

Horas depois, quando despertou, ele havia ido embora.

O *Stars and Stripes* chamou aquilo de Ofensiva do Tet: um ataque massivo e coordenado em todo o país pelos norte-vietnamitas, nas primeiras horas de 31 de janeiro de 1968, o dia mais sangrento da Guerra do Vietnã até então. O ataque expôs o lado secreto da guerra. Aparentemente, quando o âncora Walter Cronkite noticiou a carnificina do Tet, questionou, ao vivo:

– Que diabos está acontecendo? Achei que estávamos ganhando a guerra.

De repente, a mídia inteira estava fazendo a mesma pergunta: *Que diabos está acontecendo no Vietnã?*

No dia 2 de fevereiro, o presidente LBJ fez da morte a métrica de sucesso do Tet, ao alegar que dez mil norte-vietnamitas tinham sucumbido contra apenas 249 americanos.

– Eu sei contar – disse o presidente, dando a entender que tudo o que importava eram quantos corações haviam parado (ele nem mencionou as baixas sul-vietnamitas).

Ele disse 249 americanos mortos.

Uma mentira, Frankie tinha certeza, dado o número de óbitos que testemunhara somente no Septuagésimo Primeiro. Mas quem sabia a verdade?

Na manhã seguinte, Frankie estava ao lado da cama de uma jovem sul-vietnamita que fora trazida na noite anterior, já bem tarde, queimada e em trabalho de parto. A equipe fizera tudo para salvar o bebê, mas não fora possível.

A mulher estava sentada na cama, segurando o natimorto nos braços enfaixados. Por baixo daquelas ataduras de gaze branca, a pele dela tinha sido carbonizada até necrosar, mas a mulher mal gritara quando Frankie desbridara a carne morta. Só emitira algum som quando ela tentara pegar o bebê.

Um luto insuportável.

Quantos mortos, moribundos e perdas.

Margie, colega de alojamento de Frankie, se aproximou, oferecendo a ela um café quente. A xícara tremeu em sua mão instável.

– Você está bem?

– Como algum de nós pode estar bem? – retrucou Frankie.

– Bom. Você já está indo embora. Pense só. Você vai para casa.

Frankie aquiesceu. Estava louca para voltar para casa, *desejava* isso, sonhava com esse momento, mas, de repente, ela imaginou a cena.

Coronado Island.

A mãe e o pai no country club.

Como seria estar em casa, morando com os pais?

Como ela passaria de sirenes de alerta vermelho e salvar vidas para facas de manteiga e taças de champanhe?

– Não sei o que vamos fazer sem você – disse Margie.

Frankie se voltou para Margie, que tinha os olhos vermelhos de tanto chorar. A jovem enfermeira não estava nem um pouco pronta para o que viria. Um dia, estaria – provavelmente –, mas ainda não.

Nenhuma enfermeira ali tinha a experiência de Frankie.

Como ela poderia deixar aquele hospital e as baixas – americanas e sul-
-vietnamitas – que precisavam dela? Frankie tinha ido até lá para fazer a diferença, salvar vidas, e só Deus sabia quantas vidas ainda precisavam ser salvas.
Por mais que às vezes odiasse a guerra, amava a enfermagem ainda mais.

3 de fevereiro de 1968

Queridos pai e mãe,

*Esta é uma carta difícil de escrever, e tenho certeza de que será difícil de ler.
Queria poder pegar o telefone e ligar para vocês, mas, acreditem, o telefone do
Sistema de Rádio Auxiliar Militar não é nosso amigo.*

*Parece loucura, um absurdo, mas eu encontrei a minha vocação aqui no
Vietnã. Adoro o meu trabalho e realmente estou fazendo a diferença. Como
vocês sabem, a guerra está se acirrando. Sei que a mídia e o governo estão mentindo para o povo, mas tenho certeza de que vocês ouviram falar na Ofensiva
do Tet.*

Todos os dias, mais soldados chegam, e vários deles acabam feridos.

*Nós fazemos o melhor para salvá-los e, quando isso não é possível – como
aconteceu com Finley –, eu me sento com eles, seguro suas mãos e digo que
não estão sozinhos. Escrevo cartas para mães, irmãs e esposas. Vocês podem
imaginar o que uma carta assim teria significado para nós?*

Então...

*Não vou voltar para casa no mês que vem. Eu me alistei para mais um ano
de trabalho. Simplesmente não posso deixar o meu posto quando esses homens
precisam de mim. Não temos um número suficiente de profissionais experientes
por aqui.*

*É isso. Chego a ouvir os gritos de vocês. Se me vissem agora, entenderiam.
Eu sou uma enfermeira de combate.*

Amo vocês.

F.

17 de fevereiro de 1968

Querida Frances Grace,
NÃO. NÃO. NÃO.
Tire isso da cabeça. Venha para casa. Fique em segurança.
Você pode se machucar. Já chega. Venha para casa AGORA.
Seu pai não está nada feliz com essa ideia, devo acrescentar.
Com muito amor,
Sua mãe.

1º de março de 1968

Querida Frank,
É claro que você vai ficar. Nunca duvidei disso.
Você é dura na queda, e os homens precisam da sua ajuda.
Só Deus sabe como as coisas no mundo aqui fora também estão esquisitas. Nixon anunciou que está concorrendo à Presidência, e as tropas estaduais usaram gás lacrimogêneo para impedir um protesto. Cacete. Nada faz sentido.
Ainda assim, estranhamente, a vida continua. Finalmente comecei a faculdade de veterinária e estou dando duro. Entrei para a orquestra local e voltei a tocar violino. Ajuda um pouco, embora eu ainda não durma bem.
Vê se vem me visitar quando voltar para o mundo aqui fora. Estou te esperando de braços abertos. A gente tem uma égua nova que é um sonho para iniciantes. Nada acalma mais a alma do que um galope ao sol.
Com amor,
Ethel.

Em um dia escaldante no início de março, Frankie começou seu turno cansada e nervosa por causa da privação de sono.

A Sala de Cirurgia não tivera muito movimento na semana anterior – houvera muito tempo para jogos, noites de cinema e cartas para casa. Frankie chegou a pegar um helicóptero Huey – desarmado e usado só para transporte

– até Quy Nhon para uma tarde de compras. Ainda assim, ela estava tensa, irritadiça e exigindo demais das pessoas ao seu redor. A falta de pessoal não ajudava em nada. Frankie sabia que deveria procurar as enfermeiras mais novas, principalmente Margie, para treiná-las, mas estava exausta. E solitária.

– Tenente McGrath.

Ela se virou e viu a capitã Miniver, a nova e rigorosa enfermeira-chefe do Septuagésimo Primeiro, segurando uma prancheta junto ao peito, o corpo rigidamente empertigado.

– Tenente McGrath?

– Sim, capitão?

– Fui informada de que você não tirou a sua licença durante esse primeiro ano. E o seu segundo ano começa em duas semanas.

– Quem me dedurou?

– Alguém que se importa com você, obviamente. Um passarinho verde.

– Barb.

– Barb quem? – perguntou ela, sorrindo. – Enfim, estou mandando você ir. Seu itinerário está bem aqui. Um hotel na praia em Kauai parece ideal. É um voo mais longo, mas lá tem menos soldados atrás de mulheres.

– O hospital precisa de mim…

– Nenhum de nós é insubstituível, McGrath. Tenho observado você. Recebi relatórios sobre como tem sido uma megera. É impressionante – disse ela, depois suavizou sua expressão, na qual Frankie identificou empatia. – Você precisa de uma pausa.

– A senhora acha que dançar um pouco de hula-hula vai me ajudar?

– Mal não vai fazer. De qualquer forma, você parte amanhã. Aqui está o seu itinerário. Vá. Descanse. Tome aqueles drinques com guarda-chuvinhas. Durma. Eu posso estar salvando a sua vida, McGrath. Confie em mim. Já estive no seu lugar. Todos nós podemos desmoronar.

DEZESSEIS

Depois de mais de 22 horas de viagem, Frankie cambaleou para dentro do saguão do Hotel Coco Palms, na ilha de Kauai, e fez o check-in. Uma vez no quarto, sem se preocupar em tomar banho, ela fechou as cortinas, desabou na cama mais macia em que já se deitara e adormeceu.

Quando acordou, ouviu passarinhos cantando.

Passarinhos. Cantando.

Não havia explosões de morteiros ou projéteis atingindo as paredes nem o cheiro de sangue, bosta ou fumaça, nenhum grito, nenhum helicóptero zumbindo no céu.

A capitã estava certa: Frankie precisava daquela trégua.

Ela ficou deitada na cama em uma sonolência deliciosa, ouvindo o inesperado canto dos pássaros, surpresa ao perceber que já passava do meio-dia. Renovada e revigorada, Frankie saiu da cama e empurrou para o lado a pesada cortina amarela e branca com estampa de gardênias, observando Kauai pela primeira vez.

– Uau.

As praias da Califórnia eram magníficas, poderosas, infinitas e fascinantes, mas aquilo… aquilo era uma espécie de beleza íntima, embebida em tons de joias – areia dourada, grama verdinha, céu azulíssimo, buganvílias de um roxo vibrante.

Ela abriu a janela e se inclinou para o dia lindo e claro. O ar tinha um perfume doce e floral que se misturava ao cheiro forte do mar. Palmeiras cresciam em um trecho plano do gramado, sozinhas e em grupos.

Ela tomou um banho longo, quente e luxuoso, usando um perfumado sabonete de coco, e lavou e secou o cabelo, vendo, pela primeira vez, quanto ele havia crescido. Frankie tinha passado meses podando os fios como se fossem uma erva daninha descontrolada, cortando tudo o que prejudicava sua visão, o que a deixara com uma franja irregular. Felizmente, tinha levado o chapéu de lona. Ele não era estiloso, muito pelo contrário, mas aquele chapéu verde-oliva se tornara seu item preferido no Vietnã, quase um companheiro, e mantinha o sol longe dos olhos. Uma dúzia de broches e emblemas decoravam o topo – presentes de seus pacientes. Cada um deles trazia a insígnia de alguma unidade. Águias Altas, Lobos do Mar, Grande Vermelho.

Ela vestiu o biquíni de malha desbotado, o short e a camiseta ESQUI – VIETNÃ, notando que tudo tinha o tom rosa-avermelhado do solo vietnamita. Pela primeira vez em meses, se deu ao trabalho de usar maquiagem – rímel, batom e blush. Calçou as sandálias, pôs os óculos escuros, pegou uma toalha do hotel e desceu para o saguão.

Embora estivesse com fome – seu estômago roncava alto –, precisava ainda mais de ar fresco. De ar fresco e do cheiro do mar. Um tanto de areia entre os dedos e flutuar um pouco na água salgada.

Frankie saiu do hotel e caminhou pelo jardim bem cuidado, com palmeiras balançando ao redor. Atravessou a rua tranquila e pisou na areia. No dia seguinte, levaria a câmera e tiraria fotos das belezas que a cercavam.

Naquele dia de sol, moradores e turistas lotavam a praia: famílias estendidas sobre toalhas; pais de olho nos filhos, alguns deles pelados e todos com um sorriso largo no rosto. Em um quiosque de rocha vulcânica e telhado de palha, havia homens de cabelos compridos e colares com o símbolo da paz, além de vários outros de short cáqui e cortes à máquina no padrão do regulamento. A placa do bar dizia QUIOSQUE DA CONCHA – DRINQUES E PETISCOS.

No mar, ela viu crianças com pranchas de surfe, flutuando nas ondas que quebravam. Aquilo a fez pensar em Finley, e sentiu uma forte saudade. *Essa onda é sua, boneca. Reme com mais força.* Ela exalou profundamente, um gesto que tinha se tornado uma espécie de adeus, uma forma de liberar só um pouquinho do luto, apenas o suficiente para seguir em frente.

Frankie ficou só de biquíni e caminhou até o mar. A água estava mais quente do que a da Califórnia, mas, ainda assim, fresca. A luz do sol brilhava na superfície. Ela nadou para além da espuma baixa e ondulada da arrebentação e virou de costas nas ondas calmas.

De olhos fechados, quase se sentiu jovem de novo, uma garota boiando no mar, o sol derramando-se sobre ela.

Finalmente, saiu da água, demarcou um pedaço na areia – só para ela, sem ninguém por perto – e estendeu a toalha.

Com os olhos protegidos pelo chapéu e pelos grandes e redondos óculos escuros, Frankie caiu no sono, profundamente, e só acordou quando o sol já ia baixo no céu. Ela se sentou, dobrou as pernas e olhou para o mar. Imagens preciosas lhe vieram à cabeça. Finley remando em sua prancha de surfe, acenando, dizendo para ela alcançá-lo. Dos dois na praia, quicando, desconfortáveis, nas costas dos cavalos alugados, Finley murmurando alguma coisa sobre joias de família. E dos pores do sol a que tinham assistido juntos, enquanto prorrogavam os sonhos infantis e falavam do futuro.

– Posso lhe pagar uma bebida, senhorita?

Frankie afastou as lembranças e olhou para cima. Um jovem estava diante dela, sem camisa, com short cáqui e cinto militar. Uma tatuagem que dizia SEMPER FI – lema dos fuzileiros navais – cobria o quadrante superior esquerdo do peito dele. Ela viu nos olhos do rapaz que ele estivera no Vietnã, talvez na selva. Perguntou-se por quanto tempo os homens ainda carregariam aquele olhar assombrado, acuado. Odiava ter que dispensá-lo.

– Desculpe, fuzileiro. Eu vim até aqui pelo silêncio. Cuide-se.

Ele deu meia-volta, sem dúvida escrutinando a praia atrás de outra garota para abordar.

Frankie começou a sentir a ardência de uma queimadura de sol e percebeu que suas pernas estavam rosadas. Por quanto tempo ficara ali?

Ela ouviu alguém se aproximar. Deveria ter ido mais longe na praia e se afastado do bar. Dessa vez, não olhou para cima.

– Eu estou bem sozinha, obrigada.

– Está mesmo?

Frankie ergueu os olhos devagar e baixou os grandes e redondos óculos escuros.

Rye.

Ele estava de pé, as pernas afastadas e as mãos cruzadas nas costas. Vestia um short multicolorido e uma camiseta azul-clara que dizia VIVER PARA SURFAR, mas ninguém o confundiria com um surfista – não com aquela postura militar, os músculos definidos e o cabelo curto fora de moda.

– Que baita coincidência – comentou Frankie.

– Não é coincidência. Eu trabalhei duro para arrumar essa licença para você.

– Então você é o passarinho verde que me dedurou. Por quê?

– Para te ver.

– Rye, eu disse…

– Eu desmanchei o meu noivado.

Aquilo a surpreendeu.

– Desmanchou?

– Eu não conseguia mais fingir, não depois do Tet. A vida é curta e… – explicou ele, fazendo uma pausa. – Tem alguma coisa rolando entre a gente, Frankie. Se você me disser que não sente isso, eu vou embora.

Frankie se levantou para encará-lo.

– Diga que você não me quer.

A forma como ele falou aquilo revelou uma vulnerabilidade inesperada. Seria impossível iludi-lo ou mentir para ele.

– Não posso dizer isso – declarou ela, a voz calma.

Ele finalmente suspirou.

– Quer jantar comigo hoje à noite?

Frankie sabia que ele não queria só jantar, e ela também desejava mais. Ainda assim, aquele era Rye Walsh, o cara que quebrava as regras e havia colocado o irmão dela em apuros mais de uma vez (não que Finley precisasse de muita ajuda nesse sentido), e ela sabia que não estaria segura com um homem como ele. No entanto, Rye ainda era um oficial e, com sorte, um cavalheiro.

– Você rompeu mesmo o seu noivado? Jura?

– Eu juro que não estou noivo.

Frankie o encarou, sentindo uma centelha de excitação, como se voltasse à vida após hibernar por um longo período.

– Jantar seria ótimo.

Frankie ficou na fila do telefone público por trinta minutos. No último ano, só tinha ligado para os Estados Unidos duas vezes: no Natal e no aniversário da mãe.

Barb atendeu no segundo toque, com um ar preocupado e distraído.

– Alô?

– Barb! Sou eu!

– Frankie! Que bom ouvir sua voz!

Frankie apoiou os cotovelos na prateleira de metal embaixo do telefone. Tinha uma pequena pilha de moedas preparada. Esperava que fosse o suficiente. Não conseguia nem imaginar como aquela ligação sairia cara.

– Eu estou de licença em Kauai.

– Me espera! Vou te encontrar!

– Normalmente, eu adoraria, mas…

Ela olhou para o lado, para ter certeza de que ninguém podia ouvi-la.

– Rye Walsh está aqui.

– O Sr. Charmoso?

– Ele terminou o noivado. Talvez por mim. A questão é: preciso de uns conselhos. E se ele quiser transar?

– Posso te garantir que ele quer transar. Pode me chamar de telepata. E se você não fosse essa garota certinha de escola católica, iria querer também.

– Eu quero. Quer dizer, talvez eu queira. Mas preciso de… alguns conselhos práticos.

A operadora apareceu para pedir mais dinheiro. Frankie enfiou o restante das moedas.

– Se previna – aconselhou Barb. – Vai ter que ser camisinha. A não ser que você tenha uma aliança falsa.

– O quê?

– Eles não vendem pílulas para mulheres solteiras. Nem me fale nessa merda, mas, se você fingir que é casada, vai conseguir. Não que vá funcionar hoje à noite. Então, sim. Camisinhas. Várias.

– É sério, Babs. Eu preciso de uma espécie de passo a passo, sabe?

– Eles deram aula de educação sexual na sua escola para moças, não deram? Você dormiu? E na faculdade de enfermagem…

– Cale essa boca e me ajude. O que eu…

– Confie em mim, Frankie. Aquele homem sabe o que fazer. Só tente não ficar tensa e não espere muito da primeira vez. Pode doer um pouco.

– Isso não foi muito detalhado.

– Certo, raspe as pernas e as axilas. Coloque uma lingerie sexy – disse Barb, rindo. – Ah. E seja ousada. Não uma princesinha. E não acredite se ele disser que te ama.

– O quê? Por que…

A ligação caiu.

Frankie deixou o saguão e chamou um táxi, que a levou à pequena cidade de Lihue. Lá, ela cortou o cabelo em um chanel com risca lateral e comprou um vestido vermelho e branco com estampa de hibiscos, além de um lenço combinando e sandálias brancas de salto alto.

De volta ao hotel, seguiu o conselho de Barb, depilando-se com cuidado e hidratando a pele queimada de sol.

No banheiro do quarto, diante de uma grande pia em forma de concha, ela encarou o espelho com moldura de conchinhas opalinas e mal se reconheceu. O cabelereiro tinha trazido de volta o brilho de seus cabelos pretos, e o corte elegante destacava seus olhos azuis e o contorno nítido de suas maçãs do rosto. Ela ainda tinha um ar de tristeza – o pesar adquirido no Vietnã. Frankie se perguntou se aquilo algum dia desapareceria. Porém, também havia nela uma excitação juvenil. *Esperança*. Havia muito esquecida e que nunca mais seria dada como certa.

Às seis e meia, Frankie saiu do quarto e desceu. O teto do saguão do hotel fazia um arco sobre ela, elevando-se como a nave de uma igreja.

Ela entrou no salão de jantar ao ar livre. Do outro lado das meias-paredes,

169

viu as lagoas sombrias onde ardiam tochas tiki. Folhas de coqueiros balançavam e sussurravam, árvores totalmente pretas contra um céu violeta. Em algum lugar, alguém tocava um ukulele.

A maioria das mesas estava lotada de veranistas, que conversavam, riam e fumavam. Era um forte lembrete de que, enquanto ela estivera no Vietnã, o mundo não havia parado. Crianças foram para a escola, e pais, para o trabalho; nem todo mundo vivia e respirava a guerra. No Vietnã, era fácil ouvir falar das manifestações que aconteciam nos Estados Unidos e pensar que todo mundo estava queimando bandeiras e protestando pela paz. Ali, ficou óbvio que a maioria das pessoas seguira tranquilamente com a própria vida, evitando as margens perigosas dos dois lados daquela cisão.

Ela viu Rye sentado a uma mesa discreta no fundo.

Uma adorável mulher havaiana, com um vestido *muumuu* comprido de tecido de casca de árvore estampado e um perfumado colar havaiano, a conduziu pelo movimentado restaurante.

Quando Frankie se aproximou da mesa, Rye se levantou e esperou que ela se sentasse para fazer o mesmo.

Ele ofereceu a ela um lindo colar havaiano de florezinhas brancas com miolos amarelos.

– São lírios-do-brejo.

A fragrância era inebriante.

– A senhorita vai querer um coquetel? – perguntou a *hostess* quando Frankie se sentou. – Talvez um Mai Tai? O dono do hotel, o Sr. Guslander, diz que é o melhor coquetel do mundo.

Frankie assentiu.

– Claro, obrigada.

– Eu vou querer um Jameson com gelo – pediu Rye.

A mulher os deixou a sós.

A vela no centro da mesa emitia uma luz dourada.

A *hostess* voltou com as bebidas e dois cardápios.

O Mai Tai era doce, azedo e forte. Frankie brincou com o guarda-chuvinha cor-de-rosa, ergueu-o e comeu a doce cereja-marrasquino e o pedaço de abacaxi. Ela sabia que aquele jantar com Rye significava alguma coisa, talvez tudo, mas se sentia estranha. Ela era capaz de enfiar a mão no peito de um homem e segurar o coração dele, mas havia esquecido como bater papo.

Rye olhou para o fundo do copo e fez os cubos de gelo rodopiarem lá dentro.

– Gelo – disse Frankie, só para falar alguma coisa. – Nunca mais vou dar isso como certo.

– Ou um banho quente de banheira.

– Ou lençóis secos.

A garçonete apareceu, anotou o pedido deles, depois desapareceu de novo.

Frankie percebeu que Rye também estava inseguro. Eles sabiam tão pouco um do outro, e agora ele tinha terminado um noivado por uma oportunidade que talvez não desse em nada.

A garçonete serviu os dois coquetéis de camarão.

Frankie mergulhou um camarão rosado e rechonchudo no molho picante e o mordeu, mastigando devagar.

– Você se lembra da noite da festa de despedida do Finley?

– Uma festa de despedida para ir ao Vietnã – comentou ele. – Parece ter sido em outro mundo.

– A gente não sabia.

Ele bebeu um gole.

– Não – concordou Rye, baixinho. – A gente não sabia.

– Você chegou a conversar com Fin sobre o Vietnã? Quero dizer, conversar de verdade?

Rye desviou o olhar por um instante. Naquela hesitação, ela viu arrependimento.

– Estávamos em Annapolis – contou ele. – Foi aquela euforia toda da Marinha. E ele acreditava naquilo. Fin queria deixar o pai orgulhoso. Eu sei disso.

– É – concordou Frankie. – O meu pai. A parede dos heróis. A gente se encontrou lá, na festa.

Rye sorriu diante da memória que os dois compartilhavam.

– Os dois estavam se escondendo.

– Do que você estava se escondendo?

– Eu sou um garoto pobre de Compton. Não sabia como me portar na sua casa, como me vestir. Não sabia nada. E...

– O quê?

– Bom. Já que estamos revelando segredos, eu segui você até o escritório.

– Você está brincando.

– Eu queria te convidar para o baile dos cadetes de 1965. Fin chegou a te contar isso?

– Não.

– Ele me pediu que não a convidasse argumentou que você era boa demais para tipos como eu. Fin sorriu ao dizer isso, mas eu sabia que ele estava falando sério. Nós dois acabamos convidando... digamos, um tipo diferente de garota.

– O tipo que não se importa de embaçar as janelas de um carro estacionado – disse Frankie, sorrindo. – Bem a cara do Fin.

– Sabia que ele estava certo. Eu não tinha nada em comum com uma mulher como você. Mesmo assim, eu te segui até o escritório naquela noite, pensando em roubar um beijo, mas vi que você não estava pronta. E agora...

– Aqui estamos – completou Frankie, entendendo o que ele queria dizer.

Eles encararam várias dificuldades – a morte por toda parte – para estar ali, tomando coquetéis em uma ilha tropical. Será que aquilo significava alguma coisa?

Como poderiam descobrir, a menos que ousassem dar o primeiro passo?

Primeiro, precisavam se conhecer.

– Me fale da sua família. Você tem irmãos? – perguntou ela por fim.

– Ah. Um pingue-pongue. Boa. Não tenho irmãos. Minha mãe era professora de inglês. Adorava William Yeats. Meu velho ainda mora em Compton. Comprou a casa nos anos 1930 e acha que a cidade se acabou à sua volta. Ele tem uma pequena oficina mecânica, Stanley & Mo, embora não exista nenhum Mo. Ninguém aguentava o meu velho por muito tempo, nem mesmo o irmão dele.

A garçonete apareceu ao lado da mesa e parou.

– Lamento incomodar, senhor, mas tem um cavalheiro no bar – explicou ela. – Ele está pedindo um instante do seu tempo.

Atrás dela, perto do bar escuro de rocha vulcânica, um homem idoso de terno e gravata antiquados se levantou e acenou.

– Claro – respondeu Rye.

O homem que se aproximou deles caminhava devagar, mancando. Era alto e magro, e seu caro terno de linho parecia mais adequado a um homem maior. Ele tinha um bigode ralo e cabelos bem aparados.

– Edgar LaTour – apresentou-se ele com um sotaque lírico da Louisiana. – Capitão. Exército americano. Imagino que você esteja de licença.

– Nós dois estamos, senhor. Esta é a tenente Frances McGrath. Enfermeira do Exército. Eu sou da Marinha.

Edgar abriu um sorriso largo.

– Bom, não vou usar isso contra você, garoto. Só queria agradecer o que vocês, garotos... e garotas, pelo jeito... têm feito para combater o comunismo. O mundo lá fora está difícil, e vocês precisam saber que muitos de nós ainda apreciam o seu sacrifício. Eu ficaria honrado de pagar sua refeição.

– Não é necessá...

– Necessário, não, mas seria uma honra para mim. E uma mulher como a senhorita salvou a minha vida na França. Deus os abençoe.

Momentos depois que o homem saiu, a garçonete trouxe o prato principal: cordeiro assado na fogueira, ervilhas e batatas *risolées* amanteigadas. Durante a refeição, eles conversaram sobre suas expectativas para a vida depois do Vietnã, os amigos que tinham feito lá e os protestos nos Estados Unidos.

Quando o jantar terminou – após um fabuloso Baked Alaska –, Rye pegou uma cesta de piquenique que estava a seus pés e ofereceu o braço a Frankie. Eles saíram do restaurante, passando por um trio de mulheres que dançavam hula-hula no saguão, ao som de doces acordes de ukulele.

Ali fora, o terreno do hotel parecia um mundo fantástico de sombras, luar e tochas tiki. O lugar os envolveu com seu perfume e som – lírios-do-brejo, plumérias e uma brisa morna e salgada. Tochas tiki flamejantes surgiam em meio a um paisagismo elegante e bem cuidado. A água das lagoas batia silenciosamente na costa enquanto eles atravessavam a ponte arqueada.

Rye a conduziu até a praia, onde encontrou um lugar reservado, perfeito, longe do bar fechado, e desempacotou a cesta que levara. Um cobertor. Várias velinhas em castiçais, um pacote de fósforos, uma garrafa de champanhe e duas taças. Ele dispôs tudo na areia e serviu uma taça para ela.

– Você veio preparado – comentou Frankie, sem saber ao certo se estava se sentindo cortejada ou manipulada.

O romance venceu.

– Sempre – disse ele com um sorriso. – Eu fui escoteiro.

– Sério?

– Não – confessou ele, rindo. – Não era o tipo de coisa que ofereciam no meu bairro.

Eles se sentaram no cobertor, ambos observando o borrifo branco da Via Láctea. Ele apontou para as constelações, contou a ela a história de cada uma.

No meio de uma delas, Frankie se virou para perguntar algo a ele ao mesmo tempo que Rye se voltou para ela.

Eles se entreolharam, primeiro sem falar nada. Então, Rye se inclinou para a frente devagar, com um olhar questionador.

– Posso te beijar, Frankie?

Ela assentiu.

Ele se inclinou mais na direção dela. Frankie o encontrou no meio do caminho. Só no último segundo, quando os lábios dele tocaram os dela, foi que Frankie se lembrou de fechar os olhos. O beijo continuou por um tempo, até que ela sentiu a mão dele deslizar por suas costas e guiar seu corpo em direção à areia. Eles se deitaram no cobertor, movendo-se juntos sem dizer uma única palavra.

Ela esperou que Rye enfiasse a mão por baixo de seu vestido ou beijasse seu pescoço, pressionando-a como os garotos que conhecia sempre faziam, mas ele

173

não o fez. Ele parecia satisfeito em beijá-la longamente, conduzindo-a até certo limite que Frankie nem sabia que existia e que a deixou tonta de desejo, porém sempre se comportando como um cavalheiro.

Pela primeira vez, era ela quem queria mais.

Naquele vasto mundo, naquele vasto universo, de alguma forma eles haviam se encontrado do outro lado do planeta, e aquilo tinha um gostinho de destino.

Ela recuou e o encarou. Desde a infância, aprendera que aquele tipo de necessidade era errado, imoral, um pecado, a menos que acontecesse dentro do casamento.

– A gente pode esperar – sugeriu ele.

– Dentro de seis dias, vamos estar de volta ao Vietnã.

Ela pensou nos pilotos de helicóptero que tinham passado por sua Sala de Cirurgia. Em Fin, em Jamie e no sofrimento da perda.

– Eu não quero esperar.

– Tem certeza?

– Tenho – afirmou ela, olhando para ele. – Estou com medo, mas tenho certeza. Eu não sei o que fazer...

– Eu sei.

Ele beijou o queixo dela, ao longo do pescoço, a curva dos seios. Abriu o zíper nas costas do vestido dela e o baixou, deixando-a arrepiada.

De alguma forma, Rye abriu o sutiã dela sem que ela percebesse, e Frankie sentiu a boca dele em seus seios.

– Ai, meu Deus – sussurrou ela.

Ele continuou beijando-a, tocando-a, despertando seu corpo. Ela lutou contra as sensações por um instante, tentou se controlar, mas era como se estivesse se desfazendo.

– Relaxa, amor – disse ele, puxando o vestido dela mais para baixo, a calcinha, até que ela ficasse nua sob a luz das estrelas, tremendo.

Em algum lugar lá dentro, o corpo de Frankie latejava, doía.

– Eu quero tocar você – disse ela.

Ele sorriu para ela e tirou a camiseta.

– Eu estava torcendo para você dizer isso.

Ela estendeu a mão para o corpo dele, sem saber ao certo o que fazer ou como fazer.

Seja ousada.

Querida Barb,
Só tenho tempo para um cartão-postal.
O sexo foi ótimo. Eu fui ousada. E você estava certa.
Ele sabia o que estava fazendo.
F.

Frankie se tornou uma nova versão de si mesma na cama de Rye. Eles passavam os dias e as noites explorando o corpo um do outro, observando e escutando seus sinais. Ela descobriu uma paixão tão profunda que eliminou sua timidez, dissolveu as antes tão importantes regras de decoro e a redefiniu. Seu desejo por Rye era infinito, ilimitado, desesperado.

Agora eles estavam deitados em uma praia deserta, debaixo de um penhasco íngreme. Os moradores chamavam o lugar de Praia Secreta, e o nome era bem apropriado. Os dois eram as únicas pessoas naquela deslumbrante praia de areia branca. As ondas quebravam com um estrondo, enquanto pássaros sobrevoavam o lugar – pontinhos brancos no céu azul e sem nuvens. A água estava agitada demais para nadar, então eles só se deitaram perto do mar.

Acabaram dormindo um pouco na sombra, de mãos dadas, os pés descalços se tocando. Ela já não conseguia dormir sem tocá-lo.

Frankie não sabia por quanto tempo havia dormido, mas, quando acordou, o sol estava começando a se pôr.

Ela rolou para o lado e apoiou o queixo no peito dele.

Rye a beijou, e eles fizeram amor de novo, do jeito que já se tornara familiar para Frankie: devagar no início, incitando o desejo até um nível febril, e depois em uma fúria latejante, ofegante e devastadora, que deixava os dois esgotados e sem fôlego.

Depois, ela o encarou, incapaz de desviar os olhos, a respiração ainda curta. Havia areia salpicada nas bochechas bronzeadas dele, grudadas em seus cílios escuros. Em um átimo, todos os momentos com ele se fundiram, formando um peso no coração de Frankie, e ela percebeu de repente, nitidamente, como a paixão mudava as coisas. Ele poderia partir seu coração de formas que ela nem conseguia imaginar.

– Isso é real, Rye? – perguntou ela. – Aconteceu tão rápido. Eu não tenho experiência suficiente…

– Nunca me senti assim. Juro por Deus. Você… me destrói, Frankie.

– Ainda bem – disse Frankie, baixinho.

Amor verdadeiro. Até aquele instante, aquele segundo, ela não sabia que vinha esperando por isso a vida inteira, guardando-se para aquele momento, acreditando nele mesmo no meio da guerra.

Em seu último dia na ilha, Frankie e Rye ficaram na cama. Quando a noite finalmente começou a cair, tomaram banho e se vestiram para jantar. Foram até o restaurante, onde tentaram manter uma conversa casual, mas um ou outro ficava em silêncio em algum momento.

Depois do jantar, eles levaram os coquetéis para a praia e se sentaram.

Uma meia-lua envolta em nuvens diáfanas e cinzentas derramava seu brilho prateado na areia. Ondas pálidas e espumosas iam e vinham, quebrando e recuando rapidamente.

– Eu quero te ver o máximo que puder antes de você ir embora – disse Rye.

– Embora? – perguntou Frankie, olhando para ele.

– Você vai para casa dentro de algumas semanas, não vai? Na véspera do Natal, você contou para Coiote que a sua DERE era em março. Eu sabia que a gente não ia ter muito tempo juntos.

– Eu me realistei.

Ele recuou, tirou as mãos dela.

– O quê? Você não vai para casa? A guerra está se intensificando, Frankie. Os Estados Unidos não admitem que estão perdendo, então as coisas vão piorar...

– Eu sei, Rye. E foi por isso mesmo que me realistei. Eles precisam de mim.

– Não. *Não.*

Ele parecia bem irritado. Frankie o amava por se preocupar com ela.

– Não é assim que vai ser, Rye.

– Não é assim que vai ser o quê?

– Nós dois. Fui criada para fazer o que me mandam, mas isso é uma bobagem. Então, não vamos dizer ao outro o que fazer. Tudo bem?

Era nítido que ele se digladiava com a ideia.

– Posso dizer quanto isso me assusta? Querer que você esteja segura faz de mim um chauvinista?

– Vamos estar juntos.

– Juntos no Vietnã – corrigiu ele, o tom áspero. – É bem diferente de Kauai.

– Pare com isso, Rye. Esses somos nós. Somos idealistas seguindo aquilo em que acreditamos. Eu acredito em você, no seu dever, na sua honra. Você acredita em mim?

Ela viu que a pergunta pôs a resistência dele por terra.

– Claro que sim.

– Então, tudo bem.

– A gente vai viver uma grande história de amor na guerra: o piloto e a enfermeira, de mãos dadas enquanto se esquivam das balas.

– Você viu filmes demais.

– Só diga que me ama. Vamos enfrentar essa guerra e voltar para casa juntos.

Ele a encarou, parecendo triste, assustado, orgulhoso e ainda um pouco irritado.

– Você não vai se livrar de mim, McGrath. Pelo visto, vou ter que me realistar também. Não vou deixar a minha garota aqui sem mim.

DEZESSETE

Na volta para Pleiku, sobrevoando as Terras Altas do Centro em um helicóptero, Frankie ouviu o familiar estampido de tiros. A aeronave mergulhou no ar e fez um desvio, inclinando-se tanto para a esquerda que ela deslizou até Rye. Ele pôs um braço em volta dela e a abraçou.

– Aguente firme, amor! O inimigo não gosta do nosso helicóptero! – gritou ele para ser ouvido em meio ao barulho.

Ele tirou um capacete da bolsa e o colocou nela, apertando as tiras no queixo de Frankie.

Ela abriu um sorriso largo.

– Ah, isso com certeza vai salvar a minha vida!

Ele riu.

– Deixa eu bancar o herói, está bem?

Mais tarde, enquanto o helicóptero descia até o heliporto, Rye puxou Frankie e a beijou.

Frankie tirou o capacete e o devolveu a Rye. Com um último olhar que selou o sorriso dele em sua memória, ela pegou a mala dobrável e pulou do helicóptero. Depois ficou no heliporto, olhando para cima.

– Se cuida, Motim!

Rye se sentou na porta aberta, ao lado do artilheiro, e sorriu para ela enquanto o helicóptero alçava voo.

Então, gritou algo que ela não ouviu. E acenou em despedida.

O helicóptero deu uma guinada para o lado, rumou para o norte e desceu rente à copa das árvores.

Pá-pá-pá.

Ela viu faíscas atingirem a lateral do Huey. O artilheiro revidou enquanto a aeronave se afastava com outro movimento brusco.

Outro tiro. Faíscas. O estampido ritmado do artilheiro atirando de volta. O Huey manobrando rapidamente. Partículas alaranjadas riscando o céu.

O tiroteio parou, deixando a selva em silêncio, apenas com o barulho suave das hélices do helicóptero que se afastava.

A salvo.

Desta vez.

De agora em diante, até que ela e Rye pousassem em segurança nos Estados Unidos, Frankie sabia que uma parte dela sempre teria medo.

10 de abril de 1968

Querida Frankie,

Não sei como escrever isso. Will, meu irmão, foi assassinado pela polícia de Oakland essa semana. Em um tiroteio com os Panteras Negras. Ele levou dez tiros, apesar de ter se rendido.

Estou devastada.

De coração partido.

E com muita raiva.

Preciso da minha melhor amiga aqui comigo para me manter firme.

Te amo,

B

24 de abril de 1968

Querida Barb,

Conheço a sua dor. Perder um irmão é como perder uma parte de nós, da nossa história.

"Eu sinto muito" é horrível, inútil e insuficiente, porém o que mais podemos dizer?

Se eu ainda acreditasse em um Deus benevolente, te mandaria as minhas preces.

Seja forte pela sua mãe.

Encontre uma forma de honrar o seu irmão e de se lembrar dele.

Com amor,

F

16 de junho de 1968

Queridos pai e mãe,
Não consigo acreditar que outro Kennedy foi assassinado. O que está acontecendo com o mundo? Aqui, as coisas também estão piorando. O moral das tropas é o pior que já presenciei. Todos estão furiosos com os assassinatos de Martin Luther King Jr. e Robert Kennedy, além dos protestos. Se vocês estão se perguntando como podemos perder uma guerra, imaginem como os caras que estão lutando se sentem. E LBJ não para de mandar garotos destreinados para lutar. As Salas de Cirurgia daqui estão sempre cheias. O som dos helicópteros pousando está se tornando constante. A gente costumava ter folgas, épocas em que a Sala de Cirurgia ficava calma. Isso quase já não acontece mais. Não acreditem em tudo o que leem – nossos garotos morrem todos os dias. Eu vejo cada vez mais soldados vindo da selva, a mente destruída e os nervos à flor da pele. Eles andam pelo mato, cercados por franco-atiradores, pisam em minas escondidas e explodem, voando a 1,5 metro de distância dos amigos. É horrível. E, sim, muitos deles estão drogados. A heroína é um horror por si só, assim como a aparência deles quando conseguem chegar ao hospital. Eu não tenho como consertar todos. Ninguém conseguiria. Mas estou fazendo o melhor que posso. Eu queria que vocês soubessem disso. Eu estou fazendo a diferença e ajudando a salvar vidas.
Obrigada por todas as cartas e pelos pacotes enviados. Eu realmente precisava de mais filme. E quem diria que a gente sentiria falta de bolinhos Twinkies e biscoitos Pop-Tarts no meio de uma guerra?
Amo vocês,
F

Na calma e abafada noite de 4 de julho de 1968, Frankie estava de pé sob as luzes fortes da Sala de Cirurgia, costurando um pequeno ferimento abdominal. O suor umedecia sua máscara e touca cirúrgicas e escorria por suas costas. A temperatura daquele dia havia passado dos 40 graus. Quando ela terminou, tirou as luvas ensanguentadas e as jogou na lata de lixo.

Dois soldados cambalearam para dentro da Sala de Cirurgia, os pés descalços e ensanguentados, carregando uma maca com um homem entre eles. Os homens pareciam exaustos, ocos. Olhos esbugalhados, bochechas encovadas, o olhar vazio da morte que Frankie começou a reconhecer nos homens que ficavam tempo demais na selva, caminhando, tentando evitar as minas terrestres, procurando o inimigo em cada sombra e arbusto. O medo constante virava um homem do avesso.

Frankie pegou algumas máscaras e as entregou aos homens.

– Carregamos ele por 48 quilômetros – contou um dos homens. – A gente fugiu... tarde demais.

Prisioneiros de guerra. Não era de admirar que estivessem tão abatidos, física e mentalmente. Diziam que o Exército Norte-Vietnamita mantinha os prisioneiros em jaulas pequenas demais para que ficassem de pé. E que os torturavam.

– Por quanto tempo vocês foram mantidos prisioneiros?

– Três meses – disse o outro.

Ele usava um colar com dedos e orelhas amputados pendurados em um cordão de couro. Troféus, provavelmente, arrancados de seus captores norte-vietnamitas quando escaparam. Aquele era o tipo de coisa que ela via cada vez mais nos últimos meses, à medida que o conflito se intensificava. Era profundamente perturbador. Doentio. Um terrível sinal de que a cabeça dos soldados estava sendo tão destruída pela guerra quanto seus corpos.

Ela não conseguia imaginar o que eles tinham passado ou feito para escapar, ou como fora difícil carregar aquele homem ferido por 48 quilômetros, descalços, pela selva cheia de armadilhas.

O homem da maca tinha um ferimento à bala infectado no peito, que se esvaía em pus. Frankie não precisava tocar a testa dele para diagnosticar uma febre alta. Ela a via em seus olhos, a percebia em seu cheiro. Ferimentos por estilhaços rasgavam seus braços e o pescoço. Ele mal conseguia respirar, estava ofegante. Algo devia estar inflamado ou alojado em suas vias respiratórias.

Ele iria morrer, e logo.

Frankie chamou o Dr. Morse, que foi até lá e deu uma olhada no garoto da maca.

– Expectante, Frankie – declarou ele.

– Faça uma traqueostomia, doutor – pediu ela. – Deixe-o respirar melhor, pelo menos.

– É perda de tempo, McGrath. Encontre alguém que você possa salvar.

– Espere aí – disse um dos soldados. – A gente acabou de caminhar uma semana pela selva com Fred nas costas...

Frankie sabia que o médico estava certo. O garoto não iria sobreviver, e a Sala de Cirurgia estava lotada de baixas que eles *poderiam* salvar, mas não conseguiu dar as costas para aqueles homens e seu sofrimento.

Ela apontou para uma mesa vazia.

– Coloquem ele ali, rapazes.

– O que está fazendo, McGrath? – perguntou o Dr. Morse.

– Deixando ele se despedir dos amigos e morrer em paz.

– Seja rápida. Tem um ferimento profundo no peito que precisava da sua ajuda há dez minutos.

Os homens colocaram o soldado ferido na mesa. Frankie cortou o que restava de seu uniforme. Depois, puxou o carrinho para perto, calçou luvas limpas e limpou o pescoço dele com a solução antisséptica. Segurando o bisturi, ela respirou fundo para se acalmar, depois fez um pequeno corte entre as cartilagens tireoide e cricoide e inseriu um tubo de traqueostomia.

O moribundo respirou fundo, com um chiado. Frankie viu o alívio surgir em seus olhos. Quanto tempo ele vinha lutando só para respirar?

– Conseguimos escapar, Fred – disse um dos amigos dele. – E levamos junto cinco daqueles filhos da puta.

Frankie pegou a mão de Fred, segurou-a e se aproximou dele.

– Você deve ser um homem bom – sussurrou. – Seus amigos estão aqui.

Os companheiros dele continuaram falando – da garota dele, do bebê que o esperava em casa, de como ele salvara a vida deles naquele inferno.

Frankie viu Fred dar o último suspiro e notou como ele ficou imóvel.

– Fred se foi – avisou ela, cansada, olhando para os dois homens ensanguentados e imundos à sua frente. – Mas vocês deram uma chance para ele.

Ela não ficaria surpresa se aquele olhar de morte os acompanhasse para sempre. Homens encarando um mundo do qual já não faziam parte, que não conseguiam compreender, um mundo onde o chão explodia debaixo de seus pés. Outro tipo de baixa. Ela pensou nos outros homens que tinham agarrado sua mão nos últimos meses, implorando que respondesse à pergunta *Quem vai me querer assim?*, e percebeu que não eram apenas os ferimentos físicos que os soldados levariam do Vietnã. De agora em diante, todos teriam uma compreensão profunda tanto da crueldade quanto do heroísmo humanos.

Um paramédico empurrou as portas da Sala de Cirurgia.

– Quarenta e cinco aldeões vietnamitas entrando! Napalm! – gritou ele, depois saiu de novo.

Napalm.

– Vão para o refeitório – disse ela aos dois soldados, enquanto tirava as luvas. – Comam alguma coisa. Tomem um banho. E se livrem desse maldito colar.

Ela gritou para que alguém levasse o morto embora. Depois, encontrou Margie e, juntas, empurraram os poucos pacientes da Sala de Cirurgia para um lado e reuniram leitos vazios a fim de transformar o lugar em uma Unidade de Queimaduras lotada.

Dois minutos depois, uma enxurrada de aldeões chegou à Sala de Cirurgia, a maioria com queimaduras severas. Frankie sabia que a mesma cena se repetia na UTI, no Pré-Operatório e nas outras alas.

O napalm – uma bomba incendiária gelatinosa usada pelos Estados Unidos em lança-chamas para limpar trincheiras ou valas e lançada pelos aviões americanos – tinha se tornado comum nos primeiros meses do segundo ano de Frankie. Cada vez mais suas vítimas chegavam à Sala de Cirurgia, a maioria aldeões.

No dia seguinte, eles seriam transportados para o Terceiro Hospital de Campanha – uma verdadeira Unidade de Queimaduras –, mas poucos sobreviveriam até lá. E os que sobrevivessem desejariam ter morrido. Não havia nada no mundo que se comparasse àquelas queimaduras. A bomba incendiária gelatinosa grudava no alvo e não parava de queimá-lo até que não restasse mais nada.

Frankie foi de leito em leito, aplicando pomadas tópicas e desbridando tecidos mortos, mas havia muito pouco a fazer para ajudá-los a se curar e nada para aliviar aquela dor dilacerante.

Às dez horas, ela estava exausta, e as vítimas de queimaduras não paravam de chegar. Ela ouviu Margie, o Dr. Morse e alguns paramédicos conversando, empurrando carrinhos, gritando por pomadas.

No leito seguinte, havia uma mulher – era impossível dizer se jovem ou velha. Ela estava queimada dos pés à cabeça. A carne preta e carbonizada ainda fumegava.

Ao lado dela, protegida pelo corpo da mulher, estava uma bebê.

Frankie parou. Por uma fração de segundo, ela foi tomada pelo horror. Precisou respirar fundo e se acalmar.

A criança ainda estava viva.

– Meu Deus – sussurrou Frankie.

Como era possível?

Com cuidado, ela pegou a bebê, que não devia ter mais que 3 meses.

– Oi, pequenina – disse ela, a voz embargada.

As costelas finas e brancas reluziam expostas pelos buracos e queimaduras no peito dela.

Frankie encontrou uma cadeira e se sentou. A Sala de Cirurgia era uma cacofonia de gritos, gemidos, choros de vítimas e berros de paramédicos, enfermeiros e médicos. Sons de rodinhas rolando pelo concreto e estalos de luvas novas sendo calçadas. Porém, por um instante, Frankie não ouviu mais nada, exceto o esforço daquela criança para respirar.

– Eu sinto muito, neném.

A bebê inspirou com dificuldade, expirou lentamente e depois ficou imóvel.

Frankie segurou a bebê morta, oprimida por aquela perda, incapaz de se mover, incapaz de se levantar.

Ninguém jamais saberia quem era aquela criança ou mesmo que ela vivera e morrera. Como alguém podia fazer uma coisa assim, mesmo em nome da guerra?

– McGrath! Preciso de você.

Era o Dr. Morse.

Ignorando o médico e o caos da Sala de Cirurgia, ela carregou a criança até o necrotério, onde havia sacos de cadáveres empilhados ao longo das paredes. O soldado Juan Martínez, um garoto de Chula Vista recrutado logo após o ensino médio, estava no centro do lugar. Ele parecia tão cansado quanto ela.

– Noite difícil – comentou ele.

Ela olhou de relance para a bebê em seus braços.

– E agora isso.

Martinez olhou para a bebê.

– Meu Deus – falou baixinho, aproximando-se.

Ele pôs a mão com a luva preta sobre o corpinho da neném, cobrindo toda a caixa torácica arruinada.

– Ele vai te embalar no paraíso.

Frankie ficou surpresa ao ouvir aquele resquício de fé vindo de um homem que passava o dia no necrotério, catalogando mortos e fechando corpos em sacos. Mas talvez não fosse possível fazer aquele trabalho de outra forma.

Martinez encontrou uma caixa de papelão e uma camiseta velha. Frankie embrulhou a bebê no algodão cáqui macio e a colocou dentro da caixa.

Ela e Martinez ficaram ali por um instante, a caixa com a bebê entre eles.

Nenhum dos dois disse nada.

Então, Frankie saiu do necrotério. Ao fechar a porta, ela ouviu os helicópteros que se aproximavam e sentiu algo feio criar raízes dentro de si: uma raiva sombria. Estava farta de cobrir o rosto dos rapazes com lona verde, e agora aquela bebê.

Com um suspiro, ela voltou para a Sala de Cirurgia, pegou uma bata cirúrgica e continuou seu trabalho.

– Caia fora daqui, McGrath – disse o Dr. Morse às duas da manhã. – Você está morta.

– Todos nós estamos – respondeu ela.

A Sala de Cirurgia estava tão cheia de queimados que muitos leitos tinham três pessoas.

– É, mas você parece estar mesmo.

– Ha, ha. Uma piada sobre beleza. Perfeito.

Ele pôs a mão no ombro dela e o apertou de leve.

– Vá. Se você não for, eu vou.

Frankie tirou a touca azul.

– Obrigada, doutor. Meu tanque está realmente vazio.

– Vê se dorme um pouco.

Ela olhou em volta.

– Depois disso?

Ele lançou a ela um olhar compassivo. Ambos sabiam que era quase impossível conseguir dormir. Não havia maconha ou álcool suficientes ali para fazê-la se esquecer daquela bebê morrendo em seus braços.

Ela agradeceu ao médico e foi para o alojamento. Ao passar pelo novo prédio da administração, entrou e encontrou Transmissor no rádio.

– Oi, Transmissor, será que eu posso fazer uma ligação? Vai ser curta, prometo.

Ele olhou para os dois lados, procurando algum superior que pudesse discordar. Os telefones do Sistema de Rádio Auxiliar Militar não eram para uso pessoal.

– Curta.

Ela se acomodou em uma cadeira e pegou o fone.

– Ligação para Vũng Tàu, esquadrão HAL-3. Tenente-comandante Joseph Ryerson Walsh. Câmbio.

Frankie bateu o pé, impaciente, ouvindo a estática.

– Quem está ligando? Câmbio.

– Tenente McGrath. Septuagésimo Primeiro Hospital de Evacuação. Câmbio.

– Emergência, senhora? Câmbio.

– Sim. Emergência. Câmbio.

– Aguarde. Câmbio.

Frankie sabia que não deveria fazer isso, ligar para ele e dizer que era uma emergência. Mas não se viam havia mais de um mês, e ela precisava dele.

– Frankie? – chamou a voz de Rye, rompendo a estática. – Você está bem? Câmbio.

– Oi – disse ela, a voz trêmula. – Câmbio.

– O que aconteceu? Câmbio.

– Napalm. Câmbio.

Naquele silêncio, em meio à estática, ela sabia que ambos estavam vendo o sofrimento daquela noite.

– Desculpe ter te acordado. Eu só precisava ouvir sua voz. Câmbio – disse ela.

– Eu entendo, amor. Sinto muito. Câmbio.

– Sinto a sua falta. Câmbio.

– Aguente firme. Câmbio.

– Entendido. Câmbio, desligo.

Ela finalizou a chamada.

– Obrigada, Transmissor.

Frankie voltou para o alojamento. Naquele momento, o parque estava vazio, mas ela sabia que aquilo não iria durar. Quando a onda daquela noite acabasse, as pessoas precisariam relaxar. Uma leve batida musical pulsava através da porta aberta. Ela quase reconheceu a canção, mas não exatamente. Só ouviu uma batida de música americana, a trilha sonora de sua casa.

Frankie tomou um banho rápido, depois passou por um soldado jogando e queimando coisas em um barril, que exalava um fedor de carne carbonizada e excremento humano.

No alojamento, despiu a farda e a enfiou em um saco de roupas sujas pendurado no pé da cama. Lavá-la não removeria o sangue, mas amenizaria o cheiro. Ela se deitou. Sabendo que não iria dormir, pegou a última carta que estava escrevendo para Ethel e acrescentou outras informações.

Noite difícil na Sala de Cirurgia. Teria sido ótimo contar com alguém com as suas habilidades incríveis, mas Margie trabalhou muito bem, e aquele jovem médico, Morse, está ficando bom.

Tinha um bebê essa noite.

Napalm

Ela largou a caneta, incapaz de escrever sobre aquilo. Deixou a carta de lado. Será que Ethel precisava ler essas coisas? Ela apagou as luzes, se espreguiçou e fechou os olhos.

Ainda estava acordada às quatro da manhã, quando Margie chegou e pulou na cama.

Ainda estava acordada às 5h24, escutando o ronco da colega de quarto, quando ouviu o zumbido de um helicóptero que se aproximava do hospital.

Só um.

Soltando um suspiro, ela fechou os olhos de novo. *Por favor, meu Deus, me deixe dormir.*

Uma batida à porta a surpreendeu.

Ela se sentou.

A porta se abriu.

Rye entrou no pequeno alojamento, parecendo ocupar muito espaço. Caminhando com cuidado para não acordar Margie, ele foi até a cama de Frankie, sentou-se e tirou as botas.

Frankie ainda não falara nada. Tinha medo de que, se o fizesse, começaria a chorar.

Rye a pegou nos braços e a segurou. Eles mal cabiam juntos na cama estreita. Ela se aconchegou, beijou o pescoço dele.

– Eu vim o mais rápido que pude.

Frankie começou a responder, mas, antes que pudesse falar, já estava dormindo.

~

Pela primeira vez, o Septuagésimo Primeiro estava calmo. Naquele dia quente e seco do início de novembro, não muito depois de Nixon vencer as eleições nos Estados Unidos e oito meses após Frankie começar seu segundo ano, ela se sentou em uma cadeira de praia do parque, vestindo short, camiseta e suas sandálias rasteiras surradas. Uma brisa quente agitava as folhas das bananeiras moribundas. Após uma longa, úmida e lamacenta estação das monções, o ar seco e a poeira eram um alívio bem-vindo. Pelo menos, ela não cheirava mais a mofo. Frankie mantinha o chapéu de lona bem enfiado na cabeça, para proteger os olhos do sol, e usava grandes e redondos óculos escuros. Um refrigerante quente estava no chão ao seu lado. Atrás dela, "I Heard It Through the Grapevine" ressoava nos alto-falantes do bar tiki. Ela ouvia as pessoas conversando, rindo, cantando junto com a música. Aquela semana tinha sido particularmente difícil, mas, naquele momento, no fim da tarde, enquanto um sol forte brilhava sobre eles sem tostá-los, o Septuagésimo Primeiro não parecia um lugar tão ruim assim.

Homens jogavam vôlei no quadrado plano e vermelho de terra. As *Donut*

Dollies da Cruz Vermelha distribuíam a correspondência e lanches de um carrinho. Frankie também trouxera algumas cartas para reler enquanto comia os biscoitos de palitinhos que Ethel enviara na última encomenda. Tanto Barb quanto Ethel continuavam escrevendo e mandando lembrancinhas todos os meses. Margie estava sentada em uma cadeira ao lado de Frankie, seus cabelos enrolados em bobs cor-de-rosa, lendo *O bebê de Rosemary.*

Frankie tomou um gole do refrigerante quente, depois se recostou e fechou os olhos.

– Senhorita? – chamou alguém alguns instantes depois.

Frankie se sentou. O parque estava vazio: sem homens jogando vôlei, sem *Donut Dollies.* Será que pegara no sono?

O novo operador de rádio – ela não conseguia se lembrar do nome do garoto – estava ali.

– Tem uma emergência no refeitório. O Dr. Morse precisa da senhorita.

Frankie se levantou e seguiu o garoto até o refeitório.

Diante da porta fechada, ele parou e a deixou ir na frente.

Frankie abriu a porta e entrou. Uma faixa pendurada na parede do quadro de avisos dizia: PARABÉNS, PRIMEIRO-TENENTE MCGRATH!

– Parabéns!

Frankie demorou um segundo para processar o que via. Nenhum infarte. Nenhuma emergência. Uma festa.

Para ela.

A major Goldstein, do Trigésimo Sexto, deu um passo à frente, com a capitã Miniver a seu lado.

– Essa promoção demorou a chegar, mas nada acontece no tempo certo no Exército – disse a major Goldstein. – Todos nós sabemos disso. Parabéns, Frankie. Você percorreu um longo caminho, querida.

– Obrigada por ficar – acrescentou a capitã Miniver. – Homens foram para casa graças a você.

– Um brinde! Um brinde! – gritou alguém.

Ryan Dardis, o novo cirurgião, chamado de Hollywood devido à sua beleza, deu um passo à frente com uma garrafa de gim.

– Sabemos quanto você adora gim, McGrath. O que a gente queria ter certeza é de que você também saiba quanto gostamos de você. Mesmo que você não dance nada e que, perto da sua dança, você até pareça cantar alguma coisa.

Ele ergueu a garrafa de gim e o grupo soltou um grito de aprovação.

Alguém aumentou a música. Atrás dela, as portas se abriram.

Frankie sentiu alguém segurá-la e girá-la.

– Desculpe o atraso, amor – disse Rye com um sorriso largo, virando o boné dos Lobos do Mar para trás. – O tráfego estava péssimo.

A música mudou para "Born to Be Wild", e as pessoas começaram a afastar as cadeiras.

Frankie pegou a mão de Rye e o puxou para a pista de dança improvisada.

– Tem certeza de que quer dançar comigo em público? – provocou ele.

– Sou eu quem tem dois pés esquerdos – respondeu ela, sorrindo para Rye.

Algum tempo depois, Margie os encontrou na pista de dança e cutucou Frankie com o quadril. O rosto dela estava vermelho e úmido de tanto dançar.

– Vou dormir com a Helen hoje à noite – disse ela, sem fôlego. – Ou talvez com o Jeff. Ele parece melhor a cada segundo.

– Obrigada, Margie – disse Frankie.

Rye pegou Frankie pela mão e a levou para fora da festa. Estava tudo tão animado e caótico que ninguém notou a saída deles. Os dois não se viam havia quase um mês.

– Eu realmente precisava disso – confessou Frankie, recostando-se nele enquanto caminhavam pelo complexo.

Ele a envolveu com o braço.

– Também senti sua falta. Outro orfanato foi bombardeado na semana passada. O St. Anne, em Saigon.

Frankie aquiesceu.

– Ouvi falar que alguma coisa ruim também aconteceu perto de My Lai – contou ela.

– Tem muitas histórias ruins vindo à tona.

Do lado de fora do alojamento, ela se voltou para Rye e o encarou, percebendo a tristeza dele. Era o mesmo sentimento que tinha visto em seus próprios olhos. A última coisa de que queria falar era da guerra.

– Me ame – sussurrou ela, ficando na ponta dos pés.

Aquele beijo foi tudo: voltar para casa, alçar voo, um sonho de futuro.

Quando ela recuou, viu algo nos olhos dele que a assustou.

– Meu medo é te amar até morrer, Frankie – confessou Rye.

Amar.

Quanto tempo tinha esperado para ouvir aquela palavra na boca dele? Pareceu uma eternidade, porque o tempo no Vietnã avançava de uma forma estranha – às vezes rápido demais, às vezes devagar demais.

– Eu também te amo, Rye.

Só horas mais tarde, quando estavam deitados juntos na cama estreita, exaustos após fazer amor, foi que Frankie percebeu o que ele dissera e como dissera

– *Meu medo é te amar até morrer*. A frase plantou uma semente minúscula e terrível no coração dela.

Meu medo.

Até morrer.

Eram as palavras erradas para tempos de guerra, uma provocação lançada a um Deus indiferente.

Ela desejou poder voltar atrás, para fazê-lo dizer *eu te amo* de outra forma.

DEZOITO

Em seu último dia no Vietnã, 14 de março de 1969, Frankie acordou bem antes do amanhecer, escutando o ronco baixinho de Margie.

Ela acendeu a luz ao lado da cama, estendeu a mão para além do fogareiro, pegou a foto dela e de Finley na Disney e encarou a imagem, pensando na juventude deles.

Ei, Fin. Estou indo para casa.

Tinha se alistado no Exército para encontrar o irmão, mas acabara encontrando a si mesma. Na guerra, havia descoberto quem era de fato e quem queria ser e, por mais cansada que estivesse de toda aquela destruição e morte, também estava morrendo de medo de voltar para casa. Como seria a vida nos Estados Unidos?

Frankie saiu da cama e puxou o baú debaixo dela. Ao erguer a tampa, olhou para os pertences que levaria para casa: lembranças dadas pelos soldados, uma pulseira de couro e contas, um pequeno pingente dourado de elefante "para dar sorte", um pouco de seda que comprara em Saigon, uma pinça Kelly, alguns pedaços de garrote, presentes para os amigos e a família, além de suas preciosas fotografias do Vietnã – tanto as que tirara quanto as que outros lhe deram, como aquela em que estava com Barb e Ethel, dançando de short e camiseta no clube; a que Ethel lhe havia deixado, das três amigas juntas; uma de Jamie com um sorriso alegre, fazendo um sinal de positivo na frente de um caminhão de 2 toneladas e meia; e, finalmente, uma dela com Rye. Havia pelo menos uma dúzia de fotos dela com soldados que passaram pela Sala de Cirurgia. Os sortudos para quem acenara em despedida e com quem pousara para uma foto.

De volta ao mundo real, o chamado Verão do Amor tinha começado e acabado. Em seu embalo, os protestos estavam ficando cada dia mais barulhentos, longos e furiosos. Mesmo ali, havia ódio contra a guerra. Os soldados passaram a desenhar símbolos da paz nos capacetes, violando o regulamento do Exército.

Às seis da manhã, ela arrumou a mochila e a mala dobrável e escreveu um bilhete de despedida para Margie, que dizia, em parte: *Sei que você desejará que eu tivesse te acordado para me despedir. Não vai demorar muito até você descobrir como é difícil fazer isso. Somos profissionais em despedidas, mas, ainda assim, dói. Aguente firme. Obrigada por enviar o meu baú para casa por mim.*

Ela vestiu o uniforme completo, com meia-calça e escarpins pretos polidos. Não tinha um espelho de corpo inteiro, mas imaginou que não se parecia em nada com a garota de olhos arregalados que havia desembarcado naquele país dois anos antes. E seu uniforme cheirava a mofo.

Quando abriu a porta do alojamento, encontrou Rye encostado em um poste, fumando um cigarro.

– Pronta? – perguntou ele, pegando a mochila dela e jogando aquele saco de lona imenso e estranho no ombro sem dificuldades.

– Na verdade, não.

Eles atravessaram o acampamento supreendentemente silencioso, embarcaram no Huey e subiram ao céu.

Em Saigon, no aeroporto, ela agradeceu ao piloto, despachou a mochila e deixou que Rye a conduzisse ao Voo da Liberdade que a levaria para casa.

Um fluxo contínuo de soldados passou por ela na pista de Tan Son Nhut, subiu na escada móvel e entrou no imenso jato Braniff. Eles eram um grupo quieto. Ninguém ria ou contava piadas. Ainda não, não antes de deixarem o país.

– Vinte e sete dias até você voltar também – disse Frankie, olhando para ele, erguendo a voz para ser ouvida em meio ao ronco dos motores.

Vinte e sete dias. Uma eternidade em tempos de guerra.

Sem medo, McGrath.

Um jipe passou por eles, cheio de soldados armados à procura de franco-atiradores.

Ouviram o estampido de mais tiros ali perto. Ao longe, uma explosão alta. Algo ardeu em chamas em uma das pistas.

Rye olhou para ela.

– Frankie... Eu não sei como te falar isso... Eu... não vou...

– Eu sei – interrompeu ela, tocando o rosto áspero dele, com a barba por fazer. – Eu também te amo.

Ele suspirou com força e olhou para ela.

– Meu Deus, eu vou sentir muito a sua falta.

Ele a puxou para abraçá-la, apertando-a com força contra o peito, e lhe deu um beijo de despedida. Ela ficou agarrada a ele pelo tempo que se atreveu, depois se afastou lentamente.

Nenhum dos dois disse adeus. A palavra carregava bem mais do que uma leve sugestão de má sorte.

Ela endireitou os ombros e se forçou a se afastar dele. No topo da escada, finalmente se virou.

Lá estava ele, sozinho, confiante e com a postura ereta em seu uniforme surrado, com um boné dos Lobos do Mar enfiado na cabeça. Dali, ele parecia sólido e firme, o marinheiro perfeito, mas ela viu o contorno de sua mandíbula cerrada. Ele ergueu uma única mão, os dedos abertos, e a manteve no ar, depois a pressionou contra o coração.

Frankie assentiu, acenou de volta uma única vez e entrou no jato. A maioria dos assentos já estava ocupada por homens que não paravam de olhar para a porta, como se o inimigo pudesse aparecer a qualquer segundo, rifles em punho. Todos sabiam que não estavam seguros no ar até que saíssem do espaço aéreo vietnamita.

Frankie encontrou um assento a estibordo, pôs a mala dobrável no compartimento superior e se sentou ao lado da janela, olhando para Rye. Ela pressionou a mão contra o vidro.

Então, ouviu a porta da aeronave se fechar e trancar. Instantes depois, o jato taxiou pela pista, quicando nos diversos buracos de bombas, e decolou devagar.

Frankie olhou pela janela e viu nuvens enquanto eles sobrevoavam aquela terra devastada pela guerra, em direção à segurança de casa.

Os passageiros aplaudiram.

– Estamos indo embora daqui! – gritou alguém.

Frankie ficou surpresa ao sentir uma espécie de tristeza.

Por pior que houvesse sido o Vietnã, por mais assustada, furiosa e traída que, muitas vezes, tivesse se sentido em relação ao governo e à guerra, também se sentira viva. Competente e importante. Uma mulher que fazia a diferença no mundo.

Aquele país teria um espaço em seu coração para sempre. Ali, Frankie encontrara o seu lugar no mundo, e naquele momento ela temia que sua "casa" já não fosse onde gostaria.

Trinta e quatro horas depois, após uma escala de seis horas na Base Aérea de Travis, no norte da Califórnia, Frankie olhou pela janela oval para as pistas movimentadas do Aeroporto Internacional de Los Angeles.

Plena luz do dia. Um sol tão forte que machucava os olhos. Um céu azul e sem nuvens.

Califórnia.

O Estado Dourado.

Casa. Em Travis, ela pretendera ligar para os pais, mas, quando finalmente chegara a sua vez na fila do orelhão, dera as costas. Não sabia exatamente por quê.

A área do portão do aeroporto estava lotada. Ela viu militares dormindo em bancos, esparramados no chão sujo, usando as mochilas como travesseiros. Matando o tempo a caminho de casa. Aquilo não parecia certo: homens que foram baleados e, em alguns casos, remendados e enviados de volta para o perigo dormindo no chão, entre um voo e outro. O Exército pagava pela viagem até um aeroporto de base. Uma vez lá, você tinha que comprar a própria passagem para casa. Um belo agradecimento por servir ao seu país.

Ao se aproximar da esteira de bagagens, ela viu um grupo de manifestantes segurando cartazes: ACABEM COM A GUERRA ANTES QUE ELA ACABE COM VOCÊ! MAIS ÁCIDO, MENOS BOMBAS! SAIAM DO VIETNÃ AGORA! BOMBARDEAR PELA PAZ É COMO TRANSAR PELA VIRGINDADE!

Quando viram que Frankie ia na direção deles, com seu uniforme feminino do Exército, direcionaram os cartazes para ela, como se tentassem convencê-la.

Alguém cuspiu nela.

– Sua puta nazista! – gritou um dos manifestantes.

Frankie parou, em estado de choque.

– Mas o que é iss...

Dois fuzileiros navais apareceram e a escoltaram, um de cada lado.

– Não dê ouvidos a esses imbecis – disse um deles.

Protegendo-a, eles a conduziram até a esteira de bagagens.

– Não temos nada do que nos envergonhar.

Frankie não entendia. Por que cuspiriam nela?

– Volte para o Vietnã! – gritou alguém. – A gente não quer vocês aqui, seus assassinos de bebês!

Assassinos de bebês?

A mochila de Frankie caiu na esteira. Ela foi pegá-la, mas um dos fuzileiros chegou antes dela.

– Eu pego para a senhorita, tenente.

– Deixe a vadia pegar a própria bagagem! – berrou alguém.

Outras pessoas riram.

– Obrigada – disse Frankie ao fuzileiro. – Quer dizer... eu tinha ouvido falar dos protestos, mas isto?

Ela olhou para a multidão aglomerada em volta da esteira, homens de terno e mulheres de vestido que não disseram nada de útil. Será que achavam que cuspir em uma enfermeira do Exército recém-chegada da guerra era o correto? Ela esperava isso dos hippies e dos manifestantes, mas das pessoas comuns?

– Não vai ter desfile da vitória como na Segunda Guerra Mundial – respondeu um dos fuzileiros.

– Acho que ninguém comemora quando se perde a guerra – disse o outro.

Frankie olhou para os dois homens e viu o fantasma que vivia atrás de seus olhos. O fantasma que também vivia nela.

– Estamos em casa – declarou ela, em uma necessidade de acreditar que era só aquilo que importava.

Ela viu que eles também precisavam acreditar naquilo.

Já do lado de fora, ela agradeceu aos fuzileiros pela ajuda e procurou um táxi. Sozinha ali, viu o jeito como as pessoas olhavam para ela. Primeiro, arregalando os olhos – surpresas ao ver uma mulher de farda –, depois os estreitando com desconfiança ou uma repulsa descarada. Alguns olhavam através dela, como se Frankie não existisse. Ela pensou em mudar de roupa, mas desistiu.

Que se danem. Ela não permitiria que a envergonhassem.

No meio-fio, ela estendeu um braço e chamou um táxi.

O táxi amarelo mais próximo saiu da faixa central e foi até ela, diminuindo a velocidade. Ela desceu do meio-fio, mas o taxista gritou alguma coisa, mostrou o dedo médio e depois disparou, parando não muito longe para um homem de terno.

Um após o outro, os táxis só reduziam a velocidade para lhe dar alguma esperança, depois metiam o pé.

Finalmente, Frankie desistiu, comprou uma passagem de ônibus e ignorou os olhares velados lançados a ela enquanto arrastava as malas pesadas para dentro do transporte.

O que estava acontecendo com o mundo?

Ela demorou quatro horas e precisou pegar três ônibus para chegar a Coronado Island. No fim do trajeto, ela recebera quatro cuspidas, mais dedos médios do que seria capaz de contar e já havia se acostumado – ou, pelo menos, ficado imune – à forma como as pessoas a olhavam. Ninguém se oferecera para ajudá-la a carregar a mochila pesada.

No terminal das balsas de Coronado, ela finalmente conseguiu chamar um táxi. O motorista de expressão severa não fez contato visual, mas a aceitou e parou do lado de fora do portão de sua casa. Ela ficou extremamente grata.

Com dificuldade, Frankie puxou a mochila pesada para fora do veículo, largou-a na calçada e ficou ali, imbuindo-se da sensação de voltar para casa. O ar tinha cheiro de mar, de limões e laranjas, de sua infância.

Ela olhou para o imenso Oceano Pacífico. Dava para ouvir as ondas dali. Aquele som familiar amenizou sua ansiedade. Um grupo de crianças de bicicleta, com cartas de baralho nas rodas, passou zunindo por ela e rindo. Frankie não conseguiu deixar de pensar em Finley, nos fortes que os dois tinham construído entre os eucaliptos, nos castelos de areia que fizeram, nas horas pedalando sobre duas rodas. Ao cair da noite, as luzes das varandas começavam a se acender ao longo da rua – faróis usados pelas mães para guiar as crianças até em casa.

Dois jatos da Marinha passaram, gritando lá no alto. Ela não pôde deixar de se perguntar se seus pilotos eram homens que logo estariam em missões de combate do outro lado do mundo.

Ela abriu o portão e olhou para a casa em que havia crescido, tomada por uma onda de emoção. Mal podia esperar para finalmente ser recebida, ser admirada por seu serviço, em vez de insultada.

Quantas vezes sonhara com aquele momento, com segurança, amor e conforto, com banhos quentes, café fresco e longas e lentas caminhadas pela praia, sem um guarda armado a postos?

Ela entrou no quintal lindamente cuidado, absorvendo tudo: o sussurro das folhas de carvalho, o cheiro de cloro e limões maduros, o tilintar suave dos sinos de vento da mãe.

Lutando para carregar a mochila pesada e a mala dobrável, ela deu a volta na piscina e foi até as portas envidraçadas. Ao abri-las, voltou no tempo. Por um segundo, era uma menina outra vez, seguindo o irmão selvagem aonde quer que ele fosse.

Casa.

Ela largou a mochila no chão de madeira de lei.

– Oi, pessoal! – exclamou ela, ao mesmo tempo que o pai dobrava a esquina, com uma blusa de gola rulê verde-limão e uma calça xadrez, com um jornal dobrado na mão.

Os cabelos dele estavam um pouco mais compridos, assim como as costeletas, que tinham alguns fios grisalhos.

Ao vê-la, ele parou e franziu o cenho por um segundo.

– Frankie. A gente sabia que você estava voltando para casa?

Ela não conseguiu conter o sorriso.

– Eu queria fazer uma surpresa.

Ele avançou com passos rígidos e uma expressão confusa no rosto. Ela sabia que o pai não gostava de surpresas – ele preferia estar sempre no controle. O pai lhe deu um abraço forte e breve.

Depois a soltou tão rápido que Frankie cambaleou para trás.

– Eu… devia ter ligado.

– Não – disse ele, balançando a cabeça. – Claro que não. Estamos felizes por você estar em casa.

Frankie se deu conta, de repente, como devia parecer após tantas horas de viagem – os cabelos bagunçados e mal cortados, sem maquiagem, o uniforme amassado. Não era de admirar que o pai tivesse franzido o cenho. Ela pegou a bolsa e tirou dela sua foto preferida, com Ethel e Barb, as três abraçadas, de pé na frente do clube.

– Trouxe essa aqui só para você.

Ele olhou de relance para a foto.

– Ah.

– Para a parede dos heróis – explicou ela.

A mãe surgiu com uma calça de cor vermelho-vivo na altura do tornozelo, uma blusa branca e curta e os cabelos cobertos por um lenço de seda.

– Frances!

Ela correu até Frankie, puxou-a para si e deu um abraço forte na filha.

– Minha menina – disse ela, recuando e tocando o rosto de Frankie. – Por que você não ligou?

– Ela queria fazer uma surpresa – contou o pai. – Parece que se alistar no Exército não foi surpresa o suficiente. Vocês me desculpem, mas eu tenho uma reunião.

Frankie observou o pai sair de casa e ouviu a porta se fechar atrás dele. Aquela saída abrupta a perturbou.

– Não o leve a sério – aconselhou a mãe, com leveza. – Desde… o falecimento de Finley, e da sua partida, ele não está muito bem.

– Ah – murmurou Frankie.

Por acaso a mãe tinha acabado de comparar o serviço dela no Vietnã à morte do irmão?

– Frances, eu…

A mãe deslizou a mão pelo braço de Frankie, como se não conseguisse deixar a filha se afastar, como se não acreditasse que ela estava ali de novo.

– … eu senti muito a sua falta.

– Eu também – disse Frankie.

– Você deve estar exausta.

– Estou.

– Por que não toma um bom banho quente de banheira e tira uma soneca?

Frankie assentiu, confusa. Parecia que tinha levado uma surra após tantas horas de viagem e a forma como fora tratada por estranhos. E, depois, por seus pais. O que estava acontecendo?

Ela deixou a mãe na sala e foi até o quarto de sua infância, com uma cama de dossel e babados cor-de-rosa. A maioria das crianças tinha pôsteres no quarto, mas sua mãe não permitia que tachinhas fossem colocadas no papel de parede caro. Então, Frankie tinha quadros emoldurados. No topo da estante, havia uma fileira de bichos de pelúcia antigos. Na mesinha de cabeceira, uma caixa de joias cor-de-rosa, de bailarina, estava cheia de bugigangas dos ensinos fundamental e médio, provavelmente uma pilha de fotos do último ano e lembranças do baile. Sabia-se o que esperar de uma garota que dormia em um quarto daqueles.

Só que Frankie não era mais aquela garota.

No pé da cama, havia um baú de casamento, repleto de toalhas de mesa, jogos de cama italianos e lençóis bordados, todos perfeitamente dobrados e passados. A mãe começara a encher o baú quando Frankie tinha 8 anos. Todo aniversário e Natal, Frankie recebia alguma coisa para guardar ali. A mensagem enviada naquela época – e naquele momento – era clara: o casamento tornava uma mulher completa e feliz.

De novo: aquilo pertencia à garota que partira para o Vietnã, não à mulher que voltara para casa – quem quer que ela fosse.

Frankie tirou o uniforme e o deixou amontoado no chão.

Engatinhando entre os lençóis macios e com cheiro de lavanda, ela deitou a cabeça no travesseiro com fronha de seda.

Não devia ter surpreendido os pais. Ela os pegara desprevenidos.

O dia seguinte seria melhor.

DEZENOVE

O cheiro de carne humana queimada. Alguém está gritando.

Saio correndo, clamando por socorro, tentando enxergar através da fumaça.

Tem uma bebê nos meus braços, queimando. A pele dela escurece e cai. Estou carregando uma pilha de ossos...

Helicópteros lá em cima. Chegando.

Um berro. Meu? A sirene de alerta vermelho ressoa. Algo explode perto da minha cabeça.

Eu me jogo para fora da cama de armar, caio no chão, engatinho atrás do colete à prova de balas e do capacete.

Silêncio.

Frankie saiu do pesadelo aos poucos e notou que estava no chão do quarto.

Enroscando-se em posição fetal no tapete, tentou voltar a dormir.

Quando acordou de novo, eram 21h15 e a casa estava escura. Ela ouviu o suave tique-taque do relógio na mesinha de cabeceira. Não fazia ideia de quanto tempo havia dormido. Um dia? Dois?

Ela se vestiu e vagou pela casa. No escritório do pai, olhou para as fotos na parede dos heróis e viu Finley sorrir para ela a caminho da guerra.

Era outro mundo. Naquele momento, ninguém lhe dava as boas-vindas, quem dirá comemorar a sua partida. De repente, ela se sentiu sufocada pelo cheiro de limão do lustra-móveis e toda aquela expectativa. Frankie fora criada para ser uma dama, sempre calma e serena, sorridente, mas aquele mundo e aquelas lições agora pareciam muito, muito distantes.

Lá fora, uma lua cheia brilhava sobre as ondas. Como sempre, ela se sentiu atraída pela praia, pela faixa de areia que fora o parquinho de sua infância.

– Oi, Fin – disse ela, sentando-se perto da água.

Um borrifo ocasional atingia suas bochechas como lágrimas.

Ela fechou os olhos. *Só respire, McGrath.*

Aos poucos, o aperto em seu peito diminuiu. Muito mais tarde, ela voltou para o quarto cor-de-rosa cheio de babados e se deitou na cama. À luz do abajur, abriu a gaveta da mesinha de cabeceira e tirou um papel de carta com seu nome completo escrito no topo em letras elegantes.

17 de março de 1969

Querida Barb,

Estou em casa. Ninguém me disse como essa volta seria difícil. Por que não me alertou? As pessoas cuspiram em mim no aeroporto, me chamaram de assassina de bebês. Que droga é essa? Meus pais nem perguntaram sobre o Vietnã. Minha mãe agiu como se eu tivesse voltado do acampamento da escola, e meu pai mal me dirigiu a palavra. Juro por Deus.

É estranho.

Diga que vai ficar tudo bem, por favor.

E você, como está? Tenho pensado muito em você e enviado bons pensamentos a respeito do seu irmão. O luto é uma droga.

Estar em casa me faz sentir falta do Fin de novo. É como olhar para um quebra-cabeça em que falta uma única peça: estraga o conjunto todo.

Agora vou voltar para a cama. Estou mais que cansada. Acho que foram muitas horas de viagem, desespero e jet-lag.

Te amo, irmã.

Fique bem,

F

Então, ela ficou só de calcinha e sutiã e voltou para a cama.

~⁊

– Acorde, Frances.

Frankie abriu os olhos devagar, sentindo-os irritados.

Com o corpo moído, ela se sentou. Mais uma vez, estava no chão.

– Eu te encontro na cozinha – disse a mãe, observando Frankie com preocupação antes de se virar e ir embora.

– Está bem – concordou Frankie, sentindo um gosto ruim na boca.

Quando havia escovado os dentes pela última vez?

Ela mancou até o armário (como torcera o tornozelo?), passou pelo velho pula-pula portátil, empurrou um bambolê para o lado, depois vestiu o roupão de chenile cor-de-rosa e saiu do quarto. Por que tudo em seu passado era tão cor-de-rosa?

– Finalmente – disse a mãe, sorrindo da mesa da cozinha.

Frankie foi até a cafeteira, serviu uma xícara e se sentou à mesa de frente para a mãe.

– Cadê o meu pai?

– Você está horrível, Frances.

– Estou tendo pesadelos.

– Eu fiz reservas para o almoço no clube. Achei que ia ser bom voltar para a vida real. Só nós, as garotas.

Frankie tomou um gole de café, saboreando aquele gosto intenso e amargo. Imagens dos pesadelos grudavam em sua mente como uma teia de aranha.

– É isso que você acha que o clube é, a vida real?

A mãe franziu o cenho.

– O que você tem?

– As pessoas cuspiram em mim no aeroporto – respondeu Frankie, surpresa ao sentir a voz embargada. – E me chamaram de assassina de bebês.

A mãe abriu a boca, surpresa, depois a fechou devagar.

– Eu liguei para Paul e marquei um horário para você esta manhã. Um novo corte de cabelo sempre melhora o meu humor.

– Claro, mãe. Sei quanto você se importa com as aparências. Cadê o meu pai? – perguntou ela de novo.

– Comprei umas roupas novas para você. Elas estão no seu armário.

– Mãe? Você não me respondeu sobre o meu pai.

– Deixe eu tomar fôlego, está bem, Frances? Avisar que você estava voltando para casa teria ajudado.

– Você já sabia a data há um ano, mãe.

– Mesmo assim, você devia ter ligado. Vá tomar um banho e se vestir. Você sabe que eu detesto chegar atrasada.

Assentindo, Frankie se levantou e, levando o café consigo, voltou para o quarto. Ali, encontrou as roupas que sua mãe comprara.

Calças boca de sino, blusas xadrez e batas. Todas grandes demais. Nenhuma delas servia. Então, Frankie pôs o vestido vermelho que tinha comprado em Kauai, uma meia-calça e sandálias. E daí que era março e aquelas eram roupas de verão? O vestido a reconfortava, lembrava a ela de que Rye voltaria para casa dentro de 23 dias.

Ela encontrou a mãe esperando, impaciente, na porta da frente. Ao ver Frankie, ela arqueou uma sobrancelha feita. Quando a filha se aproximou, as narinas dela se dilataram.

– É. O vestido está cheirando a mofo. Eu sei.

Sua mãe se esforçou para sorrir.

– Vamos.

Quinze minutos depois, ela e a mãe estavam no salão de beleza da ilha, sendo paparicadas por Paul.

– Quem tem cortado o seu cabelo, querida? – indagou ele.

– Eu mesma – respondeu Frankie. – Ou uma amiga.

– Com uma machete, imagino.

Frankie sorriu.

– Basicamente. Eu acabei de voltar do Vietnã.

A aversão no rosto de Paul era evidente. Ele chegou até a recuar.

– Acho que consigo fazer um chanel lateral. Pode ser?

Aquele olhar dele doeu, mas ela devia estar preparada.

– Claro. Tanto faz.

Paul se pôs a trabalhar, lavando, penteando, cortando e modelando. Quando começou a mexer na parte de trás do cabelo, Frankie o interrompeu:

– Nada dessas merdas de menininha para mim, Paul – pediu, bruscamente.

Ela ouviu a mãe bufar.

– Olha a boca, Frances. Você não é um estivador.

Quando Paul terminou, Frankie se levantou e se olhou no espelho. Ele deixara seus cabelos pretos brilhantes de novo, bufantes na parte de trás e cortados na altura da mandíbula. Uma franja longa fora jogada para o lado.

– Está bonito. Obrigada.

Ele assentiu rapidamente e foi embora.

No clube Coronado Golf & Tennis, um funcionário negro uniformizado foi ao encontro do Cadillac e abriu a porta de Frankie. Ela saiu do carro com um estranho sentimento conflitante. Como aquela bolha branca, descolada e endinheirada podia existir, enquanto no Vietnã estava acontecendo uma guerra atroz e, mesmo nos Estados Unidos, as pessoas protestavam contra a violência e lutavam por direitos civis fundamentais?

A sede do clube fora projetada como uma sala de estar antiquada ao redor de uma lareira. Havia grupinhos espalhados de homens sentados, bebendo e fumando. Almoços informais com aperitivos eram a norma para aqueles homens de negócios. Um grupo de mulheres envoltas em espirais de fumaça jogavam bridge em uma sala à direita.

A garçonete as conduziu até a mesa preferida dos pais de Frankie, que dava para a piscina. Havia toalhas de mesa brancas, talheres de prata, pratos de porcelana fina e um centro de mesa de flores perfumadas.

Frankie se sentou.

– Que delícia sair para almoçar com a minha garota – comentou a mãe, pegando a cigarreira de prata, tirando dela um cigarro fino e acendendo-o.

Quando a garçonete apareceu, a mãe pediu dois Bloody Marys.

– Meio cedo, não, mãe?

– Você também, Frances?

– Como assim?

– Seu pai vive censurando os meus drinques. Quer dizer, quando ele está em casa.

Antes que Frankie pudesse formular uma réplica, um homem apareceu na mesa delas. Um senhor idoso com uma papada de morsa e um corte militar grisalho, vestindo um terno marrom e uma gravata fina.

– Bette – disse ele, sorrindo de maneira jovial. – Como é bom ver você por aqui. Minha Millicent disse que você deve ganhar o torneio de novo este ano.

A mãe sorriu.

– Millicent é muito gentil. Frances, você se lembra do Dr. Brenner?

– Esta é a Frances? Já voltou de Florença?

– Florença?

Frankie estava prestes a dizer mais quando ouviu um estrondo.

Um ataque.

Ela mergulhou no chão.

– Frankie? Frankie?

Que diabos está acontecendo?

O mundo se endireitou. Ela não estava mais no Vietnã. Estava no salão de jantar do country club, esparramada como uma idiota no chão ao lado da mesa. Não muito longe, uma garçonete catava alguns cacos de vidros ajoelhada no chão.

O Dr. Brenner pegou a mão dela e a ajudou a se levantar.

– Frankie? – chamou a mãe, franzindo o cenho. – Quem é que cai de uma cadeira?

Frankie não sabia o que acontecera. Aquela lembrança parecia tão *real.*

– Eu… não…

Ela estava pegajosa, trêmula. Frankie afastou os cabelos do rosto, sentindo o suor na testa. Ela fez um esforço para sorrir.

– Desculpe. Eu acabei de voltar do Vietnã e...

E o quê?

O Dr. Brenner soltou a mão dela.

– Não existem mulheres no Vietnã, querida.

– Existem, sim, senhor. Eu servi dois anos.

– Seu pai disse que você estava estudando fora.

– *O quê?* – perguntou Frankie, voltando-se para a mãe. – Que porra de história é essa?

A palavra chula teve o efeito de um tiro no Dr. Brenner.

A mãe olhou em volta para ver se alguém as observava.

– Sente-se, Frances.

– Vocês mentiram sobre meu paradeiro?

– Seu pai pensou...

– Ele estava com *vergonha* de mim? Com vergonha do meu serviço, depois de todas aquelas histórias, de todo aquele papo de heróis?

– Sente-se, Frances. Você está fazendo uma cena.

– Eu estou te *envergonhando*? E você acha que isso é uma cena? Não, mãe. Uma cena é quando um soldado chega do campo de batalha segurando o próprio pé. É quando...

– *Frances Grace...*

Lágrimas queimaram o rosto de Frankie. Ela saiu correndo do clube, ouvindo os sussurros que se transformariam em fofocas sobre "a garota McGrath". Teria até rido, se tudo aquilo não doesse tanto.

Frankie desceu a rua, sentindo uma pontada na lateral do corpo, e chamou um táxi.

Agora era fácil, bastava abanar a mão. Nenhum uniforme para despertar o ódio das pessoas.

O táxi parou ao lado dela e o motorista abaixou o vidro.

– Para onde?

Para onde?

Parecia que não havia mais nada para Frankie ali, naquele lugar que ela sempre amara.

Porém, para onde mais?

– Ocean Boulevard – disse ela com um suspiro, e enxugou os olhos.

Não tinha nenhum outro lugar aonde ir.

Quando chegou, pegou um papel de carta azul. Com uma das mãos, que não parava de tremer, escreveu para Rye, tentando aliviar aquela dor ao compartilhá-la.

22 de março de 1969

Meu amor,
Eu não estou aguentando de saudades. Estou contando os dias para a sua
volta.
As coisas aqui em casa estão horríveis. Não sei o que fazer. Meus pais men-
tiram sobre o meu serviço no Vietnã. É esse o nível de vergonha que eles têm
de mim. Isso me deixou com uma raiva que eu nunca senti. Furiosa. Com um
ódio mortal. Hoje, fiz uma cena no clube. Não consigo controlar essa nova
fúria que está me consumindo. Talvez eu só precise dormir...
Tudo está tão estranho e de cabeça para baixo que eu ainda nem contei de
você para os meus pais. Nem sei se eles se importariam.
Mal posso esperar pela sua volta.
Te amo,
F.

Algum tempo depois, Frankie acordou esparramada no chão do quarto, com uma dor de cabeça latejante e a garganta dolorida. Provavelmente porque havia gritado enquanto dormia.

Ela se levantou e se recompôs por pura força de vontade. Os pesadelos a abalaram, e ela ainda estava com raiva da traição dos pais. O quarto estava escuro, sem nenhuma luz para banir a noite. Por quanto tempo havia dormido?

No corredor, decorado com madeira de qualidade e latão reluzente, ela sentiu cheiro de cigarro, lustra-móveis de limão e uma pitada de perfume Shalimar.

A mãe estava na sala de estar, ainda com a roupa do clube, sentada em uma poltrona próxima ao discreto fogo da lareira, tomando um martíni e lendo uma revista *Life*. Um par de luminárias de mesa iluminava a sala. As chamas emitiam ondas de calor.

O pai estava perto do fogo, de terno e gravata, com um drinque e um cigarro aceso nas mãos. Ao ver Frankie de roupão, franziu o cenho. Sem dúvida, ela não estava em sua melhor forma.

– É, sou eu, pai. Voltei de Florença, onde estava estudando. A comida não era tão boa quanto eu esperava – provocou Frankie, incapaz de esconder a mágoa no seu tom de voz.

– Ninguém gosta de espertinhos, Frankie – rebateu ele.

Ela foi até o bar, serviu-se de um copo grande de gim com gelo e se sentou ao lado da mãe.

O clima na sala era tenso. Ela notou o olhar desconfiado e preocupado da mãe.

Frankie pegou um dos cigarros dela e o acendeu.

– Quando foi que você começou a fumar? – perguntou ela.

– Acho que foi depois de um alerta vermelho.

Sua mãe a encarou com um olhar vazio.

– Ataques de mísseis ao hospital – acrescentou Frankie. – As explosões eram ensurdecedoras. Apavorantes. Ou talvez tenha sido depois de uma onda, quando os homens chegaram em pedaços. Vai saber. Em um minuto, eu não era fumante e, no minuto seguinte, era. Ajudava com o tremor nas mãos.

– Entendo – disse a mãe, nervosa.

– Não, não entende – retrucou Frankie, de repente desesperada para explicar. Se, pelo menos, eles a ouvissem, tudo poderia se encaixar.

– No Trigésimo Sexto, o hospital de evacuação para onde eu fui designada, o meu primeiro turno foi um BEM, que significa "baixas em massa" e, merda, eu fui um desastre – contou Frankie.

Eles estavam olhando para ela, ouvindo. Graças a Deus.

– Um soldado chegou em uma maca, completamente destroçado. Ele tinha pisado em uma mina terrestre e as pernas dele desapareceram. Simplesmente sumiram. Eu não…

– Chega! – vociferou o pai, batendo o copo no bar com tanta força que o vidro poderia ter quebrado. – Ninguém quer ouvir essas histórias, Frankie. Deus do céu. Pernas que explodiram…

– E esse linguajar – completou a mãe. – Xingando que nem um marinheiro. Mal pude acreditar no jeito que você falou no clube. E na frente do Dr. Brenner! Eu tive que ligar para Millicent e pedir desculpas por você.

– Pedir desculpas por mim? – perguntou Frankie. – Como vocês podem não se importar com a minha experiência de guerra?

– Acabou, Frankie – contou a mãe com uma voz suave.

Calma, Frankie. Mas ela não conseguia. Seu coração batia forte e ela sentiu uma onda de fúria tão avassaladora que teve vontade de bater em alguma coisa.

Por um instante, Frankie se conteve, mas aquele esforço pareceu tóxico, como se as histórias que queria compartilhar pudessem se transformar em veneno dentro dela. Não dava para ficar ali, fingindo que nada havia mudado, que ela passara os dois últimos anos em Florença em vez de remendando pedaços de homens com as próprias mãos. Era como se estivesse engasgada com a necessidade de dizer: *Eu estava lá e foi assim que aconteceu*. Para que eles dessem as boas-vindas a ela e dissessem quanto estavam orgulhosos.

Frankie se levantou de maneira abrupta.

– Não acredito que vocês têm vergonha de mim.

– Eu já não sei mais quem você é – disse o pai.

– Você não quer saber – retrucou Frankie. – Você acha que não significa nada quando uma mulher, uma enfermeira, vai para a guerra. Acha honroso que o seu filho se aliste, mas vergonhoso quando é a vez da sua filha.

A mãe se levantou, segurando a taça de martíni agora vazia, um tanto instável e com lágrimas nos olhos.

– Frankie, por favor. Connor. Vocês dois…

– Cale a boca e beba – ordenou o pai, quase grunhindo.

Frankie viu a mãe se vergar diante da frase.

Sempre fora assim? A mãe sempre fora uma sombra de mulher, escorada em vodca e laquê? E o pai, aquele homem raivoso que achava ter o direito de ditar cada ação e emoção na casa?

Ou a perda de Finley os arruinara?

Frankie não sabia. Não tinha vivido com eles nos últimos dois anos e, na verdade, passara por seu luto sozinha, fora para o Vietnã e conhecera um tipo totalmente diferente de perda.

Ela precisava sair dali antes que dissesse algo terrível.

Frankie os deixou ali parados, olhando para ela como se a filha fosse uma intrusa, e saiu de casa, batendo a porta atrás de si. Não eram típicas dela aquela explosão de fúria e a necessidade de demonstrá-la, mas Frankie não conseguiu evitar. Na praia, com a noite caindo ao seu redor, ela se ajoelhou, desejando ser acalmada pelo som das ondas.

Mas aquilo a fazia pensar no Vietnã, em Finley, em Jamie e em todos que haviam sucumbido.

Ela gritou até ficar rouca. E a raiva dentro dela cresceu.

24 de março de 1969

Querido Rye,
Esse tempo em casa tem sido um show de horrores. Mesmo enquanto escrevo

essas palavras, penso: esta não sou eu. Mas a verdade é que, agora, essa sou eu, sim.

Estou sempre com raiva. E magoada. Meu pais quase não falam comigo ou um com o outro. Eles não querem saber do Vietnã.

Isso nem é a pior parte. Eu não paro de ter esses terríveis pesadelos com a guerra. Quando acordo, parece que levei uma surra.

É porque você não está na cama comigo. Nos seus braços, eu conseguiria dormir.

Sonhar com esse momento, com a sua volta, está me mantendo de pé.

Estou contando os dias para você estar aqui. Comigo. Eu penso na gente. Em uma casa. No campo, talvez. Quero ter cavalos e um cachorro. Um jardim.

As coisas por aqui não têm sido tão fáceis quanto imaginei. Mas não importa. Tudo o que importa é a gente.

Te amo.

F

Em uma noite fria, duas semanas depois de voltar para casa, Frankie estava sentada em uma cadeira da varanda aberta, com os pés enfiados embaixo do corpo e um cobertor enrolado nos ombros. Com sua camiseta verde-oliva surrada e seu short largo, ela cheirava a mofo, bolor e poeira, mas aquilo era vagamente reconfortante. Ela bebericou o martíni gelado e olhou preguiçosamente ao redor.

Estava em casa, em seu próprio quintal, onde logo o jacarandá explodiria em flores roxas e os jardineiros passariam horas rastelando as que caíssem. Estar naquele quintal era como entrar em uma cápsula do tempo, onde nada jamais mudava. O mundo lá fora podia estar se desintegrando que, dentro daqueles muros, só havia tranquilidade, silêncio e coquetéis. Talvez fosse por isso que as pessoas os erguessem: para desviar o olhar, para ignorar tudo o que não queriam ver.

Nos últimos dias, a família havia caído em uma *détente* inquietante, na qual ninguém falava da guerra. Frankie odiava cada momento. Sentia-se desnuda pela vergonha dos pais, mas isso não iria durar muito. Ela só tinha que aguentar até que Rye voltasse para casa. Não contara a eles sobre Rye ou o caso de amor deles. Na verdade, não conversara com eles sobre nada. Só sobre o tempo, a comida e o jardim. Tópicos neutros. Era a única maneira de se controlar na presença deles.

– Acho que vou chamar esta de Orla Dourada – disse o pai, exalando a fumaça enquanto se servia de um Manhattan. – Ou talvez de As Falésias.

Frankie ouvia a conversa de negócios do pai e fingia estar interessada.

Estava tentando ao máximo ser a garota que eles haviam criado, a garota que esperavam que ela fosse. Não demonstrava inquietação, não falava muito e nunca mencionava a guerra. Era boazinha. Eles não pareciam nem um pouco incomodados com o silêncio dela.

Aquela calma forçada parecia vagamente perigosa. Era como se cada palavra que Frankie engolisse contivesse um veneno que poderia, um dia, matá-la.

Ela se concentrou no martíni. Seu segundo. E pensar que teria matado por um drinque gelado assim no Vietnã.

O pai foi até o aparelho de som, trocou de álbum e colocou os Beach Boys para tocar. "California Girls" preencheu o ar.

– Desliga essa merda! – ordenou Frankie.

Os pais pararam o que estavam fazendo e a encararam.

– Quem você pensa que é? – perguntou o pai.

Frankie se levantou de maneira abrupta.

Ela quase gritou: *Olhe para mim! Enxergue a sua filha!*

– Eu estou bem aqui, pai – disse ela, a voz trêmula. – A sua filha que voltou da guerra.

Ele se virou para o aparelho de som e se ocupou com a pilha de discos.

Frankie sentiu sua fúria crescer de novo, preenchê-la, esticando-se até deformá-la.

Ela foi até o bar, pegou uma garrafa de gim e voltou para o quarto, batendo a porta atrás de si.

~

Orfanato St. Elizabeth. Eu estou ajoelhada no chão frio de pedra, segurando Mai nos braços e acariciando os cabelos macios da criança. Escuto o zumbido dos helicópteros que chegam de longe. O estampido dos tiros.

Uma bomba destrói as paredes, lançando pedaços de pedra para todo lado. Ouço crianças chorando.

Outra bomba.

Eu olho para baixo: Mai está derretendo nos meus braços. Fogo em todos os cantos.

Frankie acordou com um grito, seu coração batendo forte. Estava encharcada de suor.

Ela cambaleou para fora do quarto e avançou pela casa escura e silenciosa.

5h23.

Frankie foi até o telefone da cozinha, tirou-o do gancho e ligou para Barb. Sem dúvida seria um problema pagar a conta quando ela chegasse – ligações de longa distância eram caríssimas –, mas Frankie precisava falar com a melhor amiga.

Barb atendeu no segundo toque.

– Alô?

– Oi – disse Frankie, baixinho.

Segurando o fone junto ao ouvido, ela deslizou pela parede da cozinha e se sentou no chão de linóleo.

– Eu… só queria saber de você. Ver se está aguentado firme. Como a sua mãe está?

– Frankie? – perguntou Barb. – Como você está?

– A gente não precisa falar de mim. Eu sei quanto você sente falta do seu irmão…

– Frankie – insistiu Barb –, você está bem?

Frankie balançou a cabeça.

– Não. Eu não estou bem – sussurrou.

– Recebi a sua carta. Seus pais realmente disseram para todo mundo que você estava estudando fora? Isso foi cruel.

– É – confirmou Frankie, exalando profundamente.

– Que dureza, amiga.

– Como foi quando você voltou para casa? Ruim?

– Foi, mas o quarteirão da minha mãe está cheio de veteranos voltando da guerra. E ninguém contou nenhuma mentira. Tudo o que eu sei é que você tem que se esforçar, seguir em frente. Aguentar firme. Tudo vai se resolver.

Frankie ouviu esperança naquelas palavras.

– Rye vai voltar para casa logo. Juro por Deus, se ele pedir para eu ir morar com ele, vou aceitar.

Barb riu.

– Você, Srta. Preciso-De-Um-Anel-Primeiro?

– Essa não sou mais eu.

– É. A vida é curta, e a gente sabe disso, não é? Você vai dar uma festa de boas-vindas para ele? Quem sabe eu não animo a Ethel a fazer uma viagem de carro para longe da realidade?

– Eu não tinha pensado em dar uma festa.

– Nós duas sabemos como é difícil voltar. Um bolinho ajuda bastante.

Frankie pensou no assunto. *Uma festa.*

– O pai dele mora em Compton. Talvez a gente possa planejar alguma coisa juntos.

– É assim que se fala.

– Obrigada, Barb. Sabia que você ia me tirar dessa tristeza.

– E para que servem as amigas?

Elas conversaram por mais alguns minutos e, quando desligou, Frankie já tinha um plano.

Talvez fosse uma má ideia.

Ou uma ótima ideia.

Não sabia ao certo.

Tudo o que sabia era que, uma vez que Barb dera a sugestão de uma festa para Rye, Frankie ganhara uma missão.

Então, vestiu as roupas novas que a mãe comprara para ela – uma calça jeans boca de sino folgada, uma bata e um cinto – e ligou para o serviço de informações, a fim de conseguir o endereço da Oficina Mecânica Stanley & Mo, em Compton.

Às nove da manhã, sem dizer uma palavra aos pais, ela estava vestida e maquiada, saindo da varanda gradeada da casa no Fusca azul-bebê que fora seu presente de aniversário aos 16 anos.

Na balsa, ela baixou o vidro e deixou o ar lavar seu rosto. Ouviu o ronco dos equipamentos pesados e o clangor das britadeiras que eram usadas para construir a ponte de San Diego a Coronado – uma melhoria pela qual seu pai havia lutado incansavelmente. Pela primeira vez em dias, Frankie se sentiu esperançosa. Focada. Estava – nas palavras de seu poema preferido, "Desiderata" – "avançando com confiança na direção de seus sonhos".

No continente, ela ligou o rádio, ouviu o famoso uivo de Wolfman Jack e cantou junto com a música. Cream. County Joe and the Fish. Os Beatles. A música do Vietnã.

Em Compton, ela desacelerou. Já haviam se passado anos desde os Tumultos de Watts, mas o resquício daquela época conturbada ainda era visível em janelas tampadas com tábuas de madeira, varandas quebradas e pichações.

Punhos pretos desenhados com spray estampavam as paredes das lojas vazias e dos restaurantes fechados. A pobreza do bairro era óbvia.

Ela passou por um ferro-velho, onde pilhas de metal e carros quebrados se acumulavam atrás de uma cerca de arame. Rosnando, um cachorro seguiu o carro em movimento de uma ponta a outra da cerca, forçando a corrente de argolas largas quando chegou ao fim.

Carros abandonados jaziam em terrenos malcuidados, sem pneus ou calotas e com os para-brisas trincados. Muitas das casas estavam em ruínas, precisando de uma pintura. Ela viu grupos de homens negros descendo a rua devagar, com roupas e boinas pretas.

A Oficina Mecânica Stanley & Mo ficava em um posto de gasolina dos anos 1940, ladeada por uma ampla garagem. Na porta, alguém havia escrito FECHA-DO com spray vermelho. Latas de cerveja amassadas se espalhavam pelo quintal. Lixo transbordava de uma lixeira.

Um trio de homens negros passou pela garagem. Um deles viu Frankie e parou para encará-la por um instante, depois apertou o passo para alcançar os amigos.

Ela entrou no estacionamento vazio e saiu do carro.

Em algum lugar ali perto, um cachorro começou a latir. O escapamento de um carro engasgou, parecendo um disparo.

Calma, Frankie. Respire. Foi só um carro. Não um ataque de morteiro.

Ela foi até o escritório da loja, que parecia abandonado. Havia tela de arame e madeira compensada em todas as janelas, e alguém tinha pintado PODER DA PANTERA embaixo de uma delas. As palavras estavam borradas, como se a pessoa tivesse tentado apagá-las, mas depois desistira.

Ela bateu à porta.

– Vá embora! – gritou alguém lá dentro.

Frankie abriu uma fresta e foi atingida pelo cheiro de cerveja velha e cigarro.

– Olá?

Ela terminou de abrir a porta e passou pela soleira.

Seus olhos demoraram um pouco para se ajustar à escuridão do interior.

A única luminária do ambiente ficava sobre um arquivo de metal coberto por pilhas de papel. Calendários antigos cobriam uma parede, com *pinups* de outros tempos: Betty Grable, Rita Hayworth.

Um homem grisalho estava sentado, curvado em uma cadeira de escritório com rodinhas, encarando uma televisão com antena de orelhas de coelho que ficava em cima de outro arquivo. Estava passando *As the World Turns*.

– Estamos fechados – disse ele com uma voz áspera, sem olhar para ela. – Desde os motins, mas eu é que não vou embora. Eles não vão *me* expulsar.

– Sr. Walsh?

– Quem quer saber? – perguntou o homem, tirando o cigarro da boca.

Ele se virou devagar, olhou para ela e franziu o cenho.

– Garota, você está na parte errada da cidade.

Frankie avançou devagar. Ela reconheceu Rye nos traços dele – era como se o rosto bonito do filho tivesse sido coberto por uma massa de modelar cinzenta e carnuda, e depois posto ao sol para secar. O homem mais velho tinha bochechas caídas e um nariz bulboso. Sobrancelhas grossas e castanhas contrastavam com o rosto apático e os cabelos louros grisalhos. O bigode precisava ser aparado com urgência. Mãos nodosas se enroscavam em um copo. Ele vestia um macacão cinzento de mecânico em cujo bolso se lia STAN.

Frankie viu a realidade da infância de Rye diante de si. Não era de admirar que ele tivesse se sentido desconfortável na casa dos McGraths, na festa de despedida de Finley. Não era de admirar que ele tivesse se alistado na Marinha e sonhado em voar mais rápido que a velocidade do som.

Aquilo a deixou ainda mais determinada a demonstrar seu amor por ele com uma festa de boas-vindas.

– Eu queria conversar sobre uma festa de boas-vindas para Rye. Eu sou...

– Eu sei quem você é, mocinha. E não vai ter droga de festa nenhuma para o meu filho. Você já deveria saber disso.

– O senhor é uma dessas pessoas que se envergonha dos homens e das mulheres que foram para o Vietnã?

Ele riu, soltando o ar pelo nariz.

– Mulheres no Vietnã? Você usa drogas?

– Sr. Walsh, quero que saiba...

– Vou te interromper aí mesmo.

Ele foi até a mesa de metal debaixo da janela fechada com tábuas, que estava coberta de papéis, cinzeiros e pratos sujos. Depois, vasculhou uma pilha de envelopes e revistas e puxou um pedaço de papel.

– Aqui – disse ele, entregando a ela um telegrama. – Três dias atrás, dois idiotas de uniforme apareceram aqui para me dizer que o meu filho estava morto. Que ele tinha sido abatido. Em algum lugar tipo Ankle. Ankee. Quem diabos vai saber?

Frankie olhou para o telegrama. *Lamentamos informar... Tenente-comandante Joseph Ryerson Walsh foi morto em combate.*

– Os restos mortais não são *recuperáveis*, disseram os imbecis. Ele com certeza não vai precisar de nenhuma festa de boas-vindas – declarou o Sr. Walsh.

Frankie não conseguia respirar.

– Não... Não pode ser verdade...

– Mas é.

– Mas...

– Vá embora, mocinha. Não tem nada para você aqui.

Ela se virou, cambaleou para fora do escritório sujo, foi até o Fusca e desabou lá dentro.

O telegrama tremia em suas mãos.

Lamentamos informar.

Rye. Ela se lembrou de quando ele a carregara até o alojamento... da noite em que aparecera na Sala de Cirurgia, preocupado com ela... do primeiro beijo dos dois... daquela noite, na praia de Kauai, quando ele lhe mostrara o que era o amor. *Meu medo é te amar até morrer...*

Rye. Seu amor.

Perdido para sempre.

Frankie não lembrava como dirigiu até em casa. Quando estacionou na entrada para carros dos pais, olhou para cima através das lágrimas e ficou vagamente surpresa ao ver onde estava.

Saiu do carro, esquecendo-se de fechar a porta ou de pegar as chaves. Caminhou até a casa e foi direto para o quarto. A música a seguiu – Pat Boone, a cantora preferida da mãe, tentou confortá-la e seduzi-la com sua voz, mas Frankie mal a ouviu.

Fazia só algumas horas que lera aquelas palavras – *morto em combate* –, mas elas já pesavam como uma vida inteira de tristeza. Interminável.

Frankie subiu na cama, de sapato e tudo. Depois, se recostou nas pilhas de travesseiros da cabeceira e fitou o dossel cor-de-rosa com babados.

A dor embotava o mundo, impunha um véu grosso e macio entre Frankie e todo o resto. Ela estava tão entorpecida que demorou um instante para perceber alguém batendo à porta do quarto.

– Vá embora! – gritou.

A porta se abriu. Ali estava sua mãe, com um sorriso hesitante. Era assim que elas se entreolhavam ultimamente, mas Frankie tampouco se importava com isso.

– Você chegou...

Frankie ouviu o próprio berro, sabendo que era um erro, mas não conseguiu se conter. Ela passou do grito de raiva aos soluços no tempo em que a mãe levou para ir até a cama.

Frankie rolou para longe e abraçou as pernas, em posição fetal.

A mãe se sentou na cama ao lado dela e acariciou seus cabelos. Por muito tempo, ela não disse nada, só deixou que Frankie chorasse.

Finalmente, Frankie rolou até o abraço de sua mãe em vez de se afastar dele.

– O que houve? – perguntou ela.

– Eu me apaixonei no Vietnã – contou Frankie, ofegando. – Ele foi abatido. Morto em combate – continuou ela, olhando para a mãe. – Como é que eu não soube?

– Você nunca falou de homem nenhum lá – comentou a mãe, antes de soltar um suspiro profundo. – Ah, Frances...

– Vocês não queriam ouvir falar da guerra.

Frankie esperou pelas palavras de sabedoria, por algo – qualquer coisa – que lembrasse a ela de que ainda existia uma razão para viver.

A mãe não disse nada, só acariciou os cabelos dela e a abraçou forte.

Frankie sentiu seu coração bater devagar, sentiu, vagamente, que talvez ele estivesse se partindo, incapaz de bater em um mundo sem Rye, naquele corpo dela que de repente lhe parecia tão estranho.

Passos vieram do corredor.

O pai surgiu na porta aberta, com uma pasta na mão e um maço de correspondência na outra.

– Um amigo dela morreu – contou a mãe.

– Ah.

Ele deu meia-volta e foi embora, fechando a porta atrás de si.

Frankie se aninhou nos braços de sua mãe e chorou.

Eles estão atirando na gente.

Pá-pá-pá.

Uma fagulha de luz atinge a lateral do Huey. O artilheiro revida, o helicóptero dá uma guinada para a esquerda, depois para a direita, quase fazendo uma pirueta.

Outro tiro. Faíscas. A saraivada do artilheiro respondendo, e então o estrondo de uma explosão. A cauda do helicóptero se curva, quebra e cai na selva. Outra explosão; agora no tanque de combustível. O helicóptero estoura, vira uma bola de fogo e fumaça e se esborracha no chão.

Uma espessa coluna de fumaça e chamas sobe da selva. As árvores pegam fogo.

Frankie acordou e, ainda envolta na dor do pesadelo, pensou que estava no Vietnã de novo, que tinha visto Rye ser abatido.

O mundo foi voltando devagar.

Ela estava em seu quarto, sob os babados do dossel de tule cor-de-rosa, junto à caixa de joias de bailarina na mesinha de cabeceira.

A noite anterior tinha sido brutal. Pesadelos consecutivos. Frankie tinha uma vaga lembrança de perambular pela casa escura, fumando, com medo de dormir.

Sentindo-se entorpecida, com o corpo pesado e o coração mais pesado ainda, ela se levantou. Mas, tão pronto se pôs de pé, não soube o que fazer.

Só ficou ali.

Alguém bateu à porta.

Frankie suspirou. Só vivera dois dias em um mundo sem Rye. Quarenta e oito horas de luto, e ela já não suportava mais estar naquela casa. Odiava a maneira como sua mãe a observava, com olhos tristes e cautelosos, como se Frankie pudesse se jogar na frente de um carro a qualquer momento.

A mãe abriu a porta. Ela vestia um penhoar de seda lilás, com botões de pérola e pantufas brancas com pompons. Um turbante branco cobria seus cabelos.

Frankie a encarou com olhos sonolentos e vermelhos.

– Como eu paro de amá-lo?

– Você não para. Você aguenta. Não vou te insultar mencionando as supostas propriedades curativas do tempo, mas vai melhorar – aconselhou a mãe, lançando a ela um olhar triste e compassivo. – Ele ia querer que você vivesse, não ia?

Frankie tinha perdido a noção de quantas versões da frase "a vida continua" ouvira de sua mãe.

As palavras se tornaram apenas um barulho ecoando no quarto vazio dentro dela.

– Claro, mãe. Está bem.

VINTE

— *E*stou preocupada com você, Frances – comentou a mãe.

– Vá embora – pediu Frankie, rolando para longe, cobrindo a cabeça com o travesseiro.

Quanto tempo fazia que havia perdido Rye? Três dias? Quatro?

– Frankie…

– VÁ EMBORA.

Sentiu um toque suave em seu ombro.

– Frances?

Frankie se fingiu de morta até que a mãe soltasse um suspiro profundo e saísse do quarto, fechando a porta atrás de si.

Frankie tirou o travesseiro do rosto. Será que sua mãe achava que ela já havia superado?

Ao pensar naquilo, sua tristeza voltou a crescer. Ela se deixou afundar no sofrimento. De uma forma estranha, havia paz no vazio, conforto em sua dor. Pelo menos, Rye estava ali com ela, naquela escuridão. Ela se permitiu imaginar a vida que teriam tido, os filhos que se pareceriam com eles.

Essa imagem doeu tanto que se tornou insuportável. Ela recuou, tentou afastar o pensamento. Ele não queria ir embora.

– Rye – sussurrou, procurando um homem que não estava lá.

– Frances. *Frances.*

Frankie ouviu a voz da mãe vindo de longe.

– Vá embora.

– Frances. Abra os olhos. Você está me assustando.

Frankie rolou na cama, abriu os olhos e, cansada, encarou a mãe, que estava vestida para ir à igreja.

– Eu não vou à igreja – declarou Frankie.

Sua voz pareceu grossa. Ou talvez fosse sua língua.

A mãe pegou o copo vazio na mesinha de cabeceira. Ao lado dela, havia uma garrafa vazia de gim.

– Você está bebendo demais.

– Os iguais se reconhecem – retrucou Frankie.

– Seu pai contou que viu você vagando pela sala de estar. Sonâmbula, talvez.

– Quem se importa?

A mãe se aproximou.

– Você perdeu alguém que acha que amava. Isso dói. Eu sei. Mas a vida continua.

– Acho que amava? – questionou Frankie.

Ela rolou na cama e fechou os olhos, pensando: *Rye, você se lembra do nosso primeiro beijo?*

Antes que a mãe saísse do quarto, ela já havia adormecido.

Frankie tomou conhecimento da música em etapas. Primeiro a batida, depois o ritmo e, por fim, as palavras. The Doors. "Light My Fire".

Estava no Vietnã, no clube, dançando com Rye. Ela sentiu os braços dele a envolverem, seus quadris pressionados contra os dela, a mão acomodando-se de maneira possessiva na curva da coluna de Frankie. Ele sussurrou alguma coisa que a deixou gelada, apavorada. *O quê?*, perguntou. *O que você disse?*, mas ele já estava se afastando, deixando-a sozinha.

De repente, a música retumbou no ambiente, tão alta que fez doerem seus ouvidos, ressoando como um alerta vermelho.

Ela se sentou, grogue, a cabeça latejando, e afastou os cabelos úmidos dos olhos. Seus cílios estavam grudados. Remelas irritavam os cantos dos olhos.

A música parou.

– A Bela Adormecida acordou.

– Nem tão bela, mas bastante adormecida.

Frankie virou a cabeça e viu Ethel e Barb de pé no quarto. Ethel estava mais forte que no Vietnã, com curvas que preenchiam seu corpo alto. Os cabelos ruivos estavam presos em um rabo de cavalo baixo. Ela vestia uma calça jeans boca de sino e uma túnica listrada de poliéster.

Barb estava com uma calça de veludo cotelê preta, uma camiseta da mesma cor e uma jaqueta militar verde-oliva com as mangas cortadas.

– Saia dessa cama, Frankie – ordenou Barb.

– Minha mãe chamou reforços? – perguntou Frankie.

– Na verdade, eu liguei – contou Barb. – Eu não tinha notícias suas desde que a gente conversou sobre a festa de boas-vindas do Rye. Fiquei preocupada e telefonei. Sua mãe atendeu.

– Saia dessa cama, Frankie, ou eu vou colocar você no meu ombro – advertiu Ethel. – Não pense que não vou. Eu consigo carregar um fardo de feno.

Frankie sabia que não adiantava discutir. Ela viu a maneira como as amigas a encaravam, com uma mistura de compaixão e determinação. Estavam ali para tirá-la do desespero. A atitude era nítida no olhar delas, na postura, no jeito confiante como erguiam o queixo.

Elas queriam que Frankie se levantasse e começasse a andar. Como se o luto fosse um lago do qual você pudesse simplesmente sair.

Na verdade, não passava de areia movediça e calor. Uma entrada difícil, mas, uma vez que você se deixava levar, o interior era morno e convidativo.

Ela empurrou as cobertas rançosas cheirando a suor e saiu da cama. Sem fazer contato visual – não conseguia olhar para elas sem pensar em Rye –, Frankie caminhou pelo corredor até o banheiro e tomou um banho, tentando lembrar, com indiferença, quando fora a última vez que abrira a torneira ou lavara os cabelos.

Depois, secou-os com a toalha e vestiu as roupas que tinha deixado pendura-das em um gancho atrás da porta (que a mãe comprara para animá-la): um con-junto de bata e calça azul, com gola pontuda de marinheiro, e um cinto branco. Ela se sentiu como uma atriz se vestindo para o papel de uma filha obediente.

Ridículo. Mas o esforço de escolher outra coisa estava além de sua capacidade.

Descalça, voltou para o quarto.

Ao ver as amigas ali, Frankie soube quanto as amava. Quase podia sentir esse amor, mas não exatamente. O luto havia repelido com força todas as outras emoções.

– Eu estou bem, sabiam? – disse Frankie.

– Aparentemente, você está na cama há uma semana – retrucou Ethel.

– O tempo voa quando a gente se diverte.

– Venha, Frank – chamou Ethel, entrelaçando o braço ao dela.

Barb pegou o rádio e foi até o outro lado da amiga. Uma manobra de flanco para garantir que Frankie estava cercada.

O trio avançou pelo corredor.

Frankie passou direto pelo escritório do pai. A última coisa que queria que elas vissem era a parede dos heróis, e sua ausência ali.

Ela ficou surpresa ao notar que as amigas pareciam conhecer a casa e ter um plano. Elas caminharam pelo quintal, atravessaram a rua e foram até a praia, onde três cadeiras vazias e uma caixa térmica as aguardavam. Barb colocou o rádio em cima da caixa e aumentou a música.

Frankie se sentiu frágil ao ouvir o barulho das ondas que vinham em sua direção. Aquela música familiar a levou de volta ao melhor e ao pior do Vietnã.

– Eu o amava – declarou ela em voz alta.

Barb entregou um copo de gim-tônica a ela.

– Sente, Frankie – pediu a amiga.

Frankie não se sentou, desabou.

Ethel se acomodou ao lado dela e segurou sua mão.

Barb ocupou a terceira cadeira.

As três se deram as mãos, observando o Oceano Pacífico quebrar belamente na margem, o bater constante, incessante, da água, o recuo silencioso de cada onda.

– Como eu não soube que ele tinha partido? Como não *senti* a ausência dele neste mundo?

Para isso, não havia resposta. As três conheciam a morte intimamente e conviveram com ela por anos.

– Você precisa fazer alguma coisa – sugeriu Ethel. – Começar uma vida.

– Existe um grupo – comentou Barb. – Veteranos do Vietnã contra a Guerra. Começou com seis veteranos marchando em um protesto pacífico para acabar com o confronto. Talvez você possa canalizar a sua raiva para alguma coisa boa.

Raiva? Aquela era uma sombra distante no horizonte de seu luto.

Barb não fazia ideia do que ela estava sentindo, de como era debilitante se perder junto com o seu amor. E Frankie não conseguiria explicar isso sem soar patética ou preocupá-las ainda mais.

Era melhor só murmurar:

– Hum.

– A vida continua, Frank – disse Ethel. – Você foi forte o suficiente para encarar Pleiku. Vai sobreviver a essa perda.

Ah.

A vida continua.

Mas será que continuava mesmo? Não a mesma vida, isso era certo.

– Eu amo vocês – respondeu ela, sabendo que as amigas queriam ajudar.

Mas como elas poderiam, como alguém poderia? Elas só estavam dizendo a Frankie o que ela já ouvira mil vezes: a única saída era enfrentar.

Mais clichês.

A questão era: *como?* Como era possível enfrentar o luto, querer viver de novo quando não conseguia imaginar o que seria essa vida, como era possível ser feliz outra vez?

Era uma pergunta que ainda não lhe havia ocorrido. Frankie fizera o possível para continuar existindo (ou não existindo, na verdade) na segurança de sua cama, debaixo das cobertas, mas até ela sabia que aquilo não poderia durar para sempre.

O que ela queria?

Rye.

Um casamento.

Um bebê para segurar nos braços.

Uma casa toda sua.

– Como tem sido estar de volta em casa? – perguntou Barb.

– Além de ter descoberto que o homem que eu amo está morto? – desenvolveu Frankie.

– Antes disso – respondeu Ethel com uma voz suave.

– Difícil. Ninguém quer falar da guerra. Meu pai tem vergonha até de eu ter servido – contou Frankie, e depois olhou para as amigas. – O que vocês duas fizeram?

Ethel deu de ombros.

– Você conhece a minha história: comecei a faculdade de veterinária e me apaixonei de novo pelo meu namorado do ensino médio, Noah. Ele estava no Vietnã na mesma época que eu, mas a gente não se encontrou. Ele sabia quanto eu amava George. A gente tem… uma história. Quando eu estou frágil, ele sabe como me manter de pé.

Frankie aquiesceu.

– Você tem pesadelos?

– Não muito. Não mais – respondeu Ethel, ao mesmo tempo que Barb falou:

– Você tem que deixar isso de lado, Frankie. *Fazer* alguma coisa.

– O que te restou, Frank? – indagou Ethel depois de um tempo, quando a música mudou para um folk suave.

Não havia raiva naquela canção, só tristeza, perda e dor.

– Como assim?

– Me diga você.

– Bom.

Sinceramente, aquilo era algo em que Frankie nunca havia pensado. Ela sabia o que fora criada para ser, o que esperavam dela, mas isso fora antes, não?

Barb repetiu a pergunta.

– O que te restou?

Frankie pensou em como mudara nos últimos dois anos, no que aprendera sobre si mesma e o mundo. Pensou em Jamie e na própria convicção de fazer a coisa certa, o que resultou em nem tê-lo beijado; em Rye e em como a paixão a transformara, a libertara e criara uma versão diferente e mais ousada dela mesma. Pensou em Fin e na infância idílica dos dois, na maneira como ele dizia *Está tudo bem*, e ela acreditava.

Todos eles, os três homens que havia amado, a despertaram, preencheram seu coração e a fizeram feliz, mas não poderiam ser tudo.

– A enfermagem – concluiu ela, baixinho.

– É isso aí! – exclamou Ethel. – Você é uma enfermeira competente e durona. Você salva vidas, Frank. Pense nisso.

Frankie aquiesceu. Ela enxergou um vislumbre de possibilidade, uma forma de contornar o luto. Ao ajudar os outros, talvez conseguisse se ajudar também.

– Vocês duas são incríveis – disse ela, embargando a voz. – E eu amo vocês. De verdade.

Ela se levantou, se virou e olhou para elas. As amigas estavam ali para ajudá-la, mas Frankie sabia – assim como elas – que, se quisesse se salvar, teria que fazer isso sozinha.

~

Nos dias que se seguiram, Frankie mostrou a Ethel e Barb os lugares que amava quando era criança. As três passaram longas horas na praia, só conversando e escutando as músicas que as faziam rir, chorar e relembrar. Quando suas melhores amigas foram embora, Frankie já tinha um plano para seguir em frente. Ela passou dias esquadrinhando os anúncios de emprego no jornal de San Diego e dando telefonemas. Quando finalmente conseguiu uma entrevista, acordou cedo para se preparar. Ela datilografou um currículo na máquina de escrever da escrivaninha do pai, que ninguém da casa usava. A mãe só confiava, é claro, em cartas manuscritas, e o pai tinha secretárias que datilografavam os documentos para ele. Quando ficou satisfeita com o currículo, puxou a folha do rolo da máquina, revisou o documento em busca de erros de datilografia e o colocou na pasta de couro de cordeiro, que fora seu presente de formatura. Era a primeira vez que a usava. Suas iniciais – FGM – estavam gravadas em dourado no couro preto.

Grata – pela primeira vez – por sua mãe ser uma compradora ardorosa,

Frankie encontrou um adequado conjunto listrado de saia e blusa, com gola afunilada e cinto verde no quadril, pendurado no armário dela. A gaveta de cima da cômoda tinha uma série de calcinhas enroladas, sutiãs rendados e algumas meias-calças marrons que Frankie e todas as amigas do ensino médio usavam no inverno para parecerem bronzeadas. Ela calçou um par de sapatilhas bege.

Do convés da balsa, Frankie viu a ponte quase concluída: enormes pilares de concreto se erguiam da água azul ondulada, curvando-se de uma margem a outra.

No continente, o pequeno hospital ficava em um prédio branco em estilo missionário espanhol, que ocupava um quarteirão inteiro da cidade, com pátios frontais e laterais repletas de palmeiras. Frankie estacionou em uma vaga de visitante e foi até a porta da frente. No instante em que as portas se abriram e a acolheram ali dentro, um cheiro familiar de desinfetante, álcool e água oxigenada a invadiu e, pela primeira vez desde que voltara para casa, Frankie se sentiu ela mesma.

Aquele era o seu lugar, quem ela era. Ali, encontraria um caminho para enfrentar o luto.

Ela foi até a recepção, onde uma jovem com um penteado bufante a cumprimentou com um sorriso e indicou o caminho para o escritório da diretora de enfermagem, no segundo andar.

A mão de Frankie suava na alça de couro da pasta. Aquela era só a sua segunda entrevista real de emprego. O recrutamento militar não contava. Ela sabia que parecia jovem – era jovem, pelo menos de idade.

No segundo andar, Frankie encontrou o escritório que procurava, a duas portas do elevador. Do lado de fora, parou e respirou fundo.

Sem medo, McGrath.

Com a postura ereta, os ombros para trás e o queixo erguido – como os pais e as freiras da Escola para Moças St. Bernadette lhe ensinaram –, ela foi até a porta, onde se lia SRA. DELORES SMART, DIRETORA DE ENFERMAGEM, e bateu.

A Sra. Smart ergueu os olhos de seu trabalho sobre a mesa. Tinha um rosto redondo com bochechas bem coradas e usava os cabelos grisalhos em antiquados cachos presos em grampos achatados na cabeça.

Atrás dela, uma ampla janela dava para o estacionamento.

– Sra. Smart? Sou Frances McGrath. Estou aqui para uma entrevista.

– Entre – disse a mulher mais velha, indicando a cadeira vazia em frente à mesa. – Seu currículo?

Frankie se sentou, tirou o documento da pasta e o deslizou pela mesa.

A Sra. Smart o leu.

– Escola para Moças St. Bernadette – comentou ela. – Boas notas.

– Eu me formei como primeira da turma na escola de enfermagem da Faculdade para Moças de San Diego.

– Estou vendo. A senhorita trabalhou por duas semanas no Hospital St. Barnabas. Turno da noite.

– É, mas como a senhora pode ver, eu acabei de voltar do Vietnã, onde fui enfermeira do Exército durante dois anos. Eu cheguei a ser promovida a enfermeira cirúrgica e…

– A senhorita não tem treinamento para assistência cirúrgica – interrompeu a Sra. Smart secamente.

Ela empurrou os óculos para cima e olhou para Frankie.

– A senhorita é capaz de seguir ordens? De fazer o que mandam?

– Pode acreditar, senhora, o Exército exige isso. E o meu treinamento no Vietnã fez de mim uma enfermeira excepcional.

A Sra. Smart batia a caneta na mesa enquanto lia e relia o currículo de Frankie.

– Apresente-se à Sra. Henderson no posto de enfermagem do primeiro andar, na quarta-feira, às onze horas, para a sua primeira noite de trabalho – disse ela finalmente. – A Tilda, do escritório aqui ao lado, vai lhe arranjar um uniforme.

– A senhora está me contratando?

– Vou colocá-la em período probatório. Das onze da noite às sete da manhã.

– No turno da noite?

– Claro. É onde todo mundo começa, Srta. McGrath. Já devia saber disso.

– Mas…

– Sem mas nem meio mas. A senhorita quer trabalhar aqui?

– Sim, senhora.

– Ótimo. Até quarta-feira.

No primeiro dia de trabalho, Frankie vestiu um uniforme branco engomado com avental, meias-calças brancas e grossas, além de sapatos brancos confortáveis. O quepe de enfermeira repousava em seu chanel bufante bem cortado, como uma bandeira de rendição. No Vietnã, naquela merda, ele teria caído no ferimento abdominal de algum paciente ou recebido borrifos de sangue.

Ela chegou pronta para trabalhar, foi conduzida ao seu armário e recebeu uma chave. Precisamente às onze, Frankie se apresentou à enfermeira encarregada da noite, Sra. Henderson, uma mulher idosa vestida de branco que parecia um bull terrier, inclusive com os bigodes.

– Frances McGrath, senhora, se apresentando para o serviço.

– Não estamos no Exército, Srta. McGrath. Pode dizer só oi. Ouvi dizer que quase não tem experiência hospitalar.

Frankie franziu o cenho.

– Bom, civil, talvez não, mas eu estive no Vietnã, em um hospital móvel...

– Venha comigo. Vou lhe mostrar o trabalho.

A enfermeira responsável caminhava rápido, os ombros retos, o queixo encolhido e o rosto atento a tudo.

– A senhorita está em período probatório, McGrath. Imagino que a Sra. Smart tenha lhe passado essa informação. Nossos pacientes são importantes para nós, por isso nos esforçamos para oferecer cuidados do mais alto nível. O que significa, é claro, que as enfermeiras que não sabem quase nada não fazem quase nada. Eu avisarei quando puder cuidar de pacientes reais. Por ora, pode ajudá-los a irem ao banheiro, reabastecer a água, trocar as comadres e atender ao telefone no posto de enfermagem.

– Mas eu sei como...

Outra mão se ergueu, pedindo silêncio.

– Aqui é o Pronto-Socorro. A senhorita vai ver de tudo nesta ala: de infartes a bolinhas de gude enfiadas em narinas de crianças.

– Sim, senhora.

– Bom sinal. Educação. Hoje em dia, a maioria das garotas da sua idade se comporta como um cão selvagem. Minha neta se veste como uma mendiga. Venha comigo. Esta é a ala cirúrgica. Só enfermeiras cirúrgicas altamente treinadas trabalham aqui – explicou ela, continuando o tour pelo hospital.

Frankie seguiu a nova chefe pelo corredor, passando por uma série de portas fechadas. A mulher lhe mostrou os banheiros, o laboratório, a sala de equipamentos. Elas terminaram a caminhada no primeiro andar, no posto de enfermagem.

– Sente-se aqui – disse a Sra. Henderson. – Atenda ao telefone. Qualquer problema, me bipe.

Frankie se sentou. *A senhorita pode ajudá-los a irem ao banheiro, reabastecer a água e trocar as comadres.*

Ela inspirou fundo e soltou o ar. Barb e Ethel a haviam preparado para isso. Ela sabia o que estava por vir. Não fazia sentido ficar com raiva. Frankie só precisava mostrar a eles o que era capaz de fazer. Coisas boas levavam tempo.

27 de abril de 1969

Querida Ethel,

Consegui um emprego como enfermeira em um hospital local. Oba! Espero que você consiga captar o sarcasmo nessa interjeição.

Barb estava certa. Eles estão me tratando como uma voluntária. Às vezes, me dá tanta raiva que tenho vontade de gritar. Eles me colocaram no turno da noite, atendendo a telefonemas, trocando comadres e reabastecendo as jarras d'água.

Eu. No turno da noite.

A única coisa boa é que a raiva às vezes me faz esquecer como estou triste.

Mas vou ficar no trabalho. E tentar mostrar do que sou capaz. Aposto que você está pensando no meu primeiro turno no Vietnã.

Eu dou conta. Aliás, obrigada por me lembrar disso. Adoro ser enfermeira. Já é alguma coisa.

Então, como está a vida na fazenda de cavalos? Ainda arrasando nas aulas? Como vai a égua nova, qual era mesmo o nome dela? Bétula Prateada? Você se inspirou em um livro que leu no ensino fundamental, não foi?

Como está o Noah?

Com amor,

F

Correndo, respirando com dificuldade.

O prédio da administração explode ao meu lado.

Um helicóptero no alto. Olho para cima e vejo Rye no banco do piloto.

Um som de assobio.

Eu grito.

O helicóptero explode no céu escuro, se despedaça. Cinzas chovem sobre mim.

Um capacete em chamas cai no chão, aos meus pés. A palavra MOTIM *derrete no metal.*

Frankie acordou assustada e olhou em volta.

Pelo menos, não estava no chão. Já parecia uma pequena vitória.

Ela empurrou as cobertas e saiu da cama, nem um pouco surpresa ao descobrir que se sentia fraca. A noite anterior tinha sido repleta de pesadelos. Não havia nenhuma lógica naquilo. Frankie tinha pesadelos e alterações de humor do nada. Às vezes, sentia como se estivesse pendurada na ponta de uma corda gigantesca e sinuosa. Precisava usar toda a sua força para não soltá-la.

Ela vestiu o roupão de chenile e foi até a cozinha, que estava vazia às três da tarde. Depois, serviu-se de uma xícara de café e a levou até a varanda aberta, onde a mãe, sentada a uma mesa na beira da piscina, fazia palavras cruzadas.

– Ah, aí está você – disse a mãe, deixando o jogo de lado.

Ela estreitou os olhos e observou Frankie de cima a baixo.

– Você não dormiu bem de novo?

Frankie deu de ombros.

– Esse seu turno de vampiro não está ajudando.

– Talvez não – concordou Frankie, sentando-se.

– Por quanto tempo eles vão te fazer trabalhar nesse horário terrível?

– Vai saber. Só estou lá há duas semanas.

– Não gosto disso.

– Eu também não.

Frankie olhou para a mãe, sabendo que ela não só via a tristeza que a filha lutava todos os dias para superar, como também se preocupava com sua raiva perturbadora, capaz de explodir a qualquer momento.

– A gente devia jantar daqui a pouco. No clube.

– Claro, mãe. Tanto faz.

Pouco depois das dez da noite, Frankie dirigiu até o terminal de balsas de Coronado. Em meados de maio, havia poucos carros circulando tão tarde durante a semana. Nenhum turista cambaleando de bar em bar, nenhum casal bem-vestido voltando para o carro depois de jantar fora. A ilha já se recolhia para a noite, enquanto Frankie saía para trabalhar. Ela pretendia chegar cedo para começar seu turno, como sempre. Era algo que aprendera no Vietnã.

Em San Diego, o hospital estava bem iluminado. Ela estacionou debaixo de uma palmeira e entrou no prédio, acenando para os colegas a caminho dos armários.

Frankie forçou um sorriso, torcendo para que ninguém detectasse a frustração raivosa que sentia a cada turno.

Eles *ainda* a tratavam como uma MN. Nem mesmo permitiram que iniciasse uma intravenosa.

Ainda assim, ela mantinha a boca fechada e aguentava firme, como lhe ensinaram. Ao chegar ao armário, vestiu o uniforme e se dirigiu ao posto de enfermagem para tomar seu lugar à mesa.

Como de costume, os corredores estavam silenciosos. A maioria dos pacientes dormia, as portas fechadas. A primeira tarefa de Frankie era sempre checar cada quarto, cada paciente. E pedir ajuda, caso fosse necessário.

Ela encheu um copinho de isopor com café e ficou parada perto da mesa, bebericando.

Um homem idoso caminhou até ela arrastando os pés, movendo-se como se sentisse dor, os ombros curvados.

Ela apoiou o café na mesa.

As roupas dele eram antiquadas: uma calça larga bege e uma camisa branca bem passada.

– Enfermeira?

– Sim, senhor?

– Meu nome é José Garcia. Minha esposa, Elena, não está conseguindo respirar.

Frankie aquiesceu. Ela sabia que deveria chamar a enfermeira Henderson, pedir reforços, mas não fez isso. Que se danassem. Ela era capaz de lidar com o que quer que estivesse acontecendo com a Sra. Garcia.

Ela seguiu o Sr. Garcia até o quarto 111.

Na única cama, havia uma mulher deitada, imóvel, debaixo de cobertores, a cabeça ligeiramente erguida em uma pilha de travesseiros. O rosto dela estava pálido; a boca, aberta. Ela respirava devagar, fazendo um chiado.

– Ela começou a respirar assim agora – disse José, baixinho.

– Há quanto tempo ela está doente?

– Seis meses. Câncer de pulmão. Os alunos dela passam aqui quase todo dia, não é, Elena? – respondeu ele, pegando a mão da mulher e virando-se para Frankie. – Ela é professora do ensino médio. Apaixonada pelo que faz. A senhorita ouviu falar das greves? Dos alunos e professores que estão protestando contra a desigualdade nas escolas? Ela fez parte disso, a minha Elena. Não foi?

Ele baixou o olhar para a esposa e depois prosseguiu:

– Ela lutou para que as alunas tivessem aulas preparatórias para a faculdade, em vez de só treinarem para o trabalho doméstico. Você mudou muitas vidas, *mi amor* – disse ele com a voz embargada.

Frankie pegou a mão nodosa, ossuda e ressecada da mulher e pensou por um instante em todas as mãos que havia segurado no Vietnã, em todos os homens e mulheres que confortara e de quem cuidara. Aquilo a estabilizava, acalmava os ruídos altos em sua cabeça.

– A senhora não está sozinha, Elena – disse ela. – Que tal um pouco de creme nas mãos? Aposto que seria bom...

VINTE E UM

Em uma tarde quente de junho, três meses após voltar do Vietnã, Frankie acordou de sua primeira noite decente de sono.

Talvez estivesse melhorando.

Estava.

Estava melhorando.

Ela vestiu um roupão por cima da camiseta ESQUI – VIETNÃ e da calcinha e desceu até a cozinha em busca de café.

Encontrou a mãe à mesa da cozinha, vestida para o clube, fumando um cigarro e lendo o jornal, com uma xícara de café ao lado. Frankie viu a manchete: PRIMEIRO-TENENTE SHARON LANE MORTA EM EXPLOSÃO DE MÍSSIL NO VIETNÃ.

A mãe respirou fundo e virou o jornal ao contrário, batendo-o na mesa. Depois, ergueu os olhos, tentando sorrir.

– Bom dia, querida. Quer dizer, boa tarde.

Frankie estendeu a mão para pegar o jornal.

– Não… – disse a mãe.

Frankie o arrancou da mão dela e o virou para ler o artigo. *Sharon Lane, membro do Exército, foi a primeira – e até agora única – enfermeira morta por fogo inimigo, embora sete outras já tenham falecido durante o conflito. A primeiro--tenente Lane morreu quase instantaneamente, atingida por um fragmento de míssil durante um ataque em Chu Lai.*

Frankie largou o jornal. Fogo inimigo. Fragmento de míssil.

Quase instantaneamente.

– Você a conhecia? – perguntou a mãe, baixinho.

– Não.

E sim. Todas nós éramos a mesma, de certa forma. Podia ter sido eu.

Frankie fechou os olhos e fez uma oração silenciosa.

– Talvez você devesse ligar para o trabalho e dizer que está doente.

Frankie abriu os olhos. Ela ficou agitada, ansiosa. Com raiva.

– Se eu fizesse isso cada vez que fico triste, nunca iria trabalhar.

– Eu encontrei Laura Gillihan ontem no mercado Free Bros. Ela falou que Rebecca iria adorar ver você.

Frankie se serviu de uma xícara de café e acrescentou um pouco de creme. Sua respiração estava curta, e ela se sentia meio tonta.

Becky Gillihan. Era um nome que não ouvia fazia um bom tempo. Séculos antes, elas foram amigas. Na Escola St. Bernadette, eram inseparáveis.

– Ela se casou. Ainda mora na ilha. Eu posso ligar para ela. Dizer que você vai passar lá antes do trabalho. O que mais você tem para fazer até seu turno começar?

Frankie não estava escutando. Podia sentir o olhar preocupado da mãe, podia sentir que estava sendo observada. Deveria falar mais, garantir a ela que estava bem, que *não precisava se preocupar,* mas não parava de pensar em Sharon Lane. *Quase instantaneamente.*

Ela atravessou o corredor, despiu-se no quarto e tomou um banho demorado e quente, chorando pela enfermeira desconhecida até ficar sem lágrimas.

Depois, voltou a vestir as roupas que encontrou no chão do quarto – calça jeans boca de sino e uma bata bordada – e percebeu que estava trêmula pela falta de comida. Acendeu um cigarro em vez de se alimentar.

Na mesa da cozinha, encontrou um bilhete de sua mãe.

Frances Grace,
Falei com Laura. Rebecca ficou animadíssima com a perspectiva de te ver.
Ela me pediu para avisar que vai dar uma festa para Dana Johnston hoje, às quatro da tarde. Ela te convidou!
O endereço é Second Avenue, 570.
Estamos indo a um leilão de caridade em Carlsbad.
Voltamos tarde.

Frankie olhou para o relógio no fogão. A festa tinha começado quinze minutos antes.

Ela não queria ir à casa de Becky. Na verdade, a ideia de comparecer lhe causou certa náusea. Será que dava conta de encontrar velhos amigos?

Não.

Mas qual era a alternativa? Ficar sentada, sozinha, naquele mausoléu, esperando longas horas após o anoitecer para então ir trabalhar? Ou estar ali quando os pais voltassem? A mãe vivia lançando a ela aquele olhar nervoso, como se temesse que Frankie estivesse amarrada a explosivos e que uma palavra errada pudesse detoná-los. E o pai parecia decidido a nem encará-la.

Frankie prometera a Barb e Ethel que faria mais do que sobreviver, que se engajaria na vida.

Aquele era um bom jeito de começar.

Ela comeu um pedaço de pão de forma besuntado de manteiga e polvilhado com açúcar e voltou ao quarto para pegar a bolsa e os sapatos. Frankie chegou a pensar que deveria despender algum esforço com cabelo e maquiagem. Quem sabe colocar um vestido. Afinal de contas, várias de suas antigas amigas do ensino médio estariam lá, e a maioria crescera nadando no clube e aprendendo a jogar golfe.

Mas Frankie não conseguiu. A morte da enfermeira do Exército reduzira suas defesas a nada. Ela mal encontrava forças para sair do jeito que estava. Frankie deu a partida no Fusca, saiu da garagem, atravessou a ilha, dirigiu até a Orange Avenue e virou à esquerda na Second, a apenas uma rua do parque.

A casa era um bangalô da década de 1940, pequeno e perfeitamente conservado, pintado de cinza e com uma porta vermelha. Flores cresciam em jardineiras bem cuidadas nos dois lados do caminho de pedra, que ia da calçada até a porta da frente.

Frankie saiu do carro e caminhou devagar até o portão, abrindo-o – *clique* – e fechando-o atrás de si – *clique*.

Dos dois lados do caminho de pedra, havia brotos de um cor-de-rosa vibrante.

Ela parou na porta da frente, bateu e imediatamente ouviu passos do outro lado.

Becky abriu a porta. Por uma fração de segundo, Frankie não reconheceu a bela jovem com cabelos louros, presos em um penteado bufante, que carregava no quadril uma criancinha rechonchuda de olhos azuis e roupa de marinheiro.

– Pessoal, Frankie chegou!

Becky gritou tão alto que o bebê em seus braços começou a chorar.

Frankie foi arrastada para uma casa abarrotada de brinquedos e chegou a uma varanda aberta, onde uma dúzia de mulheres bem-vestidas tomavam champanhe sentadas em cadeiras dobráveis. Em uma mesa fina de madeira, havia utensílios de prata para o café. Ao lado, uma variedade de aperitivos: enroladinhos de salsicha, pedaços de aipo com pastinhas e passas, bolinhas de queijo cobertas de nozes e rodeadas de biscoitos Ritz.

Parecia estranhamente contraditório que aquele mundo convencional e imutável de flores, champanhe e mulheres de vestido de verão perseverasse enquanto homens e mulheres estavam morrendo no Vietnã.

Frankie reconheceu várias amigas do ensino médio, garotas com quem havia jogado vôlei e ido a encontros duplos, algumas líderes de torcida e duas ou três mulheres mais velhas – as mães –, mas também viu algumas jovens que não conhecia. Talvez amigas de faculdade ou parentes de Dana.

A varanda estava enfeitada com balões. Em uma mesa grande, havia presentes lindamente decorados. Deduziu que devia ser uma festa de aniversário. Será que sua mãe lhe dissera isso?

– Eu devia… ter trazido um presente – disse Frankie, sentindo-se deslocada.

Ela não pertencia àquela festa cheia de donas de casa bonitas, com vestidos justos e cigarros Virginia Slims.

– Não se preocupe – tranquilizou-a Becky, pegando-a pelo braço e conduzindo-a festa adentro até uma cadeira próxima a uma laranjeira perfumada e carregada de frutas.

Dana começou a abrir os presentes.

Frankie tentou sorrir de admiração nos momentos apropriados. Ela viu o jeito como as outras mulheres exclamavam, encantadas, diante de utensílios domésticos. Castiçais de prata. Copos Waterford. Lençóis italianos.

Dana, de quem Frankie mal se lembrava do ensino fundamental, sorria com animação a cada presente e dizia algo especial para quem a presenteara. A mãe dela estava sentada ao seu lado, fazendo anotações sobre cada presente para facilitar os bilhetes de agradecimento. Uma empregada de uniforme preto e branco ia de mesa em mesa, reabastecendo bebidas e servindo canapés.

Frankie aos poucos percebeu que era um chá de panela. *Ai, meu Deus.*

Frankie pegou uma taça de champanhe de uma bandeja próxima.

Ela bebeu rapidamente, devolveu o copo vazio, pegou outro e acendeu um cigarro, para tentar se acalmar. Então, se lembrou de que tinha que estar no trabalho às onze horas.

Não deveria beber antes de seu turno no hospital.

Era só uma festa. Nada de perigoso ou assustador, mas Frankie sentiu uma onda de ansiedade. Começou a entrar em pânico. Fechou os olhos e pensou: *Você pode ir embora daqui a pouco.* Mas do que tinha tanto medo?

– Você está bem?

Ela percebeu que Becky estava ao seu lado, sentiu seu perfume floral. Jean Naté. O favorito delas no ensino médio. Aquilo fez Frankie pensar no Vietnã e em como a fragrância lembrava aos homens feridos das garotas que haviam deixado em casa.

Frankie expirou lentamente e abriu os olhos.

Becky estava ali, colada a ela, como costumava fazer tanto tempo antes. Seu sorriso era aberto e impassível. Ela parecia incrivelmente jovem, embora tivesse a mesma idade de Frankie.

233

Frankie tentou sorrir, mas estava tão ansiosa que seria incapaz de dizer se conseguira.

– Estou bem – respondeu.

Fazia quanto tempo que Becky havia perguntado aquilo?

– Estou bem – repetiu Frankie, tentando sorrir. – Então. Quando é o casamento?

– Em dois meses – informou Becky. – Dana vai se casar com Jeffrey Heller. Lembra dele? Ele ganhou uma bolsa por jogar futebol americano. Todos nós fizemos faculdade juntos.

– Ele foi para o Vietnã?

Becky riu. Um som bonito e otimista.

– Claro que não. A maioria dos garotos que conhecemos mexeu os seus pauzinhos. Alguns se casaram.

– Que sorte.

Frankie se levantou tão rápido que deve ter parecido que não era capaz de controlar o próprio corpo – o que, aliás, era verdade. Ela era como um animal que, pressentindo o perigo, fugia em disparada. Se não fosse embora naquele momento, corria o risco de gritar.

– Eu preciso ir.

– Por quê? Você acabou de chegar, boba!

– Eu... tenho que trabalhar.

Frankie avançou de lado pela esquerda, para ter o caminho livre.

Alguém colocou um disco na vitrola e aumentou o volume.

– *We gotta get out of this place...*

– Desliga essa merda! – berrou ela, rispidamente.

Frankie só percebeu que havia gritado quando ouviu o arranhar do disco. A festa ficou em silêncio e todo mundo a encarou.

Ela não conseguiu sorrir.

– Desculpe. Odeio essa música.

Becky parecia assustada.

– Hum. Como foi em Florença? Eu e Chad vamos comemorar nosso aniversário de casamento lá.

– Eu não estava em Florença, Bex – disse ela, devagar, tentando se acalmar, recuar, ficar bem.

Agir como uma pessoa normal.

Mas ela não estava bem.

Estava com um bando de debutantes e garotas de irmandades que planejavam um casamento com flores frescas e luas de mel no exterior, enquanto homens da idade delas morriam em uma terra estrangeira. Não os *seus* homens, não seus universitários ricos e bonitos.

– Eu estava no Vietnã.

Silêncio.

Então, uma risadinha. Aquilo quebrou o silêncio. Todas as mulheres aderiram. Becky a encarou, aliviada.

– Ah. Ótima piada, Frankie. Você sempre foi uma figura.

Frankie se aproximou um pouco mais e ficou cara a cara com sua melhor amiga do ensino médio. Enquanto pensava *Frankie, se acalme, recue*, também se lembrava das palavras *Morta por fogo inimigo* e *quase instantaneamente.*

– Acredite em mim, Bex. Não é nenhuma piada. Eu segurei as pernas decepadas de vários homens com as minhas próprias mãos e tentei manter o peito deles inteiro até que chegassem à Sala de Cirurgia. O que está acontecendo no Vietnã não é uma piada. A piada está aqui. Isto – disse ela, olhando em volta. – Vocês.

Frankie deu um encontrão na amiga e passou pelo grupo de mulheres silenciosas que a encaravam. Ouviu alguém dizer:

– Qual é o problema dela?

E antes de chegar ao carro, já estava gritando.

~◦

Frankie se sentou a uma mesa de piquenique do Parque Ski Beach, de frente para o mar. Como sempre acontecia nas noites de verão, o lugar estava lotado de pessoas passeando com o cachorro ou correndo com shorts de cores vibrantes. Crianças brincavam na grama e na areia, soltando gritos de alegria, às vezes espantosos de tão altos.

Ela ignorava tudo aquilo ou, mais precisamente, não percebia a comoção ao seu redor. Fumando um cigarro atrás do outro, Frankie só se levantava para jogar as bitucas no lixo.

Havia algo errado. Com ela. E não sabia como consertar. Seu comportamento na festa fora completamente inaceitável. Não havia dúvidas quanto a isso. Ah, Becky e as outras tinham sido rudes em relação ao Vietnã, mas grande parte do país também era. Aquilo não dava a Frankie o direito de atacá-las. Tudo o que precisava ter feito era alegar que tinha que ir embora e sair educadamente da festa.

Em vez disso…

Sua ansiedade e sua raiva tinham surgido do nada e a sufocado.

Mesmo agora, horas mais tarde, as duas ainda estavam ali, à espreita, prontas para atacar a qualquer momento. A sensação fazia com que ela se sentisse fraca, instável. Frágil.

Frankie nunca se considerara frágil e, ainda assim, ali estava ela. Sozinha e assustada.

Não tinha dificuldade de encarar um BEM no Vietnã, mas uma amiga, havia muito esquecida, em um chá de panela, a fazia desmoronar com uma simples palavra.

Vietnã.

Aquele lugar tinha que ser a raiz de sua explosão. E como não seria? Ela havia comparecido a um *chá de panela* poucos meses depois da morte de Rye. Quem não seria arrebatada pela dor em um momento como aquele?

Mas e a raiva repentina? Será que ela também era parte do luto?

Frankie tinha que agir melhor, ser uma pessoa melhor. Parar de se colocar em situações perturbadoras. Parar de contar às pessoas que estivera no Vietnã. Elas não queriam ouvir mesmo. A mensagem era clara: *Não toque no assunto.*

Precisava fazer o que todos sugeriam: esquecer.

Ela sabia que o silêncio forçado aumentava a ansiedade e a raiva, mas era uma verdade indiscutível que até sua própria família tinha vergonha de seu serviço, e esperava que ela também tivesse.

Às 22h45, bem depois de escurecer, Frankie ainda estava à mesa de piquenique de madeira, preocupada com aquilo tudo, remoendo os próprios fracassos. Quando se levantou, percebeu que não tinha comido o dia inteiro e que o maço de cigarros que fumara a deixara tonta.

Ela foi até o carro, ouvindo o marulhar das ondas atrás de si. O parque estava quase vazio àquela hora da noite; só havia casais de namorados por ali.

Frankie dirigiu a curta distância até o hospital e estacionou. Movendo-se com cautela – estava nervosa, instável –, entrou nos corredores bem iluminados, foi até seu armário e vestiu o uniforme. Após escovar os dentes na pia, ela endireitou a postura e se viu no espelho: um rosto jovem, com olhos velhos e cansados, cabelos pretos e um quepe de enfermeira branquíssimo.

Ela caminhou até o posto de enfermagem, serviu-se de uma xícara de café, comeu alguma coisa da máquina automática e começou sua ronda.

Os corredores e os quartos estavam quietos. A maioria dos pacientes dormia, e não havia cirurgias marcadas para aquela noite.

Quatro horas depois, ela estava sentada à mesa do posto de enfermagem, batendo a caneta no tampo. Naquele turno, até então, tinha trocado quatro comadres, ajudado três pacientes a ir ao banheiro e substituído dois travesseiros. Havia reabastecido jarras d'água e lido para uma senhora, a fim de ajudá-la a dormir.

Como sempre, tinha basicamente matado um pouco de tempo.

De repente, as portas do elevador se abriram. Um atendente de ambulância saiu de dentro dele, empurrando uma maca de rodinhas com um paciente.

– O PS está lotado – comentou ele. – Acidente de ônibus.

Frankie se levantou e, instintivamente, pôs a mão na pinça Kelly no bolso de sua farda. Não estava ali.

– Ferimento a bala – disse o atendente.

Frankie sentiu uma onda de adrenalina.

– Por aqui! – exclamou ela, correndo ao lado do paciente, que era um rapaz.

Ele tinha sido baleado na parte superior do tórax, à queima-roupa. O sangue jorrava da ferida, pingando no chão. Ele não conseguia respirar, arquejando, agarrando Frankie.

Na Sala de Cirurgia 1, Frankie apertou o botão do interfone.

– Código azul. Sala de Cirurgia 1. Código azul. Sala de Cirurgia 1 – falou ela.

– Coloque-o na mesa – ordenou Frankie ao atendente.

– Não tem médic…

– Na mesa! – gritou ela, lavando as mãos e procurando as luvas. – *Agora*.

O atendente pôs o jovem na mesa de cirurgia. Frankie colocou a máscara, se desinfetou e voltou correndo para a mesa.

– Você vai ficar bem – prometeu ela ao jovem.

Ele gorgolejou, arquejou, agarrou a própria garganta. Alguma coisa a estava obstruindo.

Frankie voltou ao interfone, apertou o botão com o cotovelo e pediu ajuda mais uma vez.

– Código azul. URGENTE. Sala de Cirurgia 1.

Para o rapaz, ela disse:

– Aguente firme, garoto. O médico já está vindo.

O paciente arquejou e começou a ficar azul.

Frankie olhou de relance para a porta. Por acaso aquelas pessoas não *escutavam*? Não respondiam a chamadas?

Ela esperou mais cinco segundos, então encontrou o carrinho cirúrgico, pegou uma pomada antisséptica, um bisturi e um tubo de traqueostomia.

Ele estava morrendo.

Frankie limpou o pescoço dele com o antisséptico e pegou o bisturi. Demorou menos de vinte segundos para fazer a traqueostomia e permitir que o jovem respirasse.

– Pronto – disse ela, quando ele inspirou e expirou pelo tubo.

Ela cortou a camisa e o colete dele, expondo a ferida. Estava *jorrando* sangue. Frankie pegou um pouco de gaze, aplicou pressão e tentou estancar o sangramento.

Um homem de cabelos curtos e bata cirúrgica entrou correndo na sala e parou no meio do caminho.

– Mas o que é *isso*?

Frankie lhe lançou um olhar irritado.

– Ah, aí está o senhor. Por que demorou tanto?

O médico a encarou, boquiaberto. A Sra. Henderson surgiu ao lado dele. Ela olhou para Frankie: o rosto dela, sem dúvida, estava borrifado com o sangue do paciente, o uniforme branco manchado de vermelho em alguns pontos, o quepe atirado no chão, as mãos pressionando o ferimento.

– Quem fez a traqueostomia? – perguntou o médico, olhando em volta.

– Ele não conseguia respirar – respondeu Frankie.

– Então a senhorita fez uma traqueostomia? *A senhorita?* – indagou o médico.

– Eu liguei. Ninguém apareceu – explicou Frankie.

– Temos outras emergências – retrucou ele.

– Diga isso para esse garoto.

O médico desviou o olhar de Frankie.

– Enfermeira Henderson, reúna uma equipe aqui. Agora – ordenou, e foi lavar as mãos.

Frankie estava corada de orgulho. Ela havia demonstrado suas habilidades. Talvez até tivesse salvado aquele jovem.

A Sra. Henderson ficou parada ali, os braços cruzados, o cabelo frisado ao redor do quepe branco e engomado, a testa franzida e a boca formando uma linha severa.

– A senhorita podia ter matado esse homem.

– Eu o salvei, senhora.

– Quem a senhorita acha que é?

– Uma enfermeira de combate. Das boas.

– Pode até ser – concordou a Sra. Henderson –, mas também é uma bomba-relógio. A senhorita acabou de expor o hospital a um possível processo. Está despedida.

VINTE E DOIS

Os faróis brilhavam nos elaborados arabescos de metal à frente dela, iluminando o M dourado no centro do portão. Quando Frankie era pequena, aquela casa não era nem fechada nem murada, mas aberta para o mundo, construída com orgulho no amplo terreno de frente para o mar. Naquela época, a Ocean Boulevard era uma rua tranquila, onde basicamente só os moradores dirigiam. O mundo parecia seguro.

O assassinato do presidente Kennedy mudara tudo. Às vezes, ela ainda dividia a própria infância em Antes e Depois. Após a morte dele, nenhum americano se sentia a salvo da ameaça vermelha, e um muro fora erguido ao redor da propriedade dos McGraths. Não muito tempo depois, o portão os trancara ali dentro, criando um oásis desenhado para proteger seus moradores da feiura da vida.

Como se tijolos e argamassa pudessem resguardar uma pessoa.

Frankie atravessou o portão aberto e seguiu até a garagem de quatro carros, onde estacionou ao lado do Cadillac da mãe. A Mercedes prateada do pai, com portas asa de gaivota, estava à esquerda.

Ela percebeu, tarde demais – quando já estava quase na porta da frente –, que tinha esquecido a bolsa. Sentindo-se trêmula, caminhou de volta, recuperou a bolsa, pegou as chaves e abriu a porta.

Eram quatro da manhã. Silêncio. Escuridão. Uma única luminária lançava um pouco de luz na sala de estar, mas, fora isso, todos os cômodos estavam escuros. Frankie era capaz de caminhar de olhos vendados por aquela casa, então não se deu ao trabalho de acender outra luz. Ela entrou na sala, pegou uma garrafa de bebida e um copo do bar e os levou para a varanda.

Demitida.

Por salvar a vida de um homem.

O que estava acontecendo com o mundo?

Precisava comer alguma coisa. Por que isso lhe viera à mente, ela não fazia a menor ideia.

Ela serviu um copo de... vodca, aparentemente..., bebeu-o depressa e voltou a enchê-lo.

Precisava de algo para aliviar a dor ou, pelo menos, amenizá-la.

Precisava se recompor. Sua cabeça estava a mil: raiva, medo, luto, tristeza. De vez em quando, ela chorava. Depois, gritava. Nenhum dos dois ajudava em nada.

Que Deus a acudisse, mas ela sentia saudades do Vietnã, sentia saudades de quem fora lá. Frankie fechou os olhos e tentou estabilizar a respiração.

Ela ouviu passos. Quanto tempo estivera ali, bebendo, fumando e chorando? E como podiam ter restado lágrimas para derramar? De repente, percebeu que já era dia. Então estava ali havia horas.

As luzes se acenderam.

De pijama e roupão com um monograma, o pai caminhou a passos largos até a varanda. Quando a viu, parou subitamente.

– Que diabos...?

A mãe saiu de trás dele, ainda de pijama de seda.

– Frances? O que aconteceu? Você está bem?

Frankie percebeu que ainda estava com o uniforme branco de enfermeira, manchado de sangue. Em algum momento, seu quepe caíra. Havia sangue em toda a frente de sua roupa, nas meias-calças brancas e nos sapatos.

– Eu salvei a vida de um homem no hospital esta noite. Fiz uma traqueostomia.

– Você? – perguntou o pai, erguendo uma sobrancelha incrédula.

– É, pai. *Eu.*

– Soubemos da cena que você fez na festa da Becky – disse ele.

Por um segundo, ela não entendeu o que ele falou. A tarde anterior parecia ter acontecido séculos antes. Diante da repentina mudança de assunto, Frankie ficou confusa e sua raiva arrebatadora se perdeu. Ela não queria desapontá-los. De novo.

– Eu não queria fazer uma cena. Eu só...

– Bom, mas fez. Sem dúvida, essa história já deve estar correndo no clube. A filha de Connor McGrath foi para o Vietnã e voltou para casa completamente doida.

– Você está usando drogas? – perguntou a mãe, entrelaçando as mãos.

– O quê? Drogas? Não – respondeu Frankie. – É só o jeito como as pessoas me olham quando eu conto que estava no Vietnã...

– Você expôs a minha mentirinha sobre Florença – comentou o pai.

– Mentirinha? – perguntou Frankie, sem acreditar no que ouvira. – *Mentirinha?*

Então, ela entendeu do que se tratava tudo aquilo, do que sempre havia se tratado. Da reputação dele. Daquele homem com sua estúpida parede dos heróis, que não sabia nada a respeito de heroísmo e vivia com medo de que essa verdade embaraçosa fosse exposta.

– Se você não quer ser visto como mentiroso, talvez não devesse mentir, pai. Talvez devesse ter *orgulho* de mim.

– Orgulho? De você não parar de envergonhar esta família?

– Eu fui para a *guerra*, pai. Para a guerra. O helicóptero onde eu estava foi alvejado, e eu sobrevivi a ataques de morteiros. Ficava com os ouvidos zumbindo durante dias quando uma bomba explodia muito perto. Mas você não sabe do que eu estou falando, não é?

Ele empalideceu e cerrou a mandíbula.

– Já chega! – gritou o pai.

– Você venceu! – berrou ela de volta.

Ela passou por ele, dando-lhe um empurrão, e foi para o quarto antes que dissesse algo ainda pior.

A porta do escritório do pai estava aberta. Ela viu todas aquelas fotos e lembranças na parede dos heróis e, sem pensar, entrou naquele lugar sagrado e começou a retirar as imagens emolduradas de lá, atirando-as no chão. Ela ouviu os vidros se quebrarem.

– Que diabos você pensa que está fazendo? – gritou o pai da soleira da porta.

– Isto! Sua parede dos *heróis*. É uma grande mentira, não é, pai? Você não reconheceria um herói nem se ele salvasse a sua vida. Pode acreditar. Eu conheci heróis de verdade.

– Seu irmão teria tanta vergonha do seu comportamento quanto nós temos – declarou o pai.

A mãe apareceu na porta e lançou um olhar suplicante ao pai.

– Connor, não.

– Como você se *atreve* a mencionar o Finley? – questionou Frankie, sentindo uma nova onda de cólera surgir. – Foi você que o matou! Ele foi para lá por *você*, para te deixar orgulhoso. Acho que eu poderia dizer a ele para não se preocupar, não é? Ah, mas ele está morto.

– Fora – disse o pai, quase sussurrando. – Saia desta casa e não volte mais.

– Com prazer – sibilou ela.

Ela pegou a fotografia do irmão e saiu, furiosa, do escritório.

– Deixe essa foto aí! – ordenou o pai.

Ela se virou.

– De jeito nenhum. Ele não vai ficar nessa casa tóxica. Você o matou, pai. Como consegue viver com isso?

Ela correu até o quarto, enfiou algumas coisas em sua mala dobrável, pegou a bolsa e saiu de casa.

Lá fora, sentiu uma pontada de remorso e lágrimas turvaram sua visão. Meu Deus, como estava cansada de chorar. E daquelas gigantescas variações de humor. Não deveria ter dito aquela coisa horrível ao pai.

Frankie jogou as coisas no banco de trás, junto com o retrato de Finley, e entrou no Fusca, batendo a porta.

Ela sabia que estava dirigindo rápido demais pela Ocean Boulevard, mas não conseguia evitar. Não conseguia parar de arquejar. Frankie se sentia como a última garota em um filme de terror, correndo para salvar a própria vida embora o perigo não estivesse atrás dela, tentando alcançá-la, mas dentro dela, tentando sair. *Se isto escapar, alguma coisa ruim vai acontecer*, pensou. Toda aquela raiva e mágoa poderiam destruí-la se não as reprimisse.

Ela pegou a bolsa e tateou a bagunça ali dentro atrás de um cigarro.

A música ressoava através dos pequenos alto-falantes pretos: "Light My Fire". Por um segundo, ela sentiu tudo ao mesmo tempo: saudades de si mesma, do Vietnã, de seus amores perdidos. Lágrimas lhe turvaram a vista, mas ela não conseguia erguer a mão para enxugá-las. Frankie afundou o pé no acelerador, quando pretendia diminuir a pressão.

Um lampejo de alguma coisa.

Cor.

Um poste, um cachorro, disparando na frente dela.

Ela desviou e pisou no freio com tanta força que foi arremessada para a frente e bateu a cabeça no volante.

Onde estava?

Devagar, ela voltou a si e viu o capô do Fusca destroçado.

Tinha batido em um poste e subido no meio-fio.

Podia ter matado alguém.

– Meu Deus – disse ela, tanto como uma expressão de alívio quanto como uma prece.

Todo o seu corpo tremia. Ela teve vontade de vomitar.

Não dava para seguir assim. Precisava de ajuda.

E não podia voltar para a casa dos pais. Ainda não. Talvez nunca, depois do que dissera ao pai.

Ela deu ré no Fusca. O carro desabou na rua com um retinir metálico.

Sentado na grama, um cachorro a observava.

Frankie nunca se odiara tanto quanto naquele momento. Estava com fome, com o coração partido e bêbada, e havia se sentado atrás de um volante.

Ela estacionou o carro destruído na beira da estrada e deixou as chaves na ignição. Naquele bairro, a polícia seria alertada sobre a presença do veículo em pouco tempo. Os oficiais ligariam para o proprietário registrado, Connor McGrath, e ele veria o veículo ali, quebrado.

Ela torceu para que aquilo o assustasse (quem havia se tornado para desejar infligir tanta dor a alguém que amava?).

Jogando a mala e a bolsa no ombro, Frankie cambaleou pela rua.

Foi só quando embarcou na balsa e viu como as pessoas a encaravam que Frankie percebeu que ainda estava com o uniforme branco ensanguentado.

Ela foi até o banheiro e vestiu uma calça jeans e uma camiseta. Tinha se esquecido de pegar sapatos, então continuou com os calçados brancos de enfermeira manchados de sangue.

Já no continente, foi até a estação rodoviária. Cada passo que dava tirava algo dela, a fazia se sentir inferior, mais imprestável, mais perdida.

Mais sozinha.

Quem poderia ajudá-la?

Só conseguia pensar em um lugar.

Ela embarcou no ônibus municipal e desceu alguns quilômetros depois, então caminhou até a Clínica Ambulatorial da Administração de Veteranos.

Quando chegou lá, os escritórios ainda estavam fechados. Ela se sentou em um banco em frente ao prédio, fumando um cigarro após o outro, esperando pacientemente e relembrando sem parar as coisas ruins que havia dito, visto e feito.

Às oito e meia da manhã, as luzes do prédio se acenderam. Carros começaram a chegar ao estacionamento.

Frankie entrou. Um amplo saguão terminava em um corredor bege. Nas cadeiras que ladeavam as paredes, havia homens sentados, curvados. Alguns eram jovens, com cabelos compridos e roupas surradas – fardas com as mangas cortadas, jaquetas de brim, camisetas rasgadas –, outros eram homens mais velhos, provavelmente veteranos da Guerra da Coreia ou da Segunda Guerra Mundial. Uma meia dúzia andava de um lado para outro.

Ela parou na recepção.

– Eu estou… Eu preciso de ajuda. Tem alguma coisa errada.

A mulher atrás da mesa ergueu os olhos.

– Que tipo de ajuda?

Frankie tocou a cabeça, o novo hematoma que se formava. Uma dor de cabeça a impedia de pensar.

– Eu estou…

Maluca. Desmoronando. O quê?

– Meus pensamentos… Eu fico com raiva, triste e… o meu namorado acabou de ser morto em combate.

A mulher a encarou por um instante, nitidamente confusa.

– Bom... Quer dizer, aqui é a Administração de Veteranos.

– Ah, claro. Eu sou uma veterana do Corpo de Enfermagem do Exército. Acabei de voltar do Vietnã.

A mulher lhe lançou um olhar cético.

– O Dr. Durfee está no escritório dele. Ele não tem nenhuma consulta marcada até as nove. Acho que a senhorita pode...

– Obrigada.

A mulher suspirou.

– Duas portas à esquerda.

Frankie seguiu pelo amplo corredor, onde havia mais homens sentados em cadeiras de plástico debaixo de um retrato de Richard Nixon. Ela viu pôsteres e panfletos que ofereciam todo tipo de ajuda aos veteranos: recolocação profissional, benefícios estatais, educação e treinamentos.

Diante da porta do Dr. Durfee, Frankie parou, respirou fundo e bateu.

– Entre.

Ela abriu a porta e entrou em um escritório estreito, quase tão pequeno quanto um armário. Um homem idoso – velho o suficiente para ser seu avô – estava sentado atrás de uma mesa bagunçada. Havia pilhas de papéis em todos os cantos da sala. A parede atrás dele tinha um pôster pregado: um gatinho pendurado por uma das patas, com as palavras AGUENTE FIRME.

O médico a encarou através das lentes fundo de garrafa dos óculos de aro preto. Os fios de cabelo que lhe restavam ele penteara para um lado, e quem sabe até os mantivesse no lugar com spray. Ele usava uma camisa de algodão com estampa xadrez, abotoada até a papada do pescoço.

– Olá, minha jovem. Está perdida?

Frankie abriu um sorriso cansado. Era um alívio tão grande estar ali. Dizer *Eu preciso de ajuda*, e recebê-la.

– Estou perdida, mas no lugar certo. Eu já deveria ter vindo.

Ele estreitou os olhos e perscrutou o rosto dela, descendo até a blusa amarrotada e a calça jeans amassada, chegando, enfim, aos sapatos brancos salpicados de vermelho.

– A moça da recepção disse que o senhor está livre até as nove. Eu posso marcar um horário, mas realmente preciso de ajuda agora, se o senhor não se importar.

– Ajuda?

Ela afundou na cadeira em frente à mesa dele.

– Eu estive no Vietnã por dois anos. E o meu namorado deveria voltar agora em abril, mas foi morto em combate, então o que veio foi um telegrama do tipo *lamentamos informar.* E o jeito como as pessoas tratam a gente… Não podemos nem mencionar *Vietnã*. Fomos servir ao nosso país e agora somos chamados de assassinos de bebês. Meu pai nem olha para mim. No meu trabalho, eu fui despedida por ser boa demais, mesmo tendo salvado a vida de um jovem. E eu, bom, não consigo controlar as minhas emoções desde que voltei. Vivo furiosa e não paro de chorar. Meu pai tem tanta vergonha de mim que inventou que eu fui para Florença.

Ela disse isso tudo tão depressa que se sentiu exausta quando terminou.

– A senhorita está menstruada?

Frankie demorou um instante para processar a pergunta.

– Eu falo que estou com problemas depois de voltar do Vietnã, e é *isso* que o senhor me pergunta?

– Esteve no Vietnã? Não existem mulheres no Vietnã, querida. A senhorita costuma pensar em se machucar? Machucar outras pessoas?

Frankie se levantou devagar, o que lhe pareceu quase impossível.

– O senhor não vai me ajudar?

– Eu estou aqui para ajudar os veteranos.

– Eu *sou* veterana.

– Em combate?

– Bom, não. Mas…

– Viu? Então, você vai ficar bem. Confie em mim. Saia um pouco com as suas amigas. Tente se apaixonar de novo. A senhorita é jovem. Esqueça o Vietnã.

Esquecer. Era o que todo mundo recomendava.

Então por que ela não conseguia? O médico estava certo. Ela não tinha visto nenhum combate, não havia sido ferida ou torturada.

Por que não conseguia esquecer?

Ela se virou e saiu do escritório, passando pelos homens sentados nas cadeiras do corredor sob o olhar atento do presidente Nixon. No saguão, viu um telefone público, pensou *Barb*, e parou.

Precisava que sua melhor amiga a dissuadisse de pular naquele abismo de desespero.

Ela foi até o telefone e fez uma ligação a cobrar.

Barb atendeu ao segundo toque.

– Alô?

– Aqui é a operadora. Você aceita uma ligação a cobrar de Frankie McGrath?

– Sim – respondeu Barb, sem pestanejar.

A operadora saiu da ligação.

– Frankie? O que aconteceu?

– Desculpe. Eu sei que ligar a cobrar é caro...

– Frances. O que aconteceu?

– Eu... não sei. Mas estou mal, Barb. Eu estou meio que desmoronando aqui – disse ela, e tentou rir para tornar as coisas mais leves, mas não conseguiu. – Fui demitida. Meus pais me expulsaram de casa. Eu bati o carro. E isso só nas últimas 24 horas.

– Ah, Frankie...

A compaixão na voz de Barb destroçou Frankie. Ela começou a chorar – *patético* – e não conseguia parar mais.

– Eu preciso de ajuda.

– Onde você está?

– Na inútil Administração de Veteranos.

– Você tem algum lugar para ir?

Ela não conseguia pensar. Ainda estava chorando.

– *Frankie.*

Ela enxugou as lágrimas.

– Tem um hotel, o Crystal Pier Cottages. Não fica muito longe daqui. Eu e Finley costumávamos andar de bicicleta no píer...

– Vá para esse hotel. Arrume um quarto. Coma alguma coisa. E fique lá, ok? Eu estou a caminho. Você está me ouvindo?

– Viajar de avião é muito caro, Barb...

– Não vá embora, Frankie. Arrume um quarto no Crystal Pier e fique lá. Estou falando sério.

~∽

Alguém estava esmurrando a porta.

Frankie se sentou e imediatamente sentiu um enjoo na boca do estômago. Uma garrafa vazia de gim jazia no tapete ao lado da cama.

– Abra essa maldita porta, Frankie!

Barb.

Frankie olhou, sonolenta, ao redor do chalé alugado, viu a garrafa vazia de gim, o cinzeiro abarrotado e o saco de batatinhas vazio.

Não era de admirar que se sentisse péssima.

Ela pulou da cama e foi até a porta, destrancando-a e deixando-a completamente escancarada.

Lá estavam Barb e Ethel, lado a lado, ambas com uma expressão preocupada.

– Eu não sei o que tem de errado comigo – disse Frankie.

A voz dela estava rouca. Tinha voltado a gritar enquanto dormia.

Barb foi a primeira a abraçar Frankie. Ethel se aproximou delas e envolveu as duas em seus braços fortes.

– Eu preferiria estar em Pleiku – confessou Frankie. – Pelo menos lá eu sabia quando colocar o colete à prova de balas. Já aqui…

– É… – concordou Barb.

– Eu não sei o que fazer, quem eu sou. Sem o Exército ou Rye… Meu pai me botou para fora de casa. Eu só queria… não sei… que alguém se importasse que eu voltei para a casa. Que fui para lá.

– A gente se importa – afirmou Ethel. – É por isso que estamos aqui. E bolamos um plano no caminho para cá.

Frankie afastou a franja úmida e oleosa do rosto.

– Um plano para quê?

– Para o seu futuro.

– E eu posso opinar sobre isso? – perguntou ela com um toque de sarcasmo, embora não se importasse de verdade.

Frankie só queria que as amigas a salvassem.

– Não – declarou Ethel. – Essa foi a nossa primeira decisão.

– Quando a sua amiga liga e diz *Eu preciso de ajuda*, você ajuda. Então, não pense que você pode mudar de ideia agora.

Frankie anuiu. Atrás das amigas, ela viu um táxi amarelo encostado no meio-fio.

– Pegue as suas coisas – ordenou Barb.

Frankie se sentia infeliz demais para discutir ou questionar, embora mais aliviada do que conseguia expressar. Ela foi até o banheiro, escovou os dentes, vestiu a calça, depois jogou os sapatos ensanguentados no lixo e saiu descalça.

– Então, o que eu devo fazer para consertar a minha vida? – perguntou ela, enquanto as três iam até o táxi.

As amigas a escoravam, mantinham-se próximas, como se temessem que ela pudesse fugir.

Frankie jogou a mala dobrável no carro, depois escorregou para o banco de trás, com Barb de um lado e Ethel do outro.

– Estação de trem – orientou Ethel ao motorista.

Ao mesmo tempo, Barb disse para ela:

– A gente fez o check out do hotel, Frankie, então, fique quietinha aí.

O táxi voltou pelo píer, os pneus quicando na madeira áspera.

– Aonde estamos indo? – perguntou Frankie.

– Para a fazenda do meu pai, perto de Charlottesville – contou Ethel. – Vocês duas vão ficar em um barracão. Nós mesmas vamos restaurá-lo. Isso vai nos dar um motivo legítimo para bater nas coisas. Eu vou concluir o meu curso. Barb vai se juntar àquela organização nova, Veteranos do Vietnã contra a Guerra.

Frankie se virou para Barb.

– Você é contra a guerra agora?

– Ela precisa parar, Frankie. Não sei se isso vai ajudar, mas eu com certeza não quero fazer parte de piquetes com garotos brancos privilegiados, que não fazem ideia do que estão falando. Esse movimento, por outro lado, está dando voz para *nós*. Os veteranos. Você não acha que alguém devia nos escutar?

Frankie não sabia o que pensar a respeito.

– E eu? O que vocês decidiram em relação a mim?

– O que vamos te dar – contou Ethel – é tempo para descobrir.

Se Frankie não estivesse tão farta de chorar, tão vazia, teria chorado naquele instante. Ainda bem que tinha amigas. Naquele mundo maluco, caótico, dividido e governado por homens, se podia contar com as mulheres.

– Esse barracão tem encanamento interno? – perguntou Frankie.

Um sorriso transformou o rosto de Ethel, revelando quanto ela estivera nervosa com a possibilidade de Frankie dizer não àquele plano ousado.

– Por quê? Você é boa demais para uma latrina, tenente?

Frankie sorriu pela primeira vez em… quanto tempo? Nem saberia dizer.

– Não, senhora. Com vocês duas ao meu lado, eu consigo viver em praticamente qualquer lugar.

Barb estendeu o braço para elas. As três se deram as mãos.

– Chega de lembranças ruins – declarou, solenemente. – A gente nunca vai esquecer, Deus sabe disso, mas vai seguir em frente. Para longe do Vietnã. Para o futuro.

Aquilo pareceu oficial, importante e, de repente, possível. *Eu não vou mais falar disso. Vou esquecer. Aguentar firme*, pensou Frankie.

– Para longe – disseram as três, juntas.

Elas só pararam por tempo suficiente para Frankie comprar um novo par de sapatos.

Parte Dois

Em um país onde a juventude é adorada, perdemos a nossa antes de chegar aos 30. Lá, aprendemos a aceitar a morte, e isso apagou o nosso senso de imortalidade. Ficamos cara a cara com as nossas fragilidades humanas, com o nosso lado sombrio... A guerra destruiu a nossa fé, traiu a nossa confiança e nos arrancou da corrente dominante da sociedade. Ainda não pertencemos a ela totalmente. E eu me pergunto se algum dia pertenceremos.

– WINNIE SMITH
AMERICAN DAUGHTER GONE TO WAR

VINTE E TRÊS

Virgínia
Abril de 1971

Aos 25, Frankie já se movia com o tipo de cautela que só vinha com a idade. Estava sempre em guarda, ciente de que algo ruim poderia acontecer a qualquer momento. Não confiava nem no chão sob seus pés nem no céu sobre sua cabeça. Desde que voltara da guerra, havia aprendido como era frágil, como suas emoções podiam ser facilmente perturbadas.

Mas também aprendera como esconder suas explosões e crises de choro, até mesmo de suas melhores amigas que, durante grande parte daquele primeiro ano na Virgínia, a observaram atentamente, sempre tentando adivinhar seu humor e avaliar seu nível de autodestruição, seu luto e sua raiva. No início, fora difícil se sentir confortável na tradicional camuflagem do *Eu estou bem* dos McGraths.

Quando chegara ali, os pesadelos eram terríveis e ainda a arrancavam do sono, lançando-a no chão.

Mas o tempo e a amizade haviam cumprido exatamente o prometido: a dor e o luto se tornaram suaves em suas mãos, quase flexíveis. Ela descobriu que podia transformá-los em algo mais gentil, se tivesse pensamentos e ações deliberados, se vivesse com cuidado e cautela, se ficasse longe de tudo que a lembrasse da guerra, das perdas e da morte.

No Natal daquele primeiro ano, ela se sentiu forte o suficiente para escrever uma carta à mãe, que prontamente a respondeu. Bem à maneira da família, ninguém falou nada a respeito da noite terrível que precipitara a fuga de Frankie para o outro lado do país. Elas simplesmente voltaram a se reunir na estrada familiar e, mesmo que o terreno entre as duas ainda fosse um tanto acidentado, estavam dispostas a insistir. Frankie ainda se lembrava daquela primeira carta de sua mãe e, muitas vezes, a relia: *Sou tão grata às suas amigas do Exército por terem estado ao seu lado quando eu e o seu pai não estivemos. Nós amamos você e, se não dizemos isso sempre, é porque crescemos em famílias em que essas palavras não existiam no vocabulário. Quanto ao seu pai e... a reticência dele em relação a você e a guerra... tudo o que posso dizer é que alguma coisa se partiu dentro dele quando ele não pôde servir ao país. Todos os homens da nossa geração foram para a Europa, enquanto ele ficou em casa. Sim, ele teve orgulho do Finley e vergonha de você. Mas talvez, na verdade, ele tenha vergonha de si mesmo e receie que você o julgue severamente, da mesma forma que temia que os amigos o tivessem feito...*

Frankie nunca falava de suas dificuldades, tentava jamais dizer *Vietnã* em voz alta. E quando sentia sua pressão subir, uma onda de tristeza ou de raiva, abria um sorriso nervoso e saía do cômodo em que estava. Tinha aprendido que as pessoas notavam um tom de voz elevado. O silêncio era a camuflagem perfeita para a dor.

Inicialmente, foi quase impossível separar o Vietnã de sua história de vida. Ao que tudo indicava, o mundo conspirava contra aquela cura.

A guerra estava sempre nas rodas de conversa. Nos bares, nas salas de estar, na TV. Todo mundo tinha uma opinião. Naquele momento, a maioria dos americanos parecia ser contra a guerra e os homens que lutaram nela. Em 1969, o mundo tomou conhecimento do massacre terrível em My Lai, em que soldados mataram cerca de quinhentos civis sul-vietnamitas desarmados – homens, mulheres e crianças em sua aldeia. Isso intensificara as acusações de assassinos de bebês aos veteranos, que, cada vez mais, recorriam à heroína no Vietnã e voltavam para casa viciados.

Os Estados Unidos estavam perdendo a guerra. Tal fato já era óbvio para todo mundo, exceto para o presidente Nixon, que continuava mentindo para o povo e enviando soldados, muitos dos quais voltavam para casa dentro de sacos.

Cada uma das mulheres respondeu de maneira diferente à crescente onda de violência que arrasava o país, separando os jovens dos velhos, os ricos dos pobres, os conservadores dos liberais. Ethel estava no terceiro ano da faculdade de veterinária e trabalhava meio expediente com o pai. Ela e Noah tinham começado a falar de casamento e filhos. Os dois nunca perdiam um domingo na igreja ou um jogo de futebol americano na escola local. A paixão do casal por ensopados e jogos de cartas gerava piadas recorrentes entre elas. Ethel crescera naquela fazenda, entre aquelas pessoas, e pretendia ser enterrada ali. Então, mantinha a cabeça baixa, fazia o seu trabalho e não falava nada controverso aos amigos e vizinhos. *Essa guerra vai acabar em breve*, costumava dizer, *mas eu vou viver aqui para sempre. Meus filhos vão participar da organização juvenil, e eu provavelmente vou estar à frente da maldita associação de pais e professores.*

Barb era o oposto em todos os sentidos. Ela havia se tornado um membro eloquente e bastante participativo dos Veteranos do Vietnã contra a Guerra (VVCG). Frequentava reuniões. Pintava cartazes. Protestava. E não só contra a guerra. Fazia lobby pela aprovação da Emenda da Igualdade de Direitos. Marchava pelo direito das mulheres a um aborto seguro e a cuidados básicos de saúde. Quando não estava tentando mudar o mundo, ganhava a vida como bartender. Ela dizia que aquele era um ótimo emprego para uma mulher que ainda não decidira qual era o seu lugar.

Frankie, por outro lado, havia retornado à enfermagem. Ela aguentou o preconceito e o desprezo iniciais em relação ao seu treinamento no Vietnã e se empenhou para demonstrar suas habilidades. Trabalhara mais duro e por mais tempo que a maioria das enfermeiras, aumentara suas horas e assistira a aulas especializadas. Com o tempo, tornara-se enfermeira cirúrgica. Agora estava se especializando em cirurgia de trauma.

Naquela fresca manhã de abril, ela acordou bem antes do amanhecer e se vestiu para cavalgar. Estaria frio lá fora e haveria um frescor primaveril no ar.

Ela aprendera a amar o cheiro doce do ar sulista, a forma como a neblina se agarrava à grama logo de manhãzinha. Aquilo acalmava o tumulto em sua alma. Naquele dia, as cerejeiras ao longo da entrada da casa explodiam em uma floração cor-de-rosa. Ethel estava certa, anos antes, quando lhe dissera que cavalgar restabelecia a sensação de paz.

Frankie adorava aqueles campos verdes ondulantes, a cerca preta de quatro ripas, as árvores que mudavam de cor de acordo com o clima. Naquele momento, elas tinham um tom verde-limão de folhagens novas e estavam cheias de flores rosadas. Porém, o que mais acalmava Frankie era estar perto dos cavalos. Ethel também estivera certa quanto a isso. Cavalgar relaxava Frankie tanto quanto a amizade.

Frankie passou pelo espaço vazio entre as ripas da cerca e entrou no celeiro. Mal conseguia ver as botas de tão espessa e cinzenta que era a neblina.

Ali dentro, o celeiro cheirava a esterco, fardos frescos de feno e grãos armazenados em grandes latas de lixo de metal. Quando ela passou, os cavalos relincharam.

Na última baia à esquerda, Frankie parou e levantou o trinco. Bétula Prateada caminhou até ela, movendo os lábios, buscando guloseimas, resfolegando.

– Oi, garota – disse Frankie, estendendo a mão enluvada.

A égua fez uma bagunça ao comer, deixando mais grãos caírem no chão do que dentro da boca. Frankie a conduziu até o corredor e a selou rapidamente, pressionando um joelho na barriga do bicho para ajudá-la a apertar a cilha.

Em pouco tempo, Frankie e Bétula já estavam nas trilhas, galopando em meio à neblina. Quando a égua começou a ficar sem fôlego, Frankie desacelerou para um trote e depois para uma caminhada. Elas voltaram para casa devagar, marchando em um ritmo calmo e constante.

De volta ao estábulo, ela deu água e comida aos cavalos, despachou Bétula e voltou para o pequeno barracão. O sol da manhã permeava os campos. À esquerda, ficava a casa principal, com o telhado inclinado, a grande e convidativa varanda e as laterais de madeira caiada, onde Ethel morava com o pai. Bem à direita, ficava o barracão que, em outros tempos, havia abrigado os trabalhadores da fazenda. Nos últimos dezoito meses, ele havia sido transformado em um chalé de dois quartos, onde Frankie e Barb moravam. As três amigas aprenderam a pintar, demolir, reconstruir e fazer um encanamento rudimentar. Passaram horas em vendas de garagem, e depois pegando o lixo dos outros, que se tornaria seu tesouro. E passaram muitas noites sentadas em volta da fuliginosa lareira de seixos, conversando. Nunca faltava assunto.

Frankie subiu os poucos degraus do chalé e entrou no único banheiro do lugar, onde tomou banho, se trocou e se vestiu para o trabalho.

Antes mesmo de Barb sair da cama, ela já estava fora de casa, a caminho do hospital.

No final de um turno de doze horas na Sala de Cirurgia, Frankie se despediu dos colegas com um aceno, foi até o carro – um velho Ford Falcon amassado que dividia com Barb – e entrou. Enquanto saía da cidade, enfiou uma fita Stereo 8 de John Denver no som e cantou junto.

Ela dirigiu até o bar onde Barb trabalhava e estacionou em meio às caminhonetes velhas dos clientes que estavam ali àquela hora do dia. Viu a bicicleta de Barb encostada na áspera parede externa de tábuas.

Ali dentro, o espaço era escuro e cheirava a mofo, com serragem no chão e banquetas de veludo gastas pelos cem anos de clientes fiéis.

Barb trabalhava ali havia alguns meses. Não era um emprego que ela pretendia manter por muito mais tempo. Ou, pelo menos, era o que ela dizia. Logo procuraria um lugar mais sofisticado e próximo à cidade, onde as gorjetas eram melhores. Mas o bar ficava perto da fazenda e dava a ela bastante tempo para se dedicar às suas causas.

Quando Frankie entrou, Barb estava de pé atrás do bar, com um pano de prato encharcado em um dos ombros e um lenço de algodão vermelho, branco e azul envolvendo o black power. Seus enormes brincos dourados de argola refletiam a luz ambiente.

Frankie subiu em uma banqueta.

– Oi!

– Jed! Vou fazer uma pausa! – gritou Barb.

Um instante depois, o chefe dela, Jed, saiu do escritório arrastando os pés e assumiu o posto atrás do bar.

Barb pegou duas cervejas geladas e abriu caminho até uma das mesas de piquenique nos fundos do bar. No verão, o lugar vendia churrasco defumado em pratos de plástico vermelhos, mas só quando o tempo esquentava.

Frankie pegou a cerveja, abriu a garrafa com um estalo e tomou um longo gole, recostando-se na mesa e esticando as pernas. Ela olhou para Barb e franziu o cenho.

– O que foi? – perguntou.

– Agora você lê meus pensamentos, é?

– Essa não é uma habilidade nova, Barbara. O que está acontecendo?

– Droga, eu ia tocar no assunto devagar – comentou ela com um suspiro. – Eu tenho um favor para pedir.

– Qualquer coisa. Você sabe disso.

– É por todos eles – explicou Barb. – Finley, Jamie e Rye. Nossos mortos em combate.

Frankie se retraiu. Aqueles nomes quase nunca eram mencionados entre elas. Barb e Ethel temiam que Frankie ainda estivesse frágil e pudesse facilmente recair no luto. Estavam certas em se preocupar. Às vezes, ao acordar, Frankie esquecia, por uma fração de segundo, que Rye se fora e estendia a mão para tocá-lo.

– Os VVCG vão se reunir em Washington na semana que vem, para protestar. Estão chamando de teatro de guerrilha.

Veteranos do Vietnã contra a Guerra.

– Você sabe que não estou interessada nisso. Você já me perguntou – lembrou Frankie. – Eu não sou militante.

– Mas esse é especial. Confie em mim. Não somos o único grupo que vai protestar. Queremos criar um evento midiático tão grande que Nixon não vai poder ignorar – explicou ela e olhou para a amiga. – Vem comigo.

– Barb, você sabe que eu tento não pensar… naquele país.

– Eu sei, e respeito o seu esforço. Sei quanto isso tem sido difícil para você, mas eles ainda estão morrendo na selva, Frankie. Morrendo por uma guerra perdida. E, bom... você me disse para fazer algo pelo Will. É isso que eu estou fazendo.

– Não é justo usar as minhas palavras contra mim.

– Eu sei, eu sei. É uma droga, mas nós somos idealistas, eu e você – disse Barb. – Não importa quanto apanhamos ou vimos, somos patriotas.

– Ninguém mais quer saber de patriotas – respondeu Frankie. – Se eu usar uma camiseta do Exército fora de casa, vão cuspir em mim. O país inteiro acha que somos monstros. Mas eu não vou desrespeitar as tropas.

– Protestar não é desrespeitar, Frankie. Nosso pensamento estava errado. É preciso muita coragem para se levantar e exigir uma mudança. Nós somos *veteranas*. Por acaso as nossas vozes também não deveriam ser ouvidas nos protestos? E não deveriam ser *bem altas*?

Barb tirou do bolso uma folha de revista dobrada, alisou os amassados e a pôs na mesa. Era um anúncio de página inteira dos Veteranos do Vietnã contra a Guerra na revista *Playboy*. A imagem era de um único caixão, envolto em uma bandeira americana. A manchete dizia: NOS ÚLTIMOS DEZ ANOS, MAIS DE 335 MIL SOLDADOS FORAM MORTOS OU FERIDOS NO VIETNÃ, E MAIS MORREM TODOS OS DIAS. NÓS ACHAMOS QUE NÃO VALE A PENA. No canto inferior do anúncio, havia um apelo: JUNTE-SE A NÓS.

Frankie fitou o anúncio. Desde que a maré da opinião pública se voltara tão claramente contra a guerra, eram reportados cada vez mais feridos e mortos em combate. Foi duro ver aquilo impresso. A morte de tantos jovens contabilizada, enquanto outros ainda estavam sendo enviados para a guerra.

A imprensa já não transmitia cegamente o que Nixon queria. Os jornalistas receberam acesso às tropas. Eles testemunhavam batalhas e informavam quem eram os mortos. Naquela semana, uma jornalista da Austrália tinha sido uma das pessoas capturadas pelo Exército do Povo do Vietnã e feita prisioneira. Kate Webb. Agora, todos deviam saber que também havia mulheres no Vietnã. Frankie inspirou fundo e exalou.

– Uma vez, Magro me disse que a expectativa de vida de um piloto de helicóptero no Vietnã é de trinta dias – afirmou Barb.

– Eu sei. Também ouvi isso. Mas não sei se é verdade.

– A gente precisa acabar com essa guerra – disse Barb. – *A gente*. As pessoas que pagaram o preço.

Aquilo era errado. O jeito como o governo dos Estados Unidos tratava os militares era criminoso. Porém, o que um bando de veteranos poderia fazer para acabar com uma guerra? Havia anos que pessoas como Barb protestavam, e que diferença tinham feito?

Os protestos pareciam inúteis. Talvez até antipatrióticos.

Mas muitos homens estavam morrendo lá, caindo de helicópteros, pisando em minas terrestres e sendo atingidos por um inimigo que nunca viam.

Como ela poderia *não* protestar contra aquilo, pelo menos?

– A gente pode ser presa – disse Frankie.

– Eles podem chamar a Guarda Nacional. E podemos ser atingidas por gás lacrimogênio ou por uma bala – declarou Barb solenemente, antes de acrescentar: – Como aconteceu no campus da Universidade de Kent e em Jackson.

– Quanto otimismo.

– Isso não é uma piada. Os velhos homens brancos que governam este país estão assustados. E as pessoas fazem coisas estúpidas e perigosas quando estão assustadas – explicou ela, depois se inclinou para a amiga. – Mas eles estão contando com o próprio poder e com o nosso medo. E, a cada minuto, o filho de alguma mulher é morto por lá. O irmão de uma garota.

Frankie não queria protestar. Não queria pensar no Vietnã e no que ele lhe havia custado. Queria fazer o que vinha tentando por mais de dois anos: esquecer.

O que Barb estava pedindo a Frankie era perigoso, a perturbação de uma paz já precariamente estabelecida na cabeça de Frankie.

Sem medo, McGrath.

Era a voz de Jamie em sua cabeça.

Barb estava certa.

Frankie precisava fazer aquilo. Como veterana do Vietnã, e por Finley, Jamie e Rye. Precisava unir sua voz ao grito crescente dos dissidentes. Precisava dizer: *Basta!*

– Só desta vez – concordou ela.

Ela se arrependeu quase na mesma hora.

No dia anterior ao protesto, Frankie teve dificuldade para se concentrar no trabalho. Entre uma cirurgia e outra, ela se preocupava com o que estava por vir, repassando obsessivamente em sua cabeça os episódios de violência que marcaram tantas manifestações e protestos. Nixon tinha enviado a Guarda Nacional para impedir um protesto pacífico no campus de Kent havia menos de um ano. Quando a fumaça se dissipara, quatro estudantes estavam mortos e dezenas deles feridos. Apenas onze dias depois, a polícia baleara estudantes em um protesto contra a guerra na Universidade Estadual de Jackson.

Mas a verdade era que, embora ela se preocupasse com a violência na marcha, preocupava-se mais ainda em ficar junto aos outros veteranos, dizendo *Eu estava lá*. Nos últimos dois anos, Frankie havia escondido esse fato a cada oportunidade, mudando de assunto quando a conversa enveredava para o tópico Vietnã. Mesmo Barb e Ethel raramente mencionavam a guerra. Frankie sabia que o silêncio delas era para protegê-la e, nos dias bons, sabia que ajudava. Nos dias ruins, temia que o fato de não conseguir esquecer indicasse que havia algo de errado com ela, que alguma coisa se danificara dentro dela. Com o tempo, esconder o serviço militar e não falar dele permitira que a vergonha se enraizasse. Ela nunca soubera exatamente do que se envergonhava, só que era fraca ou que, de alguma forma, havia feito algo ruim, participado de algo ruim, algo do qual ninguém queria falar. Talvez a questão fosse apenas ter participado do aparente colapso da honra americana. Não sabia ao certo.

No caminho para casa, ela tentou descobrir o que diabos se vestia em um protesto. Frankie optou por uma calça jeans de cintura baixa, um cinto largo de caubói e uma blusa branca estriada com gola rulê. Ela repartiu os cabelos no meio e os secou. No último minuto, foi em busca do broche do Corpo de Enfermagem do Exército – um caduceu de latão com asas atrás de um N em negrito – e o prendeu no suéter.

Depois, saiu do quarto, fechando a porta atrás de si.

Na cozinha, Barb e Ethel conversavam baixinho. Barb estava com a velha calça manchada do uniforme militar, uma blusa preta de gola rulê e uma jaqueta Levi's com as mangas cortadas. Dezenas de broches e emblemas que ganhara de amigos e pacientes do Vietnã decoravam a frente do colete. Na parte de trás, ela tinha desenhado em preto um imenso símbolo da paz. Barb pintara um cartaz com os dizeres TRAGAM ELES PARA CASA! e o grampeara em uma régua.

Ethel, que vestia seu jaleco azul, serviu-se de uma xícara de café.

– Eu não sei como Barb te convenceu a fazer isso, Frank. Os Veteranos do Vietnã contra a Guerra são tão sexistas quanto os Estudantes por uma Sociedade Democrática – acrescentou. – Se vocês aparecerem por lá, eles vão pedir café e lanchinhos.

– Quem fica para trás não pode reclamar – disse Barb.

– Infelizmente – concordou Frankie, com um ar melancólico.

Na noite anterior, as três tinham passado pelo menos uma hora sentadas ao redor da fogueira do quintal, envoltas em cobertores de lã, conversando sobre o protesto do dia seguinte. Barb dissera que mais de uma dúzia de grupos antiguerra chegaria a Washington nos próximos dias. Os VVCG queriam se separar dos outros dando início à marcha. Eles tinham grandes planos de concentrar os holofotes em si mesmos. Aparecerem nos noticiários.

– Só tomem cuidado – disse Ethel. – Se vocês não chegarem em casa na hora certa, vou ligar para a polícia.

Barb riu.

– Se a gente tiver algum problema, vai ser com a polícia.

Frankie encarou a amiga.

– Esse tipo de comentário não ajuda em *nada*.

– Venha, criança – disse Barb. – Vamos dar no pé.

Ethel abraçou Frankie.

– Vão com Deus, garotas. Mudem o mundo.

Frankie seguiu Barb até o carro e se sentou no banco do passageiro.

Barb deu a partida e aumentou o volume do som, que tocava Creedence.

A amiga se virou para ela, sorrindo.

– Pronta?

Frankie suspirou. Estava com os nervos à flor da pele. Toda essa ideia era um erro.

– Apenas dirija, Barbara.

Era quase meia-noite quando elas chegaram a Washington.

O destino delas, o Parque Potomac, era uma vastidão sombria no meio da cidade iluminada. No escuro, Frankie conseguia distinguir barracas espalhadas por ali. Os VVCG tinham ocupado o parque, transformando-o em um acampamento.

– Vamos procurar um canto para nós – disse Frankie.

Barb estacionou o carro na beirada da rua.

– Pegue a barraca no porta-malas.

Do outro lado da rua, lado a lado, policiais formavam uma longa fila com seus equipamentos de choque.

– Não fale nada – advertiu Frankie, quando elas passaram pelos policiais, a caminho do parque. – É sério. Não quero ser presa antes do protesto.

Barb assentiu brevemente. Elas chegaram à beira do grande parque. Sem dizer nada – nem uma para a outra nem para os outros membros dos VVCG –, armaram a barraca e colocaram duas cadeiras na frente. Enquanto estavam sentadas, ouvindo estacas de barracas serem cravadas no chão, mais e mais carros chegavam, rasgando a noite com seus faróis. À distância, elas escutavam música e um burburinho de conversas.

– Eu me pergunto se vamos ser as únicas mulheres – comentou Frankie, tomando café de uma garrafa térmica.

Barb suspirou.

– E não somos sempre?

De manhã, quando Frankie saiu da barraca, ela se viu em meio a um verdadeiro mar de homens veteranos – milhares –, a maioria mais ou menos da idade dela, com uniformes gastos e manchados, jeans e chapéus de lona. Alguns usavam símbolos da paz e carregavam bandeiras de seus estados e unidades. Centenas de carros estavam estacionados perto do parque, as portas estampadas com slogans – comboios vindos da Califórnia e do Colorado. Mais veículos tinham parado na grama.

Enquanto permanecia ali, um ônibus escolar velho e amassado subiu na grama, parou e abriu as portas. Alguns veteranos saíram do veículo, cantarolando:

– *What's it good for? Absolutely nothing!*

No meio do parque, um homem de cabelos cheios e espessos, segurando um megafone, pulou na traseira de uma caminhonete na qual alguém havia pintado BASTA!.

– Irmãos de armas, está na hora! Hoje, nós marcharemos para sermos ouvidos. Vamos erguer nossa voz, mas não nosso punho, não nossas armas, para dizer *Basta. Tragam os nossos soldados para casa!* Façam uma fila atrás do Ron, na cadeira de rodas. Uma coluna única e ininterrupta. Sejam pacíficos. Não deem às autoridades razão para nos parar. Vamos!

Devagar, os homens formaram uma fila, liderada por vários veteranos em cadeiras de rodas que seguravam bandeiras. Atrás deles, vinham homens de muletas, com o rosto queimado, sem membros e cegos, conduzidos por amigos.

Barb e Frankie pareciam ser as únicas mulheres no parque. Elas se deram as mãos e se juntaram aos irmãos na marcha sobre a ponte do Lincoln Memorial.

Veteranos do Vietnã: um rio deles, marchando, entoando palavras de ordem e levantando cartazes.

Mais homens se juntaram a eles, avançaram, gritando lemas, os cartazes erguidos.

Alguém esbarrou em Frankie com tanta força que ela tropeçou para o lado, soltou a mão de Barb e caiu no chão.

– Barb! – gritou ela.

– Frankie!

Apesar de Frankie ter ouvido, uma multidão de homens se colocou entre elas.

Ela não conseguia ver a amiga na multidão.

– Me encontre na barraca! – gritou ela, torcendo para que Barb a escutasse.

– A senhorita está bem? – perguntou um homem, que a ajudou a se levantar.

Ele era jovem, louro, com barba e bigode louro-avermelhados e desgrenhados. Ele a segurou pelo braço e a firmou. O rapaz vestia um uniforme camuflado rasgado e manchado, com as mangas cortadas. Tinha desenhado um imenso símbolo da paz no capacete. Na outra mão, segurava um cartaz que dizia: VETERANOS DO VIETNÃ CONTRA A GUERRA.

Os manifestantes continuavam avançando, empurrando os dois para a frente.

– Parem a guerra! Tragam eles para casa! Parem a guerra! Tragam eles para casa!

– A senhorita devia ir ali para o canto – aconselhou ele.

Alguém empurrou Frankie de novo. Ela tropeçou.

– Eu estou aqui para protestar.

– Desculpe, senhorita. Essa marcha é dos veteranos. Estamos tentando fazer uma declaração política. Com sorte, aquele imbecil na Casa Branca vai nos ouvir e parar de mentir para o país.

– Eu sou veterana.

– Do Vietnã – retrucou ele, impaciente, olhando para a frente.

– Eu estava lá.

– Não havia mulheres no Vietnã.

Os gritos ficaram mais altos.

– Parem a guerra! Tragam eles para casa!

– Se você não encontrou alguém como eu, teve sorte. Significa…

– Só fique ali no canto, senhorita. Isto aqui é para os homens que estavam lutando. No combate, entendeu?

Ele desapareceu na multidão em movimento, repleta de camisas militares, peitos nus e uniformes. Cabelos longos, black powers e capacetes.

Mas que diabos?

Então ela também não pertencia àquele lugar?

– EU ESTAVA LÁ! – gritou Frankie, frustrada.

Decidida, ela avançou e se misturou à multidão de manifestantes que cruzavam a ponte.

– Parem a guerra! – berrou ela, erguendo o punho. – Tragam eles para casa!

A voz de Frankie não era nada em meio à gritaria, mas ela não parou. Seguiu entoando aquelas palavras cada vez mais alto, até se esgoelar, esbravejando contra Nixon, contra sua administração e contra os norte-vietnamitas. Quanto mais gritava, com mais raiva ficava. Quando chegaram ao Cemitério Nacional de Arlington, com todas aquelas cruzes brancas plantadas na grama verde aparada, ela já estava furiosa.

No cemitério, policiais intervieram para deter um grupo de mulheres vestidas de preto que carregavam coroas de flores.

– São as Gold Star Mothers! – gritou alguém. – Deixe elas passarem!

– Deixe elas passarem, deixe elas passarem, deixe elas passarem! – entoou a multidão.

Formando um pequeno grupo, as mulheres estavam do lado de fora da entrada do cemitério, todas de preto, imóveis. Parecia que não sabiam aonde ir. Nenhuma delas deixou cair a coroa de flores.

As Gold Star Mothers, mulheres que tinham perdido os filhos no Vietnã, estavam sendo impedidas de colocar coroas de flores no túmulo dos filhos. Uma delas ergueu os olhos, o rosto cheio de lágrimas, e encontrou o olhar de Frankie.

Aquilo a fez pensar em sua mãe e na morte do irmão. Perder Finley tinha destruído sua família.

Como os policiais se atreviam a arrastar as Gold Star Mothers para longe do túmulo dos filhos?

O humor dos manifestantes mudou. Frankie sentiu a indignação, a raiva. Ela juntou sua voz ao coro:

– Deixe elas entrarem!

– Não, nós não queremos sua guerra!

Um helicóptero sobrevoou a multidão de maneira ameaçadora. Frankie ouviu o barulho familiar das hélices e pensou em todos os homens que haviam morrido. E ela sabia que helicópteros tinham armas.

– Tragam eles para casa! – gritou ela. – Acabem com a guerra!

Dois dias depois, Frankie e Barb estavam de volta a Washington enquanto centenas de milhares de manifestantes ocupavam a cidade, vindo de ruas laterais, parques e do outro lado da ponte. Eles já não eram só veteranos. Universitários, professores, homens e mulheres do país inteiro. Mulheres empurrando carrinhos de bebê, homens com crianças pequenas nos ombros.

A cena da polícia impedindo as Gold Star Mothers de prantearem seus filhos no dia da marcha dos VVCG tinha sido exibida em todos os noticiários americanos. Aquele se tornara um lembrete visual perfeito de como os Estados Unidos tinham errado no Vietnã: mães que não podiam visitar o túmulo dos filhos. Homens dizimados pela guerra, dilacerados no campo de batalha e esquecidos em casa.

Era *errado*.

Muitas vezes, Frankie ouvira das amigas, de Finley e de Jamie quanto era inflexível em sua moralidade, e era verdade. No fundo, ainda era aquela garota católica boazinha de sua juventude. Acreditava no bem e no mal, no certo e no errado, no sonho americano. Quem ela seria se desviasse o olhar dos erros daquela guerra?

Naquele dia, ela voltou à Constitution Avenue com Barb. Eram a pequena parte de uma multidão agora ainda maior e mais furiosa, duas mulheres em um oceano de pessoas com cartazes, veteranos de cadeiras de rodas, todos erguendo os punhos com raiva. Na mesma semana da primeira marcha, aquela segunda manifestação em Washington trouxera dezenas de grupos contra a guerra. Era para ser um protesto gigantesco, de vários dias, uma onda imensa de sentimentos antiguerra que inundaria a Casa Branca e o Capitólio. Tudo isso seria capturado por equipes jornalísticas e transmitido em todas as salas de estar com TV dos Estados Unidos.

Barb ergueu seu cartaz. Ele dizia: TRAGAM AS TROPAS PARA CASA AGORA!

Os Veteranos do Vietnã contra a Guerra eram facilmente reconhecíveis em suas fardas, jaquetas jeans e chapéus de lona com emblemas, mas havia milhares de outros manifestantes: hippies e universitários marchavam junto a homens de terno e mulheres de vestido. Freiras, padres, médicos, professores. Qualquer um que tivesse voz e quisesse exigir de Nixon o fim da guerra.

Frankie e Barb deram as mãos durante a caminhada, mas, compreendendo melhor os riscos do protesto, combinaram de se encontrar em um hotel local caso se separassem. Barb ergueu seu cartaz no ar.

– Tragam eles para casa, tragam eles para casa! – gritou.

Os manifestantes pararam nos degraus do Capitólio, pressionados uns contra os outros, lado a lado. Homens erguiam suas vozes, berrando:

– Parem a guerra! Tragam eles para casa!

As equipes de TV filmavam tudo.

Um homem de cabelos compridos e uniforme militar deu um passo à frente e se destacou dos outros por um instante. A multidão se calou.

Uma onda de expectativa varreu o grupo dos VVCG, e então alguma coisa voou no ar a partir da multidão, atravessou a barricada e pousou nos degraus do Capitólio com um tilintar, refletindo um raio de sol.

Uma medalha de guerra.

Um por um, separando-se do resto, os veteranos deram um passo à frente, arrancaram suas medalhas do peito e as lançaram até que caíssem retinindo nos degraus. Corações Púrpura, Estrelas de Bronze, Medalhas de Boa Conduta, plaquinhas de identificação. Algumas bateram nos degraus e tilintaram em meio ao repentino silêncio da multidão. Barb soltou a mão de Frankie, abriu caminho até a frente e lançou suas barrinhas de primeiro-tenente nos degraus.

Policiais com equipamentos de choque – capacetes e escudos de plástico erguidos – surgiram em meio a um coro de assobios. Eles atacaram a multidão e começaram a arrastar os manifestantes para longe.

A multidão se dispersou. Um pandemônio tomou conta das ruas.

Frankie foi derrubada e caiu com força. Na confusão, ela se enroscou e rolou para longe, tentando se proteger tanto dos manifestantes quanto da polícia. Ela se esgueirou até a barricada de arame e ficou ali deitada, ofegando, sentindo o corpo machucado. Bombas de gás lacrimogêneo flutuavam no ar, fazendo os olhos de Frankie arderem e deixando sua visão tão turva que ela mal conseguia enxergar.

Quanto tempo ela ficara deitada ali, piscando, os olhos em chamas? Não fazia ideia.

Devagar, ela se levantou, tentando enxergar. A rua estava repleta de policiais com equipamentos de choque arrastando os manifestantes para longe e de carros buzinando e indo embora, seguidos pelas vans das emissoras de TV.

Meio cega, Frankie cambaleou para a frente, incapaz de compreender tudo o que acabara de ver, e quanto aquilo era profunda e completamente errado. A rua estava imunda, com bitucas de cigarro, panfletos de protesto, cartazes arrebentados e cartões de recrutamento rasgados.

Nos degraus do Capitólio, atrás da cerca temporária de arame, centenas de medalhas reluziam ao sol. Medalhas que haviam custado tanto a cada premiado, jogadas fora em um protesto.

Um policial solitário começou a recolhê-las. O que aconteceria com elas, com as medalhas pelas quais aqueles homens se sacrificaram e sangraram?

Frankie agarrou a cerca de arame e a sacudiu com força.

– Não toque nisso!

Um homem a pegou pelo braço.

– Não – disse ele. – Eles vão te prender.

Ela tentou se desvencilhar.

– Eu não ligo.

De repente, ela estava furiosa. Como o governo americano se atrevia a fazer aquilo com seus próprios cidadãos? Impedir mães de prestar suas homenagens aos filhos mortos em combate, ignorar o sentido de uma medalha lançada no ar? Ela enxugou os olhos de novo, tentando clarear a visão.

– Eles não deviam ter permissão para tocar naquelas medalhas.

– Os veteranos deram o seu recado. Um excelente recado, aliás – disse o homem. – Essa imagem vai ficar na cabeça das pessoas: um veterano de cadeira de rodas jogando fora seu Coração Púrpura? É poderoso, cara.

Frankie recuou e soltou seu braço. O homem que a detivera não era o que ela esperava. Em primeiro lugar, ele era mais velho que a maioria dos manifestantes, com certeza mais velho que grande parte dos veteranos do Vietnã. Seus longos cabelos escuros caíam em camadas quase até os ombros, entremeados por fios grisalhos. Um bigode grosso cobria seu lábio superior. Ele usava óculos escuros redondos como os de John Lennon, mas, ainda assim, dava para ver como os olhos dele eram verdes.

– Você é um veterano do Vietnã? – perguntou ela, tentando recobrar a calma.

Tudo aquilo a perturbara, trouxera à tona emoções que Frankie não queria sentir. Ela precisava desacelerar. Nunca era uma boa ideia deixar suas emoções do Vietnã à solta.

– Não. Só alguém contra a guerra. Henry Acevedo – disse ele, entendendo a mão.

Ela a apertou distraidamente.

– Frankie McGrath. Você tinha algum filho no Vietnã?

Ele riu.

– Eu não sou *tão* velho. Estou aqui pela mesma razão que você: para dizer basta.

– É. Bom. Obrigada, Henry – disse Frankie e se afastou.

Henry a alcançou.

– Você acha que esses protestos vão adiantar alguma coisa? – perguntou ela.

– A gente tem que tentar – respondeu ele.

É, pensou Frankie, *é verdade*. Naquele dia, tinha visto pessoas serem levadas pela polícia, arriscando a própria liberdade a fim de protestar contra uma guerra em que muitas delas nem lutaram. Civis foram presos por exercer o direito fundamental americano de protestar contra o governo. No campus de Kent e em Jackson, eles tinham sido baleados por isso.

Ela não sabia se protestar, marchar e erguer cartazes poderia de fato provocar uma mudança, mas tinha certeza de que os Estados Unidos não estavam preservando a democracia ou combatendo o comunismo no Vietnã, muito menos ganhando a guerra. Em suma, muitas vidas seriam perdidas por nada.

– Quer beber alguma coisa? – perguntou Henry.

Frankie quase se esquecera de que o homem mais velho a acompanhava. Estivera perdida na selva de seu próprio passado. Eles haviam caminhado quase dois quarteirões juntos. Ela parou e olhou para ele.

Cabelos longos e desgrenhados, olhos muito verdes, linhas de expressão que sugeriam tristeza e um nariz que parecia ter sido quebrado mais de uma vez. Calça Levi's gasta e desbotada, uma camiseta dos Rolling Stones. Sandálias. Ele parecia um professor de filosofia da Universidade da Califórnia, em Berkeley.

– Por quê?

Ele deu de ombros.

– Por que não? Eu estou me sentindo... desolado, acho. Aquilo foi difícil de testemunhar.

Que espécie de homem usava a palavra *desolado*?

– Você é professor de filosofia? Ou quem sabe um surfista?

– Bom palpite. Psiquiatra. E, sim, eu surfo. Cresci em La Jolla. Fica no sul da Califórnia.

Frankie sorriu.

– Eu sou de Coronado Island. Meu irmão e eu costumávamos surfar em Trestles e Black's Beach.

– Que mundo pequeno.

Frankie sentiu certa afinidade com ele. Ela gostava do fato de ele ser surfista, conhecer Trestles e estar ali, protestando contra uma guerra da qual não havia participado.

– Um drinque me faria bem. Eu fiquei de encontrar uma amiga no Hay Adams. A gente se perdeu.

Eles viraram a esquina juntos, caminhando em direção ao hotel.

Do outro lado da rua, uma pequena mesa havia sido posicionada debaixo de uma faixa, que dizia: NÃO DEIXEM QUE ELES SEJAM ESQUECIDOS.

Atrás da mesa com pilhas de panfletos antiguerra, dois homens de cabelos compridos e costeletas rebeldes estavam sentados em cadeiras dobráveis.

– Ei, senhorita, quer comprar uma pulseira e ajudar a trazer um prisioneiro de guerra para casa?

Frankie foi até a mesa e olhou para a caixa de papelão cheia de pulseiras de metal prateado.

– Custa 5 dólares cada – informou o cara atrás da mesa.

Frankie pegou uma das pulseiras. Era um bracelete fino de prata, com a inscrição MAJ. ROBERT WELCH 16-1-1967.

– Somos uma organização estudantil – disse um dos jovens. – Estamos arrecadando dinheiro. Trabalhamos com a Liga das Famílias dos Prisioneiros de Guerra e Desaparecidos em Combate. É uma organização nova.

– Liga das Famílias? – perguntou Frankie.

– Esposas de oficiais da Marinha, basicamente, lutando para trazer os maridos para casa. Na semana que vem, haverá uma arrecadação de fundos na cidade, se a senhorita quiser contribuir. Aqui o panfleto. Elas estão precisando de doações.

Frankie pegou o panfleto, entregou 10 dólares ao cara e colocou o bracelete.

Ela e Henry foram até o hotel, passando por um porteiro com ar preocupado que parecia prestes a detê-los, mas não fez nada. Os dois desceram as escadas até o bar sexy do porão, onde, diziam, muitas decisões governamentais eram tomadas por homens bebendo martínis. Eles escolheram uma mesa com dois bancos dispostos um de frente para o outro. Henry pediu uma cerveja, e ela, um martíni. Na mesa, um par de descansos de copo mostrava uma caricatura do presidente Nixon. Frankie percebeu que suas mãos estavam tremendo, então acendeu um cigarro.

O barman trouxe uma pequena tigela cheia de batatinhas caseiras.

Ela tomou um gole da bebida, o que ajudou a amenizar o leve tremor em suas mãos. Seus olhos ainda ardiam, mas sua visão tinha clareado. A fumaça do cigarro flutuava entre eles. Alguém ali também estava fumando um charuto.

– Quem você perdeu no Vietnã? – perguntou Henry.

Ela baixou o copo. Havia algo significativo na maneira como ele a olhava: uma compaixão silenciosa, talvez, um carinho profundo com o qual ela não estava acostumada.

– É uma longa lista.

– Um irmão?

– Ele foi o primeiro. É. Mas… houve… outros.

Ele não disse mais nada, porém não desviou o olhar. Frankie tinha a sensação de que ele enxergava mais do que a maioria das pessoas. O silêncio se tornou angustiante.

– Eu estive lá – comentou ela com uma voz suave, surpreendendo-se com a confissão.

– Eu vi o seu broche. Seu caduceu. Asas. Você é enfermeira. Ouvi algumas histórias a respeito de mulheres como você.

– Como? Ninguém fala da guerra. Ninguém que esteve lá, pelo menos.

– Eu tenho alguns pacientes veteranos. A maioria, alcoólatras e viciados. Você tem pesadelos, Frankie? Problemas para dormir?

Antes que Frankie pudesse responder – mudar de assunto –, Barb apareceu, ofegante. Ela deslizou pelo banco, dando um tranco em Frankie.

– Você viu quando a gente jogou as medalhas? Aquilo vai virar notícia – comentou, erguendo a mão para o bartender e gritando: – Uma cuba-libre!

Henry já estava se esgueirando para fora do banco, pondo-se de pé. Ele olhou para Frankie.

– Foi um prazer te conhecer, Frankie. Como eu te encontro? – perguntou ele, baixo demais para que Barb ouvisse.

– Desculpe, Henry. Acho que ainda não estou pronta para ser encontrada.

– Se cuida – disse ele, tocando de leve o ombro dela.

Por acaso ele havia colocado certo peso naquelas palavras?

– Quem era aquele? – perguntou Barb, pegando uma batatinha. – Um dos amigos do seu pai?

– Ele não é tão velho assim – respondeu Frankie, olhando para o novo bracelete de prata que usava.

Ela traçou a inscrição com a ponta do dedo. O major havia desaparecido três meses antes de Frankie aterrissar no Vietnã. Enquanto ela estava no Forte Sam Houston, onde não aprenderia o suficiente para aquele trabalho.

Quantos prisioneiros de guerra estavam lá? E por que eles nunca apareciam nos jornais?

– Frankie? – chamou Barbie, terminando o drinque. – O que foi? Lembranças? Quer conversar?

Frankie olhou para cima.

– Que bom que a gente participou do protesto. Você estava certa.

Barbie sorriu.

– Amiga, eu estou sempre certa. Você já devia saber disso.

– Mas eu acho que a gente pode fazer mais.

VINTE E QUATRO

— Você me deve uma – repetiu Frankie.

Barb estava de pé na pequena sala de estar de tábuas de pinho, só de calcinha e sutiã. A antiga TV em preto e branco murmurava atrás delas: Hugh Downs estava dizendo que a administração de Nixon havia prendido treze mil manifestantes contra a guerra em três dias. As imagens das Gold Star Mothers e das medalhas lançadas nos degraus do Capitólio preencheram a tela oval. Depois disso, vieram as imagens do campus de Kent, onde a Guarda Nacional havia matado estudantes desarmados.

– Você gostou de ter ido à manifestação.

– Gostei. E você vai gostar se a gente participar de uma arrecadação de fundos para ajudar a trazer os prisioneiros de guerra para casa. Eu fiz o que você sugeriu. Agora é a sua vez.

– Mas por que você quer ir? Você não é casada com nenhum oficial da Marinha.

– Eu ia me casar – disse Frankie, baixinho. – E também por Fin. Eu não consigo imaginá-lo preso em uma jaula sei lá onde, esquecido. Por que você não quer ir?

– Esposas da Marinha. E meia-calça. Você sabe que eu não uso uma há anos.

– Você consegue se enfiar em uma meia-calça e almoçar com outras mulheres. Eu te pago uma cuba-libre depois.

– Vou precisar mesmo.

Frankie se vestiu de um jeito que deixaria sua mãe orgulhosa: com um terninho de malha azul-marinho. Debaixo do blazer, pôs uma ousada blusa com estampa geométrica e lapelas grandes e pontudas. Por fim, repartiu severamente o cabelo no meio e o prendeu em um rabo de cavalo.

Frankie conhecia as esposas da Marinha. Coronado estava cheia delas. Ela sabia que aquelas mulheres mantinham uma hierarquia social rígida, baseada na posição dos maridos. Não ficaria surpresa se elas ainda distribuíssem cartões de visitas umas para as outras. Mas não contou nada disso para a amiga.

Às 11h50, ela e Barb (que estava de minissaia e blusa de gola rulê pretas e botas também pretas até os joelhos) pararam em frente ao Hotel Hay Adams.

Uma torrente de manifestantes passou pelo hotel, marchando em direção ao Capitólio. Milhares deles, com a intenção de provocar o governo.

Atrás de barricadas, havia policiais com equipamentos de choque.

– A gente devia estar com eles – afirmou Barb.

– Hoje não – disse Frankie. – Vamos.

Uma vez dentro do hotel, elas pegaram o elevador até a cobertura, que dava para a Casa Branca e o Monumento a Washington.

No restaurante da cobertura, uma faixa gigante tinha sido pendurada: NÃO DEIXEM QUE ELES SEJAM ESQUECIDOS.

Frankie ficou arrepiada. Eles *tinham* sido esquecidos. Até mesmo por ela.

Na entrada principal, duas mulheres bem-vestidas vendiam ingressos para o almoço e entregavam envelopes de doação.

Frankie comprou dois ingressos e conduziu Barb até o almoço formal. O cômodo a lembrava do clube Coronado Golf & Tennis: toalhas de mesa brancas, pratos de porcelana fina e talheres de prata esterlina. Na frente do salão, havia um púlpito com um microfone.

Mulheres de vestido e terninhos perambulavam até aquele lugar, conversando umas com as outras. Várias iam de mesa em mesa. Provavelmente, as esposas dos oficiais. Frankie e Barb encontraram duas cadeiras vazias e se sentaram. Um garçom se apressou a lhes servir duas taças de vinho.

– Viu? – disse Frankie. – Não é tão ruim assim.

Aos poucos, o salão foi enchendo. Garçons iam de mesa em mesa, servindo pimentão vermelho recheado com salada de atum.

Uma mulher magra e loura, com um vestido de malha azul centáurea, foi até o púlpito.

– Olá, esposas e amigos da Marinha – cumprimentou ela. – Bem-vindos à capital da nossa nação. Eu sou Anne Jenkins, de San Diego. Meu marido é o comandante Mike Jenkins, atualmente um prisioneiro de guerra na Prisão Hoa Lo, em Hanói. Estou aqui, junto com várias outras esposas, para pedir doações, tanto de tempo quanto de dinheiro, a fim de ajudar a trazer nossos prisioneiros de guerra para casa.

O lugar ficou em silêncio. Os garfos foram deixados de lado.

– Como algumas de vocês já sabem, muitas de nós têm travado essa batalha há anos. As informações que chegam do governo do presidente Nixon são desconcertantes e incompletas, para dizer o mínimo. Os relatórios militares que dizem *desaparecido em combate* e *morto em combate* não são confiáveis. O marido de Jane Adon foi baleado em 1966. Primeiro, o governo disse que ele foi morto em combate e reportou que os restos mortais eram "irrecuperáveis". Ela fez um funeral para o marido. Todos nós ficamos de luto por ele. E então, seis meses atrás, meu marido fez uma menção em uma carta ao "alvorecer perfeito" que tinha visto recentemente. Bom, esse era o nome do barco de Adon. Achamos que ele *pode* estar vivo, no Hilton de Hanói. Mas eu pergunto a vocês: o que ela deve falar para os filhos agora?

Anne fez uma pausa e prosseguiu:

– Isso é inaceitável. E Jane não está sozinha. Eu falei com o senador Bob Dole ano passado, e ele admitiu que, de 1970 em diante, a maioria dos senadores nem sabia o que eram as siglas MEC e PDG, de *morto em combate* e *prisioneiro de guerra*. Pensem nisso. Ano passado, as pessoas que governavam os Estados Unidos, um país em guerra, não sabiam o que *morto em combate* queria dizer. Felizmente, o Sr. Dole, ele próprio um veterano orgulhoso, está do nosso lado, e temos esperanças de que a maré finalmente virará em nosso favor. Chega de silêncio, chega de pedir informações educadamente. Chega de ser elegante. De sermos "só" esposas. Está na hora de nos impormos, como as esposas e familiares de militares orgulhosas e fortes que somos, e de *exigirmos* respostas.

A mulher continuou:

– Nós instalamos a nossa sede em um prédio vazio aqui de Washington. E estamos procurando um espaço em San Diego, onde a maioria de nós mora. Nosso objetivo é encontrar o nome de cada soldado americano feito prisioneiro de guerra no Vietnã e pressionar o governo a trazê-los para casa. Com a ajuda de nossos maridos presos, conseguimos organizar uma lista de nomes. Agora, acreditamos que sabemos quem são todos os prisioneiros de Hoa Lo. E pretendemos nos tornar uma máquina política com um único propósito: fazer com que o país inteiro saiba que existem militares presos em jaulas no Vietnã.

– Como? – perguntou alguém.

– Vamos começar escrevendo cartas e dando entrevistas. Fazendo dos nossos maridos desaparecidos uma história que precisa ser contada. Quem está disposta a escrever cartas para trazer nossos bravos rapazes para casa?

Aplausos. Várias mulheres se levantaram, batendo palmas.

Anne esperou o barulho se dissipar.

– Obrigada – continuou ela. – Deus abençoe vocês. E quem não puder escrever cartas, por favor, faça uma doação generosa para a nossa causa. Vamos fazer acontecer, senhoras. Chega de silêncio. Não vamos deixar que eles sejam esquecidos.

Anne assentiu e desceu do púlpito, detendo-se em cada mesa para cumprimentar os convidados. Finalmente, ela chegou à mesa de Frankie e parou.

– Aquilo foi incrível, Anne – disse uma das mulheres à mesa.

– Obrigada. Meu Deus, eu detesto falar em público.

Anne olhou para Barb, depois para Frankie.

– Bem-vindas. Vocês são esposas de oficiais da Marinha?

– Nós fomos enfermeiras no Vietnã – contou Frankie. – Primeiros-tenentes Frankie McGrath e Barb Johnson.

– Deus abençoe vocês – disseram baixinho as mulheres à mesa.

– Todas nós conhecemos marinheiros que voltaram para casa graças à ajuda médica. Vocês são de Washington?

– Da Geórgia – respondeu Barb.

– De Coronado Island, senhora – disse Frankie.

– Coronado? – perguntou Anne, observando-a. – Frankie McGrath. Você é a filha de Bette e Connor?

– A própria – admitiu Frankie.

Anne sorriu.

– Sua mãe é uma mulher maravilhosa. Uma arrecadadora incansável mesmo depois… da morte do seu irmão. Eu e Bette presidimos um comitê de reforma urbanística há alguns anos. Ninguém organiza eventos melhor do que ela. Fiquei muito triste quando eu soube do derrame.

Frankie franziu o cenho.

– Do quê?

– Do derrame que ela teve. É um aviso para todos nós, não é? De que uma tragédia pode acontecer a qualquer momento. E depois de tudo o que vocês passaram… Por favor, diga ao seu pai que ela está em minhas preces.

~

Sob o brilho intenso de uma luz branca, sentada em uma cadeira desconfortável, Frankie observava as movimentadas pistas do Aeroporto Internacional Washington Dulles. Uma série de anúncios gravados ressoava nos alto-falantes, mas, para ela, aquilo era só barulho. A mistura de pessoas ali era um microcosmo da nítida divisão do país: jovens de cabelos compridos, jeans esfarrapados e camisetas coloridas, soldados voltando da guerra e pessoas comuns, tentando evitar contato visual com os dois grupos.

Frankie tinha ligado para casa uma dúzia de vezes nas últimas 24 horas, mas ninguém atendera nem uma única vez. Sem saber como deixar uma mensagem, ela telefonara para o escritório do pai pela primeira vez em anos e descobrira pela secretária dele que sua mãe estava no hospital. Dez minutos depois, estava de malas feitas, pronta para voltar para casa.

No portão de embarque, ela vasculhou a bolsa de macramê atrás de um cigarro e o acendeu.

Como o pai podia não ter ligado para lhe dar aquela notícia horrível?

Era só mais uma prova de que ele a havia excluído da família.

Quando anunciaram o voo dela, Frankie apagou o cigarro, pendurou a velha mala dobrável no ombro e embarcou na aeronave.

Em sua fileira, na seção de fumantes, ela se sentou no corredor.

Quando a aeromoça apareceu, em seu atrevido uniforme vermelho e azul com minissaia, chapéu e sapatos combinando, Frankie pediu um gim com gelo.

– Duplo.

Frankie nunca havia estado no centro médico. Era uma construção branca impressionante, empoleirada no topo de uma colina em San Diego: uma joia arquitetônica resplandecente de pedra e vidro. Eles a estavam construindo quando Finley morrera.

Já era quase noite quando seu táxi parou em frente ao hospital. Frankie entrou no saguão bem iluminado, com a parede externa envidraçada que abrangia dois andares e uma parede interna curva, também de vidro. Palmeiras altas e vigorosas contrastavam com as paredes brancas e os caixilhos de metal prateado das janelas.

O saguão tinha uma coleção de cadeiras modernas cor de ferrugem, de aparência confortável – a maioria vazia naquela noite de terça-feira de maio. No canto, uma TV falhava enquanto transmitia a risada da claque em um episódio de *A família buscapé*.

Frankie foi até a recepção, atrás da qual estava sentada uma mulher alta, de rosto ossudo, com óculos redondos e batom vermelho vibrante. Um crachá a identificava como Karla.

– Oi, Karla – disse Frankie. – Estou aqui para ver Bette McGrath.

Karla consultou um maço de papéis.

– Somente familiares.

– Eu sou a filha dela.

– Tudo bem. Ela está na UTI. Segundo andar. O posto de enfermagem fica à esquerda do elevador.

– Obrigada.

Frankie foi até o hall de elevadores e subiu para o segundo andar.

A UTI era mais nova e iluminada do que a UTI do hospital da Virgínia onde ela trabalhava, mas composta pela mesma série de salas envidraçadas, com aquele vaivém de enfermeiras e familiares preocupados aglomerando-se nas portas, oferecendo sorrisos frágeis uns aos outros.

No posto de enfermagem, ela parou, perguntou pela mãe e foi direcionada ao quarto 245 – uma das salas envidraçadas. Lá, encontrou-a deitada na cama, conectada a um ventilador que respirava por ela. Um cruzamento de tiras brancas mantinha os tubos de respiração e de alimentação no lugar. As grades de metal da cama estavam erguidas dos dois lados, e a cabeceira, ligeiramente levantada. Um travesseiro branquíssimo emoldurava a cabeça da mãe.

Havia máquinas ao redor dela, sibilando, apitando e exibindo gráficos coloridos.

Frankie respirou fundo. Sua mãe tinha 50 anos, mas parecia muito mais velha, macilenta e exausta.

– Oi, mãe.

Ela se aproximou da cama devagar, tirou o prontuário da mãe da capa e o leu. *Hemorragia intercraniana. Parada respiratória.*

Frankie devolveu o documento à capa.

– A gente não está nem aí para as estatísticas, certo, mãe? Você é durona. Eu sei que é.

Ela olhou para a pele pálida e azulada de sua mãe, para suas bochechas encovadas e seus olhos fechados.

Frankie queria ignorar o som do ventilador e imaginar o movimento natural do peito da mãe, mas estudara demais para se enganar. Sabia que vítimas de derrame ligadas a ventiladores muitas vezes morriam nas primeiras semanas.

Ela passou os nós dos dedos pela testa macia e quente da mãe.

Ouviu passos e soube, sem olhar, quem estava ali.

Seu pai. O homem que um dia a chamara carinhosamente de Amendoim e a carregara nos ombros, atirando-a no ar de brincadeira, até que o esforço fizesse seus braços doerem. O homem que ela queria deixar orgulhoso quando fora para a guerra.

Ele parou à porta.

Frankie olhou para cima.

Ele a encarou por um longo instante, como se decidisse o que fazer, então caminhou devagar até o outro lado da cama. Os dedos dele envolveram com força a grade de metal. Ela notou como ele estava bronzeado mesmo em maio, de tanto caminhar por canteiros de obras, supervisionando construções debaixo do sol quente do sul da Califórnia. O pai usava uma camisa de poliéster de um azul vivo, os botões nas casas erradas, e uma calça bege, também de poliéster. Um cinto comprido, agora mais apertado, sugeria que ele perdera peso.

– Você não me ligou – acusou ela.

– Eu não consegui.

Ela ouviu como a voz dele embargou e entendeu que fora o medo, não a raiva, que o impedira de ligar.

– Quando foi que aconteceu?

– Tem alguns dias. Ela teve uma dor de cabeça – respondeu ele baixinho, com uma voz que ela quase não reconheceu. – Eu só falei para ela parar de reclamar.

Ele encarou a filha com os olhos cheios de dor.

– Ela vai sair dessa, pai.

– Você acha? Quer dizer, você é enfermeira. Deve saber.

– Ela é durona – respondeu Frankie.

– É.

– Somos só nós três agora, pai.

Ele ergueu os olhos marejados ao lembrar que haviam perdido Finley, que qualquer um deles poderia partir a qualquer momento, enquanto o outro olhava para o lado, respirava, alimentava a raiva.

– Você vai ficar? – perguntou ele.

Então, ele também sentiu. Eles eram uma família. Por mais gasta e destroçada que aquela conexão pudesse parecer, tinham um núcleo forte, algo em que era possível se agarrar.

– Claro – disse Frankie.

Nos dois dias seguintes, Frankie praticamente não saiu do lado da mãe. Ela fez amizade com as enfermeiras da UTI de todos os turnos e levava rosquinhas para elas quando aparecia pela manhã. Hora após hora, Frankie se sentava ao lado da mãe, lendo livros em voz alta, conversando sobre qualquer coisa que lhe ocorresse e passando hidratante nos pés e nas mãos dela. O pai ficava o máximo que podia, mas ela viu como era difícil para ele estar ali. Todos os dias, por algumas horas, ele ia trabalhar – deduziu Frankie – só para escapar da dor que era aguardar e observar. Mas, quando voltava, ele se sentava no quarto com Frankie e a mãe. Contava à mulher acontecimentos da juventude deles, refazia os passos de sua história de amor e ria da forma como a família da mãe reagira à escolha dela. Frankie aprendera mais sobre o pai e a profundidade de seu amor pela família do que em todos os anos anteriores, mas nenhum dos dois tocou no assunto.

Naquele dia – finalmente –, a equipe da UTI tiraria a mãe do ventilador.

– O que isso quer dizer? – perguntou o pai pela terceira vez, enquanto eles subiam no elevador.

– Se ela for bem no teste de prontidão, ou seja, se os sinais vitais estiverem estáveis, ela será retirada da sedação, será acordada e ficará sem o tubo de respiração.

Frankie viu a mudança na postura do pai. Seus ombros afundaram. Foi como se ele desmoronasse, diminuísse de tamanho.

Na versão anterior do relacionamento deles, ela poderia ter segurado sua mão, um reconfortando o outro, mas ainda não estavam curados o suficiente para um gesto tão ousado. Frankie havia passado duas noites em seu quarto cor-de-rosa com babados, preparado dois jantares para o pai, e eles só tinham conversado sobre a mãe. Talvez nada mais importasse até que ela estivesse melhor. Os longos silêncios não pareciam raivosos, não feriam os sentimentos de Frankie. Ele estava triste, e ela conhecia cada nuance da dor. Ele simplesmente não sabia como agir sem a esposa, quem era ou o que dizer. Aquele homem que mais parecia uma locomotiva, que havia apitado tão alto na infância dela, descarrilara.

As portas do elevador se abriram. Frankie e o pai avançaram pelo corredor e pararam do lado de fora das janelas do quarto da mãe.

Às seis da manhã, a UTI estava relativamente silenciosa. Uma equipe de enfermeiras no quarto dela, reunida em volta da cama, verificara os sinais vitais.

– E se ela não conseguir... – disse o pai, incapaz de completar a pergunta. *Respirar sozinha.*

– Agora é uma boa hora para você rezar.

Ela se aproximou da janela de vidro, tentando ouvir o que as enfermeiras diziam dentro do quarto.

Pressão respiratória máxima... 23.

Aquilo era bom.

Sinais vitais.

Ela olhou para as máquinas.

As enfermeiras assentiram uma para a outra. Uma delas pegou o telefone e relatou tudo ao médico.

Frankie viu a enfermeira aquiescer e desligar. *Retire a sedação dela.*

Frankie sentiu o pai se aproximar. Ela quase se recostou nele. Os dois observaram a cena, aguardando.

Pela Janela, Frankie viu as pálpebras da mãe estremecerem. Devagar, bem devagar, os olhos dela se abriram. A enfermeira da unidade extubou a mãe, que imediatamente começou a tossir.

– Ela está respirando – disse o pai.

Assim que foram autorizados a entrar no quarto, Frankie e o pai assumiram seus lugares: um de cada lado da cama.

A mãe piscou devagar.

O pai tocou o rosto dela.

– Bette, você me assustou.

– É... – disse ela, com um meio-sorriso torto.

A cabeça da mãe se virou para a direita. Ela olhou para Frankie.

– Minha... garot...

Os olhos de Frankie se encheram de lágrimas.

– Oi, mãe.

– Fran... – sussurrou ela, erguendo uma das mãos ossudas e trêmulas para que a tocasse. – O que... fez... com seu... cabelo?

Frankie só conseguiu rir.

<hr />

9 de maio de 1971

Queridas Barb e Ethel,
Saudações desta bolha que é Coronado Island.
Desculpem ter demorado tanto para escrever, mas, durante um tempo, eu não sabia o que ia acontecer com a minha mãe. A boa notícia é que ela já saiu do hospital. Vai demorar um pouco para ela recuperar totalmente a mobilidade, por isso vou ficar aqui para ajudar. Não faço ideia de por quanto tempo. Eu

pedi demissão do hospital em Charlottesville. Vocês se importam de enviar as minhas poucas coisas para cá?

Quero que vocês duas saibam quanto são importantes para mim, e que os nossos anos juntas – tanto no Vietnã quanto na Virgínia – foram os melhores da minha vida.

Vou voltar para ver vocês assim que eu puder.

Até lá, fiquem bem.

Amo vocês.

F

~~

14 de maio de 1971

Querida Frankie,

Você está desfazendo o grupo, garota, e eu odeio isso, mas acho que já está na hora e que esse é o empurrãozinho de que eu precisava. Enviei um currículo para a organização Operation Breadbasket, em Atlanta. Talvez eu conheça o Jesse Jackson!

Vou sentir saudades!

Mantenha contato.

Fique bem,

B

P.S: Aposto que Noah vai pedir a mão de Ethel, agora que a gente deixou o caminho livre.

~~

Frankie passou hidratante nas mãos secas da mãe.

– Isso é... bom – balbuciou a mãe, lutando para encontrar as palavras.

Frankie se inclinou e beijou a bochecha ressecada dela.

Os olhos da mãe tremeram e se fecharam. Ela se cansava com muita facilidade, mas era o esperado nos primeiros dias após um derrame. Ela estava em casa, em uma cama de hospital montada no quarto de hóspedes do primeiro andar. Às vezes, ela ficava frustrada. Em outras, não conseguia encontrar uma palavra ou escolhia a palavra errada ou falava enrolado. De vez em quando, um ataque de vertigem a deixava enjoada.

Frankie fechou a porta atrás de si e encontrou o pai sentado na sala de estar. Ele estava curvado para a frente. O que quer que o tivesse feito estufar o peito um dia havia se perdido com o derrame da esposa.

– Ela está indo bem – disse Frankie.

– Que bom que você está aqui. Sua mãe sentiu saudades.

– E você?

Ele olhou para cima, surpreendendo Frankie com a franqueza em seu olhar, como se talvez estivesse esperando por aquela pergunta.

– Você era uma garota diferente quando voltou para casa.

– Eu... sofri por um bom tempo depois do Vietnã – declarou ela.

– Todos nós sofremos. Depois do Finley... eu não era mais o mesmo. Eu não sabia como...

O pai deu de ombros, tão incapaz de encontrar as palavras quanto fora de processar o luto.

– Eu sinto muito por aquela última noite, antes de eu ir para a Virgínia... pelas coisas que falei para você – disse Frankie.

No silêncio que se seguiu, ela se levantou, caminhou pelo corredor até seu quarto e vasculhou a mala dobrável. Ao encontrar a foto de Finley que havia arrancado em sua fúria, Frankie voltou à sala de estar e a ofereceu ao pai.

– Ele pertence à parede dos heróis – afirmou ela baixinho, colocando a foto emoldurada na mesa. – Eu sinto muito, pai.

Ele a encarou por um longo instante, depois se levantou. Ele estava um pouco instável. Ou havia bebido de mais ou comido de menos ou a preocupação voltara a derrubá-lo.

– Venha comigo.

Ele foi até a cozinha, pegou umas chaves em um gancho na parede do telefone e caminhou até a varanda.

Frankie o seguiu até a Ocean Boulevard. Eles avançaram pela larga calçada de cimento, lado a lado, sem dizer uma única palavra.

– A gente brigou por sua causa depois que você foi embora – disse ele, afinal.

Frankie não sabia o que responder.

– Ela me culpou. Falou que eu fui desagradável com você.

– Eu meio que fui uma megera também.

– Foi o que eu disse.

Frankie se surpreendeu ao sorrir.

– Ela sabia que você ia voltar – contou ele.

– Sabia? Eu me pergunto como.

– A vida. Maternidade. Ela falou alguma coisa sobre a desova dos salmões.

Depois de mais meio quarteirão, o pai parou em frente a um pequeno bangalô cinza de praia, com um único andar e um poço de tijolos brancos na frente, em um pedaço de grama. Um capricho absurdo naquele mundo confuso. Casas maiores, com dois andares, cercavam o bangalô, fazendo com que ele parecesse um brinquedo. Um Mustang conversível azul-marinho estava estacionado na entrada da casa.

– Eu ia demolir esse chalé e construir algo maior. Daí... quando você foi para a Virgínia, sua mãe queria que você tivesse um lugar para voltar. Um dia. Ela falou com todas as letras que esse chalé seria o seu porto seguro. Ela bateu o pé. Acho que nunca tinha me dito uma coisa assim. Ou para qualquer pessoa. Enfim, ela mandou pintá-lo por dentro e mobiliou só com o essencial. Bom, o essencial nos padrões da sua mãe. O carro é a minha contribuição.

Ele enfiou a mão no bolso e puxou dele dois molhos de chaves, que entregou a ela.

Frankie estava tão chocada que, por um instante, não conseguiu dizer nada. Ela encarou o pai, vendo-o de uma forma que nunca vira, o fantasma do homem que saíra da Irlanda ainda menino e cruzara um oceano sozinho, que não pudera ir para a guerra com os homens da sua geração e que se apaixonara por uma mulher acostumada a ter tudo. O homem que perdera um filho para o Vietnã e quase perdera a esposa, que enxotara a filha de casa no meio da noite porque não sabia como lhe dar as boas-vindas. Ela se perguntou se algum dia os dois falariam dessas coisas.

– Obrigada, pai – disse ela, baixinho.

Ele pareceu desconfortável com a gratidão da filha ou talvez apenas com a história que vinha com a situação. O pai olhou de soslaio para a rua.

– É melhor eu voltar. Não gosto de deixar a sua mãe sozinha por muito tempo.

Frankie anuiu e observou o pai voltar para casa. Quando ele dobrou a esquina, ela passou pelo poço de tijolos brancos em frente ao bangalô cinza.

Frankie destrancou e abriu a porta, depois acendeu a luz. Ali dentro, encontrou uma pitoresca sala de estar com painéis de pinho, uma lareira de seixos manchada de fuligem e grandes janelas com cortinas de algodão xadrez. O piso de madeira, um tapete oval feito com tiras de tecido, uma cozinha recém-pintada de verde-água bem clarinho, um sofá com estampa floral e uma única poltrona. Um vaso de flores artificiais na cornija da lareira.

Ela andou pelo espaço, acendendo as luzes enquanto caminhava. O lugar tinha dois quartos pequenos, e o maior dava para um quintal cercado, com um carvalho no meio. A mãe havia mobiliado o quarto com uma cama queen size, um edredom branco fofo e uma mesinha de cabeceira com um abajur de conchas.

Frankie suspirou profundamente. Talvez fosse disso que precisara o tempo todo. Um lugar para chamar de seu.

VINTE E CINCO

Naquela noite, Frankie dormiu bem.

De manhã, encontrou um armário cheio de roupas no quarto.

Só com o essencial.

Sorrindo, ela vestiu uma calça de veludo cotelê listrada e uma bata bordada e fluida, e dirigiu até a casa dos pais, onde a mãe a aguardava no degrau da frente, segurando um andador.

– Você... atrasada – disse ela, parecendo agitada.

– Eu não estou atrasada, mãe – falou Frankie, ajudando-a a entrar no carro.

A mãe deslizou para o banco, um tanto desajeitada.

– Eu amei a casa, mãe – comentou Frankie. – Para onde quer que eu olhe, vejo você. Sei como você trabalhou duro para tornar o espaço aconchegante. Obrigada por me deixar morar lá.

A mãe aquiesceu de um jeito desajeitado, sem muito controle dos movimentos. Frankie percebeu como ela estava ansiosa, como se agarrava ao console entre os assentos para se equilibrar.

– Você está com um pouco de vertigem? – perguntou Frankie.

A mãe assentiu.

– Sim – disse ela, esticando a palavra, deformando-a. – Merda.

Frankie podia contar nos dedos de uma única mão as vezes que ouvira a mãe xingar.

– Vai levar um tempo, mãe. Não se cobre tanto. O fisioterapeuta vai ajudar, e o terapeuta ocupacional também.

A mãe deu uma risada curta, soltando o ar pelo nariz, o que poderia ser tanto um sinal de concordância quanto de discordância; era difícil dizer.

Em San Diego, Frankie entrou no centro médico e estacionou. Depois, ajudou a mãe a sair do carro e a firmou. Usando o andador, os nós dos dedos brancos pelo esforço, sua mãe mancou, devagar, do carro até o saguão. Frankie registrou a entrada dela e se sentou ao seu lado na sala de espera.

– Com medo – murmurou a mãe.

Frankie nunca a ouvira usar aquelas palavras.

282

– Eu estou aqui, mãe. Estou aqui com você. Você vai ficar boa. Você é durona.

– Rá.

Uma enfermeira apareceu e chamou:

– Elizabeth McGrath?

Frankie ajudou a mãe a se levantar e a firmou enquanto ela atravessava o saguão de andador. No último minuto, ela se virou e encarou a filha com um olhar assustado.

– Vou estar aqui quando você terminar, mãe – disse Frankie, sorrindo de leve.

A mãe assentiu de maneira desajeitada.

Frankie voltou para o seu lugar e se sentou. Depois, virou para o lado e vasculhou uma pilha de revistas, onde encontrou um artigo sobre os prisioneiros de guerra que ainda estavam no Vietnã.

Isso a lembrou da Liga das Famílias e de sua missão de trazer os prisioneiros de guerra para casa. Quando Frankie e Barb tinham comparecido ao almoço em Washington, a organização estava procurando um escritório em San Diego.

Frankie procurou um telefone público, encontrou um e ligou para o serviço de informações.

– Existe algum número para a Liga das Famílias em San Diego? – perguntou à operadora.

– Existe uma Liga Nacional das Famílias dos Prisioneiros e Desaparecidos Americanos no Sudeste Asiático – respondeu a operadora depois de um tempo.

– É essa mesmo.

– Vou conectar a senhora.

– Liga das Famílias, Sabrina falando, como posso ajudar? – atendeu uma mulher.

– Oi. Vocês aceitam doações? – perguntou Frankie.

A mulher riu.

– Olha, com certeza. Gostaria de vir ao nosso escritório?

– Claro. Eu tenho um pouco de tempo.

Frankie anotou o endereço do escritório e foi até o carro.

No porta-luvas, encontrou o guia de ruas da área, procurou o endereço e começou a dirigir.

Do outro lado da cidade, em uma linda ruazinha lateral, ela estacionou de frente para um pequeno edifício que parecia ter sido um restaurante. Em cima da porta, uma placa pintada à mão dizia: LIGA DAS FAMÍLIAS DOS PRISIONEIROS DE GUERRA/DESAPARECIDOS EM COMBATE.

Ela foi até a porta da frente, que estava aberta.

O escritório era pequeno, basicamente sem mobília, exceto por uma única mesa com pilhas de panfletos. Uma mulher estava sentada atrás dela. Quando Frankie entrou, ela olhou para cima.

– Bem-vinda à Liga das Famílias!

Outra mulher estava de joelhos, o rosto coberto por uma cascata de cachos louros, pintando uma placa que dizia: NÃO DEIXEM QUE ELES SEJAM ESQUECIDOS. Ela também acenou para Frankie.

– Olá! Bem-vinda.

A mulher da mesa tinha uma beleza exótica, com longos cabelos pretos e maçãs do rosto salientes. Ao lado dela, uma criança pequena dormia em um carrinho.

– Meu nome é Rose Contreras. Entre. Você é casada com um oficial da Marinha?

– Não. Meu nome é Frankie McGrath. Sou ex-enfermeira do Exército.

– Deus te abençoe – disse Rose em voz baixa. – Você conhece algum prisioneiro de guerra?

– Não. Só vim fazer uma doação para a causa.

– Todas as doações são bem-vindas, é claro – concordou Rose. – Como você pode ver, a gente só tem o básico no momento.

Frankie abriu a bolsa e pegou a carteira.

– Mas, Frankie…

– Sim?

– O que precisamos mesmo é de ajuda para conscientizar a população. As mulheres mais velhas, Anne, Melissa e Sheri, casadas com membros de alta patente, fazem todos os discursos públicos e dão testemunhos em frente ao Senado. Eu sou presidente do Comitê de Redação de Cartas. Nosso objetivo é escrever cartas para todas as pessoas que talvez possam ajudar. *Afogá-las* em um mar de cartas. A mesma coisa com os jornais. Você gostaria de ajudar?

Escrever cartas. Era algo que Frankie poderia fazer enquanto acompanhava a mãe, esperava que ela saísse de suas inúmeras consultas médicas ou preparava o jantar da família.

Frankie sorriu.

– Eu adoraria ajudar, Rose.

Escrever cartas em nome da Liga das Famílias e dos prisioneiros de guerra do Vietnã rapidamente se tornou uma obsessão.

Frankie escrevia quando se sentia solitária, quando não conseguia dormir, quando estava ansiosa e enquanto, sentada no centro médico, esperava a mãe fazer as sessões de fisioterapia ou terapia ocupacional. Escrevia na praia, depois do jantar. Escrevia para todos em que conseguia pensar – Henry Kissinger, Richard Nixon, Spiro Agnew, Bob Dole, Harry Reasoner, Gloria Steinem, Walter Cronkite e Barbara Walters. Qualquer pessoa capaz de escutar, ajudar ou conversar com alguém que pudesse. *Prezado Dr. Kissinger, estou escrevendo em nome dos nossos heróis americanos, dos homens que foram abandonados. Como enfermeira do Exército que serviu no Vietnã, conheço os horrores que esses homens suportaram. Eles foram para a guerra pelo nosso país, para fazer a coisa certa, e agora este mesmo país precisa fazer o mesmo por eles. Não podemos deixar nenhum homem – ou mulher – para trás...*

Quando não estava escrevendo, estava com a mãe, ajudando-a a caminhar, encorajando-a a comer o suficiente para recuperar o peso, levando-a de carro para as consultas. A recuperação de um derrame era uma tarefa lenta, mas a mãe despendeu uma considerável força de vontade e seguiu em frente, às vezes ao ponto da exaustão. Os médicos ficaram impressionados com a rapidez de sua recuperação. Frankie e o pai, não. Bette McGrath sempre tivera uma força de vontade descomunal.

No geral, Frankie achava que estava indo bem. Suas oscilações de humor haviam diminuído, fazia semanas que não tinha pesadelos com o Vietnã e ainda não acordara no chão do quarto de seu bangalô. Todos os domingos, ela escrevia para Barb e Ethel e recebia cartas frequentes em resposta. Diante do valor exorbitante das chamadas telefônicas de longa distância, elas tinham que se contentar com as cartas.

Ela não se incomodava (embora a mãe, sim) com o fato de não ter uma vida social e de não ir a um encontro desde... bom, desde antes do Vietnã. O amor era a última coisa que passava por sua cabeça. Tudo o que queria era paz e tranquilidade.

No fim de junho de 1971, quase dois meses depois de ter se mudado para casa, Frankie já estabelecera uma rotina estável. Ajudar na recuperação da mãe lhe dava satisfação e escrever cartas em nome dos prisioneiros de guerra lhe dava um propósito. Porém, naquele dia – finalmente – ela fora convidada para fazer mais do que apenas escrever cartas.

No meio da tarde, Frankie estacionou o carro no Chula Vista Outdoor Shopping Center e foi até a escada rolante. O lugar estava decorado com bandeirolas vermelhas, brancas e azuis para o feriadão que se aproximava, e a maioria das vitrines anunciava algum tipo de LIQUIDAÇÃO.

No átrio, debaixo de uma palmeira, havia uma mesa. Atrás dela, estava sentada uma jovem bonita e vivaz, que usava os cabelos louros presos em duas marias--chiquinhas baixas. Ela escrevia uma carta. À sua esquerda, havia uma jaula rústica de bambu, pequena demais para abrigar um homem de pé. Uma faixa ao redor dela dizia: NÃO DEIXEM QUE ELES SEJAM ESQUECIDOS.

Frankie sorriu e deslizou para o assento vazio.

– Oi, eu sou Frankie – apresentou-se ela, estendendo a mão.

A mulher a apertou.

– Joan.

– Como estão as coisas hoje?

– Devagar. As pessoas estão se preparando para o feriado.

Frankie endireitou a pilha de panfletos à sua frente. No centro da mesa, havia uma caixa de braceletes de prisioneiros de guerra à venda por 5 dólares cada.

Joan voltou à sua carta.

– Você acha que "Cumpra a sua maldita promessa, presidente Nixon" é muito agressivo para a frase de abertura? – perguntou ela a Frankie, posicionando a ponta da caneta logo acima do papel.

– Acho que você não pode ser agressiva demais – respondeu Frankie, pegando um pedaço de papel e uma caneta.

Um jovem com cabelos compridos e barba cheia passou pela mesa delas.

– Belicistas – sussurrou ele, e continuou andando.

– A liberdade não é de graça, imbecil! – gritou Frankie. – Por que você não está no Canadá?

– Não deveríamos gritar com os pacifistas – disse Joan, sorrindo. – Mas que regra estúpida.

– É só uma orientação – comentou Frankie.

Joan riu.

– Há quanto tempo o seu marido foi preso?

– Eu não sou casada. Meu irmão e... vários amigos morreram lá. E o seu marido?

– Atiraram nele em 1969. Ele está em Hoa Lo.

– Eu sinto muito, Joan. Você tem filhos?

– Só uma menina. Charlotte. Ela não se lembra do pai.

Frankie tocou a mão da mulher. Elas tinham mais ou menos a mesma idade e viviam vidas diferentes, mas a guerra as unia.

– Ele vai voltar para casa, Joan.

Uma mulher de cabelos escuros e terninho xadrez preto e branco se aproximou da mesa.

– Eles colocam os nossos soldados em jaulas como essa? É sério? Eles nem têm espaço para ficar de pé!

– Sim, senhora.

– E o que eles fizeram?

– O que eles fizeram? – perguntou Joan.

– Para acabar nessas jaulas. Eles são tipo aquele tenente William Calley, de My Lai?

Mantenha a calma. Eduque, não desencoraje.

– Eles serviram ao país deles – declarou Frankie. – Assim como seus pais e avôs, eles fizeram o que o país pediu em tempos de guerra e foram capturados pelo inimigo.

A mulher franziu o cenho, pegou um bracelete niquelado da caixa e leu o nome inscrito nele.

– É o filho de alguém, senhora. O marido de alguém. E há pessoas esperando que ele volte para casa – explicou Frankie, depois fez uma pausa. – O marido desta mulher está preso lá, aliás.

A mulher puxou uma nota de 20 dólares da carteira gasta, entregou-a a Frankie e depois devolveu o bracelete à caixa.

– A ideia é a senhora usar o bracelete até que ele volte para casa – explicou Joan. – Para manter viva a memória dele.

A mulher pegou a pulseira, colocou-a no pulso e a encarou.

– Obrigada – disse Frankie.

A mulher assentiu e foi embora.

Durante a meia hora seguinte, Frankie e Joan distribuíram panfletos, venderam braceletes e escreveram cartas. Frankie estava no meio de sua última carta para Ben Bradlee, quando sentiu Joan cutucar a lateral de seu corpo com o cotovelo.

– Tem gente vindo – sussurrou Joan.

Frankie ergueu os olhos e viu dois homens caminhando em direção à mesa.

Não. Não dois homens, ou não exatamente. Um homem e um garoto. Pai e filho, talvez. O homem era alto e magro, com cabelos grisalhos na altura do ombro e um bigode. Ele usava uma camiseta preta da banda Grateful Dead, jeans surrados e sandálias. O garoto ao lado dele – com 16 ou 17 anos – era musculoso e vestia um moletom da Academia Naval de Annapolis. Ele estava barbeado e usava os cabelos curtos como nos anos 1950. Os dois pararam em frente à mesa, debaixo da faixa NÃO DEIXEM QUE ELES SEJAM ESQUECIDOS.

O homem mais velho se aproximou.

– Estou vendo que você ainda está lutando pela causa. Frankie McGrath, não é? A garota de Coronado?

Frankie demorou um instante para reconhecer o homem que encontrara no protesto de Washington.

– O psiquiatra surfista.

– Henry Acevedo – cumprimentou ele, sorrindo. – Este aqui é o meu sobrinho, Arturo – apresentou ele, voltando-se para o jovem. – Está vendo essas jaulas, Art? Dê uma boa olhada nelas.

Arturo revirou os olhos e deu uma cotovelada de brincadeira no tio.

– Meu tio está furioso porque eu vou para a Academia Naval em setembro. Mas meu pai está superanimado.

– Meu irmão estudou lá – contou Frankie. – Ele amava.

– Meu marido também – acrescentou Joan. – É uma ótima escola.

– Eu não sou a favor de uma faculdade que forma guerreiros, depois os coloca em perigo – declarou Henry.

– Tenha orgulho dele, Henry – disse Frankie com gentileza. – Ele está fazendo uma escolha honrosa, mesmo que você não concorde.

Ela empurrou a caixa de braceletes para o jovem.

– Cinco dólares se você quiser ajudar a trazer um herói para casa.

Arturo deu um passo à frente e examinou os braceletes.

– Bacana. Você conhece algum prisioneiro de guerra? – perguntou ele a Joan.

– Meu marido – respondeu ela, mostrando seu bracelete a Arturo.

O garoto se inclinou para ler a inscrição.

– Uau, 1969. Ele já está lá há um tempão…

Frankie sentiu o olhar de Henry pousar nela, mas ele não falou nada. Após um instante, pôs o braço em volta do sobrinho.

– Venha, futuro piloto. Vamos deixar essas belas mulheres salvarem seus maridos.

– Eu não sou casada – contou Frankie, surpresa ao se ouvir dizer aquelas palavras.

– Que notícia boa – disse Henry, ao jogar duas notas de 20 dólares na mesa. – Continuem com o excelente trabalho, moças. Até mais, Frankie.

Ele levou Arturo embora, que se soltou do braço do tio, obviamente achando que estava velho demais para aquilo.

– Aquele era… você sabe, o cara que sempre interpreta um caubói na TV?

Frankie balançou a cabeça.

– Ele é médico.

– Eu não sei por que você ainda está aqui – disse Joan, puxando uma lixa e consertando uma unha quebrada.

– Como assim?

– Se um homem sexy daqueles olhasse para mim do jeito que ele acabou de olhar para você, eu não o deixaria ir embora.

– O quê? Você acha… Não. Não é… Quer dizer, ele é velho.

– O tempo não é mais o que costumava ser – afirmou ela.

Frankie não tinha como discordar.

27 de julho de 1971

Querida Frank,

Saudações da escaldante Captiva Island. Fica na Flórida. Terra de pessoas brutas, que dirigem carros do tamanho de iates e para quem o happy hour começa no café da manhã.

Eu sei que você vai dar um berro, assim como Babs, que está recebendo a mesma carta. Noah e eu fugimos para casar! Sei que vocês queriam estar no meu casamento, mas eu não mais consegui esperar. Nós não conseguimos esperar. Quando chegou a hora da verdade, eu não queria um dia que cheirasse a flores e tivesse gosto de bolo. Se a sua mãe não está por perto… sei lá. Eu só não queria aquilo. Mas a gente vai comemorar, e em breve!

Te amo, amiga,

Sra. Noah Ellsworth

VINTE E SEIS

Já chegara 1972. E a guerra continuava.

Mais mortes, mais ferimentos graves no campo de batalha, mais helicópteros abatidos, mais homens desaparecidos ou enviados para a Prisão de Hoa Lo.

Como a maioria dos americanos, Frankie assistia, horrorizada, às notícias do jornal da noite. No ano anterior, a Winter Soldier Investigation, um evento midiático patrocinado pelos Veteranos do Vietnã contra a Guerra, havia exposto o lado obscuro do conflito – atrocidades americanas na selva, nas aldeias e nos campos de batalha –, e o tenente William Calley fora condenado e sentenciado à prisão perpétua pelo massacre de My Lai. Os Estados Unidos tinham invadido o Camboja. Tudo isso havia aumentado a raiva e o desprezo pelos veteranos que voltavam para casa.

Às vezes, ao ver o noticiário, Frankie não conseguia parar de chorar.

Podia ser por nada. Caramba, às vezes ela chorava no carro quando uma música a fazia pensar em Finley, Jamie ou Rye. Cada lágrima a lembrava de como sua estabilidade era frágil, para dizer o mínimo.

Ninguém mais acreditava que os Estados Unidos estavam ganhando a guerra. Mesmo em Coronado Island, entre a elite conservadora, rica e republicana, a dúvida aumentava.

– A gente precisa acabar com isso – dizia o pai de Frankie, de vez em quando, aos amigos, como se a guerra fossem férias caras que tivessem dado errado.

Quando a mãe melhorou o suficiente para dirigir e ficar sozinha, Frankie foi forçada a buscar uma vida própria... ou pelo menos algo que se parecesse com isso. Ela conseguiu um emprego no centro médico do hospital. Sua educação e experiência lhe renderam um cargo de enfermeira cirúrgica no turno diurno e, mais uma vez, a enfermagem deu propósito e estrutura à sua vida, duas coisas de que ela precisava desesperadamente. Ela fazia questão de se manter ocupada: escrevia cartas intermináveis e trabalhava no estande da Liga das Famílias sempre que podia, além de cumprir longos e extenuantes turnos na Sala de Cirurgia. Tudo que ocupasse sua cabeça e a deixasse cansada o suficiente para dormir.

Mas ela sabia que nada daquilo a ajudaria naquela noite.

Quatro de julho.

Frankie temia o feriado. Nos últimos anos, ela havia se enclausurado com a música bem alta, tentando apenas sobreviver à barulhada dos fogos. Na Virgínia, Barb e Ethel permitiam que ela se escondesse e, no último ano, a mãe não estava bem o suficiente para organizar sua festa anual. Naquele ano, seria diferente.

Uma festa na casa dos pais era o último lugar onde Frankie queria estar, mas ela não tinha escolha. Após quinze meses de tratamento e muito esforço, a mãe finalmente estava pronta para seu glorioso retorno à vida social de Coronado, e a presença de Frankie era obrigatória.

Eu estou bem. Eu consigo.

Ela vestiu um shortinho roxo e uma blusa branca fina com os ombros de fora, depois alisou os cabelos já compridos e repartidos ao meio e se maquiou. Tudo aquilo era uma camuflagem.

Ao anoitecer, ela saiu do bangalô e caminhou pela praia até a casa dos pais, em direção ao icônico telhado vermelho do Hotel del Coronado. Luzes piscavam dos beirais, iluminando o caminho.

Ao redor dela, a vida continuava. Famílias, crianças, cachorros. Aos gritos, as pessoas mergulhavam nas ondas.

Ela ficou na areia o máximo de tempo possível, depois cruzou a Ocean Boulevard, que fervilhava naquela noite quente: motoristas procurando vagas, homens tirando itens de porta-malas, mulheres conduzindo cachorros e crianças até a praia e procurando um lugar para posicionar as cadeiras.

A casa em estilo Tudor se assomava do muro de tijolos que lhe conferia privacidade, suas janelas com mainéis refletindo a luz. Lanternas pendiam dos galhos do velho carvalho. Bandeirolas vermelhas, brancas e azuis decoravam a mesa de comida e o bar externo. Frankie fechou o portão atrás de si.

O Dia da Independência sempre fora o feriado preferido do pai. A família o festejava como em qualquer evento social: em grande estilo. Um buffet à americana tinha sido servido no pátio – bandejas de costelas grelhadas e hambúrgueres suculentos, espigas de milho na manteiga, salada de batatas e, é claro, um bolo tricolor com sorvete de sobremesa. Todo mundo trouxera algo para a festa, e as mulheres de Coronado tentavam superar umas às outras.

Obviamente, os convidados já estavam ali havia algum tempo. O volume de suas vozes sugeria um abundante consumo de álcool. Ela ouviu um homem exclamar:

– Quem Jane Fonda acha que é? Uma antiamericana, eu diria!

À esquerda, uma banda com três integrantes tocava uma versão ruim de "Little Deuce Coupe".

Colada nas paredes do pátio, uma placa dizia: DEUS ABENÇOE OS ESTADOS UNIDOS E AS NOSSAS TROPAS.

– Desde que sejam homens – murmurou Frankie.

Ela expirou devagar, tentando não ficar brava. Ou magoada.

Se pelo menos Barb e Ethel estivessem ali. Fazia tanto tempo que Frankie não via as amigas! Recentemente, Ethel e Noah tinham dado as boas-vindas à filha Cecily, e Barb estava protestando em algum lugar naquele fim de semana, preparando-se para um "evento" ultrassecreto dos VVCG e sobre o qual revelara muito pouco.

Frankie abriu caminho por entre a multidão, oferecendo um sorriso amarelo às pessoas que conhecia. Ela ouviu trechos de conversas, homens elegantes falando sobre:

– ... soldados drogados de heroína bombardeando aldeias.

Mulheres com vestidos de cores vivas tremendo ao pensar que Charles Manson ainda estava vivo.

– ... trancar a nossa porta agora. Eles deviam tê-lo condenado à morte. Malditos liberais.

Frankie se concentrou na própria respiração, tentando ficar calma, até chegar ao bar.

– Gim com gelo e limão.

Quando ela recebeu a bebida, o pai se afastou da multidão. Como sempre, chamou a atenção para si sem dificuldade. Ele sacudiu o pulso, e a banda parou de tocar. Frankie viu seu sorriso carismático, que retornara ao seu rosto com a recuperação da esposa, mas também havia uma sombra, a compreensão de que o dinheiro não comprava uma boa saúde nem os protegia do oposto. Ele vestia uma calça listrada com um cinto largo e uma camisa de poliéster de lapelas grandes. No último ano, tinha deixado crescer as largas costeletas, que estavam ficando grisalhas, e os cabelos pretos encaracolados – o suficiente para penteá-los de lado. Seus óculos novos eram grandes e quadrados.

– Eu queria agradecer a todos vocês por terem vindo. Como sabem, a nossa festa do Dia da Independência é uma tradição aqui em Coronado. A primeira vez que convidamos os amigos para comemorar a independência dos Estados Unidos foi em 1956, quando os movimentos do Elvis ainda eram considerados um escândalo.

A multidão riu diante da doce lembrança de um mundo diferente.

– Acho que os meus filh... que a minha filha nem se lembra da vida antes das festas de Quatro de Julho dos McGraths.

Ele se interrompeu por um instante, parecendo fazer um esforço.

– Mas, no ano passado, a gente não enviou nenhum convite. Todos vocês sabem por quê. E eu agradeço a todos pelas cartas e pelas flores. Foi um momento difícil para nós, após o derrame de Bette.

A mãe surgiu na porta da varanda aberta, as costas retas e o queixo erguido. Ela começara a tingir os cabelos para esconder as novas mechas brancas, e isso a levara a cortá-los curtos, talvez a escolha mais moderna de sua vida. Com uma maquiagem impecável e um terninho elegante, sua mãe estava deslumbrante como sempre. Ela passou cautelosamente pela soleira da porta. Só alguém que a conhecia bem enxergaria o leve franzir de sua testa ou a hesitação em seus passos.

O pai se virou, estendeu o braço e segurou a mão dela para firmá-la.

A mãe sorriu para os convidados.

– Foi um longo caminho de volta, e eu não tenho palavras para dizer quanto vocês me encorajaram. Millicent, as suas caçarolas são boias salva-vidas. Joanne, eu ainda não entendo *mahjong*, mas o som tranquilizador da sua voz permanece comigo. Dr. Kenworth, obrigada por pura e simplesmente salvar a minha vida. E Connor – disse ela, olhando para o pai, depois se voltou para a multidão de novo. – E Frances.

Ela viu Frances e acenou.

– Vocês dois são meu grande apoio.

Frankie viu o jeito como o pai apertou a mão dela com mais força, depois a beijou na bochecha.

Os convidados aplaudiram.

– É isso aí! – gritou alguém.

– Uma última coisa – disse o pai. – Antes de comermos, bebermos e dançarmos, eu gostaria de dar as boas-vindas ao tenente-comandante Leo Stal. Ele acabou de voltar do Vietnã e do Hospital Militar de Walter Reed – declarou, erguendo uma taça. – Aos homens que servem. De uma nação grata.

Frankie bateu o copo vazio no bar.

– Outro desse – pediu ela, enquanto a banda voltava a tocar, com uma versão tão lenta de "American Pie" que tornava a música quase irreconhecível.

Aos homens que servem. De uma nação grata.

Ela sentiu uma onda de raiva, virou a segunda dose e olhou para o portão às suas costas.

Será que já podia ir embora?

Alguém notaria?

Sua mão tremeu quando ela acendeu um cigarro. *Uma nação grata.*

– Precisamos parar de nos encontrar desse jeito – disse uma voz.

Frankie se virou rapidamente, quase tropeçando no homem que estava ao seu lado.

Ele a segurou.

– Henry Acevedo – comentou ela, olhando para ele.

Os cabelos dele tinham mudado: ele ainda os conservava compridos e em camadas, mas a umidade da noite lhes dera volume. Era nítido que ele havia se barbeado para a festa: não havia nenhuma sombra de pelos escurecendo a linha de sua mandíbula. Costeletas compridas estreitavam o rosto dele.

– O que você está fazendo aqui? – perguntou ela, recuando e tentando se firmar. – Essas pessoas aqui não parecem ser a sua turma.

– Sua mãe e as amigas dela de uma organização voluntária lideraram uma arrecadação de fundos para o novo centro terapêutico de tratamento contra drogas e álcool do hospital. Ela convidou vários de nós, membros do Conselho, para esta noite – contou ele, dando de ombros e sorrindo.

– Você não parece ser membro de nenhum Conselho. E isso é um elogio.

– Era essa festa ou a família descontrolada da minha irmã no subúrbio.

– Eu teria ficado com o subúrbio.

Henry sorriu.

– Você claramente não passou muito tempo no subúrbio.

Frankie ouviu o zumbido característico de um morteiro e o estrondo da explosão.

– Ataque! – gritou ela, e se jogou no chão.

Silêncio.

Frankie piscou.

Estava esparramada na grama do quintal dos pais. *Mas que diabos?* Ela se apoiou nos joelhos, sentindo-se fraca.

Alguém tinha disparado fogos de artifício. Um rojão, provavelmente.

E Frankie se jogara no chão. Qual era o problema dela? Sabia a diferença entre fogos de artifício e morteiros.

Ai, meu Deus.

Henry se ajoelhou ao lado de Frankie e tocou o ombro dela com uma gentileza que a fez ter vontade de chorar.

– Vá embora – pediu ela, humilhada.

Aquilo não acontecia desde o clube, anos antes.

– Eu estou aqui com você – assegurou ele.

Ela deixou que Henry a ajudasse a se levantar, mas não conseguia encará-lo.

– Esses idiotas que compram fogos de artifício e rojões do México deviam ser presos – afirmou ele.

Por acaso ele estava dizendo que era *normal* ouvir aquilo e se jogar no chão?

– Pode me levar para casa? – perguntou ela.

Ao ouvir as palavras, percebeu que aquilo parecia um convite, o que não era sua intenção. Ela não queria *aquele homem.*

Ou talvez quisesse.

O que não queria era ficar sozinha.

Ele deslizou um braço pela cintura dela e a firmou.

– Meu carro…

– A gente pode ir andando.

Ela conduziu Henry até o portão e o abriu.

A Ocean Boulevard era um caos de trânsito e turistas. A ampla faixa de areia estava lotada de famílias, crianças, estudantes e oficiais da Marinha. Todos misturados. Cachorros latindo. Crianças rindo. Pais exaustos tentando manter a prole por perto. Em breve, eles começariam a soltar mais fogos comprados na fronteira com o México. Rojões. Explosivos M-80. O céu ganharia os sons e a aparência de um ataque.

Na calçada, Frankie se manteve próxima a Henry e percebeu, em algum momento, que tinha se esquecido de calçar as sandálias ao sair da casa dos pais. Ela havia caminhado até ali descalça.

Frankie não sabia o que dizer àquele homem ao lado dela, que mantinha a mão em sua cintura fazendo uma pressão constante, enquanto eles venciam os poucos quarteirões até a casa dela.

Ali, ela parou.

O bangalô parecia prateado na noite que caía. A porta vermelha brilhante, o poço de tijolos brancos. De repente, ela viu o que de fato era aquilo: o lar de outra época, para um tipo diferente de vida. Crianças. Cachorros. Bicicletas.

Essa compreensão a inundou de tristeza.

– Aposto que você brincava na praia de Coronado quando era pequena e andava de bicicleta na Ocean Boulevard com cartas presas nas rodas. Que infância.

– Com o meu irmão – concordou ela, baixinho.

Ela se virou e olhou para Henry.

– Obrigada.

Ele fez uma mesura dramática.

– Às suas ordens, madame.

Frankie sentiu uma surpreendente centelha de desejo. A primeira em anos. Um desejo de ser tocada, abraçada. De não estar sozinha.

– Você é casado?

– Não. Minha mulher, Susannah, morreu de câncer de mama há sete anos.

Ela viu a tristeza que ele enfrentara com a esposa, uma compreensão da perda que aliviou sua solidão ou a fez compartilhá-la.

– Quantos anos você tem? – perguntou ela, embora naquele momento não se importasse.

– Trinta e oito. E você?

– Vinte e seis.

Ele não tinha nada a dizer a respeito, o que ela achou ótimo. Aquilo – eles – era algo que prescindia de palavras. Palavras significavam alguma coisa. Ela queria que aquilo – os dois – não significasse nada.

– Quer entrar? – indagou ela baixinho.

Ele obviamente entendeu a pergunta – e tudo o que ela implicava – e assentiu.

Frankie abriu o portão dos fundos e o conduziu até o quintal, que pretendia arrumar, mas nunca o fazia. A grama estava alta, amarelando em alguns pontos devido ao calor do verão e à sua rega descuidada. A churrasqueira de segunda mão que ela comprara nunca fora usada, e os galhos do carvalho sonhavam com um balanço de pneu. O quintal, assim como a vida dela, estava vazio.

Frankie fechou o portão atrás deles, e o pequeno clique foi como um sino de largada. Ele a puxou para perto e a envolveu em um abraço. Frankie notou uma força nele, a força de sua atração por ela, e aquilo a fez se sentir desejada. Algo que não sentia havia muito tempo.

Henry recuou e olhou para ela.

Ela segurou a mão dele e o levou até seu quarto. Ali, ela o soltou, deu um passo atrás e o encarou, desejando ter arrumado a cama. Havia roupas espalhadas pelo chão. Copos vazios na mesinha de cabeceira. Será que tinha bebido demais na noite anterior e cambaleado até a cama? Não conseguia se lembrar.

Ele a pegou pela mão e a conduziu até a cama.

Ela se sentiu uma virgem de novo, hesitante, assustada. Devagar, tirou o shortinho e a blusa.

Estava usando um sutiã rendado branco, uma calcinha também branca e a medalhinha de ouro de São Cristóvão que a mãe enviara para o Vietnã.

– Eu só... estive com um único homem, e já faz muito tempo – contou ela, sem saber ao certo o que dizer. – E eu não quero... mais do que isso. Eu não tenho nada além.

– O que você não tem, Frankie?

– Amor.

– Ah.

– Estou apaixonada por outra pessoa.

– E onde ele está?

– Morto.

Ele a puxou para si. Ela amoleceu nos braços dele. Os lábios dos dois se tocaram, um tanto hesitantes, o beijo de dois estranhos.

No início, Frankie só conseguia pensar em Rye e no que aquele beijo não era, em quem Henry não era, mas então abriu mão do controle e sentiu que embarcava em uma nova e lenta construção da paixão.

– Isso – disse ela com uma voz áspera e gutural, quando a mão dele se moveu por sua pele nua e deslizou para dentro da calcinha.

Não era amor, mas, por um instante lindo, o corpo dela ganhou vida, vibrou, murmurou, e aquilo chegou perto o suficiente.

Quando olhava para trás, o que fazia com frequência naquele verão de 1972, Frankie se perguntava como ela e Henry tinham começado a namorar de verdade.

Na cabeça dela, eles nunca começaram um relacionamento de fato. Apenas se fundiram de algum jeito: duas pessoas seguindo caminhos diferentes que, de alguma forma – inexplicavelmente –, se tornaram uma única estrada. Tudo começara com aquela noite no bangalô. Henry conhecia a dor e a perda. Ele contara que, após a morte da esposa, havia mergulhado na escuridão, bebido demais e tropeçado muito. Frankie conhecia aquele tipo de tropeço, como podia ser difícil se levantar e como a vida precisava ser cautelosa depois disso. Ambos estavam solitários, com o coração partido. Frankie via a tristeza nos olhos dele quando mencionava a esposa e sabia que sua voz falhava quando Henry perguntava sobre Rye, Jamie e Finley.

Então, eles pararam de dizer nomes, pararam de conversar sobre amor verdadeiro e deixaram que aquele quase amor – a paixão – entrasse em suas vidas. Frankie foi até a ONG Federação de Paternidade Planejada da América atrás de pílulas anticoncepcionais. Ela tentou se sentir moderna e segura de si ao entrar na clínica, mas ficou vermelha quando o médico perguntou se era casada. Frankie assentiu rapidamente, depois balançou a cabeça. O médico sorriu de forma gentil e disse a ela que não era mais necessário mentir. Enfim a lei permitia que mulheres solteiras tomassem pílula. Ele lhe passou uma receita.

Frankie e Henry se encontravam depois do trabalho para tomar uns drinques e, às vezes, jantar. Henry vivia ocupado com a arrecadação de fundos para o hospital e a nova clínica que propusera, e Frankie não tinha vontade de acompanhá-lo naqueles eventos.

Nenhum dos dois estava pronto para entrar completamente na vida do outro. Pelo menos ela não estava, então ele não a pressionava.

Frankie não contou à mãe nem às amigas a respeito de Henry porque parecia vagamente errado, talvez até imoral, tocar um homem que não amava, dormir em seus braços durante horas e vê-lo sair antes do amanhecer para ir trabalhar.

Mas ela não conseguia evitar. Depois de tantos anos de solidão e luto, Henry trouxera um raio de sol para a vida dela. E Frankie tinha medo de voltar para a escuridão.

1º de agosto de 1972

Querida Frankie,

Já chega. Você acha que eu sou idiota?

Caso tenha errado a resposta, eu não sou. Sua mãe me ligou ontem à noite. Ela contou que você está mais estranha que o normal e que voltou a passar perfume. Eu sei o que isso significa, amiga.

Sexo.

Com quem você está transando, e como é? Conte para a sua amiga, por favor, para que ela possa viver indiretamente por você.

A vida em Chicago é boa. Não é solitária, nunca é. Eu estou sempre em movimento, mas é difícil ser mulher em um mundo de homens, mesmo quando a gente está trabalhando pela mudança.

O próximo homem que me pedir para fazer café para o grupo ou datilografar um panfleto – porque eu tenho experiência – vai levar uma dura.

Ethel, por outro lado, me contou que todas as roupas dela agora cheiram a golfada de bebê e que nem se lembra mais de como é dormir.

Parece que todas nós temos os nossos desafios.

Dentro de algumas semanas, eu vou para a Convenção Nacional Republicana com o VVCG. Espero que não aconteça nada violento, mas, meu Deus, já chega dessa maldita guerra.

Certo, eu vou servir uma bebida para mim. É bom que o meu telefone toque assim que você receber esta carta.

Fique bem, irmã.

Te amo

B

~

Era uma manhã quente da terceira semana de agosto. O sol brilhava através do para-brisa sujo, e "Nights in White Satin" ressoava nos alto-falantes da Chevy Nova de Henry.

– Eu não estou muito certa disso – disse Frankie, observando a fila interminável de carros, caminhões e motos à frente deles e vendo mais pelo retrovisor.

Veteranos do Vietnã, em sua maioria, mas não apenas.

Eles tinham dado início àquela caravana três dias antes, no sul da Califórnia, sendo um carro em meio a outros vinte. Porém, mais veículos se juntaram ao comboio, formando um fluxo constante: ônibus Volkswagen com slogans pintados e janelas com cortinas, caminhões velhos e gastos, Camaros envenenados e motos com bandeiras militares tremulando nas barras de apoio traseiras.

Agora com mais de cem veículos, o grupo entrava em Miami, buzinando e piscando os faróis, os homens debruçados nas janelas abertas para acenar uns para os outros.

Henry abaixou a música.

– Barb pediu para a gente fazer isso.

– Bom. Ela *me* pediu para fazer isso. E eu achei que tinha dito não.

Frankie cruzou os braços e tentou disfarçar a teimosia. Após um mês e meio com Henry, não havia baixado a guarda e continuava escondendo suas irracionais variações de humor e sua raiva inexplicável o máximo que podia. Caso contrário, ele a sondaria com perguntas que ela se recusaria a responder. Ele não fazia ideia de que, às vezes, Frankie ainda chorava no banho sem motivo algum.

Em um parque, eles encontraram milhares de manifestantes já reunidos – e não apenas veteranos. Todos os grupos de protesto concebíveis estavam ali: hippies, universitários, feministas. Os VVCG seguiram o carro da frente até um canto desocupado do acampamento, onde estabeleceram o próprio território, protegido por veteranos com walkie-talkies que patrulhavam o perímetro. Frankie e Henry armaram uma barraca ao lado do carro estacionado.

Ao anoitecer, o acampamento dos VVCG era uma festa completa, onde todos eram bem-vindos: esposas, namoradas, apoiadores, ex-enfermeiras e profissionais da Cruz Vermelha.

O líder parecia ser um homem de cadeira de rodas – Ron Kovic, paralisado do peito para baixo no Vietnã –, e ele dizia que aquela marcha seria a "última patrulha" deles.

De manhã, Barb apareceu.

– Frankie McGrath, cadê você? – gritou ela, em meio à bagunça do acampamento.

Frankie viu a melhor amiga e correu até ela, quase derrubando-a com a intensidade de seu abraço.

– Eu não acredito que você está aqui! – exclamou Barb. – Cadê o Henry? Ele prometeu te trazer aqui, e aqui está você. Ele só pode ser mágico.

– Ele é – admitiu Frankie, com relutância.

Quando elas voltaram à barraca de dois lugares, Henry estava preparando café em um fogareiro. Frankie viu que ele trouxera três canecas e, diante da cena, um sentimento parecido com amor – ou pelo menos uma versão menos intensa dele – brotou no peito dela.

Ele se levantou, sorrindo com a facilidade de um homem que tinha a consciência tranquila.

– Oi, Barb. Nossa garota sentiu a sua falta.

Barb sorriu, analisando-o de cima a baixo.

– Eu te conheço de algum lugar.

– De Washington. No bar do…

– Hay Adams – lembrou Barb. – Um companheiro revolucionário.

– Está na hora! – gritou alguém em um megafone. – Lembrem-se: silêncio. A gente quer que aqueles canalhas saibam que não existe mais nada a ser dito.

Os três avançaram de mãos dadas, misturando-se à multidão do parque. Na liderança da marcha estavam os veteranos feridos: homens de cadeiras de roda, de muletas, cegos conduzidos por irmãos que enxergavam.

Eles caminharam pela Collins Avenue em silêncio, mais de mil pessoas. Espectadores ocupavam as laterais das ruas, testemunhando e fotografando a marcha.

Frankie sentiu Henry largar sua mão.

Ela se virou.

– Esta é uma marcha de veteranos. Não é o meu lugar, amor – disse ele, baixinho. – É o seu. Você precisa disso.

– Então, você…

– Vá, Frankie. Fique com a sua melhor amiga. Vou estar no carro quando vocês terminarem.

Frankie não teve escolha a não ser deixá-lo ir e seguir em frente junto com a multidão, seus colegas veteranos, segurando a mão de Barb em direção ao centro de convenções, onde se desenrolava a Convenção Nacional Republicana.

Frankie sentiu o poder daquele gesto, do silêncio deles, o mesmo que ela própria fizera em relação à guerra. Aqueles eram homens e mulheres que *estiveram* lá e que, com seu silêncio, diziam *Basta*.

Ela ficou surpresa ao sentir orgulho de estar ali, protestando, vendo os punhos se erguerem, mas as vozes não, ouvindo o baque dos pés deles na calçada – alguns, como Barb, de coturnos.

Eles pararam em frente à entrada. As cadeiras de rodas ficaram imóveis.

Os policiais de choque formavam uma linha reta, bloqueando a passagem.

Entre os manifestantes, os líderes do pelotão sinalizaram comandos. Em silêncio, os veteranos se espalharam e bloquearam três faixas de trânsito.

Alguém – Ron Kovic, imaginou Frankie – gritou em um megafone:

– Nós queremos entrar!

Eles aguardaram. Calados. Lado a lado.

Frankie viu fotógrafos e uma câmera de TV registrarem o momento. Helicópteros da Guarda Nacional zumbiam sobre eles.

A tensão aumentou. Frankie farejou o perigo e teve a sensação de que todos fizeram o mesmo. Mas com certeza a polícia de choque não atacaria militares veteranos, certo?

– Vocês podem ter levado os nossos corpos, mas não as nossas mentes! – gritou alguém.

Finalmente, um congressista surgiu, sob aplausos dos espectadores.

Frankie ficou na ponta dos pés, tentando ver o início da fila.

O congressista acompanhou três veteranos de cadeira de rodas até o centro de convenções.

Os manifestantes não tinham como entrar no prédio sem arriscar a vida e criar exatamente o tipo de cena que não queriam.

Frankie não saberia dizer quanto tempo eles ficaram ali, amontoados, bloqueando o tráfego, mas, depois desse período, a marcha que tinha começado com determinação terminou com mais de mil veteranos caminhando de volta para o parque, sob os aplausos – e as vaias – da multidão que observava das calçadas.

– Eles não irão nos ouvir – comentou Barb. – Nem se a gente gritar nem se ficar em silêncio. Eles querem esquecer que existimos.

– Não sei – discordou Frankie. – As tropas estão batendo em retirada. Talvez algo esteja funcionando.

Elas continuaram andando.

– Então, ele é legal – disse Barb. – Henry.

– É.

– Por que você o escondeu? Eu te conto até dos caras que eu quero beijar.

– É, e eu tive que fazer um fluxograma detalhado.

Barb a cutucou com o quadril.

– Sério.

– Ele é só… uma diversão.

– E desde quando diversão é o seu forte, garota?

– Ele está me ajudando com essa parte.

– Você está apaixonada?

– Eu não quero mais isso. Acho que eu não conseguiria sobreviver de novo.

– Nem todo amor dá errado.

– Aham. Isso explica por que você é casada e tem filhos.

– Eu não quero essa vida – disse Barb, passando o braço em volta de Frankie. – Eu tenho certeza de que ele te ama.

– Por quê?

– Quem atravessa o país inteiro de carro para garantir que uma mulher participe de um protesto e depois diz que ali não é o lugar dele? Um gesto incrível, na minha opinião.

– Ele tem 38 anos. Já foi casado.

– E é por isso que não quer investir?

Frankie odiava ter que contar a verdade a Barb, mas sabia que a melhor amiga continuaria insistindo até que ela o fizesse.

– Você é uma peste, sabia? – respondeu ela, com um suspiro. – Rye – confessou, baixinho.

– E ele não iria querer que você fosse feliz?

– Iria, é claro.

As pessoas diziam aquilo o tempo todo. Mas só agravava a solidão de Frankie.

– É o que eu estou fazendo – afirmou ela. – Essa sou eu, feliz.

No dia seguinte, os jornais e os noticiários só falavam daquilo: três veteranos do Vietnã de cadeira de rodas tinham entrado na Convenção Nacional bem quando Nixon discursava, após seu partido indicá-lo para disputar a eleição presidencial. Eles gritaram: *Parem os bombardeios!*

Eles foram imediatamente retirados pela polícia, mas as imagens viraram notícia. Os veteranos gritaram tão alto que o presidente precisou interromper o discurso.

⁓

Paramédicos passam correndo por mim, carregando homens em macas. Alguém está berrando.

Frankie acordou com um grito assustado e se sentou, respirando com dificuldade.

Ela levou um instante para se lembrar de que estava em sua casa, em Coronado, na cama, com Henry dormindo ao seu lado. Ela estendeu a mão trêmula e o tocou, sentindo a necessidade de saber que ele era real.

– Você está bem? – murmurou ele, meio dormindo, meio acordado.

– Estou – respondeu ela, acariciando-o até que ele voltasse a dormir.

Ela saiu da cama com cuidado e foi até a sala de estar. Em uma prateleira alta do armário da cozinha, encontrou um maço de cigarros e acendeu um deles, recostando-se na pia. Imagens do Vietnã a invadiram, exigindo que Frankie se lembrasse delas.

Foi o protesto.

Todos aqueles veteranos juntos, lembrando uns aos outros de seu passado em comum. Toda a dor, o luto, a perda e a vergonha.

Ela não deveria pensar em mais nada disso. Precisava aguentar firme.

Esqueça, Frankie.

VINTE E SETE

Quase quatro meses depois, em seu dia de folga, Frankie parou o carro no clube Coronado Golf & Tennis e estacionou debaixo do pórtico branco. Um manobrista correu para pegar o veículo.

– Obrigada, Mike – disse ela, jogando as chaves do Mustang para ele.

Ali dentro, o clube estava decorado para o Natal *da proa à popa*, como costumavam dizer os marinheiros que o frequentavam. Guirlandas artificiais enfeitavam a cornija da lareira, também decorada com velas brancas espalhadas. Uma árvore de Natal natural brilhava com luzes multicoloridas e enfeites temáticos de golfe. "Blue Christmas", de Elvis, saía dos alto-falantes. Sem dúvida, aquela era uma escolha musical escandalosa para o local.

De pé ao redor da lareira, vários homens de terno tomavam Bloody Marys.

A mãe já estava sentada no salão de jantar, que cheirava a pinho e baunilha. Atrás dela, o *fairway* do campo de golfe se estendia em uma faixa ondulante de grama cor de esmeralda.

Acomodada à mesa de toalha branca, a mãe tinha as costas rigidamente eretas. Ela usava um vestido de jérsei com gola drapeada e uma boina de tricô sobre os cabelos pretos e curtos, além de longos brincos pendentes.

Frankie se sentou em uma cadeira à frente dela.

– Desculpe, estou atrasada.

A mãe acenou para o garçom e pediu duas taças de champanhe.

– Você está comemorando alguma coisa? – perguntou Frankie.

– Sempre – respondeu a mãe, acendendo um cigarro. – Eu estou andando e falando, não estou?

Frankie tomou um gole de champanhe e sentiu o estômago se revirar com uma onda de náusea.

Mal conseguindo pedir licença, ela correu até o banheiro e vomitou.

Duas vezes.

Depois, foi até a pia e bebeu um pouco de água.

Também tinha vomitado na manhã anterior.

Não.

Não.

Frankie pressionou a mão contra a barriga. Estava um pouco inchada? Meio sensível?

Um *bebê*?

Mas... ela estava tomando pílula. Será que a pílula tinha falhado? Será que Frankie tomara uma por dia, religiosamente, todas as manhãs? Talvez tivesse esquecido uma ou duas vezes...

Frankie voltou para a mesa, mas não se sentou.

A mãe ergueu os olhos.

– Você está branca, Frances.

– Eu acabei de vomitar. Duas vezes.

A mãe franziu o cenho.

– Você está de ressaca? Com febre?

Frankie balançou a cabeça.

A mãe não desviou o olhar.

– Você mantém... intimidades com um homem, Frances?

Frankie assentiu devagar, sentindo as bochechas queimarem.

– Faz alguns meses que estamos nos vendo.

– E você não contou aos seus pais. Entendi. E quando suas regras vieram pela última vez?

– Não me lembro. Desde que eu comecei a tomar pílula, quase não desce... nada.

– Você precisa ir ao médico.

Frankie aquiesceu, entorpecida.

– Sente-se. Depois do almoço, vamos ver o Arnold. Ele vai nos arrumar um encaixe.

Uma hora e meia depois, após um almoço constrangedor cheio de palavras não ditas, elas saíram do clube e dirigiram até o consultório do médico na Orange Avenue.

– Oi, Lola. Preciso de um teste de gravidez – anunciou sua mãe na recepção.

A mulher mais velha ergueu os olhos.

– A senhora está...

A mãe abanou a mão no ar, irritada.

– Não é para mim, Lola. É para a minha filha.

Lola tirou uma caneta do penteado bufante.

– Ele vai arrumar um tempo – disse ela. – É bom ver a senhora andando tão bem.

Frankie entrelaçou as mãos com força e se sentou na sala de espera.

Instantes depois, uma enfermeira apareceu, chamou Frankie e a conduziu até uma sala de exames.

– Coloque um roupão. Os laços ficam na parte da frente. O doutor já vem.

Frankie tirou a roupa e vestiu o roupão, depois se sentou na mesa de exames.

Grávida. A palavra não parava de ressoar em sua cabeça.

Ouviu uma batida suave à porta, e então ela se abriu.

O médico a fechou atrás de si e ajeitou os óculos de aro de tartaruga preto no nariz bulboso.

– Oi, Frankie. Já faz um bom tempo.

– Oi, Dr. Massie.

Quando vira o médico pela última vez, Frankie tinha 17 anos e estava indo para a faculdade. Ele lhe explicara sobre sexo de maneira mais franca que sua mãe, mas ainda assim introduzira o tema com *na sua noite de núpcias*, e Frankie ficara tão nervosa e desconfortável ao ouvir um velho falar de pênis e vaginas que mal o escutara.

– Eu não sabia que você tinha se casado – comentou ele.

Frankie engoliu em seco e não respondeu nada.

Se o Dr. Massie percebeu o silêncio dela, não demonstrou.

– Deite-se na mesa.

Frankie se recostou na mesa de exames e encaixou os pés com meias nos estribos de metal. O médico se acomodou entre as pernas dela. Ela encarou a parede branca bem iluminada, fechando bem os olhos enquanto ele afastava suas pernas, se aproximava e calçava um par de luvas.

– Você vai senti-lo um pouco frio – desculpou-se ele, enquanto colocava o espéculo dentro dela.

Depois, o médico fez um exame de toque. Por fim, se levantou, cobriu as pernas de Frankie com o roupão e foi para o lado dela. Ele abriu o roupão com cuidado e apalpou seu abdômen e seus seios.

Então, cobriu a nudez de Frankie e recuou.

– Quando foi a sua última menstruação, Frankie?

– Não me lembro.

– Você está tomando pílula?

– Estou.

– Elas não são infalíveis. Principalmente se você não for rigorosa ao to-má-las – explicou ele. – Vou passar alguns exames para ter certeza, mas os indícios físicos me dizem que você está mesmo grávida. Eu diria que tem cerca de dois meses.

Dois meses.

– Ai, meu Deus… Eu não estou pronta… Não sou casada…

– Os Serviços de Adoção Católicos fazem um bom trabalho entregando bebês para famílias honestas, Frankie – disse ele em voz baixa, aproximando-se dela. – Sua mãe deve saber tudo a respeito.

Frankie se lembrou de algumas garotas do ensino médio que haviam desaparecido e voltado alguns meses depois, mais magras e quietas. Todo mundo sabia que elas tinham ido para um lar de mães solteiras, mas as palavras não eram nem sussurradas, já que a sociedade considerava aquilo extremamente vergonhoso. E, uma única vez, surgiram boatos de que uma garota da St. Bernadette tinha morrido durante um aborto ilegal.

Frankie não conseguia se imaginar em nenhum daqueles dois caminhos. Não porque fossem errados, mas porque sabia que queria ser mãe, só não sozinha, não solteira. Ela queria o pacote completo: um marido, um bebê, uma família formada com amor.

Ela assentiu, sentou-se e pôs a mão na barriga. Um *bebê*.

Não estava pronta para ser mãe e, no entanto, quando fechava os olhos só por um instante, imaginava uma versão totalmente diferente de sua vida: uma em que amava incondicionalmente e era amada, em que seu presente não estava sempre sombreado por imagens do passado, por vergonha, ansiedade e raiva. Uma versão em que era *mãe*.

Frankie se vestiu e saiu da sala de exames.

A mãe estava na sala de espera, sentada daquele seu novo jeito rígido, como se temesse que a falta de postura pudesse lhe causar outro derrame. Ela ergueu o rosto e encontrou os olhos de Frankie.

Frankie sentiu as lágrimas brotarem.

A mãe mancou até ela e a pegou pelo braço, conduzindo-a para fora do consultório, através do estacionamento e para dentro do Cadillac, onde imediatamente acendeu um cigarro.

– Você não devia fumar, mãe – repreendeu Frankie com uma voz apática. – Você teve um derrame.

– Quem é esse garoto com quem você está se encontrando?

Frankie quase riu.

– É um homem, mãe. Henry Acevedo.

– O médico que quer abrir aquela clínica para dependentes?

– Isso.

– Mas... desde quando?

– Desde a sua festa do Quatro de Julho.

Ela sorriu de leve.

– Um médico. Certo, então você e Henry vão se casar. Em uma cerimônia discreta. O bebê vai ser prematuro. Acontece o tempo todo.

– Eu não tenho que me casar. Estamos em 1972, não em 1942.

– Você está pronta para criar um filho sozinha, Frances? Ou entregá-lo para adoção? E o que Henry vai dizer? Ele parece ser um bom homem.

Frankie sentiu que lágrimas escorriam por suas bochechas. Se ao menos aquela fosse uma vida diferente. Se aquele fosse o bebê de Rye e eles estivessem casados, prontos para ter filhos.

O que Henry vai dizer?

O homem errado. Na hora errada.

– Não sei.

Nos quatro dias subsequentes à ligação do Dr. Massie confirmando a gravidez, a ansiedade de Frankie aumentara gradativamente. O telefone da cozinha tocava de vez em quando, mas Frankie não atendia. Sabia que podia ser sua mãe, preocupada com ela, mas não fazia ideia do que dizer.

Henry também já havia notado algo estranho. Ele não parava de perguntar por que ela estava tão quieta.

Frankie não sabia o que dizer a ele, a si mesma ou a qualquer outra pessoa. Então, só seguia com a vida: acordava, ia para o hospital, trabalhava e tentava não pensar no futuro que, de repente, se tornara tão assustador. Naquele momento, estava na Sala de Cirurgia 2, preparando-se para assistir à última operação de seu turno. Músicas de Natal ressoavam nos alto-falantes.

– Feliz aniversário, Frankie – disse o anestesista.

A touca azul mal escondia seus cabelos longos. Em frente ao paciente, do outro lado da mesa, estava o cirurgião, olhando para o abdômen pintado de marrom e coberto com o campo cirúrgico azul. Fortes luzes brancas brilhavam sobre eles.

– Obrigada, Dell.

Frankie escolheu um bisturi entre os instrumentos de seu carrinho e o entregou ao cirurgião antes que ele pedisse. O médico fez a incisão.

Frankie removeu o sangue que borbulhou.

– Aí está ele – disse o Dr. Mark Lundberg. – Entrando. Tumor. Pinça.

Durante as duas horas seguintes, o Dr. Lundberg extirpou o tumor que crescia no abdômen do paciente. Quando a cirurgia terminou e a incisão foi suturada, o médico baixou a máscara azul e franziu o cenho.

– Algo errado? – perguntou Frankie, também baixando a máscara.

– Ele tem o quê, 30 anos? Como diabos conseguiu um câncer gástrico? – questionou o médico e depois balançou a cabeça. – Mande-o para a patologia.

Frankie tirou as luvas e as atirou no lixo. Ela acompanhou o paciente até a sala de recuperação pós-anestésica e repassou as instruções de cuidado com a enfermeira de lá.

Depois, estudou o prontuário dele. *Scott Peabody. Professor do ensino fundamental. Dispensa honrosa do Exército. 1966. Vietnã. Casado. Dois filhos.*

Ela fez algumas anotações no prontuário e o devolveu à capa no pé da cama. Ao voltar para o armário, passando pelas decorações natalinas nas paredes, ela percebeu pela primeira vez quanto seus pés latejavam, além de uma dor leve, porém constante, na base da coluna. Estava grávida havia o quê, pouco mais de dois meses? E já estava sentindo aquilo? Depois de trocar de roupa, ela pegou a bolsa e saiu do hospital.

Com as janelas abertas, Frankie dirigiu para casa, dando uma guinada para a nova ponte de Coronado, envolta na serenata de Jim Croce, que cantava sobre engarrafar o tempo.

Quando virou na própria rua, viu uma coluna de fumaça saindo da chaminé de sua casa e lembrou que Henry estaria lá para comemorar seu aniversário.

Estava completando 27 anos.

Já não era mais tão jovem. A maioria das amigas do ensino médio e da faculdade já estava casada e com filhos. Ethel enviava tantas fotos de bebê que Frankie precisou colocá-las em um álbum.

Ela estacionou na rua e ficou sentada por um minuto debaixo de um poste, observando a massa preta da praia do outro lado da avenida.

Já estava na hora de contar a Henry sobre o bebê. Ela não conseguia mais lidar com aquilo sozinha. O segredo a estava dilacerando. Assim como a solidão que ele causava.

Ela abriria a porta, entraria em casa e contaria a ele. Frankie pensou em como diria aquilo, pesou as palavras várias vezes em sua mente, as rearranjou, tentando primeiro suavizá-las, depois obscurecê-las e até endurecê-las. Mas, no fim das contas, o que diria era bem simples, ela só precisava de coragem.

Frankie abriu a porta do chalé.

O lugar cheirava a carne assada e batatas douradas. Sem dúvida, era a receita especial de Henry: coxas de frango, batatas e cebolas refogadas em uma frigideira de ferro fundido e depois assadas no forno.

Ele estava ao fogão, com seu avental preferido – que dizia: AMAR SIGNIFICA SEMPRE TER QUE PEDIR DESCULPAS – sobre uma calça jeans e um moletom do time de beisebol California Angels.

– Cheguei – avisou ela.

Ele se virou.

– Feliz aniversário, amor! – exclamou ele, desamarrando o avental e colocando-o no encosto de uma cadeira.

Ele a segurou em seus braços para beijá-la. Quando recuou, Frankie estava chorando.

– O que foi, Frankie?

– Eu estou grávida.

O olhar dele buscou o dela. Ela não sabia o que queria que Henry dissesse. Nada faria daquele momento o que ela queria que ele fosse. Ele era o homem errado, na hora errada.

– Casa comigo – propôs ele, finalmente. – Eu me mudo para cá. Desisto do aluguel em La Jolla. Você vai querer ficar perto dos seus pais.

Ele ficou tão sério, encarando Frankie como se ela fosse o centro do mundo. Exatamente como um homem apaixonado olharia para a mulher que adorava.

– Henry...

– Por que não? Você sabe que eu sempre quis ser pai. E isso, quer dizer, o amor, é uma coisa em que eu sou muito bom. E de que você precisa, Frankie, talvez mais do que qualquer outra pessoa que eu já tenha conhecido.

– Eu não...

Amo você.

– ... acho que estou pronta.

– Este é um daqueles momentos na vida em que não importa se você está pronta. Eu escuto isso o tempo todo das pessoas: ser pai ou mãe é um desafio. Sempre.

Henry parecia estar tão profunda e verdadeiramente comprometido que mexeu com o coração dela, lhe deu um vislumbre de esperança. As pessoas se casavam pelas mais diversas razões, em todos os tipos de situações. Nunca se sabia o que o futuro reservava.

Ele era um homem bom. Verdadeiro. Honesto. O tipo de homem que permaneceria, envelheceria junto a uma mulher, estaria ao lado dela.

E Frankie precisaria de força para encarar a maternidade. Ela já não era mais tão forte.

– Podemos ser uma família – insistiu ele.

Ela pôs a mão na barriga reta, pensando: *nosso bebê*. Sempre se imaginara mãe, mas, de alguma forma, a experiência do Vietnã – aquela bebê morrendo em seus braços – a desviara desse caminho, plantara o medo no lugar da alegria.

Frankie ficou surpresa ao descobrir que o sonho da maternidade ainda estava ali, tênue, incerto, assustado, mas ali, emaranhado à esperança que ela pensara ter perdido.

A gravidez não acontecera do jeito que esperava ou com o homem que queria, mas mesmo assim era um milagre.

Uma vida nova.

– Certo – concordou ela.

Ele a puxou para si e a beijou com tanta intensidade, com tanto amor e paixão, que Frankie se pegou acreditando nele. Neles.

– Vamos ter que contar para os meus pais…

– Não existe melhor hora do que agora – declarou ele.

Henry se virou, desligou o forno e cobriu a frigideira no fogão.

Frankie não queria dar a notícia ao pai, dizer que estava "com problemas" e que se casaria, mas que escolha tinha? Uma gravidez não era o tipo de coisa que dava para esconder por muito tempo, e o relógio já estava correndo.

– Eu estou aqui com você – disse ele, pegando a mão dela. – Confie em mim.

Ela aquiesceu.

Embora estivesse frio para os padrões do sul da Califórnia, Frankie e Henry caminharam pela rua de mãos dadas, sem se dar ao trabalho de vestir suéteres ou casacos.

Carros passavam zunindo por eles com os faróis acessos. A praia era uma vasta e vazia faixa preta à direita, com uma lua nascente recortada no céu. As casas ao longo da Ocean Boulevard estavam decoradas para o Natal, com Papais Noéis, renas e luzinhas brancas enroladas nas palmeiras.

Na casa dos pais, eles cruzaram o quintal, excessivamente enfeitado para as festas, e entraram na sala de estar, que ostentava ainda mais adereços. Uma árvore enorme dominava o espaço.

O pai estava ao lado da mãe no bar, segurando uma coqueteleira de martíni prateada.

– Frances – disse a mãe. – Feliz aniversário, querida! Não sabíamos que você vinha hoje à noite.

Frankie não conseguia largar a mão de Henry; era como se ele fosse sua tábua de salvação.

– Pai. Mãe. Acho que vocês já conhecem o Henry Acevedo. A gente está… namorando.

– Henry – disse o pai, avançando a passos largos e abrindo aquele seu sorriso enorme e inclusivo, que fazia todos se sentirem bem-vindos e importantes. – Que bom vê-lo de novo.

– Dr. Acevedo – cumprimentou a mãe, praticamente radiante.

– Eu posso conversar com você por um instante, Connor? Em particular?

O pai franziu brevemente o cenho, depois assentiu.

– Claro. Claro.

Enquanto os dois homens atravessavam o corredor, a mãe se aproximou de Frankie.

– É o que eu espero que seja?

– Mãe, eu nunca fui capaz de adivinhar os seus pensamentos – respondeu Frankie.

Nunca ocorrera a ela que Henry pediria sua mão ao pai oficialmente. Aquilo parecia tão antiquado.

Instantes depois, Henry e o pai voltaram para a sala.

– Bette, nós vamos ganhar um genro! Bem-vindo à família, Henry!

A mãe deu um abraço forte em Frankie. Quando recuou, havia lágrimas em seus olhos.

– Um casamento. Um neto. Ah, Frances, seu mundo inteiro vai mudar quando você segurar seu bebê nos braços.

Henry se aproximou, pôs um braço em volta de Frankie e a puxou para tão perto que ela se perguntou se ele achava que ela queria fugir.

– Bem-vindo à família, Henry – disse a mãe, depois olhou para o pai. – Precisamos de champanhe!

Quando a mãe se afastou, mancando, Frankie se virou para Henry, envolveu o pescoço dele com os braços e o encarou.

– Tem certeza de que a gente precisa de um casamento formal? Que tal uma passada rápida no juiz de paz?

– Nem pensar. Esse bebê é um milagre, Frankie. Sempre vale a pena celebrar o amor em um mundo arrasado. Quando Susannah morreu, pensei que estava tudo acabado para mim.

Frankie sentiu o amor dele por ela, pelo filho deles, sentiu o sonho de Henry para os três desabrochar e alçar voo. Ele a encheu de esperança.

– Eu quero te ver caminhar por algum corredor na minha direção e te ouvir dizer que me ama na frente da sua família e dos seus amigos. Eu quero uma menininha que seja a sua cara.

– Ou um menininho que seja a cara do Finley – comentou ela, ousando sonhar. – Acho que isso significa que tem uma lua de mel no nosso futuro.

– Amor, nossa vida será uma grande lua de mel.

VINTE E OITO

20 de dezembro de 1972

Querida Barb,

Obrigada pelo cartão de aniversário!

Estou escrevendo uma carta idêntica para Ethel. Eu deveria ligar? Sim. Lógico. É claro.

Mas simplesmente não consigo. Talvez eu esteja me tornando uma covarde com a idade. Não sei ao certo.

De qualquer forma, vou direto ao ponto: estou grávida.

Quem poderia imaginar, não é mesmo? Embora eu me lembre de você ter mencionado algo como pílula anticoncepcional há um milhão de anos, quando perdi a virgindade.

Eu e Henry vamos nos casar. Eu sei, é muita coisa, e muito rápido, e eu sou uma mulher moderna que pode criar um filho sozinha, mas, bom, tem algo especial no Henry. Acho que vou aprender a amá-lo. E o que é mais importante: parece impossível, mas já estou apaixonada pelo bebê na minha barriga. Como pode? Às vezes, eu fico eufórica e envergonhada com quanto quero esse filho (filha, eu acho).

O casamento não vai ser grandioso, provavelmente apenas uma cerimônia discreta no nosso quintal ou na praia.

Você vem? E aceita ser minha madrinha? Ethel pode ser a madrinha principal. Ela vai adorar se sentir tão madura e responsável.

Te amo,

F

Na manhã de Natal, Henry colocou o anel de diamante da avó no dedo de Frankie.

– Para sempre, Frankie, e por mais tempo ainda – declarou ele.

Eles escolheram a data de 17 de fevereiro para o casamento e enviaram um pequeno número de convites informais escritos à mão.

Henry ensinou Frankie como transformar um sonho em algo tangível: um quarto de bebê. Eles começaram com os móveis – compraram um berço e um trocador – e depois, em um sábado de manhã, foram juntos até a loja de ferragens e escolheram um tom ensolarado de amarelo para as paredes. Eles passaram os dois fins de semana seguintes e várias noites durante a semana preparando o quartinho no fim do corredor.

Um quarto amarelo, com janelas grandes e cortinas novas de algodão xadrez.

Naquele momento, Henry estava sentado no chão, com pedaços brancos do berço espalhados à sua volta, contando parafusos e praguejando baixinho.

– Por que diabos eles colocam mais parafusos que buracos?

Sorrindo, Frankie o deixou com aquelas instruções incompreensíveis e foi para a cozinha. Ela levou uma eternidade para limpar a tinta amarela das mãos e das bochechas. Até seus cabelos estavam sujos, e isso porque os cobrira com um lenço. Finalmente, Frankie começou a preparar o jantar e uma torta de maçã para a sobremesa.

– Que cheiro bom – elogiou Henry uma hora depois, quando entrou na cozinha.

– Sou eu – comentou Frankie.

Ele a tomou nos braços e a puxou para si.

– Adoro mulheres que cheiram a maçã e canela. Você fez uma torta?

– E do zero, devo acrescentar. É uma receita da família da Ethel – revelou ela, sorrindo.

A gravidez a acalmara. Pela primeira vez em anos, estava dormindo bem. Seu humor tinha se estabilizado. *Finalmente*, pensou Frankie. Estava voltando a ser ela mesma.

– Imagino que você vá começar a tricotar botinhas. Ou fazer a própria comida de bebê.

Frankie sorriu.

– Por acaso você está sugerindo que eu estou exagerando nessa coisa de preparar o ninho?

– Jamais.

Ele a beijou, depois a conduziu pelo corredor até o quarto do bebê. No cômodo amarelo-claro com acabamento branquíssimo, lá estava o novo berço, encostado na parede.

Ela foi até ele e tocou o móbile de foguetes e estrelas pendurado em cima dele, lembrando-se da briga que os dois tiveram por conta daquele objeto:

deveriam ser foguetes ou castelos de princesa? *Eu quero que a nossa filha saiba que ela pode voar até a Lua se quiser*, foi o argumento vencedor de Henry.

Havia uma cadeira de balanço nova no canto, ao lado de uma estante vazia que logo ela preencheria com suas histórias preferidas da infância. Frankie se sentou na cadeira e a empurrou com os pés. O móvel rangeu e estalou no chão. Frankie esbarrou na estante, e um polvo azul de pelúcia caiu em seu colo. Sem pressa, ela acariciou aquele pelo falso e macio.

Henry se aproximou e olhou para ela, suas roupas respingadas de amarelo, seus cabelos grisalhos, uma bagunça.

– Eu te amo – disse Frankie e, naquele momento, enquanto ele a puxava para beijá-la, ela pensou que era verdade.

Ou que poderia ser verdade.

Ela queria que fosse.

~

Na primeira semana do novo ano, em 1973, eles deram início a uma tradição semanal de jantares na casa dos pais de Frankie. Henry e o pai nunca pareciam ficar sem assunto, embora tivessem opiniões políticas divergentes. A clínica que Henry e os colegas haviam trabalhado tão duro para criar seria inaugurada em poucos meses, e ele passava horas discorrendo sobre seus grandes planos para ajudar na recuperação de dependentes e alcoólatras. A mãe se oferecera para liderar mais uma campanha de arrecadação de fundos junto com outras esposas de uma organização voluntária. Ela já estava correndo atrás de um vestido para a inauguração.

O pai parecia animado ao ver que a filha finalmente tomara o rumo socialmente aceito para as mulheres: casamento e maternidade. A mãe falava com entusiasmo sobre o casamento, insistindo para que houvesse uma pequena recepção no clube depois da cerimônia no quintal, um pedido que Frankie negou com educação.

Naquele momento, eles estavam na sala de estar, reunidos em poltronas confortáveis diante da lareira, o fogo crepitando. A TV estava ligada no canto. Cronkite apresentava uma reportagem sobre o escândalo Watergate. Um aroma de carne assada vinha da cozinha.

No meio do noticiário, Frankie se levantou e foi ao banheiro. Estava voltando pelo corredor, indo em direção à sala de estar, quando Henry apareceu, parecendo preocupado.

– Você está bem? Está pálida.

– Eu sou descendente de irlandeses. E, no momento, minha bexiga está do tamanho de uma ervilha, onde eu tenho certeza de que a nossa filha está sentada.

Ele pôs a mão na barriga dela e se inclinou.

– Oi, bebê. Papai está aqui.

A gravidez de Frankie mal se notava. Só havia uma pequena protuberância em sua barriga, que ela tocava com frequência, acariciando, imaginando o bebê (a filha, ainda achava) como um peixinho lá dentro, nadando e dando cambalhotas sem nenhum esforço.

Recentemente, começara a tocar a barriga várias vezes dizendo *Vai, bebê, dá uma pirueta para a mamãe, deixa eu te sentir*, mas ela sabia que era cedo demais.

– A mamãe também quer um pouco de atenção – pediu Frankie, pegando Henry pela mão e conduzindo-o pelo corredor.

Ela abriu a porta do escritório do pai e o puxou ali para dentro.

– Certo, a gente já se escondeu tempo demais – disse Henry, depois de beijá-la. – Sua mãe vai mandar uma equipe da SWAT atrás de nós.

Ele se afastou.

Frankie percebeu seu erro. Nas últimas semanas – desde a noite do noivado deles –, tomara muito cuidado para não mostrar aquele cômodo a Henry, para passar direto por aquela porta fechada. Mas ele acabara vendo a parede dos heróis.

Ela tentou afastá-lo dali.

– Uau – disse ele, soltando a mão dela, aproximando-se da parede e olhando para as fotografias e lembranças.

Frankie se postou ao lado de Henry, mantendo um braço em volta da cintura estreita dele. Fazia anos que não entrava ali. A última coisa que queria ver era a bandeira americana de Finley dobrada em um triângulo perfeito, protegida por um vidro e emoldurada em madeira.

– Cadê a sua foto? – questionou Henry, e ela o amou por ter notado aquela ausência e não ter medo de comentar.

Antes que ela pudesse responder, a porta se abriu atrás deles.

O pai entrou no escritório a passos largos, como sempre fazia: com autoridade.

– Nós temos muito orgulho do serviço militar da nossa família – declarou o pai.

– Do serviço militar dos homens – observou Frankie.

A mãe chegou um segundo depois, com um martíni na mão.

– Espero que você não tenha contado para eles sem mim – disse ela.

– Claro que não – respondeu o pai.

Ele enfiou a mão na gaveta da escrivaninha e puxou um envelope de papel pardo grosso e lacrado.

– Esta é a escritura do bangalô na Ocean Boulevard. É o nosso presente de casamento para vocês.

– É muita generosidade – disse Henry, franzindo o cenho.

– Acho que um brinde seria oportuno – afirmou a mãe. – Henry, por favor, me ajude a escolher uma garrafa de champanhe.

A mãe passou o braço pelo de Henry e o conduziu para fora do escritório.

Frankie ficou sozinha com o pai em frente à parede dos heróis. Eles permaneceram ali por um bom tempo, observando fotos e lembranças.

– Por que não tem uma foto minha aqui, pai?

– Vamos colocar a foto do seu casamento. É o que a gente faz pelas mulheres desta família. Vocês são heroínas por aguentarem os homens.

Quantas vezes ele fizera aquela piada?

– Enfermeiras morreram no Vietnã, pai.

– Essa conversa está me deixando desconfortável. Seu noivo está aqui. Você está esperando uma criança. Deveria ser seu orgulho cuidar do seu marido e do seu filho. Mulheres indo para a guerra… – disse ele, balançando a cabeça.

– Se eu fosse homem e tivesse voltado inteira do Vietnã, teria uma foto minha na parede, pai?

– Você está me irritando com essa conversa, Frankie. Você é minha filha. Não tinha nada que ter ido para a guerra, e eu disse isso na época. Agora, descobrimos que não devíamos nem ter lutado nessa maldita guerra e que estamos *perdendo*. Os Estados Unidos. Perdendo uma guerra. Quem quer se lembrar disso? Supere, Frankie. Esqueça e siga em frente.

Ele estava certo. Ela precisava esquecer.

Estava noiva e iria se casar. Grávida. Por que deveria se importar se ninguém – inclusive sua própria família – valorizava o serviço que prestara ao país?

Por que deveria se importar se ninguém se lembrava das mulheres?

Ela se lembrava.

Por que não era o suficiente?

De repente, a porta do escritório se escancarou com um estrondo. Ali estava Henry, segurando uma garrafa de champanhe.

– Acabou – anunciou ele.

– Acabou? – perguntou Frankie.

– A guerra. Nixon assinou o acordo de paz.

Duas semanas depois de o presidente Nixon assinar o acordo de paz, os noticiários anunciaram a volta da primeira leva de prisioneiros de guerra no Vietnã. Chamaram de Operação Homecoming e, da noite para o dia, os esforços da Liga das Famílias passaram de defender a preparar o retorno daqueles soldados, alguns dos quais estavam no Vietnã havia quase uma década. Cartas e cartões-postais do país inteiro começaram a chegar aos escritórios da Liga das Famílias em San Diego e Washington, de pessoas que tinham usado um dos braceletes dos prisioneiros de guerra; cartas radiantes de boas-vindas, que agradeciam àqueles homens. Estranhos enviavam presentes de agradecimentos e doações. Um público que mal podia esperar para superar a guerra acolhia o retorno dos heróis libertados da Prisão Hoa Lo, um lugar que estava começando a ser descrito como o inferno na Terra, a ser conhecido pelo público como "o Hilton de Hanói".

As esposas lançaram sua própria Operação Homecoming limpando a casa, marcando hora no salão, reunindo a família e pintando faixas de boas-vindas. Crianças eram enfileiradas e cuidadosamente arrumadas – muitas ouviram histórias de pais que nem conheciam.

Naquela tarde de fevereiro, o escritório da Liga das Famílias de San Diego estava decorado para uma festa, com faixas penduradas nas paredes, pintadas com slogans como NUNCA ESQUECIDOS e NÓS CONSEGUIMOS. Havia uma energia vibrante e ansiosa na sala.

Frankie sentia o orgulho e o medo das mulheres. Ela entreouviu várias delas conversando sobre as instruções que a Marinha enviara às esposas dos prisioneiros de guerra, que foram orientadas a não esperar muito dos maridos. Elas haviam recebido um panfleto: *Não sabemos como estão esses homens, tanto física quanto emocionalmente. Como as senhoras sabem, houve relatos de tortura. Por essas razões, sugerimos que planejem as reuniões com cuidado e mantenham seus maridos em um ambiente tranquilo até que eles digam que estão prontos para algo mais. Sem grandes festas ou entrevistas com a mídia, sem barulhos fortes ou muitas expectativas. Alguns desses homens, como as senhoras sabem, viveram em cativeiro, em condições muito duras, por mais de oito anos. O que pode ter causado um impacto extremo em sua mente e em seu corpo. Não esperem que seus maridos imediatamente se comportem como eles mesmos. Muitos deles podem apresentar impotência sexual e propensão à hostilidade para com aqueles que amam.*

Tortura. Cativeiro. Propensão à hostilidade.

Como homens que receberam aquele tipo de tratamento por anos poderiam voltar para casa e ser qualquer coisa senão hostis? Frankie ouviu as esposas expressarem seu nervosismo – *eu ganhei peso, perdi meu brilho, já não sou tão jovem* – e se perguntarem em voz alta se os homens com quem haviam se casado ainda as amavam. Ela escutou seus planos de comparecer ao retorno do primeiro grupo que chegaria a San Diego – no Dia dos Namorados – e sentiu um orgulho imenso.

No entanto, por mais orgulho que tivesse de seu trabalho na Liga, estava tudo acabado. Ela não pertencia àquela sala cheia de esposas. Frankie colocou na mesa o prato vazio e foi até a porta.

– Frankie!

Ela parou, virou-se e viu Joan se aproximar. Fazia meses que as duas mulheres não se viam, mas a alegria nos olhos dela era inegável.

– Eu só queria lhe agradecer – disse ela, tocando o braço de Frankie. – Sua ajuda significou muito.

Frankie sorriu.

– Obrigada, Joan. Fico feliz que o seu marido esteja voltando para casa.

Era a despedida perfeita.

Um capítulo de sua vida estava se encerrando – o Vietnã – e outro, se iniciando. Casamento e maternidade.

No dia em que o primeiro grupo de prisioneiros de guerra deveria desembarcar em Manila, Frankie pegou um copo de chá gelado e se sentou no sofá para ver TV.

– *Como se sabe, houve relatos de tortura* – dizia Walter Cronkite. – *Os homens presos no Hilton de Hanói, a maioria pilotos, criaram uma engenhosa maneira de se comunicar. Hoje, 108 deles vão pousar em Manila, a primeira parada a caminho de casa...*

– Oi, amor – falou Henry, aninhando-se ao lado dela.

– Está começando.

Frankie se sentiu quase tão ansiosa quanto as esposas deviam estar. Era realmente o fim da guerra.

Imagens granuladas e coloridas da guerra preencheram a tela, depois mudaram para outras que mostravam Sybil Stockdale, esposa de um fuzileiro naval, falando no Senado com o público e com o secretário de Estado Henry Kissinger. Walter Cronkite narrava tudo.

– *A Liga das Famílias trabalhou incansavelmente para acabar com o suplício desses heróis americanos e trazê-los para casa. Daqui a alguns instantes, um avião cheio de prisioneiros de guerra vai aterrissar na Base Aérea de Clark. Dentro de dois dias, eles vão pisar em solo americano pela primeira vez em anos.*

E finalmente veio a notícia:

– *Ele está aqui. Senhoras e senhores, o jato pousou na Base Aérea de Clark, nas Filipinas.*

Frankie se inclinou para a frente.

Luzes fortes brilharam na pista. Quicando na pista, o jato desacelerou até parar. Na tela, uma multidão aplaudia, acotovelando-se: homens e mulheres pressionando a barricada que os mantinha afastados. A câmera focou em uma placa que dizia HOMECOMING, 1973. JOHN, NÓS TE AMAMOS!

A porta do jato se abriu.

– *Todos, exceto um dos homens que estão neste Voo da Liberdade, foram atingidos durante um dos combates mais ferozes da guerra. Aqui está o comandante da Marinha Benjamin E. Strahan, atingido em setembro de 1967... e o major da Aeronáutica Jorge Alvarez, atingido em outubro de 1968...*

Um por um, os homens emergiam do avião, prestavam continência e desciam a rampa. Embora estivessem magros, tinham os cabelos curtos como determinava o regulamento e pareciam orgulhosos. Alguns mancavam.

Um homem saiu do avião e bateu continência para a multidão reunida na pista asfaltada.

– *O tenente-comandante da Marinha Joseph Ryerson Walsh, atingido em março de 1969, dado como morto até um ano atrás...*

Frankie se empertigou.

Rye desceu a rampa, segurando firme no corrimão amarelo. Ele caminhava de maneira irregular, talvez mancando, e mantinha um dos braços próximo ao corpo.

No fim da rampa, prestou continência de novo.

A câmera fechou no rosto descarnado e sorridente de Rye.

Frankie se levantou e encarou a TV, encarou Rye. Seu coração batia tão forte que ela não conseguia ouvir mais nada.

– Amor? – chamou Henry. – O que foi?

– Não estou me sentindo bem. Náusea.

Uma desculpa que sempre ajudava as grávidas.

– Vou tomar um banho de banheira.

Henry se levantou.

– Eu vou encher a banheira para…

– Não.

Por acaso ela havia gritado? Estava chorando? Frankie enxugou os olhos, sentindo as lágrimas. Depois, olhou para ele.

– Não – repetiu, desta vez com mais delicadeza, ou com o máximo de delicadeza que conseguiu quando tudo o que queria era fugir. – Fique aqui. Assista ao noticiário. Eu vou… me acalmar e relaxar em um bom banho quente.

Ela deu um beijinho rápido na bochecha de Henry – quase batendo a cabeça na dele, já que havia perdido o equilíbrio – e cambaleou em direção à cozinha.

Ele está vivo.

As três palavras tiraram seu mundo dos eixos, perturbando o precário equilíbrio que Frankie encontrara no ano anterior.

O telefone na bancada da cozinha tocou.

– Eu atendo! – exclamou Henry.

– Já atendi! – gritou Frankie, mergulhando para a frente a fim de pegar o aparelho. – Alô?

– Frankie? – chamou Barb.

– Você o viu? – sussurrou Frankie.

– Vi – respondeu Barb. – Você está bem?

– Bem? – questionou Frankie, afastando o telefone da sala o máximo que pôde e baixando a voz até quase sussurrar. – Eu estou grávida, meu casamento é nesse fim de semana e o amor da minha vida acabou de voltar do mundo dos mortos. Como eu posso estar bem?

Ela ouviu o suspiro de Barb cruzar a linha.

– E que diabos você vai fazer agora? Quer dizer, noiva é uma coisa. Grávida é outra.

– Eu sei, mas… é o Rye – murmurou.

– Eu sei.

– Eu preciso pelo menos vê-lo – afirmou Frankie e, ao proferir as palavras, soube imediatamente que era uma meia-verdade.

Ela queria muito mais do que ver Rye. Queria o futuro que lhes pertencia.

– Eu preciso estar no aeródromo de San Diego quando ele pousar.

Fez-se um longo silêncio.

– Eu vou ligar para Ethel – decidiu Barb finalmente. – A gente vai pegar um voo noturno.

Durante todo o dia seguinte, Frankie ficou tão nervosa que não conseguiu parar quieta, nem mesmo quando Barb e Ethel apareceram para apoiá-la. Só pensava em Rye... pousando em San Diego... vivo.

– Você devia contar ao Henry – opinou Barb.

As três estavam no quintal do bangalô. O recém-comprado vestido de noiva de Frankie – rendado e branco, em estilo campestre – pendia de um cabide no armário da cozinha, lembrando a todas do casamento marcado para o sábado.

– Não consigo – admitiu Frankie.

Ela sabia que Henry ficaria de coração partido se descobrisse que Joseph Ryerson Walsh, prisioneiro de guerra que acabara de voltar ao país, era o Rye que Frankie havia amado.

Que ainda amava.

Nervosa, Frankie olhou de soslaio para o relógio da cozinha. Eram 8h10. O avião cheio de prisioneiros de guerra estava programado para pousar em San Diego às 9h28. Ela ligara para Anne Jenkins e recebera permissão para estar lá. A autorização fora fácil de conseguir em um dia em que Anne estava ocupada com milhares de outros detalhes.

– Claro – dissera ela. – Lógico. Obrigada mais uma vez por sua ajuda, Frankie.

Frankie girou o anel de noivado no dedo, olhando para ele, e então o retirou devagar. Não queria que Rye o visse antes que tivesse tempo de explicar.

– Se nós vamos, temos que sair agora – avisou Ethel.

Elas se amontoaram no Mustang de Frankie, deixaram a ilha em direção ao continente e chegaram aos portões da Estação Aérea Miramar às 8h45.

Já havia uma multidão de pessoas comuns e repórteres na pista. Mulheres, crianças, homens, todos segurando cartazes de boas-vindas. Esposas, familiares e jornalistas estavam na frente, e amigos e militares, atrás.

– Eu esqueci de fazer um cartaz – disse Frankie.

Estava tão nervosa que não conseguia pensar direito, não conseguia ficar parada. Na frente da fila, repórteres empunhavam microfones e lançavam suas perguntas. Como duas guarda-costas, Barb e Ethel se postaram uma de cada lado de Frankie, dando a ela tempo para se acalmar.

Será que Rye a perdoaria por Henry, por ela ter sido fraca o suficiente para dizer sim? Por estar carregando o filho de outro homem? Enquanto ele havia sido detido e era torturado, ela tivera um relacionamento com outra pessoa. Como poderia fazê-lo acreditar que nunca deixara de amá-lo?

– O avião está pousando – comentou Barb.

Frankie ergueu os olhos, sentindo tanto medo quanto alegria.

Será que ele ainda a amaria – uma versão diferente dele encontrando uma versão diferente dela?

O jato de evacuação médica C-141 desceu, pousou na pista e parou.

Os repórteres correram, estendendo microfones e câmeras, gritando perguntas, mas uma barreira os impediu de chegar muito perto do avião.

As três mulheres foram empurradas pela multidão. Uma fita amarela detinha todas as famílias, mas as esposas e os filhos lutavam contra ela, empunhando cartazes, disputando um lugar à frente.

Os marinheiros posicionaram a rampa de saída no avião. Um oficial da Marinha se postou na parte inferior da rampa, mantendo os repórteres e as famílias afastados.

A porta do jato se abriu e o primeiro prisioneiro de guerra emergiu, com calças cáqui grandes demais para ele. Comandante James, atingido em 1967. Ele parou no topo da rampa, piscou sob o sol forte e desceu até a pista. Ali, prestou continência ao oficial à sua frente e recebeu ajuda para subir em um púlpito, posicionado em frente a uma falange de repórteres.

Ele perscrutou a multidão, procurando a família.

– Obrigado, Estados Unidos. Somos gratos pela oportunidade de servir ao nosso país e gratos por nosso país ter nos trazido para casa.

A esposa dele se libertou, empurrou os repórteres, passou por baixo da fita amarela e correu até o marido, atirando-se em seus braços. A multidão se espalhou, famílias se aglomeraram. Frankie viu Anne Jenkins de pé com os filhos, e Joan com a filha, além de várias outras esposas que conhecera ao longo do caminho. Todas pareciam tão ansiosas que nem acenavam umas para as outras.

O próximo a emergir do jato foi um comandante. Sua esposa e seus filhos – além de um homem que provavelmente era pai dele – avançaram para cumprimentá-lo.

E, então, lá estava ele – Rye –, parado no topo da rampa, piscando como os outros tinham feito, vestindo calças cáqui recém-passadas e grandes demais, um cinto apertando sua cintura. Ele desceu a rampa mancando, agarrando o corrimão com uma das mãos.

Todo o resto desapareceu. O mundo em volta dele virou um borrão. Frankie viu a mancha pintada com tinta de camuflagem que era o jato e uma massa de repórteres disputando espaço atrás de uma declaração, e ouviu o som dos soluços ao seu redor. Ela precisava abrir caminho entre as pessoas à sua frente para chegar à fita amarela, mas mal conseguia se mover. Estava chorando demais para enxergar qualquer coisa.

– Rye – sussurrou.

Ele avançou, mancando, procurando alguém na multidão. Quando não encontrou, virou-se para a esquerda, indo em direção ao grupo de esposas que esperavam.

– Rye! – gritou ela, mas sua voz se perdeu em meio aos aplausos. – Eu estou aqui!

Ele foi até uma mulher alta e curvilínea, com uma cascata de cabelos louros encaracolados, que estava em um canto, segurando a mão de uma menina. A criança ergueu um cartaz que dizia: BEM-VINDO, PAPAI!

Ele correu os últimos passos que o separavam da mulher, puxou-a para seus braços e a beijou. Intensamente.

Então, se abaixou para beijar a garotinha do cartaz BEM-VINDO, PAPAI! Ele a pegou no colo. A mulher abraçou os dois. Os três estavam chorando.

– Ele é casado – disse Ethel, baixinho. – Mas que filho da puta.

– Ai, meu Deus – murmurou Frankie, sentindo que tudo dentro de si começava a desmoronar.

VINTE E NOVE

Frankie notou a música: primeiro a batida, depois a letra. *Hey Jude...*
Estava no clube, dançando com Rye. Ela sentiu os braços dele a envolverem, a mão dele na curva de sua lombar, um gesto familiar, como deveria ser, mantendo-a próxima. Ele sussurrou algo que ela não conseguiu ouvir.

– O quê? – perguntou ela. – O quê?

Eu sou casado.

Eu sempre fui casado.

De repente, a música aumentou, tão alta a ponto de quebrar os vidros.

Ela abriu os olhos. Eles estavam sonolentos e irritados, molhados com as lágrimas.

A música parou.

Ela estava em casa, na própria cama.

Frankie se sentou e viu Barb e Ethel de pé, parecendo tão tristes que sua ferida voltou a se abrir.

Ele mentiu.

Ela se lembrou de ter feito a pergunta errada a Rye em Kauai e da resposta dele: *Eu juro que não estou noivo.* Não parava de repassar aquelas palavras na cabeça.

– Você precisa se levantar, querida – disse Ethel. – Henry está vindo.

Frankie não conseguiu responder. Ela voltara da base aérea, pulara na cama e chorara primeiro até ficar com dor de cabeça e depois até dormir.

Ela sabia que as amigas estavam prontas para erguê-la, apoiá-la, mas aquela dor, aquela traição, era pior do que o luto que sentira. Ela fizera as amigas pararem a caminho de casa para comprar um jornal local. Lera e relera o artigo sobre Joseph "Rye" Walsh, o herói local que se casara com a namorada da faculdade logo antes de partir para a guerra e que ainda não conhecia a filha nascida em sua ausência. Josephine, apelidada de Joey.

– Frankie? – chamou Barb gentilmente, sentando-se na beirada da cama e afastando os cabelos úmidos do rosto da amiga.

Frankie empurrou as cobertas, que tinham um odor azedo. Sem fazer contato visual com as amigas (não conseguia encará-las sem pensar em Rye), saiu da cama. O amor, a dor e a humilhação quase a derrubaram de novo.

Ela se sentia tão burra. Ethel não a avisara desde o início? *Aqui, os homens mentem e morrem.*

Ela foi até o banheiro, abriu o chuveiro e entrou debaixo do jato fervente, permitindo que a água batesse em seu corpo enquanto chorava.

Na cozinha vazia, seu vestido Gunne Sax pendia, frouxo, de um armário alto. Ela não conseguia olhar para ele, então se virou e saiu.

Barb e Ethel estavam no quintal, já arrumado para a cerimônia no fim de semana. Cadeiras dobráveis – onze delas, para os pais de Frankie, Barb, Ethel, Noah, Cecily e a pequena família de Henry – tinham sido arrumadas em frente a um arco de madeira alugado, que a mãe insistira em enfeitar com rosas brancas. Como se Frankie fosse uma debutante ingênua, e não uma veterana de guerra grávida.

Dois dias antes, ela estava quase animada para se casar com Henry Acevedo, ter um filho dele e começar uma vida nova.

Naquele momento, não conseguia pensar em nada disso.

Barb se levantou da cadeira e foi até ela. Ethel foi atrás.

– Henry te ama, Frank – disse Ethel. – Isso é óbvio.

– Você o ama? – atreveu-se a perguntar Barb.

As palavras afundaram Frankie de novo, tornando-a incapaz de se erguer ou respirar. Frankie sabia que aquelas duas mulheres a apoiariam, suas melhores amigas, que tinham voado até ali sem aviso prévio e estavam prontas tanto para se postar no altar com ela quanto para ampará-la caso cancelasse a cerimônia.

As duas a amavam, estavam ali por ela.

Mas, naquele momento, Frankie não as queria ali, não queria ver a piedade em seus olhos.

Bem longe.

Era onde ela queria estar. Escondida.

– Se você decidir não se casar – começou Ethel, hesitante –, volte para a Virgínia comigo. O barracão ainda está vazio. Noah vai adorar e Cecily precisa de uma tia para brincar com ela.

– Ou venha para Chicago comigo – sugeriu Barb.

Elas estavam lhe oferecendo caminhos, vidas possíveis. Não faziam ideia de como a traição de Rye a havia arrasado.

Mas seus sentimentos já não eram o mais importante. Ela se tornaria mãe.

– Vou me casar com Henry no sábado – afirmou Frankie, em voz baixa.

Que escolha tinha, afinal?

– Ele será um ótimo pai. Nosso bebê merece isso.

Frankie sabia qual era a coisa certa a se fazer. Se havia algo verdadeiro em sua vida, era que ela sempre sabia e fazia o que era certo. Mesmo quando doía tanto que não conseguia nem respirar.

Rye a traíra. Não a amava.

Henry amava Frankie e o bebê e queria construir uma família. O bebê merecia aquela chance, e ela devia tudo ao seu filho ainda não nascido.

– Tem certeza? – perguntou Barb, estendendo a mão para apertar o braço de Frankie.

Frankie encarou as duas melhores amigas.

– Eu vou ser mãe. Acho que as minhas decisões têm que começar daí a partir de agora.

– Então, esta é a sua festa de casamento. Vamos dar início aos trabalhos! – exclamou Ethel.

Ela voltou para a sala de estar, ligou o aparelho de som e abriu as portas para a varanda.

As notas familiares de "California Girls" flutuaram até o quintal.

– Essa música sempre me lembra o primeiro dia da Frankie no Trigésimo Sexto – contou Barb a Ethel, puxando Frankie para dançar com ela no pátio. – Os olhos dela estavam tão arregalados que pareciam duas bolas de gude.

– Vocês duas ficaram só de calcinha e sutiã na minha frente – acrescentou Frankie. – Eu achei que tinha pousado na Lua.

A música mudou de novo. *Born to be w-i-i-i-ld...*

No meio da música, Frankie sentiu uma cólica. Primeiro uma pontada, depois uma dor tão forte que ela soltou um arquejo.

Uma onda úmida molhou sua roupa de baixo. Frankie levou a mão à calcinha. Quando a trouxe de volta, estava coberta de sangue.

Alguém bateu à porta. Antes que uma delas pudesse atender, a porta da frente se abriu. Henry entrou no quintal.

– Oi, garotas, essa música é ótima e...

Ele viu o sangue aos pés de Frankie. Ela olhou para ele.

– Isso não pode estar acontecendo. Eu não fiz nada errado.

Henry entrou em ação, pegando Frankie no colo, carregando-a até o carro e acomodando-a no banco do passageiro. Ele tirou o carro tão rápido da entrada da casa que Frankie sentiu cheiro de borracha queimada.

Henry dirigiu depressa até o pronto-socorro do hospital de Coronado e, chegando lá, pisou fundo no freio.

Ele tirou Frankie do carro e carregou-a até o branquíssimo PS.

– Precisamos de ajuda! – gritou ele. – Minha noiva está grávida e tem alguma coisa errada!

～

Frankie acordou na penumbra de um quarto que cheirava a desinfetante e água oxigenada.

Hospital.

A noite anterior voltou rapidamente à memória: sangue escorrendo por suas pernas, uma cólica horrível, um jovem médico dizendo:

– Eu sinto muito, Sra. Acevedo. Não tem nada que eu possa fazer.

– Meu nome é Frankie McGrath – respondera ela ridiculamente.

Frankie ouviu uma cadeira ranger ao seu lado e viu Henry sentado ali, curvado.

– Oi – disse ela.

Só de olhar para ele já ficava triste. Ele era um homem tão bom e merecia coisa melhor.

Ela pressionou a mão no ventre vazio.

– Oi – respondeu Henry, levantando-se, pegando a mão dela e inclinando-se para beijar sua bochecha.

– Era…

– Um menino – completou Henry.

Finley.

– O médico falou que podemos tentar de novo – disse Henry.

Alguém bateu à porta.

Ela se abriu.

Lá estava sua mãe, com uma saia de camurça cor de ferrugem, um colete estampado sobre uma blusa abotoada até o pescoço e botas até os joelhos.

– Como ela está?

– Ela está… – começou a responder Henry.

– "Ela" está bem aqui, mãe. E consciente.

O sorriso da mãe se tornou nervoso.

– Henry, querido, você poderia pegar um café para mim na cafeteria? Estou com dor de cabeça.

Henry beijou Frankie.

– Eu te amo – sussurrou ele, e saiu do quarto.

A mãe se aproximou da cama devagar.

Frankie achou que ela parecia cansada. Sua maquiagem estava um pouco pesada, e ela não conseguia manter o sorriso. Como sempre, quando estava cansada ou estressada, os efeitos do derrame eram mais perceptíveis. Um dos lados de sua boca estava levemente caído.

– Eu sinto muito, Frances.

Lágrimas arderam nos olhos de Frankie, borrando a imagem da mãe.

– Deus está me punindo. Mas eu ia fazer a coisa certa.

– Não foi nada que você fez.

A mãe colocou a mão atrás do pescoço, soltou o colar e o entregou a Frankie.

Quando era criança, Frankie era obcecada por aquele colar e se perguntava como a delicada corrente de ouro conseguia segurar aquele coração obviamente pesado.

A mãe pegou a cigarreira prateada e acendeu um cigarro.

– Você não devia fumar, sabia? – repreendeu Frankie.

A mãe fez um gesto de desdém.

– Olhe atrás do coração.

Frankie virou o coração e viu uma inscrição ali. *Celine*. Ela franziu o cenho.

– Quem é Celine?

– A filha que eu perdi – contou a mãe. – O bebê que eu estava esperando quando me casei com seu pai.

– Você nunca…

– E não vou agora, Frances – declarou ela. – Algumas coisas não suportam o peso das palavras. Esse é o problema da sua geração, vocês todos querem falar, falar e falar. Qual é o sentido? Eu pensei… que você podia dar um nome para o seu… bebê, gravar aí embaixo do da sua irmã e usar o colar.

– Era um menino – contou Frankie. – Ia se chamar Finley.

A mãe empalideceu.

Algumas coisas não suportam o peso das palavras.

– Eu sinto muito, Frankie. Deixe a dor de lado, esqueça e siga em frente.

– Você conseguiu fazer isso?

– A maior parte do tempo.

A mãe enfiou a mão na bolsa e tirou dela dois frascos de remédios.

– Eu sei que você é enfermeira e tudo mais, mas essas pílulas são ótimas. Cheryl Burnam as chama de *pequenos ajudantes das mães*. As brancas te ajudam a dormir e as amarelas te mantêm acordada.

– Eu *realmente* sou enfermeira, mãe. E eu li *O vale das bonecas*.

– Ora, aquelas garotas eram más. Você só precisa de alguma coisa para aliviar o estresse. Essas pílulas fazem menos efeito que um martíni.

– Obrigada, mãe.

– Vou colocar na sua bolsa. Acredite em mim, logo, logo você e Henry estarão casados e esperando outro filho.

Frankie soltou um suspiro.

– Você se lembra do homem por quem eu me apaixonei no Vietnã?

– O piloto que morreu?

– É, ele…

– Frances, chega de Vietnã. Pelo amor de Deus, isso aconteceu há anos. Supere. Ele não vai voltar para você.

Ela fechou os olhos diante da dor, incapaz de continuar encarando a mãe, incapaz de ver a pena e a tristeza em seu rosto e saber que eram direcionadas a ela.

Barb e Ethel estavam ao lado da cama de Frankie.

A missão das duas era óbvia: manter um fluxo constante de bate-papo, conversar sobre o que quer que lhes viesse à cabeça. A comutação da sentença de morte de Charles Manson para prisão perpétua, o turbulento casamento de Liz Taylor e Richard Burton e o alvoroço por conta de um filme chamado *Garganta profunda*.

Frankie já não estava ouvindo mais nada. Ela levantou a mão.

Ethel parou de falar – Frankie não fazia ideia do que ela estava falando – e se inclinou para ela.

– O que foi?

Frankie se sentou, fitando a parede com os olhos secos.

– Eu não vou me casar com ele – declarou. – Não seria justo.

– Espere um pouco – sugeriu Ethel. – Não decida agora, depois…

– Pode falar. Depois de perder o meu filho.

– É – concordou Barb, segurando a mão de Frankie. – Depois de perder o seu bebê. Eu não consigo imaginar a sua dor.

– Rye…

– Ele mentiu para você, Frank – disse Ethel.

A voz dela tinha um tom severo, mas as lágrimas em seus olhos eram óbvias.

– Ele fez os homens dele mentirem para você – prosseguiu ela. – Ou mentiu para eles também. De qualquer forma, ele não é bom o suficiente para lamber o chão que você pisa, e se algum dia eu o vir…

– Eu te ajudo a dar uma lição nele – completou Barb. – E pago outras pessoas para nos ajudar.

– Vocês podem ir para casa – disse Frankie. – Não vai haver casamento. Ethel, seu marido e sua filha precisam de você, e, Barb, eu sei que a convenção da Operação PUSH está chegando e Jesse Jackson provavelmente está contando com você.

– Não queremos deixar você assim – disse Barb.

– Eu estou bem – mentiu Frankie.

Ela tocou o colar com o coração dourado no pescoço. Todas as três sabiam a verdade: levaria um bom tempo para que Frankie ficasse realmente bem, mas que, qualquer que fosse sua jornada, seu caminho para a cura, caberia a ela encarar a parte mais difícil. As amigas estariam ali por ela, a ajudariam a ficar de pé, mas Frankie precisava caminhar sozinha.

Elas lhe deram um beijo na testa, primeiro Ethel, depois Barb, seu beijo um pouco mais longo.

– A gente te liga amanhã – prometeu Barb.

– E no dia seguinte – acrescentou Ethel.

Frankie ficou aliviada quando elas foram embora. Recostou-se nos travesseiros, exausta. E temerosa.

A porta do quarto se abriu, e ela estremeceu.

Henry entrou e fechou a porta atrás de si. Ele parecia tão cansado e abatido quanto ela.

Ele foi até a cama de Frankie e pegou sua mão. Frankie não encontrou forças para segurá-la de volta.

Henry afastou os cabelos dela do rosto. Frankie sabia quanto ele estava sofrendo, quanto precisava compartilhar aquele momento com ela, mas ela era uma porta fechada.

Frankie cerrou os olhos, odiando saber que o magoaria.

– Não me deixe de fora, Frankie – pediu Henry. – Eu preciso de você… da gente. Isso aconteceu com nós dois. O médico disse que precisamos superar e tentar de novo. Podemos fazer isso, não podemos?

Em outras palavras, esquecer. O mesmo velho conselho dado para uma dor totalmente nova.

Que Deus a ajudasse, mas ela não seria capaz de prantear o filho com ele. Mesmo naquele momento, com tanta perda ao seu redor, em seu próprio corpo, ela não conseguia deixar de pensar em Rye. O toque que ela queria era o dele.

– Desculpe – disse Henry, e sua voz falhou. – Eu deveria ter chegado antes.

Frankie olhou para ele e sentiu repulsa por si mesma.

– Teria acontecido de qualquer jeito – respondeu ela, inexpressiva.

– Eu sei, mas...

– Sem mas, Henry. Eu não quero falar do bebê – afirmou ela, para depois respirar fundo. – Quero falar do casamento. De nós.

– Nós? Ah, amor, não se preocupe com o casamento. Temos tempo. Agora, só precisamos nos estabilizar.

Ela encarou Henry, vendo quanto ele a amava.

– Henry – disse ela, mexendo no anel de noivado, no anel da avó dele. – Você se lembra de quando eu te falei do Rye? O homem que eu amei no Vietnã, o amigo do Finley?

Ele se afastou e largou a mão dela.

– Claro. O piloto que morreu?

– Ele não morreu lá. Ele estava na prisão. Rye voltou para os Estados Unidos ontem.

– Ah – murmurou ele, sem dar peso às palavras, depois franziu o cenho e repetiu: – Ah. Você o viu?

– Vi.

– E ainda o ama?

– Amo – admitiu Frankie, começando a chorar.

Ela queria contar sobre a traição de Rye, contar como essa dor de alguma forma havia causado seu aborto espontâneo e que, *mesmo assim*, ela ainda o amava. Mas Henry era um homem bom demais para ouvir aquilo. Se Frankie falasse a verdade, ele ficaria com ela, lhe daria tempo, diria que ela merecia coisa melhor do que um homem que mentia. Frankie não tinha dúvidas de que não havia futuro para ela e Rye. Não se enganava a esse respeito. Mas o simples fato de saber que ele estava vivo tornava impossível fingir que amava Henry o suficiente para se casarem.

Devagar, ela tirou o anel de noivado do dedo e o devolveu a ele.

– Eu não posso me casar com você, Henry.

Ela viu como ele lutava contra seus sentimentos.

– Você devia conversar com alguém, Frankie. O novo centro médico da Administração de Veteranos oferece terapia para quem serviu na guerra. Conversar com alguém pode ajudar.

– Desculpe.

– Eu te amo, Frankie – disse ele, a voz embargada pela emoção.

– Você vai encontrar alguém melhor.

– Meu Deus, Frankie. Você está partindo o meu coração.

– Henry...

– E, para uma mulher apaixonada, você tem o olhar mais triste que eu já vi.

Frankie deixou o hospital em uma cadeira de rodas como se fosse uma anciã, usando um absorvente para o sangramento. O pai a empurrou, dando ordens às enfermeiras como se fosse seu chefe.

A mãe parou o carro em frente ao hospital, e os dois ajudaram Frankie a se sentar no banco do passageiro do novo Cadillac.

Em casa, Frankie caminhou devagar até a cama. A mãe ficou no bangalô, tentando distraí-la – como se isso fosse possível –, até Frankie implorar para que ela fosse para casa.

Eu estou bem, repetia sem parar, até que finalmente a mãe não tivesse mais nada a fazer a não ser ir embora.

Já sozinha, Frankie pegou a bolsa na mesinha de cabeceira. Tomou um comprimido para a dor e dois para dormir.

Ela fechou os olhos e se recostou. Flutuou. Através de uma névoa que capturava as batidas de seu coração, ouviu a porta se abrir.

Frankie não abriu os olhos. Estava por um fio ali. Uma plateia era a última coisa de que precisava.

Ela podia sentir que sua mãe a observava, mas não abriu os olhos. Estava extrema e profundamente cansada. Exausta, na verdade.

Seu último e terrível pensamento foi: *Ele está vivo*. E então: *Era tudo mentira*.

TRINTA

Pela primeira vez em muito tempo, Frankie voltou a acordar no chão do quarto. Ela não sabia por que os pesadelos brutais do Vietnã haviam retornado. Talvez fosse por ter visto Rye. Ou talvez os novos traumas despertassem os antigos. Tudo o que sabia era que não havia como fingir que estava bem e aguentar firme. Não daquela vez.

Os comprimidos que a mãe lhe dera ajudavam a aliviar a dor. Frankie aprendeu que duas pílulas para dormir amenizavam os pesadelos e a faziam adormecer, mas, quando ela acordava, se sentia letárgica, cansada. Um dos "pequenos ajudantes de mães" a animava, talvez até deixando-a com energia demais. O suficiente para fazer com que ela precisasse voltar a tomar comprimidos para se acalmar e conseguir dormir. Aquilo se tornou um ciclo, como o fluxo e o refluxo da maré.

Ela parou de visitar os pais, parou de atender o telefone, parou de escrever cartas para as amigas. Não queria ouvir o discurso motivacional deles, e ninguém queria ouvir seu desespero.

Para se manter ocupada, começou a fazer turnos extras no hospital. Na maioria das noites, ficava lá o máximo que podia, adiando a inevitável volta para casa.

Como naquele momento.

Muito depois de seu turno ter terminado, Frankie ainda estava de bata cirúrgica e quepe, de pé ao lado de uma mulher nos estágios finais de um câncer de pulmão. Era aquela fase terrível em que o corpo já havia quase parado totalmente, não ingeria mais alimentos nem tinha qualquer movimento intencional. A paciente estava assustadoramente magra, as mãos fechadas em garras e o queixo inclinado para cima. A boca, aberta. Sua respiração eram aqueles arquejos ruidosos de morte, que indicavam que o tempo estava acabando, mas a mulher se apegava à vida com certa teimosia. Frankie sabia que quatro de seus filhos adultos e todos os netos foram vê-la, e todos eles foram informados de que o fim estava próximo, mas, àquela hora, às 23h21, Madge não tinha visitas e, ainda assim, aguentava firme. Desenhos de giz de cera coloridos cobriam a janela ao lado da cama. O perfume das flores frescas se misturava ao cheiro de desinfetante do hospital.

Madge estava esperando o filho. Todo mundo sabia. O marido reclamava, enquanto as filhas reviravam os olhos. Todos pareciam pensar que Lester estava "muito perdido para se despedir da mãe".

Frankie passou um pouco de vaselina nos lábios secos e sem cor de Madge.

– Você continua esperando pelo Les, não é? – perguntou ela.

Nenhuma resposta de Madge, apenas aquele chiado de morte. Gentilmente, Frankie pegou as mãos da mulher e as massageou com hidratante.

Ela ouviu a porta se abrir e viu um jovem com cabelos cheios e crespos, além de costeletas enormes, entrar na sala. Um bigode escondia grande parte de sua boca, e uma barba crescia em tufos ao longo da mandíbula. Ele usava uma camiseta a favor da descriminalização do aborto e uma calça larga de veludo cotelê cor de ferrugem.

Mas foi a tatuagem na parte interna do antebraço que chamou a atenção de Frankie. A palavra AEROTRANSPORTADOS estava escrita em cima da cabeça de uma águia-americana. Ela conhecia aquela insígnia. As Águias Altas.

A família havia chamado Lester de viciado e ladrão, e dissera que ele fazia velas em uma comunidade qualquer do Oregon. Ninguém nunca mencionara que ele era um veterano.

– Lester? – disse ela.

Ele assentiu, com um ar perdido, parado na soleira da porta. Talvez estivesse sob efeito de drogas. Ou apenas destruído.

Frankie foi até ele e, gentilmente, o pegou pelo braço e o conduziu até a cama.

– Ela estava esperando por você.

– Oi, mãe – disse ele, pegando a mão da mulher devagar e segurando-a.

Madge respirou fundo, ruidosamente.

Frankie foi até o outro lado da cama, afastando-se para dar a ele um pouco de privacidade.

Lester se inclinou.

– Desculpe, mãe.

– Les – sussurrou Madge.

Ela inspirou pela última vez, soltou o ar e se foi.

Lester ergueu os olhos escuros cheios de lágrimas.

– É só isso?

Frankie aquiesceu.

– Ela esperou por você.

Ele enxugou os olhos e pigarreou com força.

– Eu devia ter vindo antes. Não sei qual é o meu problema. Eu só... O Vietnã, cara...

Frankie se aproximou da cama.

– É. Eu estive no Septuagésimo Primeiro. Terras Altas do Centro – contou ela. – De 1967 a 1969.

Ele a encarou.

– Então somos dois mortos-vivos.

Antes que Frankie pudesse responder, ele se afastou da cama e saiu do quarto, batendo a porta atrás de si.

A presença dele – e sua súbita ausência – deixou Frankie agitada, inquieta.

Sem se dar ao trabalho de tirar o uniforme ou trocar os sapatos, ela saiu do hospital.

Somos dois mortos-vivos.

Ele a enxergara de uma forma que a havia dilacerado, enxergara o que ela tentava desesperadamente esconder.

Ela estava dirigindo pela ponte de Coronado, ouvindo Janis cantar "Piece of My Heart" a plenos pulmões, quando esticou o braço para o banco do passageiro, tateou atrás da bolsa de macramê e pegou os comprimidos para dormir.

Naquela noite, não conseguiria dormir de jeito nenhum, e ficar acordada – relembrando – seria pior.

Ao parar em um semáforo, Frankie abriu a tampa do frasco desajeitadamente e engoliu uma pílula a seco, fazendo uma careta ao sentir o gosto.

Em casa, estacionou o carro e saiu, um tanto trêmula ao entrar em casa, onde o telefone tocava. Ela ignorou.

Deveria comer alguma coisa. Quando havia comido pela última vez?

Em vez disso, preparou uma bebida e tomou outro comprimido, torcendo para que dois fossem o suficiente para atravessar a noite. Se não fossem, talvez tomasse o terceiro. Só daquela vez.

Naquela primavera, a banda Tony Orlando and Dawn lançou a música "Tie a Yellow Ribbon Round the Ole Oak Tree" e lembrou aos Estados Unidos que, embora a guerra tivesse terminado, ainda havia soldados voltando do cativeiro no Vietnã. Da noite para o dia, fitas amarelas começaram a surgir em troncos de árvores ao redor do país, como sugeria a música, principalmente em cidades militares como San Diego e Coronado. Pedaços das fitas flutuavam ao vento para lembrar os americanos dos prisioneiros de guerra cativos. Histórias de heróis atingidos e aprisionados por anos tomaram o noticiário. Frankie não conseguia escapar daquelas histórias e das lembranças que elas evocavam.

Ela sobrevivia um dia de cada vez, agindo com reservas, sem falar muito. Arranjava uma receita para os comprimidos de que precisava, trabalhava o máximo de horas que um ser humano conseguia e visitava os pais quando eles exigiam. Falava ao telefone com Barb e Ethel em conversas curtas e caras, a maioria das quais terminava com sua declaração inexorável (e desonesta): *Eu estou bem*. As cartas que escrevia para as amigas eram longas, tagarelas e cheias de meias-verdades e fingimentos, não muito diferentes das que escrevera para os pais do Vietnã.

Em maio, os pais a convidaram para se juntar a eles durante um mês em alto-mar, no novo cruzeiro *Royal Viking Sky*. Frankie recusou sem dificuldades e soltou um suspiro profundo de alívio ao vê-los partir.

Naquele momento, não havia ninguém para quem fingir. Ela poderia ficar tão sozinha e reclusa quanto quisesse. *Finalmente*, pensou. Frankie poderia prantear suas perdas sem que ninguém assistisse.

Apesar de suas melhores intenções, Frankie não conseguia se afastar da beira daquele abismo de desespero. Ao contrário, a solidão e o silêncio pesavam tanto que às vezes Frankie sentia dificuldade de respirar, a menos que tomasse um comprimido – o que fazia com frequência. No fim de maio, já tinha repetido a receita duas vezes. Naquela época, era algo fácil para uma mulher, mas com certeza ainda mais fácil para uma enfermeira.

Em junho, uma mudança climática inesperada atingiu San Diego, um dilúvio que o meteorologista da TV afirmou ter vindo do Havaí. De repente, no meio da noite, Frankie foi chamada ao trabalho. Embora ainda estivesse um pouco letárgica por causa dos comprimidos da noite anterior, tomou uma pílula para acordar e concordou. Sem se dar ao trabalho de tomar banho, vestiu as roupas do dia anterior e foi até o carro.

Enquanto ela atravessava a ponte, a chuva açoitava o teto do conversível e lavava o para-brisa com tanta força que os limpadores mal conseguiam acompanhá-la. No rádio, uma reportagem sobre as audiências do caso Watergate soava monótona. Encontros secretos. O presidente. Blá-blá-blá.

Tudo o que ela ouvia era a tempestade. Martelando. Retinindo. Forte como uma chuva de monção.

... sangue banhando suas botas, alguém gritando: "Ligue os geradores"...

Frankie se agarrou ao volante.

No estacionamento do hospital, ela parou o carro, correu até o prédio iluminado e foi até seu armário. Tirou as roupas úmidas, vestiu a bata cirúrgica e calçou os tênis. Colocou a touca cirúrgica e enrolou o longo rabo de cavalo preto dentro dela enquanto atravessava o corredor movimentado até a recepção.

Mesmo dentro do prédio, ela podia ouvir a chuva vibrando nos vidros, esmurrando o telhado.

No posto de enfermagem, tomou duas xícaras de café em um gole só, sabendo ser uma má escolha quando já estava aflita daquele jeito.

Era a chuva, lembrando-a do Vietnã.

Deveria comer alguma coisa, mas só de pensar em comida ficava com ânsia de vômito. Sempre que fechava os olhos, imagens do Vietnã a assaltavam. Lutar contra elas a enfraquecia. Graças a Deus, era um turno tranquilo. Assim que o pensamento lhe ocorreu, as portas duplas no fim do corredor se abriram. Dois motoristas de ambulância entraram correndo, empurrando uma maca até aquela luz branca e forte.

Sangue.

– Ferimento por arma de fogo! – gritou alguém.

A maca passou por Frankie. Ela viu o paciente em um borrão: sangue jorrava de um ferimento no peito, a pele estava pálida; ele gritava.

– Frankie!

Ela correu atrás da maca e entrou na Sala de Cirurgia, mas estava atordoada, desligada do ambiente devido às lembranças, às imagens. Demorou a se lavar e, por um segundo, não conseguiu lembrar onde ficavam as luvas.

Quando se virou, uma enfermeira cortava a jaqueta ensanguentada do garoto. Lâminas prateadas retalhavam o tecido.

E então: seu peito nu. Um ferimento profundo de bala, jorrando sangue.

Helicópteros chegando. Um bimotor Chinook. Flop-flop-flop.

– Frankie. Frankie?

Alguém a chacoalhou com força.

Ela ergueu os olhos, percebendo, de repente, que não estava no Vietnã. Estava no trabalho, na Sala de Cirurgia 2.

– Saia daqui, Frankie! – gritou o Dr. Vreminsky. – Ginni. Vai se lavar.

A vergonha tomou conta de Frankie.

– Mas…

– *Fora!* – berrou ele.

Ela saiu da sala e ficou parada no corredor, perdida.

Maldita chuva.

$\sim$

Frankie acordou no chão do quarto, a cabeça latejando e a boca seca. O sol de verão entrava pela janela, machucando seus olhos. A lembrança da vergonhosa noite anterior a fez gemer alto. Ela cambaleou até a mesinha de cabeceira, pegou os comprimidos e engoliu um com água.

A caminho do banheiro, passou pelo quarto fechado do bebê. Havia meses que não entrava ali, nem mesmo para limpar. Se tivesse energia, destruiria aquele cômodo, pintaria as alegres paredes amarelas e doaria os móveis, mas não contava com força o bastante nem para abrir a porta.

Ela tomou um banho quente, secou os longos cabelos e os prendeu em um rabo de cavalo frouxo, depois vestiu um short e uma camiseta.

O telefone tocou.

Ela olhou de soslaio para o relógio da parede. Meio-dia e vinte de uma tarde de sábado.

Barb.

Frankie sabia que a amiga continuaria ligando até que ela atendesse, então pegou o chapéu de praia e uma cadeira e saiu de casa.

Ela atravessou a rua com a cadeira na mão e depois a colocou na areia.

Enquanto observava as ondas azuis e brilhantes, voltou a se lembrar da noite anterior e do jeito como havia travado na Sala de Cirurgia como se fosse uma MN recém-saída do avião.

Não dava para continuar assim. Precisava parar de tomar aquelas pílulas e colocar a vida de volta nos trilhos. Mas como?

Ela puxou o chapéu mais para baixo e pegou os óculos escuros e um exemplar roto de *Fernão Capelo Gaivota* no bolso lateral da cadeira. Talvez o pássaro pudesse lhe dar alguns conselhos necessários de como viver.

Naquele dia quente de junho, a praia estava bem agitada: crianças corriam para lá e para cá, adolescentes caminhavam em bandos, mães que estavam loucas atrás dos filhos. Aqueles sons familiares de um dia na praia a acalmaram, até que Frankie ouviu um homem gritar:

– Joey, saia da água! Espere por mim!

Frankie sentiu um arrepio, mesmo naquele calor. Lentamente, ela ergueu os olhos por baixo da aba larga do chapéu.

Rye estava de pé no quebra-mar, de frente para Frankie, com um short e uma camiseta cinza e desbotada da Marinha.

O sol do verão havia escurecido sua pele e clareado seus cabelos, compridos o suficiente para que ela soubesse que ele deixara a Marinha. Ele se movia de maneira desajeitada, mancando, para acompanhar a filha – Joey –, que ria e tentava pular as marolas que batiam.

Sua esposa estava sentada em uma toalha não muito longe dali, em um vestido de verão esvoaçante, protegendo os olhos do sol enquanto os observava com um sorriso fácil.

– Cuidado, Jo-Jo!

Frankie afundou ainda mais na cadeira, curvou os ombros, tentando desaparecer, e puxou ainda mais o chapéu para baixo.

Olhe para o outro lado.

Ela não conseguia.

Era péssimo para ela, talvez até perigoso, assistir a Rye com a família, mas Frankie não conseguia se levantar, não conseguia parar de olhar para ele e para o jeito fácil e amoroso com o qual Rye cuidava da filha. Fora em um dia assim que ele aparecera em Kauai, de pé ao lado dela, dizendo *Eu juro que não estou noivo*.

Meu Deus, como o amava.

Ela ouviu a esposa dele – Melissa, o nome dela era Melissa. Frankie descobrira depois de ler a respeito deles no jornal. Melissa gritou alguma coisa, e Rye e Joey foram até ela – ele, mancando. Os três ficaram perto o suficiente de Frankie para que ela visse que ele cerrava os dentes. Cicatrizes feias envolviam os pulsos e os tornozelos dele.

Ele se ajoelhou desajeitadamente em frente à esposa, fazendo outra careta de dor.

Ajude-o, pensou Frankie. *Melissa, ajude-o*. Mas a esposa continuou sentada ali, guardando a comida em uma cesta de piquenique de vime.

Eles parecem infelizes.

Não.

Ele parecia infeliz.

Antes que tivesse a chance de se proteger, o pensamento a atingira. E depois de tudo o que ele havia passado…

– Pare com isso – murmurou Frankie.

Eles eram uma família, os Walshes, e a felicidade deles – a felicidade de Rye – não era da conta dela. Frankie conhecia a verdadeira história deles, como se conheceram e se casaram, a loja de ferragens que os pais dela tinham em Carlsbad e o cargo de gerente que o aguardava ao deixar a Marinha.

Olhe para o outro lado, Frankie.

Aquilo era errado. Doentio. Perigoso.

Finalmente, Frankie se forçou a se levantar. Ela deu as costas para eles, dobrou a cadeira e saiu da praia.

– Droga, Melissa, vai mais devagar.

Ela ouviu a voz de Rye atrás de si e congelou. Então, cerrou os dentes e continuou andando, subindo o montinho de vegetação até a calçada e, depois, atravessando a Ocean Boulevard. Do outro lado, contra suas melhores intenções, ela se virou devagar e os encarou por baixo da aba do chapéu.

Ele, a esposa e a filha estavam deixando a praia em direção à rua.

Frankie precisava ir embora. Naquele instante. Antes que gritasse o nome dele. Ela colou a cadeira ao lado do corpo e, determinada, caminhou pelo quarteirão até sua casa.

Durante todo o trajeto, pensava: *Não olhe para trás, Frankie. Só o deixe ir.*

Mas Rye sabia que ela morava em Coronado ou que, pelo menos, havia crescido ali. Será que aquilo significava alguma coisa, o fato de ele ter levado a família até ali, até a praia de que ela tanto falara?

Frankie parou diante do carro, que estava estacionado na entrada da casa, e olhou para trás.

Rye abria o porta-malas de um Camaro metálico azul-escuro e guardava a cesta de piquenique dentro dele. Melissa abriu a porta do passageiro e ajudou Joey a se sentar no banco de trás.

Rye fechou o porta-malas e mancou em direção à porta do motorista.

Frankie abriu a porta do carro, jogou suas coisas no banco de trás e deslizou para o assento do motorista. Depois, pegou as chaves no visor, deu a partida e voltou para a rua. Devagar, o pé leve no acelerador, avançou em direção à placa de *Pare* da Ocean Boulevard.

Rye entrou no Camaro. O motor ligou com um ronco.

Ela seguiu Rye. Seguiu os três.

Enquanto atravessava a cidade, subindo a Orange Avenue e cruzando a ponte, ela se censurava. Aquilo era perseguição. Uma coisa vergonhosa. Ele não a amava. Era um mentiroso.

Ainda assim, Frankie os seguiu, movida por uma necessidade obsessiva de ver a vida dele.

Se ele estiver infeliz...

Não. Aquilo era algo no qual não podia pensar.

Em San Diego, Rye virou na A Street, que Frankie notou imediatamente ser uma rua cheia de famílias da Marinha. Bandeiras americanas pendiam de diversas varandas e algumas solitárias fitas amarelas ainda tremulavam em galhos de árvores. Embora a maioria dos prisioneiros de guerra já estivesse de volta, "Tie a Yellow Ribbon…" ainda fazia sucesso nas rádios. Naquela tarde de verão, a rua estava repleta de crianças, cachorros e mulheres que, lado a lado, empurravam carrinhos de bebê.

Ela parou em frente a um belo bangalô em estilo American Craftsman. O jardim era uma confusão de brinquedos descartados, patins e roupas de bonecas. A grama mal cortada estava marrom.

Frankie parou no acostamento, o motor em marcha lenta, como se ela logo fosse recuperar o juízo e partir.

Mas não foi o que ela fez.

Melissa saiu do carro. Segurando a mão de Joey, ela caminhou até a casa, puxando a filha para dentro e deixando que Rye carregasse as coisas deles.

Devagar, Rye seguiu a esposa, obviamente com dor, carregando a cesta e a toalha de piquenique. No meio do caminho até a porta da frente, ele parou.

Frankie afundou no banco.

– Eu nunca mais vou fazer isso se ele não se virar – prometeu a si mesma, e talvez até para Deus.

Ela espiou pela janela e viu que ele recomeçara a andar, mancando e arrastando os pés de forma dolorosa. Devagar, agarrando-se ao corrimão, ele subiu os degraus da varanda.

Diante da porta fechada, ele parou de novo, como se não quisesse entrar. Então, abriu a porta e transpôs a soleira, voltando para a esposa e a filha.

Devagar, Frankie retornou à posição vertical, engatou a marcha no Mustang e começou a dirigir. Ao passar pela casa, reduziu a velocidade, olhando para a porta da frente, sentindo uma combinação tóxica de desejo e vergonha.

Rye abriu a porta, saiu para a varanda e a viu.

Ela pisou fundo no acelerador e passou voando por ele.

Idiota.

O que ela estava pensando? Quando chegou em casa, ainda estava agitada. Um gim com gelo não diminuiu em nada sua ansiedade. Não parava de olhar para o telefone, pensando que ele iria ligar, querendo e não querendo que ele o fizesse. Sabendo que tudo o que ele precisava para conseguir o número dela era ligar para o serviço de informações. Depois de todos aqueles anos, ela ainda era Frances McGrath, de Coronado Island.

Mas o telefone não tocou.

Antes mesmo que o mundo começasse a escurecer, ela tomou dois comprimidos para dormir e subiu na cama.

A que horas o telefone tocou? Não sabia ao certo. Com os olhos turvos, letárgica, Frankie saiu da cama, cambaleou até a cozinha e atendeu ao telefone.

– Alô?

Ainda estava claro lá fora. Será que já era o dia seguinte ou o mesmo dia?

– Frankie? É Geneva Stone.

A chefe dela. Droga.

– Oi – disse Frankie.

Será que sua voz estava arrastada, as palavras saindo devagar demais?

– Você tinha ficado de cobrir o turno da Marlene Foley hoje à noite.

– Ah. Certo – disse Frankie. – Desculpe. Não estou me sentindo bem. Eu devia ter ligado avisando que estou doente.

Fez-se uma longa pausa. Nela, Frankie ouviu tanto contrariedade quanto alarme.

– Certo, Frankie. Vou arrumar outra pessoa. Melhoras.

Frankie desligou, sem saber se havia se despedido quando ouvira o clique da linha.

Ela cambaleou até o sofá, caiu de lado nas almofadas, puxou as pernas para cima e se deitou.

No dia seguinte, se aprumaria. Sem mais comprimidos. E, definitivamente, sem mais perseguições. Nem *pensaria* em Rye Walsh.

Nunca mais.

~

Frankie estava sentada no escritório da diretora da enfermagem, rígida e ereta, as mãos cruzadas sobre o colo.

– Então – disse a Sra. Stone, os olhos fixos no rosto de Frankie –, você travou na Sala de Cirurgia. Durante uma cirurgia. E faltou um turno – acrescentou, depois fez uma pausa. – Estava doente.

– Sim, senhora. Mas…

Frankie se interrompeu. O que poderia dizer?

– Eu sei o que você está passando – continuou a Sra. Stone com uma voz suave. – Também já perdi um filho. Como mulher, como mãe, eu entendo, mas…

Ela fez uma nova pausa. Depois prosseguiu:

– Esse não foi o seu primeiro incidente na Sala de Cirurgia, Frankie. No mês passado…

– Eu sei.

– Talvez você tenha voltado ao trabalho rápido demais.

– Eu preciso trabalhar – disse ela, baixinho.

A Sra. Stone assentiu.

– E eu preciso poder contar com as minhas enfermeiras.

Frankie respirou fundo, trêmula. Sua vida estava desmoronando. Não, estava implodindo. Sem a enfermagem, a que poderia se agarrar?

– Eu não posso perder esse emprego.

– Você não vai perder nada, Frankie. Só precisa de um tempo.

– Serei mais cuidadosa. Vou melhorar.

– Isso não está em discussão – declarou a Sra. Stone. – Você está de licença, Frankie. A partir de agora.

Frankie se levantou, trêmula.

– Eu sinto muito ter decepcionado a senhora.

– Ah, querida, eu não estou decepcionada. Estou preocupada com você.

– Está bem.

Frankie não aguentava mais ouvir aquilo. Ela pretendia falar mais, talvez se desculpar de novo, porém a triste e lamentável verdade era que *deveria mesmo* ser afastada. Não era confiável.

Como poderia juntar seus cacos se não parava de se despedaçar?

Incapaz de tirar Rye da cabeça, Frankie teve um sono intermitente. Uma obsessão terrível e perigosa tomou conta dela. Todas as vezes que fechava os olhos, pensava nele, se lembrava dele, o amava. Em looping, Frankie o via de pé na varanda, olhando para ela. Quanto mais pensava naquele momento, mais achava que ele parecera triste ao vê-la ir embora. Ou será que estava mentindo para si mesma? Construindo um sonho com os cacos de um pesadelo?

Logo após as seis da tarde, o telefone tocou e ela foi até a cozinha para atender.

– Alô – disse ela, pegando o telefone na bancada e arrastando o longo fio por cima dela para abrir a geladeira.

– Oi, Frankie – cumprimentou Barb. – Você disse que ligaria no meu aniversário.

Merda.

– Feliz aniversário, Barb. Desculpe. Turno pesado ontem à noite.

Ela pensou em tomar uma taça de vinho, mas depois fechou a geladeira.

A partir de hoje, jurou. A partir daquele dia, seria uma Frankie melhor.

– Você teve um bom dia?

– Tive. Conheci um cara.

– Um cara?

Frankie puxou o fio por cima da bancada. Ela ligou o aparelho de som – Roberta Flack – e se acomodou no sofá com o telefone azul-bebê ao seu lado.

– Mais detalhes, por favor. Quero as informações importantes.

– Trinta e quatro anos. Advogado da União Americana pelas Liberdades Civis. Divorciado. Tem dois filhos. Meninos gêmeos de 5 anos.

– E?

– A gente se conheceu na fila do *Shaft na África*, dá para acreditar? Depois, sentamos juntos no cinema, saímos para beber quando o filme acabou e, bom, não paramos de nos falar desde então.

– Uau. É um recorde para você, Babs. Ele deve ser…

– Especial – completou Barb. – Ele é, Frankie. Eu estava começando a pensar que não ia acontecer comigo, sabe? Que eu era muito… militante, agressiva, muito tudo. Mas esse cara, o nome dele é Jere, a propósito, gosta desse meu jeito. Ele diz que muitas mulheres têm curvas suaves. E que ele gosta das minhas arestas afiadas.

– Uau – repetiu Frankie.

Estava prestes a falar mais, perguntar sobre o sexo, na verdade, quando a campainha tocou.

– Só um segundo, Barb. Tem alguém aqui.

Ela manteve o fone no ouvido e, carregando o aparelho na mão, foi até a porta e a abriu.

Rye estava do outro lado, com seus óculos de aviador e um boné dos Lobos do Mar quase cobrindo seus olhos.

Ela começou a fechar a porta.

Ele usou o pé para detê-la.

– Por favor – pediu ele.

Frankie não conseguia desviar o olhar.

– Vou ter que desligar, Barb.

– Está tudo bem?

– Claro – disse ela, o tom de voz equilibrado, surpresa ao perceber como soava calma. – Feliz aniversário de novo. A gente se fala em breve.

Frankie desligou e segurou o telefone com uma das mãos.

– Você não devia estar aqui.

– Você não devia ter me seguido até em casa ontem.

– Eu sei.

– Eu te vi na praia – contou ele. – Estava torcendo para isso acontecer. Foi por esse motivo que vim até Coronado. Perto do hotel. Você sempre falava desse ponto da praia.

– Falava?

– Não era ali que você surfava com o Fin?

Ela engoliu o nó na garganta.

– O que está fazendo aqui?

– Eu sei por que você me seguiu. Significa que você ainda...

– Não faça isso.

Ele forçou sua entrada na casa, tirou o telefone da mão dela e o devolveu à bancada. Frankie não conseguia pensar, estava confusa. Não podia deixar que ele ficasse, mas tampouco conseguia encontrar as palavras para fazê-lo ir embora.

Rye fechou a porta atrás de si e, de repente, estava perto, a uma distância que permitia que ele a tocasse, ocupando espaço demais na sala de estar, assim como fazia no coração dela.

– Você mentiu para mim – acusou ela, mas as palavras não saíram como pretendia.

Elas soaram tristes em vez de irritadas.

– Frankie.

O jeito como ele pronunciou o nome dela trouxe de volta muitas lembranças, muitos momentos e promessas. Ela balançou a cabeça.

– Vá embora. *Por favor.*

– Você não quer que eu vá embora.

– Eu não quero que você fique.

– Não é a mesma coisa. Fale a verdade, Frankie. Eu sei que você sabe que o que existiu entre a gente foi real.

– Real e sincero não são a mesma coisa, são?

Rye estendeu a mão para tocá-la. Ela se afastou, recuou, aumentando a distância entre eles. Precisava de uma bebida.

– Você quer uma bebida? Só uma. Depois, você vai embora.

Ele aquiesceu.

Frankie foi até o gabinete onde guardava as garrafas e percebeu que havia comprado uísque para ele em algum momento. Serviu dois copos e lhe entregou um.

– Lá fora – declarou, temerosa de que ali, tão perto, ele tentasse beijá-la e ela permitisse.

Ela foi até a porta da varanda e saiu para o quintal, reparando nas mudanças que Henry havia feito: um balanço de pneu pendurado em uma árvore, uma lareira externa com quatro cadeiras Adirondack em volta. Também havia uma explosão de cores ao longo da cerca: rosas, buganvílias, jasmins e gardênias. Quando foi que ela deixara a grama morrer?

Rye mancou até a área da lareira e se acomodou em uma das cadeiras. Frankie se sentou diante dele.

– Me diga a verdade – pediu ela.

Ele não fingiu entender errado. Frankie ficou grata por isso, pelo menos.

– Eu me casei com Missy dois meses antes de embarcar para o meu primeiro ano. Ela...

– Missy?

– Melissa. Eu a chamo de Missy.

Ao ouvir essas palavras, Frankie se lembrou de outra coisa. *Eu sei quem você é, mocinha*, dissera o pai de Rye para ela, tantos anos antes. Ele pensara que Frankie era a esposa do filho.

– Continue.

– Eu era jovem, idiota. Queria alguém em casa, esperando por mim.

– Então tudo não passou de um truque elaborado, o noivado que você supostamente rompeu. Você jurou que não estava noivo. Jurou.

– E eu não estava.

– Coiote sabia a verdade? Todos os seus homens sabiam? Estava todo mundo rindo de mim?

– Não. Eu nunca usei aliança, nunca mencionei uma esposa. Muito tempo depois de partir foi que percebi que o casamento tinha sido um erro. Achei que a gente ia se divorciar quando eu voltasse para casa. Nunca me senti casado... aí eu te vi no clube, lembra?

– Lembro.

– Aquilo me atingiu como uma tonelada de tijolos, o jeito como eu me apaixonei por você. Foi diferente de tudo o que já tinha sentido. Talvez você não consiga entender como um bebê pode virar a sua cabeça, fazer com que você tome a decisão errada pelo motivo certo. Eu falei para mim mesmo que aprenderia a amar Missy, mas aí te encontrei.

Frankie sabia como ele se sentia. Ela dissera a mesma coisa em relação a Henry, mas aquilo não acontecera, não é? A intenção não podia forçar o coração.

– Eu sabia que aquilo era errado, mas não podia te falar a verdade nem te deixar ir embora. Pensei... que quando voltasse para casa, a gente ia resolver tudo, e eu ia dar um jeito de me separar da Missy e ficar com você. Então eu fui atingido. Por anos, todo mundo pensou que eu estava morto. Eles fizeram um funeral e enterraram um caixão vazio ao lado do da minha mãe. Foi quando, finalmente, o comandante Stockdale divulgou a notícia. Depois disso, Missy virou a minha tábua de salvação. Ela escrevia para mim religiosamente.

Frankie acreditou nele. Porque queria, porque estava solitária ou porque *sentia* a verdade nele? Ela não sabia, mas era perigoso sentir que sua raiva se abrandava. Sem ela, tudo o que lhe sobrava era amor.

– Dá para ver que você sofreu – disse ela, baixinho. – A sua perna.

– Eu quebrei pulando do helicóptero.

– O que aconteceu?

– Eu não me lembro direito, na verdade – respondeu ele, sem encará-la.

A voz dele ficou sem emoção, mecânica. Ela imaginou que estava ouvindo a mesma história que ele recitara uma dúzia de vezes em interrogatórios.

– Eu recobrei a consciência quando caí no chão. Vi o helicóptero explodir em cima de mim e cair.

Ele suspirou, exausto.

– Eu caí com força... Vi meu osso sair da perna da calça. A próxima coisa que me lembro foi de ter sido colocado de pé. Os vietcongues cortaram as minhas roupas e me arrastaram pelado... me largaram no meio de uma estrada lamacenta. Eu os ouvi gritarem uns com os outros na língua deles. Eles me chutaram, me rolaram no chão, depois me chutaram de novo. Tentei me arrastar para longe, mas a minha perna doía demais. E eu não parava de sangrar por causa da bala no ombro. Eles me disseram que ela despedaçou a junta.

Frankie o imaginou deitado na lama, nu, com o corpo contundido e quebrado.

Rye ficou em silêncio por um instante.

– Depois. O Hilton de Hanói – disse ele, finalmente. – Quatro anos e três meses em uma cela. Com grilhões.

Ele inspirou profundamente de novo, depois expirou devagar.

– Eles tinham uma... corda que usavam para me forçar a dobrar o corpo. Eles me deixavam assim por horas durante os interrogatórios. Eram semanas nessa tortura. Um dia, quando eles estavam me arrastando de volta para a cela, eu ouvi outros prisioneiros. Vozes falando em inglês. Aquele foi o meu primeiro vislumbre de esperança, sabe?

Ele fez uma pausa e prosseguiu:

– Finalmente, eles me transferiram para outra cela, perto da do comandante Stockdale. Os outros prisioneiros de guerra tinham descoberto uma forma de se comunicar – contou ele, embargando a voz. – Eu não estava sozinho.

Rye fez outra pausa e se recompôs.

– A gente conversava, enviava mensagens. Eu fiquei sabendo do John McCain e dos outros. Recebi a primeira carta de Missy, dizendo que nunca tinha desistido de mim, e eu... precisava dela. Precisava daquela presença. Então, tentei te esquecer, falei para mim mesmo que foi melhor assim, pensei que você já estaria casada quando eu voltasse.

– Se eu soubesse, teria escrito. Seu pai falou que você tinha sido morto em combate.

– Você foi ver o velho? Que honra – comentou ele, depois olhou para ela. – Eu tentei te deixar ir, Frankie. Falei para mim mesmo que tinha sido um canalha, que agi mal e que você merecia coisa melhor. Falei para mim mesmo que podia aprender a amar Missy. De novo. Ou talvez pela primeira vez. Mas eu te vi em San Diego, na pista da base aérea. Foi só olhar para você que tudo desabou. Eu quero *você*, Frankie. Você.

Rye se levantou com um esforço doloroso.

Ela logo ficou de pé, como se fosse um planeta orbitando em volta do Sol, impelida a segui-lo por uma força elementar.

– Você me quer, Frankie?

A tristeza na voz dele arruinou a determinação dela. Frankie pegou a mão dele, sentindo a familiaridade daquele toque.

– O que você está me pedindo... o que você quer – respondeu ela, desejando a mesma coisa. – Iria me destruir. Destruiria nós dois. E a sua família.

– Eu vou me separar da Missy. Não consigo nem tocá-la sem pensar em você. Ela sabe que tem alguma coisa errada. Eu não suporto nem beijá-la.

– Não me peça isso, Rye. Eu não posso...

– Eles me colocaram em solo, Frankie. Não tenho mais permissão para voar.

Ela ouviu o tom de derrota na voz de Rye, sabendo quanto voar significava para ele.

– Ah, Rye...

– Um beijo – pediu ele. – Depois, eu vou embora.

Frankie jamais se esqueceria daquele instante, do jeito como ele olhou para ela, do amor que voltou gritando em sua alma, inundando-a com todas aquelas emoções fortes que Frankie perdera na ausência dele: esperança, amor, paixão, desejo. Ela sussurrou o nome dele, enquanto ele a tomava em seus braços. Primeiro, tudo o que notou foram as mudanças – ele estava tão magro que ela teve a sensação de que sua paixão poderia lhe quebrar os ossos – e, sob o perfume da colônia, Frankie sentiu um cheiro parecido com o de água oxigenada. Até o jeito como ele a abraçou foi diferente, meio de lado, como se o braço esquerdo não obedecesse ao comando dele.

Nos olhos dele, ela viu o mesmo despertar, como se ele voltasse à vida. E também viu tudo o que Rye havia passado no cativeiro – uma cicatriz vermelha que cortava sua têmpora em uma linha irregular, as olheiras destacadas. O tom cinzento que entremeava seus cabelos louros e ressaltava os anos perdidos.

Quando os lábios dele tocaram os dela pela primeira vez, Frankie soube que estava perdida, condenada. O que quer que aquilo fosse, ela sabia o nome e não se importava, não conseguia se importar.

Frankie já desistira de tudo por causa daquele homem, daquele sentimento, e sabia que o faria de novo, custasse o que custasse.

Ela o amava.

Era tão simples, tão assustador.

– Onde fica o quarto? – sussurrou ele.

Frankie sabia que deveria falar *Pare*, dizer a ele para voltar quando estivesse divorciado, mas não conseguiu.

Ele a trouxera de volta à vida.

Que Deus a ajudasse.

TRINTA E UM

Uma vez apaixonada, Frankie aprendeu a mentir. Aquela se tornou uma de suas novas constantes na vida: mentir e amar Rye ao longo daquele longo e preguiçoso verão.

Ela não contou a ninguém que tinha sido afastada do trabalho, então dispunha de horas em que ninguém esperava saber dela. Vivia frugalmente de suas economias.

Sua vida se dividia entre dois mundos: um de paixão e o outro de culpa. Dia após dia, ela prometia a si mesma: *Chega*. Chega de comprimidos, chega de Rye. Ele também era uma droga como as outras.

Todos os dias, jurava que diria a ele para ir embora e não voltar até que estivesse divorciado, mas, quando Rye surgia em sua porta, abrindo um sorriso só para ela, Frankie se perdia. E, por mais gostoso que fosse se perder nos braços dele, o prazer se esvaía quando ele deixava sua cama. Todos os dias, ela se lembrava de sua fraqueza, de sua desonestidade, de sua imoralidade, de sua obsessão. Repetidas vezes. À noite, quando estava sozinha, se angustiava ao imaginá-lo na cama com a esposa e pensava na dor que aquele caso infligiria à inocente Joey. Porém, por mais que se desprezasse, não conseguia dizer não para ele. Frankie era como uma pessoa faminta a quem permitiam entrar em uma padaria duas horas por dia e, durante aquele período, sentia-se completa e gloriosamente viva, deleitando-se com o próprio apetite.

– Passe a noite aqui desta vez – implorou ela, por fim, detestando ouvir o tom queixoso em sua voz.

Ela queria dizer *Me escolha*, mas sabia que ele não podia fazer isso. Rye e Melissa estavam conversando com um advogado. Ele estava procurando um apartamento, mas não podia fazer nada que prejudicasse a custódia de Joey. Ele amava demais a filha.

– Você sabe que eu não posso – respondeu ele, acariciando o braço nu dela, enquanto estavam deitados na cama.

Ela não pôde evitar olhar para o relógio. Três da tarde. Frankie sentiu a centelha incipiente do pânico, a pontada aguda do pesar. Seria pesar por vê-lo ir embora ou por tê-lo deixado ficar?

– Mal posso esperar para você conhecer Joey. Ela vai adorar você – comentou Rye.

Frankie deixou que essa declaração a acalmasse.

– Espero que sim. E vamos ter filhos também, certo?

– Claro. Eu quero uma menina igualzinha a você – disse ele, sorrindo. – Joey quer um irmão ou uma irmã. Ela vive dizendo isso.

– Eu te amo – declarou-se ela, rolando na direção dele.

Frankie beijou as cicatrizes no ombro dele. Queimaduras enrugadas cobriam seu peito, criando manchas brancas na pele em meio aos pelos louros grisalhos.

Ela se esticou contra o corpo magro de Rye, pressionando-o.

– Queria que tivesse sido eu a escrever as cartas para você.

– Eu também, amor. Gosto da Missy, mas isso… você… logo, logo a gente vai poder parar de se esconder.

Ele escorregou a mão por sobre a pele nua de Frankie. O desejo a instigou, fez com que ela movesse o corpo contra o dele, encurtou sua respiração.

Ela rolou até ficar de costas, dando a ele acesso total ao seu corpo. Os beijos de Rye despertaram a parte dela que pertencia somente a ele.

No fim do verão, Frankie estava à beira de um ataque de nervos. Toda aquela espera, aquela esperança e a necessidade de se esconder a estavam destroçando. Ela mentia para todo mundo que conhecia e odiava fazer isso. Havia tirado a medalhinha de São Cristóvão e a escondera, com medo de que ela queimasse sua pele enquanto dormia.

Passou a precisar de mais comprimidos para dormir e mais para se manter alerta. Ainda assim, levou o caso adiante, esperando todos os dias pelo momento em que poderia anunciar a verdade aos seus amigos e familiares e se livrar daquela culpa terrível e opressora.

Ela evitava atender o telefone. Mentir para Barb ou Ethel era impossível, mas também não podia lhes contar a verdade. Retornava as ligações quando sabia que elas não estavam ou desligava quando uma delas atendia.

Frankie nunca se imaginara como a mulher que tinha se tornado. Amar Rye a transformara em uma mentirosa.

Todas as noites, sozinha na cama, rezava para que, *no dia seguinte*, ele dissesse que estava feito, que eles poderiam ficar juntos, caminhar de mãos dadas sob o sol, passar a noite juntos.

Todas as manhãs, sentia que perdia mais um pedaço de sua alma.

Em agosto, quando recebeu o entusiasmado telefonema de Barb contando que iria se casar, a primeira reação de Frankie foi uma inveja abrasadora e tóxica, que demandou toda a sua força de vontade para ser reprimida.

Naquele dia escaldante no fim do verão, ela estava de pé em um parque de Chicago, já tomando uma taça de champanhe, diante de alguns convidados sentados em cadeiras dobráveis. No corredor, havia pétalas de rosas vermelhas.

Ethel e Frankie, ambas com macacões de estampas geométricas em cores vivas e sandálias brancas, estavam em frente a um arco decorado com flores e folhagens.

Ao lado delas, mas debaixo do arco, estava o noivo, com um paletó esportivo marrom de poliéster e uma calça larga combinando. Os filhos gêmeos eram seus padrinhos. Um pastor batista segurava uma Bíblia.

Um gravador portátil com alto-falantes não muito bons tocava "Time in a Bottle", de Jim Croce, enquanto os convidados se sentavam. Ethel se balançava no ritmo da música, cantarolando baixinho.

Do outro lado do corredor, Barb aguardava, impaciente. A amiga estava com um vestido fluido frente única de jérsei branco e os cabelos enfeitados com flores. Ela segurava o braço da mãe.

Quando o último convidado se sentou, Barb fez sinal de positivo.

Ethel foi até o gravador, mudou a música para "Here Comes the Bride" e aumentou o volume.

Barb e a mãe avançaram devagar pelo corredor, passando pelo grupo sorridente de amigos e familiares: uns poucos parentes de Barb da Geórgia, alguns colegas de trabalho dela, na Operação PUSH, e de Jere, na União Americana pelas Liberdades Civis, além de Noah, marido de Ethel, e a filha deles, Cecily. Barb sorria tanto que a vida inteira de Frankie pareceu imoral, pecaminosa.

Aí está, pensou ela, *isso é o amor*. O jeito como Barb beijou a mãe e a ajudou a se sentar na cadeira da primeira fileira, o jeito como Jere olhava para a noiva.

Amor. Uma coisa a ser gritada aos quatro ventos, celebrada, não cultivada em segredo e moldada no escuro.

– Estimados amigos – começou o pastor.

A música parou.

Barb e Jere deram as mãos e se entreolharam. A voz do pastor prosseguiu, dizendo as palavras que Frankie já tinha ouvido em outros casamentos, na TV e no cinema.

Palavras antigas. *Amor. Honra. Compromisso.*

E, por mais que Frankie quisesse festejar com a amiga, por mais que se alegrasse com o novo amor e a nova vida de Barb, aquela vergonha tóxica crescia dentro dela, ignorando seus sentimentos mais nobres.

Ela fechou os olhos e se imaginou debaixo daquele arco, com Rye ao seu lado e Joey espalhando flores...

– De agora em diante, Barbara Sue, eu estou aqui por você, caminhando ao seu lado – declarou Jere. – Parafraseando Yeats, eu amo a alma peregrina em ti e as tristezas do teu rosto mutável. Para todo o sempre.

Ele colocou uma aliança no dedo dela.

– Barbara Sue Johnson – perguntou o pastor –, você promete amar, honrar e respeitar Jeremiah Maine, enquanto vocês dois viverem?

– Sim – respondeu Barb, abrindo um sorriso enorme para Jere enquanto colocava uma aliança de ouro no dedo dele.

– Pode beijar a noiva – autorizou o pastor.

Jere puxou Barb para seus braços. Ela o agarrou, o beijou. Quando se separaram, ambos estavam rindo.

A música mudou, e "Let's Get It on" tocou bem alto.

Ethel vibrou e gritou. Frankie percebeu, tarde demais, que estava chorando. Ethel pôs o braço em volta dela.

– Vai acontecer com você também – afirmou.

Frankie enxugou as lágrimas dos olhos.

– Eu ainda penso no... – começou ela, fazendo um esforço enorme para completar a frase – Rye.

Ela olhou para Ethel e pensou: *Me diga que não tem problema eu amá-lo. Me liberte dessa vergonha.*

– Esqueça Rye, Frankie. Ele é um mentiroso. Você é boa demais para ele.

– Mas... eu o amo. Quer dizer... ele é o homem da minha vida.

Ethel lançou a ela um olhar tão duro e triste que Frankie sentiu seu impacto até nos ossos.

– Não. Ele é *casado*, Frank. É pai. Eu conheço você. Sei quanto gostava de Jamie, mas nem *considerou* sair com um homem casado. Você é uma mulher boa. Honesta. Tão ética que beira ao ridículo. Você não sobreviveria a um caso.

Frankie sentiu como se cada palavra fosse um prego cravado em sua carne, quebrando-lhe os ossos. *Honesta. Ética. Boa.*

Não, queria dizer. *Essa não é mais quem eu sou.*

Frankie tomou sua decisão na recepção, enquanto dançava uma música que não reconhecia, segurando a linda filha de Ethel nos braços.

Basta.

Já chega.

Ela queria *aquilo*. Um casamento, uma família, um bebê.

Como poderia receber tal graça depois de ter tido um caso? Deus, a virtude e a graça exigiam mudança em troca de redenção.

Durante cada segundo que passou na festa, Frankie se sentiu uma mentirosa, uma traidora. Ela bebeu demais e já estava cambaleando quando Barb e Jere partiram de carro para a lua de mel.

– Você está bem? – perguntou Ethel, aproximando-se de Frankie e segurando sua mão com um olhar preocupado e amoroso.

Frankie não aguentou. De repente, não queria que Ethel a amasse, que se preocupasse com ela ou segurasse sua mão. Como poderia merecer uma amizade assim? Ela murmurou uma desculpa, disse que estava cansada, bêbada demais ou simplesmente triste; não se lembrava bem das palavras que usara. Tudo o que sabia era que precisava ir embora. Naquele instante, antes que desmoronasse na frente da amiga.

Ela pegou um táxi de volta ao hotel, arrumou suas coisas e foi para o aeroporto, onde esperou horas pelo voo – tempo o suficiente para ficar sóbria, o que só a fez se sentir pior.

Em casa, sentou-se na sala de estar, fumando sem parar, tomando gim, batendo o pé nervosamente e esperando por Rye, decidida a dizer a ele que estava farta. Não podia mais viver daquele jeito.

Quando ele finalmente apareceu, com flores nas mãos, ela o fez ficar do lado de fora.

– Eu não posso mais seguir desse jeito – afirmou ela. – Isso está me destruindo, Rye. Desculpe. Não consigo mais ser a outra. É errado.

Frankie esperou que ele respondesse. Quando Rye não o fez, ela deu um passo atrás e começou a fechar a porta.

Devagar, com seu jeito novo e imperfeito de se mover, ele se apoiou em um dos joelhos. Ela viu quanto o movimento era doloroso para ele.

– Quer se casar comigo, Frankie?

Frankie começou a chorar, percebendo, naquele momento, quanto tempo havia esperado por aquele gesto, como precisava daquele pedido. O *casamento* os endireitaria, faria com que ficasse tudo bem, a lavaria de seu pecado.

– Sim – murmurou ela. – Sim.

Ele se levantou com esforço. Ela o ajudou.

– Eu quero nós dois juntos – declarou-se Rye, a voz rouca. – Você. Eu. Um bebê...

– Graças a Deus – disse Frankie, puxando-o para dentro da casa e de volta para o quarto.

Seu corpo inteiro tremia.

Ficaria tudo bem. Finalmente.

Ele se inclinou para beijá-la. Ela avançou mais do que a metade do caminho para encontrá-lo.

Naquele ano, o outono chegou tarde em Coronado Island, mas, aos poucos, as folhas começaram a mudar de cor, as pessoas passaram a usar suéteres à noite e as praias ficaram vazias. Mais uma vez, os restaurantes da Orange Avenue estavam repletos de moradores em vez de turistas. Ônibus escolares voltaram à sua rota na primeira semana de setembro. Para Frankie, aquelas coisas sempre seriam sinônimo de outono.

Naquele dia frio no fim de novembro, quase dez meses após Rye ter voltado do Vietnã, Frankie colocou um vestido de malha com padronagem jacquard, repartiu os longos cabelos lisos ao meio, prendeu-os em um rabo de cavalo e dirigiu até o hospital.

Na sala da diretora da enfermagem, ela foi orientada a esperar.

Frankie estava pronta para aquela reunião, mais do que pronta. Dois meses depois do pedido de Rye, estava começando a voltar a ser ela mesma. Os dois conversaram sobre alianças de casamento, planos para a lua de mel e uma cerimônia na praia. Kauai para a lua de mel, para desfrutarem outra semana no Hotel Coco Palms. Ele estava pronto para se fundir ao mundo de Frankie, conversar com os pais dela. Ela mal podia esperar para contar aos amigos e parentes. Para Barb e Ethel. Ah, no início, elas não iriam aprovar, talvez questionassem sua virtude, mas Frankie jamais admitiria que dormira com Rye antes do divórcio. Aquela vergonha ela suportaria sozinha.

– Frankie? Você já pode entrar.

Frankie se levantou. Segurando a bolsa junto ao corpo, ela entrou no escritório e se sentou quando foi orientada.

– Oi, Sra. Stone – cumprimentou ela, sentando-se da maneira elegante que lhe ensinaram séculos antes, quando o mundo era mais leve, diferente: costas retas, queixo erguido, pernas cruzadas na altura dos tornozelos.

Ela sabia que parecia melhor do que da última vez que estivera ali. Naquela manhã, havia tomado apenas um comprimido para despertar seu ânimo. No último mês, tinha parado com as pílulas.

– Eu queria agradecer por ter me suspendido – disse ela. – Sei que pode soar meio estranho, mas a senhora estava certa. Eu estava sobrecarregada. Podia ter cometido um erro na Sala de Cirurgia e não ia conseguir viver com isso.

– Você é uma das melhores enfermeiras com quem já trabalhei – elogiou a Sra. Stone. – Mas, na última vez em que eu liguei e te chamei para um turno, você não parecia bem.

Frankie torceu para não ter se encolhido.

– Foi um pouco antes do meu primeiro café. Eu estava um pouco letárgica. Só isso.

– Só isso?

– Só isso – mentiu ela.

– Eu sei como dói perder um bebê. E o meu marido serviu na Coreia. Ele me contou que algumas... experiências se instalam no nosso corpo e na nossa cabeça. Será que talvez você não precise de ajuda para lidar com algumas coisas?

– Eu estou bem. De verdade.

– Ainda que a sua experiência não tenha sido tão traumática quanto a do combate direto, eu ouvi falar que servir em uma guerra pode derrubar um homem por bastante tempo.

Um homem.

– Estou pronta para voltar ao trabalho – afirmou Frankie. – Talvez em breve eu até tenha uma boa notícia para tranquilizar a senhora.

A Sra. Stone estudou Frankie por um longo instante.

– Está bem, Frankie. Aliás, Karen Ellis ligou dizendo que está doente. Você pode terminar o turno dela?

– Claro. Eu ainda tenho algumas batas cirúrgicas guardadas no armário – disse Frankie, levantando-se. – A senhora não vai se arrepender.

– Espero que não.

Frankie saiu do escritório cheia de esperança.

Aquele era o primeiro passo para sua recuperação. Em pouco tempo, voltaria a ser ela mesma. Frankie se casaria com Rye, vestida de branco. Dessa vez, não com um vestido de baile comprado pronto. Com Rye, ela queria tudo: o vestido, o véu, a igreja e o bolo.

Uma semana depois, Frankie observava uma vitrine com alianças de casamento dentro de caixinhas.

– Posso ajudar, senhorita? – perguntou a vendedora.

Frankie olhou para o relógio. Seu turno no hospital começaria em breve.

– Não, obrigada. Acho que o meu noivo ficou preso no trabalho – mentiu ela.

Na próxima vez em que fosse até aquela loja, levaria Rye, veria que tipo de aliança ele queria e lhe mostraria as suas preferidas. Não tinha nada de errado ou estranho em observar a vitrine sozinha, certo?

Ao sair da loja, ela atravessou a cidade até o centro médico, que se erguia alto e branco contra o céu azul-celeste sem nuvens. Ali dentro, vestiu a bata cirúrgica verde-azulada, cobriu os cabelos compridos com uma touca e foi até o andar da cirurgia.

Ela assistiu uma cirurgia após a outra por horas. No fim do turno, checou seus pacientes e depois desceu para o primeiro andar.

No saguão, viu uma multidão de homens de terno reunidos em volta da recepção. A maioria rabiscava alguma coisa em bloquinhos abertos.

Repórteres.

Provavelmente alguma famosa da região dera à luz – como Raquel Welch, que ainda era Raquel Tejada quando fora coroada a mais bela na Feira do Condado de San Diego. Ou talvez algum ator tivesse morrido.

Frankie foi até a porta. Quando passava pela massa de jornalistas, ouviu alguém dizer:

– ... tenente-comandante Walsh.

Frankie parou e voltou. Empurrando os repórteres, chegou à frente deles bem no momento em que a recepcionista dizia:

– Nós respeitamos a privacidade dos nossos pacientes. Vocês sabem disso. Não podem falar com eles ainda. Eu já chamei a segurança.

– Mas não é todo dia que um ex-prisioneiro de guerra...

Frankie contornou os jornalistas, passou por debaixo da mesa da recepção e se aproximou furtivamente de uma das mulheres sentada ali.

– Os jornalistas. Eles querem ver...

– A esposa de um cara famoso. Um prisioneiro de guerra. Walsh.

A esposa dele.

– Ela está bem?

A mulher deu de ombros.

– Onde ela está?

– Quarto andar, 10B.

Frankie foi até o elevador e apertou o botão, impaciente. Foi só quando entrou que percebeu para onde estava indo.

Para o quarto andar.

Ouviu a campainha do elevador e as portas se abriram.

Devagar, ela avançou pelo corredor, ligeiramente enjoada. Na última porta, ela viu o nome da paciente e parou: WALSH, MELISSA.

Frankie abriu a porta apenas o suficiente para ver Melissa Walsh sentada na cama, cercada por balões, flores e cestas de doces. Uma bexiga em formato de bola de futebol dizia: É UM MENINO!

Havia um bercinho de recém-nascido ao lado da cama. Através das laterais transparentes, Frankie viu um bebê envolto em uma manta azul.

Ela recuou rapidamente, bateu em alguma coisa e se virou.

Ali estava Rye.

– Frankie – disse ele, baixo demais para que a esposa ouvisse. – Eu ia... Isso não quer dizer...

Ela o empurrou, saiu correndo do hospital, entrou no carro e bateu a porta. Suas mãos tremiam tanto que Frankie deixou cair as chaves. Ela abriu a bolsa, pegou dois Valiuns e os engoliu a seco, depois se abaixou e tentou encontrar as chaves no tapetinho do carro.

Alguém bateu à janela.

Ela não conseguia olhar... mas precisava.

Rye estava li, parecendo tão destruído quanto ela.

– Desculpe! – gritou ele.

Frankie deu a partida e pisou fundo no acelerador.

Não tinha ideia do que fazer, aonde ir. Havia caído na conversa dele de novo. *De novo.* Melissa devia ter engravidado logo depois que Rye voltara. Com Frankie, ele usava camisinha. Sempre. Nunca falhara.

Todos aqueles meses, enquanto ele dormia com Frankie, a esposa dele estava grávida. Quando Rye pedira sua mão em casamento, Melissa estava prestes a dar à luz. Ele havia se ajoelhado e perguntado *Quer se casar comigo?* e Frankie acreditara nele. Acreditara em cada sorriso, em cada toque, em cada promessa. Cegamente, acreditara quando ele dissera: *Logo, logo, amor. Logo, logo, vamos contar para todo mundo que estamos juntos.*

Ai, meu Deus.

A única pessoa a quem odiava mais que Rye era ela mesma.

Precisava de uma bebida.

Era só nisso que conseguia pensar. Não podia ir para casa, para o bangalô onde Rye tinha roupas no armário, onde ele havia se ajoelhado e a pedira em casamento.

Ela passou direto pelo bar frequentado pela equipe do hospital, dirigiu até o bairro Gaslamp Quarter, em San Diego, e encontrou uma vaga na rua, em frente a uma taverna onde permaneceria anônima. Ela entrou e viu que o lugar já estava meio cheio de clientes que pareciam regulares.

Frankie sentou em uma banqueta.

– Gim com gelo – pediu. – E um maço de cigarros.

Quando o bartender voltou com o drinque, Frankie mal olhou para ele. Ao pegar o copo, viu que sua mão tremia.

A frase *É um menino!* a atingia como uma bola de demolição, destruindo cada frágil bloco de si mesma que ela tentara reconstruir.

– Eu mereço tudo isso – disse ela.

– Hã? – perguntou o bartender.

– Nada. Outro deste, por favor.

Ela tomou o segundo drinque de um gole só, depois pediu um terceiro.

Um homem bonito se sentou ao seu lado.

– Oi, broto – disse ele.

Frankie agarrou a bolsa e voltou para a rua. No carro, aumentou o volume da música "I Am Woman".

Depois, saiu do bairro lotado.

Deveria desacelerar; estava indo rápido demais.

Cantando junto com a música, percebeu que estava chorando. A ponte surgiu adiante. Ela pisou fundo e disparou. Um pilar de concreto à sua frente, um muro cinza do lado direito e, então, nada além de água. Ela girou o volante apenas um milímetro.

Um ciclista surgiu do nada. Frankie afundou o pé no freio, sentiu que perdia o controle na estrada, então viu o guidom sob a luz dos faróis. Ela agarrou o volante com força, tentando virar para o outro lado.

Tarde demais.

TRINTA E DOIS

Frankie acordou em uma cama de hospital. Seu corpo inteiro doía, principalmente o braço esquerdo, e a cabeça latejava atrás dos olhos. Por uma fração de segundo, não conseguiu lembrar onde estava, aí...

O ciclista. A ponte.

– Ai, meu Deus.

Ela ouviu vozes e passos vindo do corredor.

O pai entrou no quarto com um ar sombrio e envergonhado. Irritado. Ao lado dele, estava um policial de cabelos curtos e grisalhos. Botões de latão esticavam seu uniforme cáqui sobre a barriga grande, e uma fina gravata preta tentava esconder as aberturas que deixavam a camiseta de baixo à mostra.

– Eu o matei? – perguntou Frankie, incapaz de falar mais alto que um sussurro.

– Não – respondeu o oficial. – Mas chegou perto. Estraçalhou a bicicleta. Também chegou perto de se matar.

– Você estava bêbada, Frankie. Podia ter morrido – repreendeu o pai, a voz embargada, depois acrescentou: – Você consegue me imaginar contando isso para a sua mãe? A perda de outro filho?

Frankie tinha um nó tão grande na garganta que mal conseguia engoli-lo. Ela desejava *ter* morrido. E, então, um pensamento muito terrível a invadiu: será que ela queria morrer? Será que virara *para* a ponte, em vez de se afastar dela?

O pai encarou o policial.

– Posso levá-la para casa, Phil?

O policial assentiu.

– Pode. Ela vai ser acusada de embriaguez ao volante. O senhor será notificado.

Frankie colocou os pés para fora da cama e se levantou devagar. Estava tonta. O pai se aproximou e a firmou enquanto ela mancava até a saída do hospital, passando por suas colegas enfermeiras que a encaravam.

Elas deviam saber o que Frankie fizera, que ela quase matara um homem.

– O homem em quem eu quase bati... tem certeza de que ele está bem? Você não está mentindo para mim?

– Ele está bem, Frankie. Bill Brightman. Diretor da Escola de Ensino Médio de Coronado.

Lá fora, a Mercedes prateada com portas asa de gaivota aguardava. Frankie recusou a ajuda do pai e se sentou no banco do passageiro.

O pai pôs a chave na ignição e deu a partida. O carro ganhou vida com um ronco, mas não se moveu.

Depois de um longo silêncio, ele se virou para ela.

– Você quer morrer, Frankie? Sua mãe me perguntou isso.

– Eu não devia ter tomado aquele terceiro drinque. Vou melhorar. Prometo.

– Chega! – exclamou o pai bruscamente.

Frankie viu tudo em seu rosto: o medo de perdê-la, o luto pela perda que eles compartilhavam, a raiva por ela não conseguir ser a filha que ele queria.

Ela o encarou, sabendo que o pai estava certo. Poderia ter matado um homem naquela noite. Poderia ter se matado. Talvez tivesse tentado.

– Eu te amo, Frankie – disse ele, a voz triste. – Sei que tivemos os nossos problemas, mas...

– Pai...

– Você parece... destroçada.

Frankie não conseguiu enfrentar os olhos preocupados de seu pai.

– Faz anos que eu vivo assim – contou ela. – Desde a minha temporada em Florença.

~♪

Chega.

Sozinha na cama de sua infância, ela ficou acordada, lutando contra a necessidade (vício – será que já havia pensado nesses termos?) de tomar um comprimido para dormir, contra uma culpa avassaladora e aquele medo novo e eviscerador de que quisera pôr fim à própria vida.

Quem ela havia se tornado?

Uma mulher vazia, um fantasma. Sem amor, sem filhos.

Como sobreviveria? Cada uma daquelas perdas a havia fragilizado, mas, naquele momento, a culpa e a vergonha da noite anterior a destruíram.

Não podia viver assim.

Precisava de ajuda.

De quem?

Como?

Você devia conversar com alguém, Frankie, pedir ajuda, dissera Henry. Parecia que fazia séculos quando ela pensara que tinha chegado ao fundo do poço – mas não tinha. *Eu tenho alguns pacientes veteranos... Você tem pesadelos, Frankie? Problemas para dormir?*

Quem mais entenderia o desenrolar de sua psique desde o Vietnã, a não ser seus colegas veteranos? Ela tentara buscar ajuda uma vez, fazia muito tempo, mas não tinha dado certo. Não significava que deveria parar de procurar. Na verdade, era oposto.

Ela afastou as cobertas e saiu da cama. Sentindo-se fraca, foi até o banheiro, tomou um banho quente e secou os cabelos, depois vestiu uma calça jeans e uma blusa de gola rulê.

Encontrou a mãe na cozinha, parecendo cansada.

– Frances – chamou ela, baixinho.

– Posso pegar o seu carro emprestado? – perguntou Frankie.

A mãe a encarou com tanta intensidade que Frankie se sentiu desconfortável. Porém, quaisquer que fossem as palavras que ela precisasse ouvir, Frankie seria incapaz de dizê-las. Sem mais promessas. Ambas sabiam que ela não deveria dirigir.

– As chaves estão na minha bolsa. Quando você vai voltar?

– Não sei.

– Você vai voltar?

– Vou.

Ela se aproximou da mãe e tocou seu ombro magro, deixando que a mão ficasse ali por um instante. Uma mulher mais forte teria oferecido palavras para acompanhar aquele toque, quem sabe um pedido de desculpas ou uma promessa. Frankie, porém, não falou nada, apenas foi até a garagem e entrou no Cadillac. Atravessou a ponte de Coronado em uma velocidade cautelosa e parou em frente ao novo centro médico da Administração de Veteranos.

Depois, dirigiu até o estacionamento e ficou sentada no carro, com medo de se mover. Finalmente, observou os olhos roxos no retrovisor. Tirando um par de enormes óculos escuros da bolsa, saiu do carro e entrou no prédio.

Lá dentro, foi até a recepção, onde uma mulher corpulenta com um vestido floral de poliéster batia nas teclas de uma máquina de escrever com as unhas escarlate.

– Senhora? – chamou Frankie.

A recepcionista parou de datilografar e, sem afastar as mãos do teclado, ergueu os olhos.

– Você está com problemas, querida? Seu marido está... nervoso?

Aparentemente, os óculos escuros não camuflavam muita coisa.

– Eu ouvi falar que vocês oferecem terapia para os veteranos do Vietnã.

– Vai ter uma conversa informal às dez. Por quê?

– Onde vai ser?

A mulher franziu o cenho, tirou um lápis dos cabelos longos e bateu com ele na mesa.

– Naquele corredor. Segunda porta à esquerda. Mas é só para veteranos do Vietnã.

– Obrigada.

Frankie atravessou o corredor, passando por vários homens sentados em cadeiras de plástico. Na sala 107, ela viu um folheto colado no painel de vidro fosco, na parte superior da porta. VETERANOS DO VIETNÃ, COMPARTILHEM SUAS HISTÓRIAS UNS COM OS OUTROS. CONVERSAR AJUDA! Ela se sentou e aguardou, olhando para o relógio. Mesmo com o corpo inteiro dolorido, a cabeça estourando e um enjoo na boca do estômago, Frankie não se moveu. O pulso esquerdo latejava. Ela olhou para baixo e viu um hematoma florescendo na pele pálida.

A porta à sua frente se abriu às 9h55. Alguns homens entraram na sala.

Ela fez uma pausa, tentou se acalmar, então se levantou e abriu a porta, que dava para uma salinha sem janelas na qual cadeiras dobráveis foram dispostas em círculo. Várias delas já estavam ocupadas por homens, a maioria da idade de Frankie ou mais jovem, com cabelos compridos e desgrenhados, longas costeletas e bigodes. Alguns mais velhos e grisalhos estavam sentados de braços cruzados.

Havia mais homens de pé perto de uma mesa, comendo rosquinhas e servindo-se de café com uma jarra comprida e prateada.

Frankie já esperava ser a única mulher, mas se sentiu desconfortável quando, um por um, os homens se viraram para olhá-la.

Um homem se aproximou dela. Ele vestia uma camisa xadrez e uma calça jeans estilo caubói, presa por um cinto de fivela enorme. Seus cabelos compridos em camadas estavam penteados para trás. Um imenso bigode cobria grande parte de seu lábio superior.

– Posso ajudar, broto? – perguntou ele, sorrindo.

– Eu vim para a terapia de grupo dos veteranos do Vietnã.

– É bacana que a senhorita queira entender o seu homem, mas isso aqui é só para veteranos.

– Eu sou veterana.

– Do Vietnã.

– Eu sou veterana do Vietnã.

– Ah. Eu… hã… Não havia mulheres no Vietnã.

– Errado. Enfermeira do Exército. Dois anos. Servi no 36º e no 71º hospitais de evacuação. Se você nunca viu uma mulher por lá, teve sorte. Significa que nunca foi parar em um hospital.

Ele franziu o cenho.

– Ah. Bom. A senhorita devia conversar com outras garotas sobre… qualquer que seja o problema. Quer dizer, a senhorita não viu o combate. Os homens não vão falar com uma mulher na sala.

– Está me dizendo que eu não posso ficar? Eu tenho pesadelos… Estou… com medo. Vocês não vão me ajudar?

– A senhorita não pertence a este lugar. Aqui é só para veteranos que participaram do conflito no Vietnã.

Frankie saiu da sala, batendo a porta atrás de si. Atravessou o corredor a passos largos, viu um pôster que dizia PEÇA AJUDA AQUI, arrancou-o da parede e o pisoteou. A série de TV *M*A*S*H* tinha sido um sucesso naquele ano – como as pessoas podiam achar que não havia mulheres no Vietnã? Principalmente os veteranos, pelo amor de Deus!

Lá fora, Frankie soltou um berro de raiva, que não poderia ter sido contido nem se quisesse – e ela não queria. Foi tão bom finalmente gritar.

Frankie não tinha para onde ir. Ninguém com quem falar. Sabia que havia algo profunda e terrivelmente errado com ela, mas não sabia como consertar.

Poderia ligar para Barb e Ethel, mas era patética a quantidade de vezes que já tinha feito isso. E quando as duas ficassem sabendo de seu caso com Rye e que Frankie dirigira bêbada pela ponte de Coronado, a julgariam com a mesma severidade com a qual ela mesma se julgava.

Ainda assim, precisava fazer alguma coisa.

Talvez pudesse ir até o homem que quase matara e implorar seu perdão.

Ela encontrou um telefone público e pediu à operadora o endereço do Sr. Bill Brightman.

Ele morava em Coronado, em uma casinha no meio da ilha. Seu quintal perfeito era delineado por flores de um vermelho vivo e uma cerca de estacas brancas. Uma casa que alguém amava.

Frankie estacionou perto da caixa de correio e ficou sentada do lado de fora

365

por um tempão, sem conseguir sair do carro ou ir embora. Quando fechava os olhos, via o acidente em looping, em câmera lenta, via seu rosto pálido e aterrorizado na luz dos faróis.

A porta se abriu. Um homem de meia-idade com bochechas encovadas e cabelos pretos saiu da casa, vestindo um terno marrom. Ele segurava um jornal dobrado em uma das mãos e uma pasta de couro surrada na outra.

Frankie abriu a porta do carro e saiu.

Ele olhou para ela e franziu levemente o cenho.

Ela abriu o portão branco, ousou entrar na propriedade do homem e, devagar, tirou os óculos escuros, revelando seus olhos roxos.

– Meu nome é Frances McGrath – apresentou-se, baixinho. – Eu sou a motorista que quase atropelou o senhor.

Frankie sentiu lágrimas queimarem seus olhos e as enxugou com impaciência. O que importava ali não era a dor, a culpa ou a vergonha dela. Era a dor dele.

– Eu sinto muito.

– Traga a minha correspondência – pediu ele, acendendo um cigarro.

Frankie anuiu bruscamente, foi até a caixa de correio e puxou uma pilha de cartas e revistas, que levou até o homem. Na varanda, entregou a correspondência a ele.

– Eu vou pagar pela sua bicicleta.

– Minha bicicleta? Minha jovem, você quase acabou comigo – declarou ele.

Frankie não conseguiu dizer nada. Apenas assentiu.

– Eu tenho uma filha. Uma esposa. Uma mãe. Um pai. Você já perdeu alguém?

– Já.

– Tente se lembrar disso da próxima vez que se sentar bêbada atrás de um volante.

– Eu sinto muito – repetiu ela, sabendo que não era o suficiente, mas o que mais poderia dizer?

O homem a encarou por um longo instante, calado. Depois, virou-se e levou a correspondência para dentro de casa, fechando a porta atrás de si.

Ela voltou para a casa dos pais e estacionou o carro na garagem. Lá dentro, encontrou a mãe na mesa da cozinha. Frankie jogou as chaves na mesa entre as duas.

– Voltei – disse ela em um tom monótono.

– Você está me assustando, Frances.

– É. Desculpe.

– Vá para o seu quarto. Descanse. As coisas sempre parecem melhores no dia seguinte.

Frankie se virou devagar.

– Parecem?

Naquela noite, no seu quarto de criança, Frankie acordou, relutante, resistindo à consciência que queria se fazer presente. Não queria abrir os olhos e estar em um mundo onde fosse aquela versão de si mesma. Arruinada. Uma mulher decadente. Uma mentirosa. Era tudo tão ruim, uma avalanche de coisas ruins.

Ela estendeu a mão e tateou a mesinha de cabeceira atrás dos comprimidos. Tomou mais dois. Quando os tomara pela última vez? Não conseguia se lembrar, nem se importava. Fechou os olhos e se deixou flutuar.

Você quase acabou comigo.

Você quer morrer, Frankie?

É um menino!

Frankie ouviu um rangido e tentou se sentar. Era impossível. Enquanto perdia e retomava a consciência, ela ouviu passos no corredor. Ou talvez fosse apenas seus batimentos cardíacos desacelerando até parar.

Talvez fosse o pai ou a mãe, vendo como ela estava. Ela fechou os olhos de novo e ouviu alguém sussurrar seu nome. E então, um riso abafado.

Finley.

Ela escutou a voz dele lá fora, do outro lado da porta. No escuro, ouvia o irmão respirar, sentia o cheiro do gel que ele usava nos cabelos e do chiclete de hortelã que amava.

Vem, Frankie. Fica comigo.

Eles eram crianças de novo. *Verão.* Ela ouviu o caminhão do sorvete lá fora, a sineta retinindo, as crianças rindo. Frankie se livrou das cobertas e pisou no chão frio de madeira, perguntando-se o que teria acontecido com o tapete.

A risada de Finley ecoou à sua frente. Ela a seguiu para fora da casa. Depois, pegou sua velha prancha de surfe na garagem e cambaleou pela noite escura.

Não havia estrelas no céu.

Nem carros na Ocean Boulevard. Ou luzes visíveis nas casas.

Frankie atravessou a rua deserta e pisou na areia fria.

– Finley! Espere!

Ela tentou alcançá-lo, mas suas pernas não ajudaram. Ela se sentia pesada, exausta.

A água estava tão fria que Frankie levou um choque, ofegou. Ainda assim, nadou em direção à onda que se aproximava, pulou na prancha e remou.

Com remadas fracas, conseguiu chegar às águas calmas e se deitou na prancha, ofegante devido ao esforço. Estava tremendo de frio e confusa.

– Fin?

Ele não respondeu. Só se ouvia a batida suave das ondas na prancha e a palmada que ela dava de volta na água.

Frankie queria se sentar e procurar por Finley, mas estava fraca demais. Quantas pílulas havia tomado?

O frio a abraçava, a entorpecia.

Será que tinha sido por isso que fora até ali?

Por uma chance de não sentir nada...

Ela fechou os olhos.

Não deveria estar ali. Precisava voltar.

Mas estava cansada. Exausta. E o frio começava a fazer com que se sentisse bem. Frankie poderia simplesmente rolar, afundar no mar frio e desaparecer.

Luzes vermelhas, piscando.

Um ataque.

Uma sirene, ensurdecedora.

Frankie piscou, acordando. Estava em uma ambulância, com o pai sentado ao seu lado. Água escorria de seus cabelos e suas roupas.

Sentindo uma onda de náusea, ela se lembrou do que havia feito. A vergonha a comprimiu até que ficasse na menor versão de si mesma. Tudo o que ela queria era desaparecer, não... outra coisa.

– Eu não estava tentando... Não queria...

Frankie não conseguia dizer as palavras.

– Foi um sonho. Eu pensei que Finley estivesse lá. Eu o segui.

– São essas pílulas – disse ele com uma voz quase irreconhecível. – Sua mãe nunca devia ter te dado isso. Você tomou muitas.

– Eu vou parar de tomar.

– É tarde demais, Frankie. Nós temos medo...

Do que você possa fazer.

– Você tentou se matar.

– Não. Eu só...

O quê?

Será que tinha tentado se matar?

– Podíamos ter te perdido.

Ela queria discordar, dizer ao pai que ele nunca a perderia, que estava *bem*, mas, pela primeira vez, não conseguia repetir aquelas palavras, não conseguia aguentar firme.

– Por que estou em uma ambulância? Eu já estou bem. Vou melhorar. Prometo.

O pai pareceu desconfortável, constrangido. Pior ainda: assustado.

– Pai?

A ambulância parou. O atendente desceu do veículo e abriu a porta de trás. Frankie viu as palavras ALA PSIQUIÁTRICA.

Ela balançou a cabeça, tentou se sentar, mas descobriu que estava amarrada à maca pelos pulsos e pelos tornozelos.

– Não, por favor...

– Trinta e seis horas – disse o pai. – Retenção obrigatória depois de uma tentativa de suicídio. Eles prometeram que vão te ajudar.

Frankie sentiu seu corpo e a maca serem erguidos. Fora da ambulância, as rodinhas se encaixaram com um estalo.

O pai estava chorando. Ver suas lágrimas a assustou mais do que qualquer coisa que já fizera.

– Papai. Não. Por favor...

O que Frankie viu a seguir foram luzes extremamente brilhantes e uma equipe de homens de branco.

– Eu não tentei me matar! – gritou ela, lutando para se libertar.

Um dos enfermeiros surgiu com uma agulha hipodérmica.

A última coisa que Frankie se lembrava depois foi de ter gritado.

TRINTA E TRÊS

Luz. Ofuscante.

Onde estou?

Levanto minha cabeça e olho em volta. Ela está pesada. Parece a cabeça de outra pessoa no meu pescoço. Talvez eu esteja paralítica. Alguém diz uma palavra – desintoxicação – de uma forma longa, arrastada. E, então, algo sobre remédios...

Escuto ruídos que não fazem sentido. Eu não consigo organizá-los, isolá-los, reconhecê-los.

Abelhas zumbindo. Botas no chão. Estou caminhando na selva?

Não.

Não estou no Vietnã. Onde estou?

Gritos.

Essa voz é minha?

Não.

Sim.

Pensar é difícil demais. Minha cabeça está latejando. Fecho os olhos. O que quer que esteja lá fora, eu não quero ver.

Escuridão.

Silêncio.

– Frankie. Frankie McGrath, você está me ouvindo?

Frankie ouviu seu nome e tentou responder, mas sua boca parecia estar cheia de algodão, e ela ainda sentia uma dor de cabeça insuportável.

– Frankie.

Ela levou uma eternidade para abrir os olhos. O passo seguinte era levantar a cabeça: tudo o que conseguiu ver foram suas próprias mãos. Marcas vermelhas envolviam seus pulsos.

O homem entrou em foco devagar. Estava de pé, de lado, desafiando a gravidade.

Talvez a cabeça dela estivesse inclinada para o lado. Ela estava cega de um olho. Seus cabelos estavam caídos sobre o rosto, obscurecendo sua visão. Frankie ergueu a mão devagar, sentiu que ela tremia e afastou os cabelos do rosto.

Ele estava de pé na frente dela.

Henry.

Ela sentiu uma onda de vergonha e depois uma explosão de alívio.

– Vou te tirar daqui assim que puder, está bem?

Frankie não conseguia fazer mais que sussurrar. *Obrigada* era demais.

– Brgda – conseguiu dizer.

Ele pôs a mão sobre a dela.

Ela olhou para baixo e desejou poder sentir o toque dele.

~

Frankie estava tendo um infarte. Ela tomou consciência da dor de uma só vez: um raio ofuscante em seu peito.

Ela se sentou, respirando com dificuldade.

Sua cabeça latejava atrás dos olhos. Pequenas estrelas brancas dançavam em sua visão.

A dor se transformou em uma batida opaca, surda, dentro do peito. Ela suava, tremia.

Onde estava?

Em um dormitório, foi seu primeiro pensamento.

Cama de solteiro, rente ao chão, cobertor e lençóis baratos. Uma cômoda com três gavetas. Nenhum espelho. Um armário.

Ela moveu as pernas para sair da cama, vendo que elas estavam nuas e magras e que vestia meias emprestadas.

Dor de cabeça.

Será que eles a drogaram? Ela estava letárgica.

Frankie se levantou e imediatamente sentiu tontura e náusea. Contou até dez, e a sensação passou.

O que estava vestindo? Um short jeans desfiado, meias e uma camiseta larga com estampa *tie-dye*. De quem?

Ela foi até a porta, meio que já esperando que estivesse trancada.

Ala psiquiátrica.

Era onde ela estava. Frankie se lembrava: o mar, a viagem de ambulância, o pai chorando. Ela abriu a porta. Do outro lado, havia um corredor que parecia o de sua antiga escola: panfletos nas paredes, chão de linóleo, janelas que deixavam tanta luz entrar que ardiam seus olhos. Perus e peregrinos de cartolina decoravam as paredes.

Enquanto avançava com cautela, ela apoiava os dedos na superfície dos lambris de madeira falsa, só para se equilibrar. A forte dor de cabeça estava piorando.

Frankie passou pelo que parecia ser uma sala de aula, com pessoas sentadas em círculo, conversando.

– Aquilo foi o fundo do poço – disse uma delas.

– Frances McGrath?

Ela ergueu o olhar e viu uma jovem vindo em sua direção. Um homem passou por elas, murmurando algo para si mesmo.

– Volte para o seu quarto, Cletus – mandou a mulher.

Ela era bonita, tinha olhos gentis e uma cascata de cabelos castanhos. Estava com um vestido campestre desbotado que ia até os tornozelos e sandálias Birkenstock de camurça marrom. Seis ou sete pulseiras de contas envolviam seu pulso fino.

– Eu sou Jill Landis, uma das terapeutas daqui. Eu dirijo o grupo.

Ela pegou Frankie pela mão e a conduziu pelo corredor, passando por uma série de portas fechadas e uma recepção que ostentava uma faixa: HOJE É O DIA!

– O diretor está te esperando. Como você está?

– Com dor de cabeça. Fraca.

– É claro.

Ela parou e arranjou duas aspirinas e um copo d'água, que entregou a Frankie. Esquecendo-se de agradecer, Frankie pegou as aspirinas e as engoliu com água. Jill parou diante de uma porta fechada e apertou a mão de Frankie.

– Vou colocar você no grupo das duas horas. Uma conversa informal ajuda mais do que você imagina. Principalmente para veteranos.

– Grupo? Conversa informal? Eu não quero…

– É só uma conversa, Frankie. E é obrigatório.

Jill bateu à porta.

– Entre.

Ela a abriu.

– Eu te vejo mais tarde, Frankie.

Frankie avançou, um pé depois o outro. Estava de meias. Onde estavam seus sapatos?

A porta se fechou atrás dela com um clique.

– Oi, Frankie.

Ela olhou para cima a tempo de ver Henry abrir os braços. Ele a envolveu em um abraço surpreendente e familiar ao mesmo tempo.

Frankie ergueu os olhos.

– Você me salvou.

Ele colocou uma mecha do cabelo dela atrás da orelha.

– Ainda não. E não vai ser fácil – disse ele, deixando-a ir. – Você se lembra do que aconteceu?

– De algumas coisas – respondeu ela, baixinho.

As imagens terríveis ainda estavam ali, esperando por Frankie: quando correu para o mar, querendo desaparecer, batendo os dentes... quando o pai a puxou da prancha de surfe, carregando-a... uma ambulância, ela gritando, chorando, sendo contida...

Frankie observou o escritório de Henry. Uma janela dava para uma espécie de parque, um gramado com mesas de piquenique. Embaixo da janela, havia um aparador de madeira barata com diversos porta-retratos e um vaso com uma planta jade.

– Onde estou?

– Na área de tratamento terapêutico contra drogas e álcool para pacientes internados. Do centro médico. Abriu há seis meses, lembra? Eu sou o diretor e atendo pacientes duas vezes por semana. Não vou ser seu terapeuta principal, por razões óbvias, mas queria facilitar a sua entrada na terapia.

– Que razões óbvias?

– Eu te amei.

– Pretérito perfeito. Entendi.

Ela desviou o olhar, incapaz de fazer contato visual, lembrando-se de que estivera em uma ala psiquiátrica por tentativa de suicídio. *Suicídio.* Frankie não conseguia encarar aquela palavra terrível.

– Como você me tirou de lá?

– Sua mãe me ligou. Ela internou você aqui por oito semanas. Para começar.

– Uau. Minha mãe encarando o problema. É algo inédito – debochou Frankie, pressionando dois dedos em uma das têmporas, que latejava.

– A propósito, essa dor de cabeça é por causa da abstinência. Você pode ter outros sintomas. Ansiedade, dores no peito, suores e tremores. Além disso, suas habilidades cognitivas talvez estejam meio prejudicadas há algum tempo.

– Não me diga.

Frankie soltou um suspiro. *Abstinência.*

– Então, além de tudo, eu sou oficialmente uma viciada e alcoólatra. Maravilha.

– Sabe as pílulas amarelas que você vinha tomando? Diazepam. Mais conhecido como Valium, mas tenho certeza de que você sabe disso. Os Rolling Stones chamaram esses comprimidos de "pequenos ajudantes das mães".

Ele foi até a escrivaninha, pegou uma revista e a abriu em uma propaganda cuja manchete dizia AGORA, ELA CONSEGUE, mostrando uma mulher de avental, passando aspirador de pó com um sorriso largo.

– Faz anos que os médicos vêm prescrevendo esses remédios para as mulheres como se fossem balas.

– Eu perdi a minha licença de enfermeira?

– Vai perder. Pelo menos por um tempo, mas essa não é a sua maior preocupação no momento.

Ele a pegou pela mão e a conduziu até um antigo divã.

– Sente-se.

Frankie olhou para o móvel, e um pouco de seu velho eu veio à tona, fazendo-a rir.

– Você está de brincadeira.

– Eu sou psiquiatra – disse ele, sorrindo de volta. – Isso vai te deixar mais confortável para conversar.

– Eu não sei se quero me sentir confortável para conversar.

– Você não está desconfortável e calada há tempo demais?

– Eu estou com dor de cabeça. Não é justo tentar me superar nas respostas sagazes.

Ela se sentou, sem se recostar. Suas mãos tremiam.

– Você tem um cigarro? Acho que não vou aguentar te ver explorando as obscuras profundezas da minha alma sem *nenhuma* ajuda.

Henry pegou um cigarro e um isqueiro, puxou um cinzeiro de pé para Frankie e posicionou sua cadeira perto dela.

Frankie se levantou. Estava com medo, agitada. Ela foi até o aparador e observou as fotos. A vida de Henry em imagens. Elas a fizeram perceber que não fotografava havia anos. Frankie pegou uma foto emoldurada de Henry com uma mulher de longos cabelos castanhos e grisalhos e óculos redondos cor-de-rosa.

– Esta é Natalie – disse ele. – Estamos noivos. Ela me ama.

Será que ele havia colocado uma leve ênfase no *ela*?

Parte de Frankie ficou feliz por ele, mas outra parte sentiu uma pontinha de dor por si mesma. Será que ela estaria sentada ali, com a cabeça latejando pela abstinência, se tivesse se casado com ele?

Henry sorriu.

– Ela é professora do ensino fundamental e poeta. Mas podemos falar de mim mais tarde. Agora, eu quero que você fique boa, Frankie. O Dr. Alden, meu colega, é especializado em veteranos do Vietnã. Estamos vendo muitos militares se viciando, principalmente depois de voltar da guerra.

Ela caminhou devagar até ele e se sentou naquele sofá ridículo.

– Ninguém está nem aí para as mulheres – afirmou Frankie, acendendo o cigarro, puxando a fumaça para os pulmões e exalando.

– Por que diz isso?

– Fui pedir ajuda no centro médico da Administração de Veteranos. Duas vezes. Eles me dispensaram, disseram para eu ir embora, que eu não era uma veterana de verdade.

– Por que você foi até lá pedir ajuda?

Frankie franziu o cenho.

– Não sei. Eu só…

– Só o quê? – perguntou Henry com uma voz suave.

Ela sentiu seu escrutínio. Não era uma pergunta aleatória. Ele estava perguntando algo que Frankie nunca havia se questionado. Nunca respondera aquilo em voz alta, para ninguém. E, na verdade, não queria responder naquele momento.

Mas estava em apuros ali, desmoronando, perdendo pedaços de si mesma. Precisava contar a verdade a alguém.

– Bem… Tem sido uma fase difícil. Eu quase matei um homem porque dirigi bêbada. E teve o bebê, o aborto… a volta de Rye, as mentiras que ele me contou. Nosso caso. E, agora, eu vou perder a minha licença de enfermeira. Não sobrou nada de mim mesma.

– Isso tudo foi o meio, Frankie. Você já tinha problemas para dormir há anos, pesadelos. Costumava gritar enquanto dormia. Antes do bebê, do aborto… antes de Rye.

Frankie aquiesceu.

– E quanto a ondas de raiva irracional? Irritação? Ansiedade?

Frankie não conseguia encará-lo.

– Vietnã – explicou Henry. – Foi por isso que você procurou a Administração dos Veteranos. Você sabe que foi no Vietnã que tudo começou. Por acaso você tem lembranças que são mais que meras lembranças, que te transportam para lá de novo?

– Quer dizer, como…

– Como flashbacks em um filme.

Frankie estava chocada. Ela presumira que aquilo só acontecia com ela, que estava maluca.

– Como você sabe disso?

– A festa do Quatro de Julho, lembra?

Ela não conseguiu responder.

– Chama-se transtorno de estresse pós-traumático. É um pouco controverso, eles ainda não o inseriram no manual da Associação Americana de Psiquiatria, mas temos visto sintomas parecidos nos seus colegas veteranos. O que você está vivenciando é uma resposta conhecida ao trauma.

– Eu não vi o combate.

– Frankie, você foi enfermeira cirúrgica nas Terras Altas do Centro.

Ela assentiu.

– E você acha mesmo que não viu o combate?

– Meu... Rye... ele foi prisioneiro de guerra. Torturado. Passou anos no escuro. E está bem.

Henry se inclinou para a frente.

– Trauma de guerra não é uma competição esportiva. Nem uma roupa de tamanho único. Sem contar que os prisioneiros de guerra são um grupo específico. Eles voltaram para um mundo diferente do seu. Foram tratados como os veteranos da Segunda Guerra Mundial. Como heróis. É difícil precisar o tamanho desse impacto na psique humana.

Frankie pensou em todas as fitas amarelas nos galhos das árvores em 1973. Elas não estavam ali quando ela voltara para casa. Caramba, os prisioneiros de guerra tinham ganhado até desfiles em sua homenagem. Nenhum deles fora recebido com cuspidelas, gestos obscenos e xingamentos como "assassina de bebês".

– E a maioria era piloto, então a experiência de guerra deles foi diferente da dos soldados ou dos fuzileiros navais que ficavam em solo. No cativeiro, eles se uniram, mantiveram a hierarquia e se comunicaram em segredo, o que fortaleceu o compromisso uns com os outros. A gente ainda não entende muito bem o TEPT, mas sabe que é altamente pessoal. E quanto às suas amigas, as suas colegas enfermeiras?

– Não falamos muito desse assunto.

– A guerra da qual ninguém quer se lembrar.

– É.

– Eu conversei com Barb esta semana – contou ele. – Ela me falou sobre o combate em Pleiku.

Ele se inclinou para ela e prosseguiu:

– Nada do que você sente é errado ou anormal. Não importa se as suas amigas vivenciaram a mesma coisa ou não. Você tem direito de ser afetada de maneira única pela sua própria experiência de guerra. Principalmente você, que foi idealista o suficiente para se alistar. Você não tem nada do que se envergonhar, Frankie.

Envergonhar.

Aquela palavra atingiu Frankie com força. Ela *havia* se deixado envergonhar. Talvez tudo tivesse começado quando fora cuspida no aeroporto ou quando a mãe pedira que ela não falasse da guerra ou, quem sabe, quando as notícias daquelas atrocidades começaram a surgir. Quase todos os civis que encontrara ao voltar, incluindo sua própria família, tinham, sutil ou abertamente, lhe passado a mensagem de que o que fizera no Vietnã era vergonhoso. De que ela fizera parte de algo ruim. Ela tentara não acreditar, mas talvez tivesse acreditado. Frankie fora para a guerra como uma patriota e voltara como uma pária.

– Como eu volto a ser o que eu era?

– Não existe volta, Frankie. Você precisa encontrar uma forma de seguir em frente, de se tornar uma nova versão de si mesma. Lutar para ser quem você era com 21 anos é uma batalha perdida. Se é isso que tem tentado fazer, não me admira que esteja enfrentando dificuldades. A garota ingênua e idealista que se alistou para a guerra não existe mais. De uma maneira bem real, ela morreu no Vietnã.

Frankie baixou os olhos para as mãos. *Morreu no Vietnã.* Aquelas palavras ressoaram com intensidade. Doeram. Naquele momento, sentada ali, ela percebia que já sabia disso, já sentia. Estivera pranteando o luto da inocência que perdera no Vietnã.

– Agora, segure a minha mão – disse ele, erguendo-a. – Vou te apresentar ao Dr. Alden.

O Dr. Alden era um homem quieto e pálido, com um pescoço fino, uma testa enrugada e olhos gentis. Ele tinha um jeito de Mr. Magoo que era estranhamente reconfortante.

Em seu consultório, que exibia dezenas de fotos inspiradoras, ele a acomodou em uma cadeira confortável e começou a lhe fazer perguntas. Ela queria falar de Rye, de seu coração partido, de sua vergonha e raiva, mas o Dr. Alden tinha uma ideia diferente.

– Lembranças – pediu ele. – Vietnã. Vamos começar por aí.

No início, foi difícil contar a própria história em voz alta, mas, uma vez que

Frankie conseguira dizer *Eu me lembro da primeira vez que vi uma amputação traumática*, as comportas se abriram e as lembranças jorraram. Ela percebeu o poder que tinham ganhado ao serem retidas.

Sessão após sessão, dia após dia, ela expôs a si mesma e ao seu passado, abrindo suas feridas mais profundas. Ela falou da bebê que morrera em seus braços com queimaduras de napalm, dos expectantes que morriam em cavaletes de serralheria posicionados na lama ensanguentada, dos jovens recém-saídos da adolescência que se agarravam à mão dela, dos alertas vermelhos, das operações no chão do barracão Quonset com lanternas durante os ataques de morteiros e de Mai, a garotinha com quem às vezes ainda sonhava. Falou do terrível sofrimento do povo vietnamita. Aos poucos, as lembranças mais sombrias deram lugar a outras, também reprimidas a ponto de terem sido quase esquecidas. Como os soldados cuidavam uns dos outros. Tantos haviam recusado tratamento até que um irmão de armas fosse examinado. Eles tentavam se manter unidos, figurativa e literalmente, enquanto feridas terríveis rasgavam suas entranhas.

Na primeira semana, que teve uma combinação rigidamente programada de terapia de grupo e individual, o emocional de Frankie estava esgotado. O Dr. Alden lhe dera um diário para que tomasse nota dos seus sentimentos, e Frankie havia começado, devagar, a escrever sobre a vergonha de estar ali e quanto odiava Rye e a si mesma. No final daquela semana, ela já estava preenchendo várias páginas por dia.

No terceiro sábado ali, no dia das visitas, ela perambulou de um corredor a outro, tensa demais para conversar com os colegas pacientes, nervosa demais para ficar parada por muito tempo, fumando um cigarro após o outro e tentando ignorar a dor de cabeça que latejava atrás dos olhos.

Naquele momento, em frente à máquina de lanches automática, comprando outra Coca (seu mais novo vício), seu nome ressoou nos alto-falantes:

– Visita para Frankie McGrath.

Sem saber ao certo se estava pronta para ver alguém, ela foi até a área dos visitantes, uma sala perto da entrada. O lugar tinha sido pintado com um tom bonito e relaxante de azul e contava com imagens de arco-íris, oceanos e cascatas nas paredes. Em uma mesa no canto, havia brinquedos infantis e quebra-cabeças. Um pôster cor de chá do poema "Desiderata" oferecia conselhos sobre a vida: CAMINHE PLACIDAMENTE EM MEIO AO BARULHO E À PRESSA E LEMBRE-SE DA PAZ QUE PODE HAVER NO SILÊNCIO.

Ela se sentou em uma das cadeiras vazias, batendo o pé no chão. A dor de cabeça tinha diminuído, mas continuava ali. Sua boca estava seca. O suor umedecia a pele dela.

Sem dúvida alguma, naquela hora, os pais caminhavam até ela, sentindo-se desconfortáveis em um lugar como aquele. O que diriam a ela? Se ficaram com vergonha de seu serviço militar, o que diriam de sua dependência química? De ela ter dirigido bêbada? E ter perdido sua licença de enfermeira? O que diriam de todos os fracassos da filha? E o que ela diria a eles?

Barb surgiu na entrada da sala, com um ar nervoso. Quando viu Frankie, avançou e a puxou para um abraço.

– Você me assustou *pra cacete.*

Ela segurou a mão de Frankie e a conduziu para fora do prédio, até uma área gramada cheia de cadeiras e mesas de piquenique, onde famílias se sentavam juntas, conversando.

Frankie se acomodou a uma das mesas.

Barb ocupou a cadeira em frente à dela.

– O que deu em você, Frankie?

– Rye – respondeu ela, simplesmente.

Barb pareceu confusa.

– Rye?

– Ele… veio me ver uma noite e… Não, não foi assim que começou. Eu o vi na praia com a família… Parece que foi há séculos. Eu o segui. Que nem uma maluca. Daí, ele foi até a minha casa e…

– E você acreditou nele de novo? – perguntou ela, inclinando-se para a frente.
– Você?

– Eu achei que ele me amava.

– Eu poderia matar esse filho da puta.

– É, pensei a mesma coisa. Eu estava com tanto ódio dele, e de mim mesma, que isso… me destruiu. É só o que eu posso te dizer. Quando finalmente cheguei aqui, sonhava em confrontá-lo. Pensei que precisava ouvir *Eu menti, sinto muito,* mas não preciso. Eu sei o que ele fez e sei o que eu fiz. Nada disso é bonito, mas não é o problema. Meu médico e o grupo estão me ajudando a entender isso. Eu devia ter falado dessas coisas há muito tempo, devia ter te contado…

Frankie respirou fundo e olhou para a amiga. Sentia o corpo inteiro frágil, trêmulo. Vulnerável.

– Eu devia ter te contado que estava lutando contra as lembranças do Vietnã, devia ter sido sincera, mas vocês pareciam tão *bem.* Achei que o problema era eu, que eu era fraca ou estava errada.

– Você acha que só porque não falo nada sobre o Vietnã eu não penso no que aconteceu? – indagou ela.

– Como eu ia saber? A gente quase nunca conversava sobre a guerra.

Ela fez uma pausa, respirou fundo e ouviu a voz calma do Dr. Alden dizer: *Apenas comece, Frankie. Fale.*

– Eu não sei por que não consigo ignorar algumas coisas, por que continuo me lembrando de lá enquanto outras pessoas esquecem.

– Eu também me lembro – contou Barb. – Às vezes, eu tenho pesadelos...

– Tem?

Barb anuiu.

– Com alertas vermelhos... napalm. Teve aquela noite no Trigésimo Sexto. Um garoto da minha cidade...

Frankie pegou a mão da melhor amiga e ouviu as histórias e a dor dela, que eram como as suas. As duas conversaram por horas, até a noite cair lentamente ao seu redor. As estrelas apareceram. Frankie nunca soubera que palavras poderiam curar ou, pelo menos, ser o começo da cura.

– Você era uma estrela na Sala de Cirurgia – disse Barb, finalmente. – Você sabe disso, não é? Muitos homens voltaram para casa por sua causa, Frankie.

Frankie inspirou fundo e exalou.

– Eu sei.

– Então, quais são os seus planos?

– Um dia de cada vez – respondeu Frankie.

Na verdade, ela ainda não estava pronta para pensar no futuro, e não fazia ideia se conseguia acreditar em uma verdadeira cura. Não estava bem, nem perto disso, e jamais mentiria a respeito desse assunto de novo.

Porém...

Um dia eu estarei, pensou. Podia sentir uma força crescer dentro de si, surgindo como um raio de sol à distância, começando a aquecê-la. Se mantivesse o curso, seguisse aqueles passos, acreditasse em si mesma, poderia se curar, ser uma versão melhor de si mesma.

Um dia, pensou.

TRINTA E QUATRO

Foi notável a rapidez com que um mundo tão turbulento conseguiu se acalmar. No início de 1974, com o fim da guerra e Nixon fora do poder, o país pareceu soltar um profundo suspiro de alívio. A luta por direitos continuava, é claro: havia uma batalha constante pelos direitos civis e das mulheres, e a Revolta de Stonewall também colocou os direitos dos gays no noticiário. O objetivo era a igualdade, porém não mais daquele jeito "segure um cartaz e proteste".

Os veteranos do Vietnã desapareceram na paisagem, escondendo-se à vista de todos, em meio a uma população que ou os desprezava ou nem os considerava. Os hippies também mudaram: se formaram na faculdade, abandonaram suas comunidades, cortaram os cabelos e começaram a procurar emprego. Até a música mudou. As raivosas canções de protesto contra a guerra se foram. Todo mundo passou a cantar junto com John Denver, Linda Ronstadt e Elton John. Os Beatles se separaram. Janis Joplin e Jimi Hendrix estavam mortos.

Frankie lutava por sua própria metamorfose. Ela fora parar no centro médico contra a sua vontade, ela pensava. Mas, inconscientemente, era sua vontade, sim.

Em fevereiro, embora mais forte, estava ciente de que poderia ter uma recaída a qualquer momento, desabar de novo. Às vezes, pensar no que seria de sua vida a partir dali a oprimia. Muito do que a preenchera nos últimos anos era sombrio – as lembranças, o amor, os pesadelos. Ela não sabia quem era sem a dor ou a necessidade de escondê-la.

Mas a sobriedade e a terapia tinham lhe dado as ferramentas para a cura. Um dia de cada vez. Pela primeira vez em anos, ela às vezes conseguia imaginar um futuro que não incluía dor ou fingimento. Já não acreditava em "aguentar firme" e sabia que tentar esquecer o trauma só forneceria àquelas lembranças nefastas um solo fecundo onde crescer. Ela aceitou a perda de sua licença de enfermeira e esperava recuperá-la algum dia, mas não dava esse futuro como certo.

Frankie ainda tinha pesadelos, ainda acordava no chão de seu "dormitório" às vezes, principalmente depois de uma sessão emotiva de terapia individual ou em grupo. Ainda sentia saudades das pessoas que partiram de sua vida e que havia perdido, mas Henry e o Dr. Alden lembravam sempre que arrependimentos eram perda de tempo. *Se ao menos* era a curva em uma estrada difícil. Dia após dia, ela aprendia a caminhar pela vida, seguir em frente, continuar.

Para sua grande surpresa, de todas as dores e os arrependimentos que a levaram a beber demais, ficar viciada em comprimidos e perder a licença profissional, Rye fora o mais fácil de exorcizar.

Frankie começara o tratamento devastada pela escolha de ter um romance com um homem casado e destruída por sua crença em Rye e no amor dele. Compreendera que era fraca, uma pecadora, mas, no fundo, no fundo, acreditava que Rye a amava. De alguma forma, o amor dera a ela liberdade para remodelar sua terrível escolha sob uma luz mais bela.

Até o dia em que o Dr. Alden perguntara:

– Quando foi que Rye disse que te amava pela primeira vez?

A pergunta fez Frankie se sentar no divã. *Alguma vez* Rye dissera que a amava?

Ela vasculhou suas lembranças, e o que encontrou foi isto: *Meu medo é te amar até morrer.*

Naquela época, aquilo parecera romântico, arrebatador, épico. Naquele momento, ela via aquele sentimento pelo que ele era: o lado sombrio do amor. O que Rye realmente estava dizendo era: *Eu não quero te amar.*

Para ele, nunca fora amor verdadeiro. Ah, ele havia aparecido todo romântico em Kauai, pensando que Frankie deixaria o Exército em poucas semanas e que o casinho deles seria uma leve diversão antes que ela partisse. Já ela acreditara em cada momento que compartilharam.

Pior ainda, as mentiras dele expuseram nela uma imoralidade que Frankie poderia jurar que não existia antes. Se no início ela acreditara que era uma idiota, aos poucos compreendera que era apenas humana.

Dali em diante, Frankie sabia que havia uma fragilidade em si mesma e que, não importava quanto se tornasse forte, precisava se proteger dela.

– Eu tenho medo de não ser mais capaz de acreditar no amor – confessara uma vez ao Dr. Alden.

– Mas várias pessoas te amam, não é, Frankie? – perguntara o Dr. Alden.

Ela fechou os olhos e pensou nos melhores momentos de sua vida: com o pai, chamando-a de Amendoim e erguendo-a no ar; com a mãe, apertando-a em seus braços enquanto ela chorava; com Finley, ensinando-a a surfar, compartilhando segredos, segurando sua mão; com Jamie, ensinando-a a acreditar em si mesma, a arriscar (*Sem medo, McGrath*); e com Barb e Ethel, sempre ao seu lado.

– É – concordara ela em voz baixa, e deixou que aquelas lembranças fossem seu escudo, sua força, sua esperança.

No fim das contas, o aspecto mais difícil de sua recuperação não foi Rye. Nem as pílulas nem as drogas.

A coisa com a qual ainda se digladiava era o Vietnã. Eram esses os pesadelos que a assombravam. Ela falou sobre o assunto com o médico, contou suas histórias a ele e torceu por algum tipo de resposta, porém, embora a conversa ajudasse, Frankie sabia que o Dr. Alden não entendia. Não de verdade. Ela via as caretas que ele, por vezes, fazia diante de uma recordação, como estremecia ao ouvir a palavra *napalm*. Esses momentos lembravam a ela que ele nunca estivera em uma guerra e que ninguém que não tivesse estado na merda poderia realmente entendê-la.

Ela também sabia que, quando deixasse a segurança do centro médico, seria empurrada de volta a um mundo onde os veteranos do Vietnã precisavam ser invisíveis, sobretudo as mulheres.

Naquele momento, porém, independentemente de como se sentia, de como o mundo se sentia em relação a ela ou se ela se sentia pronta, era hora de ir embora. Frankie estava ali havia muito tempo, prolongara sua permanência, e Henry lhe dissera, com delicadeza, que ela estava ocupando a vaga de outra pessoa que precisava ser salva.

– Você está pronta – garantiu Henry, do outro lado da mesa.

Frankie se levantou. Não se sentia pronta. Em todos os métodos e medidas, havia fracassado no mundo após o Vietnã.

– É o que você e o Dr. Alden dizem.

Ela foi até a estante de livros e pegou uma foto do sobrinho dele, Arturo, de uniforme.

– Olha só este sorriso – disse ela.

Igualzinho ao Finley.

– Uma coisa é certa, ele aprendeu a ter disciplina – afirmou Henry. – Minha irmã disse que, antes de Annapolis, ela nunca conseguiu fazê-lo arrumar a cama e dobrar as roupas. Agora, ele gosta de tudo perfeitinho.

– Não tem nada de errado com um pouco de disciplina – retrucou Frankie.

Ela pegou uma foto emoldurada de Henry e da noiva, Natalie, que logo se casariam em um refúgio na floresta. Eles eram perfeitos um para o outro: passavam os fins de semana fazendo trilhas e acampando e nunca perdiam um evento político. Ela também organizava eventos de arrecadação de fundos para a clínica.

– Você vai me convidar para o seu casamento hippie, não é?

– Claro. Você está deixando o centro médico, Frankie. Não a mim. Nós somos amigos. Você pode me ligar *sempre* que quiser.

Ela se virou para encará-lo.

Henry se recostou na cadeira de couro estofada, seus cabelos grisalhos presos em um rabo de cavalo frouxo.

– Obrigada. Por tudo. E me…

– Amar significa nunca ter que pedir perdão.

Frankie riu.

– Quanta bobagem. Mas, bom, eu não sou exatamente uma especialista em amor, não é?

– Você conhece o amor, Frankie.

Ele se aproximou dela e a puxou para abraçá-la.

Frankie o segurou com mais força do que deveria, porém, nos últimos meses, ele se tornara sua tábua de salvação, sua âncora, seu confidente. Não seu médico, mas seu amigo, de certa forma tão importante quanto Barb e Ethel.

– Vou sentir a sua falta – disse ela.

Ele tocou o rosto dela.

– Só não volte para cá do jeito que você chegou, está bem? Peça ajuda quando precisar. Conte com as pessoas que te amam e, principalmente, com você mesma. Um dia de cada vez. Arrume uma madrinha no AA. Encontre a sua paixão. Você consegue – aconselhou ele, depois fez uma pausa, sem desviar o olhar. – Você merece ser amada, Frankie. No melhor estilo "para sempre". Não se esqueça disso.

Frankie o encarou por mais um longo instante. Poderia contar tudo a ele de novo: como aprendera a compreender sua própria fraqueza e força, como passara a acreditar que Rye não era apenas um mentiroso, mas também egoísta e cruel. No entanto, nada disso importava mais. Rye não importava. Se ela o visse na rua, passaria por ele e não sentiria nada além de uma triste lembrança, e Henry sabia disso tudo.

– Foi um dia de sorte quando eu te conheci, Henry Acevedo.

– Para mim também, Frankie.

Ela se abaixou e pegou a velha e rota mala dobrável que a mãe havia arrumado para ela meses antes, quando o mundo de Frankie desabara.

No fim do corredor, ela viu que Jill Landis conduzia uma sessão de terapia em grupo: oito pessoas estavam sentadas em semicírculo de frente para ela.

Um jovem de cabelos compridos e ombros caídos dizia algo sobre heroína.

Frankie parou, fez contato visual com Jill e acenou. *Tchau.*

Ali, tal qual no Vietnã, as pessoas vinham, cumpriam seu tempo, passavam por mudanças existenciais e iam embora. Alguns sobreviviam no mundo lá fora, outros não. Era especialmente difícil para os veteranos do Vietnã. As taxas de suicídio entre eles estavam se tornando alarmantes.

Frankie não voltou ao quarto, vagamente temerosa de que, uma vez lá, encontrasse uma razão para ficar. Ela caminhou até as portas da frente e encarou o dia frio.

Ali fora, viu o Cadillac preto de sua mãe, estacionado debaixo de um jacarandá.

A porta do motorista se abriu. Depois, a do passageiro. O pai e a mãe saíram e pararam cada qual do seu lado do carro, olhando para ela.

Mesmo dali, Frankie conseguia ver a alegria deles. E a ansiedade.

Em poucos anos, ela lhes dera muitas preocupações. O Vietnã. O trauma. O aborto. Rye. Dirigir bêbada. Os comprimidos. Ela sabia quanto aquilo era difícil para duas pessoas para quem a reputação e a posição na sociedade eram vitais. Frankie não fazia ideia do que eles contaram aos amigos daquela vez. Talvez o tratamento contra drogas e álcool tivesse virado uma viagem para identificar pinguins na Antártida.

De qualquer forma, ela não perguntaria nada. Tendo descoberto as próprias falhas, estava bem menos inclinada a julgar os outros.

Talvez os pais não a entendessem e, com certeza, não aprovavam a maioria das escolhas dela, mas estavam ali.

Você conhece o amor, Frankie.

Ela atravessou o estacionamento de cascalho.

– Frances – disse a mãe, quando ela se aproximou.

Elas se entreolharam, mãe e filha compartilhando um sentimento.

– Você está ótima – comentou a mãe. – Magrinha.

– Você também – respondeu Frankie, caminhando para os braços dela e sendo enlaçada do jeito novo e feroz que a mãe havia desenvolvido.

Assim como Frankie, sua mãe aprendera como a vida e seu próprio corpo poderiam ser caprichosos.

Quando a mãe finalmente a soltou – com lágrimas nos olhos –, Frankie se virou e olhou para o pai por cima do teto brilhante do Cadillac preto.

Ela o envelhecera, sabia disso. Havia ensinado a ele que dinheiro e sucesso não eram capazes de proteger uma família de perdas e dificuldades. Os muros em volta de uma casa não garantiam a segurança, não em um mundo em constante mudança. De certa forma, ele se adaptara aos novos tempos, deixando crescer as costeletas e trocando os ternos sob medida por camisas de boliche e calças de malha dupla, mas não havia como negar a cautela em seus olhos ao observar a filha.

Frankie se lembrou de quando ele a carregara para fora d'água naquela noite. A recordação das lágrimas dele estaria sempre com ela. O que ela aprendera sobre si mesma, sobre eles, naquela noite, jamais seria apagado. Frankie sabia que uma parte dele se preocuparia com ela para sempre. E que ele nunca diria uma única palavra a respeito. O pai e a mãe faziam parte de uma geração mais silenciosa. Eles não acreditavam em palavras tanto quanto em otimismo e trabalho duro.

– Eu acho que você está ótima, Frankie – elogiou ele.

– Obrigada, pai.

Ela abriu a porta traseira, jogou a mala no banco e deslizou ao lado dela.

Quando o pai deu a partida, Perry Como cantava no rádio, fazendo-a voltar no tempo. De repente, Frankie tinha 10 anos de novo, sentada no banco de trás do carro, escorregando para o lado a cada curva da estrada, caindo em cima do irmão.

– Esta sacola ainda está cheirando a mofo – comentou a mãe. – Não sei como isso é possível.

– Monções – declarou Frankie, observando a mala dobrável preta que voara para o outro lado do mundo com ela. – Tudo ficava molhado. E não secava nunca.

– Deve ter sido… desagradável – disse a mãe.

Era a primeira conversa verdadeira que tinham sobre o Vietnã.

Frankie não pôde deixar de sorrir. Eles estavam tentando, esperando mudar com pequenos mas significativos gestos.

– Era, mãe – respondeu ela com um sorriso. – Era bem desagradável.

Eles pararam em frente ao pequeno bangalô de praia cinza, com o poço antiquado na frente e a bandeira americana pendurada sobre a porta da garagem.

– Você podia ficar com a gente – convidou o pai, a voz rouca.

Frankie entendia a preocupação dele. Ninguém ia querer deixar uma dependente química sozinha por muito tempo, mas ela precisava ficar de pé por conta própria. Ou cair. E, se caísse, precisava se levantar de novo.

– Eu vou ficar bem, pai.

Ela viu o jeito como ele franziu o cenho. Assentiu. Ele estendeu o braço para a mãe e segurou a mão dela.

Frankie aquiesceu, pegou a mala, saiu do carro e ficou parada ali por um instante.

A mãe saiu do carro e a abraçou.

– Não me dê outro susto desses – sussurrou ela.

Frankie sentiu uma onda de amor por ela, um vínculo afetivo. De repente, pensou no que significava perder um filho. Quando Frankie era mais nova, a impassividade firme da mãe e sua atitude calma a incomodavam. Mas Frankie havia aprendido. Você sobrevivia um dia de cada vez, do jeito que fosse possível.

No dia seguinte, ela começaria esse mesmo trabalho de viver um dia de cada vez: encontraria uma reunião local dos Alcoólicos Anônimos e arranjaria uma madrinha. Depois, enviaria um cheque para que o Sr. Brightman comprasse uma bicicleta nova – o primeiro passo de sua longa lista de reparações. Não tentaria reaver a licença de enfermagem até que estivesse certa de sua recuperação.

A mãe pôs a mão no rosto de Frankie e a encarou intensamente.

– Estou tão orgulhosa de você, Frances.

– Obrigada, mãe.

Frankie a soltou, virou-se e caminhou até o bangalô. A escritura – no nome de Frankie – estava na bancada da cozinha. Sem dúvida, o pai a colocara à vista para lembrá-la de que seu lugar era ali, em Coronado.

Ela foi até o quarto e jogou a mala no chão, que aterrissou com um baque e deslizou, quicando nas tábuas de madeira.

Então, Frankie caminhou pelo corredor até o quarto do bebê.

Quando fora a última vez que abrira aquela porta?

Ela a abriu naquele momento e ficou parada na soleira, olhando para o quarto amarelo. Pela primeira vez, se permitiu se lembrar de tudo ali, naquele quarto onde certa vez ela se enchera de esperança.

Uma versão diferente dela mesma.

Um mundo diferente.

Enquanto estava ali, abraçando a dor, recordando sua vida inteira, Frankie percebeu de repente que ainda era jovem. Não tinha nem 29 anos.

Ela fizera algumas das escolhas mais importantes de sua vida antes que tivesse ideia das consequências. Algumas lhe foram impostas, outras esperadas e outras tantas tomadas por impulso. Aos 17 anos, decidira ser enfermeira. Aos 21, ingressara no Corpo de Enfermagem do Exército e fora para a guerra. Para fugir de casa, se mudara para a Virgínia com as amigas e, quando a mãe precisara de cuidados, ela voltara.

No amor, fora cautelosa demais por anos e, depois, impetuosa demais.

Em retrospecto, tudo parecia caótico. Algumas decisões boas, outras ruins. Algumas experiências que não trocaria por nada. As coisas que aprendera sobre si mesma no Vietnã e as amizades que fizera eram indeléveis.

Mas estava na hora de realmente sair em busca de *sua* vida.

Verão de 1974.

O ar cheirava a infância: mar, areia queimada pelo sol e limoeiros.

Na Ocean Boulevard, Frankie protegeu os olhos do sol com a mão e fitou o vasto e azul Oceano Pacífico. Ela imaginou duas crianças de cabelos pretos e olhos azuis correndo pela areia, carregando pranchas de surfe. Crianças que pensavam ter todo o tempo do mundo para crescer, que não conheciam a ruína, o medo ou a perda.

Oi, Fin. Sinto a sua falta.

Ela caminhou pela calçada, voltando para casa depois de uma reunião dos Alcoólicos Anônimos, a longa praia branca à sua esquerda. Um tufo de vegetação coroava a subida. À distância, barcos se moviam no horizonte. Turistas e moradores lotavam a praia naquele dia quente de agosto.

Um jato roncou lá em cima, provavelmente com um piloto daquela nova escola de aviação de Miramar. O barulho das turbinas era alto o suficiente para fazer o chão tremer. Ela sabia que ninguém em Coronado ligava; eles chamavam aquilo de "o som da liberdade".

Na frente da casa dos pais, Frankie fez uma pausa, se preparou para o que tinha certeza de que seria uma batalha e abriu o portão.

Foram necessários meses de trabalho duro para chegar àquele momento e, ainda assim, era só o início. Muitas vezes, quando começava a contemplar o próprio futuro, Frankie entrava em pânico, se sentia fraca e pensava: *Não vou conseguir.* Naqueles dias difíceis, ou ela comparecia a uma segunda – ou terceira – reunião ou ligava para sua madrinha e encontrava força o suficiente para seguir em frente. Continuar acreditando. Um dia de cada vez.

Naquele dia, o quintal fora inundado pelas cores do verão.

O pai estava na varanda, fumando um cigarro.

Ela fechou o portão atrás de si e contornou a piscina a fim de parar diante dele.

Frankie lutou contra a vontade de pedir desculpas. De novo. Fizera isso uma dúzia de vezes nos últimos meses e sabia como ele ficava desconfortável.

A princípio, ela esperava que seu pedido de desculpas fosse um começo, o início de suas reparações, quem sabe, uma cura que só poderia acontecer com a conversa. Ela desejava dizer ao pai que ele a magoara e entender por que ele tinha sido tão frio e desdenhoso em relação ao serviço dela no Vietnã.

Mas não era para ser. Ele não tinha interesse em falar daquele assunto. Queria fingir que a guerra nunca havia destruído aquela família. O Dr. Alden ensinou a aceitar isso, a aceitá-lo. Era esse o significado de família. Às vezes, as feridas não cicatrizavam completamente. A vida era assim.

– Preciso conversar com vocês – anunciou ela.

– Isso não parece nada bom.

Frankie sorriu.

– Eu sei como vocês adoram conversar.

Ela pegou a mão dele e a apertou.

Ele apertou a dela de volta.

A mãe apareceu na varanda com um copo de chá gelado.

– Nossa garota quer falar com a gente – contou o pai.

– Isso não parece nada bom – retrucou a mãe.

A consistência tinha suas vantagens. Frankie conduziu os pais à sala de estar, onde havia um sofá e quatro poltronas em volta de uma imensa lareira de pedra.

Frankie se sentou em uma das enormes poltronas altas.

Os pais se sentaram juntos no sofá. Frankie viu a mãe estender o braço para segurar a mão do pai.

Frankie pensou – estranhamente – naquela noite, anos antes, quando se arrumara com tanto esmero para a festa de despedida de Finley, com um tubinho lilás e um penteado bufante de uma altura improvável. Ela fizera de tudo para deixar aquelas duas pessoas orgulhosas. E fora por isso que a rejeição do pai em relação ao Vietnã doera tanto. Mas aquelas eram as necessidades de uma criança. Ela já era uma mulher.

– Eu amo vocês – começou ela.

Aquele era o ponto de partida e de chegada na vida: o amor. A jornada era tudo o que havia no meio.

A mãe ficou visivelmente pálida.

– Frances...

– Sem medo – disse Frankie, mais para si mesma do que para a mãe, que obviamente imaginava o pior.

Ela respirou fundo.

– Nos últimos meses, eu tive bastante tempo para pensar. Trabalhei duro para ser sincera comigo mesma e ver a minha vida com clareza e, talvez, eu ainda não consiga fazer isso, talvez ninguém consiga até que seja tarde demais. Mas eu vi o suficiente. Preciso descobrir quem eu realmente sou e quem quero ser.

– Você vai conseguir recuperar a sua licença de enfermeira. Henry disse que vai lhe escrever uma carta de recomendação. Você só tem que começar o processo – afirmou a mãe. – E você já conseguiu a carteira de motorista de volta.

– Eu sei. E realmente espero voltar a ser enfermeira, mas também preciso me planejar para o pior, caso eles neguem o meu pedido.

– O que você está tentando dizer, Frankie? – indagou o pai.

– Eu vou me mudar.

– O quê? – rebateu a mãe. – Por quê? Você tem tudo de que precisa aqui.

– Você vai conseguir se manter sozinha? – perguntou o pai. – Sem a sua licença de enfermeira?

Frankie se perguntara a mesma coisa. Ela nunca tinha pagado aluguel, procurado casa ou morado sozinha. Fora direto da casa dos pais para o alojamento no Vietnã. Na última vez em que perdera a cabeça, Barb e Ethel a resgataram e lhe deram um lugar para viver. Enquanto estava se recuperando, o pai tinha contratado um advogado e conseguido que a acusação de embriaguez ao volante fosse rebaixada para direção perigosa. Ela nunca nem tivera seu próprio cartão de crédito.

– Eu não sei para onde vou ou o que estou procurando, mas querem saber? Está tudo bem. Dizem que descobrir seu próprio caminho no mundo, deixar o seio da família, é uma coisa assustadora mesmo.

– Ah – murmurou a mãe, magoada.

– Eu preciso de silêncio – explicou Frankie. – Tudo tem sido tão... barulhento desde o Vietnã. Talvez até antes disso, desde a morte de Finley. Preciso viver em um lugar onde só consiga escutar as folhas farfalhando, o vento soprando e, quem sabe, um coiote uivando para a Lua. Um lugar onde eu possa me concentrar em ficar boa. Forte. Quero ter algum bicho, um cachorro, talvez. Um cavalo.

Ela fez uma pausa, depois prosseguiu:

– Só quero poder respirar. Graças a vocês dois, eu tenho o bangalô. Eu quero vendê-lo e usar o dinheiro para recomeçar em um lugar novo.

Os pais a encararam por um longo instante.

– Nós vamos ficar preocupados – disse a mãe, afinal.

Frankie a amou por falar isso.

– Não é como se eu estivesse indo para a guerra – argumentou ela, com um sorriso. – Eu vou voltar. E vocês vão me visitar, aonde quer que eu vá.

Em um dia quente no fim de agosto, Frankie colocou as malas no Mustang consertado e voltou para o bangalô, jogando as chaves na bancada da cozinha.

Ela olhou para a sala vazia. Esperava que uma jovem família comprasse o lugar e criasse os filhos ali, deixando-os correr livres como ela e Finley haviam feito, que eles amassem o balanço que Henry colocara na árvore do quintal e fizessem festas de aniversário na praia.

Finalmente, ela saiu de casa e fechou a porta atrás de si pela última vez.

Ali fora, Barb estava recostada no Mustang de Frankie, os braços cruzados. Na frente dela, havia uma placa de VENDE-SE enfiada no gramado.

– E aí? – cumprimentou ela.

Frankie riu alto.

– Quem te chamou? Minha mãe? Henry? Estou cercada de dedos-duros!

– Aham. Você não achou que eu ia deixar você sair em busca da própria vida sozinha, não é?

– Você é casada. Tem enteados. Não precisa aparecer de repente e preencher a minha vida vazia com a sua, sabia?

Barb revirou os olhos.

– Você é a minha melhor amiga, Frankie.

E aquilo foi tudo.

– Ethel queria vir, mas está grávida de novo. De repouso. Ela pediu para eu te dizer que está aqui em espírito... um imenso e gordo espírito.

Um caminhão de sorvete passou por elas, os sinos tilintando. As crianças da vizinhança não tardariam muito a aparecer. Frankie se virou, protegendo os olhos do sol com a mão. Por uma fração de segundo, voltou a ter 10 anos, correndo atrás do irmão mais velho, tentando acompanhá-lo, ambos dourados pelo sol em sua lembrança.

Frankie riu e abraçou Barb, depois pulou no assento do motorista e deu a partida. A música surgiu alta: "Hooked on a Feeling".

Alguns quarteirões depois, ela desacelerou.

Os pais estavam na frente do portão, abraçados, as mãos no ar. Havia quanto tempo que eles estavam ali, esperando para ter um vislumbre da filha enquanto ela deixava a cidade? No último mês, eles se despediram uma dúzia de vezes e de uma dúzia de formas diferentes.

Frankie acenou e buzinou, dando adeus – para os pais, para Coronado, para sua infância e para Finley. O Mustang atravessou a cidade e subiu a ponte, passando pelos barcos ancorados no porto. Pelo retrovisor, Frankie admirou a beleza de Coronado Island, digna de um cartão-postal.

Sem nenhum destino em mente, Frankie e Barb dirigiram para o norte, ouvindo Creedence, Vanilla Fudge, Cream, Janis Joplin, Beatles, The Animals, Bob Dylan e The Doors.

A música do Vietnã.

A música da geração delas.

Em Dana Point, Frankie virou na Highway 1 e permaneceu na costa, com o azul infinito do Oceano Pacífico à esquerda. Em Long Beach, havia um acidente, então ela pegou uma autoestrada, depois outra, simplesmente escolhendo as saídas que pareciam certas.

Ela deixou que a complexa rede de rodovias da Califórnia determinasse a sua vontade. Permitiu que as estradas a guiassem de um lado para outro. Diante do novo limite de 85 quilômetros por hora, precisava sempre verificar o ponteiro da velocidade.

Frankie atravessou o centro de Los Angeles, com grafites, gangues e cercas de arame, e se viu na reluzente Sunset Strip – um mundo de luzes, outdoors gigantescos e discotecas.

Elas dirigiram pela magnífica costa da Califórnia e passaram algumas noites no Vale de Santa Ynez, observando as colinas douradas.

– Eu gosto desses espaços abertos, mas preciso de mais – comentou Frankie. – E de cavalos, talvez.

– Rumo ao norte – disse Barb.

Era assim que elas tomavam decisões: sem pensar muito, virando uma curva, pegando ou não uma estrada.

Em Carmel, a neblina da tarde era densa demais; em São Francisco, havia gente demais. A selvagem Mendocino a atraiu, mas as sequoias gigantes pareciam cercá-la de alguma forma.

Então, rumo ao norte.

Em Oregon, o verde era vivo e o ar era puro, porém ainda havia gente demais, mesmo que as cidades fossem poucas e distantes umas das outras.

Elas contornaram a movimentada Seattle, ouvindo reportagens no rádio a respeito de universitárias desaparecidas, e foram para o leste, passando pelos infinitos campos de trigo vazios na parte rural de Washington, que pareceu solitária e desolada a Frankie.

Montana.

Quando elas se aproximaram de Missoula, cantando sobre engarrafar o tempo, o céu estava de um azul tão vivo e intenso que explicava o apelido do lugar: Terra do Grande Céu. A poucos quilômetros da cidade, a vista era deslumbrante: campos de feno se estendiam em direção a montanhas escarpadas, seus picos cobertos de neve, o largo e azul rio Clark Fork serpenteando por ali.

VENDE-SE. 11 HECTARES.

Frankie e Barb viram a placa ao mesmo tempo.

Ela estava presa em um poste inclinado e parecia desgastada pelo tempo. Atrás dela havia um campo verde sem fim, o rio correndo ao seu lado, uma gasta cerca de arame farpado precisando de reparos e uma estrada de terra que levava a um arvoredo de altas árvores verdes.

Frankie olhou para Barb.

– É lindo.

– E isolado – acrescentou Barb.

– Uma garota poderia respirar aqui – argumentou Frankie.

Ela virou na estrada de terra batida e seguiu até atravessar um matagal cheio de árvores e sair do outro lado. Depois das árvores, havia outro campo de um verde intenso, com montanhas ao fundo erguendo-se em direção ao céu azul.

Através do para-brisa sujo, Frankie observou a casa de fazenda com um telhado pontudo e uma varanda de ponta a ponta, os campos cercados para cavalos e o grande e velho estábulo outrora vermelho que pedia um telhado novo. Havia anexos também, alguns deles desmoronados e outros mal se aguentando em pé.

– Tem trabalho pra caramba.

– Felizmente, eu sei como consertar coisas – disse Frankie, depois se virou e sorriu. – Eu e minhas amigas passamos quase dois anos reconstruindo um barracão.

– É no meio do nada.

– Olhe no mapa. Missoula não está longe. Tem hospitais e também uma faculdade. Fica mais perto de Chicago que San Diego. Eu sei que vou conseguir encontrar uma reunião do AA por aqui, arranjar uma madrinha nova.

– Você já tomou sua decisão.

Frankie desligou o rádio.

Silêncio.

Ela olhou para Barb e sorriu.

– Tomei.

TRINTA E CINCO

Montana Ocidental
Setembro de 1982

O convite chegou em um envelope branco manchado, carimbado no dia 28 de agosto e com selo de WASHINGTON, D.C. Alguém escrevera POR FAVOR, RESERVE A DATA na parte de trás.

Você está convidado(a) para a reunião da
equipe do Trigésimo Sexto Hospital de Evacuação,
logo após a inauguração do novo
Monumento aos Veteranos do Vietnã em Washington, D.C.,
no dia 13 de novembro de 1982

A primeira reação de Frankie a surpreendeu.

Raiva.

Agora fariam um monumento aos homens que morreram?

Agora? Mais de uma década após eles terem sido enterrados sem cerimônias oficiais e esquecidos pelos compatriotas americanos?

Por mais que Frankie tivesse trabalhado duro nos últimos oito anos – e ela se dedicara bastante a essa tarefa –, nunca fora capaz de eliminar totalmente a vergonha que seus compatriotas a fizeram sentir por servir no Vietnã nem a raiva diante do tratamento que o governo americano dispensara aos veteranos que voltaram com o corpo, a mente ou o espírito destruídos. Pior que isso, no fim dos anos 1970, ela havia se sentado na sala de estar e visto na TV um colega veterano alegar que o Agente Laranja lhe dera – assim como a milhares de outros – um câncer. *Eu morri no Vietnã, só não sabia disso*, dissera ele. Não muito tempo depois, o mundo descobrira que o herbicida também provocava abortos e problemas congênitos. Provavelmente aquela tinha sido a causa do aborto espontâneo de Frankie.

Seu próprio governo fizera aquilo com ela. Talvez, se os políticos de Washington tivessem construído aquele monumento como um pedido de desculpas a uma geração de militares – homens e mulheres – e às suas famílias, ela pensaria de maneira diferente. Mas não. O governo não se mexeu para homenagear os veteranos do Vietnã. Foram os próprios veteranos que tiveram que fazer acontecer. Aqueles que sobreviveram honraram os que pereceram.

Frankie ouviu Donna surgir atrás dela e parar.

Já fazia mais de sete anos que Donna trabalhava ali no rancho. Frankie ainda se lembrava do dia frio em que ela dirigira até a sua porta, os falsos cabelos pretos completamente desgrenhados, a pele pálida devido ao alcoolismo, a voz quase um sussurro. *Eu sou enfermeira*, dissera ela. *Cu Chi, 1968. Encontrei seu nome no centro médico da Administração de Veteranos. Eu não consigo...*

Dormir, Frankie se lembrava de ter dito. Aquilo fora tudo. O suficiente. Ela pegara Donna pela mão e a conduzira até a fazenda. Sentaram-se em duas cadeiras dobráveis diante do fogo e conversaram.

Só uma conversa informal, como dizia Jill no centro. *Às vezes, ajuda a sentir que não estamos sozinhos.* Elas deram suporte uma à outra, Frankie e Donna, muitas vezes apoiando-se mutuamente. Donna tinha incentivado Frankie a lutar para recuperar sua licença de enfermeira, e aquela batalha acabara sendo uma espécie de cura. Quando lhe concederam o direito de voltar a exercer a profissão, Frankie já se sentia forte o suficiente para tentar.

E assim fora o início do rancho. Ela e Donna uniram forças, usando o dinheiro da venda do bangalô de Coronado para fazer as melhorias.

As duas trabalhavam como enfermeiras em um hospital de Missoula. Depois do expediente, Frankie frequentava aulas noturnas para se formar em psicologia clínica e, um ano depois, Donna fez o mesmo. Quando não estavam estudando para se tornar terapeutas ou trabalhando no hospital, elas reformavam os anexos do rancho e participavam de reuniões regulares no AA.

Naquele primeiro verão, os amigos e a família de Frankie tinham aparecido para ajudar. A mãe e o pai, Barb, Jere e os gêmeos – que não paravam de crescer –, Ethel, Noah e os dois filhos, Henry, Natalie e sua prole arteira. Eles ocuparam quartos e armaram barracas no gramado do quintal. Todos trabalhavam juntos durante o dia e se sentavam em volta de uma fogueira à noite, conversando, rindo e relembrando os velhos tempos.

Assim que concluíram o mestrado, Frankie e Donna colocaram panfletos no escritório mais próximo da Administração de Veteranos, que diziam: *Às mulheres do Vietnã: nós sobrevivemos à guerra. Podemos sobreviver aqui. Juntem-se a nós.*

Um ano depois, Janet aparecera, o rosto escurecido por hematomas e uma risada rápida e aguda demais para ser qualquer coisa diferente de um substituto do choro. Ela ficou por quase um ano.

A partir daí, o rancho que elas chamavam de Último Paraíso se tornou um refúgio para as mulheres que tinham servido no Vietnã. Elas vinham, ficavam o tempo de que precisavam e depois iam embora. Cada uma delas deixava sua marca de alguma forma, um caminho para outras mulheres como elas seguirem. Deixavam obras de arte, cavaletes e tintas. Agulhas de tricô, novelos de lã, contos, capítulos de recordações e instrumentos musicais. Elas trabalhavam durante o dia – martelando pregos, pintando paredes, alimentando os cavalos e cuidando do jardim. O que quer que precisasse ser feito.

Aprendiam a respirar, depois a conversar e então, se tivessem sorte, a ter esperança. Frankie ensinava o poder terapêutico das palavras e a alegria de encontrar o silêncio. A paz, ou pelo menos o princípio dela, era o objetivo. Porém, nunca era fácil.

Para Frankie, o belo e inesperado resultado de ajudar outras mulheres fora reencontrar sua paixão, seu próprio orgulho. Ela amava aquele lugar com todas as suas forças, amava a vida que criara no mato, as mulheres que chegavam a ela pedindo ajuda e que a ajudavam em troca. Todas as manhãs, ela acordava esperançosa. E, a cada verão, seus amigos e familiares apareciam para passar o máximo de tempo possível de férias no rancho. O lugar também se tornou um refúgio para eles.

– O grupo está pronto.

Frankie anuiu, olhando para o bracelete de prata dos prisioneiros de guerra, que ainda usava pelo major que nunca voltara para casa.

Donna surgiu atrás dela. Nos anos em que trabalharam juntas, as duas mulheres haviam engordado e se tornado fisicamente mais fortes de tanto martelar cercas, levantar rolos de feno e jogar selas no lombo dos cavalos. Em seu dia a dia, ambas usavam calças Levi's, botas de caubói e camisas de flanela. Não havia ombreiras ou terninhos naquela parte de Montana.

– Está todo mundo falando do monumento – comentou Donna. – Tem várias reuniões acontecendo.

– É – disse Frankie.

– É muita coisa para pensar.

Elas ficaram lado a lado, olhando pela janela da cozinha para os campos no outono. Uma sabia o que a outra estava pensando: já tinham falado demais daquele assunto.

Frankie pegou a caneca de café, saiu da cozinha e ouviu Donna atrás de si, colocando um pote de feijão de molho.

Ali fora, a paisagem tinha sido inundada pelas cores do outono. A neve caía pesadamente sobre as montanhas escarpadas e distantes. Naquele ano, os esquis apareceriam mais cedo. O azul brilhante do rio Clark Fork serpenteava pelos campos, rodopiava e borbulhava nas pedras polidas, fazendo um som de risadas de crianças.

O rancho Último Paraíso agora ostentava uma casa de fazenda pintada de branco com três quartos e dois banheiros. A mobília era toda de segunda mão, encontrada em vendas de garagem ou enviada pela mãe anos antes, quando o bangalô fora vendido.

Ali, as mulheres pintaram a sua dor e deixaram imagens nas paredes, em uma espécie de grafite. Uma delas – que Frankie chamava de parede das heroínas – estava repleta de fotos de mulheres que haviam servido, tanto das que passaram pelo rancho quanto de outras, amigas delas. Centenas de fotos foram pregadas nas tábuas de pinho. No meio, havia uma foto de Barb, Ethel e Frankie em frente ao clube do Trigésimo Sexto Hospital de Evacuação. No topo da parede, Frankie tinha escrito em tinta preta: AS HEROÍNAS.

Três barracões contavam com beliches e escrivaninhas. Um quarto barracão fora transformado em um banheiro comunitário com chuveiros, pias e vasos sanitários.

O estábulo ainda estava um tanto inacabado, mas o telhado agora era sólido, e sete cavalos viviam nas baias. Frankie aprendera que cuidar de animais e cavalgar podia ser benéfico para as mulheres em crise.

No corredor central do estábulo, sobre o chão de serragem, havia seis cadeiras dobráveis dispostas em semicírculo.

Naquela manhã fria, quatro delas estavam ocupadas por mulheres.

Frankie pegou sua cadeira, puxou-a para perto e se sentou.

As mulheres olharam para ela: uma de maneira mais fechada, reservada; outra, com raiva; uma terceira, quase desinteressada; e a última, já chorando.

– Recebi um convite para uma reunião do Trigésimo Sexto Hospital de Evacuação – contou Frankie. – Ela está ligada à inauguração do Monumento aos Veteranos do Vietnã. Suspeito que vocês também tenham recebido convites.

– Rá – debochou Gwyn.

Ela parecia ser a mais velha de todas. Porém, não era velha, apenas estava exausta. Apertando os lábios, fitava as outras com os olhos escuros de raiva.

– Como se eu *quisesse* me lembrar – declarou bruscamente. – Metade das horas que passo acordada, eu estou tentando esquecer.

– Eu vou – afirmou Liz, a mulher que chorava. – Prestar as minhas homenagens. Esse monumento é importante, Gwyn.

– Importa muito pouco e já é tarde demais – pontuou Marcy, inclinando-se para a frente e apoiando os cotovelos nas coxas.

Era o primeiro dia que passava inteiro no rancho, e ela ainda não acreditava em nada daquilo.

– Para mim, chega de Vietnã, Liz – disse Gwyn. – Todo mundo vive me falando para esquecer. Superar. E agora eu tenho que voltar correndo para lá? Não. Eu não. Eu não vou.

– Você vai decepcionar as pessoas com quem serviu – opinou Ramona.

– E qual é a novidade? – perguntou Gwyn. – Eu decepcionei basicamente todo mundo desde que voltei para casa.

Frankie tinha ouvido aquelas palavras de cada mulher que aparecera no rancho, tentando se reerguer depois da guerra. Ela sabia o que elas precisavam ouvir.

– Sabem, eu não tive medo de ir para a guerra, mas devia ter tido. Eu estou com medo de ir ao monumento, mas não deveria estar. As pessoas nos fizeram pensar que fizemos algo ruim, vergonhoso, não foi? Nós fomos esquecidas. Todos nós, veteranos do Vietnã, mas principalmente as mulheres.

As mulheres assentiram.

Frankie olhou para elas, reconhecendo suas feridas emocionais e sentindo a dor de todas.

– Eu costumava me perguntar se me alistaria de novo. Será que ainda existe uma idealista dentro de mim, um último resquício da garota que queria fazer a diferença? – perguntou ela, olhando em volta. – E eu me alistaria. De certa forma, os anos da guerra foram os melhores da minha vida.

– E os piores – retrucou Gwyn.

Frankie olhou para Gwyn, viu a raiva da mulher e se lembrou da sua própria.

– E os piores – concordou. – Você está certa, Gwyn, eu não acho que não decepcionar as pessoas seja uma boa razão para ir à inauguração. A maioria de nós já tomou decisões demais só para agradar a elas. Temos que fazer o que é necessário para *nós*. Mas já fomos silenciadas por tempo demais, ficamos invisíveis por muitos anos.

– Eles só ligam para os homens – argumentou Gwyn. – Eu já contei que tentei participar de uma sessão de terapia para veteranos do Vietnã em Dallas? É sempre a mesma coisa: "Aqui não é o seu lugar. Você é mulher. Não havia mulheres no Vietnã."

As mulheres do círculo assentiram.

– A gente não ganhou nenhum monumento – acrescentou Gwyn.

– Nós compartilhamos dessa dor, não é? – perguntou Frankie. – A maioria de nós está lidando com essa guerra há uma década, algumas até mais. Empurrando-a goela abaixo. Eu sei como as notícias a respeito do Agente Laranja trouxeram tudo à tona outra vez.

Aquele tópico sempre surgia no círculo.

– Eu sofri quatro abortos espontâneos – contou Liz, com lágrimas nos olhos. – Um bebê talvez tivesse me salvado, nos salvado, sabem? E, durante todo aquele tempo, eles estavam borrifando aquela merda, matando a gente aos poucos.

– Às vezes, eu acho que teria sido mais fácil morrer do que viver desse jeito – declarou Gwyn. – Provavelmente vamos ter câncer.

Frankie olhou para cada uma delas, vendo variações da mesma dor.

– Quem aqui já pensou em suicídio? – indagou ela.

Uma pergunta tabu que ela fazia a cada novo grupo de mulheres.

– Eu já achei que seria um alívio… desaparecer – respondeu Gwyn.

– É uma coisa corajosa de dizer, mas a gente sabe que você é corajosa, Gwyn. Todas vocês são. E duronas.

– Eu costumava ser – retrucou Liz.

– Você está aqui. No meio do mato, em Montana, sentada em um estábulo cheirando a esterco e dizendo em voz alta as coisas mais assustadoras e íntimas para um bando de estranhas – rebateu Frankie, fazendo uma pausa antes de continuar: – Mas nós não somos estranhas, não é? Somos mulheres que foram para a guerra, somos as enfermeiras do Vietnã, e muitas de nós se sentiram silenciadas em casa. Nós perdemos quem éramos, quem queríamos ser. Mas eu sou a prova viva de que as coisas podem melhorar. *Vocês* podem melhorar. E começa aqui. Nessas cadeiras, lembrando a nós mesmas e às outras que não estamos sozinhas.

Em Washington, na manhã do dia 13 de novembro de 1982, Frankie acordou bem antes do amanhecer.

Ela mal dormira durante a noite. Se ainda bebesse, teria tomado alguma coisa forte. Quase desejou ainda ser fumante. Precisava fazer alguma coisa com as mãos. Naquelas circunstâncias, ela se levantou às cinco da manhã e puxou a velha mala dobrável preta do armário de seu quarto de hotel barato. Poderia ter levado uma mala nova para aquela viagem, mas a antiga parecia ideal. Ela estivera com Frankie no início, no Vietnã. Fazia sentido que também estivesse com ela no fim.

A mala aterrissou no tapete felpudo e barato com um baque. Frankie acendeu o abajur da mesinha de cabeceira, ajoelhou-se naquele halo de luz e abriu o zíper da mala. O cheiro guardado ali a invadiu: suor, lama, sangue, fumaça e peixe. Vietnã.

Não beba a água daqui.

Eu sou nova no país.

Não me diga.

Agora somos nós. Dando o troco.

Em cima de suas coisas, havia uma foto polaroide tirada no clube. Nela, Ethel, Barb e Frankie vestiam short, camiseta e botas de combate. Jamie envolvia a cintura de Frankie com um braço e erguia uma cerveja em um brinde. Havia uma foto dela dançando com Jamie, ambos suados e risonhos, outra dos caras jogando vôlei debaixo do sol enquanto as mulheres assistiam e uma de Hap tocando violão.

Olha só esses sorrisos.

Bons tempos. Eles também tiveram aqueles momentos.

Frankie pegou seu velho e surrado chapéu de lona e sentiu uma onda de nostalgia ao pensar em todos os lugares onde o havia usado, em todas as vezes que tivera que segurá-lo para que as hélices não o arrancassem de sua cabeça. Uma dúzia de broches e emblemas o decoravam, lembranças que seus pacientes lhe deram, tanto de pelotões quanto de batalhões, e até mesmo uma carinha feliz e um símbolo da paz. Quando foi que escrevera FAÇA AMOR, NÃO FAÇA GUERRA na aba, com canetinha? Não se lembrava.

Ela usara aquele chapéu em viagens MEDCAP às aldeias, em voos para Long Binh a bordo de helicópteros com suprimentos, na praia e até na folga em Kauai. Ela o usara enquanto distribuía doces para as crianças dos orfanatos e se sentava em caminhões de 2,5 toneladas, sacolejando em estradas de terra vermelha e chapinhando em rios de lama.

E o usaria naquele dia.

Bastava de esconder aquela lembrança preciosa no armário, tentando esquecer a mulher que o usara. Bastava de se esconder.

Ela pegou as plaquinhas de identificação e as segurou pela primeira vez em anos, surpresa ao notar como eram leves. Em sua cabeça, elas tinham ganhado um grande peso. Frankie pensou em todas as plaquinhas ensanguentadas que segurara na vida enquanto procurava o nome, o tipo sanguíneo e a religião dos homens feridos.

Algumas mulheres usaram colares de contas nos anos 1960; outras, correntes com plaquinhas de identificação.

Ela pegou a pilha de fotos que tirara no Vietnã, lembrando-se da noite no rancho, anos antes, quando a mãe pedira para vê-las. As duas haviam se sentado do lado de fora, em volta de uma fogueira e sob um céu salpicado de estrelas, observando aquelas imagens desbotadas de enfermeiras, médicos, soldados, crianças vietnamitas pastoreando búfalos-asiáticos nas margens de um rio, selvas verdejantes, praias brancas, homens idosos em campos de arroz. A mãe não falara muito, mas ficara ali sentada por horas, ouvindo.

Frankie pegou o último de seus diários. Tinha começado a escrever na reabilitação, por incentivo de Henry. Sua primeira frase, escrita de maneira raivosa tantos anos antes com uma canetinha preta, fora: *Como eu vim parar aqui? Estou tão envergonhada.*

Nos anos que se passaram entre aquela época e o momento presente, ela havia escrito centenas de páginas. No início, elas narravam sua dor, depois, sua recuperação e, finalmente, sua estabilidade em Montana, na terra onde ela encontrara a si mesma, sua vocação e sua paixão. Frankie não tinha filhos e imaginava que jamais os teria, mas tinha seu rancho e as mulheres que vinham até ela. Tinha amigas, família e um propósito. Tinha a vida grandiosa e plena com que ela e o irmão um dia sonharam.

Ela abriu a primeira página em branco, colocou a data e escreveu:

Hoje eu não consigo parar de pensar em Finley. É lógico.

O pai e a mãe preferiram não vir à inauguração do monumento.

Eu queria que eles estivessem aqui, preciso deles aqui, mas entendo. Certas dores são profundas demais para serem reveladas em público.

Na minha geração, viveram os últimos idealistas. Confiamos no que os nossos pais nos ensinaram quanto a certo e errado, bem e mal, e o mito americano de igualdade, justiça e honra.

Eu me pergunto se algum dia outra geração voltará a acreditar nisso. As pessoas dirão que foi a guerra que destruiu nossas vidas e revelou a linda mentira que nos ensinaram. E estarão certas. E erradas.

Foi muito mais que a guerra. É difícil ver com clareza quando o mundo está furioso e dividido e estão mentindo para você.

Meu Deus, eu queria que nós

Alguém bateu à porta. Frankie não ficou surpresa. Quem conseguiria dormir? Ela se levantou, foi até a porta e a abriu.

Ali estavam Barb e Ethel, debaixo de uma luz fraca. No estacionamento atrás delas, um letreiro em neon piscava a frase: NÃO HÁ VAGAS.

– Isto aqui tem cheiro de Vietnã – disse Ethel. – Queria que você tivesse me deixado pagar por quartos melhores.

– É a porcaria da mala dela – explicou Barb.

– No momento, eu não posso gastar muito – retrucou Frankie.

Ainda com as roupas que cada uma escolheu para dormir, as três deixaram o quarto e desceram as escadas até uma piscina que precisava ser limpa. Luzes dentro dela e no exterior do hotel criavam uma espécie de brilho aquoso. O letreiro em neon emitia um leve zumbido, como o de uma abelha.

– Só 6 dólares, e você ainda ganha uma piscina – disse Barb, sentando-se em uma espreguiçadeira que rangeu.

– Por 7, talvez até limpem a piscina – debochou Ethel, acomodando-se em outra.

– Eu preferia que eles lavassem os lençóis – retrucou Barb.

– Parem de reclamar, vocês duas. A gente está aqui, não está? – disse Frankie, esticando-se na cadeira entre elas.

– Ontem eu sonhei com a nossa primeira noite no Septuagésimo Primeiro – contou Barb, acendendo um cigarro. – Não pensava nisso há anos.

– Para mim, foi o meu primeiro turno com crianças de orfanato queimadas por napalm – disse Ethel.

Frankie fitou a água suja da piscina, protegida por uma cerca de arame. Assim como as amigas, tinha acordado com o coração acelerado após pesadelos como aqueles. Porém, também sonhara com o esqui aquático no rio Saigon, o uivo de Coiote e a dança com as amigas ao som de The Doors. Ela se surpreendera ao pensar em Rye – pela primeira vez em anos – e descobrir que já não havia mais nenhuma parte sua que se importava com ele. Tudo o que restava era um arrependimento esmaecido, quase curado.

– Hoje vai ser uma loucura – comentou Ethel. – Vai ter uma multidão lá.

– Tomara – disse Barb.

As três pensaram no assunto, temerosas. A inauguração de um monumento a uma guerra – e a soldados – de que ninguém parecia querer se lembrar.

– A gente está aqui – disse Frankie. – É o suficiente para mim.

De certa forma, mesmo tendo chegado tão longe, Frankie temia que sua veia de fragilidade pudesse se abrir quando fosse confrontada com o Vietnã e tudo o que havia perdido lá.

Naquela manhã, ela se olhou no espelho, vestida com sua farda, e viu sua versão mais jovem encará-la de volta. Ela prendeu o broche do Corpo de Enfermagem do Exército no colarinho.

Do lado de fora do hotel, sob a luz do dia, ela se encontrou com Barb e Ethel. Os maridos e os filhos as encontrariam no local do monumento. O início era só para as amigas.

Todas usavam fardas, chapéus de lona e botas de combate.

Barb sorriu.

– Não venha me dizer que não havia mulheres no Vietnã.

Um teto de nuvens brancas cobria a cidade. O ar tinha o cheiro frio e cortante do inverno que se aproximava.

Ali, naquela rua isolada por cordões de segurança, os veteranos do Vietnã se reuniam. Milhares de homens de uniforme, jaquetas de couro com emblemas militares nas mangas e jeans rasgados. Havia veteranos de cadeiras de rodas e muletas, alguns cegos, ajudados por amigos. Milhares e milhares de veteranos do Vietnã, juntos pela primeira vez em uma década ou mais. Havia um sentimento de reencontro, de alegria. Homens dando tapinhas nas costas uns dos outros, rindo, abraçando-se.

– Irmãos! Vamos prestar nossas homenagens! – gritou alguém em um megafone, e a multidão começou a formar uma fila para o desfile.

Frankie, Ethel e Barb se juntaram aos homens.

Alguém começou a cantar "America the Beautiful", e outros se juntaram, primeiro hesitantes, depois com firmeza. Suas vozes cresceram com a música. *E coroa o teu bem com a fraternidade, de mar a mar brilhante.* Frankie ouviu as amigas e os colegas veteranos cantando orgulhosamente ao seu lado. Os espectadores aplaudiam nas calçadas, buzinas de carros ressoavam.

Ao se aproximarem do National Mall, os veteranos se calaram de uma só vez, sem que nenhum deles tivesse incitado o silêncio repentino. Ninguém mais cantava. Ninguém mais conversava. Nem sequer pigarreavam. Eles caminharam juntos, lado a lado, aqueles homens que lutaram em uma guerra odiada, enfrentaram uma imensa hostilidade ao voltarem para casa e que ainda não sabiam ao certo como se sentiam em relação ao que haviam encarado. Helicópteros sobrevoavam em formação. Pelo que Frankie podia ver, elas três eram as únicas mulheres, embora esquadrinhassem a multidão atrás de enfermeiras, *Donut Dollies* e outras militares com quem tinham servido.

No National Mall, uma bandeira americana tremulava na brisa fresca sobre um trio de chamativos caminhões de bombeiros. Apoiadores enchiam a área gramada, alinhando-se ao redor do espelho d'água do Lincoln Memorial e aguardando o desfile dos veteranos: crianças nos ombros dos pais, famílias amontoadas, mães segurando fotos dos filhos perdidos, cães latindo, bebês chorando. Cinco jatos sobrevoavam a área; um se destacou do restante. A formação *Missing Man*.

As boas-vindas que aqueles veteranos nunca haviam recebido.

Os veteranos se dispersaram na multidão que aguardava, se juntaram às próprias famílias, se reuniram em grupos de velhos amigos que não se encontravam havia anos.

– Venha comigo – disse Barb, puxando a mão de Frankie.

Frankie balançou a cabeça.

– Podem ir, garotas. Fiquem com suas famílias. A gente se encontra depois.

– Você quer ficar sozinha? – perguntou Ethel.

Frankie reprimiu a resposta instintiva: *Eu sou sozinha.*

– Podem ir – repetiu em voz baixa.

Frankie abriu caminho por entre a multidão.

E, então, ali estava: o Muro. Granito preto erguendo-se da grama verde, a superfície brilhante parecendo ganhar vida ao refletir os movimentos. Guardas de honra estavam postados a intervalos ao longo do monumento.

Frankie ficou impressionada ao avistar o Muro. Mesmo dali, dava para ver os infindáveis nomes gravados na pedra. Mais de 58 mil.

Uma geração de homens.

E oito mulheres. Todas enfermeiras.

Os nomes dos mortos em combate.

À distância, em algum lugar, alguém deu um tapinha em um microfone, e ouviu-se uma microfonia estridente que chamou a atenção da multidão.

A voz de um homem ressoou:

– O sacrifício daqueles que morreram ao servir ao país é indiscutível... Diante deste monumento, vagamente refletida em um espelho escuro, vemos a chance de nos livrarmos da dor, do ressentimento, da amargura, da culpa...

Durante o discurso, o orador falou sobre o mundo para o qual os veteranos voltaram e sobre a vergonha sentida pelos americanos que não deram as boas-vindas aos soldados. Por fim, ele proferiu as palavras pelas quais Frankie e seus colegas esperaram todos aqueles anos:

– Bem-vindos de volta e obrigado.

O soldado ao lado de Frankie começou a chorar.

Os veteranos cantaram "God Bless America".

As famílias e os visitantes se juntaram a eles.

No fim da música, enquanto as últimas notas ainda ecoavam pelo National Mall, o orador disse:

– Senhoras e senhores, o Monumento aos Veteranos do Vietnã está oficialmente inaugurado.

A multidão soltou um viva e aplaudiu de maneira estrondosa.

Outra pessoa subiu ao púlpito. Um veterano grisalho de farda, prematuramente envelhecido.

– Obrigado por enfim se lembrarem de nós.

Repórteres e cinegrafistas abriram caminho por entre a multidão atrás de declarações para o noticiário noturno.

Frankie avançou pelo gramado inclinado, atraída pelo Muro. Ela viu uma mulher segurando fotos emolduradas do homem que perdera e um adolescente com o uniforme folgado do pai.

Ao se aproximar do espelho de granito preto, viu o próprio reflexo – uma mulher magra de cabelos compridos, farda e chapéu de lona – sobreposto aos nomes dos mortos em combate. Frankie olhou para a linha preta e viu, diante dela, orgulhosos homens de uniforme e mulheres ajoelhadas, com crianças e pais ao seu lado.

– Frances.

Ela se virou, os pais caminhavam em sua direção.

– Vocês vieram – disse Frankie, tomada pela emoção.

A mãe segurava uma fotografia de Finley junto ao peito. O pai agarrava a outra mão dela com força.

– Eu queria ver o nome dele – explicou a mãe, baixinho. – Do meu filho. Ele iria querer que eu viesse.

Juntos, os três foram até o Muro e procuraram o nome e a data.

Ali estava.

Finley O. McGrath.

Frankie estendeu a mão e tocou a pedra. Para sua surpresa, estava morna. Ela contornou com o dedo o nome gravado do irmão, lembrando-se do som de sua risada, da forma como ele a provocava, das histórias que ele lia para ela antes de dormir. *Vou ser um grande romancista americano… Ali, Frankie, aquela é a sua onda. Reme com força. Você consegue.*

– Oi, Fin – disse ela.

Era bom pensar nele como ele era, como tinha sido. Não apenas uma baixa da guerra, mas um irmão amado. Por muitos anos, ela só pensara na morte dele. Ali, no Muro, se lembrava de sua vida.

Ela ouviu a mãe chorar, e aquele som suave e desolador também levou lágrimas aos seus olhos, turvando sua visão.

– Ele está aqui – disse Frankie. – Eu sinto.

– Eu sempre sinto a presença dele – disse a mãe com uma voz cheia de tristeza.

Ao lado dela, o pai estava rígido, a mandíbula cerrada, temeroso, mesmo ali, de demonstrar sua dor.

– Senhora?

Frankie sentiu alguém tocar seu ombro e chamá-la de novo:

– Senhora?

Ela se virou.

O homem que a cutucara devia ser da idade dela e tinha costeletas compridas e uma barba desgrenhada. Ele vestia um uniforme militar rasgado e manchado. O homem tirou o chapéu de lona, que contava com emblemas do 101º.

– A senhora foi enfermeira lá?

Frankie quase perguntou como ele sabia. Então, se lembrou de que estava de uniforme, chapéu e com seu caduceu do Corpo de Enfermagem do Exército.

– Fui – respondeu ela, analisando o homem, tentando se lembrar dele.

Será que havia segurado sua mão, escrito uma carta por ele, tirado uma foto com ele ou lhe entregado um copo d'água? Se fosse esse o caso, não se lembrava.

Ela sentiu o pai se aproximar.

– Frankie, você...

Frankie ergueu a mão pedindo silêncio. Pela primeira vez, o pai obedeceu.

O soldado segurou a mão dela e a encarou. Naquele instante, no National Mall, com o Muro brilhando ao lado deles, os dois compartilharam tudo: o horror, o luto, a dor, o orgulho, a culpa e a camaradagem. *Aqui estamos, pela primeira vez desde a guerra, todos juntos*, pensou ela.

– Obrigado, senhora – disse ele.

Ela assentiu e o soltou.

Frankie sentiu o olhar do pai sobre ela.

Ela se virou, olhou para ele e viu que o pai tinha lágrimas nos olhos.

– Finley amava o serviço dele, pai. Trocávamos cartas o tempo todo. Ele se encontrou lá. Você não precisa se sentir culpado.

– Acha que eu me sinto culpado por incentivar o meu filho a ir para a guerra? Eu me sinto. Tenho que conviver com isso – disse ele, engolindo em seco. – Mas eu me sinto ainda mais culpado pela forma como tratei a minha filha quando ela voltou para casa.

Frankie respirou fundo. Havia quanto tempo esperava ouvir aquelas palavras?

– Você é a heroína, não é, Frankie?

Lágrimas turvaram a visão de Frankie.

– Eu não sei se sou uma heroína, pai, mas, sim, eu servi ao meu país.

– Eu te amo, Amendoim – declarou ele, a voz rouca. – Me perdoe.

Amendoim. Meu Deus, ele não a chamava assim havia anos.

Frankie o viu chorar e desejou ter as palavras perfeitas para dizer, mas nada lhe veio à mente. Imaginava que a vida era assim: dava tudo errado até que, de repente, as coisas se endireitavam, e você não sabia como reagir em nenhum dos casos. Mas ela reconhecia o amor quando o via, e o sentimento a preencheu.

– Eu não sei nada sobre heroísmo. Mas vi muitos atos heroicos. E... – disse ela, para depois respirar fundo. – E eu me orgulho do meu serviço, pai. Levei muito tempo para admitir isso. Eu me orgulho, ainda que esta guerra nunca devesse ter acontecido, ainda que ela tenha virado um inferno.

O pai assentiu. Frankie percebeu que ele queria mais dela, absolvição, talvez, mas havia tempo para isso.

Aquele instante. Ali. Era o tempo *dela*. O momento dela. As lembranças dela.

Frankie deixou os pais diante do nome de Finley e caminhou ao longo do Muro, procurando pelos anos 1967-1969, observando flores, fotos e anuários serem colocados na base do granito preto. Ela viu uma integrante da Gold Star Mother parada ao lado de dois adolescentes confusos, que tentavam reconstruir o pai perdido a partir das letras esculpidas na pedra.

Frankie seguiu a linha de nomes, procurando por Jameson Callahan...

– McGrath.

Frankie parou.

Ele estava diante dela. Alto e grisalho, com uma cicatriz irregular em um dos lados do rosto e uma das pernas da calça amassada sobre uma prótese.

– Jamie.

Ele a puxou para seus braços.

– McGrath – sussurrou ele mais uma vez, no ouvido dela.

Apenas ser chamada de McGrath de novo, ouvir a voz dele, sentir a respiração dele em seu pescoço, a levou de volta ao clube, com o barulho da cortina de contas, os Beatles cantando, Jamie a tomando para dançar.

– Jamie – murmurou ela. – Como...

Ele enfiou a mão no bolso e pegou uma pedrinha cinzenta onde se lia:

LUTE

MCGRATH

A pedra que ela ganhara do garotinho vietnamita no orfanato e que colocara na mochila de Jamie.

– Foi um inferno lá, e pior ainda quando voltei para casa – falou ele, baixinho –, mas você me ajudou a superar. Lembrar de você me ajudou a superar.

– Eu te vi morrer.

– Eu morri várias vezes – contou ele. – Eles continuaram me trazendo de volta. Eu fiquei bem mal por bastante tempo. Meus ferimentos… Meu Deus, olhe só para mim…

– Você continua lindo – disse Frankie, incapaz de desviar o olhar.

– Minha ex-mulher discordaria.

– Você não está…

– É uma longa e triste história com um final feliz para ambos. Eu fiquei com ela por anos. A gente teve outro filho. Uma menina. Ela tem 9 anos e é uma verdadeira pestinha – contou ele, depois a encarou. – O nome dela é Frances.

Frankie não sabia como responder. Mal conseguia respirar.

– E você? – perguntou ele, tentando sorrir. – Casada, com filhos?

– Não. Nunca me casei. Sem filhos.

– Eu sinto muito – disse ele, baixinho.

Jamie, entre todas as pessoas, sabia quanto ela queria aquela vida.

– Está tudo bem. Eu estou feliz.

Ela o encarou. No rosto de Jamie, viu tudo o que ele havia enfrentado: a cicatriz irregular na mandíbula, a pele enrugada ao longo de uma orelha, a tristeza em seus olhos. Seus cabelos louros estavam grisalhos e longos, um lembrete de que um dia tinham sido jovens juntos, mas não eram mais. De que ambos carregavam cicatrizes. Feridas que permaneceram, visíveis e invisíveis.

– Meu Deus, como eu senti a sua falta – confessou ele com uma voz entrecortada e rouca.

– Também senti a sua falta – admitiu Frankie. – Você podia ter me encontrado.

– Eu não estava pronto. Tem sido difícil. Me curar.

– É. Para mim, também.

– Mas nós estamos aqui agora – disse Jamie. – Você e eu, McGrath. Finalmente.

Ele sorriu para ela de um jeito que a fez se sentir jovem de novo. Por um instante, os dois voltaram no tempo: eram Frankie e Jamie outra vez, caminhando pelo acampamento, apoiando-se um no outro, compartilhando suas vidas, rindo e chorando juntos, amando-se.

Ela sentiu que lágrimas brotavam em seus olhos, sentiu-as em seu rosto enquanto estava ali, cercada por seus companheiros veteranos, o muro de granito preto desfocando-se atrás deles.

Jamie avançou na direção dela, mas tropeçou. Ela estendeu a mão para firmá-lo.

– Eu estou aqui com você – disse ela, repetindo as palavras dele de anos antes.

Havia tanto a dizer, palavras que ela reunira e guardara em suas lembranças, que sonhara em falar, mas haveria tempo para isso, tempo para eles. Naquele dia, só de estar ali, segurando a mão dele, já era suficiente. Mais do que suficiente.

Um milagre.

Depois de todos aqueles anos, de tanta dor, arrependimento e perdas, ali estavam eles, ela e Jamie, além de milhares de outros. Machucados, mancando e alguns em cadeiras de rodas, mas ainda ali. *Todos nós.* Juntos de novo. Como um grupo, diante de um muro com os nomes dos mortos em combate.

Juntos.

Todos sobreviventes.

Eles foram silenciados, esquecidos por tempo demais, principalmente as mulheres.

Lembrar de você me ajudou a superar.

E aí estava: as lembranças importavam. Agora ela sabia: não se desviava o olhar da guerra ou do passado, não se aguentava firme ao sentir aquela dor.

De alguma forma, Frankie encontraria uma maneira de contar ao país a história de suas irmãs – as mulheres com quem tinha servido. Pelas enfermeiras que morreram, pelos filhos delas, pelas mulheres que viriam depois.

E começava ali. Naquele momento. Falando abertamente, saindo das sombras, reunindo-se, demandando honestidade e verdade. Orgulhando-se.

As mulheres tinham uma história para contar, mesmo que o mundo ainda não estivesse preparado para ouvi-la, e a história delas começava com três palavras simples:

Nós estávamos lá.

Vietnam Women's Memorial, Washington, D.C.
© 1993, Eastern National, Glenna Goodacre, escultora.
Crédito da foto: Greg Staley.

NOTA DA AUTORA

Este livro foi um verdadeiro trabalho de amor e levou anos para ser escrito. A ideia foi concebida em 1997, mas na época eu era uma jovem escritora e não estava preparada para abordar um assunto tão importante e complexo. Senti que não tinha habilidade ou maturidade suficientes para colocar a minha visão no papel. Demorei décadas para voltar aos anos da Guerra do Vietnã.

Eu era jovem e, durante a maior parte da guerra, estava no ensino fundamental ou médio, mas me lembro bem dela: dos protestos, do tom sombrio no noticiário noturno, do arco da história contada pela mídia, de ver mais e mais jovens morrendo e, principalmente, de como os veteranos – muitos deles amigos do meu pai – foram tratados quando voltaram. Tudo isso deixou uma impressão duradoura em mim.

Ler os relatos em primeira mão das mulheres que serviram no Vietnã foi incrivelmente inspirador. Também foi triste perceber que as histórias heroicas dessas mulheres foram, muitas vezes, esquecidas ou menosprezadas.

Quando se trata do trabalho delas, não há feitos, registros ou lembranças suficientes. É até difícil saber ao certo o número de mulheres que serviram no Vietnã. Segundo a declaração da Fundação do Memorial das Mulheres do Vietnã, cerca de dez mil militares americanas estiveram naquele país durante a guerra. A maioria delas era enfermeira do Exército, da Força Aérea e da Marinha, mas também havia médicas, outros profissionais de saúde, controladoras de tráfego e profissionais de inteligência militar. Mulheres civis também serviram no Vietnã como correspondentes internacionais, funcionárias da Cruz Vermelha e *Donut Dollies*, além de profissionais das United Service Organizations (USO), das Forças Especiais do Exército dos Estados Unidos, do American Friends Service Committee, do Catholic Relief Services e de outras organizações humanitárias.

Conversar com essas mulheres incríveis, ouvir suas histórias e ler os relatos em primeira mão a respeito de sua passagem pelo Vietnã durante a guerra e do tratamento que receberam ao voltar para os Estados Unidos foi uma revelação. Muitas delas tinham lembranças vívidas de terem ouvido várias vezes que "não havia mulheres no Vietnã". Eu me sinto honrada de contar esta história.

AGRADECIMENTOS

*E*ste livro não teria sido possível sem a ajuda, a orientação, a sinceridade e o apoio da capitã Diane Carlson Evans, ex-enfermeira do Exército que serviu em zonas de combate no Vietnã. Como criadora da Fundação do Memorial das Mulheres do Vietnã, ela dedicou grande parte de sua vida pós-guerra a relembrar as irmãs veteranas que serviram naquela guerra. Sua própria história, contada no livro *Healing Wounds*, escrito junto com Bob Welch, é um relato impressionante e revelador de como ela enxergou suas experiências de guerra, e foi de grande ajuda para a escrita deste romance. Minha gratidão não tem limites, Diane. Você é realmente uma inspiração.

Também gostaria de agradecer ao coronel aposentado Douglas Moore, piloto de helicópteros Dust Off premiado com uma Cruz de Serviço Distinto, entregue a ele por suas ações durante a Guerra do Vietnã. Doug pilotou 1.847 missões de combate, evacuou quase três mil feridos e foi incluído no Dust Off Hall of Fame em 2024. Obrigada por reservar um tempo para ler e criticar um rascunho inicial de *As heroínas* e por responder a uma série interminável de perguntas subsequentes.

Obrigada a Debby Alexander Moore, diretora de recreação do Army Special Services (Vietnã 1968-1970), por sua ajuda e suas recordações.

Obrigada à Dra. Beth Parks, que serviu como enfermeira na Sala de Cirurgia do Sétimo Hospital Cirúrgico de Evacuação (Hospital Cirúrgico Móvel) e no Décimo Segundo Hospital de Evacuação, em Cu Chi, Vietnã (1966-1967). A Dra. Parks hoje é professora aposentada, além de aventureira, escritora e fotógrafa. Ela leu o manuscrito em tempo recorde, compartilhou suas fotos pessoais e lembranças comigo e acrescentou sua experiência e seu conhecimento ao texto. Sou eternamente grata à ajuda dela.

Para aqueles que gostariam de ler mais sobre as mulheres incríveis que serviram no Vietnã e seu retorno da guerra, eu recomendo estes excelentes livros de referência:

Healing Wounds, Diane Carlson Evans, com Bob Welch, Permuted Press, 2020; *American Daughter Gone to War,* Winnie Smith, William Morrow, 1992;

Home Before Morning, Lynda Van Devanter, University of Massachusetts Press, 2001 (publicado originalmente em 1983); *Women in Vietnam: The Oral History*, Ron Steinman, TV Books, 2000; *A Piece of My Heart*, Keith Walker, Presidio Press, 1986.

Ver também: *After the Hero's Welcome*, Dorothy H. McDaniel, WND Books, 2014; *The League of Wives*, Heath Hardage Lee, St. Martin's Press, 2019; *In Love and War*, Jim e Sybil Stockdale, Naval Institute Press, 1990; e *The Turning: A History of Vietnam Veterans Against the War*, Andrew E. Hunt, New York University Press, 1999.

Ao escrever este romance, tentei ser o mais historicamente precisa possível. No início, criei cidades e hospitais de evacuação imaginários, para ter uma maior liberdade ficcional, mas meus leitores veteranos do Vietnã tinham uma opinião forte quando se tratava de dizer o nome verdadeiro dos lugares. Portanto, todos os hospitais e cidades mencionados no romance são reais. A logística, as descrições e a cronologia de alguns lugares foram alteradas em prol da narrativa. Quaisquer erros ou equívocos são, é claro, meus.

Eu também gostaria de agradecer a Jackie Dolat por suas francas recordações dos programas de reabilitação e dos Alcoólicos Anônimos no sul da Califórnia, nos anos 1970.

Sou grata às muitas pessoas que trabalham comigo para me tornar uma escritora melhor. Principalmente às minhas primeiras leitoras, que dizem o que pensam com uma sinceridade cortante (às vezes, em voz alta): Jill Marie Landis, Megan Chance, Ann Patty e Kim Fish. E, como sempre, agradeço a Jennifer Enderlin; sua paixão pela indústria editorial e edição minuciosa significam muito para mim. Sua crítica perspicaz realmente tornou este livro o que ele é hoje. Obrigada à equipe de estrelas da St. Martin's – adoro trabalhar com todos vocês. E a Andrea Cirillo, Rebecca Scherer e à gangue da Jane Rotrosen Agency: faz mais de duas décadas que somos parceiros neste mundo louco do mercado editorial, e eu não consigo imaginar a minha vida sem todos vocês.

Como sempre, agradeço à minha família pelo apoio e incentivo contínuos, principalmente ao meu marido, Ben, que tem espírito esportivo o suficiente para viajar comigo, escutar e aguentar uma esposa autora que, às vezes, mesmo sentada à mesa de jantar, está com a cabeça longe. À minha mãe: a lembrança que tenho de você durante os anos de guerra é indelével; obrigada por acreditar com tanta força no que era certo. E ao meu pai, obrigada por seu espírito aventureiro e por abrir meus olhos para o mundo além do meu quintal. A Debbie Edwards John: eu não tenho palavras para agradecer tudo o que você faz por mim. Ao meu filho, Tucker – eu tenho orgulho de você e te adoro. E a Mackenzie,

Logan, Lucas, Katie, Kaylee e Braden: que vocês se apaixonem por História, leiam e aprendam com ela. Vocês são o futuro.

Finalmente, eu gostaria de mencionar um homem que nunca conheci: coronel Robert John Welch, piloto da Força Aérea que foi abatido e desapareceu no Vietnã, em 16 de janeiro de 1967. Ele nunca voltou para casa. Eu ganhei o bracelete de prisioneiro de guerra dele quando estava no ensino fundamental e o usei por muitos anos. Meus pensamentos e minhas orações acompanharam sua família por todo esse tempo.

CONHEÇA OS LIVROS DE KRISTIN HANNAH

Quando você voltar

Amigas para sempre

O Rouxinol

As cores da vida

O caminho para casa

As coisas que fazemos por amor

A grande solidão

Tempo de regresso

Os quatro ventos

As heroínas

Para saber mais sobre os títulos e autores da Editora Arqueiro,
visite o nosso site e siga as nossas redes sociais.
Além de informações sobre os próximos lançamentos,
você terá acesso a conteúdos exclusivos
e poderá participar de promoções e sorteios.

editoraarqueiro.com.br